再见 太宰治的孤独世界

[日]太宰治 著

李重民 吕灵芝 罗越 星野空 译

四川文艺出版社

只 为 优 质 阅 读

目录

1935年

逆行

蝴蝶

他不是老人，才刚过二十五岁，却又是个老人。普通人的一年，这位老人却能足足以快三倍的速度度过。他曾两次自杀未遂，其中一次是殉情。他曾三次被关入拘留所，因为思想上的罪。虽然他终究一篇小说都没能走红，却写过一百多部小说。但是，这些都不是这位老人认真去从事的事业。正所谓驰心旁骛。如今能让这位老人干瘪的胸膛咚咚作响，让他瘦削的脸颊泛起红光的有两件事：醉酒以及瞅着不同的女人无休无止地幻想。不对，是对这两件事的回想。干瘪的胸膛、瘦削的脸颊，这些都不是假的。老人是在这一天死的。老人漫长的人生中，有两件事是真的：出生、死亡。他到死之前都在撒谎。

此时老人正躺在病床上。他的病因玩乐而得。老人有着生活无虞的财产，却是不足以供其玩乐的财产。老人并不遗憾自己将死。勉强度日是老人无法理解的。

一般人在临终时，会盯着自己的两只手掌看，又或是怔怔地抬眼望着近亲的眼眸，但这位老人却基本闭着眼。他时而紧紧地合着眼，时而微微睁开，颤抖着眼睑，他就是这么安分地做着这些事。他说看到了蝴蝶。蓝蝴蝶、黑蝴蝶、白蝴蝶、黄蝴蝶、紫蝴蝶、水蓝蝴蝶，就在额前成群结队地飞舞。他说那是特意前来的。蝶影弥漫十里远。百万只蝴蝶扇动着翅膀，其声如白昼牛虻的鸣叫。它们是在混战吧。翅膀的鳞粉，断折的腿足、眼球、触角，以及长长的舌头纷纷撒落。

被问及想吃的东西请尽管吩咐。于是老人答曰红豆粥。老人从十八岁开始写小说之际，曾经写过临终的老人呢喃着想吃红豆粥的场景。

红豆粥做好了。在粥里撒上煮过的红豆再佐以盐来调味，是老人的家乡菜。老人闭着眼仰躺着，啜了两勺后便说够了。被问及还有其他的吗。他淡淡一笑，曰想玩。老人善良纯朴、年轻美丽的妻子在近亲面前红了脸，却没有忌妒。随后她握着勺子放声大哭。

盗贼

今年我已经确定留级，但仍要去考试，此乃徒劳努力之美。我因这种美而心动。今早我特意早起，穿上一年未碰的学生服，走过菊花纹章熠熠生辉的高大铁门——战战兢兢地走过。眼前是成排的银杏。右侧有十棵，左侧也有十棵，棵棵高大。树叶繁密时，这条路就会昏暗如地下通道，如今树上一片叶子都没有。走到林荫道的尽头，正面就是红色砖瓦砌成的大建筑。是礼堂。我只在入学典礼上才见识过一次内部的模样，印象里仿佛寺院。此刻我仰望礼堂塔上的电子钟，离考试还有十五分钟。我一边怜爱地望着侦探小说之父的铜像，一边走下右面的缓坡，进入庭园。这里以前是“猴子”（注：指丰臣秀吉）的庭园。池塘里有鲤鱼、红鲤鱼以及甲鱼。在五六年前还有一对鹤闲庭信步。即使是如今，草丛中也有蛇出没。大雁、野鸭等候鸟会在池塘边栖息。庭园实际不足二百坪，看着却广阔如千坪。这是因为杰出的造园之术。我在池畔的山白竹上坐下，背倚古老槲树的树根，双脚直直地伸向前方。隔着小径，排列着大大小小、高高低低的岩石，在其后便是宽广的池塘。阴天时，池面闪着白光，粼粼微波害羞地交错重叠。我把右腿轻轻地搁在左腿上，小声道：

“我是盗贼。”

大学生们在前面的小路上排成一列走过。接二连三、陆陆续续地走过。每一个都是让家乡自豪的孩子，是被选中的俊秀之才。每一个大学生都在读着笔记上相同的文章，每一个大学生都在努力地背诵。我从口袋中掏出烟，叼了一根在嘴上。我没有火柴。

“借个火。”

我挑了个俊美的男大学生搭话。那个身裹浅绿色外套的大学生停下脚步，视线却没有从笔记上离开。他把叼着的带金嘴儿的香烟给了我后，踱步离开了。大学里也有能与我匹敌的男人。我用那带金嘴儿的外国香烟点燃我的便宜烟后，慢慢地站起身，把带金嘴儿的香烟用力扔在地上，又扭着鞋底狠狠地踩扁了它。随后畅快地去了考场。

考场里已有逾百名大学生，他们全都往后面坐。他们担心坐在前面的座位上就没法自在地写下心中的答案。我表现出秀才风范，在最前排的座位上坐下，手指微颤地抽着烟。我既没有放在桌下可以查阅的笔记，也没有一个可以互相小声商量的朋友。

没多久，脸色泛红的教授拎着鼓鼓的包慌慌张张地跑进考场。这个男人是日本第一的法国文学家。今天是我第一次见到他。他身材壮实，我从他眉间的皱纹隐隐感到了威严。据说这男人的弟子里有日本第一的诗人和日本第一的评论家。日本第一的小说家，我想到了这个，脸上暗暗发烫。教授在黑板上龙飞凤舞地写题目时，我身后的大学生们窃窃私语的，大多是满洲的景气的话题，而不是学问。黑板上写着五六行法语。教授重重地在讲台旁的扶手椅上坐下，颇为不悦地甩出一句话：

“这种题目想要留级都不行。”

大学生们无力地低笑。我也笑了。教授随后嘟囔了两三句莫名其妙的法语，在讲台的桌面上开始写起了什么东西。

我不懂法语。我打算不论他出什么题目，我都写福楼拜很幼稚。我假装认真思考了一阵，时而轻轻地闭上眼，时而挠着短发下的头皮，时而盯着指甲的颜色看。然后，我拿起笔开始写：

> 福楼拜很幼稚，他的弟子莫泊桑则很成熟。艺术的美归根到底是对市民奉献的美。福楼拜不理解这悲哀的达观，莫泊桑却明白。福楼拜为了一雪自己的处女作《圣安东尼的诱惑》遭受不合理评价的耻辱而穷尽一生。他经历着所谓的剞磔之苦，每写完一作，不论世间评价如何，他所受屈辱的伤口都会越发地剧烈疼痛，他心里无法填满的空洞也渐渐扩大、加深，最终撒手人寰。受骗于杰作的幻影，迷惑、沉溺于永远的美，最终不要说是一个近亲，连自己都拯救不了。波德莱尔才是幼稚。以上。

我不会写诸如“先生，请让我及格”这种东西。我重读了两遍，没有发现错误，于是左手拿起外套和帽子，右手拿着那张答卷站起身。我身后的秀才因为我的起立而惊慌失措。我的后背正是这男人的防风林。啊，这个兔子般惹人怜爱的秀才的答卷上写着一个新晋作家的名字。我虽然可怜这个有名的新晋作家的狼狈样，但还是对那邋里邋遢的教授颇有深意地行了个礼，交出了我的答卷。我安静地走出考场后，几乎立刻滚落似的冲下台阶。

走到室外，年轻的盗贼悲从中来。这忧愁是何方神圣，竟不请而来。即便如此，我还是把外套披在肩上，大踏步地走在银杏树间的石子路上，只因腹中空空——我如是回答。二十九号教室的地下有大食堂。我往那里走去。

饥肠辘辘的大学生们的队伍仿佛长蛇一般从地下室的大食堂里排到入口，再蔓延到地面，队列的末尾已经到了银杏树下。在这里用十五钱就能吃到很有分量的午餐。队伍大约有一条街那么长。

——我是盗贼。稀世的乖戾之人。艺术家从不杀人。艺术家从不盗物。你们这些差劲的小乖乖。

我把大学生们逐个推开，终于到了食堂的入口处。入口处贴着张小字条，上面写着这么几句话：

> 今日，诸位的食堂也诚惶诚恐地迎来了创业三周年纪念日。为表祝福之意，特奉上些许餐品。

那些免费的餐品就摆在入口处旁边的玻璃柜里。红色的大虾栖息在荷兰芹的叶下，切成两半的白煮蛋切面上，蓝色的寒天被花哨地画成了“寿”字。我试着朝食堂里张望，身着白色围裙的服务员少女们轻盈地穿梭在黑压压的、正在享用免费餐品的大学生之间。啊，天花板上是万国旗。

在大学地下芬芳的蓝色花朵是止痒的消毒剂。实在是遇上了好日子。一同庆祝吧，一同庆祝吧。

盗贼如落叶一般飘然退后，飞舞到地面，委身于长蛇的末尾，眼看着消失了身影。

决斗

这不是在模仿外国。不夸张地说，是因为打心底里想要杀死对方，然而动机并不深远。并不是因为有个男人和我一模一样，这世上不需要两个相同的东西，所以我们打心底里互相憎恨，也不是因为这男人和我的妻子以前有过纠缠，总是佯装自然主义对邻居们娓娓描述那两三次的事实。对方是我这晚才在咖啡馆遇上的身着狗皮马甲的年轻平民。我偷了他的酒。这就是动机。

我是北方城市近郊的高等学校的学生。我很贪玩，但在金钱方面却很小气。平时总抽朋友的烟，也不剪发，辛苦攒了五元，就一个人偷偷去城里一点儿也不剩地花光。一个晚上花的钱不能超过五元，也不能低于五元。而且我的那五元总是能花得最有成效。首先，我把自己攒的那一块块小硬币跟朋友换成五元纸币。几乎能割破手的崭新纸币令我的心跳越发加速。我看似随意地把纸币塞进口袋，然后就出发去城里。我活着就是为了这一个月一次或两次的外出。当时我正被不明来由的忧愁折磨。绝对的孤独和对一切的怀疑。这话若说出口则很令人作呕！比起尼采、曼·德·比朗，还有佐藤春夫，我觉得还是莫泊桑、梅里美以及森鸥外更货真价实。我在五元之游里倾注了我的生命。

就算去咖啡馆，我也绝不表现出很有兴致的样子。我会假装自己玩累了。如果是夏天，就说给我冰啤酒。冬天的话，就说给我热酒。我想让人以为我要喝酒都怪季节。我不情不愿地喝着酒，看也不看一眼美丽的女招待。任何咖啡馆里都会有那么一个缺乏魅力却肉欲纵横的中年女招待，而我只对这样的女招待搭话。主要是聊这一天的天气以及物价。我很会清点喝空的酒瓶数量，快得连神仙都注意不到。当桌上有了六个啤酒瓶，或是有了十只日本酒的酒壶时，我就好像突然想到什么似的唰地起身，低声说一句："结账。"不会超过五元。我故意把手伸进每一个口袋，假装忘记把钱放在了哪里。最后才发现是在裤子口袋里。我用右手伸进口袋磨蹭一阵，好像正在从五六张纸币里选。终于，我把一张纸币从口袋里抽了出来，假装确认那是十元纸币还是五元纸币后，交到了女招待手里。找零虽然少了些——我说着，却看也不看全给了女招待。然后我缩着肩膀，大踏步地走出咖啡馆，在到学校的寝室前，我都不会回头。从第二天起，我又开始攒一块一块的硬币。

决斗之夜，我去了名叫“向日葵”的咖啡馆。我披着深蓝色的长斗篷，戴着纯白的皮手套。一家咖啡馆我不会连续去两次。我害怕每次固定拿出五元纸币会引人怀疑。距离我上次来“向日葵”，已经隔了两个月。

那一阵一个外表和我有些相像的异国青年电影演员正崭露头角，所以我也渐渐开始吸引了女性的目光。当我在那家咖啡馆角落的椅子上坐下后，那里四个穿着各式和服的女招待全都站到了我的桌前。那时是冬天。我就说：“给我热酒。”然后假装很冷似的缩起脖子。与电影演员的相似带给了我直接利益。即使我没有说话，一个年轻的女招待也给了我一根烟。

“向日葵”又小又脏。东侧的墙上贴着一张海报，一个头发盘起的女子正疲惫地托着腮微笑，她的脸有一二尺长，露出的大牙齿约有胡桃一般大。海报的下方横向印着黑色的盔甲啤酒。而与之相对的西侧墙上则挂着一面一坪大的镜子。镜框上涂有金粉。北侧的入口处挂着毛呢帘子，红黑竖纹，脏兮兮的，在帘子上面的墙上，用图钉钉了一张西洋女性的照片，她正裸躺在草原的池沼畔大笑。南侧的墙上贴着一只纸气球。它就在我的头上方。这里不和谐得令人恼火。三张桌子、十把椅子。正中央有火炉，地上铺着木板。我知道在这家咖啡馆里无法平静。所幸这里的灯光很暗。

这一晚，我受到了异样的盛情款待。当我喝光了那个中年女招待为我倒的第一壶温热日本酒时，刚才给了我一根烟的年轻女招待突然把右手手掌伸到了我的鼻前。我不慌不忙地缓缓抬起脸，注视着那女招待小小眼眸的深处，她说：“给我算命吧。”我立刻明白了。即使我不言语，我的身体也散发着浓厚的预言家气息。我没有碰女子的手，只是看了眼，就轻声说：“你昨天失去了爱人。”说中了。异样的盛情款待就此开始。一个胖胖的女招待甚至称我为大师。我给大家看了手相。十九岁。属虎。因为喜欢的男人太过优秀而受到煎熬。喜欢玫瑰。你家里的狗生了狗崽，狗崽有六只。全部说中。那个瘦瘦的、眼神淡漠的中年女招待在被说中失去了两任丈夫后，眼看着耷拉下了脖子。这个不可思议的命中是让我最为兴奋的。酒壶已经空了六只。这时，身穿狗皮马甲的年轻平民在入口处出现。

平民在我旁边的桌旁把那毛皮的背朝着我坐下，说了声威士忌。那是张有着斑点花纹的狗毛皮。由于这个平民的出现，我桌前的欢快气氛就暂时冷了。我的心里阵阵抽痛，开始为已经喝空了六只酒壶而后悔。我想再醉一点。我想把今宵的欢喜夸大再夸大。只能再喝四壶。那样不够。不够。偷吧，偷了这威士忌。女招待们不会认为我是为了钱而偷，而是当成预言家风范的古怪玩笑而送上喝彩吧。而这个平民也会以为这是醉汉的恶作剧而露出苦笑吧。偷！我伸出手，拿起邻桌的威士忌酒杯一饮而尽。没有喝彩。突然鸦雀无声。平民转向我站起身。到外面去，他说着走向入口。我也嗤笑着跟在平民身后走了过去。经过嵌在金色镜框的镜子时，我飞快地看了一眼。我是大度的美男子。镜子的深处有一张一二尺长的笑脸。我的心情恢复了平静，带着自信啪地拨开毛呢帘子。

我们站在写有“THE HIMAWARI”（向日葵）黄色罗马字的方形檐灯下。四个女招待的四张白皙的脸出现在昏暗的门口。

我们开始了如下的争论。

——别太瞧不起人。

——没有瞧不起你，就开了个玩笑，算了好吗？

——我是平民，被开玩笑会发火。

我重新看了看平民的脸。小脸、平头、稀疏的眉毛、单眼皮、三白眼，皮肤还很黑。身高比我还着实矮了五寸。我坚持想要搪塞过关。

——我就想尝尝威士忌，因为看起来很好喝。

——我也想喝。可惜了威士忌，就是这句话。

——你很坦白，很可爱。

——别出言不逊，你不就是个学生吗？还往自己的脸上贴金。

——然而我已经是个算卦先生了，是预言者哦，令人吃惊吧。

——别装醉了。趴下道歉。

——要理解我最重要的是勇气。这话很好吧。我是弗里德里希·尼采。

我焦急地等着女招待们来劝架。但她们全都冷着脸等着我挨揍。这时我被揍了。他的右拳从旁边突如其来，我飞快地缩起脖子，退了大约十八米远。而我那有着白色线条的帽子当了替身。我微笑着，故意慢慢地迈开步子去捡帽子。因为每天都是雨夹雪，道路很是泥泞。我蹲下身，盘算着一捡起那沾满了泥土的帽子就逃。这样就省下五元，再去别的地方喝。我跑了两三步，滑倒了，摔了个四脚朝天，就像是被踩扁的雨蛙。我对自己的落魄感到恼火。手套、上衣、裤子还有斗篷全都沾满了泥。我慢吞吞地爬起身，昂着头返回平民的方向。平民被女招待们围着保护了起来。没有一个人站我这边。这份确信唤醒了我的凶暴。

——我想向你道谢。

我冷笑着脱下手套扔开，连更昂贵的斗篷也一把扯下扔进了泥里。我对自己这颇有古风的台词以及动作感到些许满足。快有谁来阻止我。

平民也扭着身子脱下了狗皮马甲，交到给了我香烟的那个美丽女招待手里，然后一只手探进怀里。

——别做卑鄙事。

我摆好架势提醒他。

他从怀里摸出一根银笛。银笛璀璨地反射着檐灯的光。他把银笛交给了失去了两任丈夫的中年女招待。

平民的这番潇洒令我失去理智。这不是小说，我是真真正正地想要杀了这个平民。

——出来。

我吼着。飞起腿用力地把泥靴踢向平民的方向。踢翻他以后就挖了他那清澈的三白眼。但泥靴却徒劳地踢空了。我意识到自己的蠢样，悲从中来。微热的拳头命中了我的左眼连带大鼻子。我的眼中喷出了赤红的火焰。我看着那火焰，然后佯装趔趄。一个巴掌命中了我的右耳连带脸颊。我双手撑在了泥里，猛地咬住平民的腿。他的腿很硬。那是路旁的白杨树干。我趴在泥里，这时才急着想要号啕大哭，可悲的是，我连一滴泪都哭不出来。

黑鬼

黑鬼进入牢笼。笼子大约一坪大小，漆黑的角落处摆着一张圆木凳。黑人坐在凳子上刺绣。在这么黑暗的地方要如何刺绣，少年如精明的绅士一般冷笑，鼻翼的两旁刻下了深深的皱纹。

日本马戏团带来了一只黑鬼，村里一片哗然。据说那个黑鬼吃人，长着赤红的角，全身长着花一样的斑点。少年完全不信这些，他觉得村里的人们也不可能是打心底里相信这些而传谣。一定因为平时过着没有梦想的生活，这个时候才会编出天花乱坠的传说，假装相信并沉醉。少年每次听到村里人说的这些粗制滥造的谎言，就会咬着牙捂起耳朵，飞奔回他的家。为什么这些人不聊些更重要的事呢？那黑鬼据说不是雌的吗？

马戏团的乐队在村里的狭窄小路上列队游行，不到六十秒的时间就在村里的每个角落都传遍了。一条笔直的道路大约只有三百米，两侧排列着茅草房。乐队到了村落尽头也没有停下脚步，他们反复演奏着《萤之光》列队走在油菜花田间。然后走进插秧正酣的水田，在狭窄的田间小道上排成一列前进。他们没有漏过村里的任何一个人，又走过浮桥穿过森林，甚至去了半里开外的邻村。

村落的东端有一所小学，小学再往东挨着牧场。牧场大约有百坪大，种满了白车轴草，两头牛和六头猪正在玩耍。马戏团在这个牧场里搭起了鼠灰色的帐篷小屋。牛和猪被转移到了牧场主的库房里。

夜晚，村里的人用布包住脸三三两两地进了帐篷。有六七十个客人。少年使劲推搡着大人们到了最前列。他把下巴搁在圆形舞台旁拉起的粗绳子上，一动不动。有时他会轻轻地闭上眼，假装入迷。

惊险的杂技节目开始了。桶、绳网、鞭子声、金花锦缎、干瘦的老马、松垮垮的喝彩以及煤石灯。大约二十只嘎斯灯被间隔不等地挂在小屋的各处，夜晚的昆虫们围绕在其周围舞动。或许是帐篷的布料不够，小屋的天花板大约开了十坪的天窗，可以望见星空。

两个男人推着黑鬼的牢笼走上舞台。笼子哗啦哗啦地滑上了舞台，似乎在其底部装有轮子。蒙着脸的客人们发出了怒号与掌声。少年无精打采地挑起眉，开始静静地观察笼子内部。

嘲笑的表情从少年的脸上消失了。黑鬼绣的是国旗。少年的心脏咚咚地发出轻跳声。这不是出于军队或是类似军队概念的原因。因为黑鬼没有欺骗少年。黑鬼真的在刺绣。因为国旗的刺绣简单，所以黑暗中也能摸索着完成。真是庆幸，这个黑鬼是个诚实的人。

过了一会儿，身着燕尾服、蓄着仁丹胡的太夫[①]向客人介绍了她的大致来历，然后对着笼子“凯洛莉、凯洛莉”地叫了两声，优雅地

① 太夫：马戏团里比较高级的艺人。

挥起右手的鞭子。鞭子的声音尖锐地刺入少年的胸膛。他对太夫感到嫉妒。黑鬼站了起来。

黑鬼在鞭子声的威胁下，缓缓表演了两三个把戏。那都是下流的表演。除了少年之外，其他的客人都不知道。她吃人吗？她长着赤红的角吗？这些才是他们关心的问题。

黑鬼的身上围着一件蓝色灯芯草的短蓑衣。她似乎涂过油，每一处都闪着光。最后，黑鬼唱了一段歌谣。伴奏是太夫的鞭子声。歌谣里就是“肥皂、肥皂”这样简单的词汇。少年很喜爱这歌谣的感觉。不论是多么笨拙的词汇，只要怀着感伤的心，就一定能够发出动人的回响。想到这一点，少年再次用力闭上眼。

这一晚，少年思念着黑鬼，弄脏了自己。

翌日早上，少年去上学。他翻过教室的窗，跳过后门的小河，朝着马戏团的帐篷跑去。他从帐篷的缝隙窥探昏暗的内部。马戏团的人像青虫似的随地睡在铺满了被褥的舞台上。学校的钟声响起。要开始上课了。少年没有动。黑鬼没有睡。他怎么找也找不到。学校变得寂静。已经开始上课了吧。第二课，亚历山大大帝和医生菲利普。从前在欧洲有个名叫亚历山大大帝的英雄。少女的朗读声清晰地传入耳中。少年没有动。少年相信，那个黑鬼只是个女人。她平时一定会从笼子里出来，和大家一起玩耍。就是一个会洗碗、会抽烟、会用日语生气的女人。少女的朗读声停下了，响起了教师嘶哑的声音。我认为信赖是美德。亚历山大大帝因为拥有这一美德而保住了性命。诸位。少年还是没有动。她不可能不在这里。笼子肯定应该是空的。少年挺直了肩膀。我在偷看的时候，黑鬼会偷偷来到我身后，紧紧抱住我的肩。所以背后也不能放松，必须把肩膀收得紧紧的，让她能抱住。黑鬼一定会把绣好的日之丸旗送我。这个时候我不能示弱，要对她说：我是第几个了？

黑鬼没有出现。少年离开帐篷，用和服的袖子拭去窄额头上的汗，慢吞吞地返回学校。我发烧了。肺似乎不太好。他完全骗过了身穿袴和服、脚蹬高帮皮鞋的年迈男教师。坐到自己的座位后，少年还是假装咳嗽。

据村里人说，黑鬼还是被关在笼子里抬上了带篷马车，离开了这个村子。太夫为了防身，口袋里藏有手枪。

小丑之花

“过了这里便是悲伤之城。”

朋友们全都离开我，用悲伤的眼神望着我。朋友啊，让我们说说话，尽情笑话我吧。哎，朋友们面无表情，转过脸去。朋友啊，尽情质问我吧，我什么都愿意讲。是我亲手将阿园沉入水中，我以恶魔般的傲慢，祈求自己活着而阿园死去。还要继续吗？哎，然而朋友们只是用悲伤的眼神望着我。

大庭叶藏坐在床上，望向海滩。海面烟雨蒙蒙。

我从睡梦中醒来，重读这几行文字，那种丑陋与卑贱让我无法承受。停，言重了。书归正传，先说说大庭叶藏。令我心醉的不是酒，而是某种更强烈的东西，我要为大庭叶藏鼓掌。这个名字很适合我的主人公。“大庭”完美地象征了主人公非比寻常的气魄，“叶藏”又是多么有新意，是从古老的底部喷薄而出的真正新鲜的东西。而且“大庭叶藏”这四个字排列起来如此明快、协调。单说这个名字，难道不是划时代的吗？这位大庭叶藏正坐在床上，望向烟雨蒙蒙的海面。更划时代了不是吗？

打住。自我嘲弄毫无意义。那是遍体鳞伤的自尊心的应激反应。我就是这样一个人，不愿被人们评头论足，才会抢在头里先把自己钉上十字架。这么做太卑鄙，我必须更坦诚才行。啊，还得更谦虚。

大庭叶藏。

被嘲笑也没关系。东施效颦。观察旁人的同时，你也在被旁人观察。想必还有更适合的名字，但我懒得再想。直接用“我”称呼主人公不是不行，今年春天刚写过以“我”为主角的小说，犯不着连用两篇。假如我明天突然死去，说不定会跑出一个莫名其妙的人煞有介事地分析：他不用“我”为主角就写不出好小说。说实话，这就是我决定用“大庭叶藏”这个名字的原因。可笑吗？五十步笑百步。

1929年12月底，青松园这座海滨疗养院因叶藏的到来掀起一阵波澜。青松园住着三十六名肺结核病人，其中两名重症、十一名轻症患者，其他二十三人正处于恢复期。叶藏住的是东区第一住院楼，亦即所谓的特等病房，共分六间。叶藏隔壁两间都空着，最靠西的六号房住着位身材高、鼻子也高的大学生。靠东的一号房、二号房，各有一位年轻女子入住。三人都处在康复期。前晚，有人在袂浦海滩殉情自杀。有两个人一起跳海，男人被返航的渔船救起，活了下来。女方一直没被找到。村镇上的大批消防队员前往搜救，一艘又一艘渔船驶向海面，警笛尖锐地响个不停，吆喝声此起彼伏，大学生和两名年轻女子无不心惊胆战。渔船带着红色的火光，在江之岛沿岸徘徊了一整晚。三人当晚彻夜难眠。黎明时分，人们终于在袂浦海滩找到女人的尸体。剪短了的头发闪闪发亮，脸蛋又白又肿。

叶藏知道阿园死了。被救起，渔船摇摇晃晃往岸边驶去的时候，他就知道了。他在星空下苏醒过来，开口询问“女人死了吗”，某位渔夫答“没死，没死，放心吧”，显然是以安慰的口吻。当时他迷迷糊糊地想，她死了啊，很快又晕了过去。再次醒来，人已经在疗养院了。白色墙壁的房间挤满了人，人群中有人盘问叶藏的身份，他都一一清楚交代。天亮后，叶藏被转入另一间更为宽敞的病房。叶藏家里收到消息后，特地打长途电话到青松园，要求院方好生照料。叶藏老家在二百里开外的地方。

东区第一住院楼的三位患者，知道这个新病人近在咫尺，不禁感到心满意足，她们期待着明天全新的医院生活，直到天空与海面蒙蒙亮的时候才终于睡下。

叶藏睡不着。他时不时地轻轻转动脑袋，脸上到处贴着白色纱布。他被海浪吞噬，身体撞上岩石留下许多伤口。一位二十来岁名叫真野的护士贴身照顾他。她的左眼睑上方有一道深深的伤痕，比起另一只眼，左眼看起来比较大。但她并不丑，红色的上嘴唇不自觉地噘着，脸庞呈小麦色。她坐在床边的椅子上，望着阴霾的海面。出于怜惜，她努力不看叶藏的脸。

接近正午，两位警察来探视叶藏。真野离开了病房。

两人都穿西装，一个留着小胡子，另一个戴铁框眼镜。“小胡子”低声询问叶藏与阿园的关系。叶藏如实回答。“小胡子”用随身携带的笔记本做记录。问完后，“小胡子”俯下身子，身形笼罩着叶藏问道：“女的死了。你是真心寻死吗？”

叶藏沉默不语。

“铁框眼镜”那肥厚的额头挤出两三条皱纹，微笑着拍拍“小胡子”的肩：“算了，算了。怪可怜的，改天再问好了。”“小胡子”盯着叶藏的眼睛，慢慢将笔记本放回上衣口袋。

警察走后，真野快步回到叶藏的病房。然而，她一开门，只见叶藏泣不成声。她立刻轻轻把门带上，兀自在走廊站了好久。

下午开始下雨。叶藏已经可以站起身子，独自去上厕所了。

他的朋友飞驒冲进病房，外套都湿了。叶藏装睡。飞驒小声问真野：“他没事吧？”

“嗯，好多了。”

“真没想到会发生这样的事。”

他扭动肥胖的身体脱下散发黏土气息的外套，递给真野。

飞驒是个籍籍无名的雕刻家，与同样默默无闻的油画家叶藏自中学起便是好友。通常，人们在青年时期总会把身旁的某个人当榜样，飞驒也不例外。刚进初中，他非常崇拜班上成绩最好的学生。也就是叶藏。叶藏在课堂上的一颦一笑，对飞驒而言都别有意义。当他在校园的沙堆后发现叶藏少年老成的孤独身影，心中不禁深深叹息。对了，还有第一次与叶藏说上话的欢喜。飞驒什么都学叶藏：抽烟、嘲弄老师、双手抱在脑后以及在校园里晃来晃去。他知道艺术家最了不起。叶藏进入美术学校，飞驒比他小一届，后来也考进同一所美术学校。叶藏学油画，飞驒特意选了雕塑系。他声称自己被罗丹的巴尔扎克雕像感动，真正的原因则是自卑，不愿意与叶藏进行比较，同时想令选雕塑的理由听起来体面一些。后来，他们走上了截然不同的人生道路。叶藏越来越瘦，飞驒渐渐发胖。不止如此，叶藏受某些推崇直接经验的哲学影响，开始贬低艺术。彼时的飞驒则沉迷于艺术创作，总是三句离不开艺术，做着出名的美梦，却不怎么用功。接着，两人相继毕业，成绩都不算太好。叶藏几乎放弃绘画，还说绘画就是一张海报，这令飞驒感到很失望。艺术不过是社会经济结构放出来的屁，是生产力的一种形式，所谓的杰作和袜子一样都不过是商品……叶藏的说辞令飞驒摸不着头脑。飞驒还是和以前一样喜欢叶藏，这些想法他都能够包容，觉得叶藏自有一番道理。对飞驒来说，创造艺术杰作比什么都重要，他总是摆弄着黏土，一心等待灵感的降临。换言之，他们不是艺术家，反而更像是艺术品。也正因如此，我才能顺利地写到这里，假如换作真正的艺术家，各位恐怕读上三行就要反胃了。这点我敢向各位保证。还是说，你要的是那样的小说？你说呢？

飞驒也不忍看叶藏的脸。他尽量放轻脚步走到叶藏床边，双目注视玻璃窗外的雨势。

叶藏睁眼微笑道："吓到你了吧？"

飞驒大吃一惊，双目转向叶藏，旋即垂眼"嗯"了一声。

"你怎么知道的？"

飞驒有些迟疑。他将右手从长裤口袋抽出，托着脸颊望向真野。真野一脸严肃，微微摇头。

“报纸上登了？”

“嗯。”实际上，飞驒是听广播新闻知道的。

叶藏对飞驒不置可否的态度感到气愤，一夜过后，居然翻脸不认人，把认识十年的好朋友当外人对待，简直可恨。叶藏决定再次装睡。

飞驒无所事事地站在床边，拖鞋与地板触碰发出啪嗒啪嗒的声音。

病房的门无声地打开了，门口站着一个穿校服的小个子大学生，探出脑袋，脸庞俊美。飞驒见了他，着实松了口气。他一边赶走脸颊上的微笑，一边故意放慢步子走过去。

“你刚到？”

“对。”小菅怕吵醒叶藏，小声回答。

小菅跟叶藏是亲戚关系，在大学念法律系，虽然与叶藏相差三岁，两人却是好友。眼下的年轻人并不那么在乎彼此的年龄。寒假期间本已返乡的他得知叶藏的消息，匆匆忙忙乘快速列车赶了过来。两人站在走廊里说着话。

“你脸上沾了煤灰！”飞驒大大咧咧地笑着，指了指小菅鼻子下方，那里沾着些火车的煤烟。

“是吗？”小菅连忙从胸前的口袋里掏出手帕，在鼻子下方擦了擦，“怎么样？严重吗？”

“你说大庭？他好像没事了。”

“是吗。没了吧？”小菅伸长人中给飞驒看。

“没了，没了。他家里大概天翻地覆了吧？”

小菅把手帕塞回口袋：“是啊，乱成一锅粥了，就像在办丧事。”

“他家里有谁要来？”

“他哥哥要来。他父亲说，别去管他。”

“事情闹大了！”飞驒扶额道。

“阿叶呢？”

“倒是挺稳得住，他一直很老成。”

“不晓得现在心情如何？”小菅微笑道，仿佛有些兴奋。

“不知道……你不去跟他打个招呼吗？”

“算了吧。反正在他面前也无话可说，而且……我有点害怕。”

两人低声笑了笑。

真野走出病房道：“里面听得一清二楚，别在走廊里聊天了。”

“哎呀……”飞驒很懊悔的样子，恨不得找个地缝钻。

小菅望着真野，表情别有意味：“两位，吃过午饭了吗？”

“还没！”两人异口同声。

真野脸蛋泛红，不禁笑出声来。

待三人去餐厅后，叶藏坐起身，这才望着烟雨蒙蒙的海面。

“过了这里便是空蒙的深渊。”

之后便接上最初的那段文字。好吧，我承认这种写法并不高明。首先，我并喜欢这种时间上的穿插，勉强尝试了一次。“过了这里便是悲伤之城。”我的目的无非是想把这句时常挂在嘴边的“地狱之门咏叹词”放在全文最重要的第一行，仅此而已。纵使这一行会破坏整篇小说，我也不愿妥协。进而言之，如果去掉那一行，就等于否定了我迄今为止的人生。

“还不是激进思潮害的。”没错，这是句蠢话，但小菅就是这么说的。他一脸得意，端起牛奶杯。

餐厅四面是木板墙，刷了白漆，东边墙上高高挂着院长的肖像画，胸前佩戴有硬币大小的三枚勋章。餐厅里摆放着十张长桌，空荡荡的。飞驒与小菅坐在东南角吃午饭。

“他之前闹得可凶了，”小菅小声道，“体弱多病还四处奔走，怎么吃得消。”

“他是学运领袖，我知道，”飞驒一边咀嚼面包一边插嘴，他虽不算见多识广，但当时左翼学运是人人皆知的社会风潮，“也不单单是这个原因吧，艺术家可不会像他这样想不开。”

食堂更暗了，雨越来越大。

小菅喝了口牛奶，说道：“你看事情太主观，这可不行。理论上……我是说理论上，据说一个人自杀总有某种客观原因在起作用，自己都未必意识得到。家里的人都说，这次的事是感情纠葛，我却不这么想。那个女孩子只是陪他死，还有更重要的原因。我家那些人不明白就算了，连你都不懂他，这可不行。”

飞驒望着脚边的炉火，低声说道：“可那个女人，是有夫之妇啊。”

小菅放下牛奶：“我知道。这有什么，他可不在乎这些。因为是有夫之妇就殉情？怎么可能！”他闭上一只眼睛，望着头上的肖像画问：“是这里的院长吗？”

“应该是。可是……真相也许只有他自己才知道吧。”

“话是没错。”小菅附和，随后环顾四周道，“有点冷，你今天住这儿？”

飞驒赶紧吞下面包，点头道：“住的。”

时下的年轻人不爱争辩。他们尽可能留心不冒犯对方，同时尽力护卫自己不受侵犯。他们不愿意平白受辱。一旦受伤，他们免不了要分出个胜负，不是你死，就是我亡。所以，他们决不轻易起争执，轻松运用许多模棱两可的话语，一个否定句都有十种不同的说法。讨论还没开始，眼神中就已释出妥协的意愿，然后一边笑着握手，一边暗自咒骂对方：智商低！

好了，我的小说，就快写不下去了。换个思路，用全景式多线并进的写法吧。闲话少说，看你怎么自圆其说。啊，但愿一切顺利。

第二天早晨，天朗气清。海面风平浪静，大岛火山喷出的烟雾堆积在水平线上。好糟糕，我讨厌景物描写。

一号房的病人睁开眼睛，病房里满是初冬的和煦阳光。她与护士互道早安，立刻测量了早晨的体温，36.4℃。接着，在吃早餐前，她去阳台晒太阳，没等护士轻戳她的腰间，提醒她往四号房看，就已经瞟了好几眼。昨天的那个新病人，穿着藏青白纹褂子，端正地坐在藤椅上看海。他皱着眉头，觉得阳光很刺眼似的，脸色不怎么好。她躺在卧榻上，眯着眼睛观察了一番，接着唤护士拿书，是一本《包法利夫人》，平时觉得这书无趣，只能看上五六页，今天却饶有兴致。似乎现在是读这本书的最佳时机。她随手一翻，在第一百页挑了一行开始读。“爱玛想在火把的光亮下，半夜出嫁。”

二号房的病人也睡醒了。她去阳台晒太阳，忽然看到叶藏，然后赶紧跑回病房。不知怎的，她很害怕，钻进被窝里去了。她母亲负责照顾她，此时笑着替她盖好毛毯。二号房的女病人一直把毛毯拉过头顶，在黑暗中两眼放光，侧耳倾听隔壁的说话声。

“好像是个美女呢。”不知谁在笑。

飞驒与小菅在医院过夜。他们在叶藏病房隔壁睡下，两人共用一张床。小菅先醒，睁开细长的眼睛，起身去阳台。他发现叶藏的姿势有点做作，为了找到叶藏故作姿态的原因，他扭头望去，只见最靠边的阳台上，有个年轻女子在看书。卧榻背后的石墙上长满青苔。小菅学着外国人耸耸肩，转身回到病房，叫醒飞驒。

“醒一醒，有情况！”他们最喜欢小题大做，“快看阿叶的经典姿势。”

他们经常在谈话中使用“经典”这个形容词。也许是希望无聊的人生能够多些值得期待的东西。

飞驒吓得坐起身：“怎么了？”

小菅说："那边有个女孩子，阿叶正在展现他的侧脸。"

飞驒兴奋起来，挑眉问道："是美女吗？"

"好像是个美女呢，假装在看书。"

"好呀，给我们抓个正着。"飞驒忍俊不禁，他坐在床上穿好外套和长裤。兴之所至，他们总会在背后对人评头论足，连好朋友也不例外。"大庭这家伙，只要是个女人他都不会放过。"

不一会儿，叶藏的病房传出一连串笑声，整栋住院楼都听到了。一号房的病人合上书，疑惑地望向叶藏的阳台，只见白色藤椅还在早晨的阳光里闪着光，阳台空无一人。她不禁昏昏沉沉地打起哈欠来。二号房的病人听到笑声，从毛毯底下探出脑袋，与母亲相视而笑。六号房的大学生被笑声吵醒，没人照顾他，病房跟宿舍差不多。他察觉到笑声来自昨天那个新病人的房间，脸上忽而红润起来，他并不觉得笑声有何不妥，康复期的患者总是特别心胸宽大，知道叶藏的身体没有大碍，他也放心许多。

我该不会成三流作家了吧。是不是太自以为是了呢？还想搞什么全景式多线并进，结果却写成了这样。不对，应该说，我早就预料到会失败，有句话我早就预备下了。人们往往秉持着美好的感情，却撰写出丑恶的文学。也就是说，文章写得糟糕恰恰说明我的内心并不丑恶。啊，向这句话的作者致敬！多么宝贵的金句。可这金句作家一辈子只能用一次，千真万确，一次讨人喜欢，一而再，再而三，把这金句当挡箭牌就太可悲了。

"失败啦！"小菅与飞驒并肩坐在病床旁边的沙发上，他看看飞驒，又看看叶藏，随后望了一眼倚门而立的真野。看到三人笑得合不拢嘴，这才满足地把头倚在飞驒的右肩上。他们总是笑个不停，微不足道的小事也能放声大笑，东倒西歪。笑对于年轻人就像呼吸那样稀松平常。这种习惯是何时养成的呢？不笑似乎就吃了大亏。只要能笑，任何机会都不能错过。啊，这应该是贪婪的美食主义带来的影响吧。然而，他们的笑并非发自内心，多么可悲。即便笑得东倒西歪，还是无时无刻不关注着自己的外在。他们时常嘲笑别人，引人发笑，为此不惜自我嘲弄。这些心理都源自某种虚无的核心，而在内心更深处，无不充满焦躁与惶惑。自我牺牲的意念，带着些许自暴自弃，没有明确的目的。他们不经意地做出为人称道的事，在既有的道德观念中甚至引为美谈，这不为人知的灵魂都在背后起着作用。这是我的一家之言，但绝非书房里的纸上谈兵，而是我通过倾听自己的身体总结出的想法。

叶藏还在笑。他坐在病床上，两脚悬空，一边护着脸上的纱布，一边放声大笑。小菅的话真的那么好笑吗？他们到底在讲什么呢？容我赘述一二。小菅在假期里去离家三里远的深山温泉场滑雪，并在当地温泉旅馆住了一晚。深夜他起身上厕所，在走廊与某个年轻女子擦肩而过。仅此而已，这就是他口中的重大事件。小菅认为，即便擦肩而过，也必须给对方留下非同寻常的好印象。他并没做什么出格的事，仅仅是在那擦肩而过的瞬间，尽可能表现出潇洒的一面。对人生始终抱持积极的心态。一瞬间，他想象着可能发生的种种情景，被自己感动到心碎。每天都有类似的令人屏息的瞬间，至少一次，他们不敢大意，就连独处时也留意修饰自己的外在。小菅那天深夜去厕所，据说还穿着新做的蓝色外套呢。他与那个年轻女子擦肩而过后，庆幸自己还好穿了新外套出来。他长舒一口气，朝走廊尽头穿衣镜一看，失败啦！外套底下，居然是一条破旧的睡裤。

“哎呀，”他笑道，“睡裤皱巴巴的，还缩水，腿毛都露出来了。脸也睡得特别肿。”

叶藏内心不觉得有多好笑，疑心小菅在编故事，表面还是放声大笑。跟昨天不同，朋友们正试图宽慰他。也许是为了报答他们的心意，他笑得格外起劲。看叶藏笑了，飞驒与真野也跟着笑作一团。

飞驒放下心来，觉得差不多到了无话不谈的时候。他一直压抑着，告诫自己还不是时候，但又随时都会冲口而出。

得意忘形的小菅随口来了句：“我们在女人面前总会失败。阿叶你也是吧？”

叶藏笑个不停，不置可否道：“有吗？”

“对啊，但不用寻死觅活的。”

“我失败了吗？”

飞驒非常高兴，心跳加速。最难翻越的石墙已在笑声中轰然倒塌，不可思议的成功源自口没遮拦的小菅。想到这里，他简直想给这个小弟弟一个大大的拥抱。他稀疏的眉毛舒展开来，吞吞吐吐地说：“失败与否，一句话怎么说得清。我们连原因都弄不清楚。”话一出口，他就感觉不妙。

小菅接口：“话是没错。我跟飞驒有过一番争论，我认为这次的事跟激进思潮有关，他却故弄玄虚，总说还有其他原因。”

飞驒赶忙打圆场：“我同意，我只是说原因没那么单纯。爱情肯定是有的，总不可能跟不喜欢的女人殉情吧。”为避免叶藏胡思乱想，产生误会，飞驒冲口而出。话一出口，他自己都觉得如同神来之笔。太棒了，他暗自松了一口气。

叶藏垂下他的长睫毛。虚伪、懒惰、阿谀、狡猾、恶的巢穴、疲劳、愤怒、杀意、自私自利、脆弱、欺瞒、病毒，这些意念撬动着他的内心。他犹豫要不要说出来，并故作沮丧地低声道：“说实话，我自己也不知道。所有一切似乎都可以成为原因。”

“我懂，我懂，”没等叶藏讲完，小菅就抢着点头道，“是会这样的。咦，护士小姐不见了？是为我们特意避开的吗？”

正如上文所说，他们的讨论与其说是交换想法，不如说只是凭一时兴致、气氛胡言乱语，半句真心话都没有。然而，只要你耐心听下去，却也会有意外的收获。在他们故作高深的言辞之中，有时也藏着异常真诚的片段，令人不禁沉思良久。脱口而出的话语往往藏着真心。叶藏嘴巴上说“所有一切”，听起来玄之又玄，但谁又能说这不是他的肺腑之言呢？他们的心中混沌不清，只有无可名状、不知来由的叛逆。又或者，他们的心中只有自尊心，而且是经过打磨的细而尖锐的自尊心，再小的微风都会让它来回晃动。一想到自己受到侮辱便寻死觅活，也难怪叶藏无法面对别人对自杀原因的追问。

那天下午，叶藏的哥哥来到青松园。他与叶藏外形迥然不同，身材富态，穿着日式阔腿裤。

由院长带领，他来到叶藏的病房门口，里头传来爽朗的笑声。哥哥明知故问：“是这间吗？”

“嗯，他精神挺不错的。”院长推开门。

小菅大吃一惊，从病床跳下。他躺在叶藏的床上，叶藏与飞驒则并肩坐在沙发上打牌，两人也急忙站起身子。护士真野坐在床边的椅子上织毛衣，见状赶紧收起毛线，一脸尴尬。

“朋友都来看望，热闹点好。”院长轻声道，随后来到叶藏身旁问，“今天好多了吧？”

“嗯。”叶藏答。心里一阵委屈。

院长眼镜后面的双眼带着笑意。哥哥郑重地感谢真野与飞驒，板着脸问小菅：“昨晚你睡这里？”

“是的，”小菅挠头，“隔壁病房没人，我和飞驒就留下来过夜了。”

“今晚来我旅馆睡吧，我在江之岛订的。飞驒也来吧。”

“哦。”飞驒抓着三张牌，愣着不知如何是好。

哥哥若无其事地问叶藏：“你说呢？”

“嗯。”叶藏点点头，有所保留的样子。

哥哥滔滔不绝起来：“飞驒，不如我们现在跟院长一起出去吃午餐吧。我还没参观过江之岛，院长可以带我逛逛。现在就走，汽车还在外面等我呢，天气这么好。”

我很后悔。两个成年人一出场，立刻令文章变得一团糟。叶藏、小菅、飞驒，外加我，四个人好不容易创造出的奇妙氛围被他们彻底破坏了。我原本试图强调这篇小说的浪漫氛围，用开头几页故布迷阵，再逐渐拆解破局，弄清原委。我的拙劣的文笔已然无可救药，写到这里终于还是土崩瓦解了。

请原谅！骗你的。我刚才故意说反话。一切都是有意为之。写着写着，奇妙的浪漫氛围什么的不再吸引我，于是我便亲手打破僵局，假如真能令文章土崩瓦解，简直正中下怀。低级趣味。事到如今，这句话对我仍有莫大的杀伤力。有些人总是出于本能地希望胜人一筹，这就是一种低级趣味，我的这种态度恐怕如出一辙。我不想输，不愿被人看透。但我恐怕失败了。啊！作家都是这样吗？矫揉造作地表白。错在我吗？我能像真正的人那样生活吗？写到这里，我仍然对文章耿耿于怀。

一切昭然若揭。说真的，之所以要在小说每一段描写后头插入我个人的桥段，讲一些大可不说的话，不过是别有用心。我试图通过这种写法，在读者毫无察觉的状况下，用我的口吻，营造一种独特的韵味与气氛。我自我陶醉地认定，这种风格是日本从未有过的高端写法。可我失败了。不，坦诚这一失败恐怕也在小说预设的范围之内。如果可以的话，我本不该太早说这些。这一句莫非也是预先准备好的吗？啊，别信我说的话，一个字也别信。

为什么写小说？渴望新晋作家的光环吗？抑或想赚钱？不演了，坦白说，我都想要，想要得不得了。啊，我的谎言如此无耻，人们一不小心就会当真。最为卑劣的谎言莫过于此。为什么写小说？怎么说好呢？没办法，我也不想装模作样，简而言之就是两个字“复仇”。

接着写下一段吧。我是商业艺术家，而非艺术品。我那低贱的表白，如果能为小说带来一些层次和韵味，就是不幸中之大幸了。

叶藏、真野留在病房里，叶藏钻进被窝，睁着眼睛想事情。真野坐在沙发上收扑克牌。她将牌放入紫色纸盒：“刚才那位是您的哥哥？”

“嗯，”叶藏盯着高高的白色天花板，“我们长得像吗？”

假如作家对笔下的人物缺乏感情，就会写出这种拖泥带水的文章。不对，不用我来分析，这文章可是相当精彩。

“嗯，鼻子有点像。”

叶藏放声大笑。叶藏家里人遗传了祖母，鼻子都很长。

“他今年几岁？”真野笑着询问。

“我哥吗？”叶藏对真野说，“年纪不大，三十四，派头却不小，风风火火的。”

真野抬头看了眼叶藏，只见他皱着眉头，四目交接，她慌忙低眉垂眼。

“别看我哥那样，他还算好的呢，我爸更是……”

话说到一半，叶藏沉默了。他是我的替身，与这世界达成妥协。

真野起身，从病房角落的柜子里取出织毛衣的工具，接着像之前一样，坐在叶藏病床旁的椅子上，边织毛衣边想：不是激进思潮，也不是爱情纠葛，还有什么更深刻的原因？

我不想再解释了。说得越多，就越觉得什么都讲不清楚。我似乎并未触及真正重要的东西。当然这很正常，很多细节我未曾提及。又或者说，作家不了解作品的价值，这在小说领域也是常有的事。无论我愿不愿意接受，终究无法否认，不该期待自己的作品达成某种效果，当你把效果两个字宣之于口，就会立刻引起反效果。对于效果的探索和研究，还会诱发新的效果。我只会永远被牵着鼻子走。这篇小说究竟失败还是成功，我不想去深究，但它一定会有出乎预料的意义。这套说辞是我从别人那儿听来的，并非出自我的肉体，我把它视为某种出路。老实说，我毫无自信。

点灯后，小菅独自来到病房。刚进门，他立刻俯身对着床上的叶藏低声说："我刚才喝酒了，别告诉真野。"说完便朝叶藏脸上呼了口气。疗养院规定饮酒后不得进病房。

看到真野在沙发上织毛衣，小菅大声说道："刚才去江之岛玩，很不错。"

叶藏起身坐在床上："你们几个一直在喝酒？没事的啦，真野小姐，你说呢？"

真野一边织毛衣一边说："本来是不可以的。"

小菅仰面倒在床上："我们跟院长一起，四个人商量了一番，你哥一套一套的，没想到很有手腕的样子。"

叶藏沉默不语。

"明天，你哥和飞驒去警局，把事情好好解决一下。飞驒那家伙，傻乎乎的，特别兴奋，说要留在那边过夜。我不乐意，就回来了。"

"他肯定说我坏话了吧？"

"嗯，还不少，他说你是大浑蛋，今后不知道还会闯些什么祸。也批评了你老爸，说他也有责任。真野小姐，我能抽烟吗？"

"行。"她几乎落下泪来，简短应了一声。

"听得见海浪的声音，这家医院真好。"小菅叼着烟，没点火，醉醺醺地闭眼喘着粗气，接着猛地坐起身道，"差点忘了，你的衣服我拿来了，在那儿。"

叶藏看到门旁摆着个藤蔓花纹的大包袱，眉头紧锁。他们每当谈起家人总会习惯性地露出略带感伤的神色，这种表情来源于从小受到的教育，正如家人也与"财产"两个字紧密相连。"真对不住我妈。"

"嗯，你哥也说伯母最可怜，还要为你有没有衣服穿操心。你别不信……真野小姐，有火柴吗？”从真野手中接过火柴，小菅仔细端详火柴盒上的马脸，“你穿的这身是院长借你的衣服吧？”

“这件？是啊，院长儿子的衣服……我哥肯定也没少讲我坏话。”

“你别跟他计较嘛。”小菅点着香烟，“你哥观念没那么守旧，他很理解你，好吧，不算很理解，但他也不容易。关于这次的事，我们争论了好久，究竟是什么原因，真把我笑死了。”他呼了口烟，“你哥一本正经地说，肯定因为你太大手大脚，最后没钱花了。他还说，身为你哥羞于启齿，多半是得了什么不可告人的病，破罐破摔。”他用酒醉时浑浊的双眼望着叶藏，“是吗？该不会被他说中了吧？”

今晚只有小菅在这里过夜，不必特意借用隔壁的病房。小菅与叶藏一起睡在沙发上，这张沙发包裹着绿色天鹅绒，能展开为一张床，是真野的卧榻。由于沙发床被小菅占了，真野从医务室借了张草席，铺在病房西北角、叶藏的脚边。接着，真野还找来一面对折的矮屏风，隔在她与二人之间。

“还防着我们呢。”小菅躺在沙发床上，望着屏风笑道，“屏风上还有秋日七草。”

真野拿包裹布，将叶藏头顶的电灯裹住，使其不至于太过刺眼，道了声晚安后自去屏风后头躺下。

叶藏睡得很不舒服。“好冷啊。”他翻身道。

“嗯，”小菅也噘嘴附和，“我连酒都醒了。”

“要盖个什么在身上吗？”真野清嗓道。

叶藏闭着眼睛回答：“我吗？不必了，有点睡不着，海浪太大声了。”

小菅同情叶藏。不用我说，这是一种成熟的心态，他同情的，实际上并不是身旁的叶藏，而是遭逢同样变故时的他自己，又或者是更为抽象的、普遍的、变故本身。成年人历练丰富，时常对周遭表示同情，为别人掬一把同情泪似乎是值得称道的品质。年轻人也不例外，时常会沉湎于这类廉价的情感之中。往好了说，成年人与生活妥协的态度来自历练和经验，那么年轻人呢？他们又是从哪里学来这一套的呢？是这类垃圾小说害的吗？

“真野小姐，说点什么嘛，有没有好玩的故事说来听听？”多管闲事的小菅想让叶藏换换心情，柔声询问真野。

“我能说什么呀。”屏风后头的真野笑道。

“精彩的故事也行啊。”他们总是对刺激异常渴求。

真野思忖半晌，沉默了一会儿：“不可以说出去的，”她事先声明，接着低声笑道，“是个鬼故事，小菅先生，你敢听吗？”

“你说，说吧。”小菅道。

故事发生在真野刚当护士那年，十九岁的那个夏天。也有那么一个为情所困而自杀的年轻人，被人发现后送入一家医院，真野负责照顾他。病人当时服药自杀，身上满是紫色的斑点，眼看是救不回来了。傍晚，他苏醒过来，刚巧窗外的石墙周围正有许多红滨蟹爬来爬去，他看着不禁感叹。那些螃蟹外壳是红色的，他便说出院的时候要去抓些螃蟹带回家，随后便又昏迷过去。当天夜里，病人吐了整整两面盆，离开了人世。为了等候病人家属，真野坐在病房里，与死去的年轻人共处一室。她壮着胆子，在病房里坐了一个小时，却听到背后有响声，只要静下心来，总能听见，接着她甚至听到非常清晰的脚步声。真野鼓足勇气回头，只见背后有一只红色的小螃蟹，真野望着螃蟹哭了出来。

“真不敢相信，真的有螃蟹，活螃蟹。我那个时候几乎想要辞职不干了，就算我不工作，家里也不是过不下去。但后来我把这件事告诉我爸，他笑得前仰后合的……小菅先生，这故事怎么样？”

“太精彩了！”小菅语气格外夸张，“你口中的医院是？”

真野不接话茬，翻身悠悠地说："其实我，当时并不想接受医院的安排，过来照顾大庭先生，我有点害怕。但过来看过之后我就放心了。大庭先生精神这么好，刚住进来就能自己去洗手间。"

"不，我问你哪家医院，不是这家吧？"

真野顿了顿说道："是这里，就是这家医院，你可不要对别人说。被人知道可得说我不守信用了。"

叶藏口齿含糊地问："难道，就是这间病房？"

"不是。"

"难道，"小菅模仿叶藏的口吻，"就是昨晚我们睡的病床？"

真野笑道："也不是。你们放心好啦。早知道你们这么害怕，我不该说这故事的。"

"是一号病房！"小菅抬头道，"窗外有石墙的只有那间，是一号房没错。那个女孩子的房间，也太倒霉了吧。"

"别闹啦，该睡了。我骗你们的啦，随口胡诌罢了。"

叶藏的思绪早就飞到了别处。他想到阿园的幽灵，并在心中默默描绘她的倩影。叶藏也有这样直接、单纯的一面。对这些年轻人来说，"神"这个字眼毫无意义，不过是个混杂着讽刺与善意的专有名词罢了。或者他们太接近神。像我这样轻佻地谈论"神"之类的话题，读者们想必会批评我过于浅薄、想当然吧。哎，请原谅我。再蹩脚的作家，也会暗自希望自己笔下的主人公与神相近。我觉得，他与神确有相似之处，宛如任由心爱的鸟儿夜枭在黄昏的天上翱翔的智慧女神密涅瓦，脸上满是笑容。

第二天，疗养院一大清早就吵吵嚷嚷的。下雪了，前院上千棵矮柏树裹上银装，通往下层的三十多级石梯以及相连的海滩都积了薄薄一层雪。雪下下停停，直到中午。

叶藏趴在床上画雪景。真野帮他买来画纸与铅笔，雪停后他就开始动笔画了起来。

雪反射出的光把病房照得格外明亮。小菅躺在沙发上看杂志，时不时地探头看叶藏画画。他对艺术略微有些敬畏之心，当然一大部分也是因为叶藏的关系。他们从小就认识，小菅觉得叶藏跟别人不一样。接触久了，他认为叶藏之所以跟别人不一样，是因为他太过聪明。于是，小菅从小时候起，就格外喜欢爱打扮、爱骗人、爱搭讪，甚至有残忍一面的叶藏。特别是学生时代的叶藏，批判教师们的时候，眼睛里的热诚最能打动人。小菅的喜欢又与飞騨性质不同，更多的属于欣赏。又或者，小菅比较滑头，他不会什么都模仿叶藏，对自己没好处的事袖手旁观就好。小菅的人生态度大概比叶藏、飞騨更新派，他对艺术略有敬畏之心，说穿了不过是希望漫长的人生能有些聊以慰藉的东西，本质上与那件蓝色外套并无分别。在小菅心目中，叶藏经历过更多的跌宕起伏，一般人怎么能比。他的想法相对率真，对叶藏有一种模糊的信任，偶尔也不免失望。例如此刻，他望着叶藏的素描，画纸上不过是些海面、岛屿的景色，看不出什么特别。

小菅不再看画，转而阅读杂志上的专栏。病房里鸦雀无声。

真野不在病房，她去洗衣间清洗叶藏的线衫。叶藏那天晚上身上穿的就是这一件，衣服上还能闻到淡淡的海水味。

下午，飞騨从警局回来，风风火火地推门打招呼："嘿！"他见叶藏正在画画，夸张地说，"不错嘛，艺术家果然离不开艺术创作啊。"说完便走过来看画。

叶藏急忙收起画纸，对折再对折，不好意思地说："不给你看，好久没画画，手跟不上脑子。"

飞騨穿着外套坐在病床上："或许吧，你太急于求成，但这也代表你对艺术的热情。我觉得总不会太坏……你画的是什么？"

叶藏用手托着腮帮子，下巴朝窗外一撇："我在画海。天空、大海是一片漆黑，岛屿是白的。画不好就没画下去，意境一点都不专业。”

“这有什么，伟大的艺术家其实都带点业余性，反而好。从业余出发，逐渐成为专业的，最后依然能够展现出业余的味道。不是我言必称罗丹，他追求的就是好的业余。某种程度上吧。”

“我不想画画了。”叶藏把画纸收入怀里，全然不顾飞驒的慷慨陈词，“绘画还是太间接了，雕刻也是一样。”

飞驒挠挠头发，随声附和：“你的心情我明白。”

“可以的话，我想写诗。诗很直接。”

“嗯，诗歌，也很好。”

“但还是挺无聊的，”他总是说些扫兴的话，“也许我应该去当赞助人，赚一大笔钱，养一批像飞驒你这样的艺术家，好不好？‘艺术’这个词只会让我感到羞愧。”说完，叶藏依旧托着脸颊眺望着海面，心中暗自期待飞驒的反应。

“挺好啊，赞助人也不错，总得有人赞助艺术才行啊。”飞驒边说边左右摇晃着身体。他不愿正面反驳，但又觉得自己毫无主张，心中很是矛盾。

“警察那边怎么说？”小菅忽然问道。

飞驒顺势转移话题：“他们说要起诉，罪名是协助自杀。”话一出口，又觉得不该如此斩钉截铁，“最后应该能够免予起诉吧。”

小菅原本指望听到一个不痛不痒的回答，他从沙发上弹起来，拍手叫道：“这下糟糕了！”气氛越来越僵。

叶藏用力转动身子，仰面躺着。

害死了一个活生生的人，他们的态度竟然如此轻松……感到气愤的读者们此时想必大呼过瘾，觉得他们罪有应得。读者们大可不必如此苛刻，他们从来不曾感到轻松，他们一直身处绝望的边缘，小丑之花是如此脆弱，他们精心呵护着它，这份悲伤希望你们能够明白。

飞驒自悔失言，隔着被子拍拍叶藏的腿："不会有事的啦，不会有事的啦。"

小菅躺回沙发："协助自杀罪？"他继续追问，"有这条法律吗？"

叶藏道："有啊，要抓进去关的，你不是念法律系吗？"

飞驒惨笑道："不会有事的啦，你哥会处理的，别看他那样，挺靠得住的，人也很热情。"

"他很有手腕，"小菅闭眼说道，"也许不必太担心，他办法一套一套的。"

飞驒将外套脱下，挂在门边的挂钩上。"我听到一个好消息。"他跨过门旁的火盆道，"那个女人的老公，"他略微顿了顿，接着说，"她老公昨天去警察局跟你哥谈了，你哥后来转述给我听，有点感人。据说他表示一分钱都不要，只想跟一同殉情的人见上一面。你哥拒绝了他，理由是病人情绪还不稳定。然后她老公垂头丧气地说'请替我向你弟弟问好，让他不要胡思乱想，多多保重……'"飞驒没再说下去，他此刻心怦怦直跳。那个女人的丈夫听说失业了，穿着也很寒酸。叶藏哥哥向他转述时嘴角明显透着一丝轻蔑，飞驒十分不以为然，强忍着反感，因此故意把这次会面添油加醋加以描绘。

"我可以见他啊，我哥真是多管闲事。"叶藏望着右手道。

飞驒魁梧的身体抖了一下："可……还是不见的好吧，彼此互不打扰才好。他已经回东京去了，你哥亲自送他到车站，还给了他两百元打点后事，而且也让他留下字据，写明今后双方互不相欠。"

"果然很有手腕呢，"小菅噘嘴道，"才二百？你哥真是个狠角色。"

飞驒的圆脸被炭火熏得油光满面，脸色越发凝重。他们非常害怕拿自己的热脸去贴别人的冷屁股，与之相应的，但凡别人说什么也都尽力附和，这是他们之间不成文的默契。小菅打破了这份默契，听起来并未附和飞驒的说辞。女人的丈夫如此软弱固然使人怒其不争，叶藏的哥哥乘人之危也不对……小菅的态度完全事不关己，仿佛在聊一则社会新闻。

飞驒摇摇晃晃走到叶藏身边，鼻头贴在玻璃窗上，望着阴郁的海面道："我想说的是，那个女人的丈夫很不容易，跟你哥有没有手腕无关。我觉得他很了不起，人悲伤到极致总会是美好的，今早火葬后他一个人抱着骨灰回东京去了，他坐上列车的样子我现在还记得。"

小菅这才回过味来，连忙叹道："美事一件。"

"美事吧？这故事不错吧？"飞驒心情转好，对小菅说，"这种事总能让我感受到生命的喜悦。"

写到这里，我鼓起勇气现身说法，若不出来说两句，根本无法继续写下去。这篇小说太过混乱，我自己也感觉摇摆不定。写不好叶藏，写不好小菅，也写不好飞驒。他们厌倦了我的文笔，早就各自拍拍翅膀飞走了。我追赶着他们，喊着等等我。假如无法重整旗鼓，连我自己都受不了了。

总而言之，这篇小说太过无聊，只是个空架子。这种小说，写一页和一百页根本没分别，这我早就有心理准备。我是个乐观的人，觉得只要写下去，总有柳暗花明的时候。我是个骗子。但骗子难道就毫无可取之处吗？我对这样的故作姿态的小说深感绝望，期待着能寻找到哪怕一点点突破或转机，然而我还是没了气力，我已经筋疲力尽。哎，写小说不能有这么多盘算！人们往往秉持着美好的感情，却撰写出丑恶的文学。多么荒唐。我要尽可能地诅咒这句话。不自恋的人写什么小说！叶藏也好，飞驒、小菅也罢，本不必如此细致刻画，读者们自有公论。放轻松，放轻松，别想太多。

那晚，深夜时分，叶藏哥哥来到病房。叶藏、飞驒、小菅三个正在打牌。昨天哥哥头一回过来，他们刚巧也在打牌。当然，他们并非一天到晚总在玩牌。其实他们讨厌扑克牌，只有非常无聊的时候才玩几把。那种无法充分展现个性的游戏对他们毫无吸引力，因此他们热衷魔术，研究出各种以扑克牌为道具的魔术戏法，并故意展示魔术背后的玄机，几个人笑作一团。他们还喜欢猜牌，要是幸运地猜中牌面，该有多开心啊，这种简洁明快、一翻两瞪眼的游戏最适合他们，一天玩个十分钟就够了，可偏偏两次都被哥哥撞见。

哥哥走进来，皱着眉头，显然误以为他们总是无所事事地打牌。人生中这类不幸的误会时常发生，叶藏念美术学校时，曾经有过类似的经验：在一节法语课上，他打了三个哈欠，恰好每次都被老师逮着正着。就那么三次，第三次，那位被誉为日本顶尖法语专家的老教授终于忍无可忍，斥责道："你一直在我的课上打哈欠，一节课恨不得打了一百个哈欠。"老教授觉得自己的推测绝对错不了。

哎，这就是"别想太多"的结果，我写得又臭又长，还得要重整旗鼓才行。所谓发自内心的写作方法，看来与我无缘。这篇小说究竟会写成什么样子呢？且让我从头梳理一遍。

我写的是一家位于海边的疗养院，周围风景绝佳。疗养院里的人都不坏，尤其是三个年轻人，我们的主人公。好了，继续写，让深奥的理论见鬼去吧，我只管把这三个人写好就是了。就这么定了，再难也要写完，不说了。

哥哥向他们点头致意，接着在飞驒耳边小声说了句话，飞驒便朝小菅、真野使眼色。

哥哥等三人走出病房后说："这灯好暗啊。"

"嗯，医院不让开太亮的灯，你不坐吗？"叶藏坐在沙发上说。

"哦，"哥哥并不入座，反而在逼仄的病房走来走去，检查昏暗的灯泡，"看样子，至少这边差不多搞定了。"

"谢谢。"叶藏低声道，郑重地低下头来。

"我是无所谓，只不过回家以后他们肯定有一车的话。"今天没穿日式裙裤，黑色大褂上没有系绳，“我尽力帮你，你自己写封信好好跟老爸解释清楚。你们几个看起来都没把这事儿放在心上，处理起来可没你们想的那么简单。”

叶藏不作声，在沙发上散落的扑克牌中挑了一张，拿在手里瞧。

“你不想写信也没关系，后天，你得去警局一趟。警察已经帮忙把录口供的时间推迟了，今天我跟飞驒以证人身份录了口供，他们问了些你平时的情况，我说你是个安分守己的人，他们还问你有没有受到激进思想的煽动，我说没有。”哥哥来到叶藏面前，两只大手伸在炭火上方取暖，“那个女人的事他们也问了，我说不太清楚。飞驒大概也被问了同样的问题，我们的回答基本吻合。至于你，到时候实话实说就行了。”

叶藏听懂了他哥哥的言下之意，并不点破。

“无关紧要的话不要去说，人家问什么，你就答什么。”

“我会被起诉吗？”叶藏用右手食指摩擦扑克牌的边缘。

“不知道，我不清楚。”哥哥说，“估计会被扣留个四五天吧，你自己做好准备，后天一早我来接你，我陪你去警局。”他垂眼望着炭火，沉默良久。雪花融化时的水滴声伴随着海浪的声音不绝于耳。

“这次的事情你可得引以为戒。”哥哥忽然一本正经道，他顿了顿随后柔声说：“你可不能不为自己的将来考虑，我们家可没那么有钱，今年田里的收成很不理想。跟你说这些恐怕也于事无补，我们家的银行问题可大了，满城风雨。你或许对这些不屑一顾，可是艺术家总也要吃饭过日子吧。反正我是劝你，今后洗心革面，重新来过。我走了，让飞驒、小菅都去旅馆那边睡吧，在医院吵吵闹闹总不是办法。”

“我的朋友都是好人吧？”叶藏背对真野道。自从那一晚，真野又睡回了沙发床。

“嗯……那位小菅先生，”她静静地翻了个身，“很有意思。”

“嗯，你别看他这样，年纪还小呢，他比我小三岁，今年二十二岁，跟我死去的弟弟一样大。我好的地方他不学，坏毛病全都被他学去了。飞驒学业有成，已经可以独当一面了，很了不起。”他顿了顿补充道，“每次我闯出什么祸来，他都会在我身旁安慰我，但他这个人别的倒还好，唯独在我面前唯唯诺诺的，勉强自己，迎合别人。”

真野不作声。

“说说关于那个女人的事吧。”叶藏依旧背对真野，放慢语速。每当他感觉到尴尬却又无法逃避时，反而会硬着头皮将这份尴尬贯彻到底。

“故事一点都不精彩，”真野始终一言不发，叶藏自言自语着，“或许你已经听说了，她叫阿园，在银座的酒吧上班。那家酒吧我只去过三四次，飞驒、小菅他们都不认识她，我也从来没跟他们提过。”还要继续吗？“故事一点都不精彩。她是日子过不下去才想死的，我们在临死的时候，心里各有各的盘算。阿园跳海前说我有点像她家当老师的那一位，她跟一个男人同居，两三年前在小学教过书。我为什么会决定跟她一起死呢？应该还是出于喜欢她的缘故吧。”他的话难以使人相信，他们很不善于自我表达，这又是为什么呢？“你别看我身子单薄，以前我也是参加左翼运动的学生，发传单、游行示威，很努力过一阵子。很可笑，也很痛苦。我不过是被‘先驱’这顶帽子迷惑了，其实根本没有领导学运的本事，再怎么努力也是一场空。我这种人啊，搞不好哪天就沦为乞丐也不一定，如果我家破产，我立刻就会身无分文，找不到工作只能上街要饭吃。”哎，越说越像骗子，一点儿都不真诚，太不幸了！“我相信宿命，我不会做无谓的挣扎，我真心想画画，一心只想画画，”他挠挠头笑道，“能成名就好了。”

能成名就好了，叶藏笑着娓娓道来。年轻人羞于说出真心话，一碰到真实想法，就用笑声含糊带过。

天蒙蒙亮，天空万里无云，昨天下的雪消失得无影无踪，唯独松树下、石阶边还能看到一些灰色的积雪。海面弥漫雾气，渔船发动机声音从雾的另一侧传过来。

院长一早就来看叶藏，仔细检查完他的身体状况，眨了眨小眼睛道："应该没有大碍了，还是留心身体吧。放心，警察那边我会跟他们打招呼的，毕竟你还没有完全康复。真野，他脸上的纱布可以揭掉了吧？"

真野立刻帮叶藏取下纱布。他的伤口已经痊愈，结痂都脱落了，只剩一些浅粉色的斑点。

"别怪我唐突，希望你以后能把心思花在学业上。"说完，院长尴尬地推推眼镜，望向海面。

叶藏也有点窘，坐在床上，脱掉刚穿上的衣服，沉默不语。

病房门打开了，同时传来爽朗的笑声，飞驒、小菅快步冲了进来。大家相互问候。

院长也向他们道了早安，还说了一句："今天是最后一天，到分别的时候了。"

院长走后，小菅打破沉默，"院长是个八面玲珑的人，长得也像章鱼。"他们尤其喜欢品评别人的长相，并把外表看得比什么都重要，"食堂挂着院长的画像，胸口还有勋章呢。"

"那幅画不怎么样。"飞驒不屑一顾，抽身来到阳台。他向叶藏哥哥借了一身衣服，褐色的面料很厚实，他坐在阳台的椅子上，不时整理衣领。

"快看飞驒，有没有大师的风范。"小菅也跟着来到阳台，"阿叶，要打牌吗？"

三人于是转战阳台，玩着不明所以的游戏。

游戏玩到一半，小菅煞有介事地说："飞驒你是不是在装帅啊？"

"傻瓜，你不也是，瞧你那手势。"

三人笑作一团，趁机向隔壁阳台瞟了一眼，只见一号房、二号房的病人都在阳台上晒太阳，脸蛋晒得红红的，正被三人逗得满脸笑容。

"糟糕！被你看穿了吗？"小菅张着嘴，朝叶藏使了个眼色。他们放声大笑，习惯了像这样扮演小丑。当小菅提议去阳台打牌，叶藏与飞驒就知道他打的什么主意。他们知道戏剧应该如何落幕，只要一有现成的美丽舞台，就会迫不及待地登台表演。例如此刻，作为纪念，他们的舞台背景就是今天早晨的大海。可是没想到，他们的大笑却让真野背了黑锅，五分钟后，真野被护士长叫到办公室，狠狠痛骂了一顿，批评她应该让病人安静休养。真野回来的时候眼眶含泪，他们三个当然已经不玩牌了。

三人意气消沉，病房安静了好一阵子。他们兴奋地上台表演，现实却泼了他们一桶冷水。完了，彻底完了。

"我没事，这不算什么。"真野反过来鼓励他们道，"这栋住院楼住的都不是重症病人，昨天我在走廊遇到二号房的妈妈，她挺高兴的，说热热闹闹的挺好，还说每天看着你们几个心情也变好了。真的，不用放在心上。"

"不，"小菅站起身，"不行，我们连累你了，护士长为什么不直接训斥我们，却拿你出气。叫她来，既然她这么讨厌我们，我们立刻办理出院手续就是了。我们随时都可以走。"

三人此时都决定要出院，特别是叶藏，脑海中甚至幻想着四个人乘坐汽车在海岸飞驰。

飞驒笑着附和："走，我们去找护士长理论，竟然敢训斥我们。"

“走，出院！”小菅在房门上踹了一脚，“这家医院也太小家子气了吧，没意思，我不介意被人训斥，但她这种心态首先就要不得。她把我们当成什么人了？痞子流氓？还是笨蛋、不学无术、无所事事的废物青年？”说完又用更大的力气踹了一脚。

叶藏重重躺倒在床上：“这么说来，在她眼中我一定是面色惨白、只知道谈恋爱的人了，哎呀，真受不了。”

每当遭遇这类野蛮人的侮辱，他们心里愤愤不平，嘴巴上却总是用搞笑的方式模糊焦点。

真野就事论事，她靠在门边的墙上，双手垫在身后，嘴唇微噘：“一点没错，可不是吗，昨晚有好些护士聚在护士长办公室，她们打日本牌，也玩得很热闹呢。”

“嗯，听说她们十二点多才散，简直笑死人了。”叶藏捡起一张画纸，仰躺着在纸上涂鸦起来。

“她自己行为不检点，看不到别人的好。我听说，护士长其实是院长的情妇。”

“是吗？原来如此。”小菅道，他们习惯把别人的丑闻与美德混为一谈，“勋章男还有情妇，真不简单。”

“要我说，你们根本没做什么错事，不过是嬉笑打闹罢了，护士长怎么就不明白呢？别放在心上了，管她的，反正今天是最后一天。你们出身好人家，从来也没受过这种气。”她突然用手捂住脸，作势要哭。

飞驒拉住真野：“去找护士长也没用，算了吧，反正也没少块肉。”

真野双手捂脸，点了点头，走出病房。

“她为人倒是很讲义气。”真野走后，小菅笑着坐在沙发上说，“居然哭了，被自己那番话感动到了，平时很稳重的样子，到底是个小女子。”

“她挺奇怪的。”飞驒来回踱步，“我一直觉得她很怪，刚才她哭着冲出去，我怕她真去找护士长理论。”

“不可能的。”叶藏装作若无其事，把画纸扔给小菅。

“护士长的肖像？”小菅笑问。

“我也要看。”飞驒凑过来，“你画的是女怪吗？简直是杰作，到底像不像？”

“一模一样，护士长陪院长来过一次，画得很传神，快给我铅笔。”小菅向叶藏要来铅笔，在画纸上加了几笔，“给她加上角，这就更像了，索性贴在护士长办公室门上吧？”

“出去散散步吧！”叶藏下床，伸了个懒腰道，“讽刺画大师。”

讽刺画大师。我也有点写不下去了。这是篇通俗小说吧？我原本希望这篇文章对各位以及我自己能够具有某种解毒作用，特意安插了这一段文字，但结果恐怕是我太想当然。我的小说如果有朝一日成为古典小说……啊，我在说什么胡话……我的现身说法会不会很多余呢？为了宣传自己的这篇所谓的杰作，希望更多人能够喜欢，我不断地大声疾呼，拼命在一旁打边鼓、做注解，最终让小说变得如此缠夹不清，同时缺乏任人评论的洒脱与坚韧。我多么羡慕那些已经去世的大作家，他们不必受这份罪，身为一个作家我还是太天真了，也只有在自己的天真里，我才能得到片刻的休息。不说了，看来所谓的小丑之花，终于要在此处凋谢，丑陋而可悲地枯萎。完美在哪里，杰作又在哪里。“够了，创造奇迹的主啊，你太可恶了！”

真野躲进洗手间，原本打算大哭一场，然而她的泪水并没有想象中那么汹涌。她照照镜子，擦去泪水，重新整理头发，去食堂吃早餐。

“就在那儿，那块岩石。”叶藏指着梨树枯枝间隐约可见的一大块平坦岩石。岩石的夹缝里还有些积雪尚未化去。“我就是从那儿跳下去的。”叶藏瞪着圆圆的大眼睛说。

小菅不吭声，暗自思忖叶藏的心情，他是否真的愿意谈到这些。叶藏当然心存芥蒂，只不过他总能令口吻听起来稀松平常。

“回去吧。”飞驒大力提起褂子的下摆。

三人沿沙滩往疗养院走。海面风平浪静，在正午的阳光下闪着白色的光。叶藏朝海里丢了颗小石子：“一切都不再重要了，只要跳下去，什么问题就都消失了。欠债、学校、老家、后悔、杰作、羞辱、马克思主义，还有朋友、森林与花朵，全都不重要了。想到这些，我站在那块岩石上不禁笑了出来，一切都无所谓了。”

小菅为了掩饰心中的激动，四处捡贝壳。

“你可别引诱我。”飞驒则挤出笑容，“这是个坏癖好。”

叶藏笑了笑。三人脚步声沙沙作响。

“你别生我的气，我言重了。”叶藏与飞驒并肩而行，“但我接下来的话千真万确，你知道她在跳海前说了什么？”

小菅好奇地眯着眼睛，故意稍稍走开。

“她的话我至今忘不掉，她说，想跟我用她家乡的方言聊聊天，她的家乡在南方。”

“哎呀！我最受不了这些。”

“真的，我不骗你。她就是这么一个人。”

一条大渔船停在沙滩上，旁边有两个直径七八尺的鱼篮，小菅把捡来的贝壳往渔船的方向用力扔过去。

三人都无话可说，简直就要窒息了，假如再这样憋一分钟，还不如跳进海里算了。

小菅忽然大叫道：“快看！你们快看那边！”他指着海岸道，“是一号房、二号房！”

此时，两个女孩撑着夏天的白伞缓步走来。

“大发现！”叶藏很起劲。

“去跟她们搭讪吧。”小菅抬脚抖落沙子，只等叶藏一声令下，作势上前搭话。

“算了吧。”飞驒一脸严肃地按住小菅。

白伞停下脚步，仿佛交头接耳了几句，接着背对身去，缓缓走开了。

“要追吗？”叶藏故意说，他瞥了一眼飞驒道，“算了吧。”

真野站在远处疗养院的白房子下面，等着他们回来。她靠在门柱上，用手遮住额头，抵挡刺眼的阳光。

最后一夜，真野情绪很激动。躺下以后还在不停讲述家里的状况，祖上的荣耀历史。夜深了，叶藏有些沉默，他背对真野，一边敷衍真野，一边胡思乱想。

真野终于谈及自己眼睛上方的那道伤痕。“我三岁那年，”她极力克制，但声音还是有些沙哑，“好像是打翻了油灯，烫伤了。小学时我特别自卑，伤疤变得越来越大，同学们都管我叫……萤火虫，萤火虫……”她顿了一下，“每次，我都会暗下决心，想着一定要成为大人物，让他们刮目相看，”她笑道，“很可笑吧？怎么可能成为大人物，戴上眼镜把伤疤遮起来得了。”

“千万不要。”叶藏连忙阻止，他也有传统的一面，对异性有好感之后就格外摆出大男子主义的做派，“没事的，看不出来。你也该休息了，明天一早就得起来呢。”

真野不发一语，明天就要跟他道别了。她想，他们本就毫不相干，她可不能不知羞耻，丢了尊严。她忽而干咳，忽而长吁短叹，重重地翻身。

叶藏佯装不知。他在想什么，暂且不表。

让我们听一听海浪与海鸥的声音吧。回想这四天的住院生活，现实主义者也许会说，这是篇讽刺小说。也许，我的文稿交给编辑后会被用来垫锅子，留下一大片烧焦的痕迹退还给我，那才真叫讽刺呢。逼问妻子过去的勾当，为之一喜一忧是讽刺；钻过典当行的门帘，合紧领口让自己看上去不那么落魄也是讽刺……我们的生活到处充斥着讽刺，被现实打败的男人们强颜欢笑，这种状态你能够理解吗？要讽刺，咱们就好好讽刺。生活离我们太过遥远，我希望细细品味这短短的四天，这段回忆足以胜过五年、十年的人生。短短的四天，甚至抵得上一辈子。

真野的鼻息逐渐稳定，叶藏却心潮澎湃。他想睡到真野身旁，却仿佛听到一个声音在低语：就此打住！别辜负“萤火虫”对你的信任。

天蒙蒙亮时，两人都已起床。叶藏今天出院，我一直害怕这一天到来。这是我身为作者无谓的感伤，我希望通过这篇小说拯救叶藏，我没能成为拜伦。随着出院的日子日益临近，我感到更强烈的无助，巨大的荒凉包围着叶藏和我。这篇小说是失败的，毫无突破性可言，也没能摆脱任何束缚。我太拘泥于形式，甚至使文章流于俗套。我说了太多废话，同时又遗漏掉许多关键的话语。如果几年后我还活着——我知道这话有些做作，重新读到这篇小说，恐怕自己也免不了要反胃。即便是现在，我根本无法重读前面的段落。哎，如果作家暴露出自己的真面目，这个作家就是个失败者。人们往往秉持着美好的感情，却撰写出丑恶的文学。这是我第三次重复这句话，不得不承认这句话是对的。

我对文学一无所知。重新开始吧，继续写。你觉得从哪里入手比较好？

来吧，青松园最后的早晨，顺其自然好了。

真野邀请叶藏一起去后山看风景：“那里风景很好，现在还能看到富士山呢。”

叶藏戴着黑色羊毛围巾，真野则在护士服外套了件松叶花纹的袷子，红色的绒线披肩把脸包得严严实实。他们踩着木屐，并肩前往疗养院后院，院子北边是一个红土坡，架着窄窄的铁梯子。真野走在前头，踩着梯子往上爬。

后山满是落叶，枯叶上覆盖着一层霜。

真野呼出白气温暖手指，小跑着上山去。山坡并不陡峭，山路蜿蜒曲折，叶藏踩着满地的冰霜跟在真野后头，空气冰冷凝结，他愉快地吹口哨。由于后山人迹罕至，似乎做什么都可以，他试图打消真野的顾虑。

他们走下一片洼地，真野停下脚步，叶藏站在五六步开外。真野指着身旁白色的帐篷房子说："这是日光浴场，轻症病人可以在这里晒太阳。最近也有人来。"

帐篷上结了霜。"上去吧。"真野很着急地再次快步向上，叶藏尾随其后。小径两旁种着落叶松，他们有些累了，逐渐放慢脚步。

叶藏呼吸急促，大声问："你新年也在这里过吗？"

真野头也不回，同样大声回答："不，我想回东京。"

"那你来找我吧，飞驒、小菅每天也会来找我，他们总不见得把我关在牢里过新年，应该不会有事的。"叶藏在心中勾勒出素未谋面的检察官爽朗的笑容。

故事到此为止！从前的大作家们通常会选在这样的段落，故作高深地结束整个故事。但是，无论叶藏还是我、抑或各位读者，恐怕都对这类写法深恶痛绝吧。新年、牢狱之灾、检察官的笑容……这些东西重要吗？我们要的不过是去山顶一趟罢了。山顶有些什么，是怎样的景色？这是我们唯一的期待。

他们终于走到山顶。山坡的顶部被大致铲平，露出光秃秃的红土，中央是一间圆形的矮房子，还有一些造景用的石头，上面也盖着一层霜。

“不行，看不到富士山。”真野鼻头通红，大声喊道，“在这里一般都能清楚看到富士山的。”

她指着东边阴霾的天空，太阳还没升起来，云朵五彩斑斓，上下翻腾，缓缓飘过天际。

“没事，这就很好。”

微风拂面。叶藏俯瞰远方的海面，脚边是三十丈高的断崖，正下方的江之岛如此渺小。雾霭深处，海水翻搅涤荡。

接着，不，故事到此为止。

1936年

阴火

诞生

二十五岁那年春天，在众多学生中，一位内心惶恐、犹豫着提出申请的新生，得到了那顶颇有来历的菱形学生帽，便回乡了。印着鹰羽家徽的轻便带篷马车载着年轻的主人，从停车场撒腿奔跑在有三里[①]路长的马车道上。车轮咕噜噜地响着，还有马具的哗啦啦声、赶马人的吆喝声、沉沉的铁蹄声混杂在一起，其间还不时传来云雀的叫声。

在北国，即使到了春天也是漫山遍野的积雪。唯独马车道黑黝黝干巴巴地呈一条线。田里的雪也开始融化。覆盖着积雪峰峦起伏的山脉，也萎缩成紫色的景致。在山脉的山脚下，堆积着黄色木材的地方，开始露出低矮的工厂。粗粗的烟囱里冒出的青烟朝着晴朗的天空袅袅飘去。那是他的家。学生刚刚毕业，他只是将懒洋洋的目光朝这久违了的故乡景色扫了一眼，故意似的轻轻地叹了口气。

而且，这一年，他主要是散步度过的。他围绕着他家的房间一间一间地走着，怀念着各个房间里的香气。西式房间散发着草药的怪

---

① 日本的长度单位，1 里约合 3.927 公里。

味，起居室是牛奶味，客间里散发的气味不知为何总让人感到害臊。他走遍了二层楼房间的里里外外，甚至还游逛到主楼外的房间里。每打开一扇拉门，他那受到过玷污的内心便会微微地悸动。因为各种不同的气味都一定会使他想起在东京的往事。

他不仅在家里，还独自到原野和田里散步。原野里的红树叶和田里的浮藻花，他虽然也能不屑地眺望着，但掠过耳际的春风和低声喧哗的满目秋色的稻田，令他心旷神怡。

睡下以后，以前读过的小型诗集和封皮鲜红印着黑色铁锤的书籍，已经难得地放在枕头边了。他躺着将台灯拉近，凝望着双手的手掌。他是在仔细端详自己的手相。手掌里的细纹纵横交错，其中有三条长纹路很明显，弯弯曲曲地横向延伸着。据说这三条淡红色的锁链象征着他的命运。由此推算，他的情感和智力很发达，寿命却很短。就是说，恐怕在二十多岁的时候就会死去。

翌年，他结婚了。也没有觉得结婚特别早，心想只要对方是个美女就好。还举办了一场很隆重的婚礼。新娘是邻镇一家酿酒商的女儿，皮肤浅黑，细润的面颊上甚至还长着汗毛，她擅长编织。有一个月的时间，他对自己的新妻还感觉很稀罕。

那年隆冬时节，父亲去世了，享年五十九岁。父亲的葬礼是在天气晴朗、积雪散发着金色光辉的日子举行的。他提着和服裙裤胯骨处的开口，穿着雪地草鞋，踩着十町[①]长的雪路咯吱咯吱地走到山上的寺院里。父亲的灵柩放在棺轿[②]上跟在他的后面。他的两个妹妹用素白的面纱裹着脸走在棺轿后面。送葬的队伍排成了一条长龙。

父亲去世后，他的境况陡然而变。父亲的地位原封不动地转移到他的身上，还包括父亲的声望。

---

① 1町等于60间，约合109米。

② 一种放置棺材由众人抬着走的轿子。

他对那个声望毕竟有些兴奋不安。因为他计划要对工厂进行改革，曾一度觉得像啃硬骨头似的难以实施，因无从下手而放弃，将一切工作都委托给了经理。到了他这一代，家里的变化就是把西式房间里祖父的肖像画换成罂粟花的油画，另外就是在黑色铁门的上方点上朦朦胧胧的法兰西风格的檐灯。

一切都是原来的样子，变化来自外部。那是与父亲死别后第二年夏天的事，是因为那镇上银行的状况不妙。万一有个意外，他家也会跟着破产。

好歹商议了挽救的对策。可是，经理计划对工厂进行裁员，这件事令雇工们群情激愤。他觉得一直令他担忧的事来得格外快。“你去答应他们的要求！”他以与其说是颓丧不如说是愤怒的心情吩咐经理。答应他们提出的要求，再多的要求则不能答应，事情就此能得到平息？他在心里暗暗地思忖着。最后，工厂谨慎地进行了小规模的裁员。

从这时起，他就开始喜欢上了寺庙。寺庙就在紧后边的山上，镀锌薄铁皮的屋顶闪着光。他和那里的住持很熟悉。住持是个瘦削的老人，但右耳被揪掉留有黑色的疤痕，所以有时候他的脸显得很凶残。即使在盛夏酷暑，他去寺庙也是沿着长长的石阶徒步而上。在住持住处的庭廊边，夏草繁茂，盛开着四五朵鸡冠花。住持大概是在午睡。“喂喂！”他在那庭廊边喊了几声。时而有蜥蜴从走廊边缘摇着绿色的尾巴钻出来。

他是就经文的意思来请教住持的。住持对此也一窍不通，住持慌了神儿，之后哈哈哈地笑出了声。他也笑得很苦涩。这还算好的，有时他要求住持讲一些鬼怪故事，住持用嘶哑的嗓音陆陆续续地给他讲了二十多个鬼怪故事，他追问这寺庙里也有过鬼怪吧，住持回答说从来没有。

此后过了一年，他母亲死了。在他父亲死后，他母亲对他一直放心不下，惴惴不安过分操劳，缩短了寿命。随着母亲的去世，他对寺庙也感到腻烦了。母亲死后他才注意到，他去寺庙，或多或少包含着对母亲的祈福。

自从母亲去世，他感觉到了小家庭的孤单。两个妹妹中，大妹嫁到邻镇一家经营大型餐厅的人家，小妹去东京一家以体操闻名的女子学校读书，只在放寒暑假时才回老家，戴着一副黑框赛璐珞眼镜。他们三兄妹都是戴眼镜的。他戴金属框眼镜，大妹戴的是细金边眼镜。

他到邻镇去玩。在自己家的周围心神不定，就连喝酒也没心思。在邻镇闹出了几个小丑闻，不久他连去那里都感到累了。

他开始想要孩子，心想至少孩子可以拯救他与妻子之间的隔阂。他受不了妻子身上的鱼腥味，因为气味很刺鼻。

到三十岁他有些发福了。每天早晨洗脸时，双手涂上肥皂一擦出泡沫，手背若女人似的滑溜溜的，指甲被烟油熏得蜡黄，怎么洗也洗不掉。是因为抽烟太多，一天要接连抽七盒HOPE①。

那年春天，妻子生了个女孩。大约两年前，妻子曾在东京的医院里秘密地住了大概一个月。

女儿名叫百合。皮肤雪白，和父母很不像。头发稀薄，眉毛如同没有一般。四肢细长颇为秀气。出生第二个月便体重五公斤，身长达到五十八厘米，与普通的孩子相比，发育良好。

出生后第一百二十天，举行了盛大的生日庆宴。

纸鹤

“我和你不一样，好像这是要恭喜你的。我娶了一个不是处女的

---

① 香烟名称。

妻子，在三年的夫妻生活中，对此事实一无所知。这样的事情也许不应该说出来。即便对现在正幸福地热衷于编织的妻子来说，这也是很残忍的。而且对人世间许许多多的夫妇来说，大概也是会令人感到厌恶的吧。不过，我要说出来，因为我真想揍你那张装腔作势的面孔。

"瓦雷里和普鲁斯特[①]，我都没有读过。我对文学一窍不通，一窍不通也很好。我注视着其他更真实的事物，注视着人类，注视着人类这一所谓市场的苍蝇。因此，在我眼里，作家才是一切，作品是可以忽略不计的。

"无论多么优秀的作品，都不会超越作家。说作品超越了作家，是读者昏了头。你也许会疾首蹙额深恶痛绝吧。你想让读者相信灵感，就肯定会让他们看不起我，以为我的话很鄙俗，很土气。若是那样，我也可以说得再明白些。我只为自己创作作品。你如果真的聪明，对我这样的态度理应嗤之以鼻。要不，今后就不准再做出那副指手画脚自作聪明的样子来。

"我现在是出于使你蒙羞的意图来写这部小说的。这部小说的题材也许会成为我自己的耻辱。但是，我决不会向你乞求怜悯。我是站在比你更高的位置上，让人类最真实的苦恼来敲打你的脸面。

"我妻子和我差不多一样爱说谎。今年初秋，我完成了一部小说。那是一部向上帝炫耀我家庭幸福的短篇。我也让妻子看了这部小说。妻子轻声读了这部小说以后，说写得很好啊，并开始对我做出很不检点的动作来。我无论有多么迂拙，对妻子这样的举动也不得不引起警觉。妻子的那种不安情绪是从哪里来的？思考这个问题花了我三个晚上。我的疑惑是凝固在一个令我感到窝心的事实上。我还是有着

---

① 马塞尔·普鲁斯特（Marcel Proust，1871—1922）：20世纪法国最伟大的小说家之一，意识流文学的先驱与大师，也是20世纪世界文学史上最伟大的小说家之一。

爱出风头的性格，应该坐第十三个人的椅子[①]。

“我责备了妻子。此事又耗费了我三个晚上。妻子反而嘲笑我，甚至不时地发火。我最后用了一个奸计。在那部短篇里，我甚至写了像我这样的男人得到天赐处女的喜悦，我是拿那个情节来刺激妻子的。我如今已是大作家，所以这部小说以后也要流芳百世的。于是我恐吓妻子说，你作为说谎者要与这部小说一起被世人传诵一百年。胸无点墨的妻子果然害怕了，她思索片刻后，对我嘀咕了一句，她呢喃着说：只有一次。我笑着爱抚妻子，鼓励她说：是年轻时受到的伤害，那种事没什么。我是想让妻子说得再详细些。呵呵，妻子隔了一会儿纠正说是两次，接着又说是三次。我依然笑着温情地问她是什么样的男人，是我不认识的名字。妻子在诉说着那个男人的时候，我将妻子拥在怀里。这不是耍手段，而是惨烈的爱欲，同时是真实的爱情。妻子终于吐露出‘有六次’，便哭出了声。

“第二天早晨，妻子的脸色变得明朗了。在早餐的餐桌边面对面坐着时，妻子合起双手朝我开玩笑地拜了拜，我也朝她豁朗地咬了咬下唇。于是妻子的神情变得更加轻松，她像是窥探着我的脸色：‘难受？’我回答：‘有一点。’

“我想让你知道。无论多么永恒的形象，一定是鄙俗而土气的。

“那天我是怎么度过的，这也要事先告诉你。

“那种时候，妻子的脸色，妻子脱下的袜子，与妻子有关的一切，我都不想看见。不仅是因为会想起妻子那可恶的过去，而是因为会回想起我与妻子直到最近那些安逸的日子。那天，我马上就要外出了，是约好要去拜访一位少年西洋画家。这位朋友是单身，有妻子的朋友是不适合这种场合的吧。

---

① 指北欧神话中12位神召开庆宴时闯进来的、没有被邀请的第13位客人邪神洛基。

“我始终警惕着不要让自己的头脑变得空空如也。我殚精竭虑地思考着其他的问题，没有工夫寻思昨天夜里的事。人生和艺术的问题有些许的危险，文学尤其会立竿见影地唤醒那种鲜活的记忆。我对着路上见到的植物思考着。枸橘是灌木，春末开出白色的花，不知道属于什么科。秋天，现在再过段时间会结出黄颜色的小果实。再推算下去就很危险。我赶紧把目光转向别的植物。芒草，这属于禾本科。我记得的确是禾本科，它那白色的花穗叫芒穗，它是秋季七草之一。秋季七草就是胡枝子、桔梗、黄背草、瞿麦，还有芒穗。还缺两个，是什么呢？有六次。这耳语声冷不防钻入我的耳朵里。我加快了脚步，几乎要奔跑起来，脚被绊了好几次。这落叶……不！植物不去想它了。感觉更冷。感觉更冷，我踉踉跄跄地走着，重新调整了思路。

“我心里背诵着A加B的平方公式，接着琢磨A加B加C的平方公式。

“你装作一副不可思议的表情在听我说话。不过，我知道的，你遭遇到我这样的灾难时，不！甚至遇上更宽泛的问题时，就无法用你平时那些高雅的文学理论来解释，不用说数学，恐怕只能有心情玩玩甲壳虫了吧。

“我历数着人体内脏每一个器官的名称，踏进了朋友居住的公寓里。

“我敲了敲朋友房间的房门，抬头望着吊在走廊东南角上的圆形金鱼缸，对着正在游动的四条金鱼察看它们的鱼鳍数量。朋友还睡着。他睁着一只眼睛睡眼惺忪地走出来。我走进朋友的房间，才总算松了一口气。

“最可怕的是孤独，若有人陪伴着说些什么就能摆脱孤独。对方若是女人，心里会很忐忑。应该是男人，尤其应该是善良的好男人。这位朋友就具备这样的条件。

“我滔滔不绝地谈论着朋友最近的作品。那是一幅二十号风景画。对他来说，这是大作品。是一幅在清澈的池沼边建有一幢红色屋顶洋房的画。朋友好像很腼腆，将画布翻过去靠着房间的墙根放着，我却肆无忌惮地把它再翻回来凝望着。我当时是怎样评论的呢？如果说你的艺术评论是很了不起的，我当时的点评好像也还算凑合。因为我也像你那样总要说些什么似的做了点评。关于主题图案，关于色彩，关于构图，我大致上是吹毛求疵的。我是尽我所能用概念性的语言来做点评的。

“朋友对我的话连连点头称是。不不！我不停地说着，甚至一开始就没有给朋友插嘴的余地。

“可是，这样的饶舌并没有使我感到心中消停。我趁着适当的时机就此打住，向这位年少的朋友挑战将棋。在厚纸板上歪歪扭扭地画上线，两人坐在被窝里，把棋子排在厚纸板上，下了几盘快棋。朋友不时地会思考很长时间，这惹得我火冒三丈，心慌意乱张皇失措。纵然是一瞬的间隙，我都不愿意让自己的思绪空闲下来。

“这种穷途末路的心情终究是不会持久的。我甚至对将棋都开始感到危机。我终于感到疲乏。算了！我说道。我把将棋棋盘推开，钻进了被窝里。朋友也和我并排仰天躺着，抽着烟。我是一个浑浑噩噩的人。休息对我来说是最可怕的敌人。忧伤的阴影无数次地掠过我的胸膛。哎呀呀！我毫无意义地呢喃着，追溯着那个巨大的阴影。怎么也不能这样下去了，我必须有所行动。

“你会嘲笑我吧？我俯趴在被窝里，捡起一张散落在枕边的擤鼻纸，开始折起纸来。

“我先把那张纸沿对角线对折，再将它对折，这就做成了一个袋状，然后再将这边的角折起，这就是翅膀；再折起另一边的角，这就是鸟嘴；就这样轻轻地拉出来，从这里的小孔吹气。这就是鹤。”

水车

朝着桥走过去。男子想在这里折回。女人静静地走过桥去。男子也过桥了。

男子左思右想，在思考自己非要紧跟在女人身后走到这里来的原因。不是依恋她，从离开女人身体的那一刻起，男人的热情就成了一具躯壳。在女人默默地开始准备回去时，男人点燃了一支烟。发现自己的手没有发抖，男子的心情便更加沮丧。就这样顺其自然也挺好的。男子陪同女人一起离开了家。

两人在堤防的小道上一前一后慢悠悠地走着。正是初夏的傍晚，繁缕花在小道的两侧星星点点地白花花地开放着。

有一群不幸的人，只会对视如寇仇的异性产生兴趣。男人是这样，女人也是这样。女人今天拜访男子在郊外的家，毫无缘由地对男子的每一句话劈头盖脸一顿嘲笑。男子对女人那穷追猛打一般的侮辱决心当场诉诸武力。女人有所察觉便有了准备。这种被逼入绝境的战栗，煽动起两人被扭曲了的爱欲。男子以错误的形式释放了力量。直到各自清醒时，两人才清楚地知道相互间没有一丝爱意的事实。

于是，两人并肩走着，但相互间能感觉到毫不妥协的反感，感觉到超越以往的厌恶。

堤防下方一条两间[①]宽的河流在缓缓地流淌。男子注视着昏暗中闪着微光的水面，犹豫着要不要折回去。女人低着头径直往前走，男子只好跟在女人的身后。

不是依恋她，是为了平息事态，是为了善后，尽管这话很难听。男子终于找到了道歉的机会。他在离女人十步远的地方走着，挥动着手杖将一路上的夏草横着砍倒。他心想，如果轻声地对女人说一句

① 1 间约合 1.818 米。

“请原谅我”，问题看来就能波澜不惊地得以解决。男子对此颇有心得。但是，他没有说。首先时机已经错过了，这句话看来只有在这以后说才会奏效。如今两人又重新对峙起来，要说出这句话，这不是显得很愚蠢吗？男子横着砍倒了一株芦苇。

列车的轰鸣声从身后传来。女人猛地回过头去，男子也赶紧将脸扭向身后。列车正在通过下游的铁桥，车窗里亮着灯的客车车厢一节一节地在他们眼前驶过。男子生痛地感觉得到女人倾注在自己背后的目光。列车已经过完，只能听到从前方森林的背后传来的车辆的尾声。男子咬咬牙转向了正面。倘若与女人目光交织的话，就用鼻子哼哼一笑再与她说话。日本的火车也不赖吧。

不料女人已经匆匆忙忙地走得很远。散落着白色水珠花斑、翻新的黄色连衣裙，透过昏暗的暮色渗入男子的眼帘。她想径直回家？干脆结婚吧？不！不能真的结婚，但为了善后，还是要这样谈着试试。

男子将手杖紧紧夹在腋下追赶上去。随着与女人越来越近，男子的决心开始渐渐地动摇。女人稍稍耸着瘦削的肩膀，以端庄的步伐朝前走着。男子跑到离女人两三步远的身后，然后慢慢悠悠地走着。他能感受到一种厌恶感，好像从女人的体内散发出一种难以忍受的臭气。

两人继续默默地走着。道路中央突然出现一簇川柳。女人沿川柳左侧走，男子走右侧。

跑吧，不要什么解决不解决的了。我留在女人心里的印象即使是个胖得发光的恶人，是个普通的男人，也无关紧要。反正男人就是这样的货色。跑吧。

绕过一簇川柳，两人目不斜视地走着，走得更贴近了。要不要对她说一句话？我决不会说漏嘴！他用一只手探摸着袖兜里的香烟。还是这样对她说：做一次女儿，做一次夫人，做一次母亲，人人都要有这样的经历。我们结婚吧。那么，这女人会怎么回答呢？一定会反问我：你是在做梦吧？男子擦了根火柴，女人青黑的半边面颊晃动着浮现在男子的面前。

男子终于停下脚步。女人也停了下来。两人都背对着对方停留了片刻。女人好像根本没有哭泣，男子觉得很可恨，但他故作轻松地朝四周打量了一下。左侧不远处有个男子散步时喜欢来到这里的水车小屋。水车在黑暗中缓缓地、缓缓地旋转着。女人突然转过身，又开始走起来。男子抽着烟，站着没动，也没想要喊住她。

尼姑

这是发生在九月二十九日深夜的事。如果再忍耐一天到十月以后去当铺，就能多赚一个月的利息，所以那天我连烟也不抽躺了一天。因为白天我睡了很多，所以作为惩罚，夜晚我无法入眠。夜里十一点半的时候，房间的拉门咯咯地响了，我还以为是风，但过一会儿又咯咯地响起。哟！会不会有人啊！我心想，便扭动着身子将上半身从被窝里挤出来，伸出手臂打开拉门。门外站着一位年轻的尼姑。

尼姑不胖不瘦，个子有些矮小，脑袋青绿，整张脸庞呈鹅蛋状。面颊黝黑，略施粉黛。眉毛是地藏菩萨的月牙眉，眼睛是水灵灵的大眼睛，眼睫毛很长。隆起的鼻子小巧而浑圆，浅红的双唇微微启开，从那隙缝间露出雪白的牙齿。下唇比上唇稍稍突出。黑色的法衣好像上过浆，条条折缝都十分清晰而整齐，但衣服稍显短了些。脚露出三寸左右，那个像橡皮球似的鼓起而柔软的桃色脚背上，长着一层薄薄的汗毛，脚脖子因为穿着过小的白布袜而勒得紧紧的，中间部分显得很纤细。右手拿着青玉念珠，左手拿着朱色封皮的细长本子。

我还以为是妹妹来了，所以说了声“请进”。尼姑走进我的房间，平静地将身后的拉门合上，随着布质坚硬的法衣发出的窸窣声，走到我的枕边，然后端正地坐了下来。我钻进被窝仰面躺着，目不转睛地望着尼姑的脸。我陡感一阵恐惧，喘不过气来，眼前一片漆黑。

“长得很像，但你不是我妹妹啊！”我这时才发现，我原本就没有什么妹妹，“你是谁？”

尼姑答道：“我好像走错了房间。没办法，房间都是一样的啊。”

恐惧渐渐退去。我望着尼姑的手，指甲约有两分长，指关节黑黑的有些皲裂。

“你的手怎么这么脏？我这样躺着看，你的喉咙那里却很干净。”

尼姑答道：“是因为干了脏事。我自己也知道的，所以才这样拿着念珠和经书遮掩着。我拿着念珠和经书云游是为了配颜色。黑色的法衣配青色和朱色非常协调，能衬托出我的面貌。”她这么说着，啪啪地翻着经书的书页，“读给你听听？”

“好吧。”我闭上了眼睛。

“经文说：观夫人间浮生之相，盖终生悟得无常乃今世之一世虚幻人生……读下去不感到难为情吗？读点别的吧。夫女人之身，有五障三从，三从者，从父、从夫、从子。故使一切之女人……此话太无聊了。”

“你的声音真好听。”我闭着眼睛说道，“再读下去呀！我每天都过得很憋屈。对陌生人的贸然来访，我既没有感到意外，也没有觉得好奇，我什么也不问，就这样闭着眼睛随意地交谈，这说明我也能成为那样的人，我很高兴。你感觉怎么样？”

“我没什么感觉。不过，这也是没有办法的。你喜欢听童话故事吗？”

“喜欢。”

尼姑开始说道：“我讲个螃蟹的故事吧。月夜里的螃蟹会瘦，这是因为月光将它的影子映在海滨沙滩上，它害怕自己的影子映照得很丑陋，便彻夜不眠，摇摇摆摆地走着。在月光照不到的深海中那轻轻摇动着的海带群里，安安稳稳地睡觉，做个梦见龙宫的梦，那多自在啊。但螃蟹对月光着了迷，只是急急地往沙滩赶。一到沙滩上，立即看见了自己丑陋的影子，便十分惊讶，又万分害怕。我是男子汉！我是男子汉！螃蟹一边吐着泡沫一边喃语着，晃晃悠悠地走着。蟹壳很容易碎。不！从形状来看是很容易被压碎的。蟹壳被压碎时似乎能听到碾压声。从前，一只英国大螃蟹生出来甲壳就是红的，很漂亮。这只的甲壳很可怜地开始被压碎。那是民众在作孽，还是这只蟹自己招来的报应？一天，大蟹痛苦地晃动着它那露出白肉的甲壳走进一家咖啡店。咖啡店里聚着一群小蟹，烟雾腾腾地抽着烟谈论着女人。一只法国出生的小蟹长着一双清澈的眼睛，注视着这只大蟹的相貌。那只小蟹的甲壳上纵横交错地布满着雅致的东方式灰色花纹。大蟹躲避着小蟹刺眼的目光，悄悄地呢喃道：‘你不就是一个被碾压后缩小了的蟹吗？’呵呵，与那只大蟹相比，小不溜秋并且寒酸得惨不忍睹的蟹竟然不知羞耻，刚刚从北方的大洋里出来闲逛，要到月光下去。到了海滨沙滩上，它也害怕了。这个影子，这个扁平的影子如此丑陋，真的是我的影子吗？我是个富有生气的男子汉。可是，看看我的影子！眼看就快被压扁了。我的甲壳如此糟糕，如此弱不禁风吗？小不点儿的蟹这么喃说着，摇摇晃晃地走着。我算是有才能的吧？不！不！即使有，那也是旁门左道的才能，是勉强糊口的才能。你是怎样眼底传情向编辑推销自己稿子的？不是这种手段就是那种手段。假如要流泪博得对方同情就用点眼药水。或是威胁的手段？衣服要穿得有点品位啊！作品里一句注释也不要加。郁闷地这样说：‘如果方便的话……’甲壳疼痛，好像体内的水汽干枯了。只有这海水味才是我唯一的可取之处。如若海水味消失的话，啊，我也愿意随之一起消失。再一次回到大海吧？朝着大海的深处不停地下潜？那里有令人怀念的海带群、四处游弋的鱼群。小蟹不停地喘着气，在海滨沙滩上踉踉跄跄地走着。在海边茅屋的阴影下歇了一会儿，在开始腐烂的打鱼船阴影下歇了一会儿。此螃蟹兮，何处之蟹，独来独往。敦贺蟹兮，横行天下，此去何处……”尼姑戛然而止。

“怎么了？”我睁开瞑闭着的眼睛。

“没什么。”尼姑平静地答道，“真无聊。这是《古事记》里的……会遭报应的呀！厕所在哪里？”

“走出房间，在走廊里朝右边笔直走，尽头有个杉木门板，那就是门。”

“一到秋天，女人就会怕冷。”尼姑这么说道，然后像是淘气的孩子似的缩了一下脖子，两只眼睛朝我骨碌碌地转着。我不禁莞尔。

尼姑从我的房间里走了出去。我用被褥蒙着脑袋思考着。我并不是在思考崇高的事情。我只是像个无赖似的奸笑着，心想：这个啊，我是当真了呀！

尼姑有些惊慌失措地返回来，紧紧地关上拉门后，愣愣地站立着说道：“我要睡了，已经十二点了。没关系吧？”

我答道：“没关系。”

我从少年时候起就体会到，无论多么贫困，只要有一床被褥，就会拥有美丽的遐想，因此即使有不速之客在这种场合住下，也根本用不着犹豫。我爬起身，从我垫着的三条褥子中抽出一条，把它和我的被窝并排铺在一起。

“这条被子的花纹很奇怪啊，好像是用有色玻璃拼嵌成的图案似的。”

我从自己的两条盖被中掀起一条。

“不用了，我不要盖被，我就这样躺着。”

“是吗？”我立即钻进自己的被窝里。

尼姑悄悄地将念珠和经书塞进被子下面，穿着法衣躺在没有床单的被子上。

“仔细看我的脸，看着看着就会睡着了。然后赶紧用力地磨牙，于是如来佛就会降临。”

“如来佛？”

“是啊，如来佛夜里会来巡视，每天晚上都会来。你好像很郁闷，所以可以看得仔细些啊。我事先告诉你，就是为此。”

话音刚落，真的很快便传来安稳的酣睡声。听到尖细刺耳的声音时，房间的拉门咯咯地响了。我从被窝里探出上半身，伸出手去打开拉门，如来站在门外。

如来骑在高有两尺的白象上。白象身上佩有发黑的金鞍。如来清瘦，不！是瘦骨嶙峋。肋骨根根形销骨立，如同卷帘门。全身赤裸，只是腰上缠着一块褐色的破布。枯瘦得像螳螂似的四肢上，粘满了蜘蛛网和灰尘。皮肤乌黑，红色的短发卷曲着。脸庞像拳头那么大，眼睛和鼻子都看不清楚，只是都布满皱纹。

“是如来佛祖吗？”

“是的。”如来的嗓音低沉而嘶哑，“我是无路可退才出来的。”

“怎么回事，很臭啊！”我用力地抽了抽鼻子，是很臭。如来出现的同时，我的房间里充满了莫名其妙的恶臭。

“真的吗？这头大象死了。虽然塞满了樟脑，但看来还是在散发着气味啊。”然后，如来将声音压得更低，“现在活的白象怎么也弄不到啊。”

“普通的大象也没关系的……”

“不行！从如来的体面来说，那不行。这样一副打扮，我真的还是不想出来。我是被那些讨厌的家伙硬拉出来的。听说佛教很盛行了吧。”

“是的。如来佛祖，您要尽快想办法。我从刚才起就臭得喘不过气来，想死的念头都有了。”

“你，”如来有些结巴，“真可怜。我出现在这里时，你没感到滑稽？如来的出现方式，你没感到有点不像样吧？你要对我说实话。”

“没有。我觉得很好，觉得您很气派。”

“呵呵！是吗？”如来将身体稍稍向前倾斜，“这我就放心了。我从刚才起就一直在担心这事。我也许是个装腔作势的人吧。现在我能放心地回去了。我让你见识一下如来隐退吧。”如来说完时打了个喷嚏。我刚觉得“糟了”，如来和白象便像纸掉在水里时似的瞬间变得透明，无声地分裂成微尘，又烟消云散了。

我再次钻进被窝里，望着尼姑。尼姑熟睡着，微微地含着笑。好像是迷迷糊糊地笑着，又像是蔑视的笑；既像是无心的笑，又像是官吏的笑；像是谄媚的笑，像是喜悦的笑，也像是破涕而笑。尼姑始终微微地笑着。微微地笑着时，尼姑渐渐地变小，伴着哗哗的流水声变成了两寸大小的偶人。我伸出一条手臂，撮起那个偶人仔细察看。黝黑的面颊凝固着笑意，雨珠般的嘴唇还微微泛红，罂粟籽般的白牙紧密地排列着，栩栩如生。细雪般的两只小手微微发黑，纤细得如松叶般的双脚穿着米粒般的白袜。我轻轻地吹了吹黑色法衣的下摆。

1937年

二十世纪旗手

——生而为人，我很抱歉

序唱　感知神的怒焰之惨烈

再怎么苦恼也不值得当回事。尽管如此，隔着树篱的两棵蜀葵争先恐后不断地、不断地向上伸展着，伸展着。两三朵细瘦枯萎的花朵忘记了以前曾炫耀华美红色的表情，黑花瓣上的干瘪皱纹也充满着悲伤，像是在夺旗比赛中得了第一名的飞毛腿少年似的忘乎所以，说什么：“九天上的神园，我穿着草鞋踏进去供奉，的确是侵犯了神的领域，但是我不怕，刚才我还用这双手摘了御园里的花。不仅仅如此，就连神午睡时那张帅气的脸，我就用这……这双眼睛偷偷地看得很真切啊。”在这自鸣得意的身影里，尚存着一份可爱，围观者也会心地笑着，或者苦笑着原谅他了。但是一天夜里，这孩子居然被比冰霜更冷漠得多的新月神迷恋上，莫名其妙地口出狂言：“神和我是五十步笑一百步，没有大的区别。那天是炎热的三伏天，神的模样也是一副奥林匹克的打扮，只穿着一件浴衣，还捋胳膊挽袖子的。”闻者无不捧腹大笑，获得了意外的掌声和喝彩。哎呀！台上那个皮肤青黑、瘦狗模样、嘴巴突出、身高细瘦接近六尺、形态老迈的童子，其实就是那个高高的蜀葵精。亲耳听着这满场风卷云起的掌声和叫唤声，他丝毫没有察觉这等奇异的景象，全都是因为他这副小丑模样的滑稽相貌。他抽动着肥硕的鼻子，眼下已经欣喜若狂，眼神燃烧得愈加怪异："今晚在七夕祭典上，我敢宣告，我才是神。居住在九天之上的神每天就只知道午睡，总是偷懒。我要轻手轻脚地溜进他卧室一次，甚至悄悄地把神冠戴在我这颗大脑袋上。我不怕什么神的惩罚。哈哈哈。神的惩罚，我索性想要领教一下！"期待中的喝彩声没有出现。全场鸦雀无声。紧接着一瞬间，爆发出人们的喧嚣声，举座哗然。"哗众取宠不知天高地厚的家伙！""神啊，这才像是在做梦！哟！这剧场里的老鼠啊。""这贱民越来越傲慢，不懂得适可而止掌握分寸，天性卑贱啊！哎呀！那个长相就是不堪入目的雨蛙！"中途还有人朝童子的鼻梁扔石块，童子万分沮丧。要说起来这正是他不幸的开始。他是目空一切地在夸耀自己花儿的高度，才遭遇如此的痛苦和难堪。艺术不是夺旗比赛啊！你看，你看！太脏了。流鼻血了。应该去看看，去看看你的那本完美无缺的短篇集《晚年》，极其冷酷。杰作的样本，赤裸裸的痛苦。我在辗转不眠的夜里站在蚊帐外求你，"请你务必为我搭建一个铺着香蒲花穗的温暖睡处"。你不是说"很冷吧"，留下两三个喷嚏便消遁了吗？我都来不及叹口气说："我整个生命的热情全都收录在这一本书里哟！"这是惩罚！是惩罚！是市民的惩罚，或是流年不利，爱憎反转。我的罪孽就是瞒着人偷偷地戴上那顶黄金之冠，独自对着镜子咧嘴笑，可是上帝没有原谅我。在你眼里，上帝是令人厌恶的，如同天然的刺骨寒风一样啊。严厉而固执地摁着我的颈脖，我咕嘟咕嘟着被摁到水中趴在水底，在人之子将要被溺死的刹那间才稍稍松手，让我轻轻浮起来，重见阳光欣喜不已。我长长地舒了一口气，又合起双手虔诚地叩拜这五年未见的太阳。这时颈脖上的手又用力，我不停地、不停地不知五百几十次地沉下，沉落到泥土中直至成为龟仔的家臣。饱尝艰辛、通晓人情世故的人向我提出忠告：唯有舍身才有翻身出头的机会。那个忠告是错的。如若沉下过一次，就会一直往下沉，往下沉，一直沉到深底，怎么会再浮上来？浮上来的人若有哪怕一个，我真想叩拜一下啊！我重新端坐着把这人世间真正的邪恶告诉比我年轻耿直的朋友时，神的眼睛已经闪闪发光，看着左手上的码表告诉我慢慢下沉的时限。“哎呀！又来了，又要在水底下待五年。是不是能再相见啊？”传来神粗哑的嗓音：“准备！”“如果想我，就到水底来找我呀！哎呀！至少再让我说一句，那个……”能听到的，只有波浪的声音。

一唱　猫头鹰啼叫的夜晚，残缺之子出世

真是个好兆头。眼下我正在写“一唱”，奇迹就真的出现了。木板套窗上有个像小型五钱镍钢币中心孔洞般豆粒大小的钉子孔，朝阳穿过尚未打开的木板套窗上的这个钉子孔，将光柱突然正好投注在“一唱”的“一”字上。真是个奇迹！真是个奇迹！握手！可喜可贺！停止浅薄的惊喜、无聊的喧闹，开始神圣的工作吧！回答说“是”，如果问路，女人便会成为哑巴，在花草枯尽的原野上，就算是问路也是白问。在我故意恶作剧似的茫然地独自走去时，明胶会渐渐地凝固起来，也不是不会向我指示某个固定的方向，但我心情烦躁地依靠着手杖，如一人承担两个角色的漫才[①]，虽然境遇很孤独，却装出有很多同伙的模样，边唱边说着旁白。大约有一百天的时间，我如同蹑手蹑脚地窥伺着金丝雀的、眼瞳乌黑湿润的小猫，悄悄地追溯着一部艰涩的浪漫故事走着。请为我庆贺，昨天夜里我终于找到说唱的头绪，先喝一杯茶，然后再慢慢地说给你听。

在讲那个浪漫故事之前，我想先向你打个招呼，不是别的，就是在这里，我还没有使出全部的实力哟。这又是极其老套的话，但这正

---

① 日本曲艺的一种。两人组成一对，进行滑稽性对话。类似于中国的相声。

是作者的善意。像大海龟壳那样大小的冰块，在海上载沉载浮悠闲地漂来时，老练的船长会果断地立刻改变前行的航道，如果铤而走险撞上的话就会沉没。冰山沉在水里的部分，是啊，即使那个圆顶斗笠似的东西，沉在水里的底部也起码有五匹河马的体积。你若实在想要了解我，就来我家，和我一起住一个星期，亲密接触我这三寸不烂之舌的能量，连睡觉的时间都不给你，那么你不就好歹能够领教到我太宰的能力，而且还只是十分之一的能力了？我可以相信我这句话大致上是正确的。听我说话，就意味着错过了两三千句话，这是一种极其残忍的损失。而且，你应该相信前面那些与我很不相称的、幼稚而逞强的话语，全都是我肉体消亡的预告。我们也许不会再相见了吧，内心里的烦躁，就好比是我的各各他①，也就是髑髅地。哎呀！老年人就爱对这想象中的荒凉景色唠叨。我不是在玩弄“生命”。我已经接受神的惩罚，遵循神赐予的黯淡命数，事到如今不再怨恨什么人，全部是我一个人的罪孽。我一边在写这部小说，一边却痛感人生无常。我实在是懒得带走什么，简直像是竹叶上的霜。现在我至少要创作出两三篇佳作，以符合我自己实力的微薄之力，答谢曾帮助过我的热心人。我就当作这才是那黄泉路上的盛装，夜夜目不交睫，搜索枯肠，反复斟酌一篇浪漫故事。算了，即便被人说成劣作，到那时我也已经无从知道了。罪孽，就在诞生的那一刻。

二唱　段数递减法

在渐渐地往下沉。想要慢慢地往上升的，尽管满面春风，唰地打开折扇优哉游哉地摇着扇子纳凉，但还是渐渐地往下沉。沉下五段，

① 耶路撒冷城郊外的山丘，耶稣被钉在十字架上的所在地，即耶稣受难之地。

然后猛地上升三段。和常人一样，把沉下五段的事忘得一干二净，上升三段，便相互间不停地道贺，很没出息。往下沉了十年，只上升了一夜，倍感疑惑，但这时已晚。只好苦笑着喃语说“这就是人间”，便彻底死了心。这才是人间。

三唱　同行两人

我也许已经无数次地考虑过要去巡回朝拜。独自旅行，在蓑笠上纤细地写上“同行两人”。另外一个人，那个顺道同行的人，是个看不见身影的人，一直低垂着脑袋一声不吭地跟随在我的身后——是水精那袅娜的影子，朱唇少年，还是身穿灰色明石和服的四十岁妇人，或是用柠檬肥皂洗刷掉全身油腻的清净柔弱的少女——虽然不能明确地用手指着说是什么人，但是个善良的人。同行两人，如若我的身上无病无痛，我早就摇着铃铛，发出悦耳的铃声，煞有介事地进行青年巡回朝拜。即便为了在形式上显得清爽洁净，我也会首先站在别人家的院子前向什么人或某个人告辞，甚至在悦耳的铃声里都渗透着我内心的无限忧伤。我十分清楚这院子里繁茂的一草一木，是我今生瞥见的最后一眼，我将带着悲恸欲绝的伤感，泪流满面地巡回朝拜，与秋风为伴共踏旅途，早晚会被埋在旅途的泥土里。这就是我那永无尽头的命运。而且在那期间，我总算谈了次朦朦胧胧的恋爱。名字不能说，甚至连谈过恋爱的模样都不能显露出来，我感到很痛苦……绝对不能说……否则就是不义。我只能再说一句。我不是巡回朝拜之后才恋爱的。我不过是殚思竭虑地想要打消内心里的念头，才想起要去巡回朝拜的。我想要的，不是全世界，也不是百年的名声。我想要一朵蒲公英花的信赖，想要一枚萵苣叶的慰藉，却白白地浪费了一生。

四唱　请相信我

东乡平八郎[1]的母亲从来不在自己的孩子枕头边走动。她说这孩子将来一定会站在千百人之上，绝对不能对他无礼。虽是自己的孩子，但也对他百般敬重，并谨小慎微地侍奉他。可是，我们家的事情不一样。从七八岁的时候起我就很孤单，在客间以祖母为首，母亲还有两三个不时来串门的亲戚，还有夏天和冬天放假的哥哥和姐姐，经常在背地里说我的坏话。我走过客间前的檐廊时，正好无意中听到最小的哥哥貌似通情达理的话，说什么“从现在起就能那样，进入中学、大学以后，成绩就会一落千丈的，还是不要太宠他的好”。这家伙！我才七岁，亲兄弟就合起伙来欺负我，我便变得乖僻了。从那时起，我就很讨厌客间的家庭聚会，喜欢待在厨房的地炉边，冬天将马铃薯埋在炉灰里烤，和四五个长工一起吃。一天，也许是看到我孤独的身影心中不忍吧，一个老妈子将手搭在我的肩上，对我说了句奇怪的话。她说：凡成大事者，必先劳其筋骨。

我记得，我的失眠症就是从那个时候开始出现的。我最小的姐姐和我关系很好，在我读小学四五年级的时候，她在读女子学校。寒假和暑假每年两次放假回家时，姐姐的朋友萱野，这个戴着眼镜、中等个子的女学生，常常跟着姐姐来玩。皮肤白皙、圆乎乎胖墩墩的面容，双重下巴，长长的睫毛，除了睡觉之外总是瞬息万变地像个滑稽演员似的微笑着的乌黑眼睛，摘掉眼镜一边不停地眨巴着眼睛一边像嗅闻似的读着杂志的脸。我像小熊似的无邪地望着她，觉得她非常可爱。然而她却比我年长三岁。

---

[1] 1848—1934，日本海军元帅，侯爵。在对马海峡海战中击败俄国海军，成为近代史上东方黄种人打败西方白种人的先例，获得“东方纳尔逊”之誉。

从更早的时候起，从还没有见到你的时候起，我就已经知道你的名字。在姐姐寄来的信里，写着这样的话："见你这样不失季节地寄来软糖和年糕，梅组的组长萱野亚纪同学在表扬你呢。说我有个很懂事的弟弟，真幸福啊，很羡慕呢。你的信里如果没有津轻口音和错别字，姐姐还会向更多的同学炫耀炫耀呢……"

那个时候你说要当画家，还带着一台很精巧的照相机，夏天在我老家的乡间小道上一边漫步一边默默地啪啪拍着照，拍摄的对象不可思议地与我眼中的景色相同，完全一模一样。北国的夏天，南国的秋天。我朝一片颤抖着缠绕在杉树残根上的鲜红的爬山虎叶子眄视时，你的相机响起咔嚓声。每次我都会不由得叹口气。但是有一天，我为这种可恨的念头潸然泪下。那个时候——就算是现在——我还是一介村童，大正十年，对照相机还颇感稀罕，我扭扭捏捏地央求你让我拿装着照相机的黑色皮革小腰包，你把它挂在我的肩上，和我一起走。那天，你身穿蓝色浴衣配红色绞染兵儿带[①]。我躲在树荫后偷偷地打开底片盖来看，里面只是一片乳白色。我摇着头颇感失望，并装作什么也没有发生过似的又合上底片盖。不料那天夜里在暗室里，你发出一声惨叫，底片完全是一片黑色，无知的肇事者立即就败露了。从那天起，你再也不让我背那个小腰包了。如果你能既往不咎，继续相信我，默默地把小腰包挂在我肩上，我即便豁出命来也一定要保护好底片。还有，那时候我们玩捉迷藏游戏，你是老瞎，独自坐在西式房间的沙发上无趣地翻阅着杂志，等着大家躲藏起来。我也同样对捉迷藏游戏兴味索然，轮到我必须躲藏起来，尽管也有别的地方可以躲藏，我却躲在你的沙发背后。远处传来弟弟的声音"好了"。你拿着杂志站起身开始寻找。你还记得吗？你忘了吧？大家很快就被你找出来了，你继续向西洋式房间找过来。"还有阿治啊！"

---

① 源自日本萨摩青年男子所用的白色棉布带，明治以后得到普及。

“不用找了！就在那个沙发背后。”

我从沙发背后探出头来，问：“你知道的？”你冷冷地嘀咕道：“因为我就是老瞎呀！”

二十年来，我没有忘记老瞎。前些日子，读到了标题为“浅田夫人恋情三级跳”的新闻报道。你是二科[1]的新人。是有田教授的……不，不说了吧。回想起来，那个时候，从十六岁的夏天起，你的眉宇间有着预言今日不幸的不祥皱纹。“越是有钱的人就越崇拜金钱吧。觉得钱越多越好，所以钱真的是很可怕啊。”你说的这句话，我至今没有忘记。请原谅我的直言不讳，萱野姐，你爱恋上我哥哥了。

前些日子我读到那篇报道，想起你的孤单，竟然独自躲在蚊帐里哭了有三个小时。束手无策，无计可施，纯粹是为你的痛苦而流泪。我不要一文钱的报酬。那天晚上，我希望你能坚强起来，我想让你知道我是相信你的纯洁的，我希望你活得有自信。仅仅因为这个理由，我打开墨水瓶的盖子想要给你写信，却不知从何写起。福田兰童[2]这个人写了很多这样的信给女人，根本就是情书。

五唱　被指责为说谎的正经人

在街上走着，那个撒谎的人来了。在傍晚的赤霞卷云底下，一群十五六岁的姑娘，像懒散者似的将双手插进和服开腋处，悄悄地按着自己坚挺的乳房，排成一排靠在土墙仓房的白色墙壁上，相互挤眉弄眼，还微微点头，害羞地缩着脖子，咯咯地笑着。被她们嘲笑的撒谎者，绝对是这世上仅有的正经人。今天早晨看到家乡的报纸，说新开了家不知叫什么的饭馆，还兼不伦不类的宿驿，而且还模仿歌舞伎的

① 日本美术团体之一，1914年由石井柏亭等西洋画画家组成。现有绘画、雕塑、摄影和商业美术4个部门。

② 1885—1968，日本音乐家，原名石渡幸彦。

活门[1]，按一个按钮，电动装置的大型睡床就会顺溜地出现。我一边读着，一边忍俊不禁。很明显，不就是受到好好先生、女掌柜或黑道电影的影响，结果想方设法地悄悄实现了自己最极致的恶吗？若把如此大型的证据摆在眼前，不就会穷途末路死得很难看，连一句辩解的话也说不出来吗？真愚蠢啊！乡下的恶人既有好兴致又很靠得住啊。正宗的恶人实在是不可思议，是活神仙、活佛，是有良心、靠得住的人。而且就真实的内情来说，这些人无一人例外，都是呱呱叫的恶棍天才，就连释迦牟尼都要对这些大人物退避三舍，在背后责怪他们是无缘的众生。

六唱　若要我学狗叫，我就一定会叫

“敬启者：很抱歉，请允许我写信向您请教。本社发行的《秘中之秘》十月号作为一本颇有趣味性的读物，想要刊登应该称之为现代学生气质的、与学生生活有关的内容，以便让社会上的父母们对自己的孩子有所了解，所以想挑选具有代表性的学校（帝国大学、早稻田大学、庆应大学、目白女子大学、东京女子医专等）每月连载。因此，首先想下个月设帝国大学特刊，正在担心您能否赐稿。四百字的稿纸十五页左右，希望内容真实有趣。希望您一定要在截止日期前交稿。以信求稿，请原谅，恳请您不吝赐稿，希望您一定答应下来。《秘中之秘》编辑部。”

“呵呵， 蝙蝠这种家伙在以前鸟兽大战那天到处背信弃义大获好处，此后阴谋败露，白天整天因自惭形秽而不敢外出，随着日暮的

---

① 指歌舞伎表演中设在花道上靠近舞台的三分之一处，演员从舞台地下室升至舞台上所经过的活门。

降临才偷偷摸摸地出来，但尽管如此，还是做贼心虚，飞行起来横冲直撞。对了对了，我忘了。的确是那样的。不！我不是说你。我是在袒露自己的内心吧。其实我总觉得自己会产生与肮脏的蝙蝠没多大区别的想法，无论如何要闭上我的臭嘴。为了活下去，与面包相比，我首先要葡萄酒。我能心安理得地三天不吃饭，但相反的是，我想购买那个握柄部分装饰着蜥蜴头的八元钱的手杖。因失恋而想要自杀的心情，到了这时候我才终于有所体会了。手持花束走在路上，还有因失恋而自杀这两件事，我从读中学、高中到大学，都一直认为是很可耻的行为，只要一想起来就仿佛背脊上被浇了冷水一样。这时，就连一朵白花都会是一种救赎而令我感到释怀。坠落情网的内心煎熬已经令我六神无主，世界一片岑寂，我的生命也如同沙丘无声地崩塌似的眼看就要消失，我实在已经无路可走，我已经没有安身之处。我没有忘记暴戾的游戏。而且，我生活拮据。现在我忽然追逐起蚊帐里的蚊子。寂寞像故乡的暴风雪一样猛烈，把我独自刮落在几十丈深的老井里。我不停地坠落着，只有无论我怎么叫喊都没人听见的焦虑，黏滑的青苔，不断地回响着的我自己的叫喊声、虚幻的笑声。难道没有抓手吗？我拼命地挣扎着，指甲脱落浑身是血，悲惨而孤独的地狱，我极其想要钱。如若要我学狗叫，我就一定会叫。我无论如何都能写得很有趣，所以请按一页稿纸五元钱的稿费给我。五元，当然就这么一次。以后不论给我五十元还是五元钱，我都不会有怨言。无论如何，这次就拜托你了。我自信即使给我五元钱的稿费，你也绝不会吃亏。拙作的价值一定会超过你支付的稿费。四日，深夜。太宰治。”

“敬复。拜读了你在四日深夜写来的信函。稿费一事虽不能如您所愿，但稿子请您立即动笔。我们一般支付的稿费是一元。先复为宜。匆匆。《秘中之秘》编辑部。”

“来信拜读。来信特地引用‘四日深夜’，有些用心不良。看你的来信，言外之意，你好像很不高兴。我并非出于自尊心才向你要五元的，也并非出于自己的贪欲。我需要这笔钱，是为了帮助无名的穷人，或是为了让那些善良的人高兴。不过，现在既然如此那就算了。我突然小声地说：……那我就接下这份差事。太宰治。”

七唱　我们的日子我们的梦

——东京帝国大学内部，秘中之秘——

（正文三十页稿纸。全文省略。）

八唱　愤怒是爱欲的最高形态，等等

“正好出门旅行不在家时，收到了你的稿子和几封来信，很抱歉。不过，大作相当糟糕啊。就算我带些偏爱的目光来看，也无法刊用。即使请你重写也不知道能不能再用。对老兄你来说，也许是力作，但鄙社实在是很为难，你即便用这烂稿来索要稿费，恐怕也实难从命。什么时候若有机会，我向老兄当面赔罪。先将原稿退回。匆匆。《秘中之秘》编辑部。”

没有月光的漆黑夜晚，湖心的波浪啪啪地拍打着小船的侧舷。这孩子天真地回答说“深度不会超过五百呀”。对孩子这无心的回答，我，还有女人都感到震动，恐怖得不敢动弹，甚至感觉听到了来自地狱底部的微渺的叫唤声，就连会死的念头都荡然无存。那天夜里寒冷的北风从这一页信笺的角上骤起，难怪我不想回家。在大千世界中，我难以安置自己无家可归的荒凉的心。我蹒跚地走出屋外，越过电车轨道，在原野里行走，在田地里行走，不久便走到了我从未见过的美丽街道。

在无处可去的夜晚，我仿佛靠着阿司匹林将三十八摄氏度的体温降到三十七摄氏度二三分，去车站买了张三四十元钱的车票，到某个不知名的城镇，漫无目的地晃悠着，并在镇上昏暗繁华的街上慢吞吞地走着。路边突兀地竖着一棵松树，我停下脚步仰脸打量着松树的树枝，然后把怀里的书卖了，走进电影院。电影院门口的风铃声令人难以忘怀。我一边撒尿一边眺望着窗外的庙会、碳化硅灯周围穿着浴衣的人群。哎呀！大家都活着！想到这里，我泪流满面。但是，这种“受到感染而流泪”是不足取的。市民在表现他们生活中最极致的感激，泪眼模糊地忏悔着，不管别人还是我，都深有同感。哦！很悲伤吧！虽然我内心很平静并予以充分理解，但是我该怎么办？整天尽是瞒着别人以泪洗面，嗟悔无及。我这副模样，该怎么办？那天我也是闲逛着去市川站下车，去看名叫《兄妹》的电影，渐渐地不能自已，即使咬紧牙关强忍着也不禁暗自哽咽，最后差点儿痛哭失声。我赶紧从小屋里跑了出来，任凭自己涕泗涟涟泪如雨下，然后我痛定思痛浮想联翩。我太软弱了，才会被人作践！事到如今我也无权抱怨，只能一忍再忍，克制再克制。如同被人践踏的垃圾、堕落的女人、弥留之际的痴情、对神的抗议，悲戚的愤慨令我声泪俱下。我不能忘记这一切。我像摩西似的喃喃自语着：人之子在其一生中会有三次动怒。

无论什么样的人，只要还活着，就应该得到充分的尊重并尊重别人。有生命的东西全都是这世上不可或缺的重要齿轮，如果刁难别人，不能理解他人的珍贵和孤寂，就不能成为一个完整的作家。这世上没有一个无用之物。正因为有福田兰童[①]，才能表现出一个女演员痴情的爱，才能赞美菊池宽[②]那种襟怀恢廓的人情味，才有福田兰童常去的× ×闺房里令夫人充满感激之情的、恭谨盛开的白花。

——我拜读了你的来信，我的稿子，无论如何……也不行吗？

---

① 1905—1976，日本音乐家。

② 1888—1948，日本小说家，戏剧家。

——是啊。不行啊。这是请别人写的稿子，要这样写才行。纪实的，归纳性的，总之，你的稿子，你自己再读一遍。要按这样的思路来写。

——我原本就是一个平庸的作家。除了悔恨哭泣、边哭边写，没有别的办法。

——失恋自杀，会怎么样？

——对不起，请借点车钱给我。

——……

——我是指望这稿费才来的，所以身上一文钱也没有。我还要回家，我马上就还你，借我一元两元都行。

——你在市内没有朋友吗？

——我叔叔住在赤羽。

——若是那样，你自己走回去。你是怎么回事？不是离得很近吗？绕过护城河，从参谋本部那里到日比谷，从那里走到新桥站，赤羽不就在那背后吗？

——是吗？……那……谢谢了！

——不用谢！很抱歉，欢迎你以后来玩。到时候再设法补偿你吧。怎么样？

我还是不能发火，顶着骄阳，在都市的尘埃中眩晕了三四次，真想被汽车碾过。不断地穿过马路，在三里远的路上走着，一边在心里想：人们全都是好人。下过一夜暴雨，郊外一片泥泞。我在泥路上连滚带爬地找到荻窪的邮局，争分夺秒地要打电报时，却被告知现在时间已过，过了规定时间七分钟，费用加倍。我顿感困惑。我这个落汤鸡面对这意想不到的耻辱气得浑身直冒火。我发出蚊子似的声音，说我现在身上正好只有三十元钱，是我自己疏忽了，无论如何请通融一下。无论我怎样恳求，那个三十岁左右、露出一口黄牙的枯瘦女人啪啪地打着算盘，没有正眼瞧我，喃喃地说：规定就是规定。我说不出话来，只能垂头丧气地离去。在倾盆大雨中，我心想，会有如此荒唐的事吗？我出生后的二十八年里，货真价实的恶人就是这个女事务员，前无古人后无来者，其他人全都是和我一样天真无邪的好人。刚才那位编辑的无礼，也只不过是他毫无戒心的外表而已。所谓的作家，就是看透了一切，把我们的痛苦全都咽在肚子里。我却天真地把它当作没有火气。一文钱也没带的所谓贱民，面目可亲地独自憨笑着呢喃道："爱之切憎之深，指的就是这个吧。"我爱这世上愚昧的民众。

九唱　娜塔莉小姐，接吻吧

在这第二天的第二天，与前些日子的贱民不同，这次又恢复了帝国旅馆餐厅里的太宰治。身穿十字形碎花纹纯麻和服裙裤、白色短布袜，不会有假的太宰治。戴着粗大的赛璐珞眼镜，穿着今年流行的奥林匹克蓝的礼服的浅田夫人——幼名萱野姐。两人一边用餐一边满不在乎地谈笑着。昨天我用最后的手段厚着脸皮从萱野姐那里借了二百元，不，是十元的纸币二十枚。我们在资生堂二楼的包间里见面。我说"二百元"，话还没有说完，她便连连点头，并迅速转移了话题。两个小时以后，在同一个地方，萱野姐把二十枚满是霉点又皱又脏的纸片，故意装得很随意的样子交到我手上，微微笑着说"就当是我们家预付的薪水啊"。可恨的谎话！就连这样的细微之处，都埋下戒备的伏线，想要浇灭我眼瞳里燃烧的欲火。我感到很悲哀。那天夜里，在繁华的都市，我钻过霓虹灯的丛林，穿过街道上的树林，毫无目标地奔跑着。这些钱不能花，怎么也不能花这些钱。奴婢之爱，女用人房间里没有包边、褪成红褐色的榻榻米，生发油的气味。我仿佛觉得从竹箱底部掏出丢人的三德[1]，把一张又一张皱巴巴的纸币，在我面

① 做人应该遵守的三种美德。

前摊平了给我似的。天亮时我打了电话。用冷漠的语气说道："我意外地收到了一笔巨款，我可以还你钱了。"我又加了一句"地点在帝国旅馆"。我想至少在一个富丽堂皇的地方做个了断。

那天，天朗气清，笑谈了几个小时后，我取出钱，故意暗示她这是另外的二十张纸币，比昨夜的二十张纸币新，同时我忽然发现昨夜从女人这里接到的其中三张纸币的角上有红墨水的污点。已经晚了！我只能暗暗地、深深地祈祷萱野姐没有发现，没有发现。我在人生舞台的背后暗暗地祈祷着，虔诚的态度绝不亚于米勒[①]的《晚钟》。

"萱野姐，你数一下。要当面点清啊！"尴尬，一时的窘迫，为了活下去，无论如何都是需要的。

这是个善解人意的女人，准确地捕捉了我的话意。她轻轻咬着嘴唇点点头，用惶遽的手势数着钱。十七张。她顿觉狐疑，瞬间便明白了。蔷薇苏醒了。她慢慢地抬起通红含羞的面容，注视着我狡猾而平静的笑脸，少女般清纯地叹了口气。尽管如此，她还是没有忘记小声地说了一句识时务的话："真难伺候啊。谢谢了。"于是，就分手了。花了一万五千元学费才学会并永远不会忘记的，就是彼此怀着同样炽烈的单相思最后都这样分手了这种乏味的礼仪和残忍的礼节。哎呀！愤怒果真是爱欲的最高形态。

十唱　我也很痛苦

一天，我笑着叮嘱妻子说：喂！打开拉门的时候要给我当心点，因为不知道什么时候会有人摇摇晃晃地站在门槛上。当时妻子什么也没说，愣愣地注视着我的脸，显然是受到了很大的刺激，令她快要发

---

① Jean Francois Millet，1814—1875。法国画家，巴比松派代表人物。作品有《拾穗者》和《晚钟》等。

疯了，恐惧得说不出话来，连嘴唇都吓得煞白，坐着一步步地连连往后挪，最后挪到隔壁的六叠房间里，好像这才恢复了正常人的情绪，开始低声啜泣着。妻子的紧张从那天起一直延续到今天，怎么也无法化解，不知什么时候把竹质衣架全都撤除了。原来如此！这时我才发现，长长的和服在那个竹质衣架上的形状，和那个身影一模一样。除此之外，她还想拔掉为了吊蚊帐而钉在房间四个角上的三寸钉，原本就是四尺八寸高的小个子女人，踮着脚伸长着身体与钉在高处的钉子恶战苦斗，我也曾见识过。

现在我躺在藤椅里，望着妻子在院子里除草的身影，洁白的家庭便服，我不胜同情地觉得她越来越像护士了。我们家有一个毛病，就是丈夫必定会早死，当时曾祖母、祖母、母亲、婶婶四个遗孀聚在一起。尤其是婶婶，先后失去两个丈夫。

终唱　然而，这个时候

艺术原本就是热闹华美的祭典。普希金就不用说了，芭蕉[①]、托尔斯泰、纪德[②]，全都是优秀的报界人士。你看见了在钓鱼船里只有我穿着蓑衣，外表与船老大以及其他人明显不同的近八十岁青年，××老翁那无可救药的陋习？不过，那还算好。艺术原本就是不伦不类的辩白。——闲话少说，和萱野姐就此了结了？呵呵，无论什么样的浪漫故事，不惧怕神灵的拙劣结局都注定是一种宿命。机灵的读者一开始读五六行字后会悄悄地去窥看最后一行，然后倍感厌倦，大呼没意思，觉得太无聊了。好吧，那我就构思一个真正未曾有过的、烟消雾散的结局，让你腐烂的五脏六腑折腾一下。

---

① 松尾芭蕉（1644—1694）：日本江户时代前期俳句诗人。

② 1869—1951，法国小说家，20世纪法国文学的代表。1947年获诺贝尔文学奖。著有《蔑视道德的人》《梵蒂冈的地窖》《窄门》《伪币犯》等。

于是，接着——我们没有就此死心。在帝国旅馆的耀眼的大白天里，我们隔着餐桌站起身，相互间用清澈的目光深情地凝视着对方。狂风来得再猛烈些，猛烈些。别说是衣服，就连骨头架子都要吹散了呀！狂风呼啸着刮过我们两人的身边。映入眼帘的，只是彼此的蓝色口罩，其余的东西全都被磅礴的黄尘吞没，如过眼烟云。为了顶住这狂风，我们踉踉跄跄地、踉踉跄跄地推开餐桌，相互握着手，抓住手臂，抱住身体。我们抱在一起。二十世纪的旗手先生，首先是行动在先。健全的思想则是紧随其后渐渐地滋长。与去当尼姑的阿光相比，我爱阿染[①]、阿七[②]、阿舟。先尝试一下呀！嗓门大的语言会变成“真理”。被人骂“蠢货”时，嗓门就要比对方大两倍、三倍地骂还他“蠢货”啊。事实胜于雄辩，没有任何东西能阻挡我们结婚。

“这就是和你结婚的浪漫故事。虽然写得增加了些情趣，但你如果不满意，也可以对你不满意的地方再做一下修改。”

那个身穿白衣的妻子答道：“这根本就不是我。”她一笑不笑，断然地摇着头，“没有这样的人啊。你使用这种不可能有的影武者[③]，是无论如何都想要糊弄过去吧。我理解你怎么也写不出那个贵夫人的痛苦来，但还有其他很潦倒的女人。”

所以我从一开始就打过招呼。名字不能说，甚至连恋爱过的模样都不能显露出来，我很苦恼——即使嘴巴烂掉也不能说——否则，那就是不道德的。

---

① 品川的妓女，因拿不出传统仪式的钱被下女看不起而决意自杀，但她不愿意独自一人去死，便从熟悉的客人中挑选同伴，最后和租书店里有些呆傻的金藏共赴黄泉。

② 1668—1683。日本江户本驹込的蔬菜店姑娘，1682年后因火灾在寺院里避难，与小和尚相遇相爱。为了与小和尚再度相会，放火烧毁自家房屋，被处以火刑。

③ 影子武士。为蒙蔽敌人而与主将同样打扮，充当主将替身的武士。

哎呀！欺骗，继续欺骗。一旦瞒天过海，就算是去死也不能坦白，不能忏悔。胸中的秘密，必须绝对保密，奸智的极致，不向任何人透露，就这样平静地上西天。不久去向阴曹地府，不，即使在那里也要守口如瓶，只是微微地笑着，对谁也不能说。欺骗，继续欺骗，花言巧语地蒙蔽人，比神更能骗人，更能耍奸。

请好好地享受被骗的感觉！人如果没有被骗七次的七十倍，就不可能找到真正爱的一抹阳光。胡说！我就活得很滋润，充实而美好，其乐融融，平静地享受着赐予我的美好生活。堆积如山的果实，我默默地享受，我享受着快乐。人世间还是热闹些好，哪怕是转瞬即逝的热闹。你能明白吧？乡间戏剧，在油菜田里搭台，用苇帘围着的后台。如果试着向后台的旦角赠送十元贺礼，就立即会在舞台前的通道上贴出用漆黑的墨汁书写的字条，上书：收到书生贺礼一千元。是制造气氛。没想到我国自古以来的文学精神就在于此。

这句话，那句话，我都满满当当地记录在将近三十本的杂记本里，全都是供你快乐的礼物，但是不走运，关税高得离谱。可惜无数宝物都被扑通扔进了政府那用蓝色油漆涂抹过的镀锌薄铁皮屋顶的仓库里，再啪地上了锁。自那以后过了有十个月，从樱花纷飞的季节经过豹脚蚊肆虐的季节，到白蜻蜓飞舞，红叶凋谢，人们都穿上黑色斗篷在大街小巷奔忙的腊月，才终于想出凑钱的办法，而且还是从将近三十个行李中找出最简易、最不起眼的一个小得不能再小的小竹篓，打开闪闪发光的黄铜挂锁。后来，跃入大家眼帘的，哎呀呀，没想到那是千百只牵挂于心的小螃蟹。主人惊慌失措，追了这边又追那边，刚写一行字便撕掉，刚写一个词便又撕掉，渐渐地悲从中来，在黄昏的房间角落里紧紧地握着笔，抽抽搭搭地呜咽着。

灯笼

我说得越多，人们就越不相信我。与我相见的每一个人，都对我心怀警惕。哪怕我只是因心中想念，前去看看故人的模样，迎接我的人也在用目光逼问：你来做什么？那实在太难耐了。

我再也不想去任何地方。哪怕去邻近的澡堂子，我也要挑日落时分前往。因为我不希望被任何人看见。可是盛夏时节，我的浴衣还是在暮色中白得发亮，似乎显眼得很，令我尴尬欲绝。近来凉爽了许多，穿哔叽的季节快要到了，我准备早早换上黑底的单衣。假设我还要以这样的身份度过秋天，熬过冬天，迎来春天，再进入夏天，又不得不穿上白底的浴衣外出，那就实在太可怕了。我希望，至少在明年夏天之前，拥有穿着这身朝颜花浴衣出门也无须畏缩的身份，化着淡妆，在节日的人群中穿行。想到彼时的快乐，我现在就感到振奋不已。

我犯了偷盗之罪，这么说并没有错。我不认为自己做的是好事。可是——不，我还是从头说起吧。我要对神明诉说，我不会依赖任何人，若有人相信我，那便相信吧。

我是个贫困木屐店的孩子，还是独生女。昨天傍晚我坐在厨房切大葱，听见屋后的空地上有个孩子哭叫了一声：姐姐！那惹人怜悯的声音让我忽然停下手来，不禁想：如果我也有个那样倾慕我、那样哭着叫我的弟弟或妹妹，或许就不会如此孤寂了。想到这里，被大葱汁水熏疼的眼睛里涌出了热泪，再用手背去擦，更是被辣得泪水不断滚落，让我不知如何是好。

今年樱树冒出绿叶、石竹花和溪荪花开始在节日夜摊上露头的时节，梳头店传出了流言，说那没教养的姑娘终究是迷上了男人。不过，那段时间我真的很快乐。水野先生每到日落便会来接我，我则在尚未日落时便换好了体面的和服，化好了妆，在家门口进进出出。后来我才知道，邻里的人见我这样，都要指指点点、交头接耳，嘲笑那个木屐店的咲子被男人迷住了。父亲母亲心中或有察觉，但什么都没对我说。我今年二十四了，可还没嫁人，也未招婿，都是因为家里太穷。母亲曾是镇上有头脸的地主家的小妾，因为看上了父亲，便不顾地主家的恩情跑到父亲家来，不久便生下了我。而我的眉眼既不像地主，也不像父亲，如此一来，日子便更是难过，甚至一度被当作见不得人的姑娘。一个姑娘生在这样的家庭，被人疏远想必也是理所当然的。其实，就我这样的身世，即便生在富有的华族之家，或许也注定遭人疏远。虽说如此，我既不怨恨父亲，也不怨恨母亲。我是父亲的亲女儿。不管别人说什么，我都如此坚信。父亲和母亲都很疼爱我，我也很关心我的双亲。父母都是懦弱之人，甚至在我这个亲女儿面前也有点儿畏首畏尾。我认为，懦弱胆怯之人，应该由大家来给予关怀。我曾想，为了双亲，无论什么苦楚孤寂，我都能忍耐过去。可是自从结识了水野先生，对父母的孝行我还是怠惰了。

说来羞愧，水野先生比我小五岁，是商业学校的学生。可是请谅解，我别无办法了。与水野先生结识是在今年春天，我左眼不适，去了附近的眼科医院就医，在候诊室里邂逅了他。我是个容易一见钟情的女人。水野先生当时跟我一样，左眼包着白色眼带，不舒服地皱着眉，正在翻看一本小辞典，样子十分可怜。我包着眼带同样心情不振，站在候诊室窗边眺望外面的锥栗树嫩芽，却感觉那些嫩芽反射的阳光格外刺眼，就像包裹着青色火焰。总之外界的景色让我感到自己身处遥远的童话之国，连水野先生的面庞，也显得那样英俊高贵，不像现世之人。我想，这定是因为我头上眼带有某种魔法。

水野先生是个孤儿，没有人给他关怀。他家原本有个大药品商行，母亲在水野先生还是个婴儿时便去世了，父亲也在他十二岁时离开人世，最后商行开不下去，水野先生的两位兄长和一位姐姐分别被远亲领养，最小的水野先生便被商行领班收留下来。那家人虽然在供他上商业学校，可水野先生的日子似乎还是很憋屈，连他自己都感慨，唯独跟我散步的时刻最为愉快。他对日常生活似乎多感局促，对我说与朋友约好了今年夏天去海边游泳。可是，他并未表现出期待之色，反倒越发萎蔫。当晚，我便行了偷盗之事。我去偷了一件男性泳裤。

我悄无声息地走进镇上生意最好的大丸商店，假装挑选女性便装，却把手伸向了后面那条黑色泳裤，拿到后便紧紧夹在腋下，静悄悄地出了店。可是没走多远，背后传来呼唤声，我不禁大叫一声，万分惊恐，好似疯子一般奔跑起来。小偷！粗重的喊声自背后传来，我肩膀被人一撞，脚下不稳，猛地回过头去，竟被狠狠地掴了一掌。

我被带去了派出所。派出所门前挤着黑压压的人。那些全都是镇上的熟人。我披头散发，膝盖还从浴衣下摆露了出来，真是一副骇人模样。

警察把我领到派出所里屋铺着榻榻米的小房间里坐下，开始对我问话。他皮肤白皙，面庞细瘦，戴着金边眼镜，看上去有二十七八岁。问完我的姓名、住址和年龄并记到本子上之后，他竟笑眯眯地说：

——这是第几回啦？

我猛然感到身子一寒，什么都回答不出来。可要是再不回答，就会被押到牢里去，背上重罪了。我得巧言几句，便拼了命思索辩解之词，可我真是不知道该怎么说才好，心里从未如此害怕过。我以呼喊的劲头奋力说出一句话来，竟连自己都感到荒唐。然而一旦开口，我就好似被狐狸附了身，再也停不下来，好似疯了一样滔滔不绝。

——你不能把我关到牢里。这不怪我。我二十四岁了。二十四年中，我一直对父母孝顺有加、好生伺候。我有什么错？我不该被别人在背后指指点点。水野先生是个有出息的人。他将来一定会是个大人物。我心里可清楚了，我一点儿都不想给那位先生抹黑。他跟朋友约好了下海游泳。我想给他准备准备，让他大大方方下海，这有什么错？我是个笨蛋。我虽是个笨蛋，可也会把水野先生打理得大大方方。那位先生身世高贵，跟别人不同。我不在乎自己会怎么样，只要能把那位先生打理好了送出门去，我便心满意足了。我有工作。你不能把我关到牢里，我长到二十四岁，没做过一件坏事。我这不是全心全意关怀着我那懦弱的双亲吗？不要，我不要，你不能把我关到牢里。我不能被关到牢里。二十四年来，我哪一天不是勤勤恳恳？只是一个晚上的错手，只是因为这个，我这二十四年，不，我这一生就要被毁掉，那绝对不行！那样不对。我实难想通。一生中仅仅一次，仅仅是右手忍不住挪动了一尺，那就要变成手脚不干净的证据吗？太过分了，这太过分了。那只是单单一次，短短两三分钟的事件啊！我还年轻，我的生命还长，我将要像以往那样忍受贫苦生活下去。仅仅如此而已。我一点儿都没变，我还是昨天那个咲子。区区一条泳裤，能给大丸家添多少麻烦？有些人四处行骗，一千两千地骗，不，甚至害得别人家破人亡，不也还能受到大家夸奖吗？大牢究竟为谁而设？里面关的全是没钱的穷苦人。那些人一定都是不会骗人的懦弱老实性格。因为他们没有那么坏的心肠，不会欺骗别人过活，才会渐渐被逼上绝路，犯下蠢事，抢走别人两元三元，最后得在牢里待上五年十年。哈哈……哈哈……太荒唐了，太荒唐了。这到底是为什么？啊啊……太荒唐了呀!

我一定是疯了，不会有错。警察面色惨白，目不转睛地看着我。我突然喜欢上了这个人。我虽然在哭，还是对他露出了微笑。不过，看来我是受到了精神病人的待遇。警察小心翼翼地把我带去了警察局，好像生怕自己被蜇到。那天晚上，我在拘留所过了一夜，天亮以后，父亲便把我接回了家。回家路上，父亲只问了我一句，你没被人打吧？就再也没说什么了。

翻开那天的晚报，我的脸一直红到了耳朵尖。因为报上登了我的事，标题是“小偷也有三分理，古怪左翼少女滔滔美辞丽句”。羞辱并没有到此为止。邻近的人都在我家周围转悠，我一开始还不知道他们在做什么，后来发现那些人都想看我的热闹，吓得我瑟瑟发抖起来。我渐渐明白了自己那一点儿小动作究竟是个多大的事件，若那时家里有毒药，我可能会一口吞下；若附近有竹林，我可能平静地走进去吊死。为此，我家的店歇了两三天。

不久后，我收到了水野先生寄来的信。

——我是这个世上最相信咲子小姐的人。只是，咲子小姐受到的教育尚不足够。咲子小姐虽是个率真的女性，但受环境影响，存在一些不正之处。我一直以来都在努力修正那些缺点，然而并非万事皆可改变。人没有学问不行。前些天我与朋友去洗海水浴，于海滨长时间讨论了人类向上心的必要性。我们将来必会出人头地。也希望咲子小姐今后谨言慎行，努力清偿所犯之罪，向社会深深致歉。社会之人，憎其罪而不憎其人。水野三郎。（读后务必烧毁，请连同信封一并烧毁。务必。）

这便是信的全文。我竟忘了水野先生是有钱人家出身。

如坐针毡的日子一天天过去，天气已变得如此凉爽了。今夜，父亲说屋子里的电灯太暗，让人心情沉闷，便给六叠间[1]换上了五十瓦的明亮灯泡。我们一家三口在那明亮的灯泡下吃了晚餐。母亲一边说，啊，太亮了，太亮了；一边将拿着筷子的手遮在额头上，心情十分雀跃。我也给父亲斟了酒。我悄悄对自己说，我们的幸福，说白了也就是给房间换个灯泡而已。然而这并没有让我感到清苦，反倒觉得这颗简陋的灯泡把我们一家人照得格外美丽，就像走马灯一般。啊，你们想看就来看吧，我们一家人多么美丽。我心中涌出了一股安静的快乐，恨不得说给院子里鸣叫的虫儿听。

---

① 约为十平方米的房间。

1938年

满愿

那是从现在往前四年的事情。我在伊豆三岛朋友家的二楼住了一个夏天。那期间，我在写一部传奇类的小说。一天夜里，我喝醉了酒，骑自行车在街上行驶，不料摔伤了。右脚踝骨外的软组织撕裂。虽然伤口不深，但因为喝了酒，流血不止，所以我慌忙跑到医院里。乡镇医生三十二岁，团头团脑的，很像西乡隆盛[①]。他也喝得烂醉，和我一样一步三摇醉醺醺地出现在诊疗室里。我觉得很搞笑。我一边接受着他的诊疗，一边窃窃地笑着，于是医生也傻笑着，两人终于没有憋住，朗声大笑起来。

从那天夜里起，我们成了好朋友。比起文学来，医生更喜欢哲学。我也很乐意谈论这方面的话题，欲罢不能。医生的世界观可以说是原始二元论的，将世间的一切全都看作善与恶的交战。他伶牙俐齿，能言善辩。我情愿信奉专一的爱神并将它铭记于心，尽管如此，听到医生的善恶之说，郁闷的胸膛里还是能感觉到一抹凉爽。比如，医生举例说，夜晚我去拜访，他立即吩咐妻子拿啤酒来招待我，医生自己就是善，但妻子是恶，因为妻子笑着提议说“今晚不喝啤酒，我们来打打桥牌吧”。面对医生的例子，我也举双手赞成。夫人体态娇小，长着一张丑八怪的

① 1828—1877，日本江户时代末期（幕末）的萨摩藩武士、军人、政治家。

脸，但皮肤白皙，优雅。虽然没有孩子，但夫人有个弟弟住在二楼。他在沼津的商业学校里读书，是个很温顺的少年。

医生家订了五种报纸，所以几乎每天早晨出去散步时，我总会顺便去他家打扰个把小时，看看报纸。从后门进去，坐在客厅的檐廊里，喝着夫人端来的凉麦茶。一只手牢牢地按着被风刮得哗啦啦翻动的报纸看着。水流丰沛的小溪，在离檐廊不远的青翠的草原上缓缓流过。沿着小溪边有一条小道。在小道上骑着自行车送牛奶的青年每天早晨准会向我这个寄居在此的外地人打个招呼："您早！"那个时候，准会有个年轻的女人来取药。身穿简朴的连衣裙，脚穿木屐，感觉很干净的一个人。在诊疗室里，她经常和医生笑得前仰后合。有时医生会送她到门口目送着她离去，并大声地嘱咐道："太太，再稍稍忍一忍啊！"

医生夫人有次把这事的原委告诉给我听。说她是小学老师的夫人，老师三年前患了肺病，最近康复得很快。医生拼命地叮嘱这位年轻太太，说现在是最关键的时刻，要坚持禁欲。夫人听从了医生的嘱咐。尽管如此，她还是经常可怜兮兮地造访。听说医生每次都硬着心肠话外有音地斥责道："太太，你还要再忍耐一下呀！"

快过了八月，我看见了一道美丽的风景。那天早晨，我坐在医生家的檐廊里看报，在我边上侧身跪坐着的医生夫人轻声呢喃道："你看，她看上去很高兴啊。"我猛地抬头，看见紧跟前的小道上，一个身穿简朴的连衣裙、干干净净的身影在飒飒地飞快走去，白色的遮阳伞滴溜溜地转着。

"今天早晨，她解禁了呀！"夫人又轻声说道。

说起来是"三年"……真令人百感交集。随着光阴的流逝，我觉得那个女人的身影会变得越来越有韵味。这也许是医生夫人教的。

姥舍

就在那时。

“没关系，我会好好处理的。从一开始我就已经有这个觉悟了，真的就……”她小声嘟囔着，声音有些怪。

“那样不行。我知道你所谓的觉悟。你是打算一个人去死吧，要不然就是一个人自暴自弃，我想差不多就是这么回事。你有很好的父母，还有弟弟，我不可能明知道你有这种想法还看着你去这么做。”嘉七说着这些似乎很在理的话，突然也有了想死的心。

“去死吧，一起死。即使是上帝也会原谅我们的。”

两个人开始严肃地准备行装。

与错误之人有了亲密关系的妻子，以及颓废到逼妻子做出如此行径的丈夫，他们都想通过一死来彼此了结。那是早春时分的一天，她把那个月的十四五元生活费全都带上，此外还有两人所有的换洗衣物——嘉七的棉袍、和枝的一件夹衣以及两条腰带，就只剩这些了。和枝把它们用包袱包好捧在手里后，夫妇俩难得地并肩出了门。丈夫没有披斗篷，他身着久留米絣和服，头上戴着鸭舌帽，深蓝色的围巾围在脖子上，只有木屐还洁白如新。妻子也没有穿大衣，外褂跟和服都是同样箭形碎花的铭仙绸，过于大的淡红色外国制碎步披肩盖住了她的上半身。夫妇俩在快到当铺的地方分开了。

人们悄悄地在正午的荻洼车站进进出出。嘉七默默地站在车站前面抽着烟。和枝有些着慌地寻找嘉七，猛然认出嘉七的身影，几乎趔趄着跑到他身边。

“成功了，大成功！”她很兴奋，“他居然借给我十五元。真蠢。”

这个女人不会死。不能让她死。她没有像我这样被生活压垮。她还有力气生活。她不会死。她只是有过去死的企图。她向世间的申辩应该能成立。只要这样就好。她会被原谅的。这样就好。就我一个人去死吧。

“这可是大功一件。”嘉七微笑着夸她，想要轻拍她的肩膀，“这不就有三十元了吗？够一次小旅行了。”

两人买了去新宿的车票。在新宿下车后直奔药房，在那里买了一大盒安眠药，然后又去别家药店买了一盒其他种类的安眠药。因为嘉七让和枝等在店外，自己笑着去买药，所以药房的人并没有起疑。最后他们进入三越百货，来到药品部，因为店里人多，嘉七的胆子也大了些，他提出要买两大盒。有着一张鹅蛋脸、眸如点漆，看起来一本正经的女店员狐疑地皱起了眉，神情颇为不悦。嘉七也是一惊，连微笑都挤不出来了。药品被冷冷地交到他手中。她正踮着脚看着我们的背影。嘉七明白这一点，却故意紧贴着和枝与她走在人流中。尽管自己走得这般平坦，但在别人看来却总显得有些异样。嘉七感到难过。然后和枝在特卖场里买了双白袜，嘉七买了上等的外国烟后，两人离开三越百货，乘汽车去了浅草。走进电影院，里面正在上映电影《荒城之月》。最初的场景是乡下小学的屋顶和栅栏，还能听到小孩子的歌声。嘉七感动得直流泪。

“听说情侣们呢，”嘉七在黑暗中笑着对妻子说，“就是这样一边看电影，一边互相握着手的。”嘉七怜爱地用右手拉过和枝的左手，再把鸭舌帽盖在上面遮掩，他试着紧紧握住和枝的小手，但这个动作对于身处痛苦立场的夫妇之间，还是会有污秽的感觉。嘉七感到害怕，悄悄松开了手。和枝低声笑了。不是因为嘉七笨拙的玩笑，而是觉得电影里无聊的笑话很有趣。

这是个看着电影就能感到幸福的纯朴好女人。不能杀这个人。这样的人不应该死。

“要不不死了？”

“好呀，你随意。”她一边入神地看着电影，一边明明白白地回答，“我是打算一个人死的。”

嘉七感受到了女性的不可思议。走出电影院时，天色已黑。和枝提出想吃寿司。嘉七本来就不喜欢寿司的生腥味，而且今天晚上他想吃些昂贵的东西。

“寿司我不太行。”

“但是我想吃嘛。”让和枝领悟到任性这一美德的人正是嘉七——他指出假装顺从的嘴脸之龌龊，从而教会了她。

全都是自食其果。

他们在寿司店里喝了点酒，嘉七点了炸牡蛎。这就是我在东京最后的食物了，嘉七这么告诉自己，终究还是露出了苦笑。和枝正在吃铁火卷[①]。

“好吃吗？”

“难吃。”她由衷地表示厌恶后，又塞了一个到嘴里，“啊，真难吃。”

两人都没怎么说话。

出了寿司店，又走进漫才馆。漫才馆因为客满没座了。他们在入口处和多到人挤人的客人一起站着看，即使这样，他们也常常一起哈哈地发出笑声。和观众挤着挤着，和枝就被推到了距离嘉七五间开外的地方。和枝的个子很小，千辛万苦才能从观众组成的人墙之间瞄到

---

① 铁火卷：鲔鱼卷寿司。

舞台。她看起来就像个土里土气的小女人。嘉七也被挤在人群中，他不时地踮起脚，不安地追寻着和枝的身影。他看和枝的时间比看舞台还多。和枝把黑色包袱紧紧地抱在胸前，药和行装一起被包在里面，她焦躁地转着脑袋想要看到舞台上的艺人，偶尔也会回头搜寻嘉七的身影。但即使撞上彼此的视线，两个人也没有微笑。他们看起来若无其事，但彼此感到安心。

那个女人照顾了我许多。我不会忘记。责任全都在我。如果世人要责难她，我无论如何都得庇护她。那个女人是个好人。我清楚这一点，也相信这一点。

那这次的事呢？啊，不行、不行。我没法笑过算过。我做不到。唯独那件事我没法不在乎。我受不了。

原谅我。这是我最后的自私。伦理上我能忍受。但感觉却无法容忍。我实在无法抑制。

欢笑声在馆内散开。嘉七对和枝使了个眼色后离开了。

“去水上[①]吧，好吗？”谷川温泉是从水上站徒步攀爬大约一小时才能到的山中温泉场，去年两人在那里度过了整整一个夏天。那实在是太过苦涩的一个夏天，但因为太过苦涩，如今却变成了色彩浓艳的美术明信片一般的甜美回忆。一片白茫茫骤雨中的山川，让人感觉可以悲伤地死去。听到水上，和枝整个人忽然来了精神。

“啊，那我先去买糖炒栗子。阿姨她一直说想吃。”和枝很黏那个旅馆老板的老妻，似乎也很受她宠。那家旅馆看起来很业余，客房也只有三间，没有室内浴池。要么去隔壁的大旅馆借澡堂，不然就得到下面的河流那里去泡川原的小露天澡堂，雨天得打伞，晚上还要提灯笼或是蜡烛。老夫妇二人相依为命，好像也没有孩子。即使这样那三间房间偶尔还是会住满，这时老夫妇就会忙得焦头烂额，和枝好

① 地名，位于群马县。

像也会到厨房去帮忙，有时是帮倒忙。旅馆的膳食有腌鱼子和纳豆，不是旅馆该有的料理。但对嘉七来说这里很舒服。那老妻有牙疼的毛病，嘉七看了不忍，就给了她阿司匹林，但因为太有效，她很快就打着盹儿睡着了。平常就很疼老妻的老板担心地走来走去，和枝看了哈哈大笑。有一次，嘉七独自低着头在旅馆附近的草丛里踱步绕圈时，不经意地看向旅馆的玄关，却见那老妻在昏暗的玄关楼梯下那间铺着地板的房间里，轻轻地往地上一坐，恍惚地望着嘉七的身影。那成了嘉七的一个珍贵的秘密。虽然说是老妻，但也就四十四五岁，是个很有福相、文雅大方的人。老板好像是养子。阿姨指的就是那个老妻。和枝去买了糖炒栗子，嘉七还让她多买一些。

上野站里有着故乡的气息，嘉七总是很害怕在这里有家乡的人。尤其是这个晚上，他们打扮得就好像放假时到处游荡的店里伙计和女佣，特别顾忌别人的眼光。在小卖店里，和枝买了风靡日本的侦探小说特刊，嘉七买了一小瓶威士忌，然后两人乘上了十点半驶往新潟的火车。

面对面在座位上坐下后，两人微微地笑了。

“你说我打扮成这样，阿姨会觉得怪吗？”

“没关系的。你就说我们两个去浅草看电影，回来的时候丈夫醉醺醺地吵着要去水上的阿姨那里，然后就直接过来了。”

“这样说好像也没错。”和枝若无其事地回答，接着她又开口，“阿姨会很吃惊吧？”看来只要火车不发车，她就没法镇定。

“她当然会高兴。”发车了。和枝的脸忽然变得僵硬，她怯生生地侧眼看着月台。这样一来就结束了。或许是有了胆子，和枝解开膝盖上的包袱拿出杂志翻阅。

嘉七双腿发酸，只有胸口咚咚跳得烦人，于是他像喝药一般直接用酒瓶喝起了威士忌。

如果有钱，我就不至于让这个女人去死了。对方那个男的，如果也是个更痛快的男人，或许情况就会不一样。看不下去。这个女人的自杀毫无意义。

“喂，我是个好人吗？”嘉七冷不防地开口，“我是不是只想自己当好人？”

因为他说得很响，和枝有些着慌，然后皱着眉头生气了。嘉七怯懦地谄笑。

“可是呢，”他滑稽地故意把声音压得很低，“你还不算很不幸。因为你是个普通女人。不好也不坏，本质就是个普通女人。但我不一样。我是个糟糕的家伙。算是普通以下。”

火车在黑暗中飞快地奔驰，经过赤羽，又经过大宫。借着威士忌的醉意，又受到火车速度的影响，嘉七开始口若悬河。

“就算是被老婆嫌弃，我也束手无策，我知道这样跟着老婆四处打转有多不成体统。太愚蠢。但我不是好人。我不想当好人。我因为老实被女人骗，还没法彻底放弃她。我不是想要博取无谓的同情，被艺术方面的同伴说是单纯，或者被世人说我是个懦弱的好人才被女人拉着去死。我是输给了自己的痛苦才死的。并不是为了你死。我自己也有许多不对的地方。太依赖别人，太信任别人的能力。这件事，还有其他许多可耻的失败之处我都清楚。你是不是也有点明白，一直以来我是多么努力、千方百计地想过正常人的生活？我就靠着一根救命稻草活着。哪怕一点点重量都能弄断这根稻草。我是拼了命的。你也知道的吧。我并不懦弱，是痛苦太沉重了。这些是抱怨，是怨恨。但如果我不明明白白地说出口，其他人，不，就连你都会太过相信我的厚颜无耻而鄙视我——那个人整天说自己痛苦、痛苦，都是在演，装出来的！”

和枝似乎想要说什么。

“不，没关系。我不是在责备你。你是个好人。你总是那么纯朴。别人说什么你就信什么。我从没想过要责备你。我那些远比你有学问的多年好友也不知道我的痛苦，不相信我的爱情。这也难怪。总之，是我差劲。”他说着露出了微笑，和枝忽然满足了：

“我知道了。你不用再说了。被别人听到会出事的。”

“你还是什么都不明白。在你的眼里我就是个大傻瓜吧。我呢，现在虽然只想着自己做好人，但总觉得有些东西在心里搁着，很难受。和你在一起已经六七年了，你从来都没有……不，我没想要用这个来责备你。这也是没办法的事。不是你的责任。”

和枝没有在听，她默默地看起了杂志。嘉七的表情渐渐严肃，他对着黑暗的车窗外继续自言自语地说着。

“开什么玩笑。为什么我就要是好人。别人都是怎么说我的，骗子啦，懒货啦，自恋啦，浪费啦，玩弄女人啦，我还有许多其他可怕的恶名。但我一直都沉默。没有辩解过一句。我有我的信念。但那是不能说出口的。如果说出来就全部功亏一篑。我还是在思考所谓的历史性使命。只有我一个人幸福是活不下去的。我想着去做一个历史性的反派。犹大越是坏，基督温柔的光芒就越闪耀。我觉得自己就是要灭亡的人种。我的世界观就是这么告诉我的。我试着做一个强烈的反命题。我相信越是强调灭亡的东西的罪恶，此后所诞生的健康之光的弹簧也会越强烈地反弹。我为此而祈祷。我自己怎么样都无所谓。我觉得如果在反证法中，只要我的角色能对之后所诞生的明朗稍有所贡献，那么我甚至可以去死。或许谁都会笑笑但不真正去做，实际上我就是这么想的。我就是这么个笨蛋。也许是我错了。也许我毕竟还是有些自大吧。但或许这正是甜美的梦想。人生不是演戏。我输了，反正就快死了，但至少你要好好的。这话或许是错的。舍弃一条生命做成的散发着尸臭的菜肴，连狗都不吃。说不定还对被施舍到的人造成困扰。如果我们不是共同荣华，或许就不具有意义。”车窗当然不会作答。

嘉七站起来，摇摇晃晃地朝着厕所的方向走去。进入厕所，小心地关上门后，嘉七稍有踌躇，然后双手合十。这是祈祷的动作，没有半分装样。

抵达水上站时，已经是早上四点。天色尚暗。两人一直担心的雪大致化了，只有在车站的角落还留着一些淡灰色的积雪。虽然他们觉得现在这样也可以步行去山上的谷川温泉，但嘉七还是慎重地叫醒了车站前的汽车司机。

汽车绕着形状如闪电般弯弯曲曲的道路往山上驶去，渐渐地他们发现山野上覆盖着的茫茫白雪几乎可以照亮昏暗的天空。

“好冷哦。没想到会这么冷。东京已经有人穿哔叽走在路上了。”和枝甚至向司机解释自己的穿着，“啊，在那里右转。”

距离旅馆越来越近，和枝也变得活跃：“他们一定还没醒。”接着又对司机说：“对对，再前面些。”

“好，Stop。”嘉七说，“接下来我们自己走。”前面的路很窄。

下车后，嘉七和和枝都脱下袜子，走了大约半丁[①]路到达旅馆。路面的雪已经在融化，勉强还积着薄薄的一层，把两人的木屐弄得湿透。嘉七正要敲门，走得稍慢的和枝赶紧跑来。

“让我敲，我来叫阿姨起床。”就像是在争功的孩子。

旅馆的老夫妇大为吃惊。可以说是静静地仓促了一阵。

嘉七直接就上了二楼，走进去年夏天住过的房间，扭开电灯开关。他听到和枝的说话声。

“因为他吵着要来阿姨这里嘛。所谓艺术家就是小孩吧。”和枝很兴奋，似乎没有察觉自己在说谎。然后再次提到了东京的哔叽。

老妻悄悄地上了二楼，她一边慢慢打开房间里的防雨拉门，一边说了一句：

---

① 一丁约合 110 米。

"大老远的，辛苦了。"

外面已经有些亮了，纯白的山腰出现在眼前。嘉七往山涧瞧去，看见霭霭晨雾的底下有一条黑压压的小溪在流淌。

"真是冷得可怕。"这不是真话。尽管嘉七并没有觉得那么冷，还是说，"好想喝点酒。"

"你没事吧？"

"是啊，身体已经好多了。我胖了吧。"

这时，和枝自己搬了个大被炉过来。

"啊，好重。阿姨，这个是我借大叔的，大叔说我可以搬走。我冷得受不了了。"和枝瞧也不瞧嘉七，一个人异常地嚷嚷着。

待只有两人相处时，和枝忽然严肃了起来。

"我累了。我想去泡澡，然后再睡一会儿。"

"下面的露天温泉能去吗？"

"是的，似乎可以去。大叔说他们每天都去泡。"

旅馆老板穿上大大的藁沓[①]，把昨天才下的雪踩得踏踏实实地开出了一条路。嘉七和和枝跟在他身后，朝着微光中的小溪往下。两人把衣服脱下后扔在了老板带来的席子上，然后把身体滑进温泉里。和枝的身体圆润丰腴，怎么看都无法想象这具胴体今晚就会死去。

待老板离开后，嘉七问：

"是那一带吗？"他用下巴指向流动着浓浓晨雾的白色山腰。

"但是雪很深，爬不上去吧？"

"再下游些比较好吧，水上站那边的雪也不是很多。"

他们在讨论去哪里死。

回到旅馆时，被子已经铺好了。和枝立刻钻进去看起了杂志。她被窝靠脚的地方放着大被炉，很暖和。嘉七掀开自己这边的被子，

---

① 雪天穿的高筒草靴。

盘腿坐到了桌前，他一边挨着火盆一边喝酒。下酒菜是罐装蟹和干香菇，还有苹果。

“喂，要不多等一个晚上？”

“好的。”妻子一边看杂志一边回答，“我都可以。不过，钱可能会不够哦。”

“还剩多少？”嘉七嘴上问着，心中深感羞愧。

恋恋不舍。这是令人作呕的，是世上最没出息的事。这可不行。我之所以这么犹豫不决，莫非只是因为渴望这女人的身体？

嘉七不说话了。

就没有活下去，再次和她一起生活的想法吗？借钱，而且还是会伤感情的借钱，这要怎么做？污名，半疯狂的污名，这要怎么做？病痛，没有人相信的这讽刺的病痛，这又要怎么做？还有父母。

“哎，你还是输给我父母了吧，似乎就是这么回事。”

和枝的目光没有离开杂志，她飞快地回答：

“是啊，反正我就是你们家看不顺眼的媳妇。”

“不，话可不能这样说。你也确实有不够努力的地方。”

“不用说了，已经够了。”和枝抛开杂志，“你只会找借口，所以才惹人厌。”

“啊，这样啊，你是讨厌我的啊。真对不起你了。”嘉七的语气就好像醉汉。

为什么我不嫉妒呢？难道我真的是自恋吗？她不可能讨厌我。是我太相信这一点了吗？我甚至没有生气。都要怪那人太弱了吗？我这种感受事物的方式，莫非就是傲慢？若是这样，那我的想法就全都错了。我一直以来的生存方式全都错了。为什么我就没法去单纯地憎恨，去理解这是理所当然的事呢？这样的嫉妒不才是谦逊美好的吗？累积了四重的愤怒不才是高尚坦诚的吗？被妻子背叛，仅仅因为这样的打击就死去的模样不才是清纯悲愁的吗？但我是怎么了？什么恋恋不舍、什么好人、什么放不下、什么道德、什么借债、什么责任、什么受照顾、什么反命题、什么历史性义务、什么父母。啊，这样不行。

嘉七想要挥起棍子“啪”地敲烂自己的脑袋。

“睡一觉就出发了。坚决进行、坚决进行。”

嘉七噼里啪啦地拉过自己的被子后钻了进去。

因为已经醉得厉害，嘉七总算是睡着了。蒙眬中睁开眼时，中午刚过，嘉七没能忍住心中凄苦，他跳了起来，然后又立刻一边说着好冷好冷，一边对楼下的人点了酒。

“好了，已经要起床了。要出发了。”

和枝微微张着嘴正在沉睡，她猛地睁开眼：

“啊，已经这么晚了？”

“没，虽然才刚过中午，但我已经受不了了。”

嘉七不想再思考任何事了，他想快点死。

之后就过得很快。和枝说她想顺便逛一圈这一带的温泉，于是两个人出了旅馆。天空晴朗如洗，他们谢绝了司机，说想一边闲逛着欣赏途中的景色一边下山。走了大约一丁路后，他们一回头，却发现旅馆里那位老妻一直都追在他们身后。

“喂，阿姨来了。”嘉七不安地说。

“这个给你，”老妻红着脸把纸包递给嘉七，“这是丝绵的，是我们家里自己纺纱后做出来的。没有什么可以给你们。”

“谢谢。”嘉七说。

“哎呀，阿姨，让你这么费心。”和枝说。两人莫名地松了一口气。

嘉七赶紧迈起了步子。

“路上当心。”

“阿姨你也要保重。”她们还在身后寒暄。嘉七迅速折返。

“阿姨，握手。”

手被用力握住的老妻的脸上流露出害臊，甚至变得害怕。

“他醉着呢。”和枝在一旁解释。

醉了。他们笑眯眯地和老妻告别，顺着缓缓的山路往下，积雪渐渐薄了。嘉七开始小声地同和枝商量：那里好吗，这里好吗？和枝说离水上站近些的地方比较好，因为不会冷清。不一会儿，水上的街道在眼前悠悠地展开。

“已经不再犹豫了吧？”嘉七假装快活地问。

“嗯。”和枝认真地点了点头。

嘉七故意慢悠悠地走进路左侧的杉树林。和枝也跟着。雪几乎全都融化了。潮湿泥泞的落叶厚厚地积在地面。两人顾不得这些，毫不停滞地往前进。遇到陡坡就用爬的。死也是需要努力的。总算找到了可以让两人坐下的草原，那里有阳光微微照耀，还有泉水。

“就这里吧。”两个人都累了。

和枝把手帕铺在地上坐下，却被嘉七取笑。和枝几乎没有说话，把包袱里的药品一个接一个地取出后拆封。嘉七拿起那些药。

“药还是得靠我才能弄明白。让我看看，你吃这些就够了。”

“好少。只要这么些就能死了吗？”

“第一次吃的人只要这些就能死了。我因为经常吃，所以得吃你的十倍才行。要是没死的话，会惨不忍睹吧。”如果没死，那就是坐牢了。

然而我是想让和枝活下来，以达到我卑屈的报复吗？怎么可能，这种狗血通俗小说似的——嘉七甚至有些生气，他就着泉水咕嘟咕嘟地把满满一手心的药丸服了下去。和枝也动作生疏地一起服下。

两个人接吻后，躺倒在地上。

“那么，永别了。活下来的人要坚强地活下去哦。”

嘉七清楚只靠安眠药并不容易死。所以他安排了一个机关：悄悄地移动自己的身体到悬崖边，解下腰带系在脖子后，一端绑在了一棵似乎是桑树的树干上。在睡着的同时就会从悬崖边滑落，然后就会缢死。为此，嘉七很早就已经选定了这个悬崖上的草原。嘉七睡着了，他隐约意识到自己正在滑落。

好冷。他睁眼，一片漆黑。月光洒落。这里是？——嘉七吃惊地意识到：

我活下来了。

他伸手摸向喉咙，腰带还好好地系着。腰间很冷。自己正淹在水塘里。于是嘉七恍然大悟。他没有顺着悬崖垂直地坠落，他的身体翻滚着跌入了悬崖上的洼地里。涓涓涌出的泉水积在洼地里，嘉七感觉从自己的背到腰都仿佛冻至骨髓似的冰冷。

我活下来了。我没死成。这是严肃的事实。既然这样就不能让和枝死。啊，但愿还活着，但愿还活着。

嘉七手脚发软，连起身都不容易。他用尽浑身的力气再次起身，松开绑在树上的腰带，再从脖子上解下，盘腿坐在水塘里静静地打量了一圈周围。不见和枝的身影。

他到处爬着寻找和枝。他看到悬崖下有个黑色的物体，似乎有点像小狗。他慢慢地爬下山崖，靠近一看，却是和枝。他试着抓住她的脚，冰凉冰凉的。她死了吗？嘉七轻轻地把自己的手掌贴在和枝的嘴上感受她的呼吸。没有呼吸了。笨蛋！她竟然死了。这个任性的家伙。他出离愤怒，粗鲁地抓住她的手腕把脉。他感到脉搏的微微跳动。她还活着，还活着。他把手伸进她的胸口，还是温热的。什么呀，这个笨蛋。竟然还活着。了不起，了不起。嘉七觉得她是那么可爱。那些药量怎么可能死。啊，啊。嘉七怀着些许幸福感，仰天躺倒在和枝的身旁，然后，他又一次不省人事。

第二次睁开眼时，身边的和枝鼾声大作。嘉七听着听着，甚至觉得害臊了。这家伙真结实。

“喂，和枝。振作点。你还活着。我们两个都活着。”嘉七一边苦笑，一边摇和枝的肩膀。

和枝安乐地酣睡着。深夜山上的杉树默默耸立，冰冷的半月挂在尖针一样的树梢上。不知怎的，嘉七流泪了。他开始抽抽搭搭地呜咽。我还只是个孩子。为什么一个孩子要过得这么辛苦？

突然，身旁的和枝叫出了声。

“阿姨，我好疼，胸口好疼。”笛声一般凄厉。

嘉七感到惊骇。她叫得这么大声，如果被从山脚路过的人听到，那可是吃不了兜着走。

“和枝，这里不是旅馆。阿姨不在这里。”

和枝不可能听明白。她一边喊着疼，一边痛苦地扭着身体。然后就咕噜咕噜地往下滚去。这道缓坡似乎是要把和枝的身体引向山脚下的街道，嘉七也强行自己的身体往下滚动，追在她身后。和枝被一棵杉树挡下，她缠在树干上，高声叫着。

“阿姨，好冷啊。带张被炉来啊。”

嘉七靠近她，月光下的和枝看起来已经没有人样了。她的头发散开，上面还沾满了杉树的枯叶，既像狮子精的头发，又像山中女妖的头发，乱成了一大蓬。

必须振作，至少我必须振作。嘉七摇摇晃晃地站起身，抱起和枝，努力想要回到杉树林的深处。往前摔，往上爬，再滑倒，再扶住树根，他扒拉着泥土，一点一点地把和枝的身体拖回森林深处。他就这么执着地努力了好几个小时。

啊，我受够了。这个女人对我来说太沉重了。她虽然是个好人，却是我应付不了的。我是个无能的人。难道我这一生都要因为她这么辛苦吗？不要。我受够了。分手吧。我已经尽了我最大的力了。

那个时候，嘉七明确地下定了决心。

这个女人不行。她只会无穷尽地依赖我。别人怎么说都好。我要和这个女人分手。

黎明渐近，天空将白。和枝也渐渐安分下来。霭霭晨雾弥漫在树丛间。

过得简单点，过得简单点。不要笑话“男子汉气概”这个词语的直白。人类除了质朴地生活以外，没有其他的生存方式。

和枝就睡在身旁，嘉七细心地把和枝头发上的杉树枯叶一片一片地取下。

我爱这个女人。爱得不知如何是好。这家伙是我苦恼的开端。但已经够了。我已经具备一边爱一边远离的坚强。为了活下去，连爱都必须牺牲。什么呀，这不是理所当然的事嘛。世人都是这样活着的。理所当然地活着。为了活下去，没有其他办法。我不是天才，也不是疯子。

和枝一直睡到了午后。在这期间，嘉七踉跄地脱下自己的湿衣服晾干，又去找了和枝的木屐，还把空药盒埋到土里，并用手帕擦去和枝衣服上的泥，以及许多其他事。

和枝醒来后，听嘉七说了昨晚发生的各种事。

“对不起。”和枝微微低下头。嘉七笑了。

虽然嘉七已经能行走了，但和枝还不行。两个人坐着商量了一会儿今后的事。钱还剩将近十元。虽然嘉七提议两个人一起回东京，但和枝却说她的衣服很脏，实在没法就这样去乘火车。最后他们决定让和枝先乘汽车回谷川温泉，向阿姨说些自己在旁边的温泉场散步时跌倒，弄脏了衣服之类不着边际的谎话，然后就在旅馆静养，等嘉七回东京带着换洗衣物和钱去接她。嘉七的衣服已经干了，所以就一个人离开杉树林去了水上的城镇。他买了仙贝、太妃糖和汽水，又回到山里来和和枝一起吃。和枝喝了一口汽水，又吐了出来。

两个人在一起直待到天黑，终于，和枝能够行走了。两个人悄悄地走出杉树林，和枝乘车到了谷川后，嘉七便自己乘火车回了东京。

之后，嘉七把事情一五一十地向和枝的叔叔坦白，把一切都拜托给他。不爱说话的叔叔说了句：

“太遗憾了。”

他似乎是真的很遗憾。

叔叔把和枝带回来接到了自己家。

“和枝那家伙就好像那旅馆夫妻的女儿，晚上睡觉时还把被子铺在老板和老板娘中间呼呼大睡。真是个怪家伙。”叔父说着，缩着脖子笑了。此外他什么都没有说。

这个叔父是个好人。嘉七和和枝彻底分手以后，他还是会毫不顾忌地和嘉七喝酒游玩。尽管如此，他有时候还是会突然想起似的说：

“和枝也是可怜。”

嘉七每次都会因为心下难忍而困扰。

1939年

叶樱与魔笛

每逢樱花落尽、嫩叶冒头的时节，我都会回忆起——对，这就是一个老妇人讲述的故事。距今三十五年，当时父亲还在世，我们一家——虽说是一家，母亲早在七年前——我十三岁时就去世了，家里只剩下父亲、我和妹妹三个人。那年我十八岁，妹妹十六岁，父亲来到岛根县日本海沿岸一座两万余人口的小城担任那里的中学校长。当时找不到合适的房子租住，我们便在镇子外面，更靠山的地方找到一座寺庙，借用了偏房的两个房间。直到第六年父亲调任至松江的中学之前，我们一直都住在那里。来到松江之后，我在二十四岁那年秋天结了婚，当时这已经相当晚了。由于母亲早逝，父亲又是个顽固的学者，丝毫不谙世事，若没了我，这个家就无法支撑下去。正因为这样，我虽然有过几次机会，也没法抛下这个家出嫁。如果妹妹能坚强一些，我多少也能轻松一点儿，只是妹妹并不像我。她虽然十分美丽，留着一头长发，是个精致可爱的女孩子，身体却非常孱弱，在父亲远赴小镇工作的第二年春天，十八岁的妹妹便死去了。这个故事，便发生在那个时候。妹妹身体早就不是很好。她患了肾结核这种可怕的病，确诊的时候，两边的肾脏都已经被侵蚀了，连医生也毫不遮掩地对父亲说，只剩不到百日。也就是说，妹妹的病已经无法医治了。一个月过去，两个月过去，百日快到了，我们也只能默默看着她。妹妹并不知道自己的病情，反倒比较开朗。她虽然终日卧床，还是会开心地唱唱歌，说说笑话，对我撒娇。我一想到这样的妹妹还有三四十日便要死去，想到她的命运早已注定，便感到胸中甚是苦闷，仿佛全身都被钢针刺透，几欲疯狂。三月、四月、五月，没错了。五月中旬，我永远不会忘记那个日子。

原野和山丘都被新绿笼罩，天气也暖和得让人想裸着身子，我觉得那些新绿格外炫目，刺得两眼直发痛，便一个人想着事情，将一只手轻轻插在腰带里，垂着头走在土路上。我想啊，走啊，心里装满了痛苦，觉得难以呼吸，闷得说不出话来。咚，咚，春天的大地深处突然传来遥远的声响，虽然轻微，却异常宽广，仿佛有人在地狱底部敲打着巨大的太鼓，让那恐怖的声响源源不绝。我不知那骇人的响声究竟是什么，还以为自己真的发了疯，呆立原地，突然“哇”地大叫一声，再也站立不住，跌坐在草地上，大声哭泣起来。

后来我才知道，那个可怕的声音原来是日本海大海战中军舰的大炮声。在那场激战中，东乡提督一声令下，将俄国的波罗的海舰队一举歼灭，我听到的便是当时的炮声。正好就是那个时候啊。今年的海军纪念日也快要到了。那个靠近海岸的镇子也听到了大炮的轰鸣，镇上的人都吓坏了。我对此并不知情，已经为妹妹耗尽了全部心力，处于半疯癫状态，所以才把那当成了地狱的太鼓声，坐在草地上埋头哭了好久。太阳快下山时，我才总算站起来，仿佛行尸走肉一般，呆呆地往寺院方向走。

“姐姐。”妹妹在叫我。妹妹当时已经极度衰弱，浑身无力，自己也隐约察觉到时日无多了。所以，她再也不会像以前那样对我撒娇，让我为难，这反倒让我更痛苦了。

“姐姐，这封信什么时候来的？”

我心里猛地一惊，连自己都清楚地意识到脸上失去了血色。

“什么时候来的？”妹妹好像没有察觉一样。于是，我重新振作起来。

“就在刚才，你睡觉的时候。你这人，睡着睡着还笑起来了。是我把信悄悄放在你枕边了，你没发现吧？”

“嗯，没发现。”妹妹在傍晚昏暗的房间里，露出了苍白美丽的笑容，“姐姐，我读了这封信。好奇怪啊，那是个我不认识的人。”

怎么会不认识？我认识这个名叫M·T的寄信人，我对这个男人可熟悉了！不，虽然没有见过他，不过五六日前，我给妹妹整理衣箱时，在一个抽屉深处发现了一叠用绿色丝带捆得整整齐齐的信件。我知道这样不好，可还是把丝带解开，看了信的内容。共有三十封信，写信人全都是那位M·T先生。当然，信封上并没有写M·T先生的名字，不过信里却写着。再看信封，寄信人写的是各种女性的名字，并且这些人都是妹妹的朋友，所以我和父亲做梦都没想到，妹妹竟跟一个男人通了这么多信。

那个叫M·T的人一定从妹妹口中仔细打听了许多朋友的姓名，再通过那些名字不断寄信过来吧。我认为事情就是这样，暗自惊叹年轻人的大胆，同时忍不住颤抖，不知道我们那位严厉的父亲知道此事，究竟会做何反应。不过，我按着日期一封封信读下来，心情竟也有些雀跃，有时还因为信中天真的话语，兀自哧哧地笑起来，最后连我自己也感到眼前敞开了一个广阔的世界。

我当时也才二十岁，有着许多年轻女人难以启齿的痛苦。那三十封信被我行云流水般读下来，一直读到去年秋天寄来的最后一封信，我忍不住站了起来。或许，那个时候的心情能够称作晴天霹雳。我实在太惊讶，几乎要跌倒在地。原来，妹妹和那个人的恋爱，并不只是心意相通，而是进展到了更为丑陋的阶段。我把信烧了，一封不留全都烧了。M·T似乎是镇上的贫穷歌人，他如此卑鄙，一得知妹妹得病便舍弃了她，若无其事地在信上写下了让我们忘记彼此的残酷话语，从此便再也没有寄过一封信。只要我一辈子不对别人说，妹妹就能以干净的少女之身死去。没有别人知道。我强忍胸中痛苦，但毕竟知道了事实，更是觉得妹妹可怜，还浮现出许多奇怪的幻想，让我自己心中也产生了酸酸甜甜的蠢动。不，那是一种悲伤，是地狱般的痛苦，若不是正当年的女性恐怕很难理解。那就好像我亲身遭遇了如此悲伤的事情，一个人痛苦不已。那个时候，连我自己都变得有些奇怪了。

“姐姐，你读来听听吧。我一点儿都不明白这到底是什么。”

我发自内心地厌恶妹妹的虚假。

“我可以读吗？”我小声询问，从妹妹手上接过信时指尖轻轻颤抖着，有些不知所措。其实不用打开，我也知道信上写了什么。不过，我还是必须若无其事地假装把它读一遍。信上这样写着——我也没怎么看信纸，便开口读了起来：

今天，我想对你说声抱歉。我一直没有给你写信，一直忍耐到今天，全都因为自己没有自信。我是个贫穷又无能的人，无法给你什么东西。我只有这些话语。这些话语全无虚伪，可是，我除了用话语来证明自己对你的爱，就再也没有别的办法。这样的无力，让我很厌恶自己。我没有一天不想着你，不，甚至在梦里也没有忘了你。可是，我无法给你什么。这种痛苦让我下定决心还是与你分开吧。你越是不幸，我对你的爱越是强烈，我就越难以接近你。你明白吗？我此言绝非敷衍。自身的正义感要求我必须正视，并深深明白了这点。可是，我做错了。我显然是做错了。我要向你道歉。我想为了你而成为一个完美的人，那个想法过于贪婪了。现在我相信，我们都是孤单无力的人，而我又无法做到别的事情，那至少要用诚恳的话语来与你相处，这才是真正谦逊而美好的生活态度啊。我认为，应该在自己的能力范围内，做出那样的努力。无论多么琐碎的事都可以。哪怕是送一朵蒲公英，也要毫不羞耻地送出去。我相信，这才是最有勇气、最有男子汉气概的态度。我不会再逃避了。我爱你。每天，我都会写歌送给你。每天，我都会来到你家院子墙外，吹口哨给你听。明晚六点，我就去给你吹曲子。我可擅长吹口哨了。现在，这就是我能尽到的力量，就是我能做出的贡献。你可不能笑话我。不，请你笑话我，请你一直朝气蓬勃。神明一定在什么地方看着我们。我坚信着这点。你和我都是神的宠儿，一定能够实现美满的婚姻。

悠悠长相盼，今年始盛开，初闻花似雪，却见满枝红。

我正在学习，一切都很顺利。明天见。

M·T

“姐姐，我知道的。”妹妹用澄澈的声音喃喃道，“谢谢你，姐姐。这是姐姐写的吧。”

我实在太羞愧，恨不得把那封信撕得粉碎，再把自己的头发一把一把拽下来。这种感觉，就是人们所说的坐立难安吧。这封信就是我写的。我无法眼看着妹妹承受痛苦，便决心模仿M·T的笔迹每天都给她写一封信，直到妹妹死去那天。我还绞尽脑汁作了一首蹩脚的和歌，准备晚上六点偷偷走到围墙外面，吹口哨给妹妹听。

我好羞耻。我还写了那么蹩脚的和歌，真是好羞耻。我感到天昏地暗，一时间无法回答妹妹。

“姐姐，你不用担心我啊。”妹妹竟意外平静，还对我露出了美丽的笑，“姐姐，你是不是看了用绿色丝带扎起来的信？那是假的。我实在太寂寞了，就从去年秋天起，自己写了那些信，然后寄给我自己。姐姐，你可别笑话我呀。青春这东西可重要了。我得病以后，就深深领悟到了这一点。自己给自己写信，真是太肮脏、太肤浅了。这样太蠢了。我真应该大胆地跟男人玩耍。我希望有人紧紧拥抱我的身体。姐姐，我现在还没有过恋人，甚至没有跟外面的男人说过话。姐姐也是这样，对不对？姐姐，我们都错了。我们都太机灵了。啊，我不想死。我的手，我的指尖，我的头发，都好可怜。我不想死。不想死。”

我感到心里装满了悲伤、恐惧、高兴和羞耻，再也分不清哪个是哪个，便紧紧贴上妹妹瘦削的面庞，流着泪，轻轻抱起了妹妹。就在那时，啊，我听到了。虽然声音忽隐忽现，但那确实是熟悉的口哨声。妹妹也竖起耳朵听了。啊，我看了一眼时钟，正是六点。我们带着难以言喻的恐惧，紧紧抱在一起，一动不动地听着院子那棵叶樱背后传来的不可思议的曲子。

我坚信，神明真的存在，一定存在。三天后，妹妹就死了。医生感到很困惑。因为妹妹走得很安静，一下就断了气。可是，我当时并没有感到惊讶。因为我相信，这一切都是神的旨意。

现在，我上了年纪，有了各种物欲，实在是很羞耻。我的信仰似乎淡薄了一些，我有时会怀疑，那时的口哨声是不是父亲吹出来的。他可能从学校工作回来，在隔壁房间听到了我们说话，心中顿生怜悯。所以，那个严厉的父亲才会演了那场一辈子最疯狂的狂言。虽然我会这样想，但实际应该不太可能。若父亲还在世，我便能去质问他，可是父亲早在十五年前就离开了人世啊。不，那一定是神明的眷顾。

我很想坚信这点，并笃定下来，只是年纪一大，物欲便生了出来，信仰也淡薄了，实在是很不好。

女生徒

清晨醒来的心情很是有趣。就像捉迷藏的时候，躲在黑暗的壁橱里，一动不动地缩着身子，突然被“鬼”一把拉开纸门，日光涌了进来，“鬼”大喊一声：“找到啦！”一时间眼睛也睁不开，心里也有点儿尴尬，紧接着心脏突突乱跳，合上和服前襟，有点儿害羞地从壁橱里爬出来，又突然气不打一处来。不，不对，不是那种感觉，应该更难过一些。就像打开一个盒子，里面又有个小盒子，打开小盒子，里面又有个更小的盒子，再把它打开，里面又有个更小更小的盒子，把那更小更小的盒子打开，里面还是盒子，开了七八个，最后开出来一个骰子大小的盒子，轻轻把它打开，里面却空空的，什么都没有。这种感觉更为相近。一睁眼就猛然清醒，那都是骗人的。一般都是迷迷糊糊，如同淀粉缓缓沉淀，水一点点变清，最后终于累了，也便醒了过来。清晨总让人感觉冷冷清清。伤心的往事一片一片地浮上心头，令人难过。不要，我不要。清晨的我最为丑陋。我的双脚酸软疲累，真想就这样什么也不做。是因为我未能熟睡吗？有人说清晨是健康的，那都是骗人的。清晨是灰色的，永远不会变。清晨最是空虚。清晨我在床上醒来，从来都是厌世的。好讨厌。各种丑陋的后悔全都揉成一团堵在心头，令我苦闷不堪。

清晨，真是坏透了。

“爸爸。”我小声呼唤。我莫名地害羞，又有点儿高兴，便起来匆匆叠好了被褥。抱起被褥时，我喊了一声“嗨哟”，随即吃了一惊。我以前从未想过自己竟是个能喊出如此粗俗之语的女人。“嗨哟”，这就像老婆子喊的号子，令人讨厌。我怎么会发出这种喊声呢。我仿佛感到身体里住着一个老婆子，十分不舒服。今后还是多加注意吧。就像对别人粗鲁的步态皱眉时，突然发现自己也在那样走路，这让我深受打击。

清晨的我总是没有自信。我穿着睡衣坐到镜台前，也不戴眼镜就看向镜子，感觉自己的脸有点儿模糊，看着雾蒙蒙的。我最讨厌自己脸上的眼镜，不过眼镜也有别人不知道的好处。我喜欢摘下眼镜，看着远处。一切都变得模糊，好像梦一样，又好像看西洋镜一样，特别美。眼前没有一片污浊，只有大块的东西，鲜明强烈的颜色和光能进到眼里来。我也喜欢摘下眼镜看人。所有人的脸都会变得温柔美丽，仿佛在笑。而且，摘下眼镜时，我绝不会想跟人吵架，也不会想说谁的坏话。我只会沉默着，发呆。然而，想到这个时候的我在别人眼中也很善良，自己的发呆就更加安心了，想撒撒娇，连心也变得十分柔软。

不过，眼镜还是很讨厌。一戴上眼镜，就失去了对脸的感觉。脸上本可以生出各种情绪，浪漫、美好、激动、柔弱、稚嫩、哀愁，而眼镜却把这些都遮了去。而且，我也再不能用眼睛说话，真是可笑。

眼镜，是妖怪。

可能因为我总是讨厌我的眼镜，便感觉拥有一双美目最是让人欢喜。就算没有鼻子，遮住了嘴巴，只要有眼睛，只要有一双让人看到就忍不住想，自己要活得更美好的眼睛，就非常好。我的眼睛只是大，没什么好的。要是定定地看着自己的眼睛，就会大失所望。连妈妈也说，这是一双无趣的眼睛。这样的眼睛，应该就叫无神的眼睛吧，像煤球，想到这里，我又感到失望。因为本来就是这个样子啊，真是太难看了。每次看向镜子，我都深深希望自己有一双水灵灵的眼睛。如同一片碧水的眼睛，躺在草原上仰望万里晴空的眼睛，偶尔映出天上云朵飘过的眼睛，连鸟儿的身影都能清楚倒映的眼睛。我真想遇到许多眼睛好看的人。

今天开始便是五月，想到这里，我就有点儿雀跃。真高兴，离夏天又近了一些。来到院子里，草莓的花儿映入眼帘。爸爸已经死去的事实，变得很不真实。他死了，不在了，我很难理解这个事情。实在难以释怀。我很想念姐姐，想念别离的人，想念久违的人。清晨总会忆起过去的事与故去的人，感觉他们仿佛就在身边，甚至带着一丝腌萝卜的味道，真受不了。

佳比和小可（因为它是条可怜的狗，所以我管它叫小可）同时跑了过来。两条狗停在我面前，我却只把佳比疼爱了一番。佳比洁白的毛泛着美丽的光泽，小可却脏兮兮的。我知道，每当我疼爱佳比，小可就会在一旁露出要哭的表情。我也知道小可身上有残疾。小可整天都很悲伤，我不喜欢那种模样。因为它实在太可怜太可怜了，我还会故意对它不好。小可看起来像条流浪狗，随时都可能被打狗队的人打死。小可没了一条腿，恐怕想跑也跑不掉。小可，你还是早些逃到山里去吧。反正没有人疼爱你，你还是早些死了吧。我不仅对小可做过坏事，也对人做过坏事。我会给别人添麻烦，让他们伤脑筋。我真是个讨厌的孩子。我坐在外廊上抚摩着佳比的头，凝视着满眼的绿叶，顿时按捺不住，想一屁股坐在泥地上。

我有点儿想哭。如果使劲憋气，让眼睛充血，说不定能流下几滴眼泪来，便试着做了一会儿，结果并不行。我可能已经变成流干眼泪的女人了。

我放弃了，开始打扫房间。我扫着扫着，突然唱起了《唐人阿吉》。羞得我赶紧看了看四周有没有人。平时我那么热衷于莫扎特呀、巴赫呀的音乐，想不到竟会下意识地哼唱《唐人阿吉》，真是有意思。抱起被褥时喊“嗨哟”，打扫房间时唱《唐人阿吉》，连我都觉得自己没救了。照这样下去，不知会说出多么粗俗的梦话来，让我十分不安。不过，我又觉得这很好笑，便停下拿着扫帚的手，独自笑了起来。

我穿上了昨天刚做好的新内衣。内衣胸口绣着小小的白玫瑰。穿好上衣后，刺绣就看不见了。没有人知道，我感到很得意。

妈妈为了给人做媒，一大早就着急忙慌地出了门。从我小时候起，妈妈就特别爱帮人，我早就习惯了。不过妈妈真的永远停不下来，实在令人惊讶又感叹。爸爸总是在学习，所以妈妈会连爸爸那份也一起忙。爸爸是个疏于社交的人，妈妈却有一帮特别开朗的朋友。他们两个人各有不同，但好像又很尊敬彼此。可以说，那是一对儿没有丑陋、美丽安详的夫妇吧。啊，真狂妄，真狂妄。

我坐在厨房门口等味噌汤热好，呆呆地看着门前的杂树林。看着看着，我感觉过去曾像这样，将来也会像这样，坐在厨房门口，用同样的姿势，带着同样的想法，呆呆地看门前的杂树林。这么一想，仿佛过去、现在和将来都融合到这一瞬间，让我感到很奇怪。我时常会有这种感觉。比如，跟别人坐在屋里说话，目光忽然飘到桌子一角，便停下来不动了。只有嘴巴在动。那种时候，我就会产生奇怪的错觉。不知何时，我曾以同样的状态，说着同样的话，眼睛也同样看着桌子那个角落。还会产生一种感觉，今后我还会经历同样的时刻。无论走在多么偏僻的乡间小路上，我都会想，这条路我从前一定走过。走着走着，拽下路旁的豆叶，也会感觉自己曾在这条路的这个地方，拽过这片叶子。并且我相信，今后我还会一次次走在这条路上，一次次在这个地方拽这片豆叶。还有过这样的事：一次我泡在热水里，不经意间瞥了一眼双手。然后我就想，几年后我泡在热水里，一定还会像这样不经意间瞥一眼双手，随即心有所感。一想到这里，我就有点儿低落。还有一天傍晚，我正把米饭盛进桶里，忽然有了灵感。这么说或许有些夸张，总之我感觉体内有什么东西突然在跑，怎么说呢，我想称之为哲学的尾巴，我被那东西击中，脑袋和胸口的每个角落都变得透明，仿佛生活悄然沉静下来，悄无声息，就像刚压出来的凉粉条那样柔软，要随波逐流、美丽而轻盈地过完一生。此时此刻已然顾不上什么哲学了。好像偷东西的猫一般悄无声息地生活下去，这种预感根本谈不上好，反倒令人害怕。那种心情一直持续下去，人可能会变得好像神灵附体一样。比如说基督徒。不过，女基督徒实在太讨人嫌了。

毕竟我过得清闲，又没有生活的苦恼，每天都有成百上千的见闻感受，故而难以处理，只能呆呆发愣。可能因为这样，那些感受才会化作妖怪似的面孔，一个接一个浮现出来。

我在餐厅一个人吃饭。今年头一次吃到了黄瓜。夏天，就从黄瓜的青绿色里冒出来。五月黄瓜的青绿色，会让人感到心里空荡荡，或是阵阵蠢动的、痒痒的悲伤。一个人坐在餐厅吃饭，突然就很想出去旅行。我想乘火车。我拿起报纸来读，报纸上有近卫先生[①]的照片。近卫先生是不是个好男人呢？我不喜欢这样的脸。他额头不好看。报纸上最有趣的便是书籍广告。一字一行的广告费可能要一二百元，所以大家都很拼命。那些可都是他们百般思索、让一字一句达到最大效果的名文。如此昂贵的文章，恐怕世间少有。这种感觉很好，很痛快。

吃完饭，我关好门窗，去上学了。我觉得应该不会下雨，但还是特别想带上昨天妈妈给的好雨伞，便把它带上了。这把雨伞是妈妈少女时所用之物。能得到一把有意思的伞，我略感得意。我真想打着这把伞，在巴黎的小巷里漫步。等战争结束了，这种带着梦幻的老式雨伞一定会流行起来吧。这把伞跟波奈特无边帽一定很相称。穿着粉红

---

① 近卫先生：指近卫文麿（1891—1945），先任贵族院议长，后任首相，组阁三次。任期内建设东亚新秩序，推进新体制运动。创立大政翼赞会。战后被指控为战犯，后自杀。

色长裙、前襟开得很宽的和服，戴上黑色真丝的蕾丝长手套，大大的宽檐帽上插着美丽的紫罗兰，在叶片深绿的初夏时节走进巴黎的餐厅用午餐，忧郁地轻托脸蛋儿，凝视着外面穿行的人。此时有人轻轻拍了一下我的肩膀，音乐骤然响起，《华尔兹之玫瑰》。啊，真可笑，真可笑。现实不过是只有一把陈旧古怪的长柄雨伞。我真是可怜又可悲，就像卖火柴的小女孩。算了，还是去拔拔草吧。

临出门前，我把大门旁的杂草拔掉一些，算是帮妈妈干了点儿活。今天可能会有好事情。同样是草，为何有的草会想拔掉，有的草却想留下来呢？有的草可爱，有的草却不然。明明外形一样，有的草惹人怜爱，有的草却令人厌恶，为何会有如此不一样的分别呢？毫无道理。我觉得女人的好恶非常随意。劳动了十分钟，我便匆匆赶往车站。走在田埂上，我特别想画画。途中，我穿过了神社的林间小路。这是我一个人发现的近道。走在林间小路上，我低头一看，发现周围长着一丛丛两寸高的麦子。看到这些青麦子，我便知道：啊，军队今年也来过这里了。去年也来了好多士兵和战马，在神社的树林里做过休整。过了一段时间我从那里经过，也看见一丛丛麦子像今天这样冒出头来。不过那些麦子都长不大。今年又有麦子从马背的桶里撒出来，长成一丛丛细弱的麦苗，在这全然照不到日光的阴暗树林里，只生得一点点高便要死去了。真是可怜。

走出神社的林间小路，我看见车站附近聚着四五个劳工。那些劳工还像往常那样，朝我吐出许多难以启齿的话语。我不知该如何是好。我很想超过那些劳工，一直向前跑去，可是那样就要从劳工中间钻过去才行。好吓人。可是若一言不发地站在原地，让劳工们先走，好拉开一段距离，却需要更大的胆量。因为那样很失礼，劳工可能会被惹怒。我感到浑身僵硬，险些要哭出来。又觉得险些哭出来很丢人，就对他们笑了。然后，我便跟在他们后面慢慢走着。当时也就这样了，我心里的不甘直到坐上电车也没有消失。我真希望自己早点儿变得更强大、更纯粹，能够淡然面对这种无聊的事情。

我在电车门口找到了空座位，便把用具轻轻放在座位上，稍微理了理裙褶，正要坐下去，却见一个戴眼镜的男人把我的用具往旁边一推，坐到了座位上。

“那是我先找到的座位。”我说了一声，男人只对我苦笑一下，就若无其事地看起了报纸。仔细想想，我一时说不清究竟谁更不要脸。或许是自己更不要脸。

实在没办法，我只好把雨伞和用具放到网架上，自己则抓着吊环，像平时一样单手翻看杂志，想想事情。

如果从此不让我读书，从未经历过这种事的我，一定会哭哭啼啼吧。我便是如此依赖书中的世界。只要翻开一本书，便会对那本书着迷，信任它，与它同化，和它共鸣，并将生活联系上去。若翻开另一本书，又会马上为之一变，成了另一副模样。将他人的东西偷窃过来，变作自己的东西，这种狡诈便是我唯一的特技。我真的很讨厌这种狡诈和欺瞒。如若天天经历着反反复复的失败，丢上许许多多的脸面，或许能变得稳重一些。只是，我恐怕连那种失败都要附上牵强的道理，巧加装点，编造出煞有介事的理论，得意扬扬地做些苦肉戏吧。（连这句话也好像是哪本书上读来的。）

我真的不知道哪个才是真正的自己。等我无书可看，再也找不到模仿的对象，我究竟会怎么做？或许会无所适从，畏首畏尾，一味地擤鼻子吧。说到底，每日在电车中胡思乱想可不行。身体上残留着让人讨厌的温度，很是难受。我觉得必须想想办法、做点儿什么，可是该如何才能清晰把握自己呢？对从前的自己发起批判，应该毫无意义。批判过后，发现了讨厌而软弱的地方，就会立刻沉浸其中，痛惜不已，最终得出不可矫枉过正、杀鸡取卵的结论，因此批判便不复存在。不做任何思考，反倒更有良心。

这本杂志也以“年轻女性的缺点”为主题，刊登了许多人的文章。我读着读着，总觉得他们是在说我，因此变得十分羞愧。写文章的人各有不同，平时觉得自己笨的人，果然会写出让人感觉很笨的话；照片上感觉很漂亮的人，果然也会写出漂亮的话语。这让我觉得很滑稽，有时读着读着会哧哧地笑起来。信宗教的人每写两句就要提起信仰。做教育的人从头到尾都离不开恩啊惠啊。政治家会引用汉诗。作家会用装腔作势、辞藻华丽的话语，自以为是。

不过，大家写的东西都很真实。写我们没有个性、没有深度、远离了正确的希望和正确的野心。换言之，就是写我们没有理想。纵使有批判，也是缺乏联系自身生活之积极性的批判。没有反省，没有真正的自觉、自爱、自重。总是勇于行动，却很难明言能否对所有结果负起责任。虽然顺应了自己周围的生活，能够巧妙处理其中事宜，但是对自己和周围的生活并不怀有正确的强烈的爱意。没有真正意义上的谦逊，缺乏独创性，只能看到模仿。欠缺了人类真“爱”的感觉。假装优雅的同时却缺乏气质。除此之外，还写了很多东西。许多文章让人读来震惊不已，绝对无法否定。

然而，这里面的文字都显得过分乐观，总感觉远离了这些人平日的心情，只是写下来看看罢了。里面有许多“真正意义上的”“本来的”这类形容词，可是都没有清楚写明什么是“真正的”爱和“真正的”自觉。这些人可能懂得。既然如此，若能给出更具体的提示，哪怕只有一句向左向右，只有一句充满权威的话，也能让人感激不尽。因为我们都丢失了表达爱的方法，若不只是说这也不行，那也不行，而是强有力地下令你要这样，你要那样，我们就都会唯命是从。难道大家都没有自信吗？或许，在这里发表意见的人，也并非随时随地都持有那些意见。那些人虽然能在文章中斥责我们没有正确的希望和正确的野心，可是在我们行动起来去追逐正确的理想时，此人又会引导我们、目送我们到什么高度呢？

我们都模模糊糊地知晓自身应该前往的最佳场所，最想前往的美好之地，以及应该努力到达的高度。我们都想拥有好的生活。那才是正确的希望和野心。我们焦急地想拥有能够倚仗、毫不动摇的信念。然而，这些都要在身为女子的生活中实现，那究竟要花费多少努力啊。妈妈、爸爸、姐姐、哥哥都有各自的想法。（我们嘴上虽爱说这个陈旧、那个迂腐，但绝没有轻视人生的前辈、老人与已婚人士。不仅如此，我们甚至常常看重他们的话语。）还有始终与自己生活相关的亲戚，有熟人，也有朋友。此外，还有时刻都在大力推动着我们的“世间”。要注视、考虑所有这些，那就根本顾不上发展自己的个性了。叫人忍不住想，平平凡凡、不引人注目、默不作声地走上大多数人都在走的道路，恐怕是最明智的做法。同时想，本是对少数人的教育，竟要普遍实施，实在是有些残忍。渐渐长大之后才发现，学校的教育与世间的规矩大相径庭。如若绝对遵守学校的教育，那人便要被视作笨蛋，被嗤为怪人，无法出人头地，永远贫困。世间真有不说谎的人吗？如果有，那人定是永远的败北者。我的血缘关系中，也有一个行为端正、信念坚定、追求理想并将其当成真正生活意义的人。可是所有亲戚都说那个人的不好，把他当成笨蛋。我明知道会被当成笨蛋，会从此败北，还是无法反对妈妈和其他人，也不敢直抒胸臆。我太害怕了。小时候，当我发现自己的心情与别人完全不同时，也会问妈妈：“为什么？”

妈妈每次都会随口应付一句，接着对我发怒。说我很坏，像个不良分子，伤心起来。我还问过爸爸。爸爸只是一言不发地笑笑。听说他后来对妈妈说：“这孩子长歪了。”渐渐长大后，我越来越胆小了。连做一件洋装也会考虑别人的看法。其实我暗自偷偷爱着自己的个性，也想永远爱下去，可我太害怕把它清楚地表现为自己的东西。我时刻都想成为人们眼中的好女孩。当许多人聚在一起时，我会变得充满奴性啊。我会说自己并不想说的话，说许多跟心情毫无关系的谎言。因为这样更有好处，因为我认为这样更有好处。我不喜欢这样，很希望早点儿迎来道德彻底改变的时刻。那样一来，我的奴性就会消失，不为自己，只为他人看法而活的日子也会过去了。

哦，那里空了一个座位。我连忙从网架上拿下用具和雨伞，快速坐了下去。我右边是个中学生，左边是个穿着育儿衫、背着孩子的阿姨。这阿姨年纪都这么大了还化浓妆，梳了个时兴的发型。她的脸是很好看，可脖子上已经布满发黑的皱纹，特别骇人，让我很想打她一顿。人啊，站着和坐下时，想的事情完全不一样。坐在座位上，就尽会想些不着边际、毫无生气的东西。我对面的座位上有四五个外貌年龄相近的职员，全都呆呆愣愣的。他们大约有三十岁吧。那些人都很讨厌。他们的目光浑浊，没有斗志。可是，我现在只要朝其中一个人微微一笑，仅仅因为这样，我可能就要被一路拖拽，被迫跟那个人结婚了。女人决定自己的命运，只凭一个微笑就足够了。好可怕。太不可思议了。我还是小心为上。今早我怎么总想些奇怪的事情。这两三天来，打理我家院子的园艺师一直在我脑海中挥之不去，真让人受不了。他从头到脚都是一副园艺师的样子，脸的感觉却有些不一样。夸张点儿说，那就像一张思考者的脸。他肤色黝黑，反倒更显内敛。他眼睛长得好，眉毛也紧凑。鼻子虽是狮子鼻，但也正好跟黝黑的肤色相称，显得意志坚定。唇的形状也特别好。耳朵有点儿脏。他的手则是一双不折不扣的园艺师的手，不过那张被日光晒得黝黑的脸，作为一个园艺师却有点儿可惜了。我问了妈妈三四次，那个园艺师是否一开始就是园艺师，最后竟被她责骂了。今天我用来包用具的包袱皮，正好是那园艺师第一天来时，我管妈妈要来的。那天，我们家在做大扫除，修厨房和修榻榻米的都来了，妈妈在整理衣箱的东西，当时翻出来这块包袱皮，我便要来了。这是一块好看的、很有女人味的包袱皮。因为它好看，我都舍不得打结。我坐在座位上，把用具放在膝头，反复打量着它。轻轻抚摩它。我很想让电车里的人都看看，可是没人看。哪怕只对这块可爱的包袱皮看上一眼，我也甘愿嫁给那个人。本能，想到这个字眼，我便想哭。本能的巨大存在，是仅凭我们的意志无法动摇的力量。我每每意识到这一点，就会几近疯狂。我会呆呆地想，我该怎么办？既不肯定也不否定，那只是一个巨大的存在，突然劈头盖脸压了下来，然后随心所欲地摆弄我。我既有甘愿受摆弄并因此满足的心情，也有对其感到可悲的别的感情。为何我们不能只满足自己，一辈子只爱自己呢？眼看本能渐渐吞噬我曾经的感情和理性，这实在太可悲了。哪怕稍微忘却了自己，过后便只剩下失望。意识到那样的自己和这样的自己都拥有本能后，我便要哭出来了。我好想呼唤爸爸妈妈。可是我再次想到，现实这种东西往往存在于自己不喜欢的地方，于是越发感到可悲了。

电车已经来到御茶水站。我走到站台上，突然感觉一切都无所谓了。我连忙努力回忆刚刚想过的事，却一点儿都想不起来。我着急接着想下去，可是没有任何想法。一片空白。思考的时候，心情时常会受到打击，或是痛苦羞愧，然而过后一看，却好像什么都没发生过。现在这个瞬间很有趣。现在，现在，现在，我掰着指头数的时候，“现在”也在不断远去，新的“现在”又不断到来。我快步走上通道台阶，心里很是奇怪。多可笑啊！我可能过于幸福了。

今早的小杉老师很漂亮。像我的包袱皮一样漂亮。老师很适合漂亮的青色。她胸口的大红色康乃馨也很惹眼。如果没有了“做作”之处，我就会最喜欢这位老师。然而她太故作姿态了，总有一些僵硬。那样明明会很累吧。她的性格也有点儿难以理解。许多地方都莫名其妙。还有点儿内心阴沉，却故作开朗的模样。可是无论怎么说，她都是个有魅力的女人。我总感觉让她当老师太可惜了。教室虽然不像以前那样热闹了，唯独我还是跟以前一样被老师吸引着。她给人一种感觉，就像住在深山湖畔古堡里的千金。好讨厌，我竟这样夸奖她了。小杉老师的话为何总是如此无趣？莫非因为她头脑不好吗？我有点儿伤心。她从刚才起，就滔滔不绝地教育我们爱国之心，可是，那种事难道不是理所当然吗？无论什么人，都会爱着自己降生的土地啊。真无聊。我用手撑着脸蛋儿，呆呆地看向窗外。可能因为风大，天上的云朵很美。院子一角开了四朵玫瑰花，一朵黄色、两朵白色、一朵粉色。我呆呆地看着花儿，心想人类其实也有很好的地方。因为发现花儿美的是人，喜爱花儿的也是人啊。

午饭时，有人说起了鬼故事。雅思贝姐姐说了一高的七大不可思议故事里的“打不开的门”，把所有人都吓得尖叫起来。那个故事并不讲鬼怪，而是偏向心理描写，所以很有趣。我闹得太疯，才刚吃完饭，肚子又饿了。于是，我便求红豆包夫人请我吃了牛奶糖。之后，大家又讲了好久的恐怖故事。似乎每个人都对鬼故事特别有兴趣。这算是一种刺激吗？接着有人讲了一个不是怪谈的故事，叫“久原房之助”[①]，真好笑，真好笑。

下午绘画课，大家都来到校园练习写生。伊藤老师为什么总让我为无意义的事为难呢。今天他又叫我给他的画当模特了。我今早带来的旧雨伞深受同学们喜欢，大家都闹得很，最后让伊藤老师知道了，他便让我拿着雨伞，站到校园一角的玫瑰旁边。老师说要把我画下来，下次拿到展览会上。我同意给他当三十分钟模特。能帮上别人的忙，哪怕只有一点儿小忙，我也会很高兴。不过，跟伊藤老师单独相处，却让我感到十分疲惫。他很啰唆，又爱讲很多大道理。可能是过于在意我了，即使在画素描的时候，他说的话也全都和我相关。我实在很烦，不想回应他。这个人一点儿都拎不清。他不时会突然怪笑，明明是个老师却会害羞，关键在于不够爽快，让人作呕。

“你让我想起了死去的妹妹。”真是太难过了。他这人是不错，只可惜动作太多。

---

① 久原房之助（1869—1965）：实业家，后进入政界，成为田中内阁的交通大臣，立宪政友会总裁。昭和十五年（1940）立宪政友会解散。

说到动作，其实我一点儿也不输给他。甚至，我还会表现得极为狡猾灵巧。但那都是骗人的，自己最后也会很为难。“我姿态摆得太过，已经成了被姿态所累的谎言怪物。”其实这种话也属于一种姿态，令我动弹不得。如此一来，我只能乖乖给老师当模特，同时心里祈祷着“想变得更自然、更直率”。别再看什么书了。过着只有思想的生活，摆出毫无意义的傲慢姿态，真该鄙视，鄙视。一会儿说没有生活目标，一会儿说要对人生和生活更加积极，时时刻刻都在为自己内心的矛盾思索烦恼，但那其实都是你的感伤罢了。你只是在疼爱自己，安慰自己，然后还格外高估了自己。唉，让我这个胸怀污浊的人当模特，老师的画一定会落榜吧。因为那不可能美丽。虽然这样说很不好，可我还是不由自主地觉得伊藤老师是个笨蛋。老师连我内衣上的玫瑰刺绣都不知道。

我一言不发地保持着同一个姿势，突然很想有钱。要是有个十元就好了。我最想读《居里夫人传》。然后，我又突然希望妈妈能长命百岁。给老师当模特的感觉很奇怪，很痛苦。我感到筋疲力尽。

放学后，我跟寺院家的琴子一起悄悄去了好莱坞剪头发。剪完的头发跟我说的不一样，让我很失望。无论怎么看，我都一点儿也不可爱，显得很肤浅，到最后我变得没精打采的。我甚至感觉自己偷偷跑到这种地方来做头发，真是一只肮脏的母鸡，便更是后悔了。我们竟会来到这种地方，简直是对自己的轻贱。不过寺院家的姑娘却很高兴。

“不如就这样去相亲吧。”她说了句很粗俗的话，慢慢地，我甚至产生了错觉，仿佛寺院家的姑娘真的要跑去相亲了。

“在这样的头发上，该插什么颜色的花？”“穿和服的时候，该配什么样的腰带？”看来，她好像真有那个意思。

她真是个什么想法都没有的可爱姑娘。

“你要跟谁相亲呀？”我笑着问道。

“不都说王八配绿豆嘛。”她满不在乎地回答。我不知道那是什么意思，便有些吃惊地听了下去，只听她又回答：“寺院家的姑娘就该嫁给寺院家，这样就一辈子不愁吃穿了。”那更让我吃惊了。琴子小姐好像全无个性，因此充满了女人味儿。我跟她只是学校的同桌，并没有很亲近她，可是她却对大家说，我是她最亲密的朋友。真是个可爱的姑娘。她会隔天给我写一封信，也常常对我照顾有加，我虽然很感激，可今天她实在太闹腾了，我便有些厌烦。于是我与寺院家的姑娘道别，坐上了巴士。总觉得，总觉得有点儿忧伤。我在巴士里看见一个讨厌的女人。她穿着前襟有污渍的和服，用一把梳子盘起乱蓬蓬的红发，手脚也很脏。而且，她还长着一张红黑色的脸，叫人分不清是男是女。更何况，啊，我感到一阵胸闷。那女人竟挺着一个大肚子，不时兀自露出笑容。母鸡。偷偷跑去好莱坞那种地方做头发的我，也跟这个女人没有两样。

我想起了电车邻座的浓妆阿姨。啊，好脏，好脏。女人真讨厌。我自己是女人，所以深知女人的不洁，厌恶得咬牙切齿，仿佛摆弄金鱼留下的腥臭味渗入了整个身体，无论怎么洗也洗不掉。一想到自己将来也要这样一天天地散发着雌性的体臭，我又有点儿想不开了，真想就这样以少女的姿态死去。我突然想得病。得一场重病，汗如雨下，形销骨立，或许我也能彻底变得清净了。只要活着，是否注定无法逃离这些呢。我感觉自己快要领悟到其中的宗教意义了。

下了巴士，我多少松了口气。我觉得交通工具都不好。里面的空气又热又闷，十分难受。大地很好。踏着土壤往前走，便会喜欢上自己。看来我这人有点儿冒失，什么烦恼都没有。回家吧，回家吧，看着什么把家回，看着地里洋葱把家回，青蛙叫了快回家。我小声唱了几句，顿时觉得这个女孩子怎么如此漫不经心，对自己恨得牙痒痒了。我痛恨这个只有身子在成长的蠢姑娘。我想变成一个好女孩。

我每天都要走过这条回家的田间小路，早已见惯不怪了，没有意识到这里是个多么安静的田园。我只看到这里的树木、道路和田地，再没有别的。今天，我就来假装头一次来到这个田园吧。我嘛，就当自己是神田一带木屐店的女儿，有生以来头一次踏上郊外的土地。如此一来，这个田园会是个什么光景呢？这真是个好主意，也是个可怜的主意。我换上严肃的表情，故意夸张地转了转眼珠。走过两旁都是树的小路时，我抬头欣赏着长满嫩叶的树枝，小声惊叹了一下。穿过土桥时，我停下来看了看桥下的小河，对着水面倒映的自己，学小狗汪汪叫了两声。眺望远处的田地时，我眯起眼睛，假装陶醉在风景中，轻叹一声真美好啊。来到神社，我休息了片刻。神社的树林光线阴暗，我慌忙站起来，一边说好害怕，一边缩起肩膀，匆匆穿出树林，又故意对树林外的光线大吃一惊。我走在乡间小路上，假装自己发现了许多新景色，突然感觉十分寂寞了。最后，我一屁股坐在了路旁的草地上，坐下之后，方才那种兴奋的心情便忽地消失不见，让我顿时清醒起来。我开始安静而缓慢地思考最近的自己。为什么我最近如此不好，为什么我会如此不安？无论何时，都好像在害怕什么。上回还有人说："你变得越来越俗气了。"

或许是的。我确实越来越糟糕了。越来越无趣了。不行，不行。太懦弱了，太懦弱了。我险些大喊起来，好想轻蔑地大叫一声。"切！"你掩饰自己的软弱也没用，要再努力努力。我可能恋爱了。我仰面躺倒在绿草地上。

"爸爸。"我叫了一声。爸爸，爸爸。傍晚的天空很美，晚霞是粉红色的。夕阳的光芒融化在晚霞里，模糊了，所以晚霞才会变成如此柔和的粉色吧。粉色的晚霞轻轻流动，时而钻进树林里，时而从路上飘过，又掠过草地，最后柔柔地包裹着我的身体。粉色的霞光微微照亮了我的每一根发丝，就像在轻轻抚摩我的头发。比起那些，这片天空更加美丽。我有生以来头一次想对这片天空低下头。我现在相信神明的存在。这片天空，究竟是什么颜色呢？玫瑰？火焰？彩虹？

天使的翅膀？大伽蓝？不，不是那些。它还要更加神圣。“我想爱大家。”我心里想着，几乎流下泪来。我定定地看着天空，天空缓缓变换着模样，慢慢变蓝了。我心中满是叹息，甚至想裸露身体。周围的树叶和青草，从未像现在这样通透美丽。我轻轻地抚摩着草叶。

我想活得美丽。

回到家，我发现来了客人。妈妈也已经回来了。我又听到了欢快的笑声。妈妈跟我独处的时候，无论脸上怎么笑，都不会发出声音。可是，跟客人谈话时，她的脸却全然不笑，唯有笑声格外刺耳。我打过招呼，马上去了屋后，在井边打水洗手，脱下袜子又洗了洗脚。这时鱼店的人来了，对我说您久等了，多谢惠顾，然后把一条大鱼放在了井边。我不知道这是什么鱼，不过鳞片很细，应该来自北海道。我把鱼放到盘里，又洗了一遍手，闻到了北海道夏天的气味。我想起前年暑假到北海道姐姐家玩。姐姐家住在苫小牧，可能因为离海岸很近，一直都有股鱼腥味。我还清楚记得一天傍晚，姐姐在那座房子的大厨房里，用两只洁白的手，灵巧地做了一道鱼料理。那时我不知道为什么，很想对姐姐撒娇，心里特别着急。不过姐姐当时已经生了小年，姐姐再也不是我的了，一想到这里，我就感到一股冷风吹过，怎么都无法抱紧姐姐细瘦的肩膀，寂寞得快要死了，只能一动不动地站在那个昏暗的厨房角落，死死盯着姐姐洁白温柔的指尖，几乎要失去意识。已经过去的事情，全都那么让人怀念。肉身真是不可思议。既然是他人，渐渐远离之后应该会渐渐淡化，最后遗忘。但肉身反倒要想起那些令人怀念的美好。

井边的茱萸果染上了一丝淡红，再过上两周，或许就能吃了。去年很可笑，我傍晚独自摘茱萸果吃，佳比则在一旁默默看着，我见它可怜，便给了它一个。佳比果然吃了。我又给了它两个，它也吃了。那实在太好玩，我便摇晃这棵树，让树上落下许多茱萸果，佳比便埋头吃了起来。真是笨蛋。我头一次看到吃茱萸果的狗。我伸长手臂摘起了茱萸果。佳比也在地上吃着茱萸果。真可笑。我想起那件事，便想念起佳比了。

“佳比！”我喊了一声。

佳比从门口装模作样地跑了过来。我突然很想疼爱佳比，便用力抓住它的尾巴，结果佳比轻轻咬了我的手一口。我感到眼泪要流出来了，便打了一下它的头。佳比并不在意，而是在井边啪嗒啪嗒地喝起了水。

走进屋里，电灯已经亮了。周围很安静。爸爸不在这里。爸爸不在，我总感觉家里好像空出了一大块，非常苦闷。我换上和服，对脱下的内衣上的玫瑰轻轻一吻，随后坐到镜台前。客厅突然传来妈妈大笑的声音，我不知为何有点儿生气。妈妈跟我独处时还好，一旦有客人来，就莫名地与我疏远，冷淡而陌生。每当这种时候，我就最想念爸爸，心里很悲伤。

看向镜子，我的脸上竟神采飞扬。脸成了陌生人，它跟我的悲伤痛苦全无关系，独立而自由地活着。今天我并没有涂胭脂，脸蛋却这样红，嘴唇也隐隐泛着红光，十分可爱。我摘掉眼镜，轻轻微笑。眼睛很好看。那是通透的蓝色。是不是长时间眺望着美丽的黄昏天空，就会变成这样好看的眼睛呢。太好了。

我有点儿高兴地走到厨房淘米，渐渐又悲伤起来。我很想念小金井的家，想念得胸口发烫。那个家多好呀，有爸爸，也有姐姐。妈妈也还年轻。我从学校回来，能看到妈妈和姐姐在厨房或茶室聊有趣的事情。我会向她们撒娇要点心，会故意惹姐姐生气，会被责骂，于是跑到外面去，骑上自行车去很远很远的地方。傍晚回来以后，还有美味的晚饭等着我。那时真的很快乐。我不用一直注视着自己，也不用烦恼自己的不洁，只要一个劲地撒娇就好了。我曾经享受了多么大的特权啊，而且那么理所当然。我无须忧虑，也不会感到寂寞和痛苦。爸爸还是伟大的好爸爸，姐姐那么温柔，我一直都黏着姐姐。可是，随着我慢慢长大，我自己就变得让人讨厌，也不知何时失去了那个特权，变得光溜溜的，真丑陋，真丑陋。我再也不能对别人撒娇，只会一味地沉思，唯独痛苦越来越多了。姐姐出嫁了，爸爸也不在了，只剩下妈妈和我。妈妈一定也很寂寞吧。上回妈妈说："今后我就再也没有生活的乐趣了。即使看着你，我也感觉不到快乐。原谅妈妈吧。既然爸爸已经不在了，那么幸福还是不来更好。"据说，一有蚊子飞出来，妈妈就会突然想起爸爸；拆缝线的时候，会想起爸爸；剪指甲的时候，也会想起爸爸；喝到好喝的茶水时，一定会想起爸爸。无论我多么照顾妈妈的心情，多么主动陪她说话，也跟爸爸不一样。夫妻之爱是世间最强烈的爱，一定远比血亲之爱更崇高。我心里想着这些狂妄的想法，兀自脸红起来，便用湿漉漉的手抹了一把头发。我唰唰地淘米，突然觉得妈妈很可爱，又很可怜，便由衷地决定要珍视她。还是赶快抚平这一头发卷，再把头发留长吧。妈妈一直很不喜欢我留短头发，所以我要留很长，编得漂漂亮亮的，那她一定会感到高兴吧。可是，我又不想为了关心妈妈而做到这个地步。太讨厌了。仔细想想，我近来感到的烦躁，跟妈妈很有关系。我想做个照顾妈妈心情的好女儿，但也不想过分讨好她。最好是我不说话妈妈也能理解我的心情，并安下心来。我无论多么任性，都决不会做任何蠢事，让自己成为世间的笑柄。就算再怎么痛苦，再怎么寂寞，我也会守住重要的原则，并深爱着，深爱着妈妈和这个家。所以，要是妈妈也能绝对信任我，也能迷迷糊糊、大大咧咧地过生活，那样就好了。我一定会好好工作，不惜粉身碎骨。对现在的我来说，那既是最大的快乐，也是生存之道。可是妈妈却一点儿都不信任我，还把我当成一个小孩子。我一说孩子气的话，妈妈就会很高兴。上回也是，我故意胡闹，把尤克里里拿出来嘣嘣乱弹，妈妈竟由衷地高兴起来，还故意装傻调侃我说："咦，下雨了吗？我怎么听到雨声了？"她好像以为我真的迷上了尤克里里，我感到自己很肤浅，顿时很想哭。妈妈，我已经是个大人了。世间的东西，我已经全都懂了。请你放心，有什么事都来跟我商量吧。我们家的经济问题，你也可以对我和盘托出。只要你说家里情况不好，要忍耐一下，我就绝不会闹着要你买新鞋子了。我会变成特别可靠的、特别节俭的姑娘。真的，我没有说谎。可是，唉，可是……我想起了这么一首歌，便兀自哧哧地笑了起来。待我回过神来，发现自己竟把双手插在锅里，像个傻瓜一样想东想西。

不好不好，我得赶紧给客人上晚饭。刚才那条大鱼该怎么办呢？且把它剖成三片，腌在味噌里吧。这样吃起来一定很好吃。做饭一切都要凭感觉。家里还剩一点儿黄瓜，用那个来做三杯醋。然后是我最拿手的煎蛋卷。还得再做一道。对了，不如就做洛可可料理[①]吧。这是我自己想出来的菜。在每个盘子里摆上火腿和鸡蛋，再装饰上欧芹、白菜和菠菜，把厨房里剩下的东西都五颜六色地装点上去，摆成好看的样子。这样既不花时间又经济实惠，虽然一点儿都不好吃，不过能让餐桌变得格外热闹华丽，仿佛成了一场非常奢侈的盛宴。我在鸡蛋的影子里摆上欧芹做的青草，又在旁边点缀了火腿做的红珊瑚礁，然后把白菜的黄叶片做成牡丹花瓣，像羽扇一样铺在盘子上，嫩绿的菠菜就做成牧场或湖水吧。在餐桌上摆上两三个这样的盘子，客人就会不由自主地联想到路易王朝。当然事实没有如此夸张，我反正做不出好吃的山珍海味，那至少要让外观美丽一些，用来迷惑客人，蒙混过去。料理最讲究的便是外表。只要外表好看，基本就能糊弄过去。可是，制作这道洛可可料理需要很高的绘画修养。如果在色彩搭配上做不到比普通人更敏锐，那就会失败。至少也要拥有跟我一样的纤细感触。上回我用字典查了“洛可可”这个词，它被定义为外表华丽却内容空泛的装潢样式，让我忍不住笑了起来。真是说得太好了。

---

① 洛可可料理：洛可可（Rococo）是一种装饰美学样式，流行于法国路易十五时代，是以曲线为主的花纹。此处指料理的外观风格。

美丽怎么能兼具内容呢？纯粹的美丽想来都是无意义且无道德的。那还用说吗？所以我才如此喜欢洛可可。

就像往常一样，我正忙着做饭尝味道，突然被一种可怕的虚无感笼罩了。我疲倦得想死，心情格外阴郁。一切努力都达到饱和。我再也不想动，一切都变得不重要了。最后我突然自暴自弃，再也不去管什么味道外表，一顿乱扔，胡乱料理一番，最后满脸不高兴地端上去给客人吃了。

今天的客人格外令人忧郁。是大森的今井田夫妇和今年七岁的良夫。今井田先生都快四十了，却像俊美男子一样皮肤白皙，真讨厌。他为什么要吸敷岛呢。香烟若不是无嘴的，都让我感到不洁。香烟必须是无嘴的。一个人要是去吸什么敷岛，连人格都要遭到怀疑。他每次都要抬头朝天花板吐烟，然后应付两句“啊，啊，原来如此”。听说他在夜校当老师。今井田夫人身材娇小，畏首畏尾，而且很没教养。一点儿很无聊的事情，她也要夸张地弯下腰，笑得脸都要贴到榻榻米上了。那有什么好笑的。她肯定误以为那样夸张的笑法才是高雅吧。现在这个世道，恐怕是这个阶级的人最不好，最肮脏吧。这就叫小市民阶级，小官小吏吧。那个小孩也老成得有点儿奇怪，一点儿都不天真。尽管心里这样想，我还是把那些话都憋住了，同他们点头哈腰，聊天说话，还摸着良夫的头一个劲儿地夸他可爱，仿佛在用谎言欺骗他们。如此看来，今井田夫妇说不定要比我清纯得多。大家吃着我的洛可可料理，都夸我会做饭，我心里不知是寂寥还是气愤，反正很想哭，但我还是努力摆出高兴的表情。过了一会儿，我也坐下来一起吃饭，但实在受不了今井田夫人那滔滔不绝的无知客套话，顿时气不打一处来，决定再也不说谎了。

“这种料理一点儿都不好吃。因为家里什么都没有，我就只能出此下策了。”我觉得自己毫不掩饰地说出了事实，可今井田夫妇竟笑着鼓起掌来，说我那个“出此下策”一词用得真妙。我很不甘心，很想把碗筷一扔大声哭泣，但还是拼命忍住，挤出笑容给他们看，最后连妈妈都说：“这孩子也越来越能帮忙了。”

妈妈明明清楚我心里的悲伤，却为了迎合今井田一家的心情，说出那样无趣的话来，还呵呵笑了。妈妈，你不用如此拼命取悦这个今井田啊。在客人面前，妈妈就变得不是妈妈了。她只是个柔弱的女人。爸爸不在了，竟然要如此卑微吗？我很伤心，一句话都说不出来。请你们回去吧，请你们回去吧。我爸爸很伟大，他很温柔，人格也很高尚。如果只因为爸爸不在了，就要如此戏弄我们，那还是请你们回去吧。我真的很想对今井田这样说，可我还是很软弱，只能替良夫切火腿，为夫人夹咸菜，伺候他们吃饭。

吃完饭，我立刻躲进厨房，开始收拾碗筷。因为我想尽快一个人待着。我不是故作清高，但也不认为我还需要强迫自己继续跟那种人聊天谈笑。对那种人，我绝对没必要讲什么礼仪，不，应该说谄媚。我不要。我不想再忍下去了。我已经尽力了，妈妈不也为我今天强颜欢笑的态度感到高兴了吗？只做那些，应该够了吧。我是应该把社交当成社交，自己则是自己，将两者严格区分，用正确的态度去对待和处理事务，还是不去管别人的闲言碎语，时刻保持真我，决不隐忍呢？我真不知道该怎么做。我真羡慕那些人，可以一辈子都生活在跟自己同样软弱温柔的人群当中。如果能一辈子都不受苦，那就没有必要专门去找苦来受。这样才好。

压抑自己的心情去迎合别人，这想必是件好事吧。可是，如果将来每天都要逼自己跟今井田夫妇一样的人谈笑风生，我可能会变成疯子。突然我冒出了可笑的想法，我这人肯定蹲不了大牢啊。别说大牢了，我肯定连女佣都做不了。夫人也做不了。不，夫人不一样。只要下定决心，为这个人奉献一生，那么无论多么痛苦，哪怕要拼命劳作，被晒得黝黑，只要能感到充分的价值，只要有希望，我当然也能胜任。那是理所当然的事。我会从早到晚一直忙个不停。我会使劲洗衣服。因为脏东西堆积成山的感觉最让人不快了。我会变得特别焦虑，甚至歇斯底里，根本静不下来，连死都死不痛快。当我把所有脏东西都洗干净，晾到竹竿上，我就会想，这下就算死也舒心了。

今井田一家要回去了。他们说有事，要妈妈也一起去。妈妈每次都二话不说就跟去了，那个今井田也是，一点儿小事都要利用妈妈，这不是第一次了。我特别讨厌今井田夫妇的厚脸皮，真想把他们都打一顿。我把大家送到门外，独自呆看着夕阳下的道路，心里又有点儿想哭了。

邮箱里放着晚报和两封信。一封是松坂屋寄给母亲的夏季物品上架通知，另一封是表哥顺二写给我的。他说，不久后他就要调到前桥的联队去了，要我跟妈妈两个人好好生活。军官的生活固然不可能美好，不过我还是很羡慕他们每天残酷而毫无冗余的严格规律。因为时时刻刻都要正襟危坐，那样在心情上可能会轻松很多。若像我这样，不想做事就可以不做，想干坏事也无人阻拦，想要学习就有无限的时间学习，想要什么东西，只要不太过分，似乎都能得到满足。如果有人给我的努力划定一个从这里到那里的界限，那我的心情该多轻松啊。要是有人将我紧紧束缚住，我反倒感激不尽。我不知在哪本书上看过，战场上的士兵只有一个欲望，那就是沉沉睡上一觉。我一边感慨那些士兵实在太辛苦了，同时十分羡慕。从讨厌且烦琐的、毫无根据的思绪洪水中解放出来，只渴望能睡上一觉，那是多么清洁而单纯啊，光是想想就感觉十分爽快。如果把我送到军队严加锻炼一番，或许能变成一个清爽美丽的姑娘吧。就算不过军队生活，像小新那样的人也能诚实直爽，相比之下，我真是个坏女人，是个坏孩子。小新是顺二哥哥的弟弟，跟我同岁，为何他是个这么好的孩子呢？在所有亲戚里，不，是全世界里，我最喜欢小新。小新眼睛看不见。他年纪轻轻就失明了，真是叫人不知说什么好。在这么安静的夜晚里，他一个人坐在房间里是什么心情呢？我们就算心情寂寞，还能看看书，看看风景，多少也能好过一些。小新却不能这样。他只能沉默着。他以前比任何人都用心学习，还擅长打网球和游泳，现在他该有多寂寞，多痛苦啊！昨晚我想到小新，便试着钻进被窝闭着眼睛躺了五分钟。闭着眼睛就连躺在床上，我都感觉五分钟无比漫长，心中无比苦闷，而小新却不管在清晨白天黑夜，时时刻刻都看不见东西。若他道出自己的气愤、郁闷和牢骚，我也会高兴一些，只是小新什么都不说。我从未听小新抱怨过，也从未听他说过别人的坏话。而且他还时刻都说着开朗的言辞、露出无忧无虑的表情，这反倒让我心中一阵刺痛。

我一边想事情一边打扫了房间，然后开始烧洗澡水。我坐在橘子箱上守着烧水的炉子，借着炭火的光亮把学校的作业全都做完了。可是洗澡水还没烧好，我便拿起《墨东绮谭》[①]又读了一遍。那上面写的事情一点儿都不讨厌，也不肮脏。可是，字里行间都能看到作者的自以为是，让人觉得陈腐和虚伪。那是因为作者是老人家吗？外国作家无论多大年纪，都会大胆而甜美地去爱对方。如此一来，反倒不会让人厌烦。可是，这部作品在日本应该属于杰作了吧。作品没有虚伪之处，深处还沉淀着安静的断念，读来清爽。这个作者的作品中，就数这一部最为枯冷，让我很是喜欢。我感觉，这个作者是个责任感很强的人。我觉得他十分讲究日本的道德，却因此而刻意反叛，创作了许多令人感到异常不快的作品。这是用情至深之人常有的伪恶趣味。故意戴上丑陋的鬼面具，反让作品的气势弱化了。不过，这本《墨东绮谭》却有着寂寥和坚定的强韧，所以我很喜欢。

洗澡水烧好了。我打开浴室电灯，脱下和服，把窗户开到最大，然后静静地泡在热水里。珊瑚树的绿叶从窗外探头进来，一片片叶子

---

① 《墨东绮谭》：永井荷风的代表作，昭和十二年（1937）发表。小说以向岛玉之井小巷里居住的一名娼妓为主角，描绘了与日常生活截然不同的人情风俗。

沐浴在灯光下，反射着炫目的光。天上挂着点点星辰，无论怎么看，都一直在闪闪发光。我仰着身子，昏昏欲睡，故意不去看身体的那片白色，尽管如此，那个颜色还是模模糊糊地出现在余光之中。我沉默下来开始想，这个白色跟我小时候的白色并不一样。我很难受。肉体竟不顾我的心情兀自成长，这让我很难受，又很困惑。我眼看着自己一天天长成大人，却什么都做不了，真的好伤心。我只能随波逐流，被裹挟其中，定定地看着自己长成大人了吗？我多想永远保持娃娃一样的身形。我哗啦哗啦地划着水，装作孩童的样子，心情却莫名地沉重。我感觉今后没有了活下去的理由，越来越痛苦。别人家的孩子在院子那头的空地上，半带哭腔地喊了一声“姐姐”，我心里猛地一惊。那虽然不是在喊我，可我很羡慕那孩子哭着呼唤的那个“姐姐”。如果我也有个那么依赖我、黏着我的弟弟，我也不会过着这样难堪而迷茫的日子了。那样一来，我可能会更有精神活下去，甚至能下定决心，把一辈子都奉献给弟弟。那样一来，我就能忍受一切苦痛。我兀自燃起了热情，随后，更是觉得自己很可怜了。

洗完澡，我突然想看今晚的星星，便走到院子里。漫天星辰仿佛要降落到地面上来。啊，夏天要到了，四处都传来蛙鸣，麦子像浪花一样。无论我多少次抬头去看，星星都多得数不清。去年，不，不是去年，已经是前年了。我任性地说要散步，爸爸虽然生着病，还是跟我一起出去了。总是很年轻的爸爸教我唱了一首德语小曲，意思是“你活到一百岁，我活到九十九”。还跟我讲行星的故事，又即兴作了一首诗。拄着拐杖，“噗噗”地吐着痰，眨着眼睛跟我一起散步的好爸爸。我默不作声地仰望星空，对爸爸的回忆变得如此清晰。又过了一两年，我渐渐长成一个糟糕的姑娘。我有了许多只有我一个人知道的秘密。

回到屋里，我坐在桌旁托着脸颊，凝视桌上的百合花。味道好香。闻着百合花的香气，就算我一个人无所事事地待着，也不会产生肮脏的心情。昨天傍晚我散步到车站，回家的路上在花店买了这朵百合花，然后，我的房间就像变了一个样，格外清爽。缓缓拉开纸门，里面立刻飘来百合花的清香，让我的心情好了许多。像现在这样定定地看着百合花，我真的从意识和肉体上都感觉到了超过所罗门[①]的荣华。突然我想起去年夏天的山形。去爬山时，看见山崖中段开着一大片百合花，我不禁感到震惊，立刻着了迷。我深知山崖陡峭爬不上去，所以无论多么着迷，都只能在远处看着。当时一个不认识的矿工正好在附近，只见他一言不发地爬上山崖，在中间摘了两手都抱不过来的百合花。然后他笑也不笑，就把那些花塞给了我。那真是好大好大一捧花。无论在多么豪华的场面，哪怕是婚礼现场，都没有人得到过这么大一捧花吧。当时我头一次体验到了被花熏得头晕的感觉。我使劲张开双臂，好不容易抱住了那一捧又大又白的花束，一点儿都看不到前面了。那个热心肠的、让我很感动的、年轻认真的矿工，现在怎么样了？他到那么危险的地方给我摘了花，仅仅是这样的一次偶遇，我每次看到百合花，就一定会想起那个矿工。

我拉开书桌抽屉翻找，发现了去年夏天的扇子。白色扇纸上画着一个坐姿不端的元禄时代女人，旁边还有两丛酸浆。去年夏天的光景忽地从这扇子里蒸腾出来。山形的生活，火车里面，浴衣，西瓜，河流，鸣蝉，风铃。我突然很想拿着它跑到火车上去。展开扇子的感觉真好。扇骨一根根分开，突然变得轻盈。我正玩着扇子，妈妈回来了。她心情很好。

“啊，累坏了，累坏了。”妈妈说着，脸上却没有不快之色。她很喜欢替别人办事，实在没办法。

---

① 所罗门：大卫王的儿子，领导以色列走上鼎盛时期，营造附属宫殿的神殿，实行行政改革，扩大贸易，创造了号称“所罗门的荣华”的黄金时代。此处文字可能从“然而我告诉你们，就是所罗门极荣华的时候，他所穿戴的，还不如这花一朵呢”（《马太福音》6:29）联想而来。

“那件事可太麻烦了。”妈妈边说边换下衣服，进了浴室。

她洗完澡出来跟我喝茶，脸上一直带着奇怪的笑容，我正好奇她会说些什么——

“你不是一直都说想看《裸足少女》吗？既然这么想去，那你就去吧。不过，今晚要给妈妈揉揉肩膀。干完活再去，岂不是更开心吗？”

我已经高兴得按捺不住了。我一直想看《裸足少女》那部电影，只是最近我一直在玩，所以没敢提。妈妈看出来我想去，竟给我安排了工作，让我能大大方方地去看电影了。我真的很高兴，特别喜欢妈妈，自然而然就笑了起来。

我感觉好久没跟妈妈一起像这样度过晚上了。因为妈妈平时有很多交际。想必她也在努力着，不让世间小看她吧。我揉着妈妈的肩膀，反复通过双手感受妈妈的劳累。我决定要守护妈妈。刚才今井田来做客时，我心里偷偷怨恨了妈妈，这让我感到很羞愧。对不起，我小声说道。我总是只想着自己，对妈妈还是打从心底里依赖，而且态度不好。妈妈每次看到我这样，该有多痛苦啊！这全都怪我不听妈妈的话。自从爸爸走了以后，妈妈真的变得很软弱。我总是口口声声说自己痛苦、难受，一直对妈妈撒娇，只要妈妈稍微依赖我一些，我就觉得讨厌，仿佛看到了脏东西，这样真是太任性了。其实，妈妈也是跟我一样柔弱的女性啊。今后我要满足于妈妈跟我两个人的生活，时时刻刻为母亲着想，跟她聊聊往事，聊聊爸爸，要专门为妈妈设一个以她为中心的日子。我要去感受堂堂正正的成就感。我心里明明很担心妈妈，想成为一个好女儿，言行上却始终是个任性的孩子。最近的我，甚至连像孩子一样干净澄澈的地方都没有。全都是肮脏和羞耻。我痛苦，我烦恼，我寂寞，我悲伤，这些都算什么？说清楚点儿，就是死。明明心里清楚得很，却连一个类似的名词或形容词都无法说出口。过去的女人都遭人非议，被说成奴隶、无视自己的虫豸、没有灵魂的人偶。可相比现在的我，她们有更美好的女人味，也有更宽裕的心灵，以及更多隐忍顺从的睿智。她们了解纯粹自我牺牲的美，也深谙全无报酬式奉献的愉悦。

“啊，真是个好按摩师。你是个天才呢。”

妈妈又开始调侃我了。

“对吧？因为我是用心在按摩啊。不过我的优点可不止按摩这一样哦，只有这一样可太让人不安了。我还有很多好地方。”

我把内心的想法毫不遮掩地说了出来，那些话传到我耳边，也显得格外清爽。这两三年来，我从来没能像现在这样天真无邪地说出自己的心里话。我高兴地想：或许，只有在认清了自己并放弃挣扎后，一个平静的、全新的自己才会诞生。

今夜，我为了向母亲表达各种谢意，在做完按摩之后，又给她念了一会儿《爱的教育》。妈妈知道我在读这本书，脸上显得很放心。不过上回我给她念凯塞尔[①]的《白日美人》时，她轻轻把书拿走，看了一眼封面，露出非常阴沉的表情，但什么话都没说，就直接把书还给了我。我当时感觉很不好，再也没心情读下去。妈妈分明没有读过《白日美人》，可她似乎有种直觉。夜深人静之时，我一个人朗读着《爱的教育》，觉得自己的声音又响亮又呆板，读着读着就觉得很没趣，觉得在妈妈面前非常羞愧。因为周围实在太安静了，一点点愚笨就特别显眼。不管什么时候读《爱的教育》，我都能体会到小时候第一次阅读时的感受，自己的心仿佛也变得清明澄澈了，感觉非常好。可是一读出声音，就跟用眼睛阅读的感觉很不一样，成了一种令人吃惊、哑口无言的形态。可是，妈妈听到安利柯和卡伦的地方都低头落泪了。我妈妈也跟安利柯的妈妈一样，是美丽的好妈妈。

---

① 约瑟夫·凯塞尔（Joseph Kessel，1898—1979）：法国作家，出道作是以俄国革命为题材的《红色草原》（1922）。他的作品着重对人类本能的描写，报告文学的风格浓厚。《白日美人》（1929）描写了女性身体中潜藏的灵与肉的纠葛。

妈妈先去休息了。她今天一早就出门去了，应该特别累。我替她铺好了被褥，又拍松了被边。妈妈每次一躺下就马上把眼合上。

然后，我便去浴室洗衣服了。这段时间我有个奇怪的习惯，非要等到快十二点了才开始洗衣服。我总觉得白天哗啦哗啦地洗衣服打发时间有点儿浪费，其实说不定是反过来的。窗外能看到月亮，我弯着腰哗啦哗啦地洗衣服，又对月亮笑了笑。月亮面不改色。我突然深信，就在此时此刻，一定还有个可怜又寂寞的姑娘，同样在深夜里洗着衣服，同样抬头对那个月亮笑了笑。遥远乡下山顶上孤零零的房子后面，一定有个可怜的姑娘，在这样的深夜里，一言不发地独自洗着衣服，还抬头对月亮笑了。我对此深信不疑，就像用望远镜看到了一样，脑海中浮现出了色彩鲜明清晰的图景。因为我们的痛苦，真的没有人知道。要是我们现在变成大人，我们的痛苦或许就会显得冷清可笑，让人可以毫无顾忌地追忆。可是，在这段变成大人之前的漫长讨厌的时间里，我们又该如何生活呢？没有人来告诉我们。莫非这是一种麻疹一样的病，除了置之不理，别无它法吗？可是，有人会得麻疹死去，也有人因麻疹而变成瞎子。这种病可不能置之不理。否则，我们会郁郁终日，时而暴跳如雷，甚至有人会在路上行差踏错，最终堕落，再也无法挽回，把自己的一生都糟蹋了。还有的人，会因为一时意气而去自杀。等事情已经发生了，无论世间之人多么可惜、多么感叹他只要再多活一段时间就明白了，只要再长大一些自然就会明白了，对死去的人来说，那都是难以忍受的痛苦。可尽管如此，我们还是一直忍耐到了现在，拼命去倾听世间的声音，结果却只能得到不痛不痒的教训、敷衍了事的安慰。我们一直都承受着耻辱的忽视。我们绝非享乐主义者，只是目的地的山巅实在太远。我们都明白，只要走到那里，就能看到壮阔的风景，都知道这一定不是谎言，只是现在有一股强烈的腹痛，所有人却对那阵腹痛视而不见，只说要再忍耐一下，只要走到那座山的顶峰，一切就好了。这中间一定是有谁错了。

都是你不好。

我洗完衣服，打扫了浴室，悄悄拉开房门，闻到了百合的香气。我感到心里一松，整个人都通透起来，仿佛成了崇高的虚无。我悄悄地换上睡衣，本以为正在安睡的妈妈，突然闭着眼睛说起了话，把我吓了一跳。妈妈不时会做这种事吓唬我。

“你之前说想要夏天的鞋子，我就去涩谷看了。现在连鞋子都变贵了啊。”

“没关系，我现在不太想要了。”

“可是，你没有鞋穿，会难过吧？”

“嗯。”

明天想必又是同样的日子。幸福一辈子都不会降临。我心里很明白。不过在入睡之时，坚信幸福一定会来，明天就会来，想必会很好吧。我故意重重地倒在被窝里。啊，真舒服。被窝还不热乎，让我后背感到恰到好处的凉爽，一下就迷迷糊糊了。幸福会迟到一夜。我在恍惚中想起这么一句话。一直等待着幸福，终于忍无可忍逃出了家，第二天，那美好的幸福的消息来到了被舍弃的家，可是为时已晚。幸福会迟到一夜。幸福——

院子里传来小可的脚步声。啪嗒啪嗒啪嗒，小可的脚步声有个特征。它的右前腿比较短，而且两条前腿还弯成了O形，所以连脚步声都有着寂寥的感觉。它时常在这样的深夜里四处行走，也不知道究竟在做什么。小可真可怜。今天早上我对它不好，明天还是多疼爱它一些吧。

我有个悲伤的习惯，若不用双手掩着面孔就无法入睡。于是我掩住面孔，静静躺着。

入睡时的心情很奇怪。就像鲫鱼或鳗鱼用力拉扯钓鱼线那样，有股沉重得像铅块似的力量，通过丝线沉沉坠着我的脑袋，等我迷迷糊糊要睡过去了，那根丝线会稍微松懈一些。然后，我就会猛地清醒。

接着，丝线又开始沉沉坠着我的脑袋，让我昏昏欲睡。然后又松开。如此重复三四次，最后才猛地一沉，直到天亮。

晚安。我是没有王子的灰姑娘。您知道我在东京的什么地方吗？我们再也不会相见。

懒惰的歌留多

我的各种恶习中，最为显著的恶习便是怠惰。这点无须怀疑，因为着实明显。在怠惰这方面，我是不折不扣的真性情。当然，我没有为此自豪，连我自己都十分气恼。这是我最大的缺陷，是必须为之羞耻的缺陷。

如怠惰这样有百般借口的恶习实在少有。卧龙亦龙，这就是我的想法。面壁九年。三思而后行。雌伏。贤者不动，必有愚色。深思熟虑。洁癖。成瘾性。你不懂我的苦楚吗？升仙。无欲。世间如此啊。沉默是金。烦恼尘事。基石居于一隅。时机未熟。枪打出头鸟。躺着就不怕跌倒。天衣无缝。桃李不言。绝望。对牛弹琴。一朝有事。不言之国。愚蠢。大器晚成。自矜。自爱。剩者有福。他们的思念无着。死后的名声。就是很高级啊。毕竟是大名人啊。晴耕雨读。三顾茅庐。海鸥是哑鸟。与天斗。基德是有钱人吧？

这些都是懒散之人的借口。我其实非常羞愧。明明没有苦楚，什么都没有，为何不写呢。嘴上说自己身体有点儿不舒服，焦虑地垂下目光，假装很可怜。但实际上一天要抽五十多根香烟，喝起酒来转眼就下去一升，然后再吃上三碗茶泡饭，哪有这样的病人？

说白了，这就是怠惰。如果一直都像这样，我便是个永无前途的人了。如此断言让我十分痛苦，然而，我们不能够再纵容自己了。

什么痛苦、超凡、纯洁、诚恳，我不想再听那种话。快写。哪怕写写落语，写写一句话的短故事也好。之所以不写，无不是因为怠惰。这真是愚蠢的、愚蠢的盲信。人无法做超过自己的工作，也无法做低于自己的工作。不工作者，没有权利。人间失格，理所当然。

我如此想着，愁眉苦脸地坐在桌前，却什么也不做。支着下巴，只会发呆。我并没有思考什么很深远的事情。没有什么事比懒惰者的空想更愚蠢无趣。都说坏事传千里，懒惰者的空想也会一点一滴永不停息地奔流。到底在想什么？这个人正在想着旅行。乘火车旅行很无聊，还是飞机好。一定会很晃吧。飞机里能抽烟吗？穿着高尔夫长裤，吃着葡萄坐在飞机上，一定很体面吧。葡萄的籽儿应该吐出来，还是咽下去呢？好想知道吃葡萄的正确方法。如此这般，脑中所想都是如此可怕，永不停息。慌忙拉开书桌抽屉，在里面胡乱翻找，小心翼翼地拿出一根掏耳勺，夸张地皱着脸，开始掏耳朵。那根竹签掏耳勺的一头粘着蓬蓬的白色兔毛，将那团毛塞进耳朵里旋转，眯起了眼睛。掏完耳朵，无事可做，便又在书桌抽屉里胡乱翻找。找出一只防感冒的黑色口罩。把那东西迅速戴到脸上，猛地竖起眉毛，两眼圆睁，左右环顾。无事可做。摘掉口罩，放回抽屉，又把抽屉关上。继续支着下巴。玉米真是低俗的食物。那东西的正确吃法到底是什么呢？啃食一根玉米的模样，就像拼了命吹口琴。我脑海中突然冒出这些愚蠢的想法。据说，无论多么坚定的虚无主义者，最后纠结的东西都是食物，但是我这个人并不理解味觉。相比味觉，我这个人更关心的是方法。麻烦的食物，我瞥都不会瞥上一眼。秋刀鱼吃起来或许很美味，我这个人却不喜欢。因为鱼有刺，所以我不喜欢所有鱼肉。并非因为味道，而是嫌挑刺麻烦。就连非常昂贵的盐烧鲇鱼，我也绝不喜欢。只会应付式地用筷子戳上一戳，然后再也不去看它。我喜欢煎蛋卷，因为煎蛋卷没有刺。还喜欢豆腐，因为豆腐吃起来不用费任何功夫。我很喜欢喝的东西，牛奶、汤、葛粉糊糊。不分好吃难吃，只是因为摄取起来不费功夫。话说回来，我这个人好像也不知冷暖。夏天无论多么热，也绝不用扇子。因为嫌麻烦。别人说今天好热啊，给我递一把扇子，我才会发现，啊，是吗，原来今天很热啊，慌忙把扇子接过来，摆出凉爽的样子啪啪扇上几下。但是很快就厌倦了，停下手来，呆呆地把扇子放在膝头摆弄。我可能也不知寒冷。要是别人不帮我烧火盆，我就一整天抱着没有火的火盆，一动不动。要是别人不提醒，我在晚秋、初冬、严寒时节，都会毫不在意地穿着夏天的白衬衫。

我伸长胳膊，从书桌旁的书架上拿出一名日本作家的短篇集，抿起了嘴。我万分庄严地将它翻开，仿佛要开始细致入微的研究，一页又一页，缓慢地翻动起来。这位作家现在已经被称为巨匠。他的文章虽然奇怪，但胜在读起来轻松，我在分心的时候，总会把它拿出来读。想必我是喜欢的吧。我一本正经地读着，突然哈哈大笑起来。这个人的笑声很有特色，好像马在笑。我很受不了。书上写到疑似作家本人的主人公庄重地拿着包袱皮，从湖畔别墅走出来，进城去买晚饭所需的菜。那个形象如此兴高采烈，让我很不争气地笑了起来。这个一把年纪的大男人，竟遵照老婆的吩咐，拿着包袱皮，兴高采烈地到镇上去买葱，真是太可笑了。他肯定是个懒惰者。这样的生活可不行。什么都不做，整日在家里无所事事，连老婆都看不下去了，才叫他出去买晚饭用的东西。这种事经常有。听了吩咐，点点头说嗯，五钱大葱是吧，于是这个笨蛋就重新系好腰带，觉得自己派上了一点儿用场，高兴得不得了，就兴高采烈地拿着包袱皮，出门买菜去了。真是没出息，没出息。你不是个眉毛粗黑、胡楂青灰的大男人吗？我略显狼狈地合上了那本书，将它轻轻放回书架上，又变得无事可做了。我支着下巴，愣愣地发呆。如果把懒惰者比喻为陆上的动物，那应该最像上了年纪的病犬吧。毫无形象地摊开四条腿，抽动着淡红色的狗肚子，晒上一整天太阳。就算旁边有人走过，这狗也不会吠叫，只会眼睛微微睁开一条缝，迷迷糊糊地目送其离开，再次闭上眼睛。真是难堪，真是肮脏。如果比作海里的动物，那应该是海参了。海参真让人受不了，太讨厌了。还是海星吧。粘在海底岩石上，偶尔轻轻蠕动一根指头，除此之外，什么都不想。啊，受不了，受不了。我猛地站了起来。

无须惊讶，我只是去了趟茅房。真是没有满足各位的期待。我站在茅房里，略微想了想，随后慢悠悠地进了隔壁的房间。

“喂，有什么事要做吗？”

内人正在隔壁屋里做针线。

“啊，有的。”她头也不抬地回答，“请把这个熨斗烧热吧。”

“哦，好吧。”

接过熨斗，大男人又坐到书桌前，将熨斗塞进了旁边火盆的灰里。

如此做完之后，我便好似完成了重大任务，彻底平静下来，开始吸香烟。这个样子跟那拿着包袱皮去买葱的人没什么两样。甚至更糟。

我终于再也无法忍受，心里充满了憎恨，真想把自己杀死。嗨！在这种自暴自弃的心境下写出的文字，竟是——

懒惰的歌留多[1]。

我准备一字、一句，边想，边写。

“い”：不念生息，不急感怀。

维纳斯从海中泡沫而生，在西风的引导下，乘着波浪，来到了赛普拉斯岛的海岸。她的四肢纤长优雅，体态丰腴饱满。乳白色皮肤上点缀着淡淡的蔷薇色，落在耳垂、脸颊和掌心里。小巧的面庞清澄洁净，全身散发着好似柠檬清香的香气。众神被维纳斯的美所吸引，纷

① 即日本的歌牌/花牌游戏，常在正月时玩耍。

纷夸赞此人便是爱与美的女神，心中还暗自生出了丑陋的欲望。

维纳斯乘着天鹅拉动的两轮车，在森林和果园里穿行玩耍，几十个心怀欲念的神则在两轮车掀起的阵阵灰尘里擦拭着汗水，不断追逐。维纳斯玩累了，在森林深处的清凉泉水里悄悄清洗四肢的汗水，那头的树丛和这头的草丛里，却冒出了众神充满淫欲的目光。

维纳斯陷入了思考。与其每日被这样追赶、烦不胜烦，干脆将这具身体委于什么人吧。干脆将这具身体，交给心中认定的那个男人吧。

维纳斯做出了决定，要嫁给一月一日清晨前往众神之父朱庇特的宫殿途中遇到的第三个男人，与他度过一生。啊，朱庇特啊，请您赐予我一个好丈夫吧。

元旦，维纳斯披着洁白的衣服，飞快地跑出了家。她在森林的小路上遇到了第一个男人。那是个浑身毛发浓密，让人看了都感到胸闷的神。她在森林出口的白桦树下遇到了第二个男人，维纳斯的双脚突然停了下来。那是一个英俊的男人，在晨雾中抱着双臂，并不去看维纳斯的脸，兀自缓缓走着。“啊，就是这个人！第三个人就是这个人。第二个人——第二个人是这棵白桦树。”维纳斯叫喊着，扑进了男人广阔的胸膛。

把自身交给上天注定的命运，却在重要的时刻闪身躲开，创造出更高的命运。这就是宿命和一点儿人为的选择所成就的技巧。维纳斯的婚姻极为幸福。那位俊美的男子正是朱庇特的儿子，雷电的征服者伏尔甘。两个人还有了丘比特这个可爱的孩子。

诸位在这个二十世纪都会的街头，迎着暮霭，躲避人眼，悄悄进行这样的卜问时，大可不必严格挑选第三个人。根据不同情况，也可以将电线杆、邮筒和行道树各当成一个人。虽然不能保证一定孕育出丘比特，但至少能够确保得到伏尔甘。请相信我。

“ろ”：牢房暗无天日。

不仅暗无天日，而且冬天冷、夏天热、臭气熏天、蚊虫纷飞，叫人难以忍受。

牢房必须敬而远之。

然而，我有时会想，没必要拘泥于修身、齐家、治国、平天下这个顺序。有时候就算身不修，家不齐，也不得不考虑治国平天下。如果把顺序反过来，反倒更爽快了。平天下、治国、齐家、修身。这种感觉好极了。

我很喜欢河上肇博士的为人。

“は”：母亲啊，为孩子震怒吧。

“不，我无法相信。是你不好。这孩子是个重感情的孩子。这孩子总是会庇护弱小的人。这孩子是我的孩子。哦，乖乖的，不要哭。妈妈来了，决不会让他碰你一根指头！”

“に”：越遭憎恨，越能变强。

偶尔写一些正经的小说吧。你这段时间好不容易得到了世间的好评，现在又开始写这种不正经的伊吕波歌留多[①]，真是太让人为难了。世间之人可能又要怀疑，你这人是不是病还没治好。

我的好友们或许会这样担心我，不过，你们已经不必担心了。我还没有老。最近我发现了这一点。没什么，一切都要从现在开始。我还很稚嫩，连文章都要苦思冥想才能写出来。我脑子里还装满了自己。三十一岁其实就只是三十一岁而已。我终于发现了。这虽然理所当然，可我认为这个发现难能可贵。《战争与和平》《卡拉马佐夫兄弟》，这些我都尚未写出来。这点我可以明确肯定，绝对写不出来。

---

① 即按照“伊吕波歌”的假名顺序，以相应假名为首字写成一句话的歌留多。

就算情绪到位了，我也没有保持下去的力量。可是，我并没有过于悲伤。我打算试着长命百岁。我打算试试看。最近我才终于有了这样的觉悟。我喜欢文学，非常喜欢文学。这点绝不能开玩笑。如果不喜欢，肯定坚持不下去。信仰——我渐渐开始理解这个词了。一个大男人得意扬扬地创作伊吕波歌留多的样子，就像勇猛的弁庆在拍花球、庄严的仁王在叠千纸鹤、圣徒摩斯在打弹子一样极为罕见吧。这我知道。可是我觉得，这样也好。所谓艺术，就是这样的东西。我很认真。能看见的人，就来看吧。

当然，我也不会只满足于写这样的东西。这种麻烦的形式，连我自己都感觉劳累，很不喜欢。现成的小说创作方法，我应该都熟练掌握了，并且能在小说中应用自如。我也是个商人，这点自然把握得很清楚。今后我也会创作一些所谓老实的小说。现在写着这样的东西，总让我感到很没出息，脸上发热。不过这也是为了让我的好友们放心，无论如何都要写下来的想法。与其追逐纯粹而使自己窒息，我情愿陷入浑浊，茁壮成长。我现在是这样的想法。没什么，只需一言便可尽述。我就是不想输。

这个作品究竟健康与否，读者应该会替我判断。不过，这个作品绝不怠惰。不仅不怠惰，我还拼尽了全力。现在发表这样的小说，对于我来说或许没什么利益。不过我认为，三十一岁就该像三十一岁的样子，去做各种冒险。《战争与和平》，我尚无法写出来。今后，我可能还会经历许多迷茫和痛苦，波浪滔天。这点我并没有忽视。我自认为非常用心，甚至达到了小心的程度。这个作品的形式和情感，说到底必然没有跨出三十一岁的范畴半步。然而，我必须对此有信心。三十一岁只能像三十一岁那样写作。我认为这是最好的。写着写着，我莫名感到悲伤。或许，我不该写这样的东西。可是我感到心中雀跃，一定要写出来。最近我一直在小心翼翼，带着如履薄冰的心情生活。因为，我受到了很大的打击。

不过，已经没事了。我会试试看。虽然还有点儿柔弱，不过将来应该会渐渐强壮起来。首先，我要坚信，只要过上不说谎话的生活，自己就绝不会倒下。

对了，我来说件奇怪的事吧。

我觉得自己不幸福。别人都说，我已经算是幸福的人了。而我意志软弱，只能点着头说，是呀，是呀。如此挣扎，到底是哪里不满意呢，那都是自找苦吃啊，是对人生、对生活浅尝辄止的人，因为运气太好而心怀惶恐。确实有那种性子的女人啊，那叫作劳碌命，尽在意这些背后的议论。

甚至有人故意说些红颜薄命、怀璧其罪的话，令我甚为脸红，趁机骗我酩酊大醉，一身狼狈。

但是一个晚上，有人用平静的声音对我说，你真是个不幸的男人啊。那人就是佐藤春夫。我感到前路突然打开，连忙问，你真的这样想吗？我感觉，自己脸上带着淡淡的微笑。他很快便点点头说，嗯，我觉得你很不幸。

还有一个人，就是我在文艺春秋社昏暗的会客室见到的M・S先生。他一字一顿地对我说，如果你碰不到格外喜欢你，甚至愿意与你殉情的编辑，那你就是个不幸的作家。M・S先生瘦削的身躯里充满了决意，如此对我断言，让我感到无比敬佩。

多数时候，我都只能换来一些苦笑。对于许多人来说，我是个有点儿烦人、傲慢自大的存在。可是，我害怕着所有人，同时一心想让大家多快乐一些，多自信一些，多大笑几声。我不惜假装盗贼，甚至去模仿乞丐。我曾经相信，那些心中一角寄宿着真正的盗贼和乞丐，日夜辗转懊恼的弱小贫穷人家的孩子，都能在我的一举一动背后发现自己罪孽的兄长，暗自感到心安，对生存持有一些自负。那种想法真是愚蠢。我马上就被踢落了悬崖。审判之秋。我变成了憎恨的对象。对于某条重要的界限，我明显怠慢了。这是怠惰。界限一旦突破，就是决堤之势。我被指责生来就是大恶人。弱小贫困之人的怨嗟和嘲骂，就像火焰一般燎向曾经的兄长的耳朵。烫烫烫烫，我发出可笑的悲鸣，左冲右突，来到炉边，正好遇上橡果爆炸，想喝口水，却被水瓶里的螃蟹钳住，大吃一惊跌倒在地，正好坐在熊蜂的巢上，实在受不了跑到庭院里，屋顶上却滚下来一个个石臼，受尽了猿蟹大战中对猴子的惩罚，走投无路、气喘吁吁，最终闯进了魔窟一室。

那一夜我永远难忘。我一度想死。因为没办法了。我喝得烂醉，连斗篷也没脱就倒在地上。

“呀，那过去的名妓啊，”女人在旁边笑着说，“无论客人是什么人，都会毫不顾忌地倚靠上去。像水一样，像帘子一样，软软地倚靠上去。然后像蒙娜丽莎那样，微微勾着唇，一言不发，客人就要疯狂了，要为她卖田卖地了。你知道吗，这里可是最重要的地方。自古被誉为名妓的人啊，全都这样。她们绝不会随随便便讨什么戒指。无论什么时候都只会一言不发，做出不满足的样子。就算卖艺也不会卖身，把关把得紧。要是一旦觉得女人就应该把身体交出去，那客人立马就不来了，再怎么样也成不了名妓了。”这话真是太过分了，应该称其为撒旦的美学，名妓论的一端吗？我胡乱骂了一通，便沉沉地睡了过去。

猛地睁开眼，屋子里漆黑得很。我转过头，发现枕头边上摆着一个纯白的信封。不知为何，我心里一颤。那是一个纯白得散发着光芒的信封，摆得方方正正。我伸手要把它拿起来，却只摸到了榻榻米。我猛然醒悟。那是月光啊。那个魔窟似的房间窗帘缝隙里，偷偷钻进了月光，在我枕边落下了四角形的月影。我愣住了。月亮给我寄来了信，这真是难以言喻的恐怖。

我实在受不了，便跳了起来，拉开窗帘，推开窗户，凝视着月亮。月亮一副毫不知情的样子。我想说点儿什么，却倒吸了一口气。月亮还是一副若无其事的模样，冷酷、严肃，根本没把人放在眼里。

差得太远了。我丑陋地呆站在那里，苦笑不是，含羞也不是，没有那种柔情和感怀。我低吟一声，真想就这样变成一只小小的蟋蟀。

我太天真了。我知道了在大自然中作为一个渺小的存在，是多么孤独和严峻。宛如被落雷烧毁了房子旁的甜瓜花。我决定将这朵含苞的甜瓜花珍重地培养起来，让它变得强壮。

“ほ”：萤之光，窗前雪。

窗明几净，我展开书本端坐在前，俨然一副秀才意气。啊，窗外传来了号外的铃声。尽管如此，我们还是不得不学习。听啊，就算是金鱼，若只喂不管，也只是月余的生命啊。

“へ”：战士送行，心有戚戚焉。

为赶赴战地的战士送行时，是否能不哭呢？无论怎么忍耐，我还是会流泪，请原谅我吧。

“と”：这个世间，全为地狱。

一天夜里，我突然念叨起不忍池这个名称，发现它真是可笑。这个名称肯定有着这样的由来，不会有错。

具体年代不详，在江户一个旗本家中，有个名叫冠若太郎的十七岁少年。那是一个宛如樱花瓣那样美丽的少年。他有个青梅竹马的朋友，名叫由良小次郎，是一名十八岁的少年武士，他是一个宛如上弦月一般的美丽少年。冬天阴霾的日子，两个人因为如何握住爱马缰绳的事情意见相左，一番争论之后，其中一名少年歪着嘴露出浅笑，令对方少年震怒了。

“我要砍了你。”

“好，我不会放过你。”两人约好了决斗的时间。

到了决斗那天，由良正要出门，发现外面下着冷雨，便走回屋里，打伞出了门。他们约定的地点是上野山。途中，他看见了没有打伞、正在镇中人家屋檐下躲雨的冠。冠宛如淡红色的山茶花那般瑟瑟发抖，缩着肩膀，显得十分为难。

“喂。”由良喊了他一声。

冠猛地发现了由良，咧嘴一笑。由良也微微红了脸。

“走吧。”

“嗯。”两个人在冷雨之中，并肩走了起来。

他们打着同一把伞，来到了约定的地点。

“准备好了？”

“准备好了。”

他们拔刀相向，同时嗤笑起来。对决之后，冠输了。由良结束了冠的生命。

他在上野的池水中洗净了刀上的鲜血。

“遗恨便是遗恨，武士的意志决不屈饶。”

从那天起，人们便管那里叫不忍池。真是毫无人情味的世界。

“ち”：畜生的悲哀。

过去的筑城大家在设计城池时，最为关注的就是城池一举化作废墟时的样子。他们会特意把城池设计成化作废墟之后也是最为美丽的形态。过去的著名烟花匠人，最煞费苦心的就是烟花升上空中，轰然炸裂的声音。烟花是用耳朵听的。陶器以放在掌中的重量最为要紧。自古以来，被誉为名匠的人，全都在这个重量上耗费了无数功夫。

我一本正经地对家中人说这些话，家中人都感慨万端地听着。其实这些都是假话，没有一本书上写着如此愚蠢的东西。

我又说。

若想念，便来见，和泉之地，信太之森，葛叶之处。众所周知，这是母狐狸作的和歌。在葛叶这个地方，满载着畜生的凄惨恋情，空虚而悲痛。在最深处，似乎潜藏着极为骇人不属于这个世界的恐怖。过去，江户深川旗本家的妻子年纪轻轻就死去，留下了一个女儿。一天夜里，她出现在丈夫枕边，咏了一首和歌。暗夜里，匄山路，沿途而行，嘤嘤涕泣，声销形迷。匄山路恐怕是冥土的山路吧。嘤嘤涕泣的，应该是女儿吧。声销形迷，正像年轻女人的幽魂那般，令人怜悯不已啊。

还有一首号称妖怪作的和歌，真实情况不详，和歌意义也不甚明晰，反倒更让人感觉到不属于这个世界的凄惨。那首和歌是这样的：怜吾妹，长凝视，竟成青鹭，无言以对，相见成恨。

坦白说，这些都是我编造的。编造的动机，其实是作者的爱情。我心中坚信如此。这并非撒旦主义。

“り”：龙宫在海底。

拖着老朽的肉体，追逐永无止境的梦幻，迷走在荒凉的海岸上，白发的浦岛太郎依旧在这世间彷徨。将金龟子放在香烟盒子里，听虫子挣扎的唰唰足音，眯起眼睛。这就是我的八音盒。这真是太悲惨了。以前有德意志废帝，还有埃塞俄比亚皇帝。昨天晚报上说，西班牙总统阿萨尼亚终于是辞职了。不过，这些人或许都意外悠闲自适。就算卖掉了樱树园，那漫山遍野还是有许多赏樱名所，何不把它们都当成自己的东西来欣赏呢？这或许就是豪杰们的爽快之处。可是我时常会想，宋美龄究竟会怎么做呢。

“ぬ”：沼泽的狐火。

北国的夏夜，只穿一件浴衣会感到有些凉。当时我十八岁，还是高等学校的一年级学生。暑假，我回到故乡，听说村子边上的稻荷沼每天夜里都会亮起五六朵狐火。

一个没有月亮的夜晚，我把提灯安在自行车上，出门去看狐火了。我悠悠骑着自行车，躲着路旁夏草的露水，走在只有一尺或五寸宽的野路上。周围吱吱啾啾的声音很是嘈杂，萤火虫洒在大地上闪闪发光。我穿过稻荷神社的鸟居，穿过一排漆树，漫不经心地转着自行车铃。

来到沼泽旁边，自行车的前轮已经沾满露水。我跳下车来，轻喘一口气，看到了狐火。

沼泽对岸有一点、两点、三点圆形的红色火光，飘飘扬扬地聚在一起。我推着自行车沿沼泽边缘走了过去。那是个周长二里多的小沼泽。

靠近一看，我发现五个老头坐在草席上喝酒，狐火原来是挂在岸边柳枝上的三个灯笼。就是那种开运动会时装饰的圆灯笼。老头们都记得我，纷纷笑着拍手欢迎我。我认识其中两个老头，一个原来是开米店的，后来破产了。一个娶了不干净的女人当小妾，现在痴呆了，全都是村里的笑柄。顺着沼泽水面吹来的风又腥又臭。

这五个人每晚都会聚在这里喝酒开诗会，方才看到我自行车的灯火，都以为那是狐火，吓得够呛，现在又竞相大笑起来。我被劝着喝下了两三杯冰凉的浊酒，还看了几首他们作的诗，全都很糟糕。甚至还有芒草底下的骷髅这种诗句。后来我便骑着自行车回家了。

“赏月座中，竟无一人颜色好。”芭蕉这话说得可真过分。

“る”：流转轮回。

我本想在这里写一个帝大教授的事情，但那实在太难了。那位教授于两三天前遭到了起诉。罪名是“左”倾思想。可是五六年前，在我们还是学生的时候，那位教授应该是以学生“左”倾思想的善导者之名被聘请进去的。当时那位教授的善导言论，也成了他今日被起诉的理由之一。这点着实可笑。

如果还有四五天的时间，我也会细细思索，花些功夫，将这件事写成一个故事，让读者们阅读。可是今天已经是三月二日了。这本杂志是在三月十日前后发售，所以今天已经是十分紧迫的截稿日。今天无论发生什么事，我都要把这份原稿送到印刷厂去，并且已经跟他们约好了。我之所以会有如此苦涩的体验，也都是因为日常的怠惰。这样下去确实不行。就算觉悟再怎么高，如果还像以前那样懒惰，就成不了正经的小说家。

“を”：姥舍山巅的松风。

以此为戒。如果再次重复这样的丑态，那就真的要上姥舍山了。懒惰的歌留多。正如文面，这篇文章终究成了懒惰的歌留多。难道我不是一开始就有这个打算吗？不，我不会再说谎了。

“わ”：我向山抬眼。

“か”：下民易欺，上天难骗。

“よ”：夜晚过后，就是天明。

秋风记

伫立，

静思，

所有的故事都向我涌来。

——生田长江

嗯……我写什么样的小说好呢？我身居故事的洪水之中。如若当官吏就好了。我甚至连自己睡着时的神情都能描绘出来。

如果我死了，有人甚至会很悲伤，会把我的死脸化妆得很好看。K会帮我做这些事吧。

K是一位女性，比我大两岁，今年二十三岁。

说说K吧？

K和我并没有特别的血缘关系，但从小就和我家有来往，如同一家人。而且现在和我一样，觉得“没有来到这个世界就好了”。出生后不到十年，我看见了这世上最美丽的事物，无论何时死去也不会后悔。但是，K活着，为了孩子活着。然后，为了我而活着。

“K，你恨我吧。”

“呃。”K严肃地点点头，“我甚至觉得你还不如去死的好。”

很多亲人都死了。最大的姐姐二十六岁死了。父亲五十三岁谢世。最小的弟弟十六岁夭折。排行第三的哥哥二十七岁早逝。到今年，紧接着三哥的姐姐三十四岁作古。外甥二十五岁，堂弟二十一岁，两人都和我最亲近，却还是在今年先后弃世。

如果有无论如何都该去死的理由，那就开诚布公地说出来。我也许会束手无策，那就两个人说说话吧。哪怕一天说上一句也好。即使花上一个月也行，花上两个月也可以。陪我一起玩！不过在没有再活下去希望的时候，不，即使到那个时候，你也不能一个人独自死去。那个时候，我们大家一起去死。剩下的人会很可怜的，你知道心若死灰者爱之深切。

于是，K还活着。

今年暮秋，我将格子花纹的鸭舌帽压低到眼睛处，拜访了K。我吹了三声口哨，K悄悄打开屋后的栅栏门出来。

“你要多少？”

“我不是要钱。”

K窥探着我的脸：“想去死了？”

“嗯。”

K轻轻地咬着下唇：“每年一到现在这个时候故技重演啊。寒冷，你能熬过去吗？没穿和服外褂？哎，哎，还赤着脚！”

“听说这样才帅气。”

“谁教你的？”

我叹了口气：“没人教我。”

K也轻轻地叹了口气：“你竟然没有一个好朋友啊。”

我微微地笑着：“就想和K两人去旅游。”

K认真地点了点头。

大家都看明白了，大家全都看明白了。K带着我出去旅游。不能让这孩子死了！

那天深夜，我们两人坐上了火车。火车启动，K和我不知为何都终于松了口气。

“小说呢？”

“没写。”

火车在漆黑一片的黑夜里行驶，嘎嗒嘎嗒，嘎嗒嘎嗒，嘎嗒嘎嗒。

“抽烟吗？”K从手提小包里陆续取出外国香烟。

我曾写过这样的小说。想要去死的主人公临终时抽了一支散发着香气的外国烟，他死心了，去死是为了那种不足挂齿的快感。我写过那样的小说，K知道这事。

我脸色泛红，尽管如此，我先装作拒绝的样子毫无偏袒地将三种外国烟各取了一支，依次抽着。

在横滨，K要买三明治。

“你不吃？”K故意饥不择食狼吞虎咽地只顾自己吃着。

我也平静下来，大口吃了一块，是咸的。

“我总觉得哪怕只说一句话，就说一句，都像是在折磨大家，好像令大家白白地感到痛苦。干脆还不如一声不吭地微笑着更好吧。但我是作家，是不说点什么就活不下去的作家，所以活得很累。我就连一朵花都不能如愿以偿地去爱。光是爱隐隐约约的花香，我就怎么也无法忍受。如疾风般采折，放在手心里，撕下花瓣，然后揉碎，忍受不了便哭泣，塞进嘴里不停地嚼着，吐出来，再用木屐拼命地踩，然后自己对自己不知所措。想要杀死自己。我也许不是人，当时我真是这么想的呀！我不会是那个……撒旦，杀生石[①]，毒蘑菇？别叫我吉田御殿[①]，怎么说我也算是个男人！”

“怎么了？”K露出严厉的表情。

“K在恨我，恨我八面玲珑。哦，我明白了。K相信我的顽强，

---

① 日本枥木县那须山麓的石头，因其周围喷出火山有毒气体而使接近的生物死亡，故名。一些寺庙把它搬去当作神物安放。

① 日本传说，描述千姬勾引美男子至御殿，玩弄后毒杀的故事。

对我的才能评价过高。而且我的努力，不为人知的鲁莽的努力，你不知道。我剥野蒜皮，剥啊剥，剥到芯，什么也没有。一定有，会有什么，我相信这一点，再剥另一株野蒜的皮，剥啊剥，什么也没有。这猴子的悲伤，你理解吗？说全身心地爱着漫不经心的众人，就是说谁也不爱。”

K拉了拉我的衣袖。我的说话声格外高昂。

我笑着说道：“这里，也有我的宿命。”

汤河原。下车。

“什么也没有，这是骗我的吧。”K一边换上宿驿的和服棉袍，一边这么说道，“这棉袍的图案，这蓝色的花纹，不是都很漂亮吗？”

“哦，”我很累，“你是说刚才的野蒜？”

“哎，”K换好棉袍，紧挨着我悄悄坐下，“你不相信现在。你能相信现在这一瞬间？”K像少女似的天真地笑着，窥探着我的脸。

“瞬间既不是什么人的罪孽，也不是什么人的责任，这我明白。”我像个老爷似的端正地坐在棉坐垫上，将双手抱在胸前，“不过，这在我的眼里不会是生命的喜悦。只有死亡瞬间的纯粹才是可信赖的。可是，这世间喜悦的瞬间……”

“你害怕以后的责任？”K有些欢悦。

“无论如何也无法善后。因为火花即使瞬间闪烁，肉体也不会死去，永远会留下一副丑态。在看见漂亮极光的一刹那，如果肉体也同时燃烧，燃烧得毫无踪迹，那就能获救，但也并非如此。”

“你是没骨气吧。”

“嗬，我不和你说了，随便你怎么说。瞬间这个问题，你去问瞬间主义者。你要手把手教我，大家都在炫耀自己的烹调方法，是对人生的调味。是活在回忆里，还是委身于眼下这个瞬间，或是……活在将来不确定的希望里？也许人类的愚蠢和机敏的差别就是意想不到地从那里产生的。”

“你算是愚蠢的？”

“别说了，K。我既不愚蠢也不机敏。我们都更坏。”

“你说说看！”

“资本家。”

那还是落魄的资本家，只是活在罪恶的回忆里。两人都感到兴味索然，便急急忙忙站起身，拿着洗澡用的棉布片，去楼下的大澡堂。

过去和将来都不打算谈论了。只是，我和K都在沉默中坚守着一个誓约，就是享受这个片刻，充满情义的片刻，才出来旅行的。不准谈论家里的事，不准谈论自己的痛苦，不准谈论明日的恐惧，不准谈论别人的烦恼，不准谈论昨日的耻辱。只是，在这个片刻，至少只在这个片刻，需要宁静！两人一边暗暗地祈愿着，一边默默地冲洗着身体。

“K，我肚子的这个地方，有道伤疤吧？这是切除盲肠的刀疤啊！”

K像母亲似的和蔼地笑了。

“K的脚很长，不过我的脚，你看，也很长吧？现成的裤子穿不上。我是个凡事都很尴尬的人啊！”

K凝望着昏暗的窗户：“呃，善人作恶这句话，你没听说过吗？”

“善人作恶。”我也神魂颠倒地呆呆喃语道。

“下雨了？”K突然竖起耳朵聆听着。

“是溪流，在我们下面流淌着。到早晨来看，一眼望去，这澡堂的窗外满是红叶。高高的山岭就耸立在眼前，令人惊叹。”

“你常来？”

“没有，来过一次。”

“来死？”

“是的。”

“那时来游玩过？”

“没有游玩。”

“今夜呢？”K若无其事地问。

我笑了：“怎么回事，那是K的善人作恶吧？怎么回事，我又……”

“怎么了？”

我拿定了主意：“我在想，你会不会和我一起去死。”

“呵呵，”这次K笑了，“还有恶人行善这句话呢！”

在澡堂长长的楼梯上，我们一节一节、慢慢地慢慢地往上走，每走一步，就念念有词：善人作恶，恶人行善，善人作恶，恶人行善，善人作恶，恶人行善……

我们召来了一个艺伎。

“我们两人在一起，好像会殉情自杀，很危险，所以今天夜里轮流不睡觉啊。如果死神来，就把它赶走。”K认真地这么说道。

“知道了。关键时也有三个人殉情自杀的。”我答道。

我们开始做游戏。在纸捻上点燃火，趁这火还没有灭的时候说一个被指定的事物名字后交给伙伴。必须是不起丝毫作用的事物。开始。

“一双有一只已经破碎的木屐。”

“不能行走的马。”

“断弦的三味线。”

“没有镜头的照相机。”

“点不亮的灯泡。”

“飞不起来的飞机。”

“还有……”

“赶快！赶快！”

“真实。”

“呃？”

“真实。”

“要赖啊！那么，忍耐。”

“很难啊。我，辛苦。”

“上进心。”

“颓废。”

“前天的天气。”

“我。”是K。

“仆人。”

“那我也……我。”火灭了，是艺伎输。

“可是，这太难了。”艺伎喜形于色。

“K，你是开玩笑吧。真实和上进心，K自己都开玩笑说没有用处吧。就算是我这样的人，只要活着，就挣扎着无论如何都想要活得像个人样。K是个笨蛋。”

“你滚回去！”K也变得严厉，“你就这样想把你的认真、把你真实的痛苦向大家炫耀吗？”

艺伎的美丽不太优雅了。

“滚回去，回东京。给我钱，我滚回去。”我站起身，脱去棉袍。

K仰起头望着我哭泣着，留着一丝笑脸哭泣着。

我不想回去。没有人来阻止我。呃，死吧，去死吧。我换上衣服，穿上袜子。

我走出宿驿，奔跑起来。

在桥上，我停下脚步，望着桥下白花花地流淌着的溪流。我觉得自己很笨，很笨！很笨！

“对不起。”K悄悄地站在我的身后。

“同情别人，关心别人，也应该适可而止。”我泪流满面。

回到宿驿，铺好两个被窝。我服了安眠药，很快装作熟睡的模样。过了一会儿，K悄悄地起床，服了同样的药。

翌日，我们在被窝里迷迷糊糊地睡到午后。K先起床，打开走廊的木板套窗。外面下着雨。

我也起床，没有和K搭话，独自下楼去澡堂。

昨天晚上的事已经过去了，昨天晚上的事已经过去了。——我勉强地叮嘱着自己，在宽敞的浴池里轻松地游动着。

从浴池里爬上来，打开窗户，俯瞰弯弯曲曲流动着的白色溪流。

冰凉的手搭在我的后背，是赤身裸体的K站在我的身后。

“鹡鸰。”K指着站在溪流边岩石上跳跃着的小鸟，“有个荒唐诗人，说什么鹡鸰很像手杖，呃，那个鹡鸰更严肃、更勇猛，本来就没有把人当回事。”

我也正这么想着。

K把身体滑进了浴池里：“红叶，是很漂亮的花吧。”

“昨晚……”我欲言又止。

“困了？”K无心地问道，她的眼睛像湖水一样清澈。

我扑通跳进浴池里：“只要K活着，我就不死。呃。”

“你说，资本家是恶人？”

“我想是坏人。寂寞，苦恼，感激，全都感兴趣。自以为是，只是为自尊活着。”

“介意的只是别人的流言。”K猛地从浴池里出来，利索地擦拭着身体，“以为那里有自己的肉身啊。”

“富人进天国[1]……”我刚要这样开玩笑，便被“啪”地打了一

① 全句是：富人进天国，比骆驼穿针眼更难。

下，“普通的幸福，看样子很难啊！”

K在会客室里喝着红茶。

也许是下雨的缘故，会客室里很热闹。

“这次旅行，平安地结束，”我和K并肩坐在窗边能眺望山岭的椅子上，“我要送K什么礼物呢？”

“十字架。”K这么呢喃着。她颈脖纤细，显得很柔弱。

“呃，来杯牛奶。”我这么叮嘱女用人道。“K，你还在生气吧。昨晚还发火说什么‘滚回去’。那是演戏呀！我……也许是舞台中毒。如果每天不先这样作死就不会满意，就活不下去。就是现在，即使这样坐在这里，也想要作死啊。”

“爱情呢？”

“我也有因为惦记着自己袜子上的破洞而失恋的晚上。”

“呃，我的脸，怎么样？”K把脸朝我凑过来。

“怎么样？”我蹙起了眉。

“漂亮吗？”感觉就像在说旁人，“显得年轻？”

我真想打过去：“K，你有那么孤单吗？K，你要记住。K是贤妻良母，我是不良少年，是人渣。”

“只有你……”刚说到这里，女用人端来了牛奶，“哦，谢谢！”

“感觉痛苦，这是人的自由。”我啜着热牛奶，“感觉快活，也是人的自由。”

“可是，我没有自由，两者都没有。”

我深深地叹了口气：“K，你身后有五六个男人吧，哪个好？”

有四个在打麻将，像是在上班的年轻人。有两个中年男子喝着掺苏打水的威士忌看着报。

“中间的。”K眺望着群山环绕的云雾，轻声说道。

回头一看，有个青年不知何时站在会客室的中央，双手揣在怀里，注视着门口右角的菊花插花。

“菊花是很难插的。”K在插花的什么流派里地位很高。

“哦，不新鲜，不稀奇。他的侧脸不是和晶助兄长得一模一样吗？哈姆雷特。”他的哥哥擅长雕刻，二十七岁时死了。

“可是，我对他别的事知道得没那么多。”K显得有些害臊。

号外。

女用人给大家每人分发了一份。——事变以来第八十九天。完全包围上海。国军混乱，全线溃败。

K瞥了一眼号外：“你呢？”

“丙种[①]。”

“我是甲种吧。”K用令人吓一跳的大声笑了起来，“我不是看着山呀！你看，看着眼前这雨滴的形状。全都各有个性的呀！有的摆架子装模作样地扑通掉下来，有的还是小水滴的模样就急匆匆地滑落下来，有的装腔作势发出很响的声音掉下来，有的有气无力地随风飘落下来……”

我和K都累得精疲力竭。那天从汤河原出发到达热海时，热海的街景笼罩在暮霭之中，家家的灯火都忽地点亮了，让人觉得心中烦躁。

找到客栈，想在晚饭前散散步，借了两把客栈的油纸伞去海边看海。下雨天的大海懒散地翻腾着，飞溅起冷冰冰的浪花。这是一种简慢的、草率的感觉。

转过身望着街景，只是稀稀落落地亮着灯。

---

① “二战”前日本征兵体检中的三级合格。甲种为一级合格，乙种为二级合格。

“我还是孩子时，”K停下脚步说道，“用针在明信片上扑哧扑哧地扎洞，透过灯光一看，那明信片上的洋房和森林、军舰上，点着漂亮的灯饰。……这事你没有想起来？”

“这样的情景，”我故意装作很迟钝的样子说道，“我用幻灯看过。大家都看得迷迷糊糊的。”

我们在海滨大道上慢慢地走着。

“很冷吧。先洗个澡再出来就好了。”我说道。

“我们已经没什么东西想要了吧。”

“呃，从父亲那里全都拿到了。”

“你想死的心情……”K蹲下擦拭着脚踝上的泥，“我理解。”

“我们，”我任性得像个十二三岁的少年，“怎么也无法独立生活吧，可以开家鱼餐馆。”

“谁都不会让我们做的呀！因为大家都很爱惜我们，真是麻烦透顶啊。”

“真是那样啊！K。连我都想干一件很出格的事，但大家都笑……”看见一个钓鱼人的身影，“干脆钓一辈子鱼，生活过得像傻瓜似的吧？”

“不行啊。你太懂得鱼的心思。”

两人都笑了。

“一般都会懂吧？我是说我是撒旦。我是说，被我爱过的人，全都糟蹋了。”

“我不这样认为，没有任何人在恨你，你不过是有装坏人的情趣。”

“装嫩？”

“呃，就像这御宫的石碑。”路边竖着金色夜叉的石碑。

“我最好说得简单些吗？K，我说的是实话啊。行吗？把我……”

“别说了！我很理解啊。”

“真的？”

“我什么都知道，就连自己是情妇的孩子这事也知道。”

“K，我们……”

“呃，危险！”K护着我的身体。

K的发出哗啦啦声响的油纸伞被公共汽车的轮子带走，接着K的身体像在游泳潜水似的嗖的一下呈一条直线被拽入车轮底下。车轮花朵一样滴溜溜旋转着的汽车。

“停下！快停下！”我感觉像是被圆木棒击中脑袋似的勃然大怒，用尽全力去踢终于停下的汽车的侧面。K在汽车底下像被雨击打的桔梗花似的美丽地趴着。这个女人，是个不幸的人。

“谁也别碰！”我抱起昏迷的K，放声大哭。

我背着K径直去了附近的医院。K轻声地痛哭着叫“痛”。

K在医院里待了两天，和闻讯赶来的家人一起坐汽车回去。我独自坐火车回来。

K的伤好像没什么大碍，一天天地好转起来。

三天前，我有事去新桥，回来时顺便在银座走走，忽然在一家商店的橱窗里看见有银的十字架，我便走进那家商店，买的却是商店货架上的青铜戒指而不是十字架。那天夜里我的兜里有不多的、刚刚从杂志社收到的钱。那个青铜戒指上用黄色的石头嵌着一朵水仙花。我把它送给了K。

作为回礼，K送给我她的长女的照片，她的女儿今年将要三岁。今天早晨，我看到了那张照片。

1940年

皮肤与心

我发现，左乳下方冒出一颗小红豆似的脓包，再仔细一看，那脓包旁边分布着更小的红疮，像雾气一般散落在皮肤上。不过，当时我并不觉得痒。我很不高兴，便在洗澡时拿起毛巾使劲揉搓乳房下方的皮肤，都快搓掉皮了。这么做好像不太好，等我回到家坐在镜台前，翻开衣襟对镜一看，简直太可怕了。从澡堂走到我家用不了五分钟，在这么短的时间里，我乳房下方到腹部，足有两个手掌那么大的一片皮肤都变得通红，好像熟透的草莓。我仿佛看到了地狱画卷，感到眼前一黑。从那时起，我就不再是以前的我了，不再觉得自己是人了。所谓天旋地转，恐怕就是这种感觉吧。我呆呆地坐了好久，暗灰色的积雨云把我团团围住，让我远离了世间，连外界的动静都变得十分轻微。从那时起，恼人的、仿佛置身大地之底的一分一秒，就开始了。我凝视着镜中的裸体，过了一会儿，就像下起雨似的，扑哧，扑哧，身体各处都冒出了红点儿，颈子、腹部，甚至背上都有，于是我又拿起一面镜子映出背后的光景，只见雪白的脊背上猛地冒出了一片红霜，我不禁捂住了脸。

“我身上长了这样的东西。”六月初，我给那个人看了。那人穿着短袖衬衫，套着短裤，似乎已经做完了今天的工作，只是坐在书桌前呆滞地吸着烟。听了我的话，他站起来走向我，皱着眉仔细看了看，还用手指戳了戳。

“痒不痒？”他问。我回答说：“不痒。真的，一点儿感觉都没有。”那人歪头想了想，随后让我站在外廊正对傍晚阳光的地方，绕着赤裸的我转起了圈子，又仔细检查了一会儿。那人一直都对我的身体有着堪称过度的关注。他很不爱说话，不过心里总是很珍惜我。我心里明白，所以哪怕被拉到外廊照到天光的地方，以这么一副羞耻的样子被他绕着看来看去，反倒能恢复平静的心情，仿佛在向神灵祈祷，异常安心。我站在那里，轻轻闭着眼，感觉一直到死都再也不想睁开眼睛了。

“搞不懂啊。如果是荨麻疹，那应该会痒才对。莫不是麻疹吧？”

我静静地笑了，边穿起和服边说：

“会不会是让力给蹭的？我每次去澡堂，都会特别用力搓胸口和颈子。”

“或许是这样，应该就是这样。”得出结论后，那人便去了一趟药房，买来了装在软管里的白色黏稠药膏，一言不发地挤在指尖上，涂抹患处。药膏涂上去感觉凉凉的，我也舒服了一些。

“这不会传染吧？”

“你可别在意这个。”

他虽然这么说，不过却很悲伤。那一定是替我而悲伤。他的感情从指尖传到了我的胸口，带着苦涩的感觉，让我由衷地想，啊，真想快点儿好起来。

那人时常细心地替我遮挡这丑陋的容颜，对我脸上那许多可笑的缺点——既不调侃，也丝毫不嘲笑，就像万里无云的晴空一般，用专注的眼神看着我说：

“我觉得你很好看，我很喜欢。”

他连这种话都能平静地说出来，让我心脏跳得飞快，真是受不了。今年三月，我们刚刚结婚。就连“结婚”这个词，之前对我来说都如此遥不可及，像天上的浮云，单单是说出口就要耗费一番功夫。我身子弱，又贫穷，是个害羞的人。再说，我都已经二十八了。因为长了这么一张脸，没什么人愿意亲近我。二十四五岁之前，也有两三个人来我家谈过婚事，只是都在快谈好的时候不欢而散了。毕竟我家也不是什么有钱人家，只有我和妹妹跟母亲相依为命，一家都是女人，什么依靠都没有，因此也指望不上非常好的婚事。那只是贪婪的梦幻罢了。到了二十五岁，我便下定决心，就算一辈子都结不了婚，也要帮助母亲、养育妹妹，把这当成自己的人生价值。妹妹比我小七岁，今年二十一，为人大方可爱，渐渐也不再任性，成了一个好孩子。我要给这个妹妹收一个优秀的养子，再另寻独自活下去的道路。在此之前，我要一直留在家里，把生计、交际都包揽下来，守护这个家。下了这个决心后，我心里一直烦恼的东西就全都消散了。痛苦和清冷都离我而去，我一边做家务，一边努力学习洋装裁缝，渐渐能拿到帮街坊邻居家小孩做洋装的活计，眼看着将来能靠自己活下去的时候，那个人就来谈亲事了。媒人是亡父的恩人，对我们家有大恩，我无法一口回绝。听那位媒人说，对方只上过小学，没有亲人，很小的时候被亡父的恩人捡回去养大了。当然，对方也没有什么财产，年龄三十五岁，是个手艺还不错的绘图工匠，有的时候每月能赚二百多元，甚至更多，但有的时候则分文没有，平均下来能有七八十元。而且对方不是头婚，他跟自己喜欢的女人一起生活了六年，前年出于某种原因分开，因为自己只上过小学，既没有学历也没有财产，再加上年纪大了，实在指望不上好婚事，便决定一辈子不结婚，优哉游哉地过他的单身生活。亡父的恩人劝告他说，这样会被世间当成怪人，非常不好，还是赶紧娶个媳妇。而那位恩人正好心里有些头绪，便私底下找到我们家来了。当时我与母亲面面相觑，十分为难。毕竟是一桩什么好处都没有的婚事啊。就算我嫁不出去，面貌丑陋，可从没犯过什么错误，竟沦落到只能跟那种人结婚了吗？我一开始很生气，接着便感到特别悲苦。对这样的婚事，我只能拒绝，可是媒人毕竟对亡父有恩，我和母亲都不想坏了场面，就这么软弱地拖延着，让我突然感到那个人很可怜。他一定是个温柔的人吧。我也只上过女校，没什么学问，家里也没什么钱。父亲已经死了，这个家没什么倚仗。更何况，我又长着这样一张脸，年纪也大了，我才是什么好处都带不来的那个人啊！或许我们两个正好相称。反正我就是不幸福。既然如此，倒不如不拒绝婚事，以免让亡父的恩人感到尴尬。我的心意渐渐倾斜，令人羞愧的是，我甚至有点儿雀跃，自己便忍不住脸红了。妈妈很是担心，问我这样真的好吗，但我并没有对她多说，直接答应了亡父的恩人。

结婚以后，我很幸福。不。啊，我还是必须说，我很幸福。真是太该遭天谴了。我很受疼爱。那人性子比较软弱，好像还被坏女人抛弃了，所以更显得战战兢兢，对一切都没有自信，让人干着急。他又瘦又小，面相也不大气，工作倒是很热心。最让我惊讶的是，有一回看到他画的花纹，竟是我见过的。这可真是太有缘分了。我问了那个人，弄清楚这件事后，好像第一次对那人产生了爱意，心中小鹿乱撞。原来银座那家知名化妆品店的蔷薇花纹商标，就是这个人想出来的。不仅如此，那家化妆品店卖出去的香水、香皂、粉底上贴的花纹，还有报纸广告，几乎都是那个人的作品。他从十年前开始，就成了那家商店的专属工匠，那些风格奇特的蔷薇贴纸、海报、报纸广告，几乎全是他一个人画的。现在连外国人都记住了他的蔷薇花纹，就算不知道化妆品店的名称，任何人只要看过那个蔷薇藤蔓优雅缠绕在一起的图案，就绝对不会忘记。我好像早在上学时就已经知道那个蔷薇图案了。那个图案莫名地吸引着我，即使在毕业以后，我也一直使用那家化妆品店的商品，换言之，就是店里的忠实顾客。可是，我从未想到过设计那个蔷薇花纹的人。这样听起来似乎很粗心，不过不仅仅是我，世间之人看到报纸上美丽的广告，想必都不会去惦记创造了图案的工匠吧。绘图工匠真是不起眼的工作啊。就连我，也是在嫁给那个人一段时间后，才发现这个事实。得知这个时，我真的很高兴。

“我上女校的时候就很喜欢这个图案。原来这是你画的呀，真是太高兴了。我好幸福。原来我早在十年前，就与你远远结缘了。早在十年前，我就注定要来到你身边了。”我兴奋地说着，那人随之涨红了脸。

“你可别胡闹了。这不就是工人的活计嘛。”他好像真的很害羞，使劲眨着眼睛，然后无力地笑了笑，又露出了悲伤的表情。

那个人总是很自卑，我心里明明没什么想法，他却很在意自己的学历，还有二婚的经历，以及长相不够大气，时时刻刻都记在心里。既然如此，那像我这样的丑女人，究竟要怎么办才好呢？我们两夫妻都没有自信，成天忧心忡忡，脸上布满了皱纹。那人好像很愿意让我对他撒娇，但我已是二十八岁的老太婆了，长得又这么丑，如果老看到那个人没有自信的卑微模样，自己也要受到传染，心情更是低落，怎么都无法天真地向他撒娇。尽管我从心里爱慕着他，结果反倒是自己先对他冷言冷语，那人也感到尴尬。我心里很清楚他的心情，可正因为这样，言行才会更僵硬，彻底把他当成外人一样对待了。那个人似乎也清楚我没有自信，时常毫无征兆地用笨拙的话语夸奖我的脸，还有我和服的花纹。我明白那人对我的疼爱，反倒一点儿都高兴不起来，而是感到胸口胀得满满的，心里很悲伤，很想哭出来。他是个好人，真的从来不会提起以前的女人。多亏他这样，我总是想不起来那件事。这座房子也是我们结婚后新租下来的。他之前一个人住在赤坂的公寓里，一定是为了不想留下不好的记忆，同时为了体贴我的心情，才会把以前的家具全都卖掉，只带着工作用具搬到了筑地这座房子里来吧。我手上也有母亲给的一小笔钱，便跟他两个人一点点攒齐了生活用的家具。棉被和衣箱都是我从本乡娘家带过来的，因此这座房子里丝毫看不到以前那个女人的痕迹，令我现在很难相信，他竟跟我以外的女人生活过整整六年。真的，如果他没有那些不必要的卑微，对我更粗鲁一些，呼来喝去，我便能天真地唱着歌，尽情对他撒娇了。那样一来，我们一定能变成一个快乐的家庭。结果我们都因为自己的丑陋而感到自卑——且不说我，那人有什么可自卑的呢？虽说只是小学毕业，他在教养上跟大学出来的学士没什么两样。他还收集了好多品位不错的唱片，闲下来的时候，就会埋头阅读一些我连名字都没听过的外国新锐小说家的作品。更别说那个为世界所知的蔷薇图案了。另外，他还时常自嘲贫穷，可他近来接到的活计很多，总能拿到一两百元的大笔收入，不久前还带我去了伊豆的温泉。尽管如此，那人直到现在都很在意我母亲出钱买了被褥和衣箱，还有其他生活家具。而我见他这么在意，自己反倒很是羞耻，总觉得做了件不好的事情。我寂寥得想哭，因为那些都是极廉价的东西呀。有时候我会在深夜思索，自己就不应该因为同情和怜悯而结婚，还是一个人生活更好。更有甚者，我脑海中会闪过寻求更强悍之人这种不贞洁的念头，我真是个坏人。结婚之后，我头一次强烈后悔自己把美丽的青春过成了灰色，真恨不得咬破自己的舌头。我多想趁现在去填补那个遗憾，在跟那个人静静地吃晚饭时，难以忍耐心中的寂寥，还拿着碗筷就已经哭了起来。这一切都是因为我太贪心吧。我这个丑陋的女人，竟要去挽回青春，真是太不自量力了。只会让别人笑话。我能像现在这样生活，就已经是自己配不上的福分了。我必须这样想。可我总是忍不住要任性，所以才会长了这么一身恶心的红疮。可能因为涂了药，红疮没有继续扩散，于是我悄悄向神明祈祷，希望明天就能痊愈。那天晚上，我早早便睡下了。

我躺在被窝里，越想越多，渐渐觉得很不可思议。我什么病都不怕，唯独这个皮肤病是万万受不了的。我再怎么受苦，再怎么贫穷也无所谓，只是万万不想患上皮肤病。就算没了一条腿，没了一只胳膊，那也比患皮肤病好上百倍。我上女校时，生理课教了许多皮肤病的病原菌，我听得浑身发痒，恨不得把教科书上印满了虫子和细菌照片的那一页用力撕下来。我恨极了老师的不在乎，不，我想老师教那些的时候心里也绝不平静。他一定是为了履行职务，拼命忍耐着反感，装出了一副理所当然的样子给我们上课。想到这里，我更加痛恨老师的厚颜无耻，感到全身憋闷。生理课过后，我跟朋友争论了一场，话题是疼痛、挠痒和瘙痒哪个更痛苦。遇到这种主题，我毫不犹豫地选择了瘙痒。难道不是吗？疼痛和挠痒都有一定的知觉限度，无论被殴打、割伤还是挠痒痒，在痛苦达到极限时，人一定会失去意识。一旦失去意识，那就是进入梦境，就是升天了。那样就能彻底摆脱痛苦。就算死了，又有什么所谓呢。可是瘙痒却像阵阵海浪，高高涌起，然后落下，高高涌起，又一次落下，永远都在蠢动纠缠。痛苦靠近临界点，却永远不会到达，所以无法失去意识，当然也无法被痒死，永远都要炙热沉闷地忍耐着。这当然胜过被挠痒的痛苦。若把我捉去以前的白洲[①]严刑拷打，就算被刀割，被拳打，被挠痒，我也不会招供。因为只要拷打上一段时间，我就会晕过去，再重复个两三次，我就死了。既然如此，我才不会招供。我一定会赌上性命如志士般死守。可是，一旦有人拿来了跳蚤、虱子或疥虫，装满整个竹筒，威胁要撒在我背上，那我肯定会全身汗毛直竖，瑟瑟发抖，顿时丢掉了烈女姿态，一迭声地说我交代，请放过我，会双手合十苦苦恳求。光是想想那个光景，我就要厌恶得跳起来了。课后休息时间，我这样对同学说了，同学们纷纷表示赞同。有一次，老师带我们全班人到上野的科学博物馆参观，我记得自己在三楼标本室发出了尖叫，心里特

① 江户时代法庭的别称。因那个时代的奉行所底层铺有沙砾，为市民百姓及无名浪人的席位，故有此称呼。

别不舒服，哇哇大哭起来。因为博物馆把皮肤的寄生虫做成了螃蟹大小的模型，放在柜子里排成一排。我真想大叫一声笨蛋，挥舞棍棒把它们砸得粉碎。后来我整整三天都没睡好觉，总觉得浑身发痒，连饭也吃不好。我连菊花都特别讨厌，因为那一根根小花瓣鼓鼓囊囊地挤在一块儿，就像什么似的。看到树干凹凸不平的表面，我也会毛骨悚然，全身发痒。我还无法理解那些能够若无其事吃下鲑鱼卵巢的人。牡蛎壳、南瓜皮、砂石路、被虫咬过的叶子、鸡冠、芝麻、绞染花纹、章鱼足、茶渣、虾子、蜂巢、草莓、蚂蚁、莲子、苍蝇、鳞片，这些我都很讨厌。我还讨厌注音假名。小号的假名看起来跟虱子差不多。茱萸果、桑葚，全都讨厌。我有一次看到月亮的放大照片，险些呕吐出来。一些刺绣的图案，也让我难以忍受。我如此厌恶皮肤的疾病，平时自然非常用心，以前几乎从未生过疮。结婚后，我也是每天都去澡堂，使劲搓掉身上的泥，可能就是搓得太过了吧。身上竟一下起了这么多疮，我特别不甘心，特别怨恨。我究竟是做了什么坏事呢？神明真是太过分了，竟让我生了自己最最讨厌的东西。世上又不是没有别的病，却要像射中小小的靶心一样，把我投入最最恐惧的陷阱里，真是太令人费解了。

第二天早晨，天刚亮我就起来了，走到镜台前，哀叹了一声。我是个妖怪，镜子里根本不是我。我全身都好像挤破的番茄，颈子、胸口和肚子上都长满了极其丑陋的豆粒大小的红疮，仿佛全身都长出了尖角，又好像蘑菇冒出头来，没有一丝缝隙，一大片一大片地覆盖了全身，让人几乎要哑然失笑。这下，连两条腿上都长满了疮。鬼。恶魔。我已经不是人了。让我就这样死了吧。我不能哭，成了这副丑恶的样子，就算我哇哇地哭，也一点儿都不可爱，反倒会像烂熟的柿子被挤扁了一样滑稽可怖，变成一幅让人受不了的光景。我不能哭，还是藏起来吧。那人还不知道，我不想让他看到。我原本就丑陋，现在又多了一身腐败的皮肤，这样真的再也没有一丝优点了。我就是残渣，是垃圾堆。变成这个样子，想必那人也没有安慰我的话语了。我不想被安慰。要是他还疼爱这样的身体，我就要蔑视那个人。我不要。我想与他分开。他不能疼爱我，不能看到我，不能待在我身边。啊，我想要一个更大的房子，我想跟他一辈子生活在远远相隔的房间里。早知道，就不结婚了。早知道，就不要活到二十八岁了。十九岁冬天得肺病时，要是死掉就好了。如果那时就死了，如今就不会如此痛苦，如此难看，如此见不得人了。我用力闭上眼，一动不动地坐着，唯有呼吸越来越粗重，过了一会儿，就感觉自己连心都变成了鬼，整个世界格外安静，昨天以前的那个我彻底消失了。我像野兽一样摇摇晃晃地站起来，穿上了和服。突然感慨，和服真是好啊。无论多么骇人的身体，它都能遮挡得严严实实。我有了一点儿精神，来到晾衣台上凝视着太阳，忍不住重重叹息一声。外面传来广播体操的号令，自己孤零零地做起了体操，小声喊着号子，假装很有精神。可是，我突然觉得自己好可怜，好想哭，体操再也做不下去了。然而，或许是刚才突然运动了身体，我感到颈部和腋下的淋巴结传来阵阵钝痛，轻轻一摸，全都又肿又硬，顿时我再也站不住，身子一软瘫坐在地上。因为自己的丑陋，我一直都十分低调，藏在阴影里低声下气地活着。为什么要欺负我呀？一股莫名焦灼的巨大怒火在我胸中熊熊燃烧起来，就在那时——

“原来你在这儿啊，可不能这么没精神。”背后传来那人温柔的低语，“怎么样，好些了吗？”

我本想回答他好些了，却轻轻拿开那人搭在我肩上的手，站起来说：

“我要回家。”这句话说出来，我自己都不知道自己怎么了。我已经无法对自己的言行负责，再也无法相信自己和这个宇宙了。

“让我看看吧。”那人似乎有点儿迷惑，含糊的声音仿佛来自远方。

“不要。”我抽回身子，“这种地方都长了一粒粒的东西。”我两手捂住腋下，不管不顾地流下了眼泪，再也抑制不住情绪，高声哭喊起来。一个丑陋的二十八岁女人这样撒娇哭泣，又有什么惹人怜爱之处呢。尽管我知道自己极度丑恶，眼泪还是不断冒出来，连口水都一起流了下来。我真是一丝丝优点都没有。

“好了，别哭啦！我带你去看医生。”那人的声音充满了我从未听过的干脆。

那天，那人停了工作，在报纸上查找广告，决定带我去以前我也听说过一两次的著名皮肤科医院看医生。我一边换上外出的和服一边问：

“非要给医生看全身吗？”

“对啊。”那人露出优雅的微笑回答，“你可不能把医生当成普通男人了。”

我涨红了脸，心里有一丝丝高兴。

来到外面，阳光很耀眼，让我感觉自己就像一条丑陋的毛毛虫。在这个病治好之前，我真希望整个世界都停留在漆黑的深夜。

“我不坐电车。”自结婚以来，我头一次说出了如此奢侈而任性的话。那些红疮已经蔓延到手背上，而我以前就在电车里看见过一个女人长着这样吓人的手，从那以后，我就特别嫌电车的拉环脏，怀疑那东西会不会传染什么疾病。现在，我的手变得跟那女人一样，让我深刻体会到了“命途多舛”这个俗气的词。

“我知道。”那人表情明亮地回答道，带我坐了汽车。从筑地到日本桥高岛屋背后的医院，其实只有一小段路，在路上，心情犹如在乘坐送葬的灵车。我唯有眼睛还活着，呆呆眺望街头初夏的风光，看见路上男女都没有生出像我这样的疮子，顿觉不可思议。

来到医院，我跟那人一起走进候诊室，眼前又是一片跟俗世截然不同的光景，让我突然想起好久以前在筑地的小剧场看的话剧《在底层》[①]。外面是一片深绿，明媚得让人睁不开眼，这里却不知为何，连阳光都显得格外淡薄，弥漫着湿冷的空气，一股酸味直冲鼻腔，还坐着许多垂头丧气的盲人。另有许多老头子老太婆，虽然不是盲人，但也给人一种残疾的感觉。我走到离门口最近的长椅一角坐下，仿佛死了一样垂下头，闭上了眼睛。突然我意识到，在这众多患者中，我的皮肤病可能最重，惊讶地睁开眼，抬起头，偷瞥候诊室里的一个个患者，果然，谁也不像我这样出了一身的疮子。刚才看到医院门口的招牌，我才知道这里有皮肤科和另一个治疗名字难以启齿的疾病的专科，既然如此，坐在那边的，像电影演员一样年轻漂亮的男子身上并没有长疮子，那么他可能不是来看皮肤科，而是另外那个病了。想到这里，我顿时觉得坐在候诊室里，像死了一样垂头丧气的人，全都得了那种病。

"你去散散步吧，这里好闷人。"

"好像还要很久啊。"那人百无聊赖地站在我旁边说。

"对，好像要中午才轮到我。这里很脏，你得赶快出去。"我发出了连自己都吃了一惊的严厉声音，那人好像没什么意见，缓缓点了点头。

"你也一块儿出去吧？"

"不，我在这里就好。"我微笑着说，"我在这里最轻松。"

我把那人推出候诊室，稍微冷静了一些，又坐在长椅上，闭上了发酸的眼睛。在外人看来，我可能像个装模作样在冥想的奇怪老太婆吧。不过，这样我才感觉最轻松啊。装死。想到这个词，顿时觉得很滑稽。不过，我慢慢开始担心了。任何人都有秘密。我感觉有人在耳旁对我低语这句话，顿时兴奋起来。莫非这些疮子也是——想到这

---

① 《在底层》：高尔基创作的话剧。故事发生在可以比喻为人生"底层"的下等客店，描绘了贪婪的丈夫、出轨的妻子、小偷、落魄贵族、酗酒的演员和妓女等形象，强烈表达了作者"人！这个字眼听起来多么令人自豪"的人生哲学。

里，我一时间汗毛直竖。难道那人的温柔和缺乏自信，全都来自那个地方吗？我第一次，这么说来很可笑，可此时是我第一次真实地意识到，那人的第一次并不是我啊。想到这里，我顿时坐立难安。我被欺骗了！这是骗婚。我猛然想到那个可怕的词，突然很想追上那个人，把他打一顿。真是蠢啊。我一开始就知道这点，还是嫁给了那个人，现在怎么就突然很不甘心，想到自己不是那人的第一次就特别怨恨，仿佛再也无法挽回。那个人和他以前的女人突然以鲜明的形象侵袭到我心中，让我头一次对那个女人产生了恐惧和憎恨，同时埋怨自己竟从未想过那女人的事，真是悠哉得不行，气得眼泪都要冒出来了。我好痛苦，原来这就是所谓的嫉妒吗？如果是真的，那嫉妒该是一种多么绝望的狂乱，而且是仅限于肉体的狂乱啊。那真是个没有一丝美好之处，几近丑陋的东西啊。原来，世界上还有这样令人厌恶的地狱啊。我突然不想再活下去。我觉得自己如此骇人，慌忙解开膝头的包袱，从里面取出小说，胡乱翻开一页，随意读了起来。《包法利夫人》。爱玛苦难的一生总是能让我得到安慰。我一直认为，爱玛这样渐渐堕落的轨迹，才最有女人味，是最自然的。就像水往低处流一样，让我感到了能够令身体变得怠惰的真诚。女人就是这样的生物。她们都有不能说的秘密。因为那就是女人的“天性”啊。每个女人心里一定都有个泥沼，这点我可以肯定。因为一天天的日子，就是女人的全部。女人跟男人不一样，从不考虑死后，也从不思考。女人只希望达成每一时每一刻的美满。女人溺爱生活，溺爱生活的感触。女人之所以爱漂亮的碗和有漂亮花纹的和服，是因为那里有着她们真正的生活价值。一时一刻的举动，便是她们生活的全部目的。除此之外，还需要什么呢？如果高度的现实主义能压制女人的蛮不讲理与轻佻，毫不留情地将其暴露出来，那我们自身也就有了定性，不知会轻松多少。然而，没有人愿意去触碰女人那深不见底的“恶魔”，全都装出看不见的样子，所以才会引起许多悲剧。或许，唯有高度而深邃的现实主义才能让我们真正得到救赎。毫不欺瞒地说，就算是结婚第二天，女人的心也能若无其事地惦记别的男人。人心绝不可大意。男女七岁不同席，这个古训突然有了恐怖的现实感，直刺我的心胸，让我为之震惊。日本的伦理竟是极富力量的写实，这让我被震惊得有些眩晕。怎么全都让人给知道了？原来早在古代，那个泥沼就已经存在了。一想到这里，我反倒心里舒爽了不少，安下心来，甚至有心思嘲笑自己，想说就算出了一身丑陋的疮子，我也还是散发着色气的老太婆啊。于是，我又拿起书读了下去。鲁道夫又朝爱玛靠近了些，在她耳边飞快地低诉着甜言蜜语，我看着看着，心里又升起了毫无关联的怪念头，忍不住笑了出来。爱玛这时要是生了一身疮子，又会怎么样呢？脑子里涌出了这样的空想，让我不禁严肃起来：不，这可是重大的构思啊。爱玛一定会拒绝鲁道夫的诱惑，那样一来，爱玛的一生就会变得截然不同。一定是这样，她一定会拒绝。她身子都变成这样了，只能拒绝啊。然而这不是喜剧，女人的一生就是接连不断地被此时此刻的发型、和服的花纹、困顿和琐碎的身体状态所决定，甚至有的女人在带孩子时，因为过于困顿，把背上吵闹的孩子掐死了。尤其是这样的疮子，足以逆转女人的命运，歪曲完美的罗曼史。好不容易等到婚礼前夜，身上竟扑哧扑哧地长出了这样的疮子，还迅速蔓延到胸口和四肢，那该如何是好？我认为那不无可能。唯独疮子真的是平时再怎么用心也防不胜防，仿佛是天意的产物。它让人感受到了老天的恶意。赶到横滨码头迎接出国五年后归来的丈夫，心里正充满期盼，脸上最明显的地方却眼看着长出了紫色的肿物，没有摆弄几下，小夫人就变成了让人不忍再看第二眼的鬼女阿岩。那种悲剧也不无可能。男人长几颗疮好像不会在乎，可女人就靠皮肤活着啊！哪个女人敢否定，那她就是骗子。我不熟悉福楼拜，但他似乎是个极为绵密的写实作家，查理正要亲吻爱玛的肩膀时，她用“快住手！衣服要皱了”为由加以拒绝。福楼拜能观察到这样的细节，为何不写写女人患上皮肤疾病的痛苦呢，莫非那是男人很难理解的痛苦吗？还是说，福楼拜这样的人其实早已看穿，但那种东西过于肮脏，无法写得罗曼蒂克，所以才会故作不知，敬而远之吗？可是，敬而远之的行为实在太狡猾，太狡猾了。如果我在结婚前夜，或是与思念的人久别五年即将重逢时，意外生出了如此丑陋的疮子，就一定会去死。我会离家出走，从此堕落。我会自杀。因为女人只为一个个瞬间的美丽而愉悦，而存活啊。无论明天变成什么样……房门轻轻开启，那人探出松鼠似的小脸，用目光问我："还没好吗？"我朝他招了招手。

"我跟你说啊——"我的声音过于兴奋，显得粗俗又尖厉，于是我耸耸肩，压低声音说，"我跟你说啊，无论明天变成什么样都无所谓，只有一心这样想的女人，才最有女人味。你不觉得吗？"

"什么？"那人一脸困惑，我笑了起来。

"我说得不太清楚，你肯定不懂吧。别管我了。我在这里坐了一会儿，好像又变了个人似的。看来人不能待在这样的底层。我很软弱，很容易受到周围气氛的影响，并融入进去。我都变粗俗了。我的心在不断地堕落，就好像……"我说到一半，猛地闭上了嘴。我想说的是prostitute（妓女）。那是女人永远都不能说出口的字眼，也是每个女人必然会为之烦恼的字眼。当失却了所有尊严之时，女人必定会想到那个字眼。我隐隐意识到，自己长了这一身疮子，就连心都要变作恶鬼了啊。事到如今我竟意识到一个事实：我一直管自己叫丑女丑女的，假装毫无自信的样子，可是，心里还是偷偷爱着自己的皮肤，把它当成了唯一的骄傲。而我一直以来自负的谦让内敛、隐忍顺从，原来只是不可靠的伪装，只是我知觉、感触的忧欢，如此一来，我就只是一个如同瞎子般活了那么久的可悲女人。无论知觉和感触多么敏锐，那都属于动物的本能，与睿智毫无关系。我清楚地认识到，那只是彻头彻尾的愚钝和白痴罢了。

我错了。我一直把自身敏锐的知觉想作高尚的情操，将它错认为头脑聪慧的表现，还为此暗自欣喜，难道不是吗？说到底，我只是个愚蠢的、笨拙的女人罢了。

“我想了好多事情，我真是个笨蛋，我是个从里到外都不正常的疯子。”

“别在意，我懂你。”那人好像真的懂了似的，露出聪明的笑容，“喂，到我们了。”

我被护士领进诊疗室，解开腰带，一口气裸露出所有皮肤，中途瞥到自己的乳房，竟像是看到了石榴。相比坐在眼前的医生，让护士看见我这个样子，更让我的痛苦翻至数倍。我认为医生都是没有人类感觉的人，从我这儿看去，连他的模样都看得不太清楚。医生也没有把我当作一个人来对待，而是把我转过来转过去，然后淡淡地说：

“这是中毒，恐怕是吃了什么不能吃的东西吧。”

“能治好吗？”那人替我问道。

“能治好。”

我呆呆地听着他们说话，仿佛身在另一个房间里。

“她一个人偷偷在家里哭，我真是看不下去了。”

“很快就好了。先打一针吧。”

医生站了起来。

“这病很简单吗？”那人问道。

“那当然了。”

打完针，我们走出了医院。

“手上的已经好了。”

我一遍遍把双手放在阳光下，仔细端详。

“高兴吗？”

听到这句话，我感到十分害羞。

心灵的王者

前几天，两名三田的年轻学生来拜访我。不凑巧我正好身体欠佳还睡着。我事先表示歉意，说："你们要谈的事情如果时间不长……"我从被窝里爬起来，在棉睡衣外披了件短外褂，与他们见了面。两个孩子都彬彬有礼，而且谈完事情立刻就回去了。

谈话的内容自然是约我给报纸写文章。在我眼里，两个学生都是十六七岁模样的憨厚少年，尽管如此，我猜测应该都有二十岁了吧。近年来再也没有什么像人的年龄那样难以揣测了。无论十五岁还是三十岁、四十岁或五十岁的人，都会对同样的事情感到愤怒，对同样的事情喜笑颜开，又同样狡诈，同样懦弱且低三下四。其实光看心理，人的什么年龄差别真是让人一头雾水越来越难以猜测，怎么猜都不过分了。就连前几天来的两个学生，看上去有十六七岁，但他们的谈吐举止，既足智多谋，有时候又老谋深算。就是说，作为报社编辑已经自成一派，游刃有余了。两人离去以后，我脱去短外褂，又钻进被窝，思索了一会儿。我不由得对现在这些学生的境况感到怜悯。

所谓的"学生"，是不属于社会的任何部分的。我还认为，他们是不能属于社会的某个部分的。我这个人很死心眼。我觉得学生本来就应该是披蓝色斗篷的恰尔德·哈罗德[①]。学生是思想的漫游者，是碧空的云。不能完全成为编辑，不能完全成为官员，甚至不能完全成为学者。彻底地成为老于世故的社会人，对学生而言是一种可怕的堕落。这不是学生自己的罪孽吧，一定是什么人逼着他们变成那样的，所以我说是“怜悯”。

那么，学生的本来面貌应该是什么样的呢？对此，作为答案，我向读者诸君讲一首席勒[②]的叙事诗。席勒的诗是应该读一读的。

在如今这个时局里，更应该多多阅读。即使为了保持豁达大度且顽强的意志，以及光明而崇高的希望，读者诸君现在也可以回味席勒，去赏阅他的诗文。席勒的诗里有一首很有趣的，叫《地球的分配》，它的大意如下。

“快来分享这个世界啊！”宙斯神从天上向人们发出号令。

“快来分享！这是属于你们的。我要把它作为遗产，作为永久的领地赐予你们。来吧，你们要友好地进行分割。”听到神的召唤，四肢健全的人便立即争先恐后、左冲右突地抢夺自己的那份。农民在原野里打桩为界，耕耘土地成为良田时，地主双手揣在怀里走了出来，大声吼道：“这地的七成是我的！”同时，商人囤积货物堆满了仓库；长老四处搜寻珍贵的陈年葡萄酒；王公贵族们围着郁郁葱葱的森林迅速地拉起绳子，将此当作自己狩猎幽会寻欢作乐的场所；市长霸占街道；渔民则在水边安下自己的家。所有的分配早就全都结束以后，诗人慢悠悠地走来。他来自遥远的彼方。哈哈！这个时候已经是

---

① 英国19世纪初期伟大的浪漫主义诗人乔治·戈登·拜伦（George Gordon Byron，1788—1824）的代表作《恰尔德·哈罗德游记》（*Childe Harold's Pilgrimage*）中的人物。

② Johann Christoph Friedrich von Schiller，1759—1805。德国18世纪著名诗人、哲学家、历史学家、思想家和剧作家，也是德国启蒙文学代表人物之一，德国文学史上最著名的“狂飙突进运动”的代表人物之一，被公认为德国文学史上地位仅次于歌德的伟大作家。

分割殆尽无地可分了，所有的土地上都已经贴上了物主的姓名牌。“哎呀！太无耻了！为什么就我一个人不能从诸位那里得到眷顾？我这副模样，还是您最忠实的子民吗？”他大声地抱怨着，扑倒在宙斯的玉座前。“你沉溺在梦乡里，磨磨蹭蹭的，”神打断了诗人的话，“你怎么也怨不着我。大家都在分割地球的时候，你到底在哪里？”诗人答道：“我就在您的身边。眼睛凝视着您的容颜，耳朵聆听着天上的音乐。请您宽恕我这颗心。请原谅我悠然陶醉在您的光辉里，忘掉了地上的事。”宙斯这时和颜悦色地说道：“怎么办才好呢？地球全都给了别人。秋收，狩猎，市场，都已经不是我的。你如若愿意在这天上和我共处，随时都可以来。这个地方是事先为你空着的！”

怎么样？所谓学生的本来面貌，即，宙斯神的宠儿，无疑就是这个诗人的模样。在地上的营生方面，即使没有任何值得炫耀之处，由于其自由而高贵的憧憬，甚至能经常与神同住。

要意识到这个特权！要为这样的特权而自豪！这不是你永远都拥有的特权哟！嘿嘿！这是一个极其短暂的时期。请珍惜这个时期，一定不能玷污自己。在地上的分割中保留的部分，等你从学校毕业以后，即使你不愿意也会让你参与的。你可以做商人，也可以当编辑，还可以做官员。但是，在神的玉座上能与神并肩而坐，这在学生时代以后是绝不可能的事。这事是不会再次出现的。

三田的两位同学，大家在歌颂“大地的王者”时，你们必须同时悄悄地经常以“心灵的王者”为己任。与神同住的时期，在你们的人生中仅此一次。

无人知晓

这件事谁都不知道——四十一岁的安井夫人微笑着说——但是可滑稽了。这是我二十三岁那年春天发生的事，如今已经过去将近二十年了。当时是大地震前不久。那个时候的牛込跟现在没什么两样，只不过后来把门口那条路拓宽了一些，那还是把我家院子划去一半才建成的。以前院子里有个水池，后来也被填上了，要说变化，也就只有这些。现在，站在二楼外廊还是能直接看到富士山，早晚也还是能听到部队的喇叭声。父亲做长崎县知事的时候得到邀请，来这里当了区长，搬过来那年夏天，我刚刚十二岁，母亲也还在世。父亲就生在东京牛込这个地方，祖父是陆中盛冈的人。祖父年轻时一个人来到东京，做起了半个政治家、半个商人的危险营生，应该称他为绅商吧。不过他好像成功了，人到中年在牛込买了这座房子，总算定居下来。我不知道是真是假，但听说祖父跟好久以前在东京站遭了难的原敬[①]是同乡，而且祖父比他年长，从政经历也远比他丰富得多，所以祖父可以对原敬指点一二。原敬哪怕当上大臣之后，每年正月也会到牛込这个家里来问候新年，不过这话不怎么可信。因为那是我十二岁那年头一次跟父母来到东京，在这里住下时，祖父告诉我的。在此之

---

① 原敬（1856—1921）：寺内内阁之后的大正七年，以立宪政友会总裁身份组建政党内阁，成为日本第一个非华族首相。后在东京站遭到暗杀。

前，祖父都独自住在牛込，已经成了八十几岁的脏老头儿，而我则一直跟随当政府官员的父亲辗转于浦和、神户、和歌山、长崎等赴任地区，连出生的地方都是浦和的公家宿舍，到东京家里玩的次数几乎屈指可数，因此跟祖父不怎么亲。十二岁那年，我们一家人总算在这里落下脚来，开始跟祖父共同生活，我依旧觉得他像个陌生人，而且脏兮兮的，再加上祖父说的话有一股强烈的东北口音，我一点儿都听不懂他在说什么，便更不亲近他了。由于我一点儿都不亲近祖父，祖父便想尽办法哄我开心，方才那个原敬的事情，也是他在一个夏夜，盘腿坐在院子凉台上，手臂大张，摇着扇子说给我听的。我很快便觉得没趣，故意夸张地打了个哈欠，祖父瞥了我一眼，马上换了个语调，压低声音说，原敬没意思，我给你讲牛込的七大不可思议故事吧。那样的爷爷，总让人感觉很狡猾，所以他说的原敬那些事，应该也靠不住。后来我问了父亲，父亲只是苦笑一下，温柔地摸着我的头说，说不定他真的来过一次，爷爷不会撒谎。我十六岁那年，祖父去世了。虽然我不喜欢这个爷爷，可是在葬礼那天，我还是哭得很厉害。或许是因为葬礼实在太华丽，我兴奋得哭了出来。葬礼第二天，我来到学校，老师们都来安慰我，每次有老师对我说节哀顺变，我都会哭出来。同学们也对我表示了意外的同情，让我有点儿战战兢兢。当时我每天都步行到市谷的女校上学，就像小小的女王，幸福得不得了。父亲四十岁在浦和担任学务部长时，我出生了。家里只有我这一个孩子，所以父亲母亲还有周围的人，都对我珍爱有加。我觉得自己是个懦弱又寂寞的可怜孩子，不过现在回想起来，其实我那时候是个任性又傲慢的小孩啊。上了市谷的女校后，我马上交到了一个姓芹川的朋友，当时我自认为对芹川同学温柔又照顾，不过现在回想起来，自己其实很自以为是，在旁人看来，我的态度说不定是心里觉得麻烦，表面上还要施恩似的对她故作亲切吧。芹川同学非常直率，凡是我说的话她都会支持，我俩的关系不知不觉间就变成了主人和家臣的形式。

芹川同学的家就在我家对面，不知你是否知晓，就是那家名叫华月堂的点心店，对，现在还像以前那样繁荣，他们家有一种放了栗子的最中饼，叫作十五夜最中饼，一直畅销至今。现在店里已经换了一代人，由芹川同学的哥哥每天从早到晚拼命打理。她的嫂嫂也是个勤快的人，总是坐在收银台接听订货电话，然后麻利地吩咐给底下的人。跟我当过好朋友的芹川同学在女校毕业第三年就找到对象出嫁了，听说现在住在朝鲜的京城。我们已经快二十年没见面了。她丈夫是三田义塾出身的美男子，听说目前在朝鲜的京城经营一家不记得叫什么的大报社。芹川同学跟我在女校毕业后也一直保持来往，不过虽说有来往，我却一次都没到芹川同学家里去玩儿过，每次都是她过来我家，谈论的话题基本都是小说。芹川同学上学时就喜欢漱石和芦花的作品，自己写的作文也很成熟大气，而我在这方面则完全不行。真的是一点儿兴趣都没有。尽管如此，从学校毕业后，我为了打发时间，也会看看芹川同学带过来的小说，渐渐明白了小说的趣味。只是，我认为有趣的小说，芹川同学却不怎么喜欢，而芹川同学觉得好的书，我却不怎么能看懂。我很喜欢鸥外的历史小说，芹川同学却笑话我老气，还告诉我有岛五郎比鸥外更深刻，又拿了那位作家的两三本书给我看，我翻了翻，发现一点儿都看不懂。现在读来可能会有不同的感受，可是在当时，我觉得那位叫有岛的作家总喜欢作一些毫无意义的论调，在我看来一点儿趣味都没有。我一定是个俗人吧。那时的新晋作家有武者小路、志贺，还有谷崎润一郎、菊池宽、芥川，等等，人数非常多，其中我最喜欢志贺直哉和菊池宽的短篇小说，芹川同学听了也笑话我缺乏思想深度什么的，可我实在看不下去大道理太多的作品。芹川同学每次过来都会带点儿新出的杂志或小说集，告诉我很多小说的梗概，还有作家们的传闻，她十分热衷于此，让我感到有点儿滑稽。有一天，我好像不小心发现了芹川同学热衷于此的原因。女性朋友只要稍微亲密一些，马上就会分享彼此的相册，有一天，芹川同学拿了一本大相册给我看，我一边应付着芹川同学有些啰唆的讲述，一边看着上面的相片，不一会儿就翻到了一位格外俊俏的学生站在玫瑰花园前方捧着一本书的照片，我忍不住说，这真是位俊俏的人啊！还不由自主地脸颊发热。结果芹川同学突然说了一声讨厌，把相册从我手上抢走，我一下就明白过来了。没关系，我都已经看过了。我冷静地说完，芹川同学突然高兴地笑了起来。你猜到了？真是一点儿都不能放松警惕啊，真的吗？你一看就猜到了？其实啊，从上女校那时就开始了，原来你知道啊。她一个人飞快地说着，我明明什么都不知道，她却一迭声地把什么都说了出来。她真是个特别直率、特别纯洁的人。一些投稿杂志上不是有什么读者通信栏吗？那张照片上的俊俏学生就是在通信栏跟芹川同学结识的。他们在通信栏上交换信息，就是所谓的共鸣吧，我这个俗人反正不懂，总之两个人渐渐成了笔友。从女校毕业后，芹川同学的感情也迅速升温，好像跟他私订终身了。对方是横滨一家船公司的次子，又是庆应的高才生，将来很可能成为一位优秀的作家。芹川同学对我说了很多，我却觉得那样太可怕了，甚至有点儿肮脏。与此同时，我又非常嫉妒芹川同学，感到胸中涌动着一股浊浪，但尽量不表现在脸上，而是说，这样真好呀，芹川同学你一定要抓住机会。没想到芹川同学特别敏感，竟然生起气来，对我发起了前所未有的猛烈攻击，说，你真是坏心眼，你心里藏了把剑，你总是冷淡地轻蔑我，你就是个狄安娜[①]。我连忙道歉，说对不起，我并没有轻蔑你，看似冷淡其实是我的缺点，总是要遭人误解，其实我觉得你们两个的事有点儿可怕，因为那位先生实在太俊美了，或许我还在嫉妒你吧。如此直抒胸怀后，芹川同学也一下就恢复了情绪，说就是啊，我只对家兄坦白了这件事，结果兄长也跟你说了同样的话，声称绝对反对，要我找个更平凡、更不起眼的人结婚。兄长是个

---

① 狄安娜：Diana，罗马神话中的月神和狩猎女神。

彻头彻尾的现实主义者，也难怪他会这样说，可是，我才不在意兄长的反对，明年春天，等那个人从学校毕业了，我们就要私订终身。她这样说着，姿态可爱地撑起双肩，显得意志非常坚定。我硬挤出微笑来，一言不发地听着她说话，边听边点头。她的天真格外美丽，让我十分嫉妒，也让我感觉自己这种老气庸俗的气质丑陋得令人难以忍受。自从那次坦白之后，我和芹川同学就不像以前那样亲密了，女孩子们还真是奇怪啊，只要中间出现一个男人，那么无论之前是多么亲密的关系，态度上肯定都会大变，甚至变得生疏起来。我们的关系虽然不至于变得如此厉害，但还是开始有所顾虑，连打招呼的语气都庄重起来，话也没有以前那样多，仿佛一下就成熟了不少。我们两个人都心照不宣地不去提起照片那件事。渐渐地，到了年底，我和芹川同学迎来了二十三岁的春天。正好在那年三月末，一天晚上十点左右，我和母亲在房间里一起缝制父亲的单衣，女佣轻轻拉开纸门，对我招了招手。我吗？我用眼神问道，女佣认真地点了两三下头。什么事？母亲把眼镜推到额头上，问了女佣一句，女佣轻咳一声，说那位芹川小姐的兄长大人找小姐有点儿事。说完又咳了两三声。我马上站起来走到走廊，其实心里已经有点儿明白了。一定是芹川同学闹出了什么问题，不会有错。我心里断定了这个想法，正要走向客厅，却听见女佣低声说，小姐，请您到后门去。说完，她便一副十分紧张的样子，躬着腰在前面一路小跑。来到灯光昏暗的后门，芹川同学的兄长笑眯眯地站在那里。我上女校的时候，每天早晚都会跟芹川同学的兄长打招呼，那位兄长每次都在店里，跟帮手一道来来回回地忙碌着。从女校毕业后，那位兄长大约每周都会到家里来送订购的点心，我也会很随意地称呼他哥哥。可是，他从未在这么晚的时间到我家来过，而且还偷偷把我一个人给叫了出来，一定是芹川同学的问题爆发了。我内心十分兴奋，对方还什么都没打听，就脱口而出：

“芹川同学最近都没到这里来哦。”

“小姐，您这是知道了？”兄长脸上闪过了惊讶的表情。

“没有。”

“是吗？其实是那妮子不见了。真是个笨蛋，搞文学能有什么好事呢。小姐，这件事您先前也听说过吧？”

“嗯，那个——”声音卡在了嗓子里，真是让人为难，“我听说过。”

“那家伙现在逃了。不过大致的地方我还是知道的。请问小姐，那家伙最近跟您说过什么吗？”

“啊，最近她对我也挺生疏的，我也不知道是怎么回事。您要进来坐坐吗？我有好多问题想问您。”

“谢谢您的好意了，只是我实在没法待在这里。这不，马上就得出去找那家伙了。”我仔细一看，发现兄长穿着整齐的西装，还提着旅行箱。

“您有头绪吗？”

“嗯，我知道。等我去把那两个家伙都揍一顿，再让他们在一起。”

兄长说完，爽朗地笑了笑便离开了，我则站在后门呆呆地目送他出去，然后返回房间，假装没注意到母亲询问的表情，安静地坐下，拿起缝到一半的袖口缝了两三针，然后我又站起来，在走廊上一路小跑，来到后门穿上木屐，接着就不管不顾地飞奔起来。我当时究竟是什么心情呢，直到现在我都不明白。总之我下定了决心，一定要追上那位哥哥，直到死都不分开。芹川同学闹的事根本不算问题，我只想与那位哥哥再见一面，我愿意做任何事情，只要能跟哥哥在一起，无论哪儿我都愿意去，请您带我逃离这里，请您尽情糟蹋我。我的思绪在那个夜晚猛地燃烧起来，我像条狗一样在黑暗的小路间默默奔走，不时脚下一绊，踉跄几步，慌忙合起衣襟，继续无声地奔跑，连眼泪都涌了出来。现在回想起来，那种心情就像来到了地狱的底层。来到市谷见附的市营电车站时，我已经快要喘不过气了，全身都无比痛苦，眼前一片昏蒙，那一定是离晕倒只有一步之遥的状态吧。车站一个人都没有，看来电车刚刚离开了。我怀着最后一线希望，用尽力气大喊了一声哥哥！周围无比寂静。我把袖子合在胸前回了家，边走边整理自己的模样，走进家中安静地拉开纸门，母亲看见我，惊讶地问了一声出什么事了，我漫不经心地回答说，是芹川同学不见了，真是让人头痛啊。然后又坐下来，重新缝起了衣服。母亲好像还想再问点儿什么，后来又改变了想法，也一言不发地继续做起了手上的活。故事就是这样。芹川同学像我先前说的那样，与那位姓三田的先生可喜可贺地结了婚，目前在朝鲜生活。我在第二年也与现在的丈夫结了婚。后来我再见到芹川同学的哥哥，也没有任何感觉了。现在他成了华月堂的老板，迎娶了一位漂亮娇小的妻子，生意做得红红火火。直到现在，他每周还会来送一次我先生订购的点心，并没有什么改变。那天夜里，我是不是缝着衣服，迷迷糊糊地做了个梦呢？如果是梦，那也太清晰了。你可明白那种感觉？这故事就像假的一样，不过，我还是保密吧。毕竟女儿你啊，已经在女校上三年级了。

奔跑吧，梅洛斯

梅洛斯发怒了，他拿定主意一定要除掉这个暴戾恣睢的国王。梅洛斯不谙政治，他是村里的放牧人，吹着笛子与羊为伴度日。但是对邪恶，他却比常人敏感。今天早晨天还没亮，他就走出村子，翻山越岭来到十里开外的这座锡拉库萨城[①]（在第二次布匿战争[②]中曾抵抗罗马侵略。公元前212年为罗马所灭）。梅洛斯没有父亲和母亲，也没有妻子，和性格内向的十六岁的妹妹一起生活。这个妹妹最近要与村里一个忠厚老实的放牧人成亲，婚礼也迫在眼前。因此，梅洛斯来到遥远的锡拉库萨城购买新娘的嫁衣和置备婚宴用品。他先将这些东西备齐，然后在城里的大街上悠闲地走着。梅洛斯有个故交，名叫塞利努迪乌斯，如今在这锡拉库萨城当石匠。梅洛斯打算接着去拜访这位老友。因为很久没有见面，所以去走访这位旧友，他感觉很高兴。梅洛斯走着，觉得街上的情形很奇怪。街道上静悄悄的。太阳已经下山，街道理应显得昏暗，但不知为何，不仅是因为黑夜降临，整座城市都静寂难忍。就连一向悠闲自得的梅洛斯也渐渐地感到不安了。他抓住

---

① Siracusa，又译叙拉古。位于意大利西西里岛的东岸，公元前734年由希腊城邦科林斯移民所建。公元前5世纪—公元前4世纪势力强盛，为西西里岛东部霸主。

② 公元前218年—公元前201年，古罗马和古迦太基为争夺地中海西部统治权而进行的战争。

在路上巧遇的年轻人问道：发生了什么事？两年前来到这城里时，就是晚上也歌舞升平热闹非凡。年轻人摇了摇头没有作答。走了一段遇到一位老翁，这次他更是加强了语气询问。老翁没有回答。梅洛斯双手摇晃老翁的身体追问着。老翁担心被人听到，轻声回了一句："国王要杀人。"

"为什么要杀人？"

"说是怀有邪念，但没有人怀有那样的邪念。"

"已经杀了很多人？"

"是的。国王先是把妹夫杀了，接着杀自己的皇位继承人，然后杀妹妹，接着又杀妹妹的儿子，而后杀皇后，接着又杀清正廉明的大臣亚历克斯。"

"太可怕了。国王是疯了吗？"

"不，国王没有疯。据说是不能相信别人。最近他怀疑起臣下的忠心，命令生活过得稍稍舒适些的人交出一个人质来。如若违抗国王的命令，就会被钉在十字架上杀死。今天早晨就杀了六个人。"

梅洛斯听说后，愤怒了："这国王真让人吃惊！绝不能让他活！"

梅洛斯是个耿直的人。他背着购置的东西慢吞吞地走进了王宫里。很快，他就被巡逻的警吏捆绑起来。经过搜身，从他的怀里搜出一把短剑，于是现场顿时喧闹起来。梅洛斯被拉到国王面前。

"你用这短剑想干什么？快说！"暴君迪欧尼斯平静然而威严地问道。国王脸色苍白，眉宇间的皱纹深邃得如同雕刻一般。

"是为了从暴君手里拯救城市。"梅洛斯毫不畏惧地答道。

"就凭你？"国王笑了，笑声中充满着怜悯，"真拿你没办法。你不懂得我的孤独。"

"住口！"梅洛斯怒不可遏，"怀疑别人的忠心，这是最可耻的缺德行为。国王居然连民众的忠诚都在怀疑！"

“是你们让我懂得怀疑是人的正常情绪。人心是靠不住的，人类本身就是私欲凝结的块垒，相信不得。”暴君平静地喃语道，叹了口气，“我自己也是渴望和平的。”

“和平是为了什么？是为了保住自己的地位吗？”梅洛斯嘲笑道，“杀害无辜的人，什么才是和平？”

“闭嘴！你这个下贱的人！”国王突然抬起头反驳道，“嘴上无论多么高尚的话都能说。我算看透了人们的本性！现在我要把你钉在十字架上，你就算是哭着求饶，我也不会放过你。”

“嘿，国王很聪明，可以很自负。我已经准备去死，我决不会乞求饶命，只是……”说到这里，梅洛斯低下头望着脚边犹豫了一下，“只是，如果您愿意同情我，在处刑之前请给我三天时间。我想让唯一的妹妹有个丈夫。三天之内，我让她在村里举行婚礼。我一定会回到这里来。”

“笨蛋！”暴君用嘶哑的声音低声笑了，“这谎话谁相信啊。你说放跑的小鸟会回来？”

“是的，会回来。”梅洛斯拼命地争辩道，“我说话算数。请给我三天时间，我妹妹在等着我回去。您可以不相信我，这城里有个石匠，名叫塞利努迪乌斯，是我唯一的朋友。我让他作为人质待在这里。我若是逃走，到第三天傍晚还没有回到这里的话，您就绞死我的那位朋友。求您了，就这样。”

听到此话，国王以残忍的心情窃笑着。说得多狂妄啊！肯定是不会回来的。装作上他的当放走他，这会很有趣。而且到第三天杀了那个替身，这也很值得玩一玩。人就是如此不可信赖！我装作悲伤的表情将那个替身处以磔刑，要让世间那些以正人君子自居的家伙好好看一看。

“我答应你的请求，你可以把那替身喊来。你要在第三天太阳下山之前回来。如果迟到，我一定会杀了那个替身。你可以稍稍晚点回来，我会永远宽恕你的罪。”

“怎么？你说什么？”

“哈哈。如果珍惜生命的话，就晚点回来。我知道你的心思啊。”

梅洛斯捶胸顿足深感悔恨。他已经不愿意再说了。

儿时的玩伴塞利努迪乌斯深夜被召进王宫里。当着暴君迪欧尼斯的面，一对好朋友时隔两年重逢了。梅洛斯把事情一五一十全都告诉了朋友。塞利努迪乌斯默默地点点头，紧紧地拥抱了梅洛斯。朋友和朋友之间，这就足够了。塞利努迪乌斯被五花大绑。梅洛斯立即出发了。初夏，满天星斗。

这天夜里梅洛斯一刻也没睡，急急地赶了十里路。赶到村里已是第二天上午，太阳升得老高，村民们都开始出门去原野里干活。梅洛斯那十六岁的妹妹也正要代替哥哥出去放羊，看见哥哥蹒跚着走来那副疲惫困顿的身影大吃一惊，便纠缠着哥哥问个不停。

“没发生什么事。”梅洛斯强作笑颜，“我在城里搁下事情来的，马上又要赶回城里去。明天举办你的婚礼。早点办好吧。”

妹妹满脸通红。

“高兴吗？我把你的漂亮衣服也买回来了。快！赶紧去通知村民，就说明天举办婚礼。”

梅洛斯又蹒跚地走去，回到家里装点诸神的祭坛，计划婚宴的座位，不久便瘫倒在地上，陷入深沉得几乎没有呼吸的睡眠里。

醒来已是夜里。梅洛斯一醒来便立即去拜访新郎家，并请求他们说：因为事出有因，所以请在明天举办婚礼。新郎是个牧民，他很惊讶，回答说：那不行，我们还什么准备也没有做，要等到收葡萄的季节。梅洛斯更是强行请求说：不能等，无论如何要在明天举行。牧民新郎也很倔强，怎么也不肯答应。讨价还价直到天亮，梅洛斯连哄带吓才总算安慰和说服了新郎。婚礼在大白天举行。新郎新娘向诸神的宣誓结束时，乌云覆盖着天空，滴滴答答地开始下起雨来，不久便成了滂沱大雨。出席婚宴的村民虽然感觉到某种不祥，还是振作精神，在热气蒸腾的狭窄房子里忍受着闷热，欢快地拍手唱着歌。梅洛斯也满脸洋溢着喜气，一时间竟然忘记了与国王的那个约定。婚宴到了夜里便越发沸反盈天，人们根本没有察觉屋外的暴雨。梅洛斯真想一生都在这里这样度过。虽然他祈望终生都与这些善良的人一起生活，但现在自己的身体都已经不是自己的，这是不能挽回的事。梅洛斯鼓励自己，最终决定出发。到明天太阳下山，时间还很充裕。他心想，再稍稍睡一会儿，然后马上出发。那时，雨好像也下得小了。他磨磨蹭蹭地真想在这房间里多待一会儿，哪怕是片刻工夫。像梅洛斯这样的人，也还是眷恋之情未了。他走近今晚茫然地沉醉在欢喜里的新娘。

“恭喜你了。我累了，请原谅，我想睡一会儿。醒来后立即就要赶回城里去。因为有很重要的事要办。就算我不在了，你也已经有了温情脉脉的丈夫，所以绝不会感到孤独。你哥哥最厌恶的，就是怀疑和欺骗别人。这一点，你也知道的吧。你和丈夫之间，不要存有任何秘密。我想对你说的，就是这一点。你哥哥是个很了不起的人，你应该感到自豪。”

新娘精神恍惚地点点头。然后梅洛斯拍了拍新郎的肩膀。

“你没有准备，我家也是没有准备。我们家要说宝贝，就只有妹妹和羊，其他一无所有，全都给你吧。另有一事，你成了梅洛斯的弟弟，你要为此感到自豪。”

新郎搓着手觉得很难为情。梅洛斯还笑着向村民们打了个招呼，便从宴席上离去，钻进羊棚里酣睡得像死去一样。

醒来是翌日黎明时分。梅洛斯跳将起来。糟糕！睡过头了？没有，还不要紧，如果现在马上出发，还完全来得及。今天一定要让那个国王看看人的诚信啊，并且笑着走上磔台。梅洛斯开始悠然地整理装束。雨好像也稍稍小了些。整理完装束，梅洛斯便张开双臂，如箭一般猛地冲进雨中。

我今晚会被杀，是为了被杀才奔跑，为了救替身的朋友才奔跑，为了打败国王的奸佞邪智才奔跑。我必须奔跑。而且我会被杀。从年轻时起就要守护名誉。再见了，故乡！年轻的梅洛斯心里很难受，几次都眼看就要停下脚步。嘿！嘿！他一边大声地叫喊着呵斥自己，一边奔跑着。跑出村庄，穿过原野，钻过森林，到达邻村时雨也停了，太阳升得老高，天气渐渐地热起来。梅洛斯用拳头擦着额头上的汗水，来到这里就不要紧了，已经没有了对故乡的依恋。妹妹他们一定会是一对好夫妇。我现在应该毫无牵挂。只要径直赶到王宫，那就大功告成。没有必要如此着急赶路。慢慢走吧！他恢复了从容不迫的秉性，用优美的声音唱起了喜欢的小曲。他晃晃悠悠地走了二里，走了三里，渐渐地走到全程的一半时，从天而降的灾难令梅洛斯猛然停下了脚步。看呀！前面的河。因为昨天的暴雨，山上的水源地洪水泛滥，浊流滔滔地涌往下游，气势汹涌地冲坏了桥梁，激流发出轰轰的响声，带着浪花飞越桥桁。他茫然地呆立着一动不动。他朝四周打量了一下，声嘶力竭地叫喊着。小船全都被波浪卷得无影无踪，也不见艄公的身影，白浪滔滔就像大海一样。梅洛斯蹲在河边号啕大哭，一边举起手向宙斯哀求。“神啊！赶快让这惊涛骇浪停下来！时间每时每刻都在过去。太阳也已经是正午。若不能在它下山之前赶到王宫，那个好朋友就会为我而死。”

浊流宛若在嘲笑梅洛斯的叫喊，越发地奔腾咆哮着。波浪滔天怒涛万丈，而且时间在一分一秒地消失。此刻梅洛斯决心已定。只有游过去。神啊，请诸神明鉴！现在我要发挥绝不输给浊流的仁爱和真诚的伟大力量！梅洛斯扑腾跳进了河流，开始与如同百条大蛇翻滚而来的惊涛骇浪做殊死的搏斗。河流里的漩涡向他蜂拥而来。他手臂上凝聚着全身的力量，一点点地拨开漩涡连连的波浪。面对勇猛奋斗的人之子鲁莽的身影，大概是神也感到了悲哀，最终起了恻隐之心。他继续被波浪推搡着，好歹算是神奇地抓住了对岸的树干。谢天谢地！梅洛斯像马似的大大地打了个寒战，立即又急急地赶路。时间一刻也不能浪费了。太阳已经向西倾斜。他喘着粗气攀上山岭。登上山岭正要松口气的时候，眼前突然跳出一伙山贼。

“站住！”

“干什么？我在落日之前要赶到王宫。放了我。”

“慢着！你不能走。把身上的东西全都放下！”

“我除了这条命，什么也没有。我这条命接着要给国王。”

“我们就是来索你命的。”

“看来你们是按国王的命令在这里伏击我的啊。”

山贼们二话不说，抡起棍棒一拥而上。梅洛斯轻轻地弯下身子，如飞鸟一般袭向近身的一人，夺取了对方手上的棍棒。

“对不起了，是为了正义！”他猛然一击，片刻工夫就打倒三人，趁剩下的人怯阵的间隙迅速跑下山岭。他虽然一口气跑下山岭，但毕竟十分疲惫。正当这时，午后灼热的太阳对着他火辣辣地照射着，梅洛斯不知多少次地感到眩晕。这不行！他振作精神，摇晃着走了两三步，终于扑通跪倒在地，站不起来了。他悔恨得仰天痛哭。哎呀！啊！横渡浊流、打翻三名山贼一路狂奔跑到这里的梅洛斯哟！真正的勇士梅洛斯哟！此刻却在这里累得无法动弹，真是可悲可叹！他斥责着自己：挚爱的朋友因为相信你不久就会被杀害。你是个少有的不虔诚的人，的确是正中国王的下怀啊！他浑身无力，已经无法前进半步。他就地躺倒在路边的草地上。如若身体疲劳，精神也会随之退缩。算了！别管它了！这种与勇士不相称的怄气本性，在内心的角落里咀嚼着。我做了如此的努力，丝毫也没有想过要毁约，请诸神明鉴！我竭尽全力，但是奔跑到这里跑不动了。我不是个不虔诚之徒。哎呀！如果能做到的话，我真想割开我的胸膛，让你看看我鲜红的心，想让你看看我这颗只靠仁爱和诚实的血液跳动着的心。可是，我却在这关键时刻筋疲力尽了。我是个特别不幸的人，我一定会被人们耻笑的，我们全家都会被人们耻笑的。我欺骗了朋友。中途倒下，就和从一开始就什么也没干一样。哎呀！算了，不管它了！这也许是我命中注定的。塞利努迪乌斯啊，你要原谅我，你一直都相信我，我也从不欺骗你，我们是真正的好朋友，相互间从来没有在内心里存有过疑惑的阴云。就连现在，你还天真地等着我。是啊，在等着我吧。谢谢了，塞利努迪乌斯，竟然还相信我。想到这些，我就难以忍受。因为朋友和朋友之间的真诚，是这世上最最值得夸耀的宝贝啊！塞利努迪乌斯，我奔跑了。我丝毫也没有想要欺骗你，你要相信我！我是心急火燎地赶到了这里。我冲破了浊流，从山贼的包围中逃脱，一口气跑下了山岭。我是能做到的呀！哎呀！而且，不要指望我。放弃我！怎么样都行。是我输了，我没出息，你笑我吧。国王在我耳边悄悄地说可以晚点来，约好如果迟到就杀了替身放了我，我恨国王的卑劣。可是现在看来，我真成了国王说的那样。我会迟到吧。国王会自以为是地笑我，而且会平安无事地赦免我吧。若是那样，我比死还难受。我永远是个背叛者，是地上最不讲信誉的人种。塞利努迪乌斯呀！我也去死吧，让我和你一起去死。唯独你，肯定会相信我。不！那是我的自以为是。哎呀！干脆作为缺德的人继续活下去。村子里有我的家，还有羊。妹妹夫妇绝不会把我从村子里赶出去吧。什么正义，什么真诚，什么仁爱，想到这些我就觉得很无聊。杀了人自己却活着，那不就是人世间的常规吗？哎呀！一切都是毫无价值的。我是个丑恶的背叛者。不管怎样，顺其自然就好。彻底完了！——他伸展着四肢，迷迷糊糊地似睡非睡。

耳边突然传来潺潺的流水声。他稍稍抬起头屏住气倾听着，好像水就在脚跟前流淌着。他摇摇晃晃地爬起身一看，是从岩石的裂缝里，有一股清水在一边轻轻地喃说着什么，一边源源不断地涌出来。梅洛斯弯着腰以便能喝到那股泉水。他用双手掬起水喝了一口，长长地叹了口气，仿佛觉得从梦中醒了过来。能走了，走吧。随着肉体疲劳的消失，他又产生了希望，尽管那种希望微乎其微。那是完成义务的希望，是杀身成仁守护名誉的希望。夕阳将火红的余晖洒向树林的枝叶上，枝叶都散发出燃烧似的光芒。离日落还有段时间。有人在等着我。有人丝毫不抱怀疑地、在静静地期待着我。我是值得信赖的，我的命不是问题，以死谢罪之类好听的话就不说了，我必须回报这种信任。如今就只剩这一件事。快跑！梅洛斯。

我是受信赖的，我是受信赖的。刚才那魔鬼的喃语，那是梦，是噩梦，忘掉它，是浑身疲乏时忽然做了那样的噩梦。梅洛斯，这不是你的耻辱。你还是真正的勇士。难道你不重新站起来奔跑吗？谢谢！我可以作为正义之士去死啊。哎呀！太阳在往下沉，在渐渐地往下沉。等等我，宙斯啊！我从出生的时候起就是个正直的人，请让我作为正直的人去死。

梅洛斯忽而推开忽而跃过路上的行人，像黑色的旋风一般奔跑着。在原野里，在酒宴的最中央飞奔过去，令酒宴上的人们大吃一惊。将狗踢飞，飞越小河，以比渐渐下沉的太阳还要快十倍的速度飞快地奔跑着。在和一群游人猝然擦肩而过的瞬间，无意中听到不祥的对话："现在这个时候，那个人正要被钉上磔台。"哎呀！那个人，我就是为了那个人，现在才这样奔跑着。不能让那个人死，赶快！梅洛斯，不能迟到。唯有现在，才能让人们知道仁爱和真诚的力量。什么身上的装束，顾不上它了。梅洛斯现在已经几乎赤身裸体，喘不过气来，有两三次血从嘴里喷出来。看见了，能看见遥远的彼方小小的、锡拉库萨城的塔楼。塔楼披着夕阳，闪闪发光。

"呃，梅洛斯先生。"呢喃般的声音随着风一起传来。

"你是谁？"梅洛斯边奔跑着边问。

"我是菲洛斯特拉德斯，是您的朋友塞利努迪乌斯先生的弟子。"这个年轻的石匠也跟在梅洛斯的身后一边奔跑一边喊道，"已经来不及了，你不要跑了，已经救不了他了。”

“不！太阳还没有落下。”

“现在他正好是要被处以死刑的时候。唉，你已经迟了。太遗憾了。差一点点，如果再早哪怕一点点的话！”

“不！太阳还没有下山。”梅洛斯感觉胸口像要胀裂了，他只是盯着火红的、硕大的夕阳。只有奔跑，没有别的办法。

“你停下，别跑了。现在重要的是你自己的命。他相信你的，即使被拉到刑场上，他也泰然处之，即使国王狠狠地戏弄他，他只是回答说‘梅洛斯会来的’，看上去还是有着坚强的信念。”

“所以我才要奔跑。因为他相信我，所以我要奔跑。不是来得及来不及的问题，也不是人命问题。不管如何，我都是为了更远大的目标在奔跑。你跟我来！菲洛斯特拉德斯。”

“哎呀！你发疯了？那么跑快点也好。兴许也不是来不及。奔跑也可以。”

不必说了，太阳还没有下山。梅洛斯拼尽最后的力气奔跑着。梅洛斯的头脑里空空如也，一个念头也没有，只是被一股巨大而莫名的力量拖曳着奔跑。太阳缓缓地沉入地平线，最后一片余晖将要消失的时候，梅洛斯如疾风一般冲进刑场。赶上了！

“等一等！不能杀他！梅洛斯回来了，现在如约回来了。”梅洛斯想朝着刑场上的群众大声叫喊，但嗓子已经喊不出来，只是微微地发出嘶哑的声音。群众没有一个人注意到他的到来。磔柱已经高高地竖立起来，五花大绑的塞利努迪乌斯被慢慢地吊起。梅洛斯目击这一切，以最后的勇猛，就像起先游过浊流似的将群众挤开，挤开。

“是我！刑吏！该杀的是我，是梅洛斯。把他当作人质的人在这里！”他用嘶哑的声音拼命地叫喊着，一边跑上磔台，使劲地咬住被吊起的朋友的双脚。群众沸腾起来，纷纷叫喊着：真棒！宽恕他！绑在塞利努迪乌斯身上的绳索被解开了。

“塞利努迪乌斯，”梅洛斯泪流满面地说道，“快打我，用尽力气打我。我在路上做过一次噩梦。你如果不打我，我就连和你拥抱的资格都没有。快打！”

塞利努迪乌斯似乎已经察觉了一切，用整个刑场都能听到的响声抽打了梅洛斯的右颊。然后他温情地微笑着。

“梅洛斯，打我。用同样响亮的声音打我的脸。在这三天里，我只有一次产生过怀疑你的念头。我是平生第一次怀疑你。你如果不打我，我就不能和你拥抱。”

梅洛斯用手腕有节奏地打了塞利努迪乌斯的面颊。

“谢谢！是朋友啊！”两人同时说道，紧紧地拥抱在一起，然后喜极而泣，呜呜地放声大哭。

从群众中也传出啜泣声。暴君迪欧尼斯在群众的背后凝视着两人相遇的情形。不久他静静地走近两人，赤红着脸这么说道：

“你们两人的愿望实现了。你们战胜了我的内心。诚实，绝不是空洞的妄想。怎么样？让我也成为你们的朋友吧。如何？答应我的请求，我想成为你们中的一人。”

群众中欢呼声骤起。

“万岁！国王万岁！”

一名少女把红色斗篷献给梅洛斯。梅洛斯慌了神。好友反应敏捷，告诉他：

“梅洛斯，你不是一丝不挂吗？赶快把这斗篷穿上才好。这位可爱的姑娘见你梅洛斯的裸体让大家看着，难堪得受不了了。”

勇士面红耳赤。

（取材自古代传说和席勒的诗歌）

蟋蟀

我要与你分开。你满口谎言。或许我也有不应该之处。可是，我实在是不知道自己究竟哪里不应该了。我已经二十四岁了。到了这个年纪，就算有人说我不对，也已经改不过来了。若不死去一次，再像耶稣那样复活，就绝对改不过来。我又认为寻死是最大的罪恶，所以要与你分开，按照我自己认为对的生活方式，努力过一段生活。我心里对你害怕极了。在这个世上，一定是你的活法更正确吧。可是，对我来说，照着那个样子实在难以活下去。我嫁到你家，已经五年了。十九岁那年与你相亲，没过多久，我就几乎空着手嫁到了你家来。事到如今我要告诉你，我父母都十分反对这场婚事。我弟弟当时刚上大学，也用一副大人的样子，很不高兴地问我：姐姐，没问题吧？我想你一定讨厌听到这些，所以一直藏在心里，但实际上，那时还有另外两桩婚事找到了我。现在我已经记得不太清楚了，不过其中一位刚刚从帝国大学法律系毕业，家里是大户，将来有望成为外交官。我还看过他的照片。他有一张开朗阳光的脸。这是池袋的大姐给我推荐的人选。另外一位快三十岁，在我父亲的公司工作，是一位技师。毕竟那是五年前的事情，我的记忆已经不太清晰，不过我还记得，他是个大家族的总领，人也踏实可靠。他好像深得我父亲青睐，父母都很支持那桩婚事。我应该没看过他的照片。这种事并不重要，不过我要是再听见你的嘲笑，定会倍感痛苦，所以我要将记得的事情全部说清楚。

刚才说的这些事，绝不是为了挖苦你。这点，请你相信。我很为难。我未曾有过早知道就嫁给别人这种不贞洁的愚蠢想法。除你之外的人，我都未曾想过。如果你还像平时那样笑话我，我会非常为难。我是很认真地在对你说这些话。请你一直听到最后。无论那时还是现在，我都丝毫不想跟你以外的人结婚。这一点，非常清楚。我从小就最不喜欢拖泥带水。那时候，父亲、母亲、池袋的大姐都对我百般劝告，让我先去相个亲再说，可是对我来说，相亲就跟婚宴差不多，因而没有轻易答应他们。我对那些人是一点儿结婚的意思都没有。如果他们是大家说的那样无可挑剔的人，想必能轻松找到别的好媳妇，让我感觉很是无趣。我心里一直有个想法，一定要嫁给这个世界上（我说这种话，你总是会立刻嘲笑我）除了我别人都嫁不了的人。正好在那个时候，你那边提起了婚事。由于这桩婚事实在太乱来，父亲和母亲都从一开始就很不高兴。起因是那个开古董店的但马先生到父亲的公司来卖画，说了好多闲话之后，突然提起这幅画的作者将来一定会有出息，要不，您把令千金嫁给他吧。父亲把他口无遮拦的玩笑话当成了耳旁风，只把画买下来挂在了公司会客室的墙上，结果没过两三天，那个但马先生又跑过来，这回竟认认真真地想要说亲事了。真是乱来。做媒人的但马先生太乱来，请但马先生做媒人的人也让父亲和母亲十分无奈。不过我后来一问，原来你对那件事一无所知，一切都出于但马先生的热心肠。但马先生真是对你照顾有加。现在你能这么有出息，也多亏了但马先生的提携。他真的让你完全远离了生意场上的琐事，想来是十分看重你的才能。今后，你也万万不能忘了但马先生。那时，我听了但马先生突如其来的说媒，心里虽然有些惊讶，却突然想与你见上一面了。不知为什么，我特别高兴。一天，我偷偷跑到父亲的公司，去看你画的画。那时候的事，我有对你说过吗？我假装找父亲有事，走进了会客室，一个人仔仔细细欣赏了你的画作。那天很冷，我站在没有热气的宽敞的会客室角落里，看着你的画，冻得瑟瑟发抖。那张画上有个小院子，还有阳光普照的外廊。外廊上没有人，只摆着一个白色的坐垫。那幅画上，就只有绿色、黄色与白色。看着看着，我颤抖得更加厉害，连站都站不住了。我想，这幅画一定只有我才能明白。我这样说可是认真的，你不能笑话我。我看了那幅画之后的两三天，身体的颤抖一直停不下来，不分昼夜。我心里想，我无论如何都要嫁给你。这个想法如此轻浮，让我羞愧得全身像火烧一样，可我还是去请求了母亲。母亲露出了很不情愿的表情。尽管如此，我早已料到这个反应，没有放弃，直接答应了但马先生。但马先生大声说了不起！然后猛地站起来，还被椅子绊倒了，不过那时我和但马先生都没有笑。后来的事情，你也很清楚了。日子一天天过去，我家对你的评价是越来越差。父亲母亲不知从哪里查到，你没对父母说一声，就从濑户内海的老家跑到了东京来，彼时不仅是双亲，连亲戚都再也不理会你了，还有你爱喝酒，从来没上过展览会，好像是个左翼分子，都不知道有没有从美术学校正经毕业。他们用这些事实来说服我，训斥我，不过，在但马先生的热心张罗下，相亲一事好不容易谈成了。我与母亲一道去了千疋屋的二楼。你正是我想象中那样的人。看到你衬衫的袖口干净整洁，我非常感慨。我拿起红茶托时，身体不听话地颤抖起来，让茶匙叮当乱响，令我十分难堪。回到家中，母亲关于你的坏话说得更凶了。她最不满意的是，你一直在吸香烟，都没怎么跟她说话。她还一直说你面相不好，说你将来没有前途。可是，我心里已经决定了要嫁给你。别扭闹了一个月，我总算胜利了。我跟但马先生商量了一番，几乎空着手来到了你这里。在淀桥那座公寓里居住的两年，是我一生中最快乐的日子。每一天，我心里都装满了对明天的计划。你对展览会和房东的姓名都毫不关心，自顾自地画着画。日子越是贫困，我就越是兴奋，心里生出一种奇怪的喜悦，对当铺和旧书店都有种类似遥远故乡的怀旧感。真的一分钱都没有的时候，我得以考验自己的所有能力，变得特别有劲头。因为，越是没钱的时候，三餐就越是快乐，也越是美味啊！我不是发明了一样又一样好吃的料理吗？现在不行了。一想到我要什么都能买到，脑子里一点儿幻想都涌不出来。来到集市上，我感觉自己无比虚无。我只会照着别人家大妈买的东西，也买一样的东西回来。你突然变得有出息了，从淀桥的公寓搬出来，住进三鹰町这座房子里，从那以后，快乐的事情就一样都没有剩下了。我再也没有了发挥能力的空间。你甚至突然口齿伶俐起来，对我更加疼爱了，可是不知为何，我竟觉得自己成了一只宠物猫，总是十分为难。我以前从未想过你是能在这个世上立足的人，我一直以为你会贫穷到死，一辈子都画自己想画的东西，遭到世人嘲笑，却不会对任何人低头，偶尔喝喝你喜欢的酒，一辈子都不被俗世玷污。莫非我是个笨蛋吗？可是，这世界上，总归会有这么一个美好的人才对，无论当时还是现在，我都对此深信不疑。那人头上的月桂树冠，别人都看不到，所以他一定会被当成笨蛋，谁也不愿意嫁给他，不愿意照顾他，所以我要嫁给他，一辈子为他而活。我曾以为，你就是那样的天使。我曾以为，只有我才能理解你。结果呢，却变成了这个样子。你突然变得有出息了。我不知为何，竟感到异常羞耻。

我并不憎恨你出人头地。知道你那些流露着不可思议悲哀的画作，正一天天得到更多人喜爱，我每晚都会感谢神明，我高兴得几乎要哭出来。你住在淀桥公寓那两年，随性地描绘你喜欢的公寓后院，描绘深夜的新宿街道，在我们一分钱都没有剩下的时候，但马先生会找上门来，拿走两三幅画，留下一笔足够的钱。那时你看到但马先生把画拿走，表情格外落寞，对金钱是一点儿都不关心。但马先生每次过来，都会悄悄把我叫到走廊上，一脸严肃地低下头说请您收下，然后把一个白色信封塞到我的和服腰带里。你每次都装出一副不知情的样子，我也从未做过马上打开信封查看内容的卑劣举动。因为就算什么都没有，我也下定了决心想办法生活下去。我从未向你报告过信封里有多少钱，因为我不想玷污你。我真的一次都未向你提过要求，说我想要钱，请你出名。我认为，像你这样不善言辞又粗鲁的人（对不起）不可能变成有钱人，也绝不会变得有名。可是，那原来都是你的伪装啊！为什么？为什么？

自从但马先生来找你谈个人展览的事情，你就变得爱打扮了。首先，你开始去看牙医了。你有很多蛀牙，一笑跟个老头子似的，不过此前你一点儿都不在意，就算我劝你去看牙医，你也说没关系，还开玩笑说要是牙齿掉光了就去装一口假牙，到时候戴着一口金牙，让女孩子喜欢上了也没办法。你本来就是这个样子，从来不在乎自己的牙齿，可后来不知是吹了什么风，每逢工作的空隙，你就会跑出去装上一两颗锃亮的金牙回来。我说，你快笑一个，你就会涨红了一张满是胡楂的脸，少见地用无力的语气辩解说，是但马那家伙太啰唆了。我住到淀桥的第二年秋天，你举办了个人展览。我特别高兴，能让你的画被更多人喜欢上，还有什么能比这件事更让人高兴呢。我还是有先见之明啊！不过，报纸对你大加赞扬，展出的画一售而空，著名的大家也给你写了信。这一切变得太好，让我感到害怕了。你和但马先生都一直要我到会场去看看，我却只能浑身颤抖，躲在房间里织毛线。你那些画全都摆在会场上，足有二三十张，有那么多人都来欣赏，光是想象那个光景，我都要哭出来了。我甚至想，这么好的事情，竟然这么快就到来了，那一定会有坏事发生。我每晚都要向神明祈祷。我的幸福，有这么多就足够了，请你保佑那个人，让他不要生病，不要遇到坏事。你每晚被但马先生叫出去跟各路大家联络关系，有几次直到第二天早晨才回来。我心里明明没什么想法，你却会对我细细讲述前一晚的事情，哪位老师如何如何，谁又是个蠢货，尽说些很无聊的话，一点儿都不像原来那个沉默寡言的你。我跟你生活了两年，从未听你在背后说过别人的坏话。以前就算哪位老师如何如何了，你不也是一副唯我独尊的态度，对别人漠不关心吗？而且，你不用这么努力地试图说服我，也不用做那种懦弱迂回的辩解，我长到这么大，也不会一直都不谙世事，你倒不如把话说清楚了，用一天的痛苦，换来你我的轻松。反正我是你一辈子的老婆。对那方面的事，我是不怎么信任男人，但也不会使劲怀疑。如果是那方面的事，我可一点儿都不担心，也能笑着忍受，不过，有些事比这个还要痛苦。

我们突然成了有钱人。你也变得格外忙碌了。你收到了二科会[①]的邀请，成了他们的会员。如此一来，你就觉得公寓的小房间太丢人了。但马先生也一直劝你搬家，还说住在这样的公寓里，容易在世人面前丢了信誉，关键会让画的价值一直都上不去。他给你出了个主意，干脆狠狠心租一座大房子，而你也连连称是，说住在这种公寓里会被人看不起，还一口气说了好多粗俗的话，把我吓了一跳，感到特别落寞。但马先生骑着自行车四处打听，最后帮我们找到了三鹰町的这座房子。年末，我们便带着寥寥几样家具，搬到了这座大得离谱的房子里来。你在我不知道的时候跑到百货公司去，买了许多豪华的家具，百货公司把那些东西一件接着一件送过来时，我顿感胸闷气短，随即陷入了悲伤。这样一来，我们就跟外面随处可见的暴发户没什么两样了呀。可是我为了不让你伤心，还是努力装出了特别雀跃的样子。不知不觉，我就变成了那个令人讨厌的“尊夫人”。你甚至说，要在家里请个用人，唯有这点我绝对不能接受，表示了坚决反对。我无法使唤别人。搬过来之后，你马上印了三百张兼作搬家通知的贺年卡。三百张。你什么时候有了这么多熟人呢？我感觉你走上了十分危险的钢丝绳，心里十分害怕。坏事，一定很快就要发生了。你不是那种通过俗气的交往获得成功的人。想到这里，我心中十分不安，只能每天提心吊胆地过着日子，怎知你不仅没有跌倒，反倒又发生了许多好事。难道我错了吗？我母亲也开始有事没事到家里来做客，每次都

---

① 一个日本美术家团体。

给我拿和服和存折过来，看着特别高兴。父亲一开始不想看到公司会客室的画，把它放到仓库去了，这回他却把画拿回了家，还换上了好画框，挂在了书房里。池袋的大姐也开始给我写信，要我好好生活。家里还多了许多客人。有时候，客人还会把客厅给坐满了。每逢那种时候，你开朗的笑声就会一直传到厨房里来。你真的越来越爱说话了。以前的你是那么沉默寡言，当时我就想，啊，这个人心里什么都清楚，觉得一切都很无聊，才会一直沉默不语啊。原来并不是这样。你在客人面前，可以讲出非常无聊的话来。你会把头天刚从客人那儿听来的绘画论原样照搬过来，当成自己的意见一样谈论；我读小说获得的感受，要是说给你听，你也会在第二天若无其事地把我的愚论全都照搬给客人听，说什么莫泊桑果然是害怕信仰啊。而我当时正端着茶水要走进客厅，听了那些话实在太羞耻，顿时呆在了原地。原来，你以前是什么都不知道啊。对不起。虽然我也不是无所不知，但自认为有着自己的见解，可是你要么一言不发，要么只会学别人说话。尽管如此，你还是不可思议地获得了成功。那年，二科的画甚至获得了报社大奖，报纸上登出了最为夸张的赞赏之词，让人羞耻得不好意思说出来。孤高、清贫、思索、忧愁、祈祷、夏凡纳[①]，还有许多别的字眼。你后来跟客人谈论了那篇文章，竟平淡地说八九不离十，你说的这都是什么话呀。我们一点儿都不清贫。要给你看看存折吗？你自从搬到这座房子里，就像变了个人似的，开始满口谈钱。有客人请你画画，你一定会面不改色地谈起价钱来。还说这种事一开始就说清楚，以免到后面会生出矛盾，这样也会让双方心情爽利一些。我碰巧听到你对客人说这样的话，心里还是感到很难受。你为什么如此拘泥于金钱呢？我认为，只要能画出好的画作，生活自然有办法过下去。

---

① 夏凡纳（Puvis de Chavannes，1824—1898）：法国画家。他在法国各地留下了色调宁静而富有宗教诗意的壁画。油画代表作有《贫穷的渔夫》。

做好工作，然后不为人知地、贫穷地、恭谨地生活，能有什么比这更让人高兴的呢。我不想要钱，什么都不想要。我只想心中怀着远大的尊严，静悄悄地活下去。你现在还会检查我的钱包了。每次拿到钱，你都会在你的大钱包和我的小钱包里，分别放上一笔钱。你会在你的钱包里放上五张大纸钞，又在我的钱包里放上一张折成四折的大纸钞。剩下的钱，就会存到邮局和银行里。每次我都只是在一旁看着。有一次，我忘了锁上书架那个用来放存折的抽屉，你发现之后，显得很不高兴，说我让你很为难，把我训斥了一顿，害得我垂头丧气。你到画廊去领钱，三天左右会回来，但是每次回来都是深夜，醉醺醺地打开大门，一走进来就对我说：喂，我剩了三百元回来，你快看看。真是太让人悲伤了。那是你的钱，无论怎么用，都随你的便呀。我认为，人有时候会想花掉一大笔钱来转换心情。莫非你觉得，要是把钱都花光了，我会大失所望吗？我固然知道金钱的可贵，但我活在世上，并没有满脑子都想着它。一想到你剩下了三百元，回来时的满脸得意，我就感到无比落寞。我一点儿都不想要钱。我不想买什么，也不想吃什么，更不想看什么。家里的家具靠利用废品就能凑合，和服也可以重新染个色，重新缝一缝继续穿，连一件新的都不用买。无论条件多么差，我都有办法支撑下去。就连一根挂毛巾的竿子，我都不想买新的。那太浪费了。你总是会带我到城里去，请我吃昂贵的外国料理，可我一点儿都不觉得那些东西好吃。我会坐立难安，心惊胆战，真心觉得那样太浪费了，太多余了。比起三百元，比起外国料理，我更希望你给家中院子做个丝瓜架，那样更能让我高兴。八叠房间的外廊西晒很强，要是你在那里做上一个丝瓜架，一定就会好很多。无论我怎么求你，你都说叫园艺店来做就好了，一直不愿意亲自做。叫园艺店就得花钱，我可不愿意。我只想让你做，而你却说好啦好啦，明年再做，结果到了今天，也没有给我做。你在自己的事情上非常奢侈浪费，对别人的事情却视若无睹。不记得是何时，你朋友雨宫先生因为夫人生病，非常困扰，便前来求助，你专门把我叫到客厅去，很认真地问我家里现在有钱吗，我觉得可笑，又觉得愚蠢，实在为难得不得了。我涨红着脸回答不上来，你就调侃似的对我说，别瞒着了，四处找找，多少也能找出二十元来吧，我听完吓了一跳。就二十元。我定定地看着你，你却抬起一只手在我面前做出打发的样子，对我说快把钱拿给我，别小气巴拉的。然后笑着对雨宫先生说，彼此都这么穷，真是让人难受啊。我十分震惊，不知该说什么才好。因为你一点儿都不清贫。现在的你，哪里还能看到忧愁美丽的影子呢？你成了完全相反的、任性的乐天派。每天早晨在洗手间高声唱民谣的人，不就是你吗？我见到街坊邻居都快羞愧死了。祈祷、夏凡纳，这些你都配不上。至于孤高，难道你没发现，你只生存在周围那些人的追捧之中吗？你被到家里来的客人称作老师，恣意贬低别人的画作，俨然一副没有同道中人的模样，如果你真的这样想，那应该不需要说那么多坏话，去换取客人的赞同了。你只是想从客人那里得到赞同，哪怕只是一些场面话也照单全收。这又何来的孤高呢，你真的有必要让每一个人都心服口服吗？你是个大骗子。去年你从二科退出，创造了新浪漫派这个团体时也一样，我一个人过得多么难受啊。你竟把自己在背后百般嘲笑和愚弄的人召集起来，创建了那个团体啊！你丝毫没有自己的见解。在这个世界上，或许你的活法才算正确吧。葛西先生来做客时，你和他说了不少雨宫先生的坏话，时而愤慨，时而嘲笑；而雨宫先生来做客时，你却对他非常温柔，还说我真正的朋友只有你，感慨得一点儿都不像在说谎，然后，你就开始非难葛西先生的态度了。世间的成功人士，可能都像你这样生活吧。我时刻都感到恐惧又不可思议，惊讶于你这样的生活竟然不会搬起石头砸了自己的脚。一定会有坏事发生。要是有坏事就好了。我甚至开始在心中祈祷，为了你，也是为了证实神明的存在，请一定要发生一件坏事。可是，坏事依旧没有发生。一件都没有发生。你还是那样好事不断。你那个团体的第一次展览会评价非常好。我听看展的客人说，你的菊花画作让人感到心境澄明，仿佛嗅到了高洁爱情的馥郁香气。为什么会这样呢？我感到十分奇怪。今年正月，你第一次带我去据说是你最热心的支持者、那位有名的冈井老师家拜年。老师是个如此出名的大家，还是住在比我们家要小的房子里。我认为他才是名副其实。老师体态臃肿，稳如泰山，盘腿坐在那里。他戴着眼镜，定定地看着我，那双大眼睛才真的是孤高之人的双眼。我就像头一次在父亲公司那个冰冷的会客室看到你的画一样，身体微微震颤起来。老师性情真是单纯，说起话来一点儿架子都没有。他看到我便开玩笑说，哦，这真是一位好夫人，看上去有武士家族的修养啊，而你却一脸认真地夸耀道，这人的母亲是士族，让我忍不住冷汗直冒。我母亲哪是什么士族啊？我父母都是彻头彻尾的平民百姓。今后你该不会被别人一哄，说出这人的母亲其实是华族这种话来吧。真是太让我恐惧了。没想到连老师这等人物，也没能看破你全部的谎言，我真是百思而不得其解。难道世上的人都这样吗？老师说你这段时间的工作一定很辛苦吧，还特意说了很多话慰劳你，而我想起你每天早上大声唱歌的样子，不知道为什么，只觉得非常滑稽，险些嗤笑出来。从老师家出来，还没走出去一个町，你就踢了一脚沙砾骂道：呿，对女人油嘴滑舌。把我给吓了一跳。你真是太卑劣了，刚刚还在那位老师面前点头哈腰，才走出去没几步就说起了人家的坏话，你真是个疯子。从那时起，我就想跟你分开了。我再也无法忍耐了。你一定错了。真希望灾难能降临在你身上。可是，坏事依旧没有发生。我看你连但马先生过去的恩情都忘了，甚至对朋友说但马那个蠢蛋又来了，而但马先生好像不知何时也知道了这件事，每次都笑着说但马这个蠢蛋又来了，然后优哉游哉地从后门走进来。你们的事，我是一点儿都不明白了。人的尊严，究竟到哪里去了呢？我要跟你分开。我甚至感觉你们都抱成一团在戏弄我。前些天，你在广播上宣讲了新浪漫派的时局意义。我当时坐在茶室里看晚报，突然听到你的名字被报了出来，紧接着就是你的声音。我觉得，那就像陌生人的声音。那个声音多么污浊不清啊！我觉得，这真是个讨厌的人。我得以站在远离你的立场上，清楚地提出对你这个人的批判。你只是个人而已。从今往后，你一定还会不断出人头地吧。真无聊。听到“我之所以有今天”，我就把广播关掉了。你究竟觉得自己变成了什么呢？请你感到羞耻。请不要再说“之所以有今天”这种恐怖无知的话语了。啊，真希望你早日遇到挫折。那天夜里，我早早睡下了。我关掉电灯，独自仰躺着，背部下方有只蟋蟀在拼命叫唤。它其实是在地板底下叫唤，那个位置正好在我背部下方，让我感觉自己背骨里有只小小的蟋蟀在叫唤。我要一辈子铭记那微小幽静的声音，将它收藏在背骨里生活下去。在这个世界上，你一定是正确的，而我才是错误的，可我就是不明白，我究竟错在哪里，怎么错了。

1941年

东京八景

伊豆南部是个除了有温泉涌出以外再无其他长处的无趣山村，住着大约三十户人家。这种地方住宿费应该也很便宜，仅仅出于这个理由，我选择了这个荒凉的山村。那是昭和十五年七月三日的事。那个时候在金钱方面我也稍稍宽裕了些。但对于今后，我还是感到一片黑暗。说不定我会完全写不出小说。如果我在两个月里都完全写不出小说，那么我就会身无分文。仔细想想，虽然这些许宽裕并不能令人安心，但对我而言，即使只有这么点宽裕，也是我这十年里的第一次。昭和五年的春天，我开始了在东京的生活。那个时候，我已经和H这个女人有了共同的家。在乡下的长兄每个月都会给我足够的钱，我们这两个愚蠢的人尽管互相告诫着不要浪费，但到了月末一定还得带着一两件物品去当铺。到了第六年，我和H终于分手了。留给我的只有被子、书桌、台灯、一只箱笼，以及一笔骇人的巨额欠债。之后过了两年，我在某个前辈的关照下，平平凡凡地相亲结婚了。又过了两年，我第一次得以喘息。我贫乏的创作集已经出版了将近十本。我开始发现即使对方没有约稿，但只要我拼命地写了送过去，三篇里还是能卖出两篇。今后就是无须谄媚的成人的工作。我只想把自己想写的东西写下去。

虽然是很不踏实、令人不安的宽裕，我却打心眼里感到欢喜。至少在一个月里，我可以不用担心钱的事，只写自己喜欢的东西。当时我对自己的境遇感到很不真实。在恍惚与不安交错的异样心绪下，我感到坐立难安，反而没法开始工作。

东京八景，是我一直都想有一天静下心好好去写的短篇。我想把我十年来的东京生活寄笔于当时的情景。我今年三十二岁。以日本的伦理观，这个年龄意味着已经步入中年阶段。自问我的肉体与热情，纵然悲伤，却也无法否认这一点。所以记好，你已经青春不再。长着一张三十岁男人的脸。东京八景，是我对青春的诀别之辞。我写它时不想讨好任何人。

那家伙越来越平庸了。这种不学无术的中伤随着微风悄然传入我的耳中。每一次，我都会在心中坚定地回答：正相反。我本就是平庸之人。你没有察觉吗？当我决心把文学作为一生的事业时，愚蠢的人反倒认定我不足为惧，而我只需暗暗微笑。演员的世界里有常青树，文学里则无。

东京八景。我觉得我应该趁现在这个时期把它写出来。现在既没有迫在眉睫的既定工作，又有一百元以上的宽裕。现在不是为恍惚与不安的复杂心绪叹息而在狭小的房间里白白打转的时候。我必须不停地往上爬。

我买了一张东京市的大地图，在东京站登上了驶往米原的火车。我可不是去玩的。我反复告诫自己，此行是为了尽全力打造出我人生重大的纪念碑。在热海换乘驶往伊东的火车后，又在伊东乘上了前往下田的巴士，巴士沿着伊东半岛的东海岸南下，颠簸了大约三个小时后，我在那个看起来住着大约三十户人家的破落山村下了车。我觉得在这一带住一晚大概不会超过三元。只有四家简陋得令人很难不心生犹豫的小旅馆排在一起。我选择了名为F的旅馆。四家旅馆中，这家让我觉得或许还相对好些。在被看起来刁钻、粗鄙的女服务员带着上到二楼进房间看了以后，我这个也老大不小的人竟然有点想哭。我想起了三年前在荻洼借住的出租屋。即使是在荻洼，那出租屋都算是条件最差的。但现在这间六叠大小的房间——紧挨着收纳被子的房间，却比那出租屋看起来更廉价、更寒酸。

“没有其他房间了吗？”

“是的，都满了。这间很凉快的哦。”

“是吗？”

我似乎被她小瞧了。大概要怪我穿的衣服不好。

“住宿分三元五十钱和四元。午餐另外收费。您要哪种？”

“请给我三元五十钱这一档。我想吃午餐的时候会说的。我来是想在这里学习，大概住十天。”

“请稍等。”女服务员下了楼，过了一会儿，她又回到房间，“那个，如果是长期住宿，需要事先收费。”

“是吗？那么要给你多少好呢？”

“说不好，随意即可。”她语焉不详。

“那我给你五十元吧。”

“啊……”

我把纸币摊在书桌上。我感觉受不了了。

“全都给你吧。这里有九十元。我只留点香烟钱。”

我在想为什么我会来这种地方。

“真不好意思，那我就收下了。”

女服务员离开了。不能生气。我有重要的工作。我强迫自己相信这样的待遇与如今自己的身份相符。我从手提箱底层取出笔、墨水以及稿纸等。

时隔十年的宽裕就是这样的结果。但我告诉自己，这样的悲哀也是我命中注定，是最合理的。就这样忍耐着在这里开始了工作。

我不是来玩的。我是来这里尽我全力工作的。这一晚，我在昏暗的电灯下把东京市的大地图在书桌上铺满。

我时隔多少年才像这样把东京全图摊开了看？十年以前我刚开始在东京居住时，甚至不好意思买这个地图，不知犹豫了多少次，担心会被别人嘲笑自己是乡下人，终于下定了决心，故意用粗声粗气的自嘲口吻买了一份塞进怀里，踩着吊儿郎当的步伐回到出租屋。夜晚，我关紧房门，悄悄地打开了那张地图。红、绿、黄组成的美丽图案。我屏住呼吸看得入迷。隅田川、浅草、牛込、赤坂。啊，什么地方都有。只要我想去，就随时都能去。我甚至觉得自己见识到了奇迹。

如今，即使眺望着这形状宛如被蚕啃过的桑叶一般的东京市全貌，我也只会想到住在那里的人们各自生活的模样。络绎不绝的人群从日本全国涌来这没有情趣的空地，他们大汗淋漓，互相推搡，为争夺每一寸土地而时喜时忧，他们互相忌妒、反目，雌性招呼雄性，雄性却只是半狂乱地到处打转。我的胸口忽然异常唐突地、毫无前后关联地浮现起小说《埋木》里一行哀伤的文字："所谓爱情，就是梦想着美好造孽。"这是和东京没有任何直接关系的句子。

户塚——一开始我就住在这里。排在我上面的哥哥在这里独自租了一栋房子学习雕刻。昭和五年，我从弘前的高中毕业后，便在东京帝大的法语文学系就读。虽然我对法语一窍不通，但还是想听法语文学的讲课，对辰野隆先生怀着懵懂的敬畏。我在离哥哥家大约三条街的新建出租屋里借了靠里的一间房间。即使是亲兄弟，如果住在同一屋檐下也会尴尬，这话我们彼此虽然没明确说出口，但心照不宣地顾忌到了这一点。所以我们虽然住在同一街区，却隔了三条街。之后过了三个月，哥哥就病逝了，得年二十七岁。哥哥死后，我还是住在户塚的出租屋里。从第二学期开始，我就几乎不去学校了。我坦然地给世人最恐惧的、见不得人的工作帮忙。而对自诩为那工作一大任务的文学则心怀鄙视。在那期间，我就是一个纯粹的政治家。那年秋天，从老家来了个女人，是我叫来的，她就是H。我和H相识于升入高中那年的初秋，之后要好了三年。她是个天真的艺伎。为了这个女人，我在本所区东驹形借了一间屋子，就在木工店的二楼。在那之前我和她从没有过肉体关系。长兄为了这个女人从故乡赶来。七年前丧父的兄弟就在户塚出租屋里那个昏暗的房间里见面了。面对弟弟像变了个人似的凶恶态度，哥哥流下了眼泪。我以绝对要与她结为夫妻为条件，把那个女人交给了哥哥。相比交出那女人的骄慢弟弟，想必还是接手此事的哥哥更为痛苦数倍。在把那女人交出去之前，我第一次睡了她。哥哥带着女人暂且回了乡下。女人始终态度暧昧。在收到一封语气生硬、毫无感情的“平安到家”的信之后，那女人便再无音信。她似乎彻底安下了心。对此我愤愤不平。我觉得在我斗争得众叛亲离，甚至让母亲尝到了地狱一般的苦楚时，你却一个人凭着无知的自信而松懈，这实在是不像样。你应该每天都给我写信，可以喜欢我多点，再多点。但那女人不喜欢写信。我绝望了。我早出晚归，为帮忙那个工作而到处奔走。我不曾拒绝过别人请求的事，也渐渐看清了自己在这方面的能力有限。我陷入了双重绝望。银座后面的酒吧女喜欢上了我。谁都会有被喜欢上的时候。那是段堕落的时期。我叫上那女人一起投身于镰仓的海里。我认为破灭之时就是死亡之时。那忤逆神明的工作也快破灭了。因为不想被人说懦弱，所以我甚至会接下力不从心的工作。H只会考虑自己一个人的幸福。不是只有你才是女人。因为你不愿体会我的痛苦，才会遭到这样的报应。活该。对我来说最痛苦的就是众叛亲离。我自杀最直接的一个原因就是意识到母亲、哥哥以及阿姨出于我和H的事而大为震怒。女人死了，我活了下来。关于死去之人，我以前也写过数次，这是我一生的污点。我被关进了拘留所。经过审问后最终不予起诉。那是发生在昭和五年年末的事。哥哥们也开始温柔对待没死成的弟弟了。

长兄把H从艺伎的身份中解放出来，并在次月把她送到了我的身边。他是个恪守承诺的兄长。H一脸无辜地来了。我在五反田的岛津公共分售地的旁边租了租金三十元的屋子。H积极努力地工作。那时我二十三岁，H二十岁。

在五反田的时期是愚蠢的年代。我毫无志向，也丝毫没有再起步的希望。我靠讨好偶尔来访的朋友们度日。对于自己那丢人的前科别说是害臊了，甚至隐隐感到自豪。那实在是寡廉鲜耻的低能时期。我还是几乎不怎么去学校。我厌恶所有的努力，每天都游手好闲地瞅着H。我是个白痴，什么都不做。就这么拖拖拉拉的，我又开始给那个工作帮忙了。然而这一次，我却毫无热情。无业游民的空虚。这就是我在东京的一个角落里第一次拥有家时的模样。

到了那年夏天我搬去了神田同朋町。深秋时搬去了神田和泉町。到翌年初春时，又搬去了淀桥柏木。这些都不值一提。我以朱麟堂为号用心写着俳句，就像个老年人。因为给那个工作帮忙，我第二次进了拘留所。每次从拘留所出来，我都会听从朋友们的叮嘱搬去别的地方。我既不觉得感激，也没有厌恶。我的态度极其消极——如果这样对大家好，就这么做吧。我浑浑噩噩地和H在爱巢中一天一天地过着日子。H很快活。虽然她每天都要狠狠数落我两三次，但随后就会若无其事地开始英语的学习。我给她制定了课程表让她学习。她似乎记不住。英语学到了勉强能认罗马字以后就不知不觉地停了。她写信还是蹩脚。她不想写信。信都是我给她打的草稿。她似乎喜欢做大姐头。即使我被警察带走，她也不曾太过慌乱。甚至还有过把那思想理解成侠义之道的愉快日子。同朋町、和泉町、柏木，我二十四岁了。

那年晚春，我又得搬家了。眼看着又要被警察叫去，我就逃了。这次的问题稍微有点复杂。我对老家的长兄瞎扯了一通，让他把两个月的生活费一起寄给我，我拿着那些钱搬出了柏木。家里的东西分别给了各个朋友保管，只带着随身物品搬去了日本桥八丁堀的木材店二楼，那是间八叠大的屋子。我摇身一变成为出生于北海道的落合一雄。因为实在不安，所以花钱也很当心。我用天无绝人之路的无谓信念来掩饰自己的不安。对于明天我毫无打算。我什么都做不了。偶尔我会去学校，在礼堂前的草地上默默地躺好几个小时。有一天，我被一个毕业于同一所高中的经济学部学生告知了一些令人厌憎的事。我感觉像是吃了苍蝇。我不想相信，反而怪罪起那个告知我此事的学生。我想只要去问H就知道了，就连忙回了八丁堀木材店的二楼，却怎么都说不出口。那是初夏的午后，西面的太阳晒进房间，很热。我让H去买一瓶ORAGA啤酒。当时ORAGA啤酒要二十五钱。我喝了那瓶之后说再要一瓶，然后就被H训了一通。被训之后我也来了脾气，努力装作若无其事的样子把今天从学生那里听来的事告诉了H。H用家乡话骂了句扯淡，看似生气地皱起了眉。然后她就安静地做着针线活，她看起来一清二白。我相信了H。

这一晚我读了本坏东西。卢梭的《忏悔录》。我对卢梭终究还是为妻子以前的事而饱受艰苦的部分耿耿于怀，继而无法忍耐。我没法相信H了。这一晚，我终于还是让她坦白了一切。从学生那里听来的事全是真的，而且更为恶劣。我甚至觉得越是逼问就越没个底，于是在中途停下了。

但在这方面，我没有资格责备他人。镰仓的事要怎么算。但那一晚，我还是气得心里直翻腾。我这才意识到直到那天之前，我都把H当成捧在手心里的宝贝，以她为傲。我是为了她而活。我一直以为我救她时她还纯洁如玉。我勇士一样单纯地对她所言全盘认可。对朋友们我也都自豪地讲述着H就是这么性情刚毅，在来我这里之前都守身如玉。我找不出是该说贺喜还是别的什么话。我是个蠢货。我不懂女人。但我完全没法对H的欺瞒生气。我甚至觉得如实坦白的H惹人怜爱，想要摸摸她的背。我只是感到遗憾，觉得不乐意。我想用棍棒把自己生活的模样打得粉碎。总而言之，我感到无法承受。于是我去自首了。

检察官的审讯告一段落后，又没死成的我再次步行于东京街头。我能回去的地方只有H的房间。我急急忙忙地去了H那里。那是寂寥的再会。我们彼此低声下气地笑着，无力地握手。从八丁堀搬离后，又去了芝区白金三光町。我们租了一座空着的大房子的别栋房间住下。故乡的哥哥们虽然无语，但还是不作声地给我寄钱。H好像没事发生似的恢复了精神，但我还是逐渐从愚蠢中清醒了。我开始写遗书，写了上百页的“回忆录”。如今这“回忆录”成了我的处女作。我想毫不粉饰地把自己从幼时开始的作恶（“幼时”在原稿中写为“幼儿”）写下来。那是二十四岁那年秋天的事。我坐在别栋的房间里，眺望着杂草丛生的开阔废园，脸上失去了笑容。我再次打算去死。若要说我做作，我确实是做作，还自以为是。我终究是把人生当成了戏。不，是把戏当成了人生。如今我对谁都没用。连唯一的H也沾着他人的污迹。找不到任何要活下去的意义。我下定了决心，我要作为一个愚蠢的、灭亡的民众去死。我想要忠实地演好时代的浪潮分配给我的角色。一个注定要输给他人的悲惨卑屈的角色。

然而人生并不是戏。谁都不知道第二幕会如何。还有作为“毁灭”的角色登场却直到最后都没有退场的男人。我本想写一封小小的遗书，为我的幼年以及少年时代告白，写下曾经有过一个那么龌龊的孩子。但那遗书反而成了我的惦念，点燃了我虚无幽暗的生命烛火。我没能去死。我开始对只有一篇“回忆”不满。既然已经写到了这份上，我就想全部写下来。我想把我迄今为止全部的生活一吐为快。那件事想写，这件事也想写。想写下来的事有许多。我先写了镰仓的事件，但是不行，总会有疏漏。然后我又写了一篇，还是不满意。我叹了口气，又开始写下一篇。我没法画上句号，只是连续地写着逗号。那恶魔永远都在召唤我前去，我几乎要被其吞噬。是我螳臂当车。

昭和八年，我二十五岁了。我必须在这年的三月从大学毕业。但别说毕业了，我连考试都没去。故乡的哥哥们不知道这些。他们似乎在暗暗期待我会是个诚实的人，会因为自己犯下那么多蠢事而心有歉意，至少会毕业给他们看。但我彻底地辜负了他们。我没想要毕业。

欺骗自己信赖的人就像是几欲疯狂的地狱。之后的两年里，我就坐困在那地狱之中。来年我一定毕业。还请再给我一年时间。我对着长兄哭诉请求，然后再辜负。那年是如此。翌年还是如此。在将死的深刻反省、自嘲与恐怖中，始终没有死去的我只是自顾自地沉迷在号称遗书的一系列作品里。如果能写成这个的话。或许这玩意儿无非只是幼稚的感伤。但我却为这些感伤拼了命。我把写完的三四篇作品藏在大纸袋里收好。渐渐地，作品的数量多了起来。我在那纸袋上用毛笔写了“晚年”两个字。这是我打算给这一系列遗书取的标题。意思就是这样就都结束了。因为有人买下了那栋有着草坪的空房子，我们不得不在这一年的早春搬离那里。我们在杉并区天沼三丁目的熟人家租了一间屋子。那人在报社工作，是个优秀的市民。之后的两年里我们住在一起，也确实让他操了不少心。我越发没了毕业的意思，只是异常地沉迷于要完成那部著作集。因为我怕被人数落，于是对那个熟人也好，甚至是对H，我都搪塞着撒谎说来年能毕业。每个星期我都会像模像样地换上制服去一次学校。在学校的图书馆里，我或者随意地借各种书乱读一通后打个盹儿，或者又是给作品打底稿，傍晚时才离开图书馆回天沼。H和那熟人一点都没怀疑我。虽然表面上我看起来完全没事，但心里在暗暗着慌。我每时每刻都感到焦躁。我想在故乡还没断我生活费之前写完。然而，这实在是很辛苦。我写了又撕，连同骨髓一起都被那恶魔吃干抹尽。

一年过去了。我没有毕业。哥哥们大发雷霆，而我也照例哭诉，干脆地撒谎说来年一定毕业。除此以外，我没有能求他们寄钱的理由。我没法对任何人说出真实情况。我不想让人成为共犯。我想独自成为一个彻头彻尾的浪子。我相信这样一来，周围人的立场也能明明白白，不会发生任何被我牵连的事。为了写遗书请再给我一年时间这种不着边际的话是没法说出口的。我最不愿意被人当成自以为是的诗情梦想家。如果我说出这种不现实的事，即使是哥哥们想给我寄钱也不得不停止了。如果知道了实情还给我寄钱，那么以后哥哥们就会被世人当成我的共犯。我不要这样。我必须成为一个奸佞狡诈的弟弟去欺骗哥哥们到底，虽然这话就像是无理搅三分的小偷一样，但我就是这么严肃地思考过的。我还是每周穿着制服去一次学校。H和那报社的熟人也都深信着我来年能毕业。我已经被逼得走投无路。每一天都是一片黑暗。我不是坏人！欺骗他人就好像是地狱。不久后，我搬去了天沼一丁目。因为三丁目不方便上班，熟人在那年的春天搬家去了一丁目市场的后面，就在荻洼站附近。我们也被邀请一起搬去，租下了那栋楼的二楼房间。我每晚都睡不着。喝着廉价的酒，动不动就咳痰。虽然我觉得我可能是病了，但没工夫去看。我想快点把那纸袋中的作品集弄好。虽然这大概是我自说自话、自以为是的想法，但我想留下它作为我对大家的赔罪。这是尽我所能去做的事。那一年的晚秋，我总算是写完了。在二十多篇中，我只挑出了十四篇，其他的作品就和写坏的原稿一起烧掉了，足有满满一箱笼的量。我把它们拿到院子里，烧得干干净净。

“哎，你为什么要烧？”那一晚，H忽然说。

“因为用不到了。”我微笑着回答。

“你为什么要烧？”H重复着相同的话，哭了。

我开始整理身边的物事，把向别人借来的书籍一一归还，信件以及笔记卖给了收破烂的。我还把两封别的信件悄悄放进了写着“晚年”的纸袋里。一切似乎都准备好了。每晚我都出门喝廉价的酒。我害怕面对H。那个时候，有个学友和我商量要不要出同人杂志。我半敷衍地回答，如果取名叫《青花》就加入。结果玩笑成了真。各方都有人自称同志。我迅速和其中二人打得火热。我所谓的青春最后的热情也就此被点燃。这是死亡前夜的乱舞。我们一起醉酒，殴打低能的学生们。我们狂热地爱上了堕落的女人们。H的柜子在H不知觉间空了。纯文艺册子《青花》在这一年的十二月完成。但只出了一本以后，伙伴们就四散而去。他们诧异于毫无目的的异样狂热。之后就只剩我们三人，人称三笨蛋。但这两人却成了我一生的朋友。我在那二人身上受教匪浅。

接下去的那年三月，又快到了毕业的季节。我接受了某家报社的入职考试。我想让住一起的熟人还有H都以为我正因为毕业将近而忙碌。我说我要成为报社记者过一辈子平凡的生活，这话让大家都开怀而笑。虽然事情总会暴露，但我想维持多一天哪怕是多一秒的平和，我生怕让人惊愕，所以拼命撒谎以自圆其说。我总是这样。然后就被逼得走投无路，开始考虑寻死。明明最终都是会暴露，也只会令人加倍震惊激怒，但我怎么都无法把这令人心寒的现实说出口。再过一会儿、再过一会儿，是我自己让自己在这虚伪的地狱中越陷越深。我根本没打算去报社，也不可能通过考试。完美的欺瞒大戏眼看就要破局。我觉得是时候去死了。三月中旬，我独自去了镰仓。那是在昭和十年，我企图在镰仓的山里自缢。

那已经是自因在镰仓跳海引起骚动的第五年。因为我会游泳，所以不容易在海里死。我选择了以前听说的确实能成功的缢死。然而我再次难堪地失败了。我恢复了呼吸。或许我的脖子比一般人粗。我红肿着脖子恍恍惚惚地回到了位于天沼的家。

我想要自己决定自己的命运却失败了。我摇摇晃晃地回到家，陌生而不可思议的世界大门打开了。H在玄关轻轻抚摩着我的背脊。其他人都安慰着我，说还好、还好。我因人生的温柔而发愣。长兄也从老家赶了过来。虽然被长兄劈头盖脸地骂了一通，但我对这个哥哥无比怀念、仰慕。可以说，有生以来我第一次体会到这种不可思议的感情。

出乎意料的命运很快又继续展开。过了几天，我突然剧烈腹痛。我一夜没睡地忍耐，用汤婆子温暖腹部。我意识渐渐模糊，于是叫来了医生。我在被褥中被直接抬上担架送去了阿佐佐谷的外科医院。又立刻动了手术。是阑尾炎。但我不仅是就医晚了，更错用汤婆子温暖腹部从而导致腹膜流脓，这使得手术变得很困难。手术后第二天，我不停地咳出血块。之前胸部的病情突然显著恶化。我奄奄一息。尽管连医生也干脆地放弃了我，罪孽深重的我却一点一点地恢复了。过了一个月我腹部的伤口先行愈合，却作为传染病患者被转去了世田谷区经堂的内科医院。H始终跟在我的身边。她笑着告诉我医生告诫她不可以接吻。那个医院的院长是长兄的朋友。所以我很受照顾。我们借了两间宽敞的病房住在了医院里，还把家什细软也都搬了进去。五月、六月、七月，差不多到了花脚蚊子肆虐、医院里挂起白色蚊帐的时节，我在院长的指示下，转去了千叶县船桥町。那里位于海岸。我们在近郊租了新建的房子住下。虽然来这里是为了异地疗养，但在这里也因我而一团糟。地狱般的大骚乱开始了。从在阿佐佐谷的外科医院的时候我就染上了可怕的恶习。我开始使用麻醉剂。起初是医生为了减少我这个患者的痛苦，早晚换纱布时会用到麻醉剂，但没多久，离了那药物我就睡不着了。我因为失眠的痛苦而极度脆弱。于是我每晚都求医生。这里的医生已经放弃了我，所以总是会温柔地满足我的请求。转到内科医院后，我也会执拗地去求院长。院长差不多是求三次勉强答应一次。我求医生开药，这已经不是为了肉体而是为了消除自己的惭愧和焦躁了。我无力承受寂寞。搬去船桥后我就去镇上的医院诉说自己的失眠和上瘾症状，强行索要那药物。之后，我又逼着那软弱的小镇医生开了证明，直接去镇上的药房买药。回过神时，我已经成了凄惨的瘾君子。没多久，我就开始为金钱犯愁。那个时候，长兄每个月会给我九十元的生活费。但除此以外的临时花费，长兄定然会拒绝。这是理所当然的。我从来就没有做过一丝想要回报兄长之爱的努力。我只是任性地反复折腾自己的生命。自那年秋天以来，偶尔会出现在东京的我俨然是邋遢的半疯子。那个时期我的种种不堪模样，我清楚，大家也都清楚。我无法忘记。我成了日本第一的顽劣青年。我会为了借十元、二十元去东京，在杂志社的编辑面前泣不成声，还因为太过缠人而被编辑痛斥。那个时候，我的原稿也有了些许变为金钱的可能。我躺在阿佐佐谷的医院以及经堂的医院时，靠着朋友们的奔走，我那只纸袋里的“遗书”有两三篇被有名的杂志刊登。从而引起的不论是恶评还是支持的话语对我而言都太过强烈，我因为狼狈不安而狂乱，对药物的依赖也越发加剧，因为过于痛苦，我还厚着脸皮去杂志社和编辑以及社长面谈，求他们给我预支稿费。我太沉溺于自己的苦恼，自然注意不到其他人也在拼命努力生活这么一个理所当然的事实。那个纸袋里的作品也被我一篇不剩地卖完了。我已经没有任何东西可卖，也没法立刻写出作品。我的题材已经枯竭，什么都写不出了。那个时候的文坛评价我“有才无德”，但我自己却相信我是“纵然有德也无才”。我没有所谓的文采。除了全身心直面以外，我不懂其他方法。我就是个认死理的，执拗于一宿一餐之恩的刻板道德，是因为无法忍受反而就自暴自弃、寡廉鲜耻的那种人。我出身于严厉保守的家庭。负债是最大的罪恶。人为了摆脱负债就会欠下更多的债。对药品的上瘾也是为了消除对欠债的惭愧，从而使得自己越发深陷。在药店的支出越来越多。我还曾经在大白天的银座一边啜泣一边行走。我要钱。我从将近二十个人那里抢也似的借了钱。我不能死。我想在还了这些债以后再死得干干净净。

我已经不再被人理睬。自移居船桥已经过了一年，昭和十一年的秋天，我被塞上汽车送去了东京板桥区的某家医院。睡了一夜醒来时，正身处脑科医院的病房里。

在那里过了一个月，一个秋高气爽的午后，我终于被允许出院。我和来接我的H一起上了车。

时隔一个月的相逢，我们却都沉默着。车开了一会儿，H开口了。

“药已经戒了吧？”那是生气的语气。

“我今后什么都不信了。”我说出在医院学会的唯一一件事。

“是吗？”现实的H似乎把我说的话往金钱方面的意思理解了，她深深地点了点头，“人是靠不住的。”

“我也不相信你了。”

H的表情有些尴尬。

在船桥的房子已经在我住院时废止。H搬进了杉并区天沼三丁目的一间公寓。我在那里安顿下来。我收到了来自两家杂志社的约稿。从出院的那个晚上我就开始了写作。我写了两篇小说，然后攥着稿费去热海毫无节制地喝了一个月的酒。我不知道今后要如何是好。三年里，长兄每个月都会给我生活费，但入院前的累累负债还是一如从前。虽然我也计划过在热海写出很好的小说，再用它换来的钱去偿还眼下我最为惦念的欠债。但别说写小说了，我无法忍受周遭的荒凉，只是一个劲儿地喝酒。我深切地认识到自己是个没用的男人。在热海，我的欠债反而增加了。不论做什么都不行。我输得一败涂地。

我回到天沼的公寓，放弃了一切指望的肮脏肉体躺倒在地。我就快二十九岁了。却一无所有。我有一件棉和服，H也有，就这么一件。我想这就是生活的底层了吧。我们靠着长兄每个月寄来的补贴苟且偷生。

然而，这还不是底层。这一年的早春，某个西洋画画家来找我谈了一件出乎我意料的事。他是我很要好的朋友，听到他所说的，我感觉就要窒息了。H已经犯下了可悲的错。我回忆起从那个不吉利的医院出来时，H在车里因为我不着边际的信口开河而慌乱的模样。虽然我让H很是操劳，但我是抱着这辈子都和H共同生活的打算。因为我对爱情表现笨拙，所以H和西洋画画家都没有察觉到这一点。即使他找我谈，我也束手无策。我不想伤害任何人。三个人当中，我最年长。我想过至少我应该冷静地做出有担当的指示，但我却因为这太过意外的事而失了神志，狼狈不堪，坐立不安，反而被H他们鄙视。我什么都没做到。而那个西洋画画家也在那期间一逃了之。我即使身处痛苦，还是觉得H很可怜。H似乎已经打算寻死了。在无法承受之际，我也想到了寻死。两个人一起死吧。即使是上帝也会宽恕我们的。我们就像是感情和睦的兄妹一般出发旅行，去了水上温泉。那一晚，我们两人在山里自杀。我想过不能让H死，并为此做出了努力。H活下来了。我也精彩地失败了。我们服了药。

我们终究分手了。我没有勇气继续留住H。也可以说是我抛弃了她。我试着用人道主义来虚张声势、假装忍耐，但还是觉得已经明明白白看到了此后的每一天都会是丑恶的地狱。H独自回到了乡下母亲的身边。我没有听说过西洋画画家的消息。我独自留在公寓里开始了自己做饭的生活，学会了喝烧酒。牙也有了缺损。我变得面目可憎，搬去了公寓附近的出租屋。那是条件最差的出租屋。我觉得那才与自己相符。若在这里最后看一眼世间——我站在门边却见月光盈盈，荒野纵横，松树矗立。我经常会在四叠半的出租屋里独自饮酒到醉，然后走出出租屋靠在门柱上，低声哼唱着不成调的小曲。除了两三个不忍离去的好友以外，谁都不搭理我。连我也渐渐明白了我被世间如何看待。我是个无知骄慢的无赖，还是个白痴，还是个下等狡猾的色坯，伪装的天才诈骗师，过着穷奢极欲的日子，没钱了就假装要自杀来威胁家乡的亲人们。把贤良淑德的妻子当成猫狗似的虐待，最后还赶走了她。此外，还有各种传言以供世人嘲笑、憎厌、愤怒。我已经被彻底埋葬，被当作废人相待。我意识到了这些，连出租屋的门都不愿踏出一步。没有酒的夜晚，我就嚼着咸仙贝看侦探小说，悄悄地乐呵。杂志社和报社都没有约稿，我什么都不想写了。我写不出。然而，虽然没有任何人来催我还那笔生病时期的欠债，但我却连在睡梦中都深受其苦。我已经三十岁了。

是什么导致了转折呢？我认识到我必须活下去。是老家的家庭给了我这理所当然的力量吗？长兄当选了议员，随后立刻因违规选举被起诉。我一直敬畏长兄的严谨人格，一定是他的身边有小人作祟。姐姐死了。外甥死了。堂弟死了。这些都是我从坊间传闻中听说的。我很早就和故乡的人断了所有音信。故乡接二连三的不幸渐渐地支起了我躺卧着的上半身。我曾经耻于家世显赫。因有钱人家少爷的头衔而破罐子破摔。受之有愧的恐惧使我从小就自卑、厌世。我相信有钱人家的孩子必须得像有钱人家的孩子那样堕入地狱。逃跑是懦弱。我努力想要作为一个恶业之子有担当地死去。但一夜之间我突然意识到，我哪里是什么有钱人家的孩子，我是个连能穿出门的和服都没有的贱民。从故乡寄来的补贴应该也会在今年断掉。户籍早已经分开。而且生我养我的老家此刻也在不幸的深渊。我已经不再拥有天生必须对人畏首畏尾的特权。反而要倒着来。除此以外还有一点，当我在这出租屋的单间里甚至失去了寻死气概的卧床期间，我的身体神奇地迅速恢复了强健，这个事实也是一个重大原因。另外，还能举出种种诸如年龄、战争、历史观的动摇、对怠惰的厌恶、对文学的谦虚、神明的例子吧，要解释人的转折点总会觉得虚幻。其解释即使能勉强算是正确，但总会在须臾缝隙之间散发出谎言的气息。因为人并不是总在思考、估量之后才选择前行道路的。很多时候，人会在不知不觉间走到另一片平原。

我在三十岁的初夏第一次立志从事文学。仔细想想，算是大志晚成。我在家徒四壁的四叠半出租屋里拼命写作。如果饭桶里剩有出租屋的晚餐，我就悄悄地捏成饭团以备深夜空腹之时。这一次我不是写遗书，是为了生存而写。一位前辈鼓励了我。不管世人如何憎恨嘲笑我，那位前辈作家始终一如既往地默默支持着我。我必须回报这份珍贵的信赖。不久，我完成了《姥舍》这部作品。我如实地写下了我和H去水上温泉寻死时的事。这篇当即就出手了。有一个编辑一直都不曾忘记，一直在等待我的作品。这笔稿费我没有乱花，而是去当铺买了件能出门的和服，穿戴整齐地出门旅行。我去了甲州的山上。然后我再度整理了思路，打算开始着手写长篇小说。我在甲州待了整整一年。虽然没有写完长篇小说，但发表了十篇以上的短篇。也听到了来自各方支持的声音。我想这就是文坛的可贵之处，能够一辈子在那里生存的人实乃幸福哉。翌年，昭和十四年正月，我在那前辈的关照下相了亲，平平凡凡地结婚了。不，并不平凡。我不花分文地举办了婚礼。在甲府市的近郊租了间只有两个房间的小屋住下。那屋子的房租一个月要六元五十钱。我连续出版了两本创作集。手头有了些许宽裕。我逐步整理念念不忘的欠债，但这实在是个大工程。这一年初秋，我搬去了东京市外的三鹰町。这里已经不是东京。我在东京市的生活，从我仅带着一只提包出发去甲州的时候起，就已经中断了。

如今我是一个靠写稿生活的人。即便是在旅行时，我也毫不计较地在旅馆登记簿上写下文字工作者。即使有苦恼也很少说。即使是堪比以往的痛苦，我也会佯装微笑。蠢材们说我变得平庸了。每一天，武藏野那大大的夕阳都咕噜咕噜沸腾着落下，我盘腿坐在可以看到夕阳的三叠大的房间里，一边吃着朴素的饭菜一边对妻子说："我这样的男人固然不能出人头地，也不会飞黄腾达，但我无论如何都想保护这个家。"这个时候，我突然想到了东京八景。过往如同走马灯一般在我的胸中旋绕。

这里虽然是东京市外，因为就在附近的井之头公园也算得上是东京名胜之一，那么即使让武藏野的夕阳加入东京八景也无妨。我翻阅着心中的相簿，想要决定剩下的八景。但在这种情况下，能称为艺术的都不是东京的风景，而是风景中的我。是艺术欺骗了我，还是我欺骗了艺术？结论：艺术即我。

户塚的梅雨、本乡的黄昏、神田的祭礼、八丁堀的烟花、芝的满月、天沼的寒蝉、银座的闪电、板桥脑科医院的大波斯菊、荻洼的晨雾、武藏野的夕阳，回忆的幽暗花朵翩翩舞动，整理实在很难。我又觉得硬凑八景也是下贱。想着想着，我又找到了春夏二景。

今年四月四日我去拜访了住在小石川的大前辈S先生。五年前我患病时，S先生非常担心我。直到最后我被狠狠地斥责了一番后，几乎算是被逐出他门下。不过今年正月伊始我登门致歉并道了谢。此后一直都久疏问候。再次登门那天是为了请他出任好友著作出版纪念会的发起人。他当时在家。欣然答应了我的请求后，又聊了美术以及关于芥川龙之介文学的话题。他还如往常那样语重心长地对我说："虽然我也觉得以前对你不太好，但如今看来，反而是有了好结果，我也感到很高兴。"我们一起乘车去了上野。在美术馆里参观了西洋画的展览会。很多画都很无趣。我在一幅画前站定了脚步。S先生很快就来到我身边，把脸凑近了那幅画。

"幼稚。"他无心地说。

"差得远呢。"我也干脆地说。

是H的那个西洋画画家的画。

离开美术馆后，我们又一起在茅长町看了电影《美丽斗争》的试映，然后又去银座喝茶，就这么玩了一天。黄昏时，因为S先生要从新桥町乘巴士回去，我也一起陪着走去了新桥町。途中我把东京八景的计划告诉S先生。

"武藏野的夕阳真的是很大哦。"

S先生站定在新桥站前的桥上。

"美如画呢。"他低声说着，手指向银座的桥。

"啊……"我也站定眺望。

"美如画呢。"他自言自语似的又重复了一次。

比起正在被观赏的风景，我更想把正在观赏风景的S先生和那被逐出师门的顽劣弟子的模样列入东京八景中的一景。

之后大约过了两个月，我又觅得明亮的一景。某天，妻子的妹妹寄来一封快信："T终于将在明天出发。据说可以在芝公园见个面。

明早九点，请来芝公园。请姐夫把我的心意好好地传达给T。因为我很笨，什么都没有对T说。”妻妹虽然二十五岁，但因为个子娇小看起来就像是个孩子。去年，她和T相亲后定下婚约，但就在订婚以后，T君应召加入了东京的某个联队。我也曾和身穿军服的T君见过一次面并聊了大约三十分钟。那是个爽快、高尚的青年。似乎明天他就要奔赴战地了。收到快信后还没过两小时，又收到了妻妹的快信。这次她写的是：“经过仔细思考，我意识到刚才的请求太过轻佻。什么都不用对T说。但请为他送行。”妻子也笑了。我们明白她正一个人忙得不可开交。妻妹从两三天前就去T君父母家帮忙了。

翌日早上，我们很早就起床出发去了芝公园。增上寺的院内，聚集着大量送行的人。我们逮住一个身穿卡其色团服正拨开人群来回走动的老人询问后，得知T君的部队会顺路去山门前，休息五分钟后马上再次出发。我们离开增上寺院内，去山门前等待T君部队的到来。很快，妻妹也手拿小旗帜，和T君的双亲一起来了。这是我和T君父母第一次照面。因为我们还没有正式成为亲戚，不善交际的我就没怎么打招呼，只是轻轻地用眼神问候。

“怎么样，心情还好吧？”我向妻妹搭话。

“没事啦。”妻妹露出开朗的笑容。

“你为什么这个样子？”妻子皱眉，“笑得那么夸张。”

为T君送行的人非常多。山门前竟然竖立着六面写有T君名字的大旗。在T君家工厂工作的员工、女工们也都放假来送行了。我离开众人，站到了山门的一端。我有些别扭。T君家很有钱。而我牙齿缺损，服装邋遢。既没有穿袴和服，也没有戴帽子。一个寒酸文人。T君的父母一定在想儿子未婚妻的穷亲戚来了。即使妻妹来找我说话，我也把她赶走：“今天你身负重要的职责，跟在你公公的身边。”T君的部队迟迟不来。十点、十一点，到十二点了也没有来。眼前驶过好几辆女子学校的修学旅行团体乘坐的观光巴士。巴士的门上还贴着写有女子学校校名的纸片。那是我家乡女子学校的校名。长兄的长女应该也在上那所女子学校。或许她也在巴士上。或许她正无意识地望着一个蠢叔叔傻站在东京名胜增上寺山门前的模样，却不知道那就是她的叔叔。大约连续驶过了二十多辆巴士，每一次巴士上的女乘务员都会指着我的方向开始解说些什么。起初我还佯装坦然，但最后我也试着摆起了姿势。我像巴尔扎克那样好整以暇地交叉双臂。然后，我觉得自己仿佛成了东京名胜之一。过了一点，人群中响起“来了、来了”的叫声，很快，载满了军队的卡车就抵达山门前。因为T君掌握着驾驶达特桑的技术，所以坐在那辆卡车的驾驶席上。我在人群的后方恍惚地看着这一切。

“姐夫。”妻妹不知何时来到了我身旁，她低声喊了我一下，用力推我的背。我重振精神，只见T君从驾驶席上下车，似乎一眼就发现了站在人群最后面的我，还对我拱手行礼。一瞬间我有些不确定，看着周围迟疑了会儿，还是觉得那一定是在对我行礼。于是我下定决心拨开人群，和妻妹一起走到了T君面前。

“以后的事你不用担心。我这妻妹虽然笨，但她知道女人最重要的是要做什么。你什么都不用担心。我们一起承担。”我难得一脸严肃地说话。看了看妻妹，她也十分紧张，微微仰着头。T君脸色微红，默默地再次对我拱手行礼。

“还有，你就没话要说吗？”这次是我笑着问妻妹。

妻妹垂下了脸：“不用了啦。”

很快，传来了出发的号令。我再次偷偷摸摸地往人群中躲，却还是被妻妹推着去了驾驶席前。只有T君的父母站在那里。

“放心去吧。”我大声说。T君的严父忽然回头看我的脸。他的眼神流露出不悦，仿佛在说：“咋呼什么呢，这家伙是什么人。”然而那时的我却没有退缩。是因为我已经意识到，人类尊严的最终落脚点，就在于能够断言人生就是会有这样那样的痛不欲生吧。虽然我没有通过征兵检查，还很贫穷，但此刻我没有什么好顾忌的。东京名胜用更响亮的声音叫道：

“不要担心以后的事！”今后哪怕T君和妻妹结婚的事万一出现什么问题，我是不在意面子之类的离经叛道之人，一定能成为两人最后的力量。

觅得增上寺山门的这一景后，我感到我作品的构想也已经如同弦被拉成满月的弓一样蓄势待发了。几天后，我带着东京大地图、笔、墨水、稿纸，精神振奋地启程去了伊豆。到了伊豆的温泉旅馆后，会发生什么事呢？已过十天，我还身在那温泉旅馆里。我这是在做什么哪。

千代女

女人果然是不行啊。或许，在所有女人中，只有我这一个女人不行，总之我是越来越觉得自己不行了。虽然这么说，但心中还是有种根深蒂固的想法，认为即便如此，我也总有那么一个称得上好的地方，最终把自己弄得再也无法分辨。我现在就像脑袋上顶着一只生锈的铁锅，感觉不堪重负。我一定是脑子很差劲。一定是。我明年就十九岁了。我已经不是孩子了。

十二岁那年，住在柏木的舅舅把我写的作文投给了《青鸟》，结果被评为一等奖，担任评委的老师给了许多褒奖，让我害怕不已，也让我从此荒废了。那时写的东西，真让我感到羞耻。那种东西真的好吗？究竟好在哪里呢？那篇作文标题叫《跑腿》，讲了我替父亲跑腿去买香烟时发生的小事。我从香烟店的阿姨那里接过五盒香烟，觉得全是绿色的太过单调，就还了一个回去，请阿姨换成朱红色盒子的香烟，这下钱却不够了。阿姨笑了笑，说以后再补上，于是我就特别高兴。我把朱红色的盒子放在绿色盒子上，捧在手心里就像樱草一样漂亮，心中小鹿乱撞，险些连路都不会走了。我写的这些文字充满了孩子气，实在太做作了，现在想起来，真让我心情烦躁。没过多久，舅舅又推荐我把那篇名叫《春日町》的作文投了稿，结果这回没有登在投稿栏，而是放在了杂志第一页，配上了大大的字体。名叫《春日町》的作文讲了池袋的叔母要搬到练马的春日町，那里有很大的院子，叔母还叫我一定要去玩儿，于是我便在六月第一个星期日从驹込站乘坐省线，在池袋站换乘东上线，到练马站下了车。只见眼前是一片无边无际的农田，实在找不到春日町在什么地方，问了周围的人，也都说不知道，急得我都要哭出来了。那天很热。我最后叫住一个四十多岁、拉着装满汽水空瓶的小车的男人问路，那个人露出空洞的笑容，停下脚步，用脏成灰色的毛巾擦了擦满头的汗，反复念叨着春日町、春日町，想了好一会儿。然后，他这样说：春日町非常远，要从那边的练马站乘坐东上线到池袋，再换乘省线到新宿站，然后换乘开往东京的省线，在一个叫水道桥的地方下车。他用不流利的日语努力向我说明了那段遥远的路程，不过我发现，那应该是到本乡春日町的路线。听了他的话，我很快就意识到他是朝鲜人，于是我更加感激，心中充满了感动。日本人明明知道，却嫌麻烦说不知道，而这位朝鲜人就算不知道，也满头大汗地拼命解释，想把他心里的答案告诉我。我对他说，谢谢叔叔。然后，我便按照那位叔叔告诉我的路线，来到练马站，再次乘坐东上线，回到了家里。其实，我真的想到本乡的春日町走走。回到家后，我心里产生了一种不好的悲伤感。我把那件事原原本本写了出来，结果被印成大大的文字，刊登在了那本杂志的第一页，真是出大事了。我家住在泷野川的中里町。我父亲是东京人，母亲则出生在伊势。父亲在私立大学担任英语教师。我没有兄长和姐姐，只有一个病弱的弟弟。弟弟今年上了市立的高中。我绝不讨厌自己的家庭，但还是感到非常寂寞。以前真好。真的很好。我可以尽情对父亲母亲撒娇，尽说一些傻话，让全家人笑话。我还对弟弟很温柔，是个好姐姐。自从作文刊登在《青鸟》上，我就突然成了胆小讨厌的孩子。我甚至开始跟母亲吵架了。《春日町》刊登在杂志上时，推选文章的岩见老师写了一篇比我的作文长两三倍的感想，我读过以后，心里特别落寞。我觉得，老师被我骗了。我认为岩见老师的心远比我要美丽单纯。后来在学校，负责上课的泽田老师在作文课上把杂志拿到了教室，将我的《春日町》全文誊写在黑板上，用非常兴奋的、好似叱责一般的声音，把我夸奖了一个小时。我感到呼吸困难，眼前发黑，身体变得无比沉重，特别害怕。因为我明白，就算得到这么多夸奖，自己也没有这么高的价值，要是之后写了蹩脚的作文，让大家嘲笑了，那该多羞耻、多难受啊！我心里尽在担心这些，感觉快要死了。我还担心泽田老师并没有被我的作文打动，只是见到我的作文被杂志印成了大大的文字，又得到了有名的岩见老师的夸奖，所以才会如此兴奋。我虽然是个孩子，这些事却基本都能理解，反倒更加落寞，难过得不得了。我担心的东西，到后来全都变成了事实。我遇到的全是令人痛苦羞愧的事情。学校的朋友突然开始疏远我，就连跟我关系最好的安藤同学，都开始冷嘲热讽地称我一叶女士、紫式部大人，最后从我身边逃开，跟她以前很讨厌的奈良同学和今井同学混在一起，远远地看着我窃窃私语，然后齐声哄笑，特别粗俗。我当时就想，我一辈子都不写作文了。当初就不应该被舅舅怂恿，一不小心投了稿。舅舅是母亲的弟弟，在淀桥的区政府工作，今年好像三十四五了，去年已经有了孩子，却还以为自己是年轻人，经常在外面喝多了，还闹出事情来。他每次来，好像都会从母亲那里要一点儿钱回去。我听母亲说过，他上大学时，为了成为小说家而努力学习，还受到了前辈们的期待，但是因为交到损友，他被耽误了，还从大学退学了。他好像读了很多日本小说和外国小说。七年前把我那篇蹩脚的作文投给《青鸟》的人，是这个舅舅；后来那七年间，总是找理由欺负我的人，也是这个舅舅。我很讨厌小说。现在虽然不一样，但当时我那些天真的作文连续两次登上杂志，朋友都嘲弄我，老师又给我特殊待遇，让我感到十分沉重，真的很讨厌写作了。从那以后，无论舅舅如何巧言令色地怂恿我，我都再没有投稿。要是他太烦人，我就会大声哭泣。学校的作文课上，我也一词一句都不写，而是在作文本上画三角形、画圆形，或是画纸娃娃的脸。泽田老师把我叫去办公室，训斥我说不可傲慢，做人要自重。我特别不甘心。可是，我很快就从小学毕业了，那种痛苦也好不容易减轻了。我进了御茶水的女校，班上没有一个人知道我那无聊的作文登上过杂志，自己总算松了口气。每次上作文课，我也能轻轻松松写点儿东西，得到普普通通的分数。可是，唯独舅舅总是不厌其烦地戏弄我。他每次到我家来，都会带上三四本小说，推荐给我读。我试着读了，可是那些小说太艰深，我怎么都读不懂，基本上都是谎称读过，就这样还给舅舅了。我上到女校三年级的时候，为《青鸟》选稿的岩见老师突然给父亲写了一封长信，说可惜了我的才能之类。那些话听起来实在太丢人，我都不好意思说出来，总之那位老师对我百般夸奖，用我配不上的恭敬言辞，认认真真地说，我就这样被埋没了实在可惜，要不要再写一些文字，他可以帮我在杂志上发表。父亲一言不发地把信交给了我。我看过那封信，觉得岩见老师真是一位严肃的好老师，同时通过书信的内容，察觉了舅舅在背后多管闲事。舅舅一定是通过某种手段接近了岩见老师，暗中怂恿他给我父亲写了这样的信。一定不会错。“是舅舅请他写的。肯定是这样了。舅舅为什么要做这么可怕的事呢？”我哭丧着脸抬头看向父亲，父亲似乎也看透了这一切，微微点了一下头，不高兴地说：“小舅子可能并无恶意，不过我们可为难了，该怎么对岩见先生说呢？”父亲好像一直都不太喜欢舅舅。我的作文被选上时，母亲和舅舅都十分高兴，唯有父亲说不能让她做这么刺激精神的事情，还责备了舅舅。这都是后来母亲不高兴时告诉我的。母亲总是说舅舅这里不好那里不好，可是只要父亲说舅舅一句不好，她就会跟父亲吵起来。舅舅是我们家的恶魔。收到岩见老师那封语气恭敬的书信后，过了两三天，父亲和母亲终于大吵起来。晚饭时，父亲说：“岩见先生这么有诚意，我们也不能失了礼数。我会带和子上门拜访，向他仔细说明和子的心情，然后致以歉意。只是写信，恐怕要生出误解，万一伤了那边的情谊，那就不好了。”母亲垂下目光，想了一会儿，然后说：“都是弟弟不好，真是给大家添麻烦了。”随后她抬起头，用右手小指撩起垂下的头发，飞快地说：“可能因为我们愚笨，和子被那么有名的老师夸奖，让我真想请他今后多多关照和子。要是有成长的空间，我就想让她尽量成长。虽然每次都要被你训斥，不过你想想，自己是不是也太顽固了？”说完，她还浅笑了一下。父亲停下筷子，用说教的口吻说：“成长了也没什么用。女子的文才不过如此。一时被人当成稀罕物来追捧，到末了只会被毁了一生。和子自己也很害怕。女孩子就该平凡地出嫁，成为好母亲，才是最伟大的活法。你们只是在利用和子满足自己的虚荣心和功名心罢了。”母亲一点儿都不愿意听父亲的话，而是伸手把放在我旁边炭炉上的锅用力一撂，大声叫着烫，把右手拇指和食指摁到了嘴唇上，头也不回地说：“哎呀真烫，都起泡了。不过我弟弟也不是坏心肠啊！”父亲这次把饭碗和筷子都放下了，大声说：“我要说什么你才明白？你们都在借着和子满足自己。”他左手轻轻摁着眼镜，还要再说什么，母亲却突然哭了起来。她用围裙擦着眼泪，十分露骨地说起了父亲的薪水，我们的服装费，还有各种金钱的事情。父亲努努嘴，暗示我和弟弟到一边去，我便领着弟弟进了学习房，接下来整整一个小时，都能听见茶室传来的争吵声。母亲平时是个爽快随意的人，一旦生起气来，就会说出不堪入耳的粗俗话语，让我感到很伤心。翌日，父亲从学校下班回来，好像径直到岩见老师家里去道谢并致歉了。那天早晨，父亲叫我也一起去，可是我心里很害怕，下唇一直微微颤抖，实在鼓不起勇气去拜访。父亲当天晚上七点回到家，对我和母亲说，岩见先生人虽还年轻，却是个很优秀的人，他不仅充分理解我的心情，还反过来向父亲道歉说自己其实也并不想向女孩子推荐文学的道路。他虽然没有道出姓名，不过看样子果然是舅舅再三请求，他才无可奈何地给父亲写了那封信。我掐了一下父亲的手，父亲眯起眼睛笑了。母亲仿佛忘掉了一切，态度十分平静，对父亲的话一一点头，并没有说什么。

接下来那段时间，舅舅都没怎么露面，即使来了，也对我特别疏远，没多久就回去了。我彻底忘了作文的事，每天从学校回来，就打理打理花坛、帮忙做家务、在厨房打下手、给弟弟辅导功课、做针线、学习课业、给母亲按摩，日子过得特别忙碌，给大家帮了不少忙，充满了活力。

可暴风雨还是来了。那是我在女校上四年级时发生的事。正月，小学的泽田老师突然跑到家里来拜年，父亲和母亲都很惊奇，也很怀念，总之非常高兴地招待了老师。原来泽田老师早已不在小学工作，目前正给各处人家当家庭教师，过着悠闲的生活。这么说有点儿失礼，可是我感觉他一点儿都不悠闲，明明跟舅舅年龄相仿，看起来却像四十多，不，将近五十岁的人。他以前虽然也是一脸老成，不过四五年没见，他好像老了二十岁，满脸都是疲惫。老师甚至连笑都没有力气，生生硬挤出了笑容，脸颊上堆满了僵硬的皱纹，与其说可怜，不如说让人感到有些厌恶。他的头发依旧剪得很短，可是一下多了好多白发。他跟以前不一样，一个劲地说要追随我，让我感到困惑，十分痛苦。他一会儿说我器量好，一会儿说我很优雅，全是让人听不下去的露骨奉承话，仿佛我成了比老师地位还高的人。他还对父亲和母亲滔滔不绝地说了好多我小学时代的事情，真是让人心里厌烦，最后还提起了我好不容易才忘掉的作文之事，说那个才能浪费掉真是太可惜了，只可惜那时他对儿童作文并不关心，也不知道通过作文来让童心成长的教育方法，不过现在可不一样了。他已经充分研究过儿童作文，也对那个教育方法很有自信。又问我，和子小姐，怎么样？要不要在我的全新指导下，再一次学习文章创作？我一定会如何如何。他说起这些话时，已经醉醺醺的了，在夸下海口之后，甚至坚持要我跟他握手，父亲母亲虽然脸上在笑，其实内心也很无奈。可是，泽田老师当时酒醉说出的话，其实并不是信口胡说的笑话。大约十天后，他又一脸严肃地跑到家里来，要我做些作文的基本练习，让我感到非常为难。后来我才知道，泽田老师因为小学升学考试一事闹出了问题，被学校辞退，后来生活无以为继，就四处拜访以前的学生家庭，不由分说地给他们当家庭教师，以此来维持生活。他正月来访后，马上又给母亲偷偷写了一封信，把我的文才一顿夸奖，又列举了那时出现的流行作文以及天才少女的例子，百般怂恿母亲，而母亲一直对我的作文心怀留恋，便回信给他，请他每周过来当一次家庭教师，然后又对父亲坚称，这是为了多少帮助泽田老师的生活。父亲也因为泽田老师以前是我的老师，实在没法回绝，便不情不愿地同意让泽田老师过来了。泽田老师每周六都会到家里来，坐在我的学习房里细声细气说好多蠢话，厌烦得不得了。他反反复复对我强调什么文章第一要义是用好助词，那不都是理所当然的事吗？太郎玩庭院，不对。太郎往庭院玩，也不对。一定得是太郎在庭院玩才对。我听了哧哧地笑，他便用十分怨恨的目光瞪着我，恨不得把我脸上瞪出一个洞来，然后叹息一声，说你还不够诚恳，就算才能再怎么丰富，人要是没有了诚恳，那么做什么事都不会成功。你知道寺田胜子这个天才少女吗？此人家境贫穷，就算想学习，家里也连一本书都买不起，可是她非常诚恳，对老师的教诲言听计从，因此才写出了如此惊人的名作，这对于指导她的老师来说，也是多么令人振奋的一件事啊。你要是再多一些诚恳，那么我也能把你教育成寺田胜子小姐那样的人才。不，你生活在如此充裕的环境里，一定能成为更胜一筹的作家，而且在某个方面，我比寺田胜子小姐的老师也更胜一筹，那就是德育。你知道卢梭吗？让-雅克·卢梭，公元一千六百，不，公元一千七百、一千九百，你就笑吧，使劲笑吧，你太依赖自己的才能，所以轻蔑了你的老师，过去中国有个叫颜回的人——他如此这般说了近一个小时，突然满不在乎地说，我们下次再继续吧。然后走出了学习房，到茶室跟母亲聊了一会儿闲天便回家了。他毕竟是我小学时的老师，多少也对我有些关照，因此我不好说三道四，不过我真的觉得泽田老师是不是脑子糊涂了。他总是对着一本小本子说些理所当然的话，比如文章要讲究描写，要是不会描写，别人就不知道文章究竟在讲什么，假设要形容下雪的样子——说到这里他便把本子收进胸前的口袋里，死死盯住窗外好似戏剧般纷飞的细雪说，不能写雪哗哗地下，因为没有突出雪的感觉，也不能写雪咚咚地下，那么，雪轻飘飘地下怎么样呢？还不足够。绵绵地下，感觉比较接近了。现在越来越有雪的感觉了。真有意思。他兀自摇头晃脑地感叹了一番，然后抱起双臂说，淅淅沥沥如何？那是形容春雨的词啊，还是决定用绵绵地下吧？对了，飘飘绵绵，连在一起也颇有意境。飘飘绵绵。他低吟着那个形容词，还眯起了眼睛，没过一会儿便猛然瞪大，然后说，不，还不够，啊，雪似鹅毛乱舞吗？古时候的文章果然可靠啊，这个鹅毛用得真是妙，和子小姐，你明白了吗？直到此时他才重新看向我，对我问出那句话来。我觉得老师又可怜又讨厌，险些要哭出来了。尽管如此，我还是忍耐了三个月，一直接受着那种无聊又胡说八道的教育，最后，我甚至一点儿都不想看到泽田老师的脸，总算对父亲说明了一切，求他别再让泽田老师过来了。父亲听了我的话，说那可真是让人意外。父亲原本就反对请家庭教师，只是碍于帮助泽田老师生活的名目，才把他请了过来。他万万没想到老师竟会给我如此不负责任的作文教育，还以为他每周过来一次，多少也能帮帮我的课业。于是，他马上跟母亲大吵了一架。我在学习房听着茶室的争吵，用尽力气大哭了一场。他们因为我的事情吵成这样，让我感觉自己真是天下最不好、最不孝的女儿。我甚至想，既然如此，干脆我就努力学习作文和小说，让母亲高兴高兴吧。可是我不行，我已经什么都不想写了。我从一开始就没有所谓的文才，就连形容下雪，一定也是泽田老师比我更加擅长。我一个人什么都做不到，却要笑话泽田老师，真是个愚蠢的姑娘。我连哗啦哗啦和轻飘飘这样的形容都很难想出来。我听着茶室的争吵，越发觉得自己是个坏姑娘了。

那次，母亲说不过父亲，从此以后泽田老师就再也没到家里来了。然而，坏事也接二连三地发生了。舅舅来到家里对母亲说，东京深川一个叫金泽文子的十八岁姑娘写出了特别秀逸的文章，获得了世间的极大好评，那个人的书比任何伟大小说家的书都卖得多，一转眼就成了大富翁。看他那副得意扬扬的样子，仿佛连自己也成了大富翁。母亲听了十分兴奋，站在厨房里边洗碗边充满热情地说："和子只要愿意写，也是个有文才的孩子，怎么会变成现在这样呢。现在跟过去不一样，并不是身为女人就要大门不出二门不迈，不如让舅舅教教你，也写写文章吧。舅舅跟泽田老师不一样，是个上到了大学的人，自然要可靠得多。写文章能赚到这么多钱，你父亲也一定会同意的。"从那时起，柏木的舅舅几乎天天都会到我家来，把我拉到学习房去，让我先写日记，把自己所见所感直接化作文字，那也是一种正经的文学。然后他又给我讲了好多艰深晦涩的道理，可我一点儿写文章的心情都没有，每次只是随随便便应付过去。母亲是那种兴奋过后很快就恢复冷静的人，那次的兴奋持续了一个月左右，然后就不怎么在乎了。唯独柏木的舅舅不但没有冷静，反倒一脸认真地说，我这次下定决心要把和子培养成小说家。他还趁父亲不在家的时候，对我和母亲大声说："和子是只能走上小说家道路的女人，像和子这么聪明绝顶的孩子，很难跟常人一样出嫁，只能放弃一切，专心探索艺术的道路。"母亲听他说得如此过分，心里好像也不太高兴，便露出了空洞的笑容说："是吗？那和子不就太可怜了。"

舅舅可能说对了。第二年，也就是现在，我从女校毕业，心里恨死了舅舅那恶魔般的预言，但或许在心中某个角落，我也偷偷肯定了他的话。我不是个好的女人。我的脑子一定很愚笨。我越来越搞不懂自己了。女校毕业后，我突然变了个人似的。每天我都很无聊。帮忙做家务、打理花坛、练琴、照顾弟弟，一切都显得很愚蠢，于是我开始瞒着父亲母亲，偷偷看许多低俗的小说。小说这种东西，为何总是写满了人们藏在心里的坏事呢。我成了一个整日做着淫荡白日梦的不洁的女人。现在，我还真想像舅舅以前教导的那样，把我的所见所感直接化作文字，向神明道歉，可是我却没有那个勇气。不，应该是没有那个才能。那种感觉就像头上顶着一只生锈的锅子，非常难受。我什么都写不出来。近来，我也想写写看了。前几天，我偷偷练了练笔，在本子上写了一篇名为《睡箱》的某天晚上的记录，还拿给舅舅过目了。结果舅舅刚看到一半，就把本子扔到一边，用一副大失所望的严肃面孔说："和子啊，你该放弃女作家的梦想了。"随后，舅舅便开始苦笑着对我说一些好似忠告的话，比如文学这种东西，需要有特殊的才能才行。现在反倒是父亲会满不在乎地笑着说："你要是喜欢，就写写吧。"母亲时常在外面听到金泽文子小姐和其他姑娘一跃成名的传闻，兴奋不已地回到家来说："和子其实要写也能写，只可惜你没有韧性，过去加贺的千代女[①]第一次到师父家求教俳句时，师父叫她先写一些以杜鹃为题的俳句，她马上写了好多拿给师父看，师父却没有说好，于是啊，千代女就一夜没睡，反复思索，回过神来天已经亮了，便顺应心境写了一首彻夜咏杜鹃，杜鹃啼晨晓的俳句拿给师父看，师父这才开口称赞道，千代女很好！所以说啊，凡事都需要韧性。"说完，她喝了一口茶，又压低声音念起了彻夜咏杜鹃，杜鹃啼晨晓，原来如此，真是妙啊。然后兀自感动起来。母亲，我不是千代女，我只是什么都写不出来的低能文学少女，我写了一篇钻在被炉里看杂志，看着看着就很想睡觉，因此觉得被炉是人类的睡箱的小说，结果舅舅看到一半就扔掉了。我后来自己看了一遍，也觉得一点儿意思都没有。我该如何写出有趣的小说呢？昨天，我悄悄给岩见老师写了一封信，请他不要抛弃七年前的天才少女。我可能快要疯了。

---

① 加贺的千代女：江户中期的俳人，来自加贺松任。十七岁时得到各务支考认可。句集有《千代尼句集》《俳谐松之声》。

1942年

耻

菊子小姐，我出丑了，我出大丑了。脸上好似火烧都不足以形容。我想在草原上四处打滚，哇哇大叫，如此仍是不足。《撒母耳记下》中写道：“他玛[①]把灰尘撒在头上，撕裂所穿的彩衣，以手抱头，一面行走一面哭喊。”可怜的妹妹他玛。年轻女人在万分羞耻的时候，真的会哭喊着把灰尘撒在头上啊。我很明白他玛的心情。

菊子小姐，你说得果然没错。小说家都是人渣。不，他们都是恶鬼，他们太坏了，我出了大丑。菊子小姐，我之前一直瞒着你，其实，我偷偷给小说家户田先生寄了信。最后跟他见了一面，终于是出了这个大丑。真是无聊。

我还是从头开始说吧。九月初，我给户田先生寄了这样一封装模作样的信。

对不起，我深知这种行为违背常识，还是给您写了这封信。或许，您的小说一个女性读者都没有。因为女人只会读广告做得多的书。女人没有自己的爱好，只会因为“别人在读，我也要读”

---

① “大卫的儿子押沙龙有一个美貌的妹子，名叫他玛。大卫的儿子暗嫩爱她。”(《撒母耳记下》13:1）他玛被暗嫩玷辱后抛弃。

的虚荣心去读书。女人会盲目尊敬四处吹嘘学识的人，会过分推崇无聊的道理。说句失礼的话，您丝毫不通晓道理，似乎也了无学识。我自去年夏天开始阅读您的小说，应该基本上都读完了。如此一来，就无须与您见面，也能了解您身边的情况，以及您的容貌风采。我认为，您没有女读者乃是注定之事。您将自己的贫寒之事、吝啬之事、琐碎的夫妻口角、粗鄙的疾病，以及容貌十分丑陋之事、打扮邋遢之事、啃着章鱼须喝烧酒，然后发酒疯倒地就睡的事，欠了一屁股债和其他许多有损名誉的肮脏事迹都不加修饰地坦白了。那可不行。女人全都本能地尊崇清洁。读了您的小说，虽然会感觉您有点儿可怜，可是一读到头顶无毛、牙齿零落这些内容，还是会令人感到太过分了，只能苦笑。对不起，我无意轻视您。而且，您不是还会去难以明言的肮脏场所找女人吗？单凭那一点，就决定了您不会有女读者。就连我也要捏着鼻子才能读完那些内容，理所当然地，每个女人都会蔑视您，对您皱眉了。我平时都要躲开朋友的目光来阅读您的小说。要是让朋友发现我在读您的东西，我定会被人嘲笑，被怀疑人格，甚至被朋友抛弃。请您多少也要反省一二。我发现您缺乏学问，或文章之拙劣、人格之卑劣、思虑之不足、头脑之愚钝等无数缺点，但依旧在最深处寻觅到了一丝哀愁。我非常怜惜那种哀愁。其他女人不会明白。正如上文所说，女人全为虚荣而读书，只会喜爱高雅的避暑胜地之恋，或是思想性的小说。而我坚信，除了那些之外，您小说深处潜藏的那种哀愁也非常高贵。请您不要为自身容貌的丑陋、过去的秽行和文章的拙劣而感到绝望，请您珍重自己独有的哀愁，同时保重身体，多多学习哲学和语言学，加深自己的思想。您的哀愁若在将来能得到哲学的梳理，那么您的小说就不会像今日这般饱受嘲笑，您的人格也能因此完善了。在这一壮举完成之日，我也将脱下假面，向您禀明住址姓名，并希望与您见上一面。只是，现在我只能在远方声援您。我要在此声明，这并不是读者来信。请您不要把信拿给夫人看，然后吹嘘我也有个女读者这种低俗的话语。因为我也有尊严。

菊子小姐，信的内容大致如此。我一直管户田先生叫您，虽然感觉很奇怪，可我跟户田先生年龄相差太多，实在无法称呼“你”，而且那样也太亲昵了，我可不愿意。万一户田先生对自己的年龄没有自觉，一时得意对我有了奇怪的念头，那可让人为难了。我并没有多么尊敬他，因此无法称他为“老师”，再说户田先生也没什么学问，管他叫“老师”实在有些不自然。所以我便决定对他称呼“您”了，可是“您”还是有点儿奇怪吧。不过，我把那封信寄出去后，并没有受到良心的苛责。我认为自己做了一件好事。为可怜的人提供一些小小的帮助，真是让人神清气爽。不过，我并没有在信上留下姓名和住址。因为我很害怕。万一他浑身脏兮兮的、喝醉了酒跑到我家来，妈妈该有多惊讶啊！他可能会强迫我借钱给他，因为他真的是个很坏的人，不知道会干出多么可怕的事情来。我只想永远当一个蒙面的女性。可是菊子小姐，我并没有如愿。发生了很可怕的事情。过了不到一个月，我遇到一件事，不得不再一次给户田先生写信。而且，这次还清楚地写上了姓名和住址。

菊子小姐，我真是个可怜的姑娘。只要把我写的那封信的大致内容告诉你，你应该就能了解事情大概了，所以我这就说给你听，请不要笑话我。

户田先生，我真是吃了一惊。您是怎么发现我的身份的？没错，我的名字就叫和子。我是一名教授的女儿，今年二十三岁。您把我的身份查得一清二楚。我拜读了您发表在这个月的《文学世界》上的新作，整个人都愣住了。我想，小说家果真是万万不能大意的对象啊。为什么您会知道呢？而且，您连我的心情都彻底看穿了，

“甚至开始幻想淫乱之事”这一辛辣攻击，在我看来确实是您惊人的进步。那封隐瞒身份的信件，竟马上激起了您的创作欲望，对于我来说也很值得高兴。我真是万万没有想到，一个女性的支持，竟能让作家如此精进。我听别人说，雨果、巴尔扎克那样的大作家，也都是多亏了女性的保护和慰藉，才能写出如此多的杰作来。我也下定决心为您提供一些微薄助力。请您一定要加油。我会时常写信给您。您在这次的小说中进行了一点儿女性心理的剖析，那确实是一种进步，而且文章随处可见鲜亮的闪光点，令我十分感慨，但是还有不足。我是一名年轻女性，今后将会教给您各种女性的心思。我认为，您是未来有望的作家。我认为，您的作品一定会越来越好。请您一定要多读书，积累哲学的修养。要是修养不足，那就绝对无法成为小说大家。如果您遇到痛苦的事，请不要顾虑，尽管给我写信。既然身份已经暴露了，我也就不再隐瞒。我的住址和姓名正如信封所示。这不是假名，敬请放心。他日，待您的人格完善之时，我希望能与您见上一面，在此之前，请容我只保持书信联系。这次我真的吃了一惊，没想到您竟然连我的名字都知道了。您一定是看了我的信非常兴奋，立刻就拿给朋友们炫耀，然后靠着信上的邮戳等线索，托了报社的朋友多方调查，总算查到了我的名字吧，难道不是吗？因为男人接到女人的来信，马上就会大肆宣扬，真是太讨厌了。请您在回信中告诉我，您怎么知道了我的名字，还有我今年二十三岁了。让我们一直保持书信往来吧。下次我会给您写一封更温柔的信。请您保重。

菊子小姐，我在誊写这封信的时候哭了好多次，感觉全身都出了一阵黏汗。请你理解。原来我错了。人家写的根本不是我的事。我根本没被放在眼里。啊，好羞耻，好羞耻。菊子小姐，请你同情我。我这就把故事说到最后。

户田先生本月在《文学世界》上发表了名为《七草》的短篇小说，不知你读过没有？小说讲了一个二十三岁的姑娘十分害怕恋爱，憎恨情迷，最后跟一个有钱的六十岁老爷爷结了婚，可她还是很不满意，于是自杀了。故事虽然有点儿露骨阴暗，不过写出了户田先生特有的味道。我读了那篇小说，一时竟以为小说主人公的原型是我。不知为何，我读了两三行，心里突然有了这样的想法，脸上唰地就没有了血色。因为那姑娘的名字跟我一样，都叫和子啊，而且也是二十三岁啊。就连父亲是大学老师这点儿，也跟我一模一样啊。剩下的内容虽然跟我的生活毫无关系，但不知为什么，就认定了这是他从我写的信中得到了创作的灵感。这就成了我出大丑的原因。

四五日后，户田先生给我寄来一张明信片，上面是这样写的。

拜复。您的信我收到了，非常感谢您的支持。另外，您的上一封信，我也仔细拜读过了。我从未做过把别人的信拿给内人看，然后百般嘲笑这种失礼的事情。此外，我也从来不会把信拿给朋友炫耀。这点请您放心。再者，您说待我人格完善之日希望见上一面，可是，人类究竟要如何才能完善自己呢。不一。

小说家写起文字来果然得心应手。被他摆了一道，我很不甘心。发了一整日的呆，第二天早晨，我突然很想跟户田先生见上一面。我必须去见他。那个人现在一定很痛苦。要是我现在不去见他，那个人可能就要堕落了。那个人在等我，还是去见他吧。我马上做起了准备。菊子小姐，你觉得去拜访一位住在长屋里的贫穷作家，能打扮得十分奢侈吗？当然不能。某个妇人团体的干事曾经裹着狐狸毛皮去视察贫民窟，不是还引发过问题吗？所以我必须小心。按照小说的叙述，户田先生连和服都没有，只有一件棉花都绽了出来的袄子。而且他家的榻榻米都破了，只能在地上铺满报纸坐在上面。我要是穿着前不久刚做的粉红色连衣裙到这么贫穷的人家去，一定会让户田先生的家人感到难堪，自己也大为失礼吧。于是，我就穿上了女校时代打了许多补丁的裙子，又挑了一件以前滑雪时穿的黄色夹克。这件夹克已经变得很小，我的两个胳膊肘都快露出来了，袖口破破烂烂，线头垂了下来，这样穿出去应该不会有问题。我还通过小说知道，户田先生每年一到秋天就犯脚气，十分发愁，于是我就用包袱皮包了一条床上的毛毯，决定带过去。我是想劝他用毛毯包住双脚工作。我瞒着妈妈，悄悄从后门离开了家。菊子小姐你也知道吧，我有一颗假门牙，可以拿出来，于是我就在电车上偷偷取下了假牙，故意让自己变得很丑陋。因为户田先生缺了很多颗牙齿，为了不让他丢脸，让他放下心来，我要让他看到我牙齿不好的地方。我还把头发揉乱，扮成了十分丑陋贫穷的女子。要安慰软弱无知的穷人，必须花费很多心思才行。

户田先生的家在郊外。我从省线电车上走下来，去交警岗亭问了路，很容易就找到了户田先生家。菊子小姐，户田先生家根本不是长屋。那是一座独门独栋的房子，虽然有点儿小，但看起来很干净。院子也打理得很漂亮，开满了秋天的蔷薇花。这一切真是太意外了。我打开大门，发现鞋箱上摆着水盘，里面养着菊花。一位特别优雅端庄的夫人走了出来，朝我鞠了一躬。我不禁想，是不是我弄错地方了呀。

“请问，那位写小说的户田先生，是住在这里吗？”我战战兢兢地问。

“是啊。”夫人温柔地笑着回答了我，我感到她无比耀眼。

“老师他，”我忍不住说出了老师这个称呼，“老师他在家吗？”

我被领到了老师的书房里。一个相貌认真的男人，端端正正地坐在书桌前。他穿的不是袄子，而是一件深青色厚料子的带衬和服，是什么料子我看不出来，还系了一条黑底有一道白条纹的角带。书房感觉很像茶室，壁龛挂着汉诗的挂轴。我一个字都认不出来。竹笼里养着漂亮水灵的地锦。桌边有许多高高堆起来的书。

完全不一样。他没有缺牙齿，也没有秃头，而是长着一张俊朗的脸。完全没有一点儿肮脏的感觉。我很奇怪这个人竟会躺在地上喝烧酒。

“小说的感觉，跟见面的感觉完全不一样。”我打起精神，说了一句话。

“是吗？”他漫不经心地回答道，看样子好像对我没什么兴趣。

“我来是想请问您，您是怎么知道了我的身份？”我试图用这句话找回场面。

“什么？”对方毫无反应。

“我明明没有写上姓名和住址，老师您还是看穿了呀。前几天我给您写信，应该首先就问了这个问题。”

“我不认识你，这可奇怪了。”他用清澈的目光看着我，浅笑了一下。

“呀！”我开始感到狼狈。“可是那样一来，您不就完全不明白我信里写的意思了？可您却不告诉我，真是太过分了。您一定把我当成傻瓜了吧。”

我很想哭。我竟然一个人做了如此不着边际的胡思乱想。太惨了，太惨了。菊子小姐，脸上好似火烧都不足以形容。我想在草原上四处打滚，哇哇大叫，如此仍是不足啊。

“那么，请您把信还给我。实在太羞耻了，请您还给我。”

户田先生一脸认真地点点头。他说不定生气了。他心里肯定在想，这小姑娘真是太胡来了。

“我找找看吧，毕竟没办法把每天的来信都妥善保管起来，说不定已经丢了。我会让内人去找，要是找到了，就给你寄过去吧。是两封吗？”

“是两封。”我心情特别沮丧。

“你好像说，我的小说跟你的情况有些相似，不过我绝对不会在小说中使用原型。全部是虚构。更何况，你那第一封信——”他突然闭上嘴，低下了头。

“真是失礼了。”我就是个缺了一颗门牙的寒酸乞丐。小得不合身的夹克袖口破破烂烂，深蓝色的裙子满是补丁。我从头到脚都遭到了轻视。小说家是恶魔！是骗子！明明不穷，却假装赤贫。明明生得俊朗，却谎称貌丑博取同情。明明学问十足，却偏要装成无知之徒。明明爱着夫人，却假称每天都要吵架。明明不痛苦，却假装痛苦。我被欺骗了。我默不作声地鞠了一躬，然后站起来。

“您的病怎么样了？那个脚气病。”

“我很健康。”

我还为他带了毯子过来。还是带回去吧。菊子小姐，我实在太羞耻了，抱着装了毛毯的包袱回家时，在路上竟哭了出来。我把脸埋在装毛毯的包袱里大哭起来。我还被开汽车的司机骂了，他说你这白痴！走路看路！

两三天后，我那两封信被装在一个大信封里，用挂号信寄了过来。我心里还有一丝希望。或许，老师会写几句好听的话，将我从羞耻中拯救出来。这个大信封里，除了我那两封信，会不会还装着老师温柔安慰我的信呢？我抱着信封，先祈祷了片刻，然后才打开。除了我那两封信，里面是空的。什么都没有。他会不会在我的信纸背后涂抹几句感想呢？于是我一张一张仔细查看了那些信纸的正面和背面，一个字都没发现。多么羞耻啊！你能理解吗？我好想把灰尘撒在头上。我一下子老了十岁。小说家真是太无趣了。小说家都是人渣。他们写的全是谎言，一点儿都不罗曼蒂克。他们安安稳稳地生活在普通的家庭里，冷冷地轻视浑身邋遢、缺了门牙的姑娘，连出门送一下都不愿意，永远摆出陌生冷漠的表情，真是太过分了。这种人难道不应该叫骗子吗？

十二月八日

今天的日记，我就写得特别认真一些吧。我就写写，一个贫穷的日本家庭主妇，是如何度过昭和十六年十二月八日这天的吧。等一百年过后，日本庆祝美丽的纪元二七〇〇年时，我这本日记被人在哪个仓库角落里翻出来，发现百年前那个重要的日子，我们日本的主妇竟过着这样的生活，或许能给历史提供一些参考价值吧。所以，我的文章虽然蹩脚，还是会非常注意，决不掺杂谎言。毕竟我写下这些文字时，还要考虑纪元二七〇〇年的情况，真是太辛苦了。不过，还是不要把这件事做得太死板吧。按照丈夫的评判，我的书信和日记写得倒是认真，感觉却十分愚钝。他还说我丝毫没有感性这种素质，所以文章一点儿美感都没有。其实，我从小就只注重把表面礼仪做足，心里并没有那么认真，结果就很尴尬，无法天真无邪地玩闹撒娇，吃了许多亏。这可能是因为我的欲望太强了。不如再进一步反省自我吧。

一提到纪元二七〇〇年，我就想起一件事。那件事有点儿愚蠢可笑。前几天，丈夫的朋友伊马先生登门造访，他很久没有来家里做客了。当时我在隔壁房间，听了主客的交谈，忍不住笑出声来。

“这个纪元二七〇〇年的庆典，究竟要说二千七百年，还是两千七百年，我好担心啊，一直都惦记着。现在我可烦恼了。你不会在意这个吗？”伊马先生说。

“嗯……”丈夫认真地想了想，“听你这么一说，我就特别在意了。”

“对吧，”伊马先生也极为严肃。“好像是说二千七百年呢。我觉得是这样。不过要说我的想法，我是想让他们说成两千七百年啊。反正二千就是不行，太讨厌了。又不是电话号码，难道不应该用正确的说法吗？能不能想想办法，让那个时候的人说成两千七百年啊。”伊马先生用忧心忡忡的语气说。

“可是啊……”丈夫卖了个大关子，然后才说出自己的见解，“百年之后，说不定会有完全不同的说法，既不是两千七百，也不是二千七百了。比如俩千七百之类——”

我笑了出来。真是太可笑了。丈夫总是会很严肃地跟客人聊这些丝毫不重要的事情。果然感性的人格外不同。我丈夫以写小说为生，因为常常偷懒，收入堪忧，都是吃了上顿得发愁下顿。我从来不读丈夫写的小说，所以想象不出他都在写什么东西。不过，他好像写得不怎么好。

呀，我跑题了。再这样胡说下去，就写不成留存到纪元二七〇〇年的好记录了。言归正传吧。

十二月八日清晨，我坐在坐垫上，一边给园子（今年六月出生的女儿）喂奶，一边惦记着快点儿去做早上的活。就在那时，不知何处传来了清楚的广播声：

“大本营陆海军部发表。帝国陆军于八日凌晨在西太平洋与英美军队进入战斗状态。”

那声音就像一道强光，从紧闭的木窗缝隙间直直射入我这漆黑的房间里。消息被朗声播报了两遍。我静静地听着，整个人突然变了。仿佛受到强光照射，全身变得透明。或是得到了圣灵的吐息，在心中种下一瓣冰冷的花瓣。今天早上，日本也成了不一样的日本。

我想通知旁边的丈夫，刚叫了他一声，他马上回答。

“知道了。知道了。”他的语气很尖锐，似乎有点儿紧张。他每天都要赖床，唯独今早却早起了，真是不可思议。我听说艺术家这种人直觉特别强，可能是哪根神经把他给唤醒了吧。我有点儿感慨。可是，接着就发生了十分糟糕的事，让我的心情一落千丈。

“西太平洋在哪里？旧金山那边？”

我大失所望。不知为何，丈夫的地理知识极为贫乏，有时甚至让人怀疑，他是不是连东边和西边都分不清。他不久前还以为南极最热，北极最冷，当我听到那番话时，甚至怀疑了丈夫的人格。去年他到佐渡去旅行，回来告诉我，他在汽船上远远望见佐渡的岛影，还以为那是满洲，真是太让人难以置信了。他这种人竟然还考上了大学，我真是不知说什么好。

“西太平洋不是日本这边的太平洋吗？”我对他说。

“是吗？”他不高兴地应了一声，好像思考了一会儿，又说，“不过我可是头一次听说。美国在东，日本在西，你不觉得很不合适吗？日本可是日出之国，又被称为东亚，我还以为太阳只从日本升起来。那可不行，日本竟然不是东亚，真是太让人不愉快了。能不能想点儿办法，说成日本在东，美国在西啊。”

他说的全是怪话。丈夫的爱国之心过于极端，上回还莫名自豪地说外国人再怎么威风，也吃不下这口鲣鱼酱，可我们却什么洋饭菜都能吃下去。

我实在听不下去丈夫的奇怪呢喃，便速速起身打开了木窗。天气真好，不过似乎更冷了。昨夜晾在屋檐下的尿布全都冻上了，院子里也落了一层霜。山茶花开得正艳。好安静。太平洋正在打仗，这让我感到很不可思议。我越发体会到了日本国的宝贵。

我走到井边洗脸，然后开始洗园子的尿布，正好邻居家的夫人也走了出来。我们道过早安，然后我说：“今后可就不安生了啊。”

我才提起战争的话题，邻居家夫人可能因为刚当上街坊组长，心里有了想法。

“真是的，我什么都不会做啊。”

她害羞地说着，我却感觉很不好。

邻居家夫人应该对战争并非没有感想，可她一定是因为街坊组长的责任而紧张不已。我突然觉得有点儿对不起邻居家夫人了。是啊，今后街坊组长肯定也不轻松吧。因为跟演习不一样，真正有空袭的时候，指挥疏散的责任肯定特别重大。我说不定要背着园子到乡下逃难去。如此一来，丈夫就要独自留下来守着房子，可他什么都不会做，让我很担心。他说不定一点儿用场都派不上。真是的，我都说了多少次，丈夫却连一件国民服都没有搞来。等到了关键时刻，应该会为难吧。他这人特别不讲究，只要我默不作声地准备好，他纵使嘴上嫌弃，心中还是会松一口气，然后穿在身上。他的尺码特别大，去买现成的肯定不行。真的好难办。

丈夫今早七点左右起床，早早吃过早饭，马上就开始了工作。这个月他好像有很多琐碎的工作。吃早饭时，我忍不住说：“日本真的不会有问题吧？”

“就是因为不会有问题，才开战的不是？我们一定能赢。”

丈夫给了一句郑重的回答。虽然他总是说谎，一点儿都靠不住，不过这句话说得如此庄重，我便决定坚信了。

我在厨房收拾东西时想了很多，眼睛和毛发的颜色不一样，真的能激起如此强烈的敌忾之心吗？好想把他们狠狠揍一顿。光是想到野兽般野蛮粗俗的美国军队大摇大摆地走在亲爱美丽的日本国土上，我就很受不了。哪怕踏上这片神圣的土地一步，你们这些人的脚就会烂掉吧。因为你们没有资格。今后我们的家庭一定会面临各种物资不足，令人十分为难的情况，但你们不必担心。我们不会有事。我们一点儿都不讨厌这种情况。也不会后悔自己生在这么艰难的世道。反倒会在这样的世道里感受到生存的价值。我们会想，生在这个世上真是太好了。啊，我好想跟人畅谈一番战争的话题。真的开战了，竟然开战了，如此这般。

从早上开始，广播就一直在播放军歌。拼命地播放。军歌一首接一首地播放出来，后来应该是没别的可放了，还把《纵使敌军千千万》这种很老很老的军歌也放了出来，让我忍不住发笑。我对广播的纯真抱有好感。在我家，丈夫非常讨厌广播，所以从来没有买过收音机。我一直以来也未想要过收音机，只是在这种时候，才会想要是有个收音机就好了。我好想听许多许多新闻。还是去跟丈夫商量吧。我感觉他会给我买。

临近中午，重大新闻一个接一个传了过来，我实在忍不住，便抱着园子走出去，站在邻居家的红叶树下，竖起耳朵听他们家的广播。马来半岛突袭登陆、进攻香港、宣战大诏，我抱着园子泪流满面，十分难堪。我走进家中，把方才听来的新闻全都告诉了正在工作的丈夫。丈夫听完之后，笑着说："是吗？"

然后他站起来，又坐了回去，一副坐立难安的样子。

中午过了一会儿，丈夫好像完成了一项工作，拿着稿子匆匆出门去了。他这是去杂志社送稿子了，不过看那个样子，今天说不定又要很晚回来。每次他那样急匆匆逃也似的出门，基本上都很晚回家。不过无论多晚回来，只要不在外面过夜，我就不会在意。

我送走丈夫后，烤了一点儿鱼干简单当作午饭，然后背着园子到车站买东西去了。途中，我到龟井家去了一趟。丈夫老家寄来了许多苹果，我想带点儿过去给龟井家的悠乃（今年五岁的可爱女孩）吃。我去的时候，小悠乃就站在门口。她一看到我，马上啪嗒啪嗒地跑进门去叫："妈妈，园子来啦。"我背上的园子好像朝龟井先生做了个大大的笑脸，让他一迭声地对夫人称赞孩子真可爱。龟井先生穿着外套，一身邋遢地从门口走了出来，原来他刚才一直在地板下面铺草席。

"在地板底下四处乱爬还真是不亚于对敌登陆的辛苦啊。瞧我这副邋遢样，真是失礼了。”

他在地板下面铺草席要干什么呢？难道是为了空袭时躲进去吗？真是不可思议。

不过龟井先生跟我丈夫不一样，是真心爱着自己的家庭，让我很是羡慕。我听说他以前更爱家庭，只是我丈夫搬到附近来，教会了他喝酒享乐之事，他就变得松懈了一些。龟井夫人一定痛恨我家丈夫吧。真是对不起他们。

龟井先生门前摆满了灭火棍和长相奇怪的耙子这类东西，准备得十分周全。我家却什么都没有。只因丈夫太懒，没办法。

“哎呀，您这儿的准备可真周全。”我对龟井先生说。

“是啊，毕竟是街坊组长嘛。”他精神饱满地说道。

夫人小声纠正道：“其实只是副组长，不过组长年纪大了，所以我们家在代行组长的工作。”龟井先生真是细心，跟我丈夫简直是天差地别。

我收下一些点心，在门口告辞了。

之后我去了邮局，领了《新潮》的稿费六十五元，又去了集市，东西依旧很少，看来还是只能买鱿鱼和鱼干了。鱿鱼两条四十钱，鱼干二十钱。在集市又听到了广播。

重大新闻一个接一个播报出来。菲律宾、关岛空袭，夏威夷大轰炸，全歼美国舰队，帝国政府声明。我全身震颤，羞得脸都要红了。我很想感谢大家。我呆呆地站在集市的收音机前，两三个女人议论着去听听吧，说着向我走了过来。两三个人变成了四五个人，最后来了将近十个人。

离开集市，我到车站小卖部去给丈夫买香烟。镇上的样子一点儿都没变，只是菜店门前多了一张写着广播新闻的纸。店里的样子和人们的交谈都跟平时没什么两样。这样的肃静才最让人安心。今天正好拿了点钱，于是我咬咬牙给自己买了一双鞋。从这个月起，连这种东西都要按三元以上商品的标准收二成税了，我还真是一点儿都不知道。早知道就在上个月底买了。可是囤货这种行为太过卑劣，我不愿意做。鞋子六元六十钱。我又买了面霜，三十五钱。信封三十一钱。买后回家了。

回到家没多久，早大的佐藤先生来访，说毕业之后马上就去参军，过来打声招呼。只是不巧丈夫不在，真是太可惜了。我由衷地对他鞠了一躬，说请多保重。佐藤先生离开后没多久，帝大的堤先生也来了。堤先生也喜迎毕业，还接受了征兵检查，然而因为是什么第三乙，所以很是遗憾。佐藤先生和堤先生以前都留了很长的头发，如今都剃成了和尚头，让我深深感慨，学生可真不轻松啊。

傍晚，久违的今先生也挥舞着手杖来了，丈夫不在，真是很不好意思。他专门跑到三鹰这么偏僻的地方来，却因为丈夫不在，只能掉头回去了。他回家的路上心情该有多不好呀。想到这里，连我的心情也阴沉下来了。

我正准备着晚饭，邻居家夫人上门来找我商量，说十二月的清酒配给券发了，可是这个街坊组有九家人，一升券只有六张，该怎么办。我觉得可以按照顺序来，不过九家人都想要，最后便决定把六升酒分作九份，要大家赶快把酒瓶收集过来去伊势元买酒。我还要准备晚饭，就没有陪她去。等我干完活了，背上园子过去，正好看见街坊组的人抱着酒瓶子从对面走回来。于是我也拿了一个瓶子，跟他们一起回去了。我们在邻居组长家门口，开始把酒分成九份。九个一升瓶一字排开，仔仔细细比较分量，给所有瓶子灌到同一高度。把六升分成九份，真是有点儿难。

晚报来了，今天竟有四页。“帝国向英美宣战”的标题印得真大。上面写的基本都是今天广播上听到的消息，不过我还是从头读到尾。

我一个人吃了晚餐，又背着园子去了澡堂。啊，把园子泡进热水里，是我生活中最快乐的时刻。园子很喜欢洗澡，一泡进热水里，就变得特别老实。她在热水里缩着小手小脚，定定地看着把她抱在怀里的我。她可能心里也有点儿不安吧。别人带自己的孩子去洗澡，也觉得可爱得紧，泡在热水里时，都要蹭蹭小宝宝们的脸蛋。园子的小肚子十分圆润，像胶球一样又白又软，让人感觉很不可思议，疑惑这个里面真的装了肠胃吗？她肚子正中间偏下的地方，长着梅花一样的肚脐眼，小手小脚又可爱又好看，让我每次都能看入了迷。无论给她穿什么样的衣服，都不及赤裸的样子可爱。从澡堂里出来穿衣服时，我感到十分可惜。我真想抱着裸身的园子回去。

去澡堂时天还亮着，回来时已经变得漆黑了。因为有灯火管制。这已经不是演习了。我感到胸中一阵奇怪的紧张。不过，这也有点儿太黑了吧。这么黑的路，我以前从未走过。一步，一步，我摸索着向前走，可是路太远了，让我无所适从。从土当归田走向杉树林的时候，四周真的是伸手不见五指。我在女校读四年级时，曾经冒着大雪从野泽温泉一路滑雪到木岛，走在这样的路上，让我突然想起了当时的恐怖。那时我背着背包，现在则背着睡着的园子。园子什么都不知道，睡得正香。

一个男人大声唱着走调的《我被大君征召》，踉踉跄跄地从我背后走了过来。他吭吭地咳了两声，声音很有特色，我一下就认出来了。

“园子不喜欢这样。”我说。

“什么嘛。”他大声说，“你们都没有信仰，所以这样的夜路走起来也为难。我有信仰，夜路亦如白昼。跟我来吧。”

说完，他就大步在前面走了起来。

也不知道他说那些话时到底有多清醒，真是让人无奈的丈夫。

等

我每天都会到省线那个小车站里，迎接来往的人。迎接素不相识的人。

我在集市做完采购，回家路上一定会绕路到车站去，坐在冰冷的长椅上，把菜篮子放在膝头，呆呆地看着检票口。每次上行下行的电车到达站台，就会有许多人从电车门里拥出来，黑压压地往检票口走。他们全都顶着好似在生气的脸，或是拿出乘车卡，或是拿出车票，然后目不斜视地匆匆走出来，经过我的长椅前，走到车站门口的广场，各奔东西。我就呆呆地坐在那里。一个人笑着向我搭话了。啊，真可怕。唉，好为难。我感到心脏怦怦直跳。光是想想，就觉得背后被泼了冷水，令汗毛直竖，难以呼吸。可是，我还是在等某个人。我每天坐在这里，究竟在等谁呢？是什么样的人？不，我等的或许不是人。我讨厌人类。不，我害怕人类。跟别人见面，相互寒暄——您近来如何？天气变冷了呢——我总感觉非常痛苦，仿佛自己是全世界最大的骗子，真的好想死。结果，对方也会莫名警惕，说几句不痛不痒的奉承话，或是言过其实的虚假感想。我听了又会为对方斤斤计较的心思感到悲伤，最后再也不喜欢这个世界了。难道世间之人一辈子都要互相做着僵硬的问候，互相提防，搞得两边都心力交瘁吗？我不喜欢见人，所以只要没什么大事，我决不会到朋友家里去做客。待在家里跟母亲两个人默不作声地缝衣服，我的心情才最轻松。可是大战爆发了，周围的气氛变得格外紧张，我总感觉自己整天坐在家里发呆非常不好，心里很是不安，一点儿都静不下来。我真想粉身碎骨，奉献一切。我对我以往的生活彻底失去了自信。

我没法安安静静地坐在家里，可是来到外面，又无处可去。只能去买个菜，回家路上绕路到车站，呆呆地坐在车站冰冷的长椅上。要是有个人突然出现了！我心里既有期待，却也害怕某个人真的出现了，不过要是真的出现了，那也没办法，就把自己的生命献给那个人吧。我带着类似放弃的觉悟，认定我的命运将在那一刻被决定，同时做着各种不着边际的空想，两者异样地结合在一起，让我胸中苦闷，几乎要窒息。我不知自己是生是死，仿佛在做白日梦，心里涌出不安的情绪，眼前穿行的人们就像反着看望远镜，显得遥远而渺小，全世界都变得无比安静。啊，我究竟在等待什么呢。或许，我是个非常淫乱的女人。什么大战爆发、心中不安、希望粉身碎骨、奉献一切都是谎话，实际只是要借这些冠冕堂皇的话，去实现我自身轻浮的幻想，从而在这里等待着机会。我坐在这里，发着呆，却感觉心中有个不贞洁的计划在熊熊燃烧。我究竟在等谁呢。我心中没有清楚的形象，只有模模糊糊的影子。可是，我依旧在等。大战爆发之后，我每天买菜回来，都会绕路到车站，坐在这张冰冷的长椅上，等待。一个人笑着向我搭话了。啊，真可怕。唉，好为难。我在等的人，并不是你。那么，我究竟在等谁呢？丈夫，不对。恋人，不对。朋友，不要。金钱，怎么可能。亡灵，啊，我才不要。

那是更温和、更明亮、更美好的东西。我自己也不太清楚。像春天一样的。不，不对。嫩叶、五月、流过麦田的清水，还是不对。啊，但我依旧在等待。以雀跃的心情在等待。人群在眼前穿过。不是那个，也不是这个。我抱着菜篮子，微微颤抖着，一心一意地等待。

请不要忘记我。请不要笑话这个每天、每天都去车站相迎，最后遗憾归家的二十岁姑娘，请把我记在心里。那个小站的名称，我故意不说出来。就算不说出来，总有一天，你也会见到我。

1943年

故乡

去年夏天，我时隔十年回了次故乡。今年秋天，我把当时的事整理成四十一篇短篇，并以《归去来》为题，送去了某季刊的编辑部。事情就发生在那之后。那个北先生和中畑先生一起光临我在三鹰的陋室，并告诉了我故乡的母亲病危一事。虽然我内心也预想过五六年里会听到这样的消息，但不曾想竟然这么快。去年夏天，我被北先生带着去拜访了已经阔别十年的故乡老家，那个时候虽然大哥不在，但见到了二哥、二嫂、侄女，还有祖母、母亲。当时六十九岁的母亲虽然衰老得厉害，连行走时的步伐都让人看着捏冷汗，但绝不算是病人。我做着贪婪的梦，觉得她肯定还能有个五六年，不，是十年。虽然我认为我已经尽可能准确地把当时的事写在了《归去来》里，但当时出于各种原因，我在故乡老家的逗留时间只有三四个小时。在小说的末尾我也写了——想再多看几眼故乡。我想看这个，想看那个，我有许多许多想要看的。然而我却只能对故乡投以匆匆一瞥。什么时候才能再次看到故乡的山水呢？写那几句话的时候其实就是想借着母亲发生不测再好好看看故乡，虽然这种事也令人难受，但我完全没能料到就在我刚送出原稿之后，“再看看家乡的机会”就来了。

“这次我也会负责的。”北先生很紧张，“请把您的妻子和孩子也带上吧。”

去年夏天，北先生只带了我一个人。这次除了我以外，还带上了我的妻子和园子（一岁四个月的女儿）。我在《归去来》那本小说里详细写过北先生和中畑先生的事。北先生在东京开洋装店，中畑先生在故乡开和服店，他们和我老家从很早以前就有密切往来。即使是在我做了五六次，不，真的是做了数不清的坏事而被老家断了往来后，他们还是基于所谓纯粹的好意，关照了我很久，从不曾露出厌烦的神情。去年夏天也是，我跟北先生以及中畑先生商量后，他们两人也都怀着会被故乡的大哥责难的觉悟，为我时隔十年的返乡之程出谋划策。

“但这不要紧吗？如果带着老婆小孩回去，却吃到闭门羹，那可就悲惨至极了。”我总会预想最坏的情况。

“不会发生那种事。”两个人都严肃地表示否定。

“去年夏天是什么情况？”我的性格中大概就是带着吹毛求疵的谨慎，“在那之后，你们两个有被文治先生（大哥的名字）说过什么吗？北先生，有过吗？”

“那个嘛，以令兄的立场，”北先生深思着，“又是在您亲戚们的面前，所以他没能表示欢迎。不过，我觉得如果是我带着去，应该没关系。去年夏天的事情也是，之后我在东京与令兄见面时，令兄也只是对我说了一句‘北君你可真会来事’，并没有发脾气。”

“是吗？中畑先生这边又是怎么样？有被哥哥说过什么吗？”

“没。”中畑先生抬起脸，“他什么都没有对我说。之前只要我关照一下你，他一定略带讽刺地说我几句，但唯独去年夏天的事，令兄却只字不提。”

“是吗？”我稍稍安心，“如果你们不觉得麻烦，还想请你们带我去。我当然想见母亲，而且去年夏天没能见到文治哥哥，这次正想一见。若能带我前去，我自是不胜感激，但我老婆要如何是好呢？因为这次是和丈夫的亲人初次见面，女人家就会有像是和服之类的琐事，说不定会有些麻烦。这还要请北先生去说服下我老婆。如果我去说，那家伙一定会嘟嘟囔囔。”我把妻子叫来房间。

结果却出人意料。当告知了妻子母亲病危，想让她看一眼园子等情况后，妻子当即就双手扶在榻榻米上说道：

“拜托您了。”

北先生重新转向我：

“什么时候出发？”

那天是十月二十日。我们把时间定在了二十七日。

之后的一个星期，妻子为准备行装而忙得不可开交。妻子的妹妹从娘家来帮忙。有许多重新购置的东西。我几乎要破产。只有园子对此一无所知，在家里摇摇晃晃地走来走去。

二十七日十九点，自上野出发的急行列车全席满座。我们一直到原町才坐下，大约站了五个小时。

母情况不妙太宰速来。中畑

北先生给我看了这样一封电报。是先行回故乡的中畑先生今早发给北先生的电报。

翌日八点，我们到了青森后，立刻换乘奥羽线，又在川部站换乘前往五所川原的火车，从那一带开始，列车的两边都是苹果园。看来今年苹果也会丰收。

“嗯，真美。”妻子睁大了因为睡眠不足而略充血的眼睛，“我一直都想见识苹果成熟的样子。”

近得似乎伸手可取的苹果闪耀着红彤彤的光。

十一点左右，我们到了五所川原站。迎接我们的是中畑先生的女儿。中畑先生的家就在这个五所川原町。我们的计划是在中畑先生的家里稍事休息，妻子和园子换了衣服后再去拜访金木町的老家。金木町是在五所川原再往北的地方，大约要沿着津轻铁道再乘四十分钟。

我们在中畑先生的家里一边吃饭，一边被告知母亲的详细情况。据说几乎是弥留状态了。

“你们总算来了。”反而是中畑先生对我们道谢，“我着急得不行，一直在等你们什么时候来、什么时候来。总之这么一来我也安心了。令堂虽然没有说，但看她的样子就是在等你们来。”

《圣经》里“浪子回家”的故事在我脑海中一闪而过。

吃过午饭正准备出发时——

“行李箱还是别带为妙，是吧？”北先生微微加重了语气，“令兄还没有原谅你。如果拎着箱子——”

“我明白了。”

我们把所有行李都留在中畑先生家里后出发了。北先生是在提醒我，连是不是能被允许和病人见面都还不知道呢。

我们只带着园子的尿布袋，乘上了前往金木町的汽车。中畑先生也一起上了车。

心情一刻阴郁过一刻。大家都是好人。谁都不是坏人。都是因为我这个过去做了不光彩的事，如今也不够聪明，饱受恶评，挣一天花一天的穷酸文士，一切才会变得这么尴尬。

“这里景色真好。”妻子眺望着窗外的津轻平野说，“出乎我意料，是一片明媚的土地呢。”

“是吗？”稻子已经被收割一空，满目的稻田呈现出浓郁的冬日色彩，“我倒是看不出来。”

那时的我并不想为故乡自豪。我只是感到非常苦涩。去年夏天时不是这样的。那时看到的才是让我心情雀跃的、阔别十年的故乡风光。

“那个是岩木山。因为和富士山很像，所以是津轻富士。”我苦笑着对她说明，毫无热情，“这边矮矮的山脉是梵珠山脉。那个是马秃山。”我的介绍着实敷衍。

此处乃我出生之地，再行得四五丁[①]——梅川略显得意地向忠兵卫介绍新口村，这是出让人觉得非常可怜的戏，但到我就不是了。忠兵卫正在火冒三丈。从稻田的那一头可以隐隐看到红色的屋顶。

“那里就是，”我刚想说是我的家，纠结了下，说道，“是哥哥的家。”

不过那里却是寺庙的屋顶。我老家的屋顶在它右面。

“不对，我搞错了。是右面，稍微大一点的那个。”真是乱七八糟。

到了金木町。小侄女与一个年轻漂亮的姑娘来接我们。

“那姑娘是谁？”妻子小声问我。

“女佣吧？不必招呼。”去年夏天，我曾经把和这个姑娘差不多年龄、打扮优雅的女佣当成哥哥的长女，恭敬地行了叩拜之礼。因为有过这种略感尴尬的回忆，这次我说得很谨慎。

小侄女是哥哥的次女，去年夏天就遇到过，所以认识。芳龄八岁。

“小滋。”我一叫她，她就毫不拘泥地笑了。我感到心中略微放松，只有这孩子不知道我的过去。

我们进了家门。中畑先生和北先生立刻就去了二楼哥哥的房间。我和妻女一起去了佛堂，拜过佛后，又退至专给自家人聚集的房间“常居”，在房间一角坐下。大嫂、二嫂都笑脸相迎。祖母也在女佣的搀扶下来了。祖母八十六岁了，虽然有些耳背，但很精神。妻子虽然挖空心思地想让园子也来行礼，但园子丝毫没想要行礼，只是摇摇晃晃地在房间里打转，让大家都提心吊胆。

哥哥出现了。他迅速地走过房间，去了隔壁房间。他脸色很差，

---

① 戏里台词。

消瘦得令人吃惊，容貌也变得瘆人。隔壁房间里也有个来给母亲探病的人。哥哥和那客人聊了一会儿，待那客人回去后才来到“常居”。我什么都没说，他先“啊”地双手扶在榻榻米上轻轻地行了礼。

“让您为我费心了。”我顿时变得拘谨，行过礼后，又向妻子介绍，“是文治哥哥。”

哥哥在妻子还未行礼之前先向妻子行了礼。我连气都不敢喘。问候完，哥哥立刻就去了二楼。

欸？发生什么了吧。我感到别扭。这位哥哥从以前就是这样，只要心情不佳就会这样莫名疏远、恭敬地行礼。北先生和中畑先生也都从刚才就没有下过楼。北先生莫非搞砸了什么事？一想到这点，我突然就感到不安、害怕，胸口咚咚直跳。大嫂笑吟吟地前来催我：“快去吧。”我松口气，站起了身。要去见母亲了。并没有发生什么不愉快的事，我就得以见母亲了。搞什么呀，我有点担心过头了。

在走廊里，嫂嫂告诉我们：

“从两三天前，她就在等你了，真的是在等你。”

母亲在别栋的十叠大的房间里躺着。她躺在大床上，就像枯草般消瘦，但意识还很清醒。

“你总算来了。”她说。和初次见面的妻子打过招呼后，她抬起头点了点。我抱起园子，把园子的小手塞到母亲瘦削的手心里后，母亲颤抖着手指握住了。五所川原的叔母站在枕边，微笑着拭去泪水。

病房里除了叔母，还有两个护士，再有就是排在我上面的姐姐、二嫂、亲戚里的婆婆等许多人。我们去了隔壁的六叠大的休息间，和大家打了招呼。大家都在说修治（我的本名）一点都没变，稍微胖了反而显得年轻了。园子也没有像我们担心的那样怕生，见到谁都笑。大家围在休息间的火盆周围，窸窸窣窣地小声交谈起来，我的紧张感也逐渐消除了。

“这次会好好待一阵了吧。”

“不清楚会怎样。还是会像去年夏天那样，待两三小时就告辞吧。北先生说那样比较好。我打算都听北先生的。”

“但是，你母亲情况这么差，你能抛下她回去吗？”

“这些都要和北先生商量以后——”

“你也不用这么在意北先生吧。”

“那可不行。因为一直到今天，我都受到了北先生非常多的关照。”

“这个，嗯，虽然是这样。但就算是北先生，怎么可能会——”

“不是，所以，都要和北先生商量一下。听北先生的指示一定不会错。北先生好像还在二楼和哥哥说话，该不会是发生麻烦事了吧。我们一家三口没经过同意就这么厚着脸皮过来——”

“你不必担心这种事。英治先生（二哥的名字）不也发了快信要你立刻来吗？”

“这是什么时候的事？我们没看到过。”

“咦？我们还以为你们是看了那封快信才来的——”

“这可不太妙。是失之交臂了吧。真是不妙，莫名其妙就成了北先生多事一样。”我觉得我似乎全明白了。运气真差。

“没什么不妙的吧。你越早赶到越好。”

但我却很沮丧，也感到对不住特地抛下生意带我们来这里的北先生，明明是适时地通知了你，是吧——我也能体会到哥哥们的懊恼，实在是不顺利。

方才来车站接我们的年轻姑娘进了房间，一边笑一边向我行礼。我又搞砸了，这次是因为太谨慎而搞砸了。她根本不是什么女佣，而是大姐的孩子。我虽然曾在她七八岁的时候见过她，但那时她还是个黑乎乎的矮丫头。但如今看起来，却身材苗条、气质文雅，完全判若两人。

“这是小光哦。”叔母也笑着说，“是个大美人吧。”

"是个美人了。"我认真地回答，"比以前白了。"

大家都笑了。我的心情也稍稍放松。就在这个时候，我偶然望向隔壁房间的母亲，只见母亲正无力地张开嘴，呼吸困难地喘了两三口气后，举起一只瘦削的手，像是赶苍蝇似的在空中摆动。这情况不对吧？我起身赶到母亲的窗边，其他人也都神情担忧地轻轻聚到母亲枕边。

"她经常会很难受。"护士小声地解释，她把手伸到被子下面，用力地摩挲母亲的身体。我在枕边蹲下身，问她哪里难受。母亲微微地摇头。

"加油。您可不能不看园子长大后的样子啊。"我忍着害臊说。

突然，亲戚的婆婆拉过我的手和母亲的手握在一起。我连忙伸出另一只手，双手裹着母亲冰冷的手去温暖她。婆婆把脸埋在母亲的被子上哭了。叔母、阿贵（二嫂的名字）也哭了起来。我抿着嘴忍耐。就这么过了一会儿，终究还是忍不住，悄悄地从母亲的身旁离开来到走廊。我沿着走廊去了西式房间。西式房间很冷，空荡荡的。雪白的墙上挂着罂粟花以及裸女的油画。壁炉台上孤零零地摆着一座蹩脚的木雕。沙发上铺着豹皮。椅子、餐桌、地毯都和往昔一般。我在西式房间里团团打转。现在流眼泪就是在骗人，现在哭就是在骗人，我一边这么告诉自己一边努力让自己不要哭、不要哭。悄悄地躲到西式房间一个人哭，多么心地善良、惦念母亲的好儿子啊！装样，这不是做戏做全套吗？可是有过这么庸俗的电影的。都三十四了，怎么，要做心地善良的修治先生了吗？停下这矫揉造作的戏码。事到如今也做不了孝顺儿子，离经叛道恣意妄为，快停下！哭了就是在骗人！眼泪就是在骗人。我一边在心里这么说着，一边把两手揣在怀里打转，眼看着就要呜咽出声。我实在是难受。我一会儿抽烟，一会儿擤鼻涕，做了各种努力后，总算是一滴眼泪都没流出眼睛。

太阳下山了。我没有回到母亲的病房，而是在西式房间的沙发上睡着了。这间别栋的西式房间，似乎现在没有被使用，即使拧了开关电灯也不亮。我独自在寒冷的黑暗之中。北先生和中畑先生都没有来别栋。他们在做什么呢？妻子和园子似乎在母亲的病房里。今晚，我们接下去会如何呢？按照北先生的意见，起初订下的计划是探病以后立刻离开金木町，晚上就在五所川原的叔母家住一晚，但母亲的状态这么差，如果按照计划立刻离开，事情似乎反而不妙。总之我先见北先生。北先生到底在哪里？是因为和哥哥的谈话确实麻烦，才会纠缠不清吗？我感觉自己没有容身之处。

妻子来到黑暗的西式房间。

“老公！会感冒的哦。”

“园子呢？”

“睡着了。”据说让她睡在了病房的休息室里。

“没事吧？不会着凉吧？”

“叔母借给了我毛毯。”

“怎么样？大家都是好人吧。”

“是呀。”不过，她似乎还是不安，“接下来我们会怎样？”

“不知道。”

“今晚住哪里？”

“这种事就算问我也没用啊。一切都要听北先生的指示。十年来，我已经养成了这个习惯。如果无视北先生直接去找哥哥谈，会发生骚动的。事情已经变那样了。你不懂吗？现在的我没有任何权利。连带一只行李箱来都不行。”

“你好像对北先生有些抱怨。”

“别傻了。我理解，也深深感受到北先生的好意。不过，因为北先生的介入，我和哥哥的关系也变得有些复杂。我必须给足北先生面子，明明谁都没有错……”

“真的呢。”妻子似乎也有些明白了，“我是想北先生特地提出带我们来，我们拒绝也不好，所以就连我和园子也跟着来了。如果因此却给北先生添麻烦，我也会很困扰。”

“你说得也没错。不能随便受人恩惠。都是因为有我这么难搞的人。这次是真的对不住北先生。特地来了这么远的地方却不被我们，还有哥哥们由衷感激，真是凄惨。现在至少应该是我们来设法努力保住北先生的颜面，但偏巧我们没有这个能力。如果乱出头，事情就一塌糊涂了。不过，暂时都会像这样手忙脚乱吧。你去病房给母亲揉个脚什么的。我们就只考虑母亲的病就好。”

妻子“但是”了一句，没有立刻离开。她在黑暗中低着头。我想到要是被人看到我们两个人在这么暗的地方可不妙，便从沙发上起身去了走廊。寒气刺骨。这里是本州的北端。我透过走廊的玻璃窗眺望天空，却连一颗星星都没有。只是一片阴森森的幽暗。不知为什么，我突然极其想去工作。好嘞，去做吧！我满心都是这个念想。

嫂嫂来找我们了。

“呀，竟然在这种地方！”她发出开朗而惊讶的声音，“吃饭了。美知子女士也请一起。”嫂嫂对我们似乎已经完全没有了戒备。我因此觉得她特别可靠，认为有事和这个人商量准没错。

我们被带到主屋的佛堂。背对壁龛的是五所川原的先生（叔母的养子），还有北先生、中畑先生，与之相对的是大哥、二哥、我、美知子。只预备了七个人的座位。

“和快信失之交臂了。”我一看到二哥的脸，不由自主就说出了口。二哥微微点头。

北先生垂头丧气的，一脸闷闷不乐。正因为平时他在酒席上总是很热闹，那一晚的闷闷不乐就特别显眼。果然有事发生了，我心中确信。

即使这样，因为五所川原的先生微醉后开始兴奋，房间里的气氛很活跃。我探出身子，给大哥、二哥斟了酒。我得到哥哥们的原谅了吗？没有吗？我已经不再考虑这种事了。我一辈子都不配被原谅，而且也抛弃了想要得到原谅这种天真自私的想法。只要我爱着哥哥们就可以了。贪心而不干脆的思考方式就该舍弃，我一边自斟自饮喝得痛快，一边在心中不断无谓地自问自答。

北先生这一晚住在了五所川原的叔母家。可能是北先生顾虑到金木町的老家正因为病人而一片混乱，总之他去了五所川原留宿。我一路送北先生到了停车场。

“谢谢，真是多亏了您。”我发自内心地说。此刻我因为要和北先生分别而不安。接下去就没有人会对我发出指示了。“今晚我们就这么在金木町住下也没关系吗？”我忍不住问他。

“那自然是无妨的。”或许是我多心，他的语气似乎略微疏远，“毕竟，令堂的情况那么差。”

“那么，我们要是在金木町这边再多住两天——是不是有些厚着脸皮了？”

“这要取决于令堂的情况了。总之明天电话商量吧。”

“北先生呢？”

“我明天回东京。”

“真是辛苦啊。去年夏天北先生也是立刻就回去了，我们还准备着今年一定要带您去青森附近的温泉呢。”

“不，令堂情况那么差，可不是去温泉的时候。实际上我没想到情况会这么差。真是出乎我的意料。由您支付的火车票，稍后我计算了以后会归还于您的。”他突然说起了火车票钱，我不禁不知所措。

“别开玩笑了。您回去的车票也该由我买才对。请不要为这些事费心。”

“不，还是算清楚吧。你们寄放在中畑先生那里的行李，明天一早我也会拜托他送来金木町老家这边的。这样一来就没有我的事了。”他大踏步地走在一片漆黑的路上，“停车场就在这边吧？不用再送了。真的不用了。”

“北先生！”我追着他，加快了脚步，“你被哥哥说什么了吗？”

“没。”北先生放慢了脚步，平静地说道，“您最好不要再担心这种事了。今晚我的心情很好。文治先生、英治先生还有您，看到三个出色的孩子并排坐在一起，我开心得几乎要流泪。我已经什么都不需要了。我满足了。从一开始我就没指望过分文报酬。这您也是知道的吧。我只是想看到你们三兄弟并排坐在一起。我心情很好，很满足。修治先生，您今后也要好好地做下去。差不多是我们老人隐退的时候了。”

送走北先生后，我回到家里。我一想到接下来不能再依靠北先生，而是得由我直接去和哥哥们说话，比起喜悦我更觉恐怖。我满心都是卑屈的不安，觉得自己会不会又表现出愚钝的粗鲁而惹哥哥们生气。

家里正因为探病的客人一片混乱。为了不让客人们看到我，我从厨房那边偷偷地去别栋的病房时，不经意地往“常居”隔壁的“小间”张望了一眼，只见二哥正独自坐着，我像是被什么可怕的东西硬拽着似的，很顺溜地就去他身旁坐下了。虽然内心十分慌张，但还是问他：“母亲真的不行了吗？”

这问题太过唐突，我自己都觉得很糟糕。英治哥哥露出苦笑，稍稍打量了附近后说：“嗯，这次得做好会很难的思想准备。”

这时，大哥突然进来了。他有些茫然，在房间里转来转去，一会儿拉开壁橱一会儿又关上，然后在二哥身旁重重地盘腿坐下。

“愁，这次真是愁人。”他说着垂下脸，把眼镜推到了额头上，单手捂住了双眼。

倏地回过神，不知不觉中，最年长的姐姐已经悄悄地坐在了我的身后。

1944年

雪夜的故事

那天，从早晨起就下雪了呀！先前动手做的阿鹤（侄女）的裙裤已经做好了，所以那天我在放学回家的路上，顺便去了趟中野的叔母家，并在叔母家拿了两块鱿鱼干作为礼物。赶到吉祥寺车站时，天已经暗了，雪积了有一尺多厚，而且雪花还在飘着。我穿着长靴，感觉反而很爽，故意挑选积雪厚的地方走。走到家附近的邮筒处时，发现用报纸包裹着夹在腋下的鱿鱼干不见了。我这个人很笨很粗心，但丢东西之类的事不常有。那天夜里也许是见着积雪很兴奋，走回家时一路蹦蹦跳跳的缘故，竟然掉了。我很沮丧，为弄丢了鱿鱼干颇感懊悔。我为这件傻事感到愧疚，我是想把它交给嫂子的。嫂子今年夏天要生宝宝啦！她说肚子里有了宝宝后，饿得很快。是和肚子里的孩子吃两个人的饭量吧。嫂子和我不同，她举止优雅彬彬有礼，所以以前她总是像金丝雀吃东西似的吃得很少，而且从来不吃零食，但最近肚子饿了，她总说很害羞，接着忽然说想吃一些平时很想吃却吃不着的东西。我记得前些日子吃完晚饭嫂子和我一起收拾餐桌时，还小声地说：唉，嘴苦得很，想在嘴里含含鱿鱼干什么的。说完她叹了口气。因此那天碰巧中野的叔母给了两块鱿鱼干，我高高兴兴地带回家想偷偷地交给嫂子，不料却弄丢了，我悔恨不已。

大家都知道的，我家是哥哥、嫂子和我三个人生活。哥哥是个有点古怪的小说家，已经快四十了，却名不见经传，一直很贫困，借口身体不佳，好吃懒做，唯独那张嘴不饶人，满腹牢骚，总是念念叨叨地埋怨我们，而且光动嘴，对家里的事从不帮忙，所以嫂子连男人的力气活都要干，非常可怜。有一天，我怀着愤慨的情绪说道：

“哥哥，你偶尔也要背着背囊去买买菜啊。别人家的丈夫好像一般都是这么做的呀！”

他顿时火冒三丈：“浑蛋！我不是那么庸俗的人。你给我记住了，君子（嫂子的名字）你也给我好好记着！我们全家即使饿死，我也决不会像你说的那样可怜巴巴地出去买什么东西！你要给我想好了！这是我最后的矜持。”

他自我感觉很了不起，但我丝毫也不明白，哥哥究竟是为了国家才嫉恨购物的人群，还是因为自己懒惰而不愿意去购物。

我的父母亲都是东京人，父亲在东北山形的官署里工作了很长时间，哥哥和我都在山形出生，父亲在山形去世。哥哥二十岁时，我还是个小不点的孩子，母亲背着我，母子三人又回到了东京。前几年母亲也去世了。眼下在哥哥、嫂子和我三个人的家庭里，因为连故乡这个概念也没有，所以不可能像其他家庭那样有人从乡下送食物来。何况哥哥这个人很孤僻，与街坊邻居老死不相往来，所以根本不会有那种天上突然掉下馅饼来的惊喜，如果有两块鱿鱼干交给嫂子的话，那会是一件多么令她高兴的事！想到这里，尽管有些傻，但我还是舍不得那两块鱿鱼干，便掉转头沿着来时的雪道慢慢地找回去，可是，不可能找到的。在洁白的雪道上要找到白色的纸包是一件极其困难的事，何况雪还没有停下，积雪越来越厚。我一直返回到吉祥寺的车站附近，连一块小石头都没有发现。

我叹了口气，重新撑起伞，抬头仰望着黑暗的夜空。雪片像千百万萤火似的凌乱地狂舞着。真漂亮啊！我想。道路两侧的街树被雪压弯了树枝，树枝沉沉地下垂着，像叹息似的不时地微微抖动着身姿。不知为何，我觉得自己宛若置身童话的世界，把鱿鱼干的事忘得一干二净。一个奇妙的念头忽然浮上我的心头——把这美丽的雪景带给嫂子吧。与什么鱿鱼干相比，这礼物不知道要好上多少倍！死盯着什么吃的东西，是一件很丢脸的事，真的是一件令人害羞的事。

记得什么时候哥哥对我说过，说人的眼珠可以储存风景。他说，盯着灯泡凝视片刻，然后即使闭上眼睛，在眼睑后面也能看见灯光在闪烁吧，这就是证据。关于这一点，以前在丹麦就有过这样的故事。哥哥接着告诉我下面这个简短而浪漫的故事。哥哥的话尽是些胡扯，一点儿也不靠谱，但只有在那时说的话，即便是哥哥编谎话骗我，我也觉得是很动人的故事。

故事说，以前在丹麦有个医生，解剖失事遇难的年轻船夫的尸体，用显微镜察看他的眼球，发现他的视网膜里映着全家团圆的美好情景。他把这事说给当小说家的朋友听。那位小说家立即对这种不可思议的现象做了如下解释。那名年轻船夫失事后被卷入波涛里冲到岸边，他拼命抓住的地方正好是灯塔的窗沿。啊！太高兴了！他想要喊救命，无意中朝窗户里看了一眼，这时候守灯塔的一家人正温馨而快乐地准备吃晚饭。呀！不行！我现在凄惨地叫出“救命”来，这顿全家其乐融融的团圆饭就被我搞砸了。想到这里，他抓住窗沿的手指尖没劲了。正在这时，一个大浪猛地袭来，把船夫的身体卷回大海里。小说家解释说，的确如此，这名船夫是世界上最善良、最高尚的人。医生对此也十分赞同。两人便郑重地将那名船夫的尸体埋葬了。

我愿意相信这个故事。即便在科学上是不可能发生的事，但我愿意相信。在那个雪夜里，我忽然想起这个故事。我想把美丽的雪景映在我的眼球里带回家去，说：“嫂子，你看看我的眼睛，你肚子里的孩子会变得漂亮啊！”前几天嫂子曾笑着求哥哥说：“你在我房间的墙壁上张贴些美人的图片，我每天望着它们，生出的孩子会很漂亮的。”起初哥哥还认真地点着头说：“嗯，是胎教吧？这很重要。”

他甚至并排贴了两张能乐剧中艳丽的孙次郎面具照片和可爱的雪小面面具照片，但哥哥接着又把自己蹙着眉头板着脸的照片紧挨着两张能乐面具照贴着，因此什么作用也起不了。“拜托了，你那张照片就算了吧。一看见它，我就喘不过气来。”温顺的嫂子毕竟也憋不住了吧。她央求哥哥好歹把他那张照片撤下来。望着哥哥那张照片，生下的孩子准会是尖嘴猴腮。哥哥做出一副大惑不解的表情，不过他自己还觉得挺帅的呢！这个人真是糟糕透了。嫂子为了肚子里的孩子，想多看看这世上最美丽的事物。今天这幕雪景映在我的眼底，带回去给嫂子看的话，嫂子肯定会比什么鱿鱼干礼物更喜欢不知多少倍！

我打消了寻找鱿鱼干的念头，在回家路上尽力地眺望着周围的美丽雪景，不仅将洁白的美景收入眼球里，甚至有意识地让它寄宿在内心深处。

我一回到家里，便说：“嫂子，你看我的眼睛呀！我的眼睛里映满了非常美丽的景色。”

“映满什么？怎么回事？”嫂子笑着站起身，将手搭在我的肩膀上，“你的眼睛到底怎么了？”

“你还记得吗，哥哥什么时候不是说过的？说人的眼球里会映着刚才看见过的景色，不会消失的。”

“你哥哥的话，我不记得了呀！都是些骗人的话。”

“可是，只有那次说的话是真的呀。就是那些话，我情愿相信它，所以吧，你快看看我的眼睛呀！我刚才回来时，看了好多好多非常美丽的景色。快看看我的眼睛，你一定会生出皮肤像雪一样美如冠玉的孩子的。”

嫂子露出一副怜爱的表情，默默地注视着我的脸。

“喂，”这时，哥哥从隔壁六叠房间里出来，“与其看旬子（我的名字）那乏味的眼睛，还不如看看我的眼睛，效果好过百倍啊。”

“为什么？为什么？”我觉得哥哥很可恶，真想揍他，“嫂子说过，一看见哥哥的眼睛就感到很恶心。”

“不至于吧。我的眼睛看美丽的雪景看了二十年。我在山形一直待到二十岁的时候。旬子她在还没有懂事的时候就已经来到了东京，不知道山形那绚丽的雪景。所以看见东京这么寒碜的雪景就会欢闹起来。我的眼睛饱览过更漂亮千百倍的雪景，都已经看腻味了。怎么说呢，与旬子的眼睛相比，更有看头啊。”

我恨得简直要哭了。这时，嫂子帮了我。她微微地笑着，平静地说道：

“你哥哥的眼睛是看见过漂亮千百倍的景色，不过这眼睛相反也会脏千百倍吧。”

“是啊是啊！脏东西看得比好东西多得多，所以才那么浑浊发黄。哇……”

“口出狂言！”哥哥猛地紧绷起脸，缩回到隔壁的六叠房间里去了。

乡愁

我是个土里土气的乡下人，诗人的贝雷帽和飞行员长裤我压根儿看不懂，诗人的作品也像是将散文胡乱分行，故作高深的样子，读起来特别费劲。一直以来，自称诗人的那些人，我完全喜欢不起来。正如戴着黑框眼镜的间谍无法胜任间谍工作那样，所谓“符合诗人既定印象”的虚荣的偏执狂，在我看来就像文学肮脏的虱子。“符合诗人既定印象”这个说法也令我毛骨悚然。然而，津村信夫及其同伴们身上，全无上文所说的诗人习气，外表与普通人无异。我这个乡下人也对他们很是佩服。

再者说，津村信夫与我年龄相仿，再加上其他种种，我跟他之间很有一种亲近感。我与津村信夫认识十年来，每次见面他总是笑盈盈的，但我并不觉得他是个开朗外向的人。哈姆雷特也总是笑盈盈的，而堂吉诃德却让侍从称呼他“忧郁的骑士”。津村的家庭是人们口中所谓的“好人家”。但好人家也有属于好人家的忧郁。更何况，出生于“好人家”要想写诗，仿佛更有几分难度。每次见到津村的笑容，我仿佛能够感受到从忧郁的水底涌上来的寂寞光晕。我觉得他很不容易，感佩他时至今日的努力。要是换了我，肯定把日子糟蹋得不像话，津村却在我面前笑容可掬。

我曾经想把津村作为自己生活的榜样。

我对自己有自知之明，津村对我远不及我对他那般重视。我给津村添了很多麻烦，彼时我们同为大学生，当我在本乡的餐馆喝酒，结账时忽然发现囊中羞涩，我给津村打电话，为了不让餐馆的掌柜察觉到实情，嘴里只是重复着“HELP！HELP！”。津村一听就明白了，笑着跑来替我解围。

就像这样，津村几次三番帮助了我。这我都记在心里。我知道自己亏欠他许多，心里也想着，总有一天要向他表达歉意，可偏偏收到了来自他哥哥的电报，信夫已经离我们而去了。当时，我内人怀孕生产，我们全家都在甲府，隔了很多天才看到那份电报，因此我没能出席好友的告别式和追悼会。真是天意弄人。以后，我会独自前往津村的墓地请罪。

津村想必已经上了天堂，而我死后恐怕会去别的地方，从今往后我再也见不到津村了。即便我在地狱最深处呼唤：“HELP！HELP！”津村也不会再出现了。

我们就此分道扬镳。我并不怎么喜欢中原中也、立原道造，唯独津村，在我的心中占据一席之地。

1945年

惜别

这是在日本东北地区某个村子里行医的一名老医师的手记。

前几天，一名自称这个地区报社记者的中年男子来找我，他胡须丛生，脸色很差。他问我："听说您毕业于如今东北帝大医学部的前身仙台医专，没错吧？"

"是这样的。"我回答。

"是明治三十七年入学的吧？"记者一边急着问，一边从胸前的口袋里掏出了小笔记本。

"我记忆里的确是那个时候。"记者激动的态度十分可疑，这令我感到不安。坦白说，自始至终，同这位报社记者的谈话都让我不甚愉快。

"那就好。"记者黝黑的脸上浮起微笑，"那您就应该认识那个人了。"我几乎要为他的武断语气而诧异，他却翻开笔记本伸到我的鼻尖前。翻开的那页上，用铅笔写着三个大字：

周树人。

"我认识。"

"对吧？"记者很是得意，"所以他与您是一届。而且，那人之后再次出现时已成为中国的大文豪鲁迅。”记者的语气带着些许兴奋，脸也微微泛红。

“这事我也知道。不过，即使周先生后来没有成为那样有名的人，还仅仅是当年与我们一起在仙台学习、游玩的周先生，我也一样是很尊敬的。”

“啊。”记者睁圆了眼睛，似乎有些吃惊，“他从年轻时起就很伟大吧。这大概就是所谓的天才吧。”

“不，虽然这样的说法毫无新意，但他的确是一个坦诚的、真正的好人。”

“比如表现在什么地方呢？”记者凑近道，“其实，我读过一篇鲁迅题为《藤野先生》的随笔，里面写到鲁迅在明治三十七八年，也就是日俄战争的时候，曾在仙台医专读书，并受到一位名叫藤野严九郎的老师的不少照顾……大概就是这么一回事。所以我就想在我们报纸的正月初刊上发表类似于‘日清亲善’美谈的文章。我估摸着您那时候正好是仙台医专的学生，于是就来了。那时的鲁迅到底是怎样的？当时就一脸苍白、忧郁吗？”

“不，并不是。”反倒是我感到忧郁了，“他没有什么奇怪的地方。要怎么形容呢……他非常聪明、稳重……”

“不，您不用这么有顾虑。我没想写鲁迅的坏话，就像我刚才说的那样，我是为了我们东亚民族亲善，才想把这个做成新年读物的。尤其还因为这也是与我们东北地区相关的事，说起来也能算是对地方文化的一种刺激。所以，为了我们东北文化，还请您回忆往事，畅所欲言！我绝不会给您添麻烦的。”

“不，我没有在顾虑什么。”那一天，我的心情莫名沉重，“怎么说都是四十年前的事了。我也绝没有糊弄您的意思，但像我这种俗人的琐碎记忆，真的能帮到您吗？”

“不，不，如今已经不是需要谦虚、说客套话的时代。那么，我问您些问题，请您把您记得的告诉我。”

之后的大约一小时里，记者就当时的事提了各种问题，但我前言不搭后语的回答令他一脸失望地离开。即便如此，那家地方报纸还是在今年正月发表了题为《日清亲和之先驱》的作品。这部以我的回忆录的形式写成的作品连载了五六天。真不愧是行家里手，虽然我也很佩服他竟通过巧妙的取舍把我那番语无伦次的话整理成了颇为有趣的文章，但文中出现的不论是周先生还是恩师藤野先生，抑或是我自己，都让我觉得好像是其他人。我个人的事情被写成怎样都无所谓，但看到恩师藤野先生以及周先生被描写得与我心中画像判若两人时，我感到非常痛苦。这或许都是因为我当时的笨拙回答，但是，被那样当面连续提问，我也只能前言不搭后语了。像我这么不善言辞的人没法在瞬间就想到合适的形容词。想来也有不少因为紧张而无意冒出的形容词莫名被对方牢记，并曲解了我的原意的情况。总之，我不擅长这样的一问一答。因此，我对这次记者的来访感到非常困惑，因为自己前言不搭后语的回答而生自己的气，在记者回去后，我还难过了两三天。终于到了正月，读了连载在报纸上的回忆录后，我现在满心就只对藤野先生以及周先生感到抱歉了。我已过花甲之年，差不多是一只脚踏进棺材了，我认识到趁着现在把心底的画像真实地描绘下来并非毫无意义。话虽如此，我也没想对在那家报纸上连载的那篇文章吹毛求疵。像那样带着社会性或是政治意图的文章，也只能用那样的写法吧。所以即使与我心底的画像不同也是无奈。而我只是凭着一个年老昏聩的乡下医生对往年恩师和旧友的思慕之情来写，比起社会性或是政治意图，自然是尽量如实地描写出他们的形象的念头更为强烈。我觉得这样的念头并无不妥。常言道，“颂大善不如积小德”。纠正恩师和旧友的形象似乎是微不足道的工作，但说不定与人伦大道相通。总之，这可以算是年事已高的我竭尽全力所能做的工作了。这些日子，在东北地区也不时响起的空袭警报令人惊惶，但每天都是晴好的天气，我这朝南的书房即使不用火盆也暖如春天，这让我乐观地预感到，我的工作也能顺利进行，不会受到敌人空袭的阻挠。

虽说是我心底的画像，但终究很难保证它是绝对正确的。纵然我是想遵循事实去描述，但凭我一介庸人的印象，或许会如盲人摸象一般记漏某些重要的地方。而且，那已经是四十年前的事了，一介庸人的印象亦会更加暧昧。即使此时我决心要纠正恩师和旧友的形象，但内心并没有十足把握。那么，我就不要眼高手低，但求能留下真实的一面也就满足了吧。人可不能一上年纪就连牢骚、辩解都变得絮絮叨叨。反正我也写不出什么名文、美文，就不再啰啰唆唆地申辩。只要做到别顾左右而言他、“词能达意”即可。正所谓，“尔所不知，人其舍诸[①]”。

我从东北一个偏僻乡镇的初中毕业后，来到被称作“东北第一大都会”的仙台市，成为仙台医学专门学校的学生则是在明治三十七年的初秋。那一年二月，日本对俄宣战；我到仙台时，日本已经一举攻陷辽阳，接着又发动了对旅顺的总攻。当时，性子急的人们已经高喊着“近日攻下旅顺”，并商量起了庆祝会。尤其是仙台的第二师团第四联队——隶属被誉为“榴之冈队”的黑木第一军——鸭绿江渡河战役首战告捷，又加入辽阳战役并立下大功后，仙台的报纸就不断连载着《神勇的东北兵》等标题的特别文章。森德座剧场也上演了仓促排练的狂言戏剧《辽阳陷落万万岁》。我们也穿戴着崭新的医专制服制帽，参拜供奉着伊达家三代灵位的瑞凤殿——就在学校附近的广濑川对岸。大部分高年级学生希望能成为军医，立马奔赴战场。真不知是否该说当时人心单纯，总之学生们朝气蓬勃，在宿舍里就新武器的发

① 你所不知道的，别人难道还会埋没他吗？出自《论语》。

明展开彻夜讨论，如今回想起来都让人忍俊不禁。比如，让旧藩时代的鹰匠训练老鹰，然后在老鹰的背上绑好炸药降落在敌人火药库的屋顶上；再如，在敌军的正上方引爆塞了辣椒的炮弹以眯敌人的眼。文明开化的学生们热衷于讨论这些与他们并不相符的、几乎令人觉得原始的古怪发明，我还听说有医专的两三个学生就“辣椒眯眼弹”的事联名写信寄去了部队大本营。更为血气方刚的学生觉得讨论发明太过温和，于是半夜爬上宿舍的屋顶吹起了喇叭。而这种军队喇叭在仙台的学生之间大为流行。舆论一方面觉得他们吵闹，认为应该怒斥他们停止；另一方面却怂恿他们大干一场，成立喇叭会。总之开战才半年，国民的士气已经吞没了敌人，甚至令人觉得他们欢快得可笑。

在那之前只了解乡下小镇的我，光是有生以来第一次见识到大城市就已经兴奋不已，再遇上洋溢在整个城市中的异样盛况，我完全无心学习，每天都心神不宁地游走在仙台街头。称仙台为大都会或许会被东京人笑话，但那时的仙台已经有将近十万人口，电灯等设施也从十年前的甲午战争时就有了。在松岛座、森德座，定期会有出名的歌舞伎演员在明亮的电灯照耀下演出，而也有入场费只要五钱或八钱，所谓适合大众消费的廉价“站席”。我们穷学生多数都是这种“站席”的常客，而这还只是小剧场。其他大剧场如“仙台座”，气派豪华，能轻松容纳一千四五百人。在正月以及盂兰盆节这种日子，这里会上演全部由一流的名演员出演的大戏，门票也很贵。正月以及盂兰盆节之外，这里的演出也从不间断，比如浪花节、大魔术表演、无声电影等。另外，在东一番丁有一个叫作“开气馆”的曲艺场，地方小巧整洁，随时都在上演义大夫或是落语，东京有名的艺人几乎都来这里表演过。我们曾在这里听过竹本吕升的义大夫，很是心满意足。那个时候，芭蕉十字路成了仙台的中心，时髦的西洋风建筑鳞次栉比。但就繁华这一点来说，它已经不敌东一番丁了。东一番丁夜晚的喧哗是别具一格的，演出会持续到晚上十一点左右，松岛座前总是竖着威风凛凛的旗帜，挂着五六幅用胡粉画的诸如“四谷怪谈”“皿屋敷”等令人不由得驻足的醒目招牌，虽说大受欢迎的男招待在剧场门口高声招呼客人的声音对我们而言也颇为怀念，但这里还有酒馆、荞麦面店、天妇罗店、斗鸡菜馆、烧鱼串、年糕小豆汤、烤红薯、寿司、野猪肉、鹿肉、牛肉锅、牛奶店、咖啡馆……东京有而仙台无的东西，大概只有市内铁路了。仙台既有大商场、面包店、蛋糕店、洋货店、乐器店，又有书籍杂志店、干洗店、酒类罐装食品店、进口香烟店，以及名为“兄弟轩”的西餐厅；可以听留声机的店、照相馆、台球房、夜间花铺也都开着，家家都挂着明亮的电灯，颇有一番“不夜城之花街”的意象。似乎转眼就能让孩童迷失的蜂拥人流也足以令我这个连东京小川町、浅草或是银座都没见识过的乡下人惊叹不已。总体来说，这里的藩祖政宗公，当年似乎也算是个风流人物，早在庆长十八年就特派支仓六右卫门常长去罗马出任特使，令他藩的保守派瞠目结舌，其影响或许还持续到了明治维新以后。仙台市内到处都有基督教堂，甚至到了若要谈论仙台风气就必须考虑到那里的基督教。基督教氛围浓郁的学校也有很多，明治时代的文人岩野泡鸣在年轻时似乎就是在东北学院接受了《圣经》教育。另外，听说岛崎藤村在明治二十九年从东京来到这所东北学院执教作文和英语。我在学生时代，也曾年少轻狂地喜爱吟诵藤村在仙台时期的诗，仍记得他的诗风也或多或少地受到了基督教的影响。正如这样，当时的仙台从地理上来看似乎距离日本的中心很远，但其在所谓的文明开化这一点上，早就敏感地跟上了中央的发展，我为仙台市街的繁华而惊异，更对街上到处都有学校、医院、教堂等文明开化的设施而诧异。此外，仙台还有着“审判之都”的传统，从江户时代的评定所，到维新以后的高等法院，之后又有了检察院。或许是这个缘故，挂在仙台的律师广告牌多到令人咂舌。也难怪那些身体壮实的乡下人会每天到处溜达——嗯，我这是想安慰当时的自己。

我一面为仙台市内的文明开化而兴奋，一面又煞有介事地把仙台周边的名胜古迹探访了一遍。在瑞凤殿祈祷战争胜利后，又顺带登上了向山俯瞰仙台全貌。莫名地叹息之后，我望向右方遥远而烟波渺茫的太平洋，有种想要大喊的冲动。年轻时，无论看到什么听到什么，都会觉得那是对自己至关重要的大事而心潮起伏。我探访了著名的青叶城遗址，当我自由进出如今依旧留存着往昔庄严的城门时，我沉浸在不着边际的幻想里，想着自己若是出生在政宗公的时代会如何。我还去参观了被世人认为是先代萩政冈之墓的三泽初子的墓、支仓六右卫门的墓以及虽然没钱却不想死的六无斋林子平的墓。我在墓前颇有深意地鞠躬行礼。除此之外，我还去了榴之冈、樱之冈、三泷温泉、宫城原野以及多贺城址等地。我探索的脚步渐渐迈向了远方，终于下定决心利用两天连休去一览日本三景之一的松岛。

午后不久，我从仙台出发徒步走了大约四里路抵达盐釜时，太阳已经西斜，冷冽的秋风忽然渗透体内，使我不觉有些心慌。于是我决定明天再去参观松岛，这一天仅去参拜了盐釜神社，之后就在盐釜一家老旧的便宜旅馆里住下了。第二天我一早就起身，乘上了去松岛游览的船。共乘这条船的乘客有五六人，其中有一个和我一样穿戴着仙台医专制服制帽的学生。他鼻子下面留着稀疏的胡子，看起来似乎比我略微年长。但他那顶缝着绿线的医专方形制帽还很新，帽上的徽章也闪着耀眼的光，想来定是今年秋天入学的新生。我甚至觉得自己曾在教室里见过他一两次。不过，那一年有一百五十个从日本各地招来的新生，不，兴许还更多。什么东京组、大阪组，出生地相同的新生们各自拉帮结伙，不论是在学校还是走在仙台的街头，他们都会在一起兴高采烈地嬉闹。但从我老家乡下的初中来医专的学生只有我一个，我本来就不爱说话，再加上那口十分土气的方言，我不但没有去和那些新生混在一起互开玩笑的勇气，反而变得孤僻别扭。我寄宿的地方在离学校很远的县厅后面，与同届的学生自然没有亲密的交往，就连和寄宿处的人家也很少交谈。虽然仙台人说话会有浓重的东北口音，但一遇上我的乡下方言，就根本算不上什么。我若想用东京腔说话倒也不是不行，但觉得既然都知道我是从乡下来的，若还装模作样地用东京腔会很丢人。这种感受只有乡下人才会懂，满嘴的乡下口音会被人笑话，但很努力去说东京话也许更会被嘲笑。最终，我只能做一个沉默的寡言居士。那个时候，我之所以会和其他新生疏远，除了语言交流的问题外还有一个原因，那就是我对自己身为医专的学生深感自豪。这就好比若只有一只鸟停在枯枝上，那它的姿态就不会很差，漆黑的翅膀亦会显得熠熠生辉；但若是几十只鸟凑在一起喳喳乱叫，那就好像垃圾一般索然无味。同样，如果成群结队的医专学生大声喧嚣着走在街上，那么制帽的权威也会荡然无存，只让人觉得既蠢又脏。我存心要维护自己身为“高等学生”的尊严，故而也就避开他们。这么说固然很体面，但坦白说还有一个原因，我刚入学那阵，光顾着整天兴奋地在仙台的街上到处溜达，常常无故旷课，自然也就和其他新生疏远了。所以在游览松岛的船上遇到那个新生时，我也是吃了一惊，感觉很不凑巧。我本以为自己是乘客中唯一一名清高的学生，想要大肆装模作样地来一场松岛之旅，但船上有个和我穿戴着相同制服制帽的学生后什么都谈不上了。而且那个学生看着还像是城里人，文质彬彬，怎么看都比我一表人才，所以我甚是沮丧。他一定是个每天都认真上学、努力学习的好学生。因此当他清澈的眼神扫向我时，我也就低声下气地笑着对他点头致意。这样不行。船舷停了两只鸟，通常作为陪衬的那只鸟就会显得身体瘦弱、毛色暗淡。我狼狈地蜷着身子坐在离那个学生很远的角落里，努力不朝那个学生的方向看。他一定是个东京人，要是再口齿伶俐地用地道的东京腔来搭话我可受不了。所以我把脸别开，假装正沉醉在松岛的大好风光里。但我太在意那个学生了，就连欣赏芭蕉笔下的：

岛岛相连欲冲天，微波窄起惊云巅。
叠叠重重形无单，左边分开右边连。
分分连连共缠绵，如怜子孙情无边。
劲松翕郁遮人眼，虬枝海风共寒暄。
苍然古景自不凡，巍巍山祇神公现。
造化天公在人间，泼墨道明需万年。

这番绝景也感到心情忐忑。船刚靠上雄岛岸，我就第一个从船上跳下沙滩，逃也似的往山那边去了。总算只有我一个人了，我松了一口气。在宽政年间出版了《东西游记》的著名医师橘南谷曾在《松岛纪行》中写过："去松岛玩务必乘船，也定要登富山。"所以那个时候尽管已经有直接到松岛的火车，我还是特意走到盐釜，再从盐釜搭船，但因为跟穿戴和自己毫无二致且看起来远远比自己优秀的学生同乘一条船，我的兴致便有些淡了。堪比洞庭、西湖的日本第一美景看起来似乎也不过是大海、岛屿、松树，我心中甚感遗憾，便思考着姑且去登富山，再尽情鸟瞰松岛全景，以弥补乘船时的不如意。我快步朝着山走去，却不知哪儿才是富山。算了，哪儿都好，总之只要能登上高的地方俯瞰松岛全景就好，这样就说得过去了。此刻我已无心浪漫，凭着一股莽汉的倔强拨开秋草，毫无章法地沿着细细的山路快步往上爬。觉得累了就停下脚步，回头望向松岛湾，不行，还不够，那橘氏断不会为这样的景色发出"松岛由八百零八个相互连接的小岛组成，宛如一幅风景画，并与西湖十分相似，极目远眺，缥缥缈缈，如烟如梦，堪称天下第一的绝景"的赞叹。橘氏一定是从更高的地方眺望，再往上爬吧，我重振精神，闯进了深山。但很快我似乎就走错了路，迷失在苍郁的树丛之中。我无心再眺望风景，惊慌失措地穿过树丛，却发现自己似乎到了后山，眼前的风景是一片平淡无奇的田地，还看到了沿着东北线行驶的火车奔驰而去。我这是爬过头了。我满心无趣地坐在草地上，因为感到饿了，就吃了让旅店的人做的饭团。随后我就筋疲力尽地躺倒，迷迷糊糊地睡了过去。

蒙眬中隐约传来了歌声，我侧耳细听，却是当时的小学歌曲《云之歌》：

瞬间覆盖过山
再望已飘过海
唯有云变幻莫测
云儿哟，云儿哟
时而变雨，时而化雾
美妙而神奇
云儿哟，云儿哟……

我不由得失笑，也不知该说是跑调了还是怎样，总之就是很糟糕。唱歌的不是小孩，而是个有着破锣嗓的成人，那歌声实在令人惊讶。我小学时唱歌也很差劲儿，能唱好的也就只有《君之代》这一首了。但比起这位令人震撼的歌声，我觉得还是自己唱得更好些。我默默地听着，而那唱歌之人却肆无忌惮地一遍又一遍唱着这首歌。也许那唱歌的人早知自己唱得不好，无可奈何之下才会在这远离人烟的山里悄悄练习唱歌吧。这样一想，同样唱不好歌的我不由得对那唱歌之人有了几分亲近，想要见他一面的冲动油然而生。我站起身，循着那不堪入耳的歌声在山里转悠。那歌声时而很近，时而忽然转远，但唱歌的练习始终没有停下，而我也突然走到了那唱歌之人的面前，几乎就要撞个满怀。我固然很是慌张，但对方却似乎更加狼狈。正是那个看起来很优秀的学生，他白净的脸涨得通红，不好意思地打招呼说：“方才失礼了。”

他说话有口音，我立刻就断定他不是东京人。我一直都苦恼于自己的乡下口音，也同样对别人说话时的口音敏感。我想着说不定他是来自我家乡那一带的学生，便对这位“歌唱大天才”就越发有了亲近之意。

“不不，是我失礼了。”我故意强调了自己的乡下口音。

后边有座长着松树林的小山丘，从那儿远眺松岛湾的景致很不错。

“嗯，就是这个地方吗？”我和那学生并肩站着眺望眼前号称日本第一的风景，“是我对景观无感吗？从刚才在这山上溜达时我就完全不明白这松岛到底哪里好。”

“我也不明白。”那学生的东京腔说得结结巴巴，“不过，我觉得大致还是能理解。这种安静，不，是寂静。”他说到一半停住了，苦笑着冒出了一个德语，“Silentium（德语‘安静’），因为太静了，静得令人不安，我就大声唱起歌来，但没用。”

我本想说“不，松岛也被你那歌声震动了”，不过还是忍住了。

“太静了，所以想要再有些什么。”那个学生认真地说，“春天是什么样呢？海岸那边会不会长有樱花？花瓣飘落在海浪上，然后再下点雨。”

“原来如此，如果是这样倒是可以理解。”这人说话很有意思，我心下暗暗佩服，“不过这种景色似乎很适合老年人。实在缺乏情趣。”我乘势说起了扫兴的话。

那学生的脸上浮起暧昧的微笑，点燃了烟：“不，这就是日本的情趣吧，让人会想要再有些什么东西。沉默。Sittsamkeit（德语‘庄重’），或许真正好的艺术就是这种感觉的东西。不过我还不是太懂。我只是对以前的日本人会把这么寂静的地方选为日本三景之一而感到惊叹。这片景色毫无人间气息，我们国家的人是无法忍受这种孤寂的。”

“您家乡是哪里？”我不假思索地问道。

对方露出奇妙的笑容，默默地看着我的脸。我有些不安，再一次问：“是东北吗？是吗？”

对方的脸色突然不高兴了：“是中国，你不可能不知道。”

“啊！”我恍然大悟。我听说过今年仙台医专来了一名中国留学生，和我们同时入学。看来就是他了。怪不得歌唱得不好，说话也带着几分生硬的演讲腔。原来是这样。

“真对不起，我是真的不知道。我来自东北乡下，既没有朋友，又觉得学校很无聊，实际上经常缺席新学期的课程，所以对学校里的事一无所知。我就是一只孤独的鸟。”我自己都很意外我竟能这么轻易地说出自己的想法。

我之后想过，那么害怕同从东京、大阪等地来的学生相处，连和寄宿的人家都无法交流，虽然不至于讨厌所有的人，但在惧怕陌生人这一点上绝不输给任何人的我竟然能和一个来自海对面的遥远异国的留学生——距离远远超过东京、大阪——毫无芥蒂地亲密交谈，这果然要归功于周先生伟大的人格魅力，但还有一个不上台面的理由，就是只有在和周先生谈话时，我才能把自己从身为乡下人的忧郁中完全解放出来。事实上，我和周先生谈话时，丝毫没有为自己的乡下口音感到苦恼，总是能很轻松自在地打趣或是开着玩笑，这连我自己都感到不可思议。如果对方是日本人，那么即使我暗中使力鞭策自己僵硬的舌头去豪爽地说出地道东京腔，或许也会为“那家伙分明是个乡下人还要说奇怪的卷舌音”而心生厌烦，甚至会被大肆嘲笑，而这位异国来的朋友毕竟不会注意这些，别说他从没嘲笑过我的口音，连有一次我问他：“你觉得我说话奇怪吗？”他甚至一脸诧异地说：“当然没有了，我觉得你说话抑扬顿挫，很容易懂。”总之，我因为找到了一个说东京腔比我还费力的人而心情大好，而这说不定就是我和周先生亲密交往的开端。这样的说法虽然很可笑，但我自信于自己的日语确实胜过这位中国留学生。因此，我在松岛的那个山丘上也因为知道对方是中国人而有了勇气，说话也轻松了。我寻思着既然对方会说德语那我也不能落了下风，甚至说出了“孤独的鸟”这种令人作呕的单词。但那个留学生看起来却很喜欢“孤独”这个词，他一边喃喃重复着“Einsam”（德语“孤独”），一边看着远方仿佛在思考，然后突然说：“那我就是Wandervogel（德语‘候鸟’）了，我没有故乡。”

候鸟，原来如此，他真会说。看来他的德语远比我高明，我立刻改变了作战方法，决定还是不说德语为妙：“但如果你回到中国，就会有很气派的房子吧？”我问了他一个很俗的问题。

他没有直接回答这个问题，只是微微红了脸，笑着说：“今后我们好好相处吧！你讨厌中国人吗？”

“还可以吧。”啊，为什么当时我会给出那样没有诚意、轻薄至极的回答呢？之后我多番思考，那个时候的周先生不堪心中孤独寂寥，对与故乡西湖相似的松岛风景产生憧憬，但独自悄然来到这里后，还是无法排遣忧愁，于是自暴自弃地大声唱着自己不擅长的歌曲，在这种情况下，他一定是真心想和突然出现在眼前的这个笨拙的日本医学生交朋友。我却因为找到了一个看来可以自由尝试东京腔却不用有所顾忌的对象而欢天喜地，丝毫没有体谅他的心情，只是心不在焉地顺着他的话说出了“还可以”，到头来我甚至还冒出了“我很喜欢中国人”这种平时根本就没想过的话。

“谢谢。虽然有点失礼，但你……很像我弟弟。”

“我很荣幸。”我表现出仿佛地道的城里人的那种浅薄的社交姿态，“你弟弟也像你一样，很聪明吧？这点似乎跟我不像。”

“是吗？”他爽朗地笑了，“还有你是有钱人，我弟弟是穷光蛋。这一点也不一样。”

“怎么可能。”即使是外交家，对他的这句话也没有应对之法。

“真的。我父亲去世后，全家各奔东西。虽说故乡仍在，但就跟没有一样。在优越的家境中长大的孩子如果突然没有了家，就不得不面对‘社会’的真相。我寄居在亲戚家时，还被说成是要饭的。但是，我没有认输，不，说不定已经输了。Der Bettler（德语‘乞丐’）。”他小声说着，又用鞋尖踩着扔在地上的烟，“在中国，乞丐被称为HUAZI，写出来就是花子。明明在乞讨，却又anmassen（德语‘强调主张’）要Blume（德语‘花’），这根本就不Humor（德语‘幽默’）。这就是愚蠢的Eitelkeit（德语‘虚荣’）。是的，在我体内或许也流淌着这种虚荣的Blut（德语‘血液’）。不，现在的中国就ganz（德语‘完全’）是这样。当今世界上靠着可悲的虚荣在生活的，就只有那些Dame（德语‘贵妇’），就只有那些Gans（德语‘蠢女人’）。”

他一激动德语就越发冒个没完，临阵磨枪的社交家只好闭嘴一阵。相比东京腔，我更不擅长德语。我心下窘迫，到末了只能用这么一句话来报一箭之仇：“看来比起你本国的语言，你更擅长德语呀。”总之要设法封印他的德语。

“并不是那样。”对方似乎没能领会我的讽刺，他摇着头认真地说，“因为我觉得我的日语不太好懂。”

“不，不。”我赶紧抓住这个机会，“你的日语非常好。就请只和我说日语吧！我的德语还不太行，多谢。”

“别这样。”对方突然一阵腼腆，然后换成一种很沉稳的语气，“我刚才说的都是些蠢话。不过，今后我还是想认真学习德语。日本医学的先驱杉田玄白也是先从学习语言开始的。藤野先生在第一堂课时也给我们讲了杉田玄白学习兰学的苦心，你那时——”他说到一半，忽然看着我的脸诡异地笑了。

“我缺席了。”

“是吧。那个时候我没有看到你。其实我从开学典礼那天就知道你了。开学典礼的时候，你没戴制帽就来了吧？”

“是啊，我觉得戴那顶制帽怪难为情的。”

“我就知道，一定是那样。那天没戴制帽的新生有两个。一个是你，还有一个，是我。”他说着抿嘴一笑。

“是吗？”我也笑了，“这么说来，你也是——”

“是的，觉得很难为情，因为那帽子很像乐队的帽子。从那以后，我每次去学校都会找寻你的身影。今天早上和你同船，我很高兴。但你在回避我。下船后你已经不见了。不过，还是在这里遇到了。”

“风冷了，我们下去吧。”我莫名地感到不好意思，于是转变了话题。

“是啊。”他轻轻点头。

我平心静气地跟在周先生的身后下了山。我开始觉得这个人就好像是自己的亲人。身后的松树林响起了松籁。

“啊。”周先生转过身，“这样就完整了。我就想着再有点什么，有了这吹动松枝的风声，松岛就完美了。松岛果然是日本第一。”

“虽然经你这么一说，我也有这种感觉。但我总觉得还是有什么不够。我听说这附近的山上有棵‘西行回首松’，不过那并不是说西行因为喜欢某棵松树的样子而折返回来欣赏它的树枝。据说是西行来松岛后也觉得有些美中不足，在心情失落的返程路上，他不安地感到自己似乎看漏了某些重要的东西，于是就从那棵松树所在的地方又折返回了松岛。”

“你会有这种不满，是因为你太热爱这片国土了。我出生于浙江省的绍兴，那一带被称为东方威尼斯，附近还有著名的西湖。有许多外国人去那里，并且对那里赞不绝口，但在我们看来，那片景色有太多生活的粉饰，一点也不觉得感动。可以说是人类历史的粉饰吧。西湖那些都是清政府的园林，像西湖十景、三十六名迹、七十二胜景，全都有人工修凿的痕迹。松岛却完全没有这些，它被隔绝在人类历史之外。文人墨客都无法玷污它。据说连天才芭蕉也没能把松岛写成诗，不是吗？”

“但是，芭蕉似乎曾把松岛比作西湖。”

“那是因为芭蕉没有见过西湖的风景。如果真的看到，他就不会那样说了。松岛和西湖完全不一样，或许倒是更像舟山列岛。可是，浙江的海也没有这么安静。”

“是吗？日本的文人墨客对贵国的西湖十分憧憬，他们之所以会远道而来这里参观，也是因为听说松岛和西湖很像。”

“我也听说过这个。就是因为听说了才来这里看的，但是一点儿都不像。贵国的文人也得早些从西湖梦里醒来才是。”

“不过，西湖也一定有它的好吧。你也是因为太过热爱自己的故乡，所以才会打分严格吧！”

“也许是这样。因为真正的爱国之人反而会说国家的坏话。但比起所谓的西湖十景，我更热爱浙江乡下普通运河的风景。对我来说，我国的文人墨客大肆称道的名胜，我一个都不觉得好。虽然钱塘江的大潮还是能让我感到些兴奋，但其他就不行了。我不相信那些人，他们就和贵国的浪荡子弟一样，其文章游离于现实，而且堕落。”

我们下了山，来到海边。大海在斜阳下闪着红彤彤的光。

“真不错！”周先生微笑着把双手背在身后，“月夜会如何呢？今天当是阴历十三，你现在马上就要回去吗？”

“我还没决定，学校明天也放假吧。”

“是啊。我想看看松岛的月夜，你能陪我吗？”

“可以啊。”

我根本就无所谓。即使学校不放假，在这之前我也经常擅自缺席，我会利用这两天连休来这里也是顾虑到我借宿的那家人。在他们面前表现得太过怠惰总是不好，所以我才规规矩矩地选了这几天。实际上，对我来说，两连休也好，三连休也罢，这些都不是问题。

因为我答应得太过唯唯诺诺，周先生似乎敏感地察觉到了什么，他提高嗓音笑着说：“不过，后天到了学校，和我一块儿记讲课的笔记吧！虽然我的笔记做得不太好，但笔记是我们学生的……”他顿了顿，又说，“像是Preiszettel（德语‘标牌’）一样的东西。”他又用了我不擅长的德语，“就是标有多少日元多少钱的牌子。没有这个，别人就不会相信我们。这是学生的宿命。即使觉得枯燥也得记笔记。不过，藤野先生的课很有趣的。”

从我们初次交谈的那天起，周先生就多次提到藤野先生的名字。

那天，我和周先生一起投宿于松岛海滨的旅馆。现在想起来，不由得对当时毫无戒备的自己感到不可思议，但正直的人总能给人一种安全感。我对这个中国留学生已经完全放下了心。周先生换上旅馆的棉和服后，英俊得像个大少爷。说话方面，他的东京腔也在我之上，不过他对旅馆的女佣说的像是“请你就那样做”“稍稍有些冷呀”之类的宛如女性一般的用语让我感到很不舒坦。忍无可忍之下我噘着嘴抗议，让他不要再那么说话时，周先生一脸诧异地回答：“但是在日本，对小孩子讲话会说おてて、だの、あんよだの、そうでチュか、そうでチュか这样的儿童用语吧，所以对女性讲话时也应该用女性用语才对吧。”我说：“但那样很做作，让人听不下去。”然后周先生就对“做作”这个词感慨道：“日本的美学实在很严格，大概世界上哪儿都没有‘做作’这种戒律吧。”那天夜里，我们在旅馆里喝了点儿酒，谈笑风生直到深夜，几乎忘了要欣赏月色下的松岛。周先生后来也说来日本以后还从没有过这么畅所欲言的夜晚。

周先生在那晚以惊人的热情讲述了他生平的志向、希望以及中国的现状。他反复重述东洋国家当前的问题在于科学。他说日本的飞跃也是由一群兰医拉开的序幕。如果中国不尽早掌握西洋科学以对抗列强，还是迷醉于老大帝国的自吹自擂，那就只能眼看着步入隔壁印度的后尘了。东洋自古在精神领域的深刻成就是西洋无可比拟的，听说西洋最优秀的哲学家只是稍窥其中门道就已为之震惊，但他们却打算用科学来补足精神领域的匮乏。科学应用能给人类的现实生活带来直接好处，所以对这个世界上的生命有着强烈执着的红毛人取得了惊人的进步，甚至渗透到了东方的精神领域。日本最早意识到了科学的威猛，并率先学以致用来守护自己的国家。这不但没有扰乱日本国风，还使日本成功地掌握了它，一举成为东洋最先进的独立国家。科学未必就是对人类最好的恩惠，但如果能一只手托起玄奥思想之玉，另一只手握住如日中天的科学之剑，那么列强都无法动其哪怕一根手指，其定会成为天下无双的理想国家。清政府面对科学的威猛无能为力。即使遭受列强的侵略，也装出大河无谓细流污染的自信，不肯面对失败，只是一味地急欲弥补老大帝国的面子，没有正视并研究可谓西洋文明本质的科学，一成不变地鼓励学习八股文之类的繁文缛节，已经到了被列强暗自嘲笑其沐猴而冠的滑稽自尊的地步。他说他的爱国之心绝不输给任何人。正因为深爱，才会有强烈的不满。现在的中国，一言以蔽之就是怠惰。他们陶醉在莫名其妙的自负中。古代文明的历史并非中国独有，印度没吗，埃及没吗，而那些国家的现状又是怎样的？中国应该战栗。这种以不变应万变的自负心一定会导致中国自取灭亡。如今的中国已经不能从容了，必须抛弃自我沉醉，去和西方科学的威猛战斗。要与之战斗，除了毅然投身虎穴，早日掌握其精髓之外别无它法。他听说过最早向日本德川幕府的锁国政策敲响警钟的是被称为“兰学”的西方科学。他说他想成为中国的杉田玄白。

在科学方面，最让他心动的是西洋医学。为什么在西洋科学之中会特别关注医学呢？其中一个原因就是幼年时的悲伤体验：“我们家原来多少有些土地，在别人看来也算是富裕人家了。但在我十三岁时，祖父因为插手了某件麻烦事而锒铛入狱，一家人马上就遭到了亲戚、邻居的迫害。再加上父亲重病卧床，家庭突然陷入困境。我和弟弟因此被送去了亲戚家。但亲戚家的人却说我是要饭的，我愤慨之下就回了自己家。之后的三年里，我每天都在当铺和药店之间奔走，而父亲的病情却完全没有好转。药店柜台和我身高差不多，而当铺的柜台则要再高一倍。我把衣物还有首饰放在当铺高高的柜台上，在被当铺的人嘲讽这是什么破烂，接过一点儿钱之后，就马上跑去药店。回到家后，又要忙别的事。给父亲看病的医生在当地虽然被人称为名医，但其处方却甚为奇特，必须要芦根和经霜三年的甘蔗。我每天早晨都得去河边挖芦根，再四处寻找经霜三年的甘蔗。这个医生治了两年，父亲的病却越来越重。之后就换了医生，找了更有名的医生。这次不再需要芦根和经霜三年的甘蔗了，取而代之的是蟋蟀一对、平地木十株还有败鼓皮丸等匪夷所思的东西。‘蟋蟀一对’还注明了‘原配，即本在一巢中者’，似乎这昆虫如果没了贞节也就没用了，续弦或是再嫁后就连做药的资格也没了。不过要找这个对我倒不算为难。我们家后院被称为百草园，是个杂草丛生的大园子，是我儿时的乐园。在那里能找到许多蟋蟀窝，我自说自话地认定住同一窝的两只蟋蟀就是所谓的‘原配’，将它们用线一缚，活活地掷入药罐里的沸汤就算完事。但‘平地木十株’就令人茫然了，谁也不知道那是什么东西。问药店、问乡下人、问卖草药的、问老年人、问读书人、问木匠，都只是摇摇头，临末才记起那远房的叔祖，以前就爱种一点花木的老人，跑去一问，他果然知道，那是生在山中树下的一种小树，能结红子如小珊瑚珠的，一般都称为‘老弗大’。就这样，‘平地木十株’也算解决了。还有一个，就是名叫‘败鼓皮丸’的怪东西。据说这丸药是先生引以为豪的处方，对父亲那种有水肿的病人有卓越疗效。这一种神药，全城只有一家出售，而且离我家就有五里。另外，那神药是用打破的旧鼓皮做成的，道理似乎就是水肿一名鼓胀，一用打破的鼓皮自然就可以克服它。尽管当时我还是个孩子，但也没法相信打破的鼓皮能奏效，往返五里路去买那丸药很痛苦。但我的那些努力还是全部白费了。父亲的病日渐加重，几乎奄奄一息。可那位名医却坦然自若地在濒临死亡的父亲枕边问我：‘这是前世造的某个业，古人有云：“医能医病，不能医命。”但还有个办法，就是我的家传秘方，把一种灵丹放在病人的舌头上。古人有云：“舌乃心之灵苗。”虽然这灵丹现在很难得，如果你想要我也可以让给你，还给你特别优惠的价格，一盒只要两块钱。如何？’我犹豫不决，没能立刻回答。病床上的父亲看着我的脸幽幽地摇了摇头。父亲似乎跟我一样对这位名医的处方绝望了。我无计可施，只能坐在父亲的枕边等着父亲离世。一天早上，父亲眼看要不行了，挺爱管事的邻居衍太太赶来看了眼父亲后，一脸震惊地训斥我：‘你发什么呆呢？你父亲的魂魄这不都要飞去鬼界了嘛！快叫回来，大声叫“父亲、父亲”，如果不叫的话，你父亲会死的！’我并不相信占卜之类的东西，但这一刻却和落水者抓住救命稻草一样，连连大声喊起了‘父亲！父亲’。一旁的衍太太催着我：‘再大声！再大声！’我不停地喊，喉咙几乎都要出血，但终究没能留住父亲的灵魂。父亲的身子在我的喊声中变凉了。那是发生在父亲三十七岁、我十六岁那年初秋的事。我至今都记得自己那时的喊声。我忘不了。每当想起自己当时的声音，我就感到无法抑制的愤怒。我气愤于自己年少时的无知，更愤懑于中国的现状。经霜三年的甘蔗、原配的蟋蟀、败鼓皮丸，那都是什么玩意儿？根本就是恶毒的欺诈。而大声喊叫就能留住垂死病人的灵魂也是羞耻难堪的思想。再有，‘医能医病，不能医命’就是胡扯。不过是一些厚颜无耻之人的搪塞之词。我不知道‘舌乃心之灵苗’是哪一位圣人君子的话，也不懂这是在说什么，完全就是死语。看啊，中国圣贤们的良言已成为骗子行骗的利器。我们从小就被迫背诵着圣贤的话长大，东洋引以为荣的所谓‘古人之言’已经堕落为社交的诡辩辞令，滋生着可憎的伪善和愚蠢的迷信，完全丧失了这些思想产生时的本来面目。无论多么伟大的思想，一旦被当作客厅里欢谈的装饰，其生命也就湮灭。它已不再是思想，而成为文字的游戏。曾经是西洋无法比拟的卓越东洋精神界也因为常年沉醉于怠惰与自恋而不再丰穰，渐渐干枯。

“这样下去不行。在父亲死后，我渐渐开始对周围的生活产生怀疑和反感，懊恼焦虑之后，我终于背井离乡去了南京。我想要学习新学问，什么都行。母亲哭着与我惜别，给了我东拼西凑的八块大洋。我拿着那八块大洋，走上异路、逃往异地，探索别样的人生。到了南京要找什么样的学校呢？首先必须是不要学费的学校，江南水师学堂符合这个条件，我便先去了那里。那是一所海军学校，我马上就被要求练习爬桅杆，但几乎没有教我什么新学问，仅仅教了一些‘It is a cat.Is it a rat?’（英语‘它是一只猫。它是一只老鼠吗？’）之类的初级英语。就在那时，那位康有为提出了，‘效法日本维新、革除旧制、探索新知、谋求国力’，向皇帝进谏了‘变法自强之说’并被接纳，当他开始着手对国家进行变革时，却遭到了以叶赫那拉氏Dame（德语‘贵妇’）为首的守旧势力的阻挠，新政执行了一百天就失败了，皇帝被软禁，康有为、梁启超等人险遭杀害，逃亡到日本。我无法心安地漠视戊戌政变的悲剧而去大声朗读‘It is a cat’。

“我当时已经十八岁了，不能再这么浑浑噩噩。我想早日接触新知识的核心，于是下定决心转校。这次我选择了南京的矿路学堂，这里也不用交学费。因为是矿山的学校，所以除了地质学、矿物学外，还有物理学、化学、博物学等新的洋学科目，我总算平静了些。语言方面也不再是‘It is a cat’，而是教‘der Man，die Frau，das Kind’（德语‘他是男人，她是女人，他是小孩’）。因为我一直都隐隐觉得德语比英语更接近洋学的核心，所以这是又一桩让我欢喜的事。那里的校长也是一个新党，似乎很喜欢读梁启超主笔的杂志《时务报》，也暗暗对‘变法自强说’给予肯定，语文考试也不像其他儒学先生那样考古代圣贤们的话，而是会出像是‘华盛顿论’这样时髦的问题。结果儒学先生们看到那个问题，反而悄悄地询问自己的学生‘华盛顿是怎么回事’。读新书的风气也在同学间流行开。其中严复翻译的《天演论》尤其受到大家欢迎。那是博物学家Thomas Huxley（托马斯·赫胥黎）所著的*Evolution and Ethics*（《进化与伦理》）的汉译本。我自己也在某个星期天去城南买了一本。厚厚的印刷本，正好五百文。我一口气就把它读完了，至今都能一字不落地背出开头几页的内容。各种译本陆续出版。因为我们的外语还没有达到能读懂原著的水平，所以只能依靠新出版的汉译本。《物竞》出版了，《天择》也出版了。我们知道了苏格拉底，知道了柏拉图，还知道了斯多葛。我们读所有能弄到手的书。当时，读这种新书被认为是把灵魂出卖给洋鬼子的不知廉耻的行为，必然受到来自社会的强烈侮蔑和排斥。但我们完全不在意，坦然地在‘恶魔’的洞穴中探险。

“虽然学校没有生理课，但我们读了木版印刷的《全体新论》和《化学卫生论》后，终于明确地认识到中国的医术不过是一种有意无意的骗术。我的心中风起云涌，而维新救国思想也同样在中国的知识界掀起了狂风。那时德国已经租借了胶州湾，俄国租借了大连，英国租借了对岸的威海卫，法兰西租借了南方的广州湾，各个国家在中国渐渐获得了和铁路、矿山相关的各种权利。美国从很早就盯上了东洋，那个时候也终于得到了夏威夷，之后更是长驱直入，加快了侵略东方的步伐，在与西班牙的战争中占领了菲律宾，并立足于此，开始了对中国各种无理的干涉。中国的独立性已如风中残烛，救国的呼声当然也响彻全国。但是，中国的不幸接踵而至，戊戌政变是其一，两年后八国联军入侵北京，这一致命劫乱更是把清廷的无能暴露在全世界面前。

“虽然我在翌年十二月从矿路学堂毕业，但没有成为矿山技师找出金银铜铁的矿脉的信心。而且我进这所学校也不是因为想当一名矿山技师，我是为了能让现在的中国变得更好，才想要研究一些新学问。因此在这所学校的三年里，与其说我是在学习矿山学，不如说我是只顾着学习西洋科学的本质。所以那时的我只是徒有毕业之名，并无矿山技师的资格。我也已经二十一岁了，必须早日决定自己的人生道路。义和团之乱不仅让列强，也让中国民众看透了清廷的无能。为了保持中国的独立性，当务之急是进行倒清兴汉的大革命，这种思潮在当时澎湃而起，之前流亡海外的孙文也已完成其政治纲领‘三民主义’，并以此举起中国革命的旗帜来指导国内的同志。我们洋学派的学生大多也成为‘三民主义’的狂热信奉者，我们高呼，‘打倒腐朽的清政府，建立汉民族的新中国，抵抗列强侵略，保全民族独立’。放弃学业、直接投身于革命运动的人也不在少数。我也受到这股风潮的刺激。虽然我已经察觉到为了挽救中国的危急，必须果断地进行某种革命，但我觉得最紧要的莫过于更深刻地探明列国文明的本质。自己的知识尚幼稚，可以说近乎一无所知。我理解立刻放弃学业投身于政治运动的青年们的忧国热情，即使我跟他们有着相同的终极目标，但比起实际的政治运动，我现下的热情更燃烧在探究列国富强的根源上。当时我还没能清楚地断定那就是科学，但我估摸只要去了德国或许就能最切实地掌握西洋文明的精髓。我想也许自己的人生道路也能通过去德国留学解决。但我很贫穷，离别故乡来南京就已耗尽了全部的精力，再要去万里之外的德国留学，简直就是觊觎云中楼阁的痴心妄想。如果没有希望去德国留学，那就只有一条路——去日本。

“那时，清政府开始出资每年送一小部分留学生去日本。两三年前张之洞在其著名的《劝学篇》里也大力阐明了去日本留学的必要性。日本只是个小国，要问其为何能如此兴盛，伊藤、山县、夏本、陆奥等人都是二十年前就留洋的学生，他们愤慨于西方国家对本国的威胁，百余人分赴德国、法国、英国。他们或学习政治工商，或学习水陆兵法，学成归来后成为治国将相。世人用‘改变政事以傲视东方’等论调赞美日本，并得出了‘出国留学，西洋逊于日本’的结论。理由如下：

一、路途近、费用低，适于派遣大批学生。

二、日文与汉文相近，易于通晓。

三、西学繁缛，日本已删减西学无关紧要之处并酌以修改。

四、日本与中国风俗相近，易于效仿，事半功倍乃首选之事。

“基于此，去日本留学绝非仰慕日本固有的国风，虽然要学习的是西洋文明，但因为日本已经将西洋文明去芜存菁并成功地归为己用，所以才不特意地远赴西洋学习，而是在邻国日本学习，这样更能经济有效地吸收西洋文明。我觉得说正是出于这样的便宜主义才会鼓励去日本留学也不为过。当时，赴日留学的学生年年增加，但几乎全是怀着和《劝学篇》中的思想大同小异的歪曲意图去日本留学的。我必须承认自己也不例外，是因为不可能去德国留学才取而代之想要去日本留学，我参加并通过了政府的留学生考试。但日本是个什么样的地方，我一点儿预备知识都没有。我去拜访了矿路学堂里曾经游历日本的学长，讨教日本留学的心得。据那学长所言，去了日本最难忍的是布袜，日本的布袜根本没法穿，尽量多带些中国的布袜就好。此外有时候用纸币不方便，最好全部换成日本的银圆带去。这样就差不多了。所以我立即买了十双中国布袜，又把所有的钱全部换成了日本的一元银币，我小心翼翼地带着沉沉的钱袋，从上海乘船去往横滨。但那位学长的留学心得似乎已经有些过时了。在日本，学生必须身着制服，脚穿皮鞋和袜子，完全用不到布袜。更让人发窘的是一元银币在日本很早就已经作废，为了把它们换成日本纸币，我费了不少功夫。不过那已经是后话了。

“我在明治三十五年、我二十二岁那年的二月，顺利地自横滨上岸。日本！这就是日本！我终于能够在这个先进国家钻研新学问了。

当我想到这一点，一种从未有过、难以言表的喜悦暖暖地涌上心头，甚至连去德国的志向也一并消散。我真的觉得那种不可思议的解放般的喜悦在我今后的人生中，除了完成重建中国的那天以外，怕是再也体会不到了。然后我乘上了开往新桥的火车，看了眼窗外的风景，直觉日本有着在世界上任何地方都没有的独特的清洁感。田地被整理得井然有序——或许是无意识的，与之相连的工厂街上，滚滚黑烟遮住了天空，却能感觉工厂与工厂之间凉风习习，那种新鲜的秩序和紧张的气氛在中国是全然看不到的。之后每当我在清晨的东京街头散步时，看到家家户户的女人们头上顶着崭新的白毛巾，扎起袖口，忙碌地用掸子掸纸拉门的模样，总会觉得那沐浴着朝阳、可爱而紧张的姿态才是日本的象征，甚至觉得有些理解了神国的本质。我在最初对横滨、新桥的一瞥之中就轻易地看到了与之相似的清洁感。总而言之就是恰如其分。无论在哪儿都看不到倦怠的身影。我心中高呼来日本真好，兴奋得坐不住，虽然车上有许多座位，但从横滨到新桥的一小时里，我几乎都是站着的。到了东京，在留学的学长的关照下我找好了寄宿之处后，去了上野公园、浅草公园、芝公园、隅田堤、飞鸟山公园、帝室博物馆、东京教育博物馆、动物园、帝国大学植物园、帝国图书馆，我忘乎所以，就同你方才说的你初到仙台时一般兴奋，不，恐怕有那十倍的欢天喜地。我没事就在东京市内逛，但没过多久，当我进入牛込的弘文学院学习后，就渐渐从这甘甜的陶醉中清醒了，往昔的疑虑和忧郁动不动就会袭上心头。

“在我来东京的明治三十五年前后，中国留学生的人数也急剧增加，仅仅在两三年里，会集在东京的中国留学生就有两千人以上。面对这种情况，首先是教授日语，后来教授地理、历史、数学等基础知识的学校陆续在东京出现，其中还有看起来很可疑的速成教育、专门为赚一笔而开设的劣质学校。不过在这么多学校里，我们入学的弘文学院，可以说是留日学生的大本营。学校规模大、设备全，教师和学生都相对认真，即使这样，我的心情还是无可救药地一天比一天沉闷。有一点就如你刚才所说的那样，如果聚集了数百只羽色相同的鸟，看起来就会猥杂，或许就有了同类相轻的可笑心理；虽然我也努力想要对自己身为中国留学生、是被特别选派而来的秀才感到自豪，但被选中的秀才太多了，他们徘徊在东京的大街小巷，我也难免心情失落。到了春天，上野公园万朵盛开的樱花确实如绯红的轻云，但花下必定躺着一群被选中的秀才谈笑风生，我也就无心再观赏烂漫的樱花了。那些秀才把辫子一圈圈地盘到头顶，再扣上制帽，制帽被不自然地顶起，形成了一座座富士山，简直滑稽至极。其中也有些爱打扮的，为了不让制帽拱起而想出了新法子，他们把辫子平平地盘在头后，再用油压伏贴了。虽然用心良苦，但脱帽之后，就有种分不出男女的奇怪感觉，他们的背影出奇地妖冶，令人不禁毛骨悚然。但更让人无法忍受的是，他们反倒是用蔑视的眼光看着像我这样剪掉发辫的人。这群被选中的秀才蜂拥乘坐市街铁道交通时，像是要展示从礼仪之邦来的人的风范一般，嚷嚷着互相让座，甲让给乙，乙拒绝再让给丙，丙推辞又让给丁，丁再点头哈腰地请甲去坐。日本的男女老少乘客看得发愣时，电车晄当发车，于是留学生们就在大声叫嚷的相互谦让声中集体倒下。我躲在角落里看着他们，只感到难以言表的害臊。但是，不应该太过责备他们。装模作样地觉得同胞们幼稚的努力很难堪的自己或许才有罪。我的忧郁还有个原因，那就是学生们的不用功。虽然我还不甚了解中国革命运动的现状，但三合会、哥老会、兴中会等革命党秘密结社，已经奉孙文为盟主，完成了大同团结。先来日本逃难的改良主义康有为一派与孙文派的民族革命思想无法达成共识，于是康有为似乎悄悄地离开日本去了欧洲，如今孙文的所谓三民五宪占据了压倒性优势，以被确立的主义纲领为基础，孙文自己也进入了实际行动的状态，并越发活跃。他们得到了日本志士的支援并定下种种策划，最近东京似乎成了中国革命的根据地，留日学生们也异常兴奋，一有机会就高喊倒清兴汉，差不多要不顾一切地抛下学业。不过，这也是忧国的至情至性，我觉得也无可厚非，但其中也有人盘算着想要趁乱让自己出人头地，更过分的是甚至有那种通过我刚才提过的速成教育，学习了制造肥皂等物的方法，留学短短一个月就获得了可疑的毕业证书，然后耀武扬威地吹嘘着要立刻回国靠制造肥皂发财的怪人。我有时会因为有事出门去神田骏河台的中国留学生会馆，每次都能听到二楼传来好似大乱斗一般咚咚咚的嘈杂声，楼下的天花板也因此震动，楼下总是因为从天花板落下的粉尘而烟雾弥漫。因为这种异常情况实在太多，有一天我就问事务室的人二楼在闹什么，日本的大叔苦笑着告诉我，那是学生们正在练习跳舞。我已经无法忍受和这些秀才在一起了。现在对于中国来说，正是十分需要新学问的时刻。为了对抗列强的威猛，倒清兴汉的政治运动当然是紧要任务，但通过新学问来探明列国威力的本质不更是我们学生所背负的职责吗？我本就尊敬孙先生，在响应他的三民五宪说上也不甘人后，但在三民主义的民族、民权、民生的说法里，我最能理解的是民生这条。我眼前总是会闪过自己少年时代的那三年，为了医好父亲的病而每天往返于当铺和药房柜台之间，相信被称为名医的骗子到处寻找平地木与原配蟋蟀的悲惨身影。失眠的夜晚，隐隐传入耳中的声音，是自己听从愚蠢的迷信，为了留住父亲的灵魂而在垂死的父亲枕边几乎喊破喉咙地叫着父亲的凄惨叫声。那就是中国民众的模样。如今也没有丝毫改变。圣贤的话被用作粉饰生活，对神仙的迷信流行于世，病人被兜售昂贵的破鼓皮丸而日渐衰弱。中国民众的这种现状要如何是好？出于对这种悲惨现状的愤慨，我暂时把自己的灵魂交给洋鬼子，立志学习洋学。我告别母亲，舍弃了故乡。我唯一的念想就是同胞的新生。不教化民众何以革命，何以维新？而民众的教化，不靠我们学生，又能靠谁？我们必须学习，必须更多、更多地学习。那时我读了汉译本的《明治维新史》，了解到日本的维新思想受到了日本一群兰学者的很大刺激。我意识到就是这一点，就是因为这一点，日本的维新才取得了那样闪耀的成功。无论如何，首先要靠科学的力量唤醒民众，再引导他们产生对维新的信仰，不然，不论什么样的革命手段都一定会艰难至极。首先是科学。读过维新史后，我第一次感到自己似乎摸索到了人生道路。现在的中国应该凭借科学的力量强大，大而言之是要抵御列强的侵略，捍卫独立性；小而言之则是使国民生活富足，促进其对新生活的希望与努力。这会是我的天真梦想吗？梦想亦可。我要为实现这个梦想而奉献一生。我今后的人生恐怕会变得没有任何精彩，十分平凡。但是我要给予每一个民众新生的活力，渐渐引导他们对革命的信仰。爱国热情的表现应该多种多样。未必就要马上投身到政治的直接行动中去。我现在必须更多地学习。先学习科学中的医学。少年时那个医生的欺瞒教会了我学习新学问的必要。那时的愤怒让我舍弃了故乡。可以说，自己对新学问的志向，从一开始就和医术联系在一起。在垂死的父亲枕边大喊着父亲的凄惨叫声不总是回荡在耳边激励着自己吗？成为医生吧。据《明治维新史》记载，当时的兰学者大部分是医生。不，也有许多为了学习西方的医术而开始学习荷兰语的人。由此可见，相比于其他科学，先进的医术在日本更被民众渴望。这是因为医学与民众的日常生活有着最紧密的关联。治病是教化民众的第一步。我首先要在日本学医，回国后把那些和我父亲一样被庸医蒙骗只能等死的病人全治好，让他们了解科学的威力，为了让他们能早日从愚蠢的迷信中清醒过来而尽我全力。然后，如果中国同外国兵戎相见，我将作为军医出征，为了建设新国家而不惜粉身碎骨地工作。至此，我第一次具体地确定了自己的人生道路。但反过来看看自己周围，拱起如富士山的制帽、在市街铁道交通上过度谦让的美德、制造肥皂、犹如乱斗一般的交谊舞练习。到了今年二月，日本气势昂扬地向北方的强大国家俄国宣战，日本的青年奔赴战场，议会全票通过了庞大的战争经费预算，国民忍受着所有牺牲，在每天号外的铃声中沸腾。我觉得这场战争日本会赢。国内这般充满活力，怎么可能失败。这虽是我的直觉，但同时，自从这场战争爆发以来，羞耻感强烈地袭上我心头。各人或许对这场战争有着各种看法，但我认为这场战争也是基于清政府的无能。如果清政府具备统治自己国家的实力，那这次战争也就不会发生，简直就像是日本为了保全中国的独立而发动战争一般，这么一想，对于中国来说这实在是不体面的战争。看到这些，我终于下定决心。我要暂时脱离这个留学生群体去生活。或许是因为自我厌恶，一看到自己吊儿郎当的面孔，我就羞愧悔恨得无地自容。啊，我想去没有中国留学生的地方。我想要暂时远离东京，忘记一切，一个人专注地研究医学。不能再踌躇了，我去了麹町区永田町的清国公使馆，陈述了自己想去地方医学院校求学的愿望。很快，我就被编入仙台医专。东京啊，再见！被选拔的秀才哟，再见！终于到了离别时，我还是感到寂寞。我乘上火车从上野出发，途经名为‘日墓里’的车站。‘日墓里’三个字正切合我当时的忧愁，我险些落下泪来。之后不久又经过了名为‘水户’的车站，这里是明末义士朱舜水先生客死的地方。我缅怀这位Wandervogel（德语‘候鸟’）老前辈的悲壮心事，得到了些许勇气后到达了仙台。我听说仙台是日本东北最大的城市，可到了一看，却是个不到东京十分之一的狭小都市。这里人说的话，虽不至于听不懂，但和东京人的口音比起来，语调特别硬，有许多难懂的地方。市中心确实繁华，有着东京神乐坂那样的风情，但就城市整体来说，总感觉有些不够分量，让人觉得其作为日本东北地方重镇的实力稍显薄弱。相反，再往北一些的盛冈、秋田一带倒是积淀了东北地区的丰饶实力，但仙台用所谓文明开化的表面威力镇住了它们，感觉像是战战兢兢地君临于此。据说仙台是由一位叫伊达政宗的大名开拓出来的城市，但在日本，却把der Stutzer（德语‘好打扮’）的做作之人称为‘伊达者’，我有些怀疑这是不是从嘲弄仙台的这种让人意外的毫无意义地自居大城市的浮夸风气开始的。

总之，我觉得仙台毫无自信却执着于东北地方第一的面子，拘泥于保持东北地区第一的体面，端着‘伊达之都’的架子。但是，如你刚才告诉我的那样，对于一个从北方腹地一下子来到仙台的人来说，乍一见识这片土地文明开化的豪华绚烂，自然会由衷惊叹、顺服，这也正是仙台的开城之祖政宗公为了傲视整个东北地区而采用政策的目的。而这形成了传统的风气，即使是维新已经过了三十七年的今天，虽然对于自身的内容空洞惶恐不安，但仙台还是无法抛弃田舍绅士的做派。尽管说了这么多坏话，但我对仙台绝对没有敌意。地方产业匮乏的都市大多会在这种可悲的装模作样中生存。因为之后自己将委身于仙台，度过恐怕是我一生中最关键的时期，便不自觉地认真思考起这个城市的性格，并想要列出这样那样的不满之处。不过，这种风气的城市或许反而会是适合做学问的土地。事实上，自从来到这个城市以后，我的学习就很顺利，可能是物以稀为贵吧，据说我是仙台首个，也是唯一一个中国留学生，因此很受重视，这正如你所说的那样，哪怕是没有任何看点的鸟，如果单独停在一棵枯枝上，那它的姿态也不会太差，而漆黑的羽翼看起来也是熠熠生辉。学校的老师们对我就像是对待重要的客人那样亲切，反而是我诚惶诚恐。对我来说，我有生以来第一次得到大家这么多的温情。他们肯定是高估了枯枝上的鸟。我在感激的同时，也有着不安，如果辜负了他们的好意那就太过意不去了。同年级的同学们似乎也觉得我很稀罕，早上如果在教室里遇到，大多数人都会对我微笑，坐在邻座的学生会主动借给我刀片还有橡皮。其中有个名叫津田宪治的高个子同学对我的关心尤为热烈，他来自东京府立一中，有些高傲，经常会指出我的一些细节，像是‘领口脏啦，快拿去洗’，又或是‘去买一双下雨时穿的长靴’呀，连服装方面的事也会关照我。最后他甚至来到我寄宿的地方，说‘这个地方不行，快搬来我住的地方’。我寄宿的地方就在米袋锻冶店前丁的宫城监狱署前。不但离学校近，伙食也很好，我非常满意。但根据这个津田君的说法，这个宿舍还兼送监狱囚犯的伙食，所以不行。他再三告诫我说：‘中国留学生的秀才和犯人吃同一个锅里的饭，这不仅是你一个人的面子问题，也伤害了贵国的体面。所以必须尽快搬走。’即使我笑着说自己一点儿也不介意，但他还是执拗地劝我：‘不不，你其实是客气所以说假话吧，中国人最重视面子了，你说你不介意和犯人同吃一个锅的饭是假话吧，快从这个不吉利的宿舍搬去我那儿。’虽然他说这话时一脸严肃，但内心或许正在笑话我。虽然我没弄明白是怎么回事，但怠慢、拒绝朋友的好意而惹他生气也很没趣，所以我就无奈地搬去了津田君在荒町的寄宿处。

“这次虽然离监狱远了，但伙食就很难说跟之前一样好了。每天早餐都会有把生芋头捣成泥糊状的玩意儿，因为很难下筷而令我十分苦恼。而那位津田先生某天早上来我房间张望，立刻就注意到那玩意儿，还问我为什么不吃这个，他还说那个营养丰富必须吃，还说把它拌在酱汤里搅匀后就成了美味的山药汤，再把山药汤浇到饭上吃就可以了。之后我每天早上就得把它拌进酱汤里搅匀后浇到饭上吃了。那个人虽然不像是坏人，但他那过度的热情让我难以消受。不过，目前而言，除了对津田君的好事有点痛苦外，就再没什么不满。一切都很顺利，或许可以说是很幸福。学校的讲课都很新鲜，我感到自己常年的志向终于能在这里实现了。而其中要数解剖学的藤野先生讲课最有趣。虽然他的课并没有什么特别不一样，但即使这样，不知是否因为讲课反映出了这位老师的人格，不仅是我，其他的学生也都听得兴趣盎然。听上一学年因不及格而留级的那群老油条说，藤野先生对衣着不讲究，常常不戴领结就来学校。冬天穿一件盖不住夹衫的旧外套，很是寒碜。据说有次乘火车时，乘务员似乎觉得先生形迹可疑，冷不防地对着全体乘客大喊：‘最近火车上常有小偷出没，请各位留心。’此外藤野先生似乎还有许多有趣逸事。他心气高洁，讲课热情且含义深刻，或许是因为他在这方面的脱俗风格，班上的那群老油条就对先生嬉皮笑脸，觉得他好对付，先生讲课时，对很普通的事也能‘哇’地大笑出声，教室里总是很闹腾。第一次上课的时候，先生微微驼着背，两边腋下夹着大小各异的书出现在教室，在把那许多书高高地堆在讲台上后，用十分缓慢的语调说：‘我叫藤野严九郎……’话音未落，那些老油条就哄堂大笑，我不由得觉得先生很可怜。但是，这第一次讲课的内容是日本解剖学的发展历史，先生带来的大小各异的书，是从古至今日本人有关解剖学的著作。杉田玄白的《解体新书》《兰学事始》等书也在其中。之后，先生用他特有的缓慢语调，讲述了玄白等人在小冢原刑场解剖犯人尸体时的紧张与不安。最初的那次讲课，像是在暗示并激励我的前途，令我深受感动。如今，我前进的道路用一句话就能概括——成为中国的杉田玄白。仅此而已。我要成为中国的杉田玄白，燃起中国维新的狼烟。”

在那个松岛旅馆里，当时二十四岁的留学生——周先生对我开诚布公地讲了上面这些事情。当然，这并不是说周先生在那晚独自按顺序就中国的现状以及自己的身世发表了冗长的演讲，而是喝着小酒与我天南地北地畅谈到近天亮，我也多少补充了些我在之后学得的知识，才整理出了上文。总之在那晚听了周先生的交心话，我相当感动。他并不是像我这样仅仅因为父亲是医生，便怀着身为父亲儿子的自己也该当医生这么随便的心情来医专上学。毕竟是漂洋过海不远万里来这里的人，果然有着相当的内情，心怀坚定卓越的信念，我大为赞叹，对这位异国的人才越发尊敬，想设法帮他完成他的崇高目标，尽管我什么忙也帮不到，但我记得我曾义气顿生。周先生说我很像他的弟弟，而我也只有在跟他说话的时候，才会感到从自己的乡下口音中得到解脱的秘密喜悦，可以说是这个原因使我们建立了亲密的友谊，但也没有必要把这种理由一一列举，通俗地说，就是一种“臭味相投”的小小奇迹，或许不同国籍的人之间偶尔会发生这样的情况。然而，在日本三景之一的松岛岸边，不可思议地缔结而起的两个孤独者之间光明磊落、毫无他意的所谓大大方方的友情，有时候也会遭到阻挠。也许这个世界允许存在两个人之间纯粹而自在的友情，必定有第三者的牵制、猜疑以及嘲笑介入其中。我们在松岛的旅馆里畅谈欢笑，翌日又一起乘火车回到仙台。

“那么明天学校见！谢谢了！”

“不，我才要说谢谢！”

我们彼此感谢这次意外愉快的小旅行后告别。第二天早上，我激动地想着能再次见到这位新朋友，起床的时间早得令宿舍里的人都大吃一惊。我来到学校，但不论是在校园里还是在教室里，我都没能见到周先生的身影。那一整天，我心情落寞地听着各位先生的讲课。我立志学医并没有周先生那样痛切的目的，所以许多讲课也不会让我觉得特别感激，也体会不到什么新鲜感。那天我还头一次出席了藤野先生的讲课，但并不像周先生极力赞扬的那么有趣的讲课。正好那时藤野先生的讲课已经结束了骨学总论，刚开始讲骨学分论。先生把与人等身大的躯干骨标本摆在一旁，一边仿佛那是亲人骨骼似的温柔抚摩，一边极其恳切细致地讲课，仿佛不让所有听讲的学生都深刻理解就会良心不安。不知该说他负责，还是太过认真，像我这种急性子总觉得他烦琐得让人受不了。之后我才知道解剖学本就是一门烦琐的学问。尽管如此，我还是不得不向藤野先生那一遍又一遍的热心讲解认输。风度方面，他当时好好地戴着领结，他的脸黝黑而棱角分明，令人感觉严谨，丝毫没有仙人那种超凡脱俗的印象，铁框眼镜后的眼睛毫不大意地睥睨四方。不要说亲切了，我觉得他比任何先生都严厉。尽管这样，教室后面的老油条们还是会像周先生说的那样，会因为很普通的事而突然出声。但据我观察，那是因为这些留级生在听藤野先生这种堪称过度死板的认真讲课时感到有压力，所以才反过来虚张声势，像是在发表“我们这些老兵觉得这种讲课可笑得不行，新生们，不用那么紧张”的示威活动讲话一样，我甚至怀疑这群人莫非在藤野先生的解剖学考试中全部得了不及格，为了怄气才那么无意义地在课堂上捣乱。总之，藤野先生的讲课绝不像我想象的那样春风和煦，而是近乎可怜的、正经的、郑重的。不过，可能只有我一个人特别强烈地感受到这种可怜。我这么说，是因为先生在讲课时十分注意自己的语言，因为我也为自己的乡下口音相当苦恼，所以对别人的这种心情能敏感地寄予同情。也因此我才会特别感到可怜吧。先生有着浓重的关西腔，他似乎相当努力地想要掩饰这一点，但是，连外国人周先生都能听出那种有着明显特征的语调，所以他的讲课依然是掺杂着关西腔。这么看来，后来藤野先生、周先生和我三个人结成的那个亲密同盟，或许不是因为别的，只不过是日语不标准人士气味相投的结果而已。虽然这么说感觉可悲，不过这也许是荒唐戏言的推论。当时，我非常在意自己的乡下口音是事实，这也确实成了我和周先生相遇时产生共鸣的一种不体面的契机。正如我不厌其烦、反复强调的那样，我至今都没想过否认这一点。但如今，我也想表明，在那以后我们绝不只是因为这么鄙俗的理由而联系在一起。若要说有其他高尚的理由，那么，是什么呢？其实，我也不是很明白。很难用一句话去说明那是什么。总之，虽然“臭味相投”这种说法用在周先生和我这样忽然交心的年轻人身上感觉还很自然，但如果在我们两个人的交友里再加上藤野先生，那再用“臭味相投”这种粗鄙的俗话来解释，似乎就有些词不达意了。事实上，在那之后我们三人的同盟已经超越了日语不正规组或是“臭味相投”这种观念，而成为对某些更为宏大事物的凭信与努力，但我也不是很理解那到底为何物。或有所谓互相尊敬，抑或是所谓邻人之爱，又或者该称之为正义？不不，我隐隐觉得那是更为宏大的，是可以包容这所有的感情的东西。或许，那就是藤野先生常说的“东洋本来之道”，但我不甚明白。虽然我从藤野先生的关西腔引发出一通奇怪的议论，但总而言之，我们后来结成的同盟，并不是日语不正规组。如果仅仅是被看成那样，我会感到非常遗憾。虽然我的能力不足以判断我们同盟的本质为何，或许只能指望将来思想家们的高见了吧，但现在我只要能把恩师和旧友的风貌细致地描写出来就很满足了，放弃得陇望蜀的奢望，继续把这本朴素的手记写下去吧。

那么，之前有写过因为在松岛的奇遇而和周先生结为好友，但这份无忧无虑的友情却不时会被莫名地干扰。这个令人不快的介入者很快出现在了完全意想不到的地方。那天，我期待去见周先生而破天荒地起了个大早来到学校，但到处都没有看到周先生的身影，而期待的藤野先生的讲课也严肃得几乎可以说是死板，结果那天没有发生任何有趣的事情，我感觉有些沮丧。傍晚下课后，正当我无精打采地走出校门口时——

“喂，等等，就是你。”有人叫住了我。我转过身，一个身材很高、鼻子很大、满脸油腻的学生正站在那里嗤笑。这个男的就是我和周先生友情的最初干扰者，他名叫津田宪治。

“我有些话想和你说。”他的语气有些狂妄自大，却没有口音。我想到他可能是东京人，不由得暗暗紧张。“能陪我去一番丁吃晚饭吗？”

“啊。”面对东京人，我会极端沉默。

“你答应了吧？”他率先走了起来，“那么去哪儿好呢？东京庵的天妇罗荞麦面太油，不能吃。兄弟轩的炸猪排硬得跟鞋底差不多。仙台这地方没什么好吃的，真愁人啊。要不就顺其自然，随便进哪个小饭馆吃鸡肉锅说不定反而能行。或者你知道什么其他好地方吗？”

“不，啊，我无所谓。”我受制于对方的气势，说话有点儿语无伦次。这个奇怪的似乎是东京人的学生到底要对我说什么。我颇为不安，但他对我的心情似乎毫不关心，自顾自地边说话边走在前面，飒爽得仿佛是我的长官。所以我这个乡下人也搭不上话，只能微微苦笑着跟在他后面。

“那么，就去一番丁开拓家新店吧。要是有能吃到香喷喷的蒲烤鱼串的店就好了。不过仙台的鳗鱼筋去得不干净。”他以为自己是美食家，大肆发挥了一番。但四十年过去了，至今我仍然不知道鳗鱼的筋是什么东西，这个艰深的谜被埋在我心底，至今未解。然后我们就去了被称为“仙台的浅草”的东一番丁，进了他所谓的“顺其自然”的小饭馆，吃了用他的话来说就是“能行”的鸡肉锅。他在我对面坐下后，先递给了我一张名片，上面写着仙台医学专门学校，班会干事，津田宪治。这个头衔很暧昧，完全不知道他是医专的老师兼班会干事还是学生，也不知道他是几年级的班会干事。也许这也是他的目的。由于当时专门学校的学生和现在不一样，在社会上会受到绅士的待遇，所以许多学生都有其所属学校的名片，不过印着这么荒唐头衔的名片实在很少见。

“啊，是吗？”我忍住笑，正要自报家门，“我没有名片，我叫田中……”

“不，我知道。田中卓。H中学来的。你是班里的危险人物，你不是总不来学校上课吗？”

我很生气，只是因为不去学校就被说成危险人物，这太夸张了。这人真没礼貌。我沉默不语。

“那是开玩笑啦，”对方笑着说，“昨天周先生和我详细说了你的事。听说你们在松岛的旅馆不眠不休地聊了一整晚吧？周先生也因此感冒卧床了。那个人有Lunge（德语‘肺病’）的倾向，所以不能让他聊通宵这么胡来。”

当时我突然想起来。那晚，周先生曾说过对某个好事学生的过度热情有些为难，我记得那个学生的名字的确是叫津田。搞什么啊，那位山药汤的指导者原来就是眼前这位美食家呀。

“他发烧了吗？”

“嗯，似乎不是大问题，但因为他体质不算很好，反正大概会休息两三天。外国人嘛，我会照顾他的。对了，鸡肉清汤如何？喝酒吗？”

“啊，都可以。”

“肉太老就不好了，索性让他们做成生肉片，那样就稳妥了。”

我不由“扑哧”笑了。因为我发现津田的上腭全都是难看的假牙。我想之所以他会把兄弟轩的炸猪排说成鞋底，还有鳗鱼筋的奇谈怪论，以及把鸡肉拍松的要求，大概都和这假牙有点关联吧。

“真是的，”津田好像误会我在笑其他的事，“味道淡得跟鼻涕似的清汤真是令人不敢恭维。农家菜就只有生肉片。”

于是我们就点了生肉片和酒，津田像个牧师似的亲自调制锅底，然后一边喝酒，一边说起了奇怪的事：

“你和外国人交往如果不太注意可不行啊。现在日本是战争时期，你可不能忘了。”

“啊？”我愣住了。

“不要说‘啊’，我来自东京府立一中，要说这场战争开始后东京的紧张气氛，那可是这种乡下地方怎么都想象不了的。”他自吹自擂的方式实在很莫名其妙，“中国留学生在东京有几千人，根本不是什么稀罕事。”他越说越离谱了，“但是呢，这个留学生问题也得相当慎重地考虑才行。为什么呢？因为日本现在正和北方的强大国家作战，旅顺也没那么容易攻破，波罗的海舰队也要向东洋进发了，这也许会成为很严重的问题。在这个时候，清政府虽然对日本采取了善意的中立态度，但谁也不知道今后会发生怎样的变化。因为清政府自身也在摇摆不定。虽然你们不知道，但听说革命思想如今正在以极其迅猛的势头在中国国内蔓延。肉煮过了，你不吃吗？煮过头变老了就不好吃了。然后呢，那革命思想的活跃先锋据说就是这些留日学生，所以问题就变得复杂了。喂，这事你要跟别人乱说我可就头疼了。这话只能在这里说。若要问我为什么会这么了解中国的内情呢，是了，津田清藏，你不知道吧，他是我叔叔，不可能不知道吧，这地方到底是乡下。这话虽然从我这个自己人嘴里说出来不太好，不过叔叔现在是日本外交界新一代的顶梁柱。你不知道就没办法了。总之，因为有那样一个叔叔，我也成了外国通。啊，这生肉片太糟糕了，生肉片如果不打入很多鸡蛋拌匀就会不好吃。这一定是为省鸡蛋。这不，有种奇怪的乌冬面粉味。这个不行，到底是乡下。唉，没办法。吃吧。话说回来，这个革命思想啊，是秘密哦，只在这里说，你也就听过就好。现在他们的本部就在日本。吃惊了吧？我说得再明确些吧。东京的中国留学生已经成了他们的中坚力量。如何，这事越来越有意思了吧？”

但是，我一点儿都不觉得有意思，我已经从周先生那里听说过中国的革命运动的事，比他那随口说说的“只在这里说”更为详细，所以我一点儿也不吃惊，只是模棱两可地应和着这个外国通轻声讲述的秘密，并专心地吃着鸡汤锅。对我这个乡下人来说，并没有感到这个不受好评的生肉片有什么乌冬面粉味，我觉得很好吃。

“问题就在这里。今晚你好好想想这件事。清政府出钱把留学生送来日本，而这些留学生则气焰嚣张地要推翻清政府，这事很奇怪。这简直就像是清政府给留学生研究费是为了让自己倒台。日本政府对这些留学生的革命思想，目前还算是视而不见，但是日本民间的侠义之士却已经在进一步地给这场运动提供援助。你别吃惊。听说中国革命运动的领袖，那个名叫孙文的英雄，早就已经藏匿在一个名叫宫崎的日本侠客家里了。孙文，你最好记住这个名字。听说这人非常了不起，有着狮子一样的风采。留学生们对他所说的事绝无二话，绝对信赖。而这个令人敬畏的英杰的顾问就是以那个叫什么宫崎的人为首的日本民间义士。接着就是关键地方了。如果因为日本政府的视而不见，使得革命思想在日本的首都东京发展成轰轰烈烈的倒清运动，那么清政府会对日本抱有什么感情呢？若是平时还不打紧。如果要把中国这个有着优秀文明传统的大国从列强的侵略中救出，必须采取革命手段，那就不用对清政府客气。连我都想冲到孙文这位英雄的身边去鼓励他。日本人都有这样的义气。因为大和魂的本质就是义气！但你要知道，现在是日本赌上国运同北方强国作战的紧要关头。如果清政府对日本政府产生了恶意，放弃现在的善意中立态度反而倾向于俄国的话会怎么样？这场战争对于日本或许会变得非常艰难。就是这个。听好了，这就是外交的秘诀。一面战争，一面外交。哪里奇怪？认真听啊。这可是国家的重大问题！你从刚才就一个人咕咚咕咚地喝酒，结账的时候没问题吧？我可没那么多钱。你到底带了多少钱？不先做好本国的财政预算，会对战争不利。快点调查好报告给我。”

我取出自己的钱包，看了看里面的钱，报告给了外务大臣。

“好，没问题。有这么些就够了。我也有五六十钱。再喝点儿吧。生肉片我已经够了。来点儿清淡的烫豆腐吧。农家菜里算可以的。”不过我觉得这也同他的假牙有些关系。

换了锅，又要了一些酒。

“你可真能吃会喝呀。”我一面呼呼地吹着豆腐吃，一面用单手频频倒酒喝，他恨恨地看着我，“你们在松岛喝得也不少吧？可能这问题问得有些太细，不过是谁结的账？这很重要。”他恢复了刚才的语气。

我放下筷子回答：“一人一半。我是打算全付的，但周先生怎么都不肯。”

“不行。所以你那样不行。以一知万。你最好别和周先生来往了。你弄错了国家的方针。无论周先生说什么，你都应该全部付了。和外国人交往时，必须把自己当成一个外交官。首先要让他们产生日本人都很亲切的印象。我叔叔他们在这点上煞费苦心。毕竟现在是战争时期。对于各中立国的人，必须用上复杂而微妙的外交策略。中国留学生尤其难对付。他们是中国派来的学生，却在谋划推翻清政府。

如果一味惯着他们，就可能带来与日本政府的外交方针相悖的结果。仅仅亲切是不行的。要以一面亲切一面加以指导的领先者态度去面对他们，我认为这才是作为当今的外交官的妙诀。你知道吗，你要注意这一点。不能向对方暴露你的弱点。一起玩的时候，付账一定要全部自己来。必须一直抢先一步。为了做到这一点我也是相当辛苦。前阵子开班会的时候，你好像没参加，以后必须参加啊，那次班会时，藤野先生对我这个干事说了，和留学生来往的时候要小心。”

他的这句话我可不能听过就算，我感觉被藤野先生背叛了。

“不会吧！藤野先生怎么会用那么愚蠢的外交策略？”

“什么愚蠢，不许说这种失敬的话。你个卖国贼。战争时期，第三国的人全都有可能是间谍。特别是中国留学生，一个不落都是革命派。为了实现革命，他们也可能向俄国求助吧。因此有监视他们的必要。一面亲切，一面监视。为此我还把那个留学生拉到我宿舍里住，在照顾他的同时照着日本的外交方针做着各种努力。”

“你说的各种努力是什么？太狭隘了吧！”我也是醉得厉害。

“狭、狭隘？你可真会说啊。你就是个卖国贼。不良少年。”他脸色都变了，“无耻之徒！农村也会有你这种不良少年啊。连我叔叔的名字都不知道，真不像话。你再多学学吧！你快留级了！滚吧！把你喝的吃的钱付了，快滚！生肉片和烫豆腐好像都是你一个人吃的。”

我把钱包里的钱全倒在榻榻米上，默默地站起身。

“你还真干啊！喂！”津田两肘撑在盘着的大腿上嚷嚷。

我苦笑了一下。

“再见。”留下这一句后，我走到外面，终究感到没趣。好吧，我明天直接去见藤野先生确认事情的真假。说周先生有可能是间谍，还说我是卖国的不良少年，这可没法忍。我回到县厅后面借宿的地方，在井边洗脸、洗手、洗脚后，心情稍稍爽快了些。那天晚上，我睡得很沉。翌日早上，我干劲儿十足地去了学校，在开课前去敲了藤野先生研究室的门。“请进。”里面传来先生的声音。我毫不迟疑地推开门，屋内洒满了朝阳，先生正在上肢骨、下肢骨、头盖骨等令人生畏的人体骨骼标本的包围下，泰然地读着报纸。他把转椅略微转向我这边后，把报纸放在了桌子上。

“有什么事？”在研究室里的先生比在教室里温和了许多。

“请问，我们不能和第三国的人交往吗？”

“欸，啥？”先生反问道，关西腔脱口而出。

“是周先生的事。”听到先生的关西腔，我不由得微笑了。这回我镇静地说出了要说的话，“昨天有个人告诉我不许和周树人君交往。”

“谁？”

“名字我就不说了。我不是来告那个人状的，只是我听说先生是那样吩咐的，所以来问问是否属实。”

和对周先生一样，对着藤野先生我也能流利地说出想说的话。各种理由我在之前已经絮絮叨叨地写过好几次了。但是，或许最终的原因是藤野先生和周先生的人品。当我面对他们的时候，总是感到很安心。

“莫名其妙。”先生颇为不满地用力搓了搓胡子，“我怎么可能说那种蠢话。”

“可是，”我噘着嘴，“班会时先生……”我正要接着说。

“啊，是津田君吧？那家伙真冒失。”先生说着笑了。

“那么，那是假的？”

“不，我说了。是我说的。”先生忽然转为上课时的严肃口吻，“那个时候我对津田君说的是：这次我们学校第一次来了一个中国留学生。和他一起学习医学，小而言之，是为了让新医院在中国诞生；大而言之，是为了能尽快合力把西洋医学的精髓吸收进东洋医学，从而推动全世界的医学更进一步。所以我希望班会干事要抱有这般热情。我没有说别的。”

“是这样啊。”我松了口气，“战争时期的第三国人有可能是间谍这种话——”

“你在说什么，看看这个。”先生把桌上的报纸推向我，只见报纸最上方写着：

> 天皇行幸赤坂离宫
> 出席赏菊会
> 国内外与会人士共四千零九十二名

这样的大标题。不用读正文我就明白了。

“我们不是应该相信国家之光悠远叆叇吗？”先生垂下眼，心平气和地说，“国体盛德，这种说法也不知对不对，但在战争时期，我深刻感受到了这一点。”他忽然改变了语气，“你是周君的好朋友吗？”

“不，虽然还绝对算不上是好友，但之后我想和他友好相处。周先生是怀着比我这种人远大得多的理想来仙台的。周先生为了父亲的病，从十三岁开始的三年里，每一天都奔走于当铺和药店之间。而在父亲临终时，他几乎喊破了喉咙，可他父亲还是死了。他说自己当时的叫喊声至今仍然回响在耳边，从不曾离开。所以周先生想成为中国的杉田玄白，拯救中国那些不幸的病人。就因为这样，却要说周先生他们是有革命思想的急进先锋，对他要一面亲切一面监视，要用复杂微妙的外交手段，我觉得这也太过分了。周先生真的是怀有青年特有的崇高理想。我认为青年不能没有理想。所以，青年要有理想，唯有理想……”我站着还没说完就哭了起来。

“革命思想。”先生自言自语似的低声说了一句，然后沉默了。

过了一会儿，先生望向窗外，“我认识这么一家人：老大是老百姓，老二是司法官，老幺不太一样，是个演员。最初他们兄弟之间也会吵架，但现在却好像非常尊重彼此。这种事没有理由。怎么说好呢，即使每个人都想开出各自的花，但他们家却是最大的一朵花。家是非常不可思议的东西。要说那户人家是地方名门虽然有些夸张，但也是当地自古就延续至今的人家。而且即使是现在，也依旧受到当地人的信赖。我认为整个东洋就是一个家。各人开拓各自的道路即可。关于中国的革命思想虽然我也知之不深，不过，我认为那所谓的三民主义，是建立在民族自决，不，或者可以说是民族自发的根底之上的。说到民族自决，虽然会有种事不关己的疏离感，但为了家族兴旺的自发是最值得高兴的现象。我所想的是各民族历史的开化。不是什么事都需要我们去多操心的。几年前东亚同文会的成立仪式在东京的万世俱乐部举行——虽然这也是我从别人那里听来的。那时候，近卫笃磨公被推为主席，在审议该会目的、纲领的议程中，革命派支持者与清朝支持者之间发生了激烈的争论，两相对峙各不相让，一时间甚至让人觉得该会会因此决裂。但那个时候，主席近卫笃磨公不紧不慢地站起来说：‘主张中国革命的意见也好，支持清朝，防止其被列强分割的意见也好，都是对于他国内政的干涉，作为本会的目的太过无趣。但是，双方的目的都在于保全中国，故本会以“中国之保全”为目的如何？’他这番严肃的发言镇住了全场，两派对此均无异议，于是在全场的喝彩声中该目的获得通过。从那以后，‘中国之保全’成为我国对中国的国策。我们没有必要再说更多了吧？中国也有很多伟人。我们在思考的事情，中国的先觉者们也都在认真地思考吧。这就是民族自发。我很期待这一点。中国的国情和日本有所不同。有人认为中国的革命破坏了传统所以不好，但也可以认为正是中国留存着好的传统，革命的气概才会诞生于传统的继承者。被切断的仅仅是形式。家风，或者说是国风，其传统是绝不会被切断的。看成‘东洋本来之道义’的暗流不论何时都存在于某处。在这根本的道路上，我们所有东洋人都连在一起，可以说是背负着共同的命运。就像刚才我提到的那家人那样，尽管每个人各有所成，但还是会成为一朵大的花。你要相信这一点，和周君积极地交往。不用想得太复杂。”先生笑着站起身，“就一句话的事，不要把中国人当傻瓜。仅此而已。”

上课铃从刚才就已经响起。

“教育敕语里是怎么说的？‘相信朋友’，所谓交友就是相互信任。其他都是多余的。”

我忍住冲上前和先生握手的冲动，恭敬地向先生鞠了个躬。

先生忽然说：“我好像没见过你，你来听过我的课吗？”

“啊，”我哭笑不得，“那个，以后听。”

“你是新生吧。反正，你们要互相鼓励。津田君那边我会去说的。看来上次班会我也是多嘴了。今后我也要少说多做。”

我来到走廊，舒了口气，原来如此，所以周先生会称赞藤野先生。先生固然伟大，周先生也很有眼力，我对藤野先生和周先生同样佩服。今后我也要做一个不逊于周先生的藤野先生的崇拜者。先生讲课时一定要占好最前排记笔记。周先生今天来上学了吗？我想尽快见到周先生，急匆匆地赶去了教室，但那天也没见到周先生的身影，却看到津田那双令人讨厌的眼睛闪着锐利的光。不过，我已经变得心胸宽大，就微笑着跟他打了招呼。津田似乎也不是那么坏的人。他有些失措，然后也微笑着对我点了点头。不过那一整天，我们都互相躲着对方，没有再谈别的话。放学后，我想去探望周先生，但我既不是很清楚周先生借宿的地方，而且想到要是又被跟他住一起的津田说教一番也甚是无趣，所以就马上返回了自己的寝室。晚饭后我走出宿舍去了东一番丁，因为中村雀三郎一座[①]正在松岛座演出《先代萩》，我

---

① 一座：歌舞伎、戏剧中表示整个团体、剧团的名词。

又对仙台的《先代萩》是什么样的有些兴趣，就想着随便看看，买了站席票。所谓《先代萩》，众所周知，演的就是仙台伊达藩的家族内乱。我想榴之冈附近甚至都有政冈的墓，那这部戏应该从以前起就在仙台大受欢迎。但之后我听人说正好相反，这部戏在旧藩时代是被禁演的。直到明治维新以后才被解禁，可以自由演出。即使这样，这部戏在仙台市内也不能一直演，有时候就算换个标题上演，每次都会有自称旧藩士的人要求见太夫元[①]，严重抗议即使确实有过政冈这样的烈妇，但这部戏的整体结构都是在损害伊达家的名誉，要求禁演。到了明治中期总算没有这样的事了，但同时仙台的观众来看这部戏也不是因为出于特别的好奇心，而是因为它取材于自己旧藩时期的事件。从那时起，他们就似乎毫不关心这部戏是演哪个地方的事，只是把它当作一般的悲情戏默默观看而已。不过，当时我还不知道这个情况，暗想着仙台的观众看这部《先代萩》不知会有多兴奋而期待看到他们的狂热模样，但走进小剧场后却发现观众出乎意料地冷静。而且当时的上座率也就勉强五六成，我一面觉得奇怪，一面感叹到底是大仙台的市民，舞台上正在上演自己地方的事件，他们却能心平气和地观看，这也许就是大都会的气度吧！我这个从乡下来的土包子时而对这种莫名其妙的事感慨，时而又为了雀三郎饰演的政冈说出“即使这样，还是让人怜爱啊”的悲情场面而哭泣。当我不经意地看向一旁时，却见周先生正站在那儿。他也在流泪。看到此情此景，我就更想哭了。我冲到走廊，一个人尽情地大哭起来，然后擦干泪回到站席，啪地拍了下周先生的肩膀。

“啊——”周先生看到我，边笑边用手背擦了擦眼泪，“你一直在这儿吗？”

“是的，我从这幕开始看的，你呢？”

---

① 太夫元：主办方的负责人。

"我也是，这部戏里还有小孩演出，让人忍不住就哭了。"

"我们出去吧。"

"好。"

周先生和我一起走出了松岛座。

"我听津田君说你感冒了。"

"真是的，他竟然还跟你宣传，津田君真让我头疼。我就稍微咳嗽了下，他就非要我躺下，然后说我得了Lunge（德语'肺病'）。我一个人去松岛没叫他，他就发脾气。他才是Kranke（德语'病人'），是Hysterie（德语'歇斯底里'）。"

"你没事就好，不过，你身体是有些不舒服吧？"

"不。Gar nicht（德语'没有'）。因为津田君让我躺着，所以我昨天还有今天就躺着看书了。因为实在无聊，我就偷偷跑出来了。明天开始我就上学。"

"是啊。要是什么都听津田君的，说不定真会得肺病。你干脆换个地方住吧。"

"是啊，我也考虑过这个。不过那样做的话，他会寂寞的吧。他虽然有点儿啰唆，但也有坦诚的地方，所以我也没有很讨厌他。"

我的脸红了，或许比起津田来，还是我的嫉妒心更强吧。

"你不冷吗？"我换了话题，"要不去吃荞麦面吧！"

不知不觉，我们走到了东京庵的门前。

"可能宫城野的更好？根据津田君的说法，这个东京庵的天妇罗荞麦面太油腻，吃不下去。"

"不，宫城野的天妇罗也很油腻吧。不油腻的天妇罗都是冒牌货。"周先生似乎和我一样不是很懂美食。

我们走进东京庵。

"就吃这个看起来很油腻的天妇罗荞麦面吧？"周先生似乎对那个油腻的天妇罗荞麦面很有兴趣。

“好，就那个吧。我预感会出乎意料地好吃。”

于是我们点了天妇罗荞麦面和酒。

“听说你们国家是料理之国，你到日本来会因为吃的东西很简陋而困扰吧？”

“没那回事。”周先生一脸认真地摇头，“什么料理之国，那是来中国玩的外国有钱人传开的。那些人来中国就是享乐的。回到自己的国家后就成了所谓的中国通。即使在日本，被称作中国通的人大都也对中国持有个人偏见。所谓什么什么通的人，其实不过是游离于现实的懦夫。在中国能吃到所谓好吃的中国料理的，不过是中国少数的有钱人或者外国游客。一般老百姓吃得很糟糕。日本也是这样吧。日本旅馆里好吃的菜肴，日本的普通家庭是吃不上的。但外国的游客还是会以为旅馆的菜肴就是日本的家常菜。中国绝不是料理之国。我来东京后，师兄曾请我去八丁堀的偕乐园，还有神田的会芳楼等饭店吃所谓的中国料理，我有生以来第一次吃到那么好吃的菜。我来日本以后，从来没觉得料理难吃。”

“可是那个山药汤呢？”

“不，那个是特例。不过在学习了津田式烹饪法后总算是咽得下去了。好吃的。”

酒上来了。

“日本的戏剧怎么样？有趣吗？”

“对我来说，比起日本的风景，日本的戏剧更容易理解。其实前几天，我就不太能理解松岛的美。看来在风景方面我和你一样……”周先生话说到一半停住了。

“不敏感吗？”我说得肆无忌惮。

“啊，嗯，是的。”他难为情地眨巴着眼，“虽然我从小就很喜欢画画，但不怎么喜欢风景。还有件事我也不擅长——音乐。”

我笑了起来，忽然想起他在松岛唱的那首“云儿哟，云儿哟……”的歌曲。

“那么日本的净琉璃呢?”

“嗯，那个我倒是不讨厌。与其说它是音乐，不如说是Roman（德语‘浪漫’）。怪我是个俗人吧，比起高尚的风景和诗歌，我更喜欢大众化的平凡故事。”

“也就是说，与其去松岛不如去松岛座？”虽然我不过是个乡下人，但在周先生面前我却可以轻松地说出类似双关的话，“这阵子仙台很流行无声电影，你觉得如何?”

“那个我在东京也看过些，我感到有些不安。把科学应用在娱乐上是很危险的。总的来说，美国人对科学的态度是不健康的，是歪门邪道。快乐是不应该进步的事物。以前在希腊不是有个音乐家因为发明了多了一根弦的新式样的琴而被流放了吗？中国的一本名为《墨子》的书里也有这样的记载：有个叫公输的发明家给墨子看他用竹子做成的鹊，得意地表示‘把这个玩具放到空中可以飞三天’，但墨子却沉着脸说这还不及木工做的车轮，然后就让他扔了那个危险的玩具。我认为那个叫爱迪生的发明家是世界级的危险人物。有许多快乐还保持着原始的形式。从酒发展到鸦片，中国变成什么样了？我对爱迪生的种种娱乐方面的发明是否也会带来与此相似的结果而不安。我甚至在想，在今后的四五十年里，爱迪生的后继者们不断涌现，而世界被快乐充斥，一个超乎想象的悲惨地狱景象会不会就此展开。如果这是我的杞人忧天，那就太幸运了。”

我们一边聊着这种事，一边津津有味地吃着油腻的天妇罗荞麦面，然后离开了东京庵。当时是谁结的账，自己有没有听从津田的劝告？现在的我对于这些事实已经记不清了。那天晚上，我送周先生到了他在荒町的住处。

月亮出来了，我清晰地记得。同样对风景不敏感的两个人似乎唯有对月影还有兴趣。

“我从小就喜欢看戏。”周先生静静地说，“我现在仍清楚地记得，每年一到夏天，我就会出门去母亲的家乡玩，距离从母亲的娘家坐船一里不到处就搭着演出社戏的戏台——”

太阳下山后，乘着乌篷船驶过豆麦田之间的河道，没有大人，只有一大群孩子去看热闹。船也是由年龄相对较大的孩子轮流划。月色朦胧在河的水汽里，淡黑的起伏的连山，仿佛是踊跃的兽脊，远处似乎有渔火闪烁，又不知从何处传来忧伤的横笛声。戏台就搭在河边的空地上，周先生他们把船在河里停下，从船上眺望着五光十色如梦似幻的小戏台。台上，有个长胡子的豪杰背上插着四张金线织花的大旗，他舞着长枪，和一群赤膊的人正在打仗。小旦出场了，咿咿呀呀地尖声唱着，忽而身着红衫的小丑被绑在台柱子上，给一个花白胡子的用马鞭打起来了。过了一会儿船返航时，月还没有落，河面越发明亮。回望戏台在红色的灯火光中就宛如火柴盒般大小，很是热闹。

“月色好的夜晚，我常常会想起这件事。这算是我唯一的风流回忆吧。哪怕是我这样的俗人，一旦沐浴在月光下，也会变得有些sentimental（德语‘多愁善感’）。”

从翌日起，我几乎一天都不落地去学校。只因为我想见周先生，想和他聊各种事，我就令人吃惊地一改往日作风。像我这样游手好闲的人，却一反津田的预言，不但没有留级，而且看着还能从学校毕业，仔细想想，这真的全是周先生的功劳。不，是周先生和另外一个人。我想也可以说是我对藤野先生的思慕之情使得我能够奋起，并从留级生的不体面中拯救了自己。

自那个月夜过了四五天后，我记得是仙台下第一场雪的那天。我在放学路上把周先生拉到了我的宿舍，我们坐在被炉旁，一边吃着点心一边聊着各种事。然后周先生的脸上浮起微妙的笑容，从包里拿出一本笔记递到我面前。我一看，是藤野先生的解剖学笔记。

“打开看看。”周先生笑着说。

我翻开后瞪大了眼。每页都被红笔细细修改得一片鲜红。

“改得真多啊！谁改的？”

“藤野先生。”

我一惊，似乎明白了那天藤野先生自言自语的“少说多做”的意思。

“从什么时候开始的？”

“很久以前。差不多是从讲课第一天开始。”

周先生更加详细地解释说，藤野先生最初的讲课是解剖学的发展，之后大约过了一个星期，记得是在星期六，先生的助手来叫周先生去研究室看看。只见先生像往常一样在一群人骨的包围下，微笑着问他：“我的讲义你能记下来吗？”

“是的，我打算尽量记下来。”

“记得怎么样？把笔记拿来给我看看！”

周先生把笔记拿去后，先生就把笔记留了下来，过两三天后再还给他时说：“从今以后，每周都把笔记拿给我看。”

周先生打开先生还给他的笔记后吓了一跳。笔记里从头到尾都加了红笔字，不仅把许多漏记的地方都清清楚楚地填好了，连语法错误也都一一订正了。

“从那以后，每周都这样。”

周先生和我沉默着面面相觑了一会儿。学习吧！无论有什么事，都要出席藤野先生的讲课。就这样，在不被人知晓的人生角落里，少说多做的默默的小善，不正是这个世界上珍贵的宝石吗？这么一件小事，却让我这个区区的旁观者被感化，此前那只怠惰的鸟自那以后也开始孜孜不倦地去学校，还因此顺利拿到了行医资格证。可以说，正因为此，我才能像现在这样继承祖辈的家业吧。

在那之后，藤野先生始终默默地亲手修改笔记，但在我们第二学年的秋天，因为这个笔记发生了一件不太愉快的事。不过那是后话了。总之，从明治三十七年的冬天到第二年的春天，从各种意义上来说对我都是最有干劲的时期。日本要对旅顺开始总攻击了，国内也极度紧张。我们这些学生有时为了防止货币外流，不穿羊毛衣服改穿棉服，有时要批斗戴金边眼镜的人，又或是举办一种自称战前生活的忍耐会，还不时举行黎明前的雪上行军。我们的士气越发旺盛，已经迫不及待要攻陷旅顺了。

终于到了明治三十八年的元旦，旅顺陷落了。二日，手持旅顺陷落号外的仙台市民沸腾了。赢了。终于赢了。不知是恭喜新年还是恭喜胜仗，人们动不动就说着："恭喜了！恭喜了！"甚至会出门去平时不大亲近的人家里玩命似的喝酒。四日的晚上，青叶神社院内点燃了大片篝火。五日是仙台的祝胜日，这天早上十点，以爱宕山上的一声礼炮为信号，全市工厂的汽笛一并响起，市内各派出所的警钟以及社寺备用的梵钟、钲太鼓，好像要把一切都敲碎似的。同时市民也都纷纷来到户外，各顾各地敲着金属盆、白铁罐、大鼓，然后一起大喊万岁，好一派全市轰鸣的壮观景象。那晚还有各学校联合的提灯队伍，我们每人都发了一个提灯、三根蜡烛，我们一边在仙台市里结队游行，一边高喊万岁、万岁。异国的周先生似乎也被津田强行拉出了门，他微笑着和津田并肩提着灯笼漫步。我和津田虽然并没有不和，但自那次以后关系总不和睦，即便是在教室照面，也只是互相轻轻地点个头。从来都不曾毫无隔阂地说过话。但只有在那个晚上，我极其自然地对津田说：

"津田先生，恭喜。"

"是啊，恭喜。"津田也是心情大好。

"很多事都失礼了。"我立刻顺便为平素的疏于问候道歉。

"不，我才该道歉。"外交官的外甥毕竟老练圆滑，"那天晚上我醉过头，错得很离谱。之后我还被藤野先生批评了。”

“什么事？”周先生插嘴。

“没什么，津田君请我吃了生鸡肉片还喝了酒。”我模棱两可地岔开话题。

“不止如此。”津田君说到一半，语气忽然变了，“你什么都没对周先生说吗？”

“是的。”我点了点头，用眼神示意津田什么都别说。

“是吗？”津田大声说，“你这家伙真不错。虽然向藤野先生告状的事很下作，不过那是我的错。好吧，喝酒！今晚我们三个再去吃生鸡肉片吧！万岁！”津田好像已经有些醉了。

那一晚，我深切地感受到，无论如何，战争都必须取得胜利。只要能赢就好。津田所谓的外交上的深谋远虑什么的一下子就烟消云散了。津田也是个有着忧国之心的好青年，这点并没有变。那天晚上，他用小得周先生听不见的声音向我坦白，他在两个月前就听说了波罗的海舰队出发在即的消息，因为太过担心如果日本还没有攻下旅顺，那个舰队就来袭，所以看每个人都觉得很可疑，他认为周先生一个人悄悄去松岛，可能是作为俄国的间谍去测量松岛湾的深浅，并企图把俄国的舰队引来这里消灭整个仙台市。总之，他因为总不攻陷旅顺而急火攻心，才会在那晚乱发脾气，对我说教。我听到他说的这些以后虽然大大震惊了一番，但这已经无所谓了。我们赢了，所以无所谓了。所以战争绝对要胜利。战况一旦变得不利，就连相信朋友都会变得困难。民众的心理从来就是那么不可靠。小而言之，是为了防止国民日常伦理道德的动摇；大而言之，是为了发扬藤野先生所谓的“东洋本来之道义”。因此，不论付出多大的牺牲，战争都必须赢。这一晚，我深刻感受到了这一点。

旅顺这个要塞陷落后，日本国内就像开启了天岩户一般越发明亮——虽然这个比喻有点夸张。那年的新年御歌会上天皇曾有云：

富士山巅上　朝阳逐向落霞晚　于晴空悠然

那时的日本好像已经打败了俄国一样。这年正月末，专制统治下的俄国爆发了内乱，俄国败象越发浓厚。日本军队势如破竹，接连在三月十日、五月二十七日取得了日本国民无法忘记的陆海军的决定性大胜利，国威辉映四方，国民也意气冲天，但这次日本的大胜利却给身为异国人的周先生带来了我们意想不到的强烈冲击。

周先生来到日本，曾直觉横滨与新桥之间的窗外风景具有世上独一无二的清洁秩序，曾认为东京的女人们用红色带子扎起衣袖、头戴崭新的白色毛巾，用掸子掸朝阳照射下的拉门的可爱姿态正是日本的象征。在那家松岛的旅馆里也曾预言：日本一定会赢得这场战争，国内这般充满活力，怎么可能失败。但这次的胜利恐怕比周先生预想的辉煌数倍，我认为当他看到展现在眼前的胜利时，方才对日本不可思议的力量瞠目惊叹。以旅顺陷落为界，周先生似乎开始重新研究日本。据周先生所言，那时中国青年来日本学习，绝不是因为倾慕日本固有的国风、文明，只不过是因为能在邻国经济、有效地学习西洋文明，是出于这种一时的便宜主义才选择了日本。起初周先生也是抱着这种打算来日本的，但很快他就发现这个国家出乎意料地紧张，尽管他预感到这里有某种特别的东西，但在当时看到世界一等国家俄国也被日本堂堂正正地降伏后，他似乎认为只是知道有某种东西还不够，这次他不仅读了汉译的《明治维新史》，还直接收集购买了各种日文原版的历史书认真钻研，就好像是要对自己迄今为止的日本观做重大修正。

“日本具有所谓的国体实力。”周先生叹着气说。

这似乎是一个极其平常的发现，可是，我却忍不住想要在这本朴素的手记中倾全力大书特书。受日俄战争中日本大获全胜的刺激，周先生发现这对他医学救国的思想造成了深刻的打击。我认为这是他不久后改变其人生方向的根由。他开始说："明治维新绝不是由兰学者推动的。"维新思想的源流还是国学，兰学只不过是在路旁盛开的珍奇花卉。在德川幕府二百年的太平盛世里，诞生了各种各样的文艺，随着文艺的发达，触及先祖文艺思想的机会也多了起来，并对其展开了认真的研究。同时，德川幕府渐渐进入政治上的疲惫期，对内不能救百姓于贫穷，对外不能抗衡诸国之威吓。日本国正面临崩溃危机的千钧一发之时，研究远祖思想的研究家们一起站了出来，指出了救国的大道：国体自觉，天皇亲政。天皇的祖先最早开创了国家基业，经过神话时代传位于神武天皇，以万世一系的皇室为尊来治理日本是神国真正的姿态，这样的自觉成为明治维新的原动力。将军庆喜公认识到若不依天公地道便无救国之法，他最先自愿对天皇表示了恭顺之意，德川幕府历经二百多年，封建大名们也争先恐后地把自己的领地奉还天皇。日本的强大就在于此。即使走上歧途，一旦国难临头时，他们就会像雏鸟赶到老鸟的周围一样，舍弃一切，归奉天皇。这正是日本国体的精华，是人民的神圣本能。当这种精神流露时，无论是兰学还是其他任何东西，都会像遇到大暴风的树叶一样被轻易吹飞。日本的国体实力着实令人生畏。听了周先生的这番叙述，我内心非常激动，泪水莫名地流个不停。我重新坐正，问周先生：

"那么，你是说日本具有超越西洋科学的东西？"

"当然。你身为日本人问这种问题真是没出息。日本不是战胜俄国了吗？俄国是科技先进国，一定拥有许多应用了最尖端科学技术的武器。旅顺的要塞也是凭借西方科学的Essenz（德语'精髓'）建造的吧。但它不是被日本军队几乎徒手攻陷了吗？对外国人来说，或许难以理解这个不可思议的事实，即使是中国人也不明白。总之，我想再进一步研究日本。日本有许多让我感到津津有味的东西。"他说话时带着爽朗的微笑。

那时，周先生常常毫不见外地来我住的县厅后面的宿舍玩，一向沉默寡言的我，还没来得及对房东一家人打开心扉，周先生便已经先和那家人亲密起来了。那家人并不是经营宿舍的，一家三口分别是中年木工、木工老婆以及十岁左右的女儿。借宿的只有我一个。因为木工喝酒，夫妻二人常常吵架，但和周先生在荒町的那个有许多借宿者的小旅馆比起来，我这里还有那么些家庭情趣。对于当时正热衷于研究日本的周先生来说，这个贫穷的家庭好像也成了他好奇的对象。他主动和那家人套近乎，特别是和那个十岁左右的皮肤黝黑、不怎么好看的小姑娘关系很好。有时候他会给她讲中国的童话，有时候让那个小姑娘教自己唱歌。有一次，小姑娘要给战地的伯父寄慰问信，还请周先生帮她修改。周先生对这个天真无邪的请求很是欢喜，还把信给我看。

“写得真好啊！哪儿都不用改。”他一边说一边仔细地品读那个小姑娘写的信。

那是一封很普通、丝毫不出奇的信。

“去年久疏问候！听闻伯父在连月亮都会冻僵的西伯利亚平原上俘虏了俄国人，还加入敢死队，众人皆说您还如往年一般积极进取。今后也请保重身体，为天皇陛下、为大日本帝国尽忠。为您祈福，再会。”

周先生首先很中意“月亮都会冻僵的西伯利亚”这句，虽然周先生说自己不太会被景色打动，但唯独对月亮似乎并不怎么讨厌。而最让周先生感叹的，是贯穿在这短信中的鲜明忠义的赤子之心。

“写得明明白白！”周先生得意扬扬地说着，好像自己立下了什么大功劳似的。“毫不犹豫，说得痛快，‘为天皇陛下尽忠’，说得很干脆吧，简直就是naturlich（德语‘纯粹’）。日本人的思想全都被einen（德语‘一’，可理解为‘统一’）在‘忠’这个观念上。此前我一直以为日本人是否没有哲学，但是否可以说，‘忠’这个Einheit（德语‘统一’）哲学从很久以前就被日本人fleischwerden（德语‘变成肉’，引申为‘消化’）了呢？这种哲学因为被太过purifizieren（德语‘净化’），反而就察觉不到了。”和平时一样，他一兴奋就会一边冒德语一边感慨。

“不过，忠孝思想不是从贵国传来的吗？”我故意泼他冷水。

“不，不是的。”周先生当即否定，“你或许知道，中国的天子不是万世一系的。从尧舜禅让开始，夏朝在四百年十七代到桀王时，被成汤放逐于南疆。这也可以算是中国武力革命的渊源吧。自那以后就不断重复着对帝位的巧取豪夺，虽然每次都是不得已的Operation（德语‘军事行动’），但新登基的君主似乎总会于心不安，基本都会说些辩解之词。‘忠’这个观念，被奇妙地放在了一个复杂而暧昧的位置，取而代之的，这么说或许有些奇怪，‘孝’却被大力提倡，并以此作为治国之本，还出现了企图将国民的伦理观统一为‘孝’的倾向。所以，可以说中国所谓的‘忠孝’，这个‘忠’仅仅是起了‘孝’的接头语的作用而已，主格其实是‘孝’。但是，‘孝’原本就被灌入了政策上的意义，是被鼓励的道德。统治者极度地利用这一点，将反对自己的人冠以不孝的罪名后杀死，所以‘孝’成了统治者权谋诡计的工具。而被统治的人也由于不知道自己什么时候会因不孝的罪名被杀，于是终日战战兢兢，夸张地孝顺父母，像是做给别人看，最后才会有‘二十四孝’那样愚蠢的传说在民间流传。”

“不过这话你也说得过头了。二十四孝在日本是孝道的典范，并不愚蠢。”

“那么，二十四孝是什么和什么，你全都知道吗？”

“虽然我不是全都知道，但我小时候听了‘孟宗哭竹生笋’‘王祥卧冰求鲤’这些以后，是真的很尊敬那些孝子。”

“嗯，那些故事虽然还行，但你不知道老莱子的故事吧？老莱子到了七十岁还婴儿似的向他年近期颐的双亲撒娇的故事。你不知道吧，他撒娇的方式可细致了。他经常穿着婴儿穿的花衣服，‘咚咚’地摇着拨浪鼓，绕着他那年近期颐的双亲爬来爬去，嘴里‘啊、啊’叫着逗父母开心。这个故事怎么样？我小时候在图画书上看到的，那本图画书画得令人匪夷所思。七十岁的老人穿婴儿的花衣服摇着拨浪鼓的画面太丑恶了，根本无法正视。他的双亲看到他的样子真的会觉得可爱吗？我幼时看的图画书上，那年近期颐的双亲满脸无趣，犯愁地看着那个七十岁蠢儿子的狂态。是的，那是Wahnwitz（德语‘精神错乱’）。这根本就不正常。另外，还有这样的故事。有个叫郭巨的男子非常贫穷，常为自己不能让老母吃饱饭而苦恼。郭巨有妻有子，孩子三岁。有一次，他的老母——三岁的孩子应该叫她奶奶——把自己碗里的吃的分给了三岁的孙子一点点，郭巨很惶恐。老母的饭本来就不够吃，现在自己三岁的孩子还要来抢她的饭，结果就变成他不得不把孩子给埋了。那本图画书上有这么一幅画：那个将被活埋的三岁小孩被郭巨的妻子抱在怀里咯咯笑，郭巨在旁边满头大汗地挖坑。自从看到那幅画以后，我就对自己的祖母敬而远之了。因为那时我家家境正渐渐贫穷，万一祖母给我吃个点心什么的，我父亲一惶恐就说‘不得不把这孩子给埋了’，岂不是很吓人吗？突然之间，我觉得家庭这个东西很可怕。这样一来，儒学先生们的苦心教诲就全落空了。倒是只有反效果。日本人很聪明，怎么可能会把这种二十四孝作为孝行的典范。你这是在说客套话。我最近在休闲馆听了二十四孝的落语。讲的是一个人，想要孝敬母亲，于是问母亲想不想吃竹笋，母亲回绝说自己牙不好，实在不能吃。所以我认为日本人很聪明，不会被愚昧的说辞蒙蔽。所谓文明并不是让生活方式变得时髦。总是保持清醒才是文明的本质。要看穿伪善。拥有这种洞察力的人才能被称为有教养的人。日本人继承了祖先传下的良好教养，并本能地撷取、吸收了中国思想的健全部分。在日本似乎认为中国是儒教之国，但中国乃道教之国。民众信仰的对象不是孔孟，而是神仙，他们迷信长生不老。但是在日本，根本就无人理睬不老不死的神仙之说。人们仅仅把它当作笑谈。‘神仙’这个词简直就被当成白痴、疯子的代名词。因为日本的思想被统一在‘忠’上，所以不需要神仙和二十四孝。‘忠’就是孝行。前几天我们一起看的戏里，政冈也教育自己的孩子要尽‘忠’，却没有教育孩子要对母亲尽‘孝’。但因为‘忠’就是‘孝’，所以那样就可以了。日本人看那出戏时会哭。但‘仙人’和‘二十四孝’则被编进落语当成笑料。”

“不，也不是。”我内心无法平静，既惊且喜，“因为日本人说话刻薄。我们并没有蔑视贵国的教条，不过这种辛辣嘲笑别人的毛病是不对的。”

“不，日本人说话恶毒仅仅是在气势，实际上反而是淡薄的。‘辛辣’这个词并不适合。在中国有‘他妈的’这样的脏话，这种才是真正的辛辣。这是很过分的话。因为太过下流卑劣，我都不想说它的意思，恐怕这世界上再没有其他民族能发明出这么致命的脏话了。单就这点而言中国是世界第一。”

“虽然我不知道那个‘他妈的’是什么，不过，我觉得中国排世界第一的东西不只那一个，我想除此之外一定还有其他的。这也许仅仅是我的一种直觉，但我实在认为在贵国流传着超乎我们想象的伟大传统。你把贵国说得那么不堪，但藤野先生说过‘中国保存着良好的传统，所以反抗者会出现在那传统的继承者中’。我听着你对中国的批判，却反而感到中国的从容。中国绝不会灭亡。只要有十个像你这样的人，中国就会成为名副其实的世界一等大国。”

“别捧我了。”周先生苦笑道，“中国要是像现在这样可不行。绝对不行。什么从容，只要还有那种得过且过的自负心理就不行。日本人全都卷起了袖子，有志向，很认真。中国必须学习日本的这种态度。”

那时，我经常会像这样和周先生进行中日比较的讨论。周先生很激动地打算等这学年结束放暑假了，就去东京，向留日学生们阐明他发现的神之国清洁且直截了当的一元哲学，并以此来启发他的同胞。很快到了暑假，周先生去了东京，而我则回了乡下老家。我们分开了整整两个月。

九月，随着新学年的开始，当我在仙台再次见到周先生熟悉的面孔时，心里却“咦”了一下。不知为什么，我觉得周先生和以前不同了。虽不至于冷淡疏远，但他的目光变得有些犀利，即便是笑，脸上都带着冷冽的阴影。

“东京怎么样？”我问他，他却露出奇怪的苦笑。

“在东京大家都很忙，电车轨道一天比一天向着四方延伸，那就是如今东京的Symbol（德语‘象征’）吧。到处都动荡不安、吵吵闹闹。还有，因为对战争的讲和条件不满，东京市民正义愤填膺地到处开演说会，局势很不稳定。听说现在东京已经施行了戒严令。东京人的爱国心太过天真了。”

“贵国的学生们对‘忠’的一元论怎么看？反响如何？”

周先生忽然拧起了脸，仿佛突然牙痛一般：“这个……因为太忙了，我已经搞不清楚什么是什么了。日本人的爱国心虽然不稳定，但本质是单纯明朗的，可我的爱国心却是复杂灰暗的，不，或许也没到这样？总之我有许多事搞不懂。太难了。我什么都不明白。”他冷冷地微笑，“不过，现在有不少日本青年正在研究世界文学。去书店时我吃了一惊，各国的文学书籍都有现货，日本的年轻人热情地选购着，感觉像是在为生命的充实而努力吧。我也学他们，买了些书带回来。接着我也打算研究下，不要输给他们。我的竞争对手是那样的东京年轻人。那些人正因为某个新的世界而erwachen（德语‘觉醒’）。这就是我对东京的感想。”

此后讲课一结束，周先生就立刻回自己的宿舍，几乎没有再像以前那样来我住的地方玩了。一个秋风萧瑟的晚上，津田罕见地来到了我的住处，他神情古怪地说：“喂，发生了件麻烦事。”接着从口袋里拿出一封信给我看。收信人写着周树人先生，寄信人则是直言山人。我有些无语，这真是个蹩脚的匿名。然后我皱着眉看了信的内容，文章的内容更为蹩脚，字迹也很潦草，总之就是一封散发着恶臭的肮脏书信。信里先是大大地写着：

你悔改吧!

我感到毛骨悚然。我一直就很讨厌这种预言一般装腔作势的语句。接下去则是些稀奇古怪的所谓“直言”。那“直言”絮絮叨叨、颇为难懂，大意就是：你卑鄙，你事先让藤野先生泄露给你解剖学的考题。证据就是你解剖学笔记上藤野先生用红笔标注的记号。你不配及格，你悔改吧!

“这是啥？”我正想撕了那信。

津田连忙说着“等等、等等”，飞快地把信从我手中抢了过去：“这可是大事。接下去我还想和你好好商量。这实在是件令人不愉快的事件。我得喝点酒。这屋子里有酒吗？”

我苦笑着去问借宿家庭的人是否有酒。女主人回答：“酒今晚被丈夫喝了，不过还有啤酒。”

“啤酒行吗？”我问津田。

津田露出稍显悲痛的表情说：“啤酒？吹着冷风喝啤酒真是蠢透了，好吧。没关系。拿来吧。”

津田一个人咕咚咕咚喝着啤酒。

“哇，真冷啊。秋天的啤酒，真够呛。”他喊着，打起了冷战，结结巴巴地开始讲起这件事的重大性。因为嘴唇青紫，全身哆嗦的演讲竟也营造出了一种非同一般的凝重气氛。

“这是国际问题。”他说话一如既往地夸张，“这件事看似是周先生一个人的事，但其实不是。现在中国留学生分布在日本各地，人数已接近一万。也就是说，在周先生的背后有一万名中国留学生在待命。周先生一旦发怒，这一万名留学生势必站起来声援。到那时，仙台医专自然会名誉受损，而我国的文部省、外务省也必须向清政府道歉。这确实会给中日亲善外交留下一大污点。你对这件事怎么看？”虽然他是这么说的，不过我还是和往常一样，敷衍地听过算过。

“周先生看过那封信了吗？”

“看了。今天我们一起从学校回去时，这封信已经寄到了宿舍。周先生从柜房拿了信后很随意地塞进了口袋走上楼梯，但这个时候我突然福至心灵，于是叫住了他：‘等下，刚才的信就在这里拆了吧。’周先生在走廊上站定，默默地拆了封。他稍微看了一眼，就想要撕掉。”

“就是啊，这么肮脏的信，谁都会想撕掉的。”

“哎，别这么说。我突然拿过那封信看了看，哇，终于动手了啊。”

“怎么，你不会是认识这封信的寄信人吧？”

“没什么好瞒的，我认识。就是矢岛那家伙。那个Landdandy（德语‘乡村纨绔子弟’）。”

被他这么一说，我忽然想起几天前发生的一件小事。那是在藤野先生的课上。先生一进教室，班会新干事矢岛马上站起来走到黑板前，写下了“明天开班会”的通知，然后又加了句“请全体悉数出席，切勿遗漏”。还在“漏”字上画了两个圈。接着就有五六个学生哄笑起来。我没想太多，以为他是因为开班会人总是不齐，才特意强调“切勿遗漏”的。但那其实是矢岛拙劣的讽刺。因为藤野先生和周先生都在场，所以他才会耍这种卑鄙的伎俩想要暗中讥讽“泄露”考题。察觉到这一点，我当下就怒了。

“去揍他吧！”我只是单纯觉得不能姑息这种卑鄙无耻的小人。在我平凡的六十年人生生涯里，真的让我想要揍人的就只有那一次。我现在就想连夜去他家揍他个痛快。我之前就很讨厌这个留有大胡子的矢岛。他来自不知是仙台东北学院还是别的基督教学校。虽然或许并不是这个原因吧，不过若借用周先生的话来说，那他就是伊达藩的der Stutzer（德语“好打扮”）。如果按照津田的话，那他就是个土绅士，差不多是这种惹人厌的狂妄自大的男人。起初他在教室里还挺老实的，之后因为他开始自称父亲是仙台的大财主，还仗着父亲的权势在颐指气使，不知不觉就成了班上的老大。在这次新学年班会干事改选中，他踢掉津田当选为新干事。虽然我不赞同从东京、大阪来的学生把东北看成乡下的轻蔑态度，但也不认同东北本地的学生反过来暗中串通起来打击报复的倾向。特别是因为我自己也算是东北人，所以在看到农村人那种世故的复仇心时，就会产生一种自我厌恶，所以比起东京、大阪的学生，我更厌恶本地的学生。

“不能揍，那可是私斗。”津田见我开始兴奋，忽然表现出十分镇静的态度，“对方不只矢岛一个，还有许多捧他臭脚的乡巴佬。我在想应该利用这个机会纠正一下他们的排他思想，我们不都是绅士吗？还是打思想战吧！”

“但是津田先生，我也是乡巴佬。”不管是用在什么场合，我都觉得“乡巴佬”这个词很刺耳。虽然地头蛇矢岛也是个无趣的人物，但是，用这个词的东京人津田也谈不上有什么高尚，我改变了自己的想法，觉得他们半斤八两。

“不，你不同。你绝不是乡巴佬。你呀……”津田的表情有些困扰，“从某种意义上来说，我更想说你像城里人。”他越发词穷，“是了，你是中国人！没错，你就是那样。”

我怔住了。

“所以你才会被同为东北人的矢岛他们敬而远之。”津田煞有介事地说着，“也就是说，你现在和周先生是一样的。虽然我绝没有这么想，不过班上都评价说你的脸长得像中国人。你呀，也确实不应该只和周先生一个人交往。班上的人在背后都把你的名字‘田中卓’叫

成‘でんちゅうたく’（田中卓的一种类似中文的发音），而你却不知道。怎么样，你的名字变成了田先生。很不愉快吧？”

我倒是不太在意这种事。但即使迟钝如我也渐渐明白了为什么津田要把这次的事扯到我头上，还搬弄叫嚣着支离破碎的迁怒之词。津田终究还是不甘被矢岛抢走了班会干事的名誉职称，所以这个忧郁失意的小政治家一定是怀着——借此机会把矢岛的信闹成大问题，逼矢岛辞去干事职务，自己就可以再次和之前一样光明正大地炫耀印着头衔的名片——令人同情的企图来找我的。首先要煽动与周先生关系最好的我，我一激动就会像以前某次那样报告给藤野先生，这样一来，藤野先生就会错愕地叫来矢岛，大声训斥并剥夺其干事的光荣职务。我甚至怀疑他莫非是梦想着事情可以这么一步步发展，才会这么大吵大嚷。这么一想，我终于感到了扫兴。

“为什么你以前就知道这种种事端，却不向矢岛他们证明周先生的清白呢？”我噘着嘴问他。

“那是因为即使我说了也没用。他们认定我也是和周先生一伙的。我、你、藤野先生，还有周先生，这四个人目前差不多就像是被告。简直岂有此理。连藤野先生的人格都怀疑，真是太过分了。所以怎么都得团结起来制定对策。总之你明天就去向藤野先生告状，我之后再去集合其他同伴。”

到底还是和我怀疑的一样。我感到很不痛快，想去揍矢岛的想法也全没了，我只想尽快摆脱这些愚蠢的政治斗争。

“我希望你能答应我一件事，”我的心情冷淡而顽固，“我明天会为此去藤野先生的研究室，在先生做出指示之前，能请你不要对任何人提起这封信的事吗？”

“为什么？”津田的嘴拧成了一个“へ”字，他瞪着我问道。

“不为什么。”我努力微笑，“总之，集合同伴的事能等两三天吗？不然，我就是你的敌人。”

此刻我只是同情周先生。还有在周先生的学习上花了大力气的藤野先生也很可怜。我关心的就只有这些，其他无所谓了。

“是吗？”津田恨恨地扭向一边，“看来你不信任我。”

我没有理会他的话：“你如果不答应我，我就与你为敌，还对藤野先生说很多你的坏话。”

“那，岂非，很不讲理！”

“不讲理就不讲理。因为是敌人。怎么样，你能答应我吗？”我顺势逼他。

津田不情不愿地点了头。

“东北人真难对付。”他小声地说。

翌日，我去了藤野先生的研究室，扼要地汇报了这件事。

“津田君也很愤慨，他说要等待先生的指示，希望能帮上忙。”我在传达的时候美化了津田的胸怀，当然也完全没有提矢岛的名字，只是请求藤野先生能为了周先生而消除这些误解。

“什么消除不消除的……”先生的笑容出乎意料地从容，“周君的解剖学是不及格。但因为其他学科的分数高，嗯，才取得了那样的成绩。周君是第几名？”

“不清楚，六十名左右吧。”我们从第一学年升入第二学年时留级生多到异常。同一届学生里有三分之一，大概五十人都惨遭留级，我和津田也都是在八九十名的危险位置勉强及格。身为外国人的周先生却能够到六十名，是因为他聪明用功，所以我们觉得这是他理所应得的成绩，但对于不太了解周先生的人来说，说不定就会觉得这个六十名很可疑。特别是那些留级生，他们忽略自己读书不用功，而想着挑晋级生的毛病，很难说周先生不会因此而被当作全体晋级生的牺牲品，成为众矢之的。

“六十名吗？”先生似乎对这个六十名不满意，“并不是什么很好的成绩啊。不更加努力学习可不行呀。总体来说，上学年你们的解剖学没学好。解剖学是医学的基础，如果没有学得很扎实，说不定有你后悔的时候。就是因为彼此怠惰，才会发生像这次这么愚蠢的问题。但若是互相鼓励，一起学习的话，既不会有误解，也不会有嫉妒了。所谓'和'，绝不是消极的东西。发而皆中节，谓之和，这在《中庸》里也有写过吧。'和'是天地跃动的姿态。是已经拉到紧绷的——"先生做出把弓拉成满月形的姿势，"嗖地射出的箭矢毫无差池地正中靶心，发出'砰'的明快响声。那种感觉就是'和'。发而皆中节。这个'发'是不能忘记的，就是要学习。有句话叫'以和为贵'。所谓'和'，并不是指要和乐地玩在一起，而是'互相鼓励，一起学习'，这才是'和'。你似乎是周君的好友，但他为了向中国传播新的学问才特地来到日本学习，所以你必须大大地鼓励他，忠告他要取得更好的成绩才可以。虽然我也有各种忧心，但第六十名太不像话了。他必须是第一、第二名。日本在古代也有学生去唐宋学习，受到了那个国家的多方关照。现在日本必须回报当时的恩情，把我们所知道的事情教给那边的人。可是周围的日本学生们却只知道玩，一点儿也不学习，难得周君他们抱着高远的志向来到日本，却也会被卷入其中而懒惰。如果你真的是周君的好友，下次我来给你们两个人出研究Thema（德语'主题'）也成。裹足的Gestalt der Knochen（德语'骨骼形态'）之类的怎么样？可能的话，最好是周君有兴趣的主题。但是，我现在手头也没有Modell（德语'模型'），会不会很难？总之，必须让周君对医学更有Pathos（德语'激情'）。周君最近不太有精神吧？他是不是讨厌解剖实习这些？中国人对Leichnam（德语'尸体'）有其独特的信仰，他们似乎不火葬，基本都是土葬。就好像《中庸》里也有写的'鬼神之为德，其盛矣乎'那样，他们对死后的鬼魂十分敬畏。或者，周君最近消沉的原因是我们对待Leichnam（德语'尸体'）毫不讲究，所以他对医学也感到了厌烦？如果是这样的话，你可以这样告诉周君。日本的Kranke（德语'病人'）非常乐意自己死后能对医学的发展做出贡献，特别是如果知道不久后还能对中国起到作用，甚至会感到光荣。你就这么说，给他勇气。要是做个解剖实习就变得脸色发白，那将来连个小Operation（德语'手术'）可都做不了。"先生一个劲儿地讲着周先生的事情。

"那么，信的事要怎么办？"

"那个完全不用在意。不过如果因为这件事而让周君讨厌学校就不好办了，所以你要好好安慰他、鼓舞他。虽然信的事置之不理就可以，不过如果津田君多嘴多舌把事情闹大也很无趣，嗯，我去跟干事说，让他们找出写那封信的人。不必向我报告是谁写的，不过写信的人自己去周君那儿，仔细翻看笔记，认识到自己的错误后坦诚地与周君和解，这样就可以了吧？这次的干事是矢岛君吗？"

正因为那个干事就是写信的人我才为难。不过我又想到先生偏偏派矢岛去找写信的人也颇为讽刺，说不定会出现很有意思的结果。

于是我就说："嗯，是的。那么就请您去对矢岛君说吧。"我快速转过身，背后又传来先生的叮嘱：

"不只是周君，你们大家也都要更加努力学习！各人自发，方可称为'和'。"

我也不知道这件事给周先生的内心造成了多大的冲击。那段时间周先生的态度让人觉得难以接近，所以即使是在学校里碰上，彼此也只是微微一笑，说一些"你好吗""嗯"之类十分懦弱的、不痛不痒的问候，像藤野先生叮嘱我的那些安慰激励的话一句都没能说出口。而且如果我冒冒失失地说了这些话，结果反而让敏感的周先生尴尬也很没意思，所以我假装对笔记灾难一无所知。

然而大约过了一个星期，在一个下着大雪的夜晚，周先生把头埋在外套里，全身雪白地来到了我的住处。

"来，快请进，来。"我因为周先生久违的来访而激动，飞奔到玄关去欢迎他。而周先生却莫名地犹豫。

"可以吗？你没有在学习呀？不打扰你吗？"他表现出从没在我面前露过的胆怯而客气的态度，我几乎是把他拽进了房间。

"我刚去了那边的美以美教会，回来的路上感到实在太寂寞了，所以就顺路过来看看，没有打扰到你吧？"

"没，我差不多总是在玩。不过，你说去教堂，这又是怎么了？"

周先生和我一样，对基督教的邻人友爱怀着敬意，对于被钉到十字架上的耶稣的宿命的尊敬也没有落于他人。但是，他不怎么喜欢教堂里职业牧师那伪善家一样的悲怆表情，以及往来于教会的青年男女的做作态度，所以即使仙台市内分布着许多教堂，他都采取敬而远之的策略。尤其是像周先生这样的人认定，那些无论如何都想要做出像是基督教徒举止的基督教徒不是真正的基督教徒，他甚至说过就好像中国的儒学先生们歪曲了孔孟精神一样，基督教的教义也因为外国的牧师们而堕落。然而，他却说他去了美以美教会。

周先生有些腼腆。

"不是，我最近是Kranke（德语'病人'），所以很久没有和大家见面，完全成了einsam（德语'孤独'）的鸟。但是，那个时候好开心的吧，我们一起在松岛过夜，燃烧着幼稚的气焰……"说到一半他垂下了眼，钻在被炉里沉默了片刻，才又忽然抬起脸，"实际上，昨天矢岛先生来我住的地方向我道歉了，还说那封信是他写的。"

事情的经过我也听津田说了，所以已经知道。矢岛接受了藤野先生请他搜查犯人的委托，还被吩咐今后也要照顾周先生，不知道是因为他毕竟有着东北人道德中特有的洁癖，又或是他从信仰的基督教中感悟到了反省的美德，他突然哭着坦白说写下那封信的人就是自己，对这次愚蠢的误解深表歉意，还说要辞去干事的职务，并推荐了津田作为后任，津田也无法接受事情变成这样，结果，干事就由矢岛和津田二人共同担当。事情在各方面都圆满收场，津田拍着我的背直叫

"军师，军师"。我哪里是什么军师，无非是我的无策之策出乎意料地奏效了而已。

"因为我总是请藤野先生修改笔记，所以引起这样的误解也是情有可原，我反而对他感到过意不去。虽然我以前不怎么喜欢他，但在互相交谈中，我发现他是一个非常正直的人。我语带讽刺地问他：'你是基督教徒吧？'他认真地点了点头，说：'是的，但也不是说基督教徒就不会犯罪。反而是像我这样有着许多缺点，还总是犯下罪恶的坏人才会成为基督教徒。教堂是像我这样易犯过失的人的医院。是Krankenhaus（德语'医院'）。而福音则是我们Herz（德语'心理'）病人的Krankenbett（德语'病床'）。'矢岛君的话莫名地深深沁入我心里，我忽然也想敲敲Krankenhaus（德语'医院'）的门。我现在的确是Kranke（德语'病人'），所以今天就糊里糊涂地去了教堂，不过，对于西洋风格的夸张礼仪我还是有不能接受的地方，感觉很失望。今天的说教正好是《旧约》的《出埃及记》的几处，讲摩西把他的同胞从奴隶的境遇中解救出来付出了怎样的辛劳，听到这些后，我不寒而栗。面对在埃及城市的贫民窟里过着喧嚣而怠惰的日子的百万同胞，笨嘴笨舌的摩西为了宣扬脱离埃及的理想而四处游说，反倒被大家视作麻烦。但他时而呵斥、时而劝慰、时而怒吼，总算带领着大家成功脱离了埃及。但在之后四十年的漫长岁月里，他们却迷失在荒野里。脱离埃及追随摩西而来的百万同胞非但没有感谢摩西，还一个都不落地嘟嘟囔囔、诅咒摩西。他们说都是因为摩西多管闲事，情况才会变得这么凄惨，就算脱离了埃及也没有半点好事，啊，现在想起来还是在埃及的日子好，奴隶不奴隶的根本就无所谓，既能面包吃个够，肉锅里还咕嘟咕嘟地炖着鸭肉和葱。'我们在埃及的土地上，坐在炖肉锅的旁边，在尽情享用面包至饱时，即使死于耶和华之手亦是甘愿。你带领我们来到这片旷野，我们全都会因饥饿而死。'他们破口大骂，毫无理智地发着牢骚。我联想到我们国家现在的民众，感到非常难受，因为实在听不下去这次的说教，就中途逃了出来，但因为感觉好寂寞，就赶到你这儿来了。绝望，不，绝望也是个令人生厌、故弄玄虚的词语。要说什么好呢？所谓民众，大致就是那样吧。”

“不过，虽然我对《圣经》里的事一无所知，但那个叫摩西的最后还是成功了吧？不是有他在西奈山顶，指着美丽的约旦河流域大喊：看到了故乡！看到了故乡！这样的记载吗？”

“是的，但是，在那之前的四十年岁月里，却得让同胞们忍受不吃不喝的痛苦。这种事办得到吗？不是五年、十年，是四十年啊。我已经弄不明白了。今年夏天我在东京得到的，还是对拯救这种民众的怀疑。今天又让你听我唠叨了。在松岛时燃烧着的幼稚气焰虽然很快乐，但今晚的告白却是暗淡的。”周先生笑了一下，“我刚才笑了吧。我为什么会笑呢？埃及的奴隶一定也会经常露出这种连自己都弄不明白的笑。即使是奴隶也会笑。不，或许正因为是奴隶才笑。我在仙台街上散步时也会留意俘虏的表情，但那些人几乎都不笑。这证明他们还抱有某种希望。只不过是想早日回国的焦虑，还是要比奴隶强的。我偶尔也会给那些人卷烟，他们会一脸坦然地接过。他们还没有成为奴隶。”

那时，在仙台的俄国俘虏，多的时候达到两千人，分别被收容在荒町、新寺小路附近的寺院，还有宫城野原的临时小屋等地方。从那年秋天开始，他们被允许在市内自由散步，虽然我不知道俄语的正确发音是什么，但他们经常表示想要papyrus，而那似乎指的就是烟草，就连仙台的孩子们也不知不觉地记住了“papyrus”这个词语。他们会去问俘虏们：“想要papyrus吗？”俘虏们点头后，孩子们兴高采烈地跑去烟店买烟给他们，还很得意。

“我给那些人烟，他们却很平静，感觉不好意思的反而是我了。我甚至感到了侮辱。难道这些俘虏看穿我是中国人了？他们知道中国马上就要沦为列强的奴隶，因此才会对我表现出特别的优越感？不，这的确是我的偏见。是的。这次我在东京领会到的就是这种偏见。我很不安。对于救济自己国家的民众非常不安。现在想起来，自己当时在松岛的气焰非常幼稚。我在对自己当时的单纯幼稚感到怀念的同时，也觉得很羞愧。一想起来我就会脸红。我竟然沉迷这种不成熟的理论！那个时候，我自认为深知中国的现状，但那全是少年天真的自以为是。我什么都不懂。而现在，我越发弄不明白了。不要说是中国的现状，我连我自己到底是个怎么样的男人都搞不清。在东京的留学生同胞说我是日本迷，甚至说我是汉民族的背叛者。更有人谣传说看到我和日本女人一起散步。为什么大家都这么反感我呢？是因为我说中国的坏话、表扬日本的忠义哲学吗？还是因为我没有和他们一起直接投身于革命运动？对于那些人的革命热情，我也是深有同感。如今黄兴派和孙文派也终于实现合作，成立了中国革命同盟会。大部分留学生都是同盟会党员。据他们说，中国的革命似乎马上就要成功了。但为什么我会这样呢？他们的气势越盛，我的心情就越发低落。你怎么样？从小我如果看到别人热烈鼓掌的时候，就会很不好意思地和他们一起鼓掌。听到磊落大方的演说，虽然我的内心很感激，但一看到别人热烈鼓掌飘飘然时，我就怎么都没法为这场演说鼓掌了。内心的感动越大，就越认为鼓掌好像是演说者虚伪的礼数，反而是失礼，我觉得沉默才是真正的敬意，还厌恶起鼓掌造成的喧闹。在学校运动会上给人加油时也体会过同样的心情。另外，关于基督教，我非常尊重基督教的‘像爱自己那样爱邻人’的思想，几乎想着要入教。但教堂里那夸张的姿态却阻碍了我的信仰。虽然你也说过，我身为中国人却从没说过孔孟的话。这点对你们来说，或许感到不可思议，但其实我在努力不说。我讨厌那些把孔孟的话像双关语一样挂在嘴上的人。连藤野先生那样的好人，在他说着古圣贤的话时我还是会捏把汗，心里希望他能停下。我们从小就被中国的儒学先生们强迫背诵古圣贤的话到腻。而我们也被培育成了讨厌儒教的男子。我绝没有轻视孔孟思想。其思想的根本，或是‘仁’，或是‘中庸’，又或是‘宽恕’，说法各种各样。但我认为是‘礼’。‘礼’的思想很微妙。用哲学似的方法表达，那就是爱的表达方法。我认为人类生活的苦痛说穿了就是爱的表达困难。正是表达的不得法，才成了人类不幸的源泉。只要能解除这一点，那么君为君、臣为臣、父为父、子为子的秩序只要唱着歌就能自然形成，能把人类从所有的屈辱、束缚和痛苦中拯救出来。儒学先生们却把这些作为最细枝末节的行为礼数来教，反而使之堕落成君主侮辱臣子，父亲束缚儿子的伪善手段。这种倾向很早就有所表现。比如，魏晋时期竹林里的名士，就是因为无法忍受‘礼’这种思想的堕落而逃到竹林，借酒消愁。他们的礼仪非常差，还时常赤身饮酒。当时所谓的‘道德家’们骂他们是无赖，是背叛道德的人，不，即使是现在，优雅的正人君子们也会对他们的行为皱眉。其实那些竹林名士，似乎也没有认为自己的生活有多气派。但没有办法，除了竹林，他们无处可住。人们滔滔不绝地把‘礼’作为名目，给反对自己的人冠上‘不孝’的污名，打倒他们，以巩固自己的地位和财富。一心信奉‘礼’本来模样的人们，在看到伪善者滥用‘礼’时，虽然会觉得很不平，但无能为力。反正没有办法了，他们产生了某种愚蠢的倔强，从今以后我再也不提半个‘礼’字，他们自暴自弃，反过来说‘礼’的坏话，还开始粗鄙地赤身饮酒。其实在心底把礼教当成宝物一般真心爱护的，只有当时的这些人。他们采取这种‘背德者’的态度是因为原来的坚守无法维持‘礼’的思想，当今时代的‘道德家’们表面上正派优雅，实际上反而是在破坏‘礼’的思想，他们全然不相信礼教。相信礼教的人成为‘背德者’逃入竹林，像无赖一样整天酗酒。我现在还不想逃入竹林，赤裸着身体喝酒，但我的心情还是在竹林中徘徊。我已经看透了儒学先生们伪善的举止。关于这一点，我应该已经在松岛的旅馆里向你无数次地坦白了，思想一旦被用来当作客厅的欢谈，那也就结束了。我是想从那不洁思想的遗骸中逃脱，是憧憬着新学问才舍弃故乡去的南京。在那之后的事我也在松岛跟你说过。但我在这个夏天去了东京后，却迷失在了更痛苦、更深邃的竹林。我自己不知道那是什么，不，即使知道，我也不敢明言。如果我的疑惑不幸实现，或许我除了自杀就别无他路。啊，如果这疑惑仅仅是我的妄想就好了。说得清楚些吧，我最近从留学生同胞的革命运动中，不经意地感到了那种不祥的、夸张的气息。或许不能配合他们狂热的行动是我不幸的宿命。我认为他们的运动绝对正确。我尊敬孙文，信奉三民主义并当作宝物一般珍视它。这是我唯一的指望。如果连这个思想也抛弃了我，那我就成了浮萍、奴隶。然而，我现在还是在紧跟竹林名士的命运。我很努力。留学生们的热情绝对没有错。‘我们一起呐喊怎么样？会说难为情是因为你虚荣。你身上有种不健康的虚无主义者气息。你的脸上流露着奴隶的微笑。你要当心！放逐你心中的黑暗，即便不自然也没关系，去增添明亮的光吧！’我斥责、鞭策自己，想规定自己的航路，想牢牢把握住掌舵的方向，甚至想成为革命党员。可是……”他说到一半，然后不安地问我，“几点了？已经很晚了吧？”

我告诉了他时间。

“是吗？那我可以再打扰你一会儿吗？”他问，“我最近越来越不理解别人的心情了。连中国人之间的都无法理解，不理解其他国籍的人是理所当然的。我觉得我到现在有些过分依赖你。不只是你，藤野先生也是，还有你这儿的房东夫妇也是，我有些太过得意了。矢岛先生的那封信反而给了我个痛快。他表现出的态度很明确，因为中国人劣等，所以不可能取得好成绩。这样一来，我也下定了决心，轻松了。温情让我难受得受不了。今后也请你对我直言不讳吧！我在这里和你谈到这么晚，你没有觉得厌烦吗？没有关系吗？”

我沉默了。我想：如果是这种过分客套的客人，或许连借宿处的人都会讨厌吧。

“你似乎生气了。但我好像只会对你感到安心。自松岛旅行以来，我让你听了我许多无聊的牢骚。医学救国吗？”说着他扑哧一笑，“就是拼凑起来幼稚的三段论法。那种东西也就是歪理。科学。为什么我会这么畏惧科学呢？小孩子很喜欢玩火柴吧，很可爱。但若是小孩子就这么去使用科学武器，会发生什么？或许会发生惨事。因为小孩子只想着玩。就算把病治好了，他们又会立刻去河里游泳，于是旧病复发。凭借科学的威力让民众觉醒，鼓励他们新生的希望并为此努力，很快再引导他们对维新的信仰，这种东西甚至连三段论法都不是。只是一些不上台面的小聪明，都是歪理。我已经把科学救国论全部抹杀。现在我必须更冷静地重新思考。连摩西都花了四十年。不知为什么，我在穷途末路的时候必定想起日本的明治维新。日本的维新并不是靠科学的力量完成的。这是千真万确的。从水户义公编撰《大日本史》开始，靠契冲、春满、真渊、宣长、笃胤，另外，还有写了《日本外史》的山阳等一群著述家的精神启蒙为开端，并没有把materiell（德语‘物质’）的慰乐作为教化的手段。这就是称明治维新为奇迹的原因。用科学的快乐来拯救本国国民是非常危险的事。那是西洋人以侵略为目的对他国民众的驯服手段。对本国国民的教化第一是要启发国民的精神。先治好肉体的疾病使其有了新生的希望，然后再精神教化，这种兜圈子的谋略一概不用。这并非事不关已，如果现在能领会像日本忠义的一元论那样明确直接的哲学，那我也就得到了救赎。舔冰激凌、含太妃糖、看无声电影，不都是只能让心情得到片刻放松的方式吗？日本的那个一元哲学，不用装样，而是任何时候都被默默地当成理所当然的事实行，所以令我安心。对于自己深深信仰的事物，还是不过分狂热、张扬比较好吧。我在东京的朋友们，张口就连呼‘三民主义、三民主义’，好像那就是区别人类与非人类的暗号一样，照那样，真正的三民主义信奉者不是马上就要去竹林了吗？不，虽然我觉得这一定是我扭曲的妄想，但我已经连三民主义是什么东西都搞不清楚了。但是，我必须相信那些人的热情。不，是必须尊敬他们的热情。那些人正为拯救自己的国家而拼命呐喊。我的生存之道也就只有配合他们步伐一致地奔走。虽然我不是革命党员，但也不是胆小鬼。我做好了随时和他们一起去死的准备。我觉得不管我希望与否，我的船舵已经被固定在一定的方向。我现在必须为他们做些什么，那首先要做什么好呢？一想到这个，我的眼前立刻就浮现出忧郁的竹林。那些人说我是民族的叛徒，说我是日本迷。可是，我倒认为那些人如果不背叛民族，就算是不幸中的大幸了。也就是说，我不懂政治。对我来说，比起党员的增减、干部的排面，我更在意一个人心里的空隙。明确来说就是，比起政治我更关心教育。而且那不是高等教育，而是民众的初级教育。我没有独特的哲学和宗教。我的思想是贫弱的。我只想把我一心一意信仰的孙文的三民主义浅显易懂地教给民众，促使民族觉醒。仔细想想，我作为那些人的同伴所能帮到的小忙，也许就只有这种极其低微的工作了。即使是这样，对我这种无能之辈来说也绝非轻松的工作。如果我要当一名医生，那么在大家的帮助下或许也能当上。那如果我要当教育者会怎样呢？参照日本明治维新的例子，我觉得对民众的教育最为有效的是著书，但我的文章完全不像样。我觉得比起成为中国的杉田玄白，成为中国的赖山阳对我来说要难上百倍。到头来，不管是成为政治家也好，医生也好，教育者也好，我都没有希望。今天去教堂寻求Krankenbett（德语‘病房’），却听了不吉利的奴隶的故事，因为震惊而跑来你这里，说了这么多傻话，我简直就像小丑，失礼了。你感到很无聊吧？小丑就此退场。你的房东好像还没睡，莫非正竖着耳朵听我说话？那个中国人在说些什么呢？恶心。不快点回去我们连门也关不了。真不注意、令人为难——他们是不是在这样想？我觉得只有你能理解我，是这样吗？最近我决定谁也不信了，那么，告辞。”

“拜托你一件事，请你在玄关外面站一分钟。”

周先生的表情有些怪，但还是微微点了点头，出去了。

我向房东他们的起居室大声喊道：“阿姨，周先生回去了哦。”

“哎呀，让他带上伞好了。”就这么一句。淡淡的，却合我意。

我去找应该在玄关外听到了我们对话的周先生，但周先生不见了，只有雪在黑暗中纷纷扰扰。

这毕竟是四十年前的事了，我不能说自己的记忆准确无误，但我记得第一次从周先生那里听到“一个国家的维新不能依靠西洋的实用科学，而应该致力于民众的初级教育，如果不先改造他们的精神就很难成就维新”，的确是在那个大雪的夜晚。如果周先生是因为这个，不久后对文章产生了兴趣，到后来成为文豪鲁迅，也不是没有可能。不过，若是因为那个时候大家所谓的“幻灯片事件”令周先生的心里突然涌出这种疑问，我觉得这个说法还是有些出入的。虽说鲁迅自己也写了仙台时代的回忆，也明确说了是所谓的“幻灯片事件”才使自己弃医从文，但那或许是他因为某些情况而想要将自己的过去四舍五入、简明整理才写的吧。据说所谓人类的历史，经常会有要简明扼要地重编后才传递的情况。是什么原因使鲁迅一定要把自己的过去这样“戏剧性”地编排好呢？对此我也不知晓。只是，如果仔细地追溯他在叙述自己过去经历时中国的形势、当时的中日关系，以及他作为中国代表作家的位置，从这些方面出发并认真地追溯下去，或许可以得到令人首肯的答案。愚笨如我对此无法深究。戏剧里经常会有美女一转身就变成女鬼的戏码，但在人类的生活中不可能会有这么鲜明的转变。人内心的转变别人当然无法明白，甚至连其本人也不一定十分明白吧。很多时候，人是在意识到自己体内不知不觉地流淌起不同的血液后才会感到愕然的吧？所谓的“幻灯片事件”的确发生在第二年春天。但我认为那并不是他的转折点，应该说那只是让他注意到了自己体内血液不知不觉间发生了变化的小契机。他绝不是因为看了那个幻灯片就突然立志于文艺，用一句话来说，是因为他在之前就喜欢文艺。这是俗人平庸至极的判断，连我自己都觉得没趣，但对我这种人来说，只会这么想。我觉得他如果不喜欢那条路，是绝对走不下去的。而且我认为，点燃了早就隐藏在周先生心中的文艺之火的那个捣蛋鬼，与其说是那张幻灯片，不如说是当时沸腾在日本青年之间的文艺热潮反而更为直接。说起当时日本的文艺热潮，那也是非常了不得，有种“不谈文艺非人也”的气势。即使是在仙台，女学生们也会捧着诗集小说之类的昂首阔步（读没读过不知道），当时她们被称为“星堇派”吧，大多戴着眼镜，会有些神经质地皱眉瞪视粗俗的我们。文化剧也经常在仙台的剧场里上演，连我这种俗人最终也没能抵抗这股激流，偷偷地读起了藤村的新体诗。连东北的仙台都是这种盛况，那么花之都东京又如何呢？一定是我想象不到的样子吧。周先生暑假去东京后，最先感受到的就是澎湃的文艺海啸吧，是书店里洪水般淹没读者的文艺书籍吧，还有那些神情异常认真、游弋在洪水中的大群青年男女吧。他一定想知道那些人究竟在追求什么而与他们一起在书店里徘徊。事实上，他买了许多文艺书带回仙台，还说那些人是自己的竞争对手。文艺的热情在他的心中徐徐燃起的同时，本国青年们的革命呐喊也无时无刻不萦绕在他胸口。医学、文艺、革命，换句话说，科学、艺术、政治，他是被卷入了这三者的混沌旋涡里了吧。虽然我对周先生后来大量的著作几乎不了解，因此我也不知道什么是所谓伟大鲁迅的文艺功绩，但我确实知道，他是中国第一个因文明而病的患者。我所认识的仙台时代的周先生，因为近代文明而烦心痛苦，为寻求病床甚至敲过教堂的大门，但是，在那里也没有救济的方法。他像往常一样退缩了。懊恼到最后，那个品质高尚的正直青年脸上甚至浮现起了奴隶的微笑。自我厌恶是混沌的特产品。凭他对文明的感情，难道还不能称其为中国那些令人心酸的先驱者之一吗？他不也使痛苦内省的地狱渐渐接近了堪称人间百感图的文艺了吗？那是他本来就喜欢的路。疲惫的他爬上这张病床后，是否有感到些许的轻松？但这只是我庸俗的独断。人的心理就连当事人也解释不了，像我这样才疏学浅的人就更不可能弄懂他人的心情了。但是，对众说纷纭的鲁迅的转变契机，我总觉得有那么些地方无法苟同，所以才这么大费周章地阐述了一通我所不擅长的理论。

那个大雪之夜后，过了差不多一个月，我记得大约是明治三十九年正月。那时，因为周先生已经有整整一周没有在教室里露面，我就去问津田，知道是因为闹肚子而卧床了。于是我放学回去时就顺便去周先生的寝室探望他。周先生脸色苍白得确实有几分病人模样，他一看到我去立刻就起身，不顾我的阻止立刻叠了被子。“什么？我已经没事了。据津田医生的诊断，怀疑是Pest（德语‘瘟疫’），宣告我没救了。但那是个特大的误诊，我只是因为正月里吃多了鲱鱼子。日本正月里净吃些鲱鱼子呀、豆子呀这类不精细的东西来庆祝，真是个痛快的国家啊。”

我看了看散在桌边的众多书籍，几乎都是文艺书。德国雷克拉姆的书最多，另外还有日本的森鸥外、上田敏、二叶亭四迷等人的著作。

“论文艺是哪个国家的好？”我和周先生面对面地钻进被炉，一如既往地问着蠢问题。

“这个嘛，”那天的周先生十分快活，“文艺就好像是那个国家的反射镜一样。国家艰苦奋斗的时候，就会诞生出好的文艺。虽然文艺看起来像是柔弱男女的玩物，似乎和国家存亡没什么关系，但它的确能表现出一个国家的力量，可以说是无用之用吧，不容小觑。我想了解埃及、印度的文艺，几乎找遍了东京所有的书店，但连一本都没找到。印度这些国家比中国拥有更古老的文明，我觉得现在的印度，民族骄傲感应该已经在一些人心中觉醒，他们会尝试去写反抗其他民族压迫的文艺作品。我就光会说大道理，缺乏写诗和小说的才能，所以就想找一些被压迫民族的反抗作品译成中文，让我的同胞们读一读。可即便是翻译，文章写得差也不行啊。我在国内的弟弟作人，不好意思，他的笑容什么的和你有些像，他从小文章就写得比我好很多。我今后想向弟弟请教，兄弟合作，一点一点地试试文艺翻译。所以最近，我练笔写各种文章。”说着他从书桌的抽屉中取出一本笔记哗哗地翻开，“这种如何？不，就算请你看了，中文你也看不明白吧，我试着把这段译成日语吧。”

他在便笺上行云流水地写了数行，忽然满脸通红，然后犹豫着把便笺递给了我。我一读就觉得是篇好文。那天，我强行把那张纸带回去了。为什么呢？也许是留作纪念吧。虽然那时并没有清楚地预感到就快与周先生分别，但或许是出于某种直觉，我就是莫名地执着于那张纸片。从那以后，我一直都把那张纸片夹在笔记里，在教室里上课感到无聊的时候，我就偷偷地取出来，一边读一边怀念分隔遥远的周先生。但毕业的时候，那张便笺却被某个学友抢走了，现在想起来都觉得实在可惜。不过那是后话了。在当时我因为反复诵读，至今还大致记得周先生所写文章的内容，主题是文章的本质。

> 文章为美术之一，质当亦然，与个人暨邦国之存，无所系属，实利离尽，究理弗存。故其为效，益智不如史乘，诫人不如格言，致富不如工商，弋功名不如卒业之券。特世有文章，而人乃以几于具足。严冬永留，春气不至，生其躯壳，死其精魂，其人虽生，而人生之道失。文章不用之用，其在斯乎？

因为我记性不太好，也许会有两三处记错了，语气较弱的地方就请当作是我拿不准的，务必请想象原文是比这精彩十倍的好文。

短文的主旨，我觉得指出了与他从前说的“为帮助同胞的政治运动”的那种文艺有些不同的方向，但是，“不用之用”一词让人感到意味深长。到底还是会“用”，只不过，它没有像实际的政治运动那样对民众有强力指导性，而是有能渐渐地浸润人心，并使之充实的东西，我想就是这种意思吧。这样解释文艺，我认为一点儿都不保守，反而非常健全。循着这样的方法，即使我们这些文艺的门外汉也能隐约感受到其强大的实力。不知是那天又或是别的哪一天，周先生即兴打的比方也给了我很大启发。

“一名男子的船只失事，被卷入汹涌的波涛中，后被拍打在海岸上。他拼命抓住了灯塔的窗沿。呀，真高兴！他刚要喊救命，但往窗内一看，只见守卫灯塔的夫妇正和他们的小女儿谦和而幸福地用着晚餐。啊，不行。男子瞬间犹豫了。他感到不好意思，但立刻又有大浪打来，吞没了这个腼腆的遇难者，冲去了远方。我们先假设发生了这样的事。遇难者已经不可能得救了，他被怒涛吞噬——也许那是一个暴风雪之夜——一个人悄无声息地死了。当然，守卫灯塔的人也一无所知，他们一定正和乐地吃着饭。如果是暴风雪之夜，那就连月亮和星星也看不到这一切。结局就是谁也不知道。有人说事实比小说更离奇，但这个世界上应该存在着谁都不知道的事实。而且，很多时候，谁都没有目睹到的发生在人生角落里的事实，才会像高贵的宝玉闪闪发光。而文艺就是利用天赋的奇妙触角去把这些找出来。因此，文艺创作比被世人表彰的事实更接近真实。如果没有文艺，世界将满是空洞。文艺可以自然地填满这种不公平的空洞，像水往低处流一样自然。”

听了这番话，连我这样粗鄙的乡下人也理解了：原来如此，原来是这么回事。如果没有文艺这种东西，那么这个世界说不定就会像没有上油的车轮那样，无论一开始转得多快，也会马上嘎吱嘎吱地报废。另外，一想到热心指导周先生学医的藤野先生，我又会悲哀地深深叹息。那时，藤野先生还对此一无所知，依旧每周一次认真地用红笔为周先生修改笔记。但毕竟教书的人对自己的弟子很敏感，藤野先生似乎也觉察到最近周先生对医学研究渐渐没那么上心了，于是经常把周先生叫去研究室说些什么，而且我也被叫去了研究室两三次。

“周君最近好像没什么精神，你知道是怎么回事吗？”

“班里有人欺负周君吗？”

“你和周君商量过研究的Thema（德语‘主题’）了吗？”

“他的内心是不是还在厌恶解剖实习？其实日本的病人如果知道对医学有贡献，反而会自己提出希望Leichnam（德语‘尸体’）解剖。这事你有好好告诉周君吗？”

先生的这些堪称啰唆的质问如同箭雨一般，而我不得不沐浴其中。渐渐地，我敷衍以对。周先生医学救国的信念动摇了，而且他进一步认真研究了日本的维新后，了解到是一些思想家的著述引燃了日本明治维新的导火线。但周先生觉得眼下还不能指望深奥的理论著作，他打算先要对民众进行初步教育，所以他着眼于文艺，此刻正在研究各国的文艺——一想到要是向先生说了这些如同晴天霹雳的状况，先生会有多么惊愕，又会有多么失落，笨拙的我也只能含糊其词了。即便如此，我还是向周先生转达过一次先生的担心。

“这次我向藤野先生要了研究的课题，一起做吗？是关于缠足后的骨骼形状，很有意思吧？”

周先生微笑着摇了头，似乎已经觉察到了一切。那个时候的周先生虽然已经不再会有暑假过后那种令人心中发凉的表情，但总是好像住在与我们隔绝的世界里一般，见面时，大抵只是暧昧地微笑。对此，那个爱操心的津田也很忧烦。

“那家伙怎么了？在宿舍里也只是读那些无聊的小说，根本不碰学校的功课。那家伙也快成革命党员了吧？不，难道是失恋了？总之，他那样可不行。这次说不定会不及格。那家伙是被清政府选派来日本的人才，如果日本不教他像样的学问就让他回国，那对于清政府来说不就太丢脸了吗？我们这些朋友的责任也很重大。那家伙最近似乎把我当傻瓜，我试着给了他各种忠告，他都只是不出声地笑笑。我总觉得心里发毛。如果你和他说说，也许他会听。干脆哪天狠狠教训他一顿怎么样？叫他‘醒醒吧’，再给他几拳，说不定他会痛改前非好好学习！”

我现在很后悔自己在这部手记的两三处用了嘲笑津田的笔触。仔细想想，我甚至觉得最爱周先生的不正是这位津田吗？终于要和周先生分别，于是在我的宿舍里开了小型的送别会。出席的都是自己人，有爱喝酒的木匠和他十岁的女儿，津田、矢岛两位干事，我以及主角周先生。大家站着，完成了至今想起来仍能乐不可支的会聚了“歌唱大天才”的罕见合唱：

敬仰深深师恩
校园已历多年
回忆可爱岁月
眼下即将道别
素日亲密之情
别后亦不相忘

唱着唱着，忽然背过身哭了的人却是津田。虽然他嘴里总在说大话，但对和周先生分别却比任何人都难过。在我和津田的交往中，因为能看到他好的一面，所以我也不再像从前那样害怕和讨厌城里人了。还有那个之前被人误会是土绅士的矢岛，之后我试着和他打交道后，发现他也是一个极端认真的人，就像周先生某天对仙台人所做的批评那样，仅仅是“因为感到东北雄藩的责任而变得顽固”。由于他拘泥于“仙台的面子”，所以与人初次见面时的寒暄由于生硬而显得妄自尊大。但如果我们不客气地戳破他，他就会突然腼腆起来，露出十分亲切的慷慨之处。我想他是为了掩饰内心的软弱才会那么狂妄地和人打招呼吧。我甚至觉得，他之所以会给周先生写那么不合适的信，绝非因为觉得中国人劣等而表示侮辱，相反，那其实包含着他对中国俊才的敬畏之心。这种敬爱之情被生硬奇妙地倒错后，变成了不许侮辱仙台的对抗之心，于是才会写出那么糟糕的信。认真的人思前想后所写的信，字迹很容易就会变得潦草，文章也是蹩脚至极。简而言之，他是个认真的人。那个时候，看到周先生渐渐对学校的学习失去了热情，矢岛似乎还很在意是否是自己那封愚蠢的信成为周先生不学习的原因之一，于是就送给周先生一本《德语大辞典》，还帮他写作业。另外，在学校听课的时候总坐在周先生的旁边，像是在照顾他似的。可是，周先生还是没有顾及以藤野先生为首的大家的诚恳挽留，很快就离开了。

我想那差不多是在第二学年末的时候。雪融化了，榴之冈的垂樱开始盛开，校园里的山樱纠缠着褐色嫩叶，绽放出饱满的花朵。当我们正开始着手准备期末考试时，发生了所谓的“幻灯片事件”，周先生那令人怀念的身影忽然从我们周围消失了。正如我之前所说，周先生并不是因为看了那个幻灯片画面后立刻从医学转向文艺的，这个变化其实从很久以前就在循序渐进。但是不得不承认，那个“幻灯片事件”至少成了让周先生最终下定决心的借口，可说是周先生离开仙台的跳板。

第二学年，学校给我们加了细菌学的课程，为了讲解细菌的各种形状特征，讲师会在教室里播放幻灯片。当完成了讲课内容还有多余时间的时候，课上就会放一些风景、时事之类的画片让我们欣赏。比如，华严的瀑布、吉野山等，那些美丽的色彩至今仍然鲜明地留在我的记忆里。而时事片则有旅顺港封锁、水师营会见、奉天入城等，日俄战争的画面特别多。一出现那些勇猛的场面，我们这些学生就会欢天喜地地拍手喝彩。那个学年末的一天，细菌学的课上照旧放了二〇三高地激战、三笠舰之类的画面，我们也闹腾着拍起手，这时，画面忽然变了，出现了一个中国人因为做俄国的军事密探而被问罪处刑的场景。听到老师的说明后，我们又起劲地鼓起掌来。这时，幽暗的教室一侧的门轻轻地开了，我认出了那个偷偷去了走廊的学生身影，我一个激灵，那是周先生。我觉得自己大概可以理解周先生的心情，觉得不能不管他，于是也跟着悄悄出了教室。但走廊里已经看不到周先生的身影了。授课时的校舍鸦雀无声。我从走廊的窗往校园望去，找到了周先生的身影。周先生正仰卧在山樱树下。我走到校园里，凑到周先生的身旁一瞧，他闭着眼，出乎我意料的是，他正在微笑。

“周先生。”我小声叫他，他蓦地坐起身来。

“我就知道你会跟来。不用担心。多亏了那张幻灯片，我终于下定决心了。我因为久违地看到我的同胞而再次打定了主意。我立刻就回国。看了那个，我没法再坐视不理了。我不懂那个当俄国军事密探的人的想法，不过，多半是被金钱收买了吧。但对我来说，比起叛徒，那些围在一起看热闹的民众的蠢样更让我受不了。那就是现在中国民众的表情。还是精神层面的问题。对现在的中国而言，重要的不是什么身体强健。那些看热闹的人不是个个都身体结实吗？我更加确信现在对他们来说，医学绝不是紧要的。要精神革新！要改善国民性！现在这个样子，中国将永远无法确立真正独立国家的尊严。倒清兴汉也好，立宪也好，都只是改变了政治口号而已，但东西的质地如果保持不变不就没有用吗？我因为离开了那些表情茫然的民众好久，就明确不了心里的目标，一直都在各种迷茫。但是今天，我明确了我的目标。看到那张幻灯片是好事。我马上弃医回国。”

我想我已经不应该再阻止他了，但嘴边还是滑出了一句：“那藤野先生……”

“啊，”周先生低下头，“是啊，我辜负了先生的期许，我很难受，可以说我在学校里磨蹭到今天就是因为这个。可是——”他抬起头，“可是，我已经停不下来了。看到那些同胞的表情，我已经再也不能左顾右盼。日本的忠义一元论不也是这样吗？是的，我终于领会到了那种哲学。回国之后，我首先要为了改变那些民众的精神而发起文艺运动。我的一生都将奉献于此。总之我先要回国，和故乡的弟弟商量后一起做文艺杂志，对了，杂志的名字，我今天，就是现在也已经定下！”

“什么名字？”

“《新生》。”

他说了这么一句后微笑了，他的笑容中再也找不到半丝周先生自称“奴隶的微笑”的卑屈影子。

老医师的手记就到此为止了。我自己（太宰）又附加了如下数行，仅供读者参考。

让全世界引以为荣的东洋文豪鲁迅先生逝世于昭和十一年秋天，大约在此十年之前，也就是鲁迅先生四十六岁的昭和元年，他曾发表过题为《藤野先生》的小品文。选摘部分如下：

> （前略）到第二学年的终结，我便去寻藤野先生，告诉他我将不学医学，并且离开这仙台。他的脸色仿佛有些悲哀，似乎想说话，但竟没有说。
>
> “我想去学生物学，先生教给我的学问，也还有用的。”其实我并没有决意要学生物学，因为看得他有些凄然，便说了一个安慰他的谎话。
>
> “为医学而教的解剖学之类，怕于生物学也没有什么大帮助。”他叹息说。
>
> 将走的前几天，他叫我到他家里去，交给我一张照相，后面

写着两个字道："惜别"，还说希望将我的也送他。但我这时适值没有照相了；他便叮嘱我将来照了寄给他，并且时时通信告诉他此后的状况。

我离开仙台之后，就多年没有照过相，又因为状况也无聊，说起来无非使他失望，便连信也怕敢写了。经过的年月一多，话更无从说起，所以虽然有时想写信，却又难以下笔，这样的一直到现在，竟没有寄过一封信和一张照片。从他那一面看起来，是一去之后，杳无消息了。

但不知怎的，我总还时时记起他，在我所认为的我的师之中，他是最使我感激，给我鼓励的一个。有时我常常想：他的对于我的热心的希望，不倦的教诲，小而言之，是为中国，就是希望中国有新的医学；大而言之，是为学术，就是希望新的医学传到中国去。他的性格，在我的眼里和心里是伟大的，虽然他的姓名并不为许多人所知道。

他所改正的讲义，我曾经订成三厚本，收藏着的，将作为永久的纪念。不幸七年前迁居的时候，中途毁坏了一口书箱，失去半箱书，恰巧这讲义也遗失在内了。责成运送局去找寻，寂无回信。只有他的照相至今还挂在我北京寓居的东墙上，书桌对面。每当夜间疲倦，正想偷懒时，仰面在灯光中瞥见他黑瘦的面貌，似乎正要说出抑扬顿挫的话来，便使我忽又良心发现，而且增加勇气了，于是点上一支烟，再继续写些为"正人君子"之流所深恶痛疾的文字。

后来当日本要出版鲁迅先生的选集，日本的编辑向先生征求选哪部作品好时，先生说自由选择就好，但《藤野先生》一定要收入集中。

后记

这篇《惜别》确实是应内阁情报局和日本文学报国会的委托而创作的小说。但是，即使没有来自这两方的委托，这也是我总有一天想要试着一写，并搜集材料、构思了很久的小说。搜集材料时，我的前辈小说家小田岳夫先生给了我诚恳的意见。小田先生与中国文学的关系可谓无人不知。没有小田先生的赞成和援手，笨拙的我无法下定决心着手创作这种耗费心力的小说。小田先生创作的《鲁迅传》是一本如春花般甜美的名著，虽然珠玉在前，我还是开始了这部小说的创作。我完全没有想到的是，就在动笔之前，竹内好先生也把他刚刚出版的如秋霜一般冷峻的名著《鲁迅》惠赠于我。我与竹内先生虽然未曾谋面，但曾拜读过竹内先生偶尔在杂志上发表的有关中国文学的论文，虽然自知狂妄，但也觉得他的文章很好，暗中觉得他前途大有可期。我甚至想过哪天拜托小田先生介绍我跟竹内先生认识，但后来就听说竹内先生出征了。因此，竹内先生煞费苦心创作的名著也是在他出国期间出版的。大概是竹内先生出征前交代过："这本书出版后，请给太宰送一本。"因此，出版社也附上了写有"依著者所托，敬赠阁下一部"的送货单。仅凭这点，就已经是不可思议的恩宠了，未曾想那本书的跋中竟还记载着这位中国文学俊才似乎从前就对拙作颇为青睐的事实，不禁让我诚惶诚恐、面红耳赤，感奋于这奇缘，我才能如少年一般鼓足勇气，开始这项工作。

如您所阅，书完成了，但我是否报答了小田先生的鼎力相助，以及竹内先生来自远方的支持呢？我甚感担心。

另外，在着手这项工作的时候，我为了调查仙台医专的历史，请东京帝大的大野博士和东北帝大的广滨、加藤两位博士为我写了介绍信；为了了解仙台市的历史，承蒙仙台河北新报社的好意，我得以从头翻阅该社珍藏的贵重资料，这些都为我的工作起到莫大帮助。像我这样几乎无名的作家，能够得到这样的便利，当然是借助了内阁情报局和文学报国会的力量，但是，能够爽快地为我这种外表邋遢的一介穷书生写介绍信，让我自由地阅读秘藏的贵重资料，各位的深厚情谊我永远难忘。

最后，我无论如何都要说明，这部小说无非只是一个名叫太宰的日本作家凭着自己的责任感，自由书写而成。情报局和报国会都不曾对我的写作提出哪怕是一句啰唆的、限制的提醒。而且，在我完稿交至机关后，只字未改就通过了。也许是“朝野一心”吧，这不仅是我一个人的幸福。

1946年

货币

外国语中，名词各有男女性别之分。

货币则为女性名词。

我是编号77851的一百元纸币。请你看看钱包里的一百元纸币，或许我就在其中。我已经十分疲惫，再也分不清自己被谁收在怀里，或是被塞进了垃圾筐。我还听说，不久之后将发行新版纸币，我们这些老式纸币都要被付之一炬了。与其维持这种不知是生是死的心情，干脆把我烧了，让我升天吧。烧掉之后，是去天堂还是去地狱，就交给神明来处置了，不过，我可能会堕入地狱。

我诞生的时候，还不像现在这般低贱。后来虽然出现了二百元、一千元这些比我更高贵的纸币，可是在我诞生的时候，一百元纸币就是金钱里的女王，当我头一次被人从东京的大银行窗口交到一个人手上时，那个人的手还有点儿颤抖。哎呀，那是真的。那个人是个年轻的木工。那人没有把我折起来，而是直着轻轻放进了肚子处的口袋里，随后像闹肚子一般，用左手掌心轻轻按住口袋，无论是走在路上还是坐在电车上，总之就是从银行回到家里的路上，一直用左手掌心按着那个口袋。回到家后，那个人马上就把我放到神龛里拜了拜。我人生的起点就是这样幸福。我真想永远待在那个木工家里。可是我只在木工家里待了一个晚上。那天夜里，木工十分高兴，喝了点小酒，对年轻娇小的夫人说："你可不能小看我，我也是个能做工的男人。"如此逞了一番威风之后，又不时站起来把我从神龛上拿起，放在双手上拜一拜，让年轻的夫人很是笑话了一番。不久之后两人就吵了起来，最后我便被折成四折，放进了夫人的小钱包里。第二天早晨，夫人拿着我到当铺去，换回了十件夫人的和服，我则被放进了当铺冰冷潮湿的保险柜里。那里实在冰冷难耐，我正感到非常难受，又被拿出来见到了日光。这回，我被一名医学生用显微镜给换走了。那个学生带我去做了好长的旅行，最后在濑户内海一座小岛上，我被那个医学生抛弃了。随后的将近一个月，我都被放在那个旅馆账房的小箱子里，还听女服务员说，那个医学生离开旅馆没多久，就在濑户内海跳海死了。"一个人死真是太可惜了，那么一个俊俏的男人，任何时候我都愿意跟他去死啊。"一个满脸脓疮、身体肥胖的四十岁女服务员说完，大家都笑了起来。后来，我在四国和九州辗转了五年，变得越来越苍老了。渐渐地，我也开始被人们轻视，第六年回到东京时，连我自己都嫌弃这副面目全非的样子。因为自从回到东京，我就沦为了黑市老板手上的道具啊。离开东京五六年，我虽然有一些变化，但远不如东京的变化那么大。晚上八点左右，我被微醺的中间人带在身上，从东京站到了日本桥，然后再到京桥，穿过银座走到了新桥，中间是一路漆黑，仿佛行走在幽深的森林里，周围别说一个行人，连穿过马路的猫都见不到一只。那真是一片不祥的死亡之城的样貌。不久之后，那场轰隆轰隆、簌簌簌的闹剧就开始了。在每日每夜的大混乱中，我依旧无暇休憩，从这个人手上转到那个人手上，仿佛接力赛跑的接力棒一样经过了一个又一个人的手，结果不仅变得皱皱巴巴，还附上了各种各样的臭气，残破不堪，实在让我羞耻不已。那时的日本也是到处残破不堪。我从什么样的人手上转到什么样的人手上，为了什么目的，听着多么残忍的对话，这些想必大家都清楚得很，早已见怪不怪了，我便不细说了。总之我认为，变得如同野兽一般的人，并不只是那些什么军阀。同时，那也并不局限于日本人，而成了人类的大问题。若是不知道今夜是否还能平安活下去，应该会把物欲和色欲都忘得一干二净才对，为什么实际却鲜有这样的人呢？看来，一旦陷入死路，就不会互相微笑，而变成互相啃噬了。只要世上还有不幸的人，自己也无法得到幸福，这种想法才应该是真正的人性。可是人们为了自己或自己一家的片刻安乐，不惜辱骂邻人、互相欺瞒、大打出手。（不，你也至少做过一次那样的事。若是无意识之举，连你自己都没有察觉，那就更让人害怕了。请你知耻，如果你是人，那请你知耻。因为羞耻是人类独有的感情。）我看尽了如同地狱亡者吵架斗殴的滑稽悲惨光景。可是，我在这样下等的黑市生活中，还是有一两次会感慨，啊，生在这个世上真是太好了。如今我已筋疲力尽，连自己身在何处也不再知晓，但我还是有一些模糊但难以忘怀的快乐回忆。其中一个，就是我被带到一个距离东京三四个小时火车车程的小城市，来到一个黑市老婆婆身边时发生的。现在，就让我来说给你听吧。在此之前，我辗转于一个又一个黑市，总觉得黑市的女人相比黑市的男人，用起我来加倍有效。女人的欲望似乎比男人的欲望更彻底，更可怕，也更吓人。把我带到那个小城市的老婆婆也不是一般人，她用一瓶啤酒从某个男人手上把我换来，接着便到那个小城市去采购葡萄酒，一般黑市卖的葡萄酒每升要五六十元，可是老婆婆凑过去悄声细气讲了好久，偶尔露出坏笑，终于用我这一张钞票换来了四升葡萄酒，也不觉得重，面不改色地背回去了。也就是说，这个黑市老婆婆凭自己的本事把一瓶啤酒换成了四升葡萄酒，要是再掺点儿水，那么足以灌满二十瓶左右。总而言之，女人的欲望真是超越了限度。尽管如此，那个老婆婆还是没有露出高兴的样子，反倒一本正经地抱怨这个世道真是太艰难了。我被放进了葡萄酒黑市商贩的大钱包里，正昏昏欲睡，很快又被拽了出来，交到一个年近四十的陆军大尉手上。这个大尉好像也混迹于黑市。葡萄酒贩子买了一百根名为“骄傲”的军人专用香烟（那个大尉是这样说的，不过葡萄酒贩子回去一数，发现只有八十六根，顿时大骂那个耍心眼的畜生），把烟包在纸包里拿走，而我则被胡乱塞进了大尉的裤兜里，当天晚上又跟他去了城郊一家脏兮兮的小饭馆的二楼。大尉特别能喝酒，一口接一口喝着名叫白兰地的稀罕葡萄酒，不过，酒品不太好，把替他斟酒的女人大骂了一顿。

“你这张脸无论怎么看都是花狸（他把狐狸说成了花狸，不知是哪里的方言）。你给我记住了。花狸的脸就是嘴巴尖尖长着胡须，左边四根，右边三根。花狸的屁特别臭，能把周围一片罩上黄烟，狗一闻到就扑通一声晕倒啦。不骗你。你的脸好黄啊，黄得特别奇怪。肯定是被屁熏黄了。呀，真臭。肯定是你放的吧。你这下可有麻烦了，你这可是失敬啊。竟敢在帝国军人的鼻子底下放屁，简直没长脑子。你别看我这样，其实我可敏感了。有人在我鼻子底下放花狸屁，叫我怎么待得下去。”他口吐粗俗之言，一本正经地痛骂，听到楼下传来婴儿的哭声，就竖起耳朵仔细听，然后说：“真是个吵闹的小鬼，太扫兴了。我这人可是很敏感的。别小看了我。那是你的孩子吗？这就奇怪了。花狸的崽子哭得跟人崽子一样，太让我吃惊了。你这样怎么行呢，抱着孩子做这种生意，简直太不知好歹了。就是因为到处都是你这种不自量力、自私自利的女人，日本才会陷入苦战。你就是个肤浅的笨蛋，肯定觉得日本会赢吧。笨蛋，笨蛋。这场仗已经打不下去了，就像花狸跟狗，天旋地转，扑通一声就倒下了。这怎么打得赢。所以啊，我才每晚出来喝酒买女人。不好吗？”

“不好。”斟酒的女人面无血色地说，“像狐狸又怎么样，既然不愿意就别来呀。现在的日本，像这样喝酒玩女人的人，也只有你了。你的薪水从哪里来？你自己想想。我们赚的钱啊，一大半都交给上面了，上面的人把钱发给你们，你却用来吃吃喝喝。别小看我了。

我毕竟是个女人，总是会生孩子的嘛。现在抱着奶娃子的女人，你知道有多艰难吗？根本不知道。我们的乳房已经一滴奶都挤不出来了。孩子只能吸吮空荡荡的乳房，不，最近连吸的力气都没有了。对啊，没错，那就是狐狸的孩子，下巴上堆满了皱纹，一整天都在嘤嘤地哭。要不要给你看看？尽管如此，我们还是在忍耐。为了让你们打胜仗，我们一直在忍耐。而你们呢，却是这个样子。”她说到一半，空袭警报拉响了，几乎同时爆炸声传来，轰隆轰隆簌簌簌又开始了，房间的纸门被火光染红了。

“啊，来了。终于还是来了。”大尉吼叫着站起来，可是白兰地似乎上了头，让他脚步不稳。

斟酒的人像鸟儿似的跑到楼下，不一会儿又背着婴儿回到了二楼。

“快点儿，快逃啊。来吧，危险，撑着点儿，你再怎么没用，也是国家宝贵的军人啊。”她说着，从背后用力抱起几乎没了骨头一样的大尉，拖到楼下给他穿上了鞋子，然后拉着大尉的手，跑到附近的神社里面。大尉此时已经睡成了“大”字，还对着传来空袭爆炸声的方向骂起了脏话。啪嗒啪嗒啪嗒，火雨落了下来，神社也开始燃烧了。

“拜托你了，军人啊，我们往那边逃吧。可不能白白死在这里了，能逃就尽量逃吧。”

在人类的职业中，做着号称最下等生意的这个黝黑细瘦的女人，散发出了我这黑暗的一生中看到的最为神圣的光芒。啊，欲望啊，散去吧。虚荣啊，散去吧。日本就是因为这两样东西失败了。斟酒的女人没有欲望，没有虚荣，只想拯救眼前这个烂醉的客人，便用尽浑身力气把他拽起来，连拖带抱，踉踉跄跄地跑向田间避难。他们离开后，神社马上变成了一片火海。

她把烂醉的大尉拖到刚割完稻子的水田，藏在隆起的土堆背后，然后颓然坐倒在旁边喘起了粗气。大尉此时已经开始呼呼打鼾了。

那天夜里，那个小城市被烧了个一干二净。临近天亮，大尉醒了，坐起来呆呆地看着还在燃烧的大火，猛然发现了坐在自己旁边点头打盹儿的斟酒女人，不知为何十分狼狈地站了起来，逃也似的跑了五六步，又折返回来，从上衣内袋里拿出五张同样是一百元的纸币伙伴，又把我从裤兜里掏出来，六张钞票叠在一起对折，塞进了婴儿背后最贴身的衣服里面，然后掉头就跑。我就在此时感到了无比的幸福。要是货币都能用在这种用途上，那我们该有多幸福啊！婴儿的背部又干又瘦，可我还是对别的钞票说：

“世上再没有这么好的地方了。我们真是太幸福了。我真想永远待在这里，温暖这个婴儿的背部，让他胖起来。”

伙伴们都默不作声地点了点头。

1947年

母亲

昭和二十年八月起，我在本岛北部津轻的老家，过了大约一年零三个月所谓的“疏散生活”。那段日子，我几乎窝在家里，连一次像样的旅行都没有。我曾经去某个津轻半岛的港口小镇游览，其在日本海那一侧，距离我避难的镇子，坐汽车顶多三四个小时车程。用“外出”来形容这次小旅行或许更为合适。

然而，我在那个港口小镇的某家旅馆住了一晚，竟遇上了一些奇妙的事情。且听我慢慢道来。

在我前往津轻避难的那段时间，我几乎没有拜访过任何人，也没什么人过来找我。只是偶尔，一些从军队复员的年轻人会来跟我见面，希望我讲讲小说。

“经常能够听到‘地方文化’这个词，请问老师这是什么意思？”

“嗯。我也说不太好。比如说，这一带很流行酿造浊酒，既然要酿酒，人们就会想方设法把酒酿得好喝，同时不容易使人宿醉，并尽可能提高酒的品质。除了普通的浊酒，还有草莓酒、桑葚酒、野葡萄酒，匠人们动了很多脑筋，推陈出新。食物也是如此，此地的特产无不精益求精，每一样都凝聚一番心血。正因为如此，大家才能吃到、喝到这么多美味。地方文化指的大概就是这些吧。”

“老师，您喜欢喝浊酒吗？”

“也不是不能喝，但我不觉得有多好喝，总觉得不够味儿。”

“但是也有好的，最近有些跟清酒相差无几。”

“是吗？这就是地方文化的进步吧。”

“下次我给老师带一些来吧，您想喝吗？”

“可以啊，就当研究地方文化好了。”

几天后，那位年轻人在瓶子里灌上酒，再度登门拜访。

我尝了尝：“好喝。”

这种浊酒与清酒一般清澈，透出更为浓郁的琥珀色，酒精浓度也比较高。

“很不错吧？”

“嗯，很好。真不能小瞧地方文化。”

“老师，您看这是什么？”

年轻人打开便当盒，将盖子放在桌上。

我望了一眼道：“蛇。”

“没错。照烧蝮蛇，这也是地方文化，本地特产，精心烹调，推陈出新。为了研究地方文化，也请您品尝品尝。”

我没说什么，尝了一口。

“怎么样，好吃吧？”

“嗯。”

“吃了有力气，如果一口气吃五寸以上，会流鼻血的，老师你刚才吃了两寸，不碍事，再吃两寸吧，四寸左右对身体最好了。”

我拿他没辙：“那好，我再吃两寸。”

“怎么样，有没有觉得身子热乎乎的？”

“嗯，有点热起来了。”

突然，年轻人大笑道：“老师，对不起，我给您吃的是老鼠蛇。酒也不是浊酒，而是一级酒里掺了威士忌。”

可是后来，我跟那个年轻人成了好朋友。能在我面前演这一出，真是不简单。

“老师，下次要不要去我家玩？”

“谢谢邀请。”

“地方文化可丰富了，日本酒啊，啤酒啊，威士忌啊都有，还有鱼啊，肉啊……”

这个年轻人名叫小川新太郎，家在面朝日本海的港口小镇，是某家旅馆老板的独生子。

“该不会是要我去开座谈会吧？”

我很不喜欢参加所谓的文化演讲会或座谈会，在人们面前谈论民主主义的意义之类的话题，总会让我感到自己是多么不学无术。

“怎么可能，没人会来听老师演讲的。”

“那也未必，你不就三番五次来这里找我吗？”

“您误会了，我是来玩儿的，我是来研究怎么玩的，这也是文化运动的一环吧？”

“一边学，一边玩，你这想法的确是对的。”

“既然如此，您也来我家玩儿呗，别多想，虽然我家挺寒酸的，新鲜捞上来的鱼一定包您满意。”

我决定赴约。

我从疏散地出发，乘汽车，坐了三四个小时，在某个港口小镇下车，小川新太郎身穿西装在车站迎接我。

“你既然有这么像样的西装，怎么来我家的时候，还穿一身半旧军装呢？”

“我是刻意那样打扮的。水户黄门也好，最明寺入道也好，他们外出旅行的时候，不都刻意穿一身旧衣服吗？微服私访，旅行才会更有意思，会玩儿的人，都会刻意打扮一番。”

正值农历新年，港口小镇人头攒动，很是热闹。那天多云，相对比较暖和。右手边就是大海，冬天的日本海，黑压压的一大片。

我穿着一双橡胶长靴，小川则穿着一双红皮短靴，我们沿海边而行。

“我在军队挨了不少的打。”

“那是自然，我有好几回也想揍你来着。”

“可能是我太年少轻狂了吧。不会，军队也真是不像话，我从军队回来以后，打开《鸥外全集》，看到鸥外身穿军装的照片，气得立刻把那套书便宜卖掉了。我对鸥外也反感了，到死也不想读他的书，谁让他穿军装。”

“既然如此，你又为什么穿着军装到处跑呢，还说什么刻意打扮。”

“就是因为不喜欢，我才穿它的。您一定无法理解吧，旅行本身总是充满屈辱，不是吗？很多时候，军装能让旅行没那么屈辱，怎么说呢，去拜访作家也是屈辱的过程，应该说是屈辱的顶峰吧。”

“就是因为你爱耍嘴皮子，才会被别人打啊。”

“是吗，真是受不了，殴打别人的人，自己很有问题。我因为总是被人打，我还学起他们来，把两边眉毛剃掉，站到教官面前。”

“你这么做，胆子也够大的，教官肯定很生气吧。”

“大发雷霆。”

“他们后来没再打你吧？”

“错了，反而打得更凶了。”

我们抵达小川家，一家背山面海，颇为精致的旅馆。

小川家的书房在二楼，窗明几净，笔墨纸砚，样样齐备。因为房间太过一丝不苟，我不禁要怀疑，小川是不是从来没在这间书房里待过。书房墙上挂着银框版画，某个演员的画像。

“很像吧？跟您很像，今天您来，我特意把它挂出来。”

我并不高兴。

我们在书桌旁坐下，隔着暖炉，他的书桌上摆着一本打开的书，或许想要营造出一种正在读这本书的感觉，但正如我之前所说，由于摆得太做作，不免令我怀疑，这本书他一页都没读过。

他注意到我的表情，心想我一定看到了书桌上的书，他猛地把书拿起来："这本小说真好。"

"我从来不推荐蹩脚的小说。"这本短篇小说集是我推荐给他的。

"真是伟大的作家，我以前没听说过，真希望早点读到，可以说是名传千古，跟这位作家相比，您只配当个叫花子。"

这本短篇小说集的作者能不能名传千古，凭他怎么说，我不予置评，这是他的言论自由。但与之相比，我是不是叫花子，可轮不到他妄加评论。在年轻人面前太没架子，有时候难免遭遇这类窘境。

我开始盘算，索性直接去旅馆前台，以陌生旅客的身份入住，全额支付房款，好好大吃一顿，一个子儿都不少他，从今往后一句话都不跟他讲，明天一早就回去。

"老师您的眼光真是独到，这本书太好看了。"小川口气颇为诚恳。

我有些回心转意。

"少爷。"一个女人在门背后喊新太郎。

"什么事？"他站起身，推开移门走了出去，"嗯，好，没错，哪位？当然了，快一点。"他站在走廊里对我说，"老师，你先去洗澡吧，换身衣服，我也去换个衣服。"

"打扰了，请沐浴更衣。"一位四十上下，瘦长脸，略施粉黛的女侍者走了进来，手里捧着浴衣，帮我换衣服。

我对容貌穿着不甚在意，反而比较重视声音，声音难听的人会让我心情烦乱，食不知味。这位四十上下的女侍者容貌普通，声音却很好听，在移门外呼唤新太郎时就引起了我的注意。

“你是本地人吗？”

“不是。”

我被带到浴场，里头贴着白色瓷砖，很是气派。

我跟小川一起泡澡，澡堂的水很清澈。我一度想为之前的事扳回一城，后来还是打消了这个念头，免得造次。

当天晚上，我充分领略了所谓地方文化的精华。

刚才那个声音好听的中年女侍者晚上化了浓妆，擦了口红，将各种菜肴和酒端到我的房间，不知是旅馆老爷还是少爷的吩咐，她把酒肴摆在客房门口，作揖后默默退下。

“你觉得我是个好色的人，我没说错吧？”

“想必是好色的吧。”

“的确，此话不假。”

我跟他打着哑谜，期待由那个女侍者过来给我倒酒，他不知有意或无意地视而不见，只顾讲述这个港口小镇的兴衰故事，又臭又长说了一大堆，我大失所望。

“哎呀，醉了，睡觉吧。”我说。

我的客房位于外圈二楼，大概是旅馆最大的一间。我独自睡在二十张榻榻米大的客房正中央，喝得烂醉如泥。地方文化，不容小觑，南无阿弥陀佛，南无阿弥陀佛……我胡言乱语着，很快就睡着了。

我忽然醒了。准确地说，我没有睁开眼睛，但意识已经清醒过来。我的耳朵听到海浪的声音，意识到自己身在港口小镇，小川家的旅馆。接着，想到昨晚发生的种种，忽然二十年前的所作所为浮上心头，令我辗转反侧。每次喝到烂醉，我总是会夜半醒转，被上帝惩罚两三个小时，难以入眠，对此我已经习惯了。

“睡一会儿吧，不睡对身子不好。”

是那个女侍者的声音。她不是在对我说话，声音是从隔壁房间传过来的。

“嗯，我睡不着。”

“三点十三，不，十四分了。”

“哦？那个表，这么黑也能看得见吗？”

“看得见，荧光的，你看，是不是很像萤火虫的光？”

“的确，应该很贵吧。”

我闭上眼睛，翻了个身，心想，果然不出所料，不要小看作家的直觉，或者说，不要小看色中饿鬼的直觉。看吧，小川说我只配当乞丐，装出清高的样子，他家的女侍者不也在陪客人睡觉吗？明天早上我要把这件事戳穿，挫挫他的锐气。

隔壁依然能够听到两人的说话声。

根据他们的交谈，我听出男人是复员的航空兵，他刚刚回到家乡，昨晚抵达港口小镇，老家就在小镇外三里地、只能徒步前往的偏僻村落，他在旅馆休息一晚，天一亮就要出发。他们两个昨晚相识，不像有什么旧情，听得出说话的语气多少有点生疏。

“日本的旅馆真好。”男人说。

“此话怎讲？”

“很安静。”

“但海浪的声音很大吧？”

“海浪的声音我习惯了，我出生的那个村子，海浪声更大。”

“你父母还在等你回去吧。”

“我父亲不在了，去世了。”

“只有母亲在？”

“是的。”

“你母亲多大？”女人问。

“三十八岁。”

我在黑暗中睁大眼睛。如果男人二十岁上下，他母亲的年纪应该差不了多少，这本来没什么好奇怪的，但我还是被这个三十八岁吓了一跳。

“……”

女人没有回答。我仿佛听到女人屏住了呼吸，她的心情我完全能够理解，估计她应该三十八九岁。

“你刚才说手指烫伤了，现在怎么样，还疼吗？”

“不疼了。”

也许是我的错觉，她的声音格外微弱。

“我有一种药，对烫伤特别有效，在背包里放着呢，要我帮你擦一擦吗？”

女人不回答。

“我开灯好不好？”

男人爬了起来，似乎想从背包里找出烫伤药。

“不必了，好冷，睡觉吧，不睡对身子不好。”

“一个晚上不睡，我撑得住。”

“不要开灯！”女人坚持道。

不能开灯，不能让圣母暴露在光天化日之下。

男人低声吹起口哨，是战争时期很流行的《少年航空兵》的曲调。

女人忽然说道：“明天你直接回家吧。”

“嗯，我会的。”

“别绕路耽搁了。”

“我不绕路。”

我又迷迷糊糊睡了过去。

再醒来时，已经上午九点多了，隔壁的年轻男子离开了。

正当我在被窝里磨磨蹭蹭时，小川一手握着五六根科罗纳卷烟，走进房间。

“老师，早啊，昨晚睡得怎么样？”

“嗯，睡得很好。”

我放弃将昨晚听到的事告诉小川的计划。

“日本的旅馆真好。”

“怎么说？”

“嗯，够安静。”

维荣的妻子

一

急促的开门声响起，我被这声音惊醒了。那是喝得烂醉的丈夫深夜回家来，因此我一声不响地躺着没动。

丈夫在隔壁房间捻亮了电灯，哼哧哼哧地喘着惊人的粗气，一边在书桌抽屉和书柜抽屉里翻着，好像在找什么东西。不久，“咚”地传来像是一屁股坐在榻榻米上的声音，接着便只是不停地呼哧呼哧地喘着气。在干什么呀？我躺着问道：“你回来啦。晚饭吃了吗？橱柜里有饭团。”

“哦。谢谢。”他一反常态温和地回答，又问道，“孩子怎么样了？高烧退了吗？”

这也是一件很稀罕的事。儿子明年就满四岁，不知是因为营养不良还是丈夫酗酒，或是感染了病毒，长得比其他两岁的孩子还要小，就连走路的步态都很不稳，说话充其量也只会“呜呜呀呀”的，我怀疑他是不是脑子坏了。甚至还有过这样的事：我带着他去澡堂子里洗澡，帮他脱了衣服抱起他时，因为长得实在瘦小，我顿感十分忧伤，竟当着众人的面哭了。而且，这孩子还经常闹肚子，发烧。丈夫几乎从未安安心心地在家里待过。孩子的事不知他是怎么想的。我即便告诉他孩子发烧了，他说“啊？哦，去看看医生吧”，便急急忙忙地穿上和服外套出去了。我就算是想带孩子去看医生，但没钱，什么也没有，我只能陪着孩子睡着，默默地抚摩着他的额头，无计可施。

可是，那天夜里不知为什么，他平静得很反常，还很难得地问什么“孩子的烧退了没有”。我不知为何高兴不起来，反而有一种可怕的预感，背脊感到阵阵凉意。我缄默不语，不知如何回答，好一会儿都只能听着丈夫那剧烈的喘息声。

“有人吗？”女人细声细气的声音从门口传来。我像全身被冷水浇了似的打了个寒战。

“对不起，大谷先生。”这次的嗓音有些尖细。同时，传来房门被打开的声音。

“大谷先生！你在家里吧？”听得出是用明显恼怒的声音说的。

丈夫好像这时候才终于走到门口。“什么事？”他的回答哆哆嗦嗦的，已经走了调。

“没什么事啊！”女人悄声说道，“你有这么完好一个家，还偷什么东西，是怎么回事？别再寻人开心了，快把东西还给我，否则我现在马上报警。”

“你在胡说什么！别冤枉我！这里不是你们来的地方。快滚！再不走，我就告你们！”

这时，传来另一个男人的声音：“先生，好胆量啊！还说‘不是你们来的地方’，真把我们吓得连话都不敢说了。这事绝非一般。把别人家的钱……你……开玩笑也是有底线的呀！直到今天，你不知道我们夫妇俩为你受了多少苦。你却干出今天夜里这种无情无义的事来！老兄，是我看错了你呀！”

“你们这是敲诈！”丈夫盛气凌人地说道，但他的嗓音在战栗，“是恐吓！快滚！有什么话，明天再说。”

“你说这样的话真不知羞耻。先生，你完全是一个无赖。既然如此，我们就只能让警察来处理了。”

这句话里充满着强烈的厌恶感，简直令我浑身都起了鸡皮疙瘩。

“随便你们！”丈夫叫嚷着的嗓音已经变样，有一种心虚的感觉。

我起身在睡衣外披了件短褂，走到玄关处，向两位客人打招呼：“你们好。”

“哎，这位是大谷夫人？”身穿齐膝的短外套，约莫有五十岁的圆脸男子没有丝毫笑意地朝我点了点头，算是打招呼。

女人四十岁左右，长得又瘦又小，穿戴整洁。

“对不起，这么晚了还打扰您。”那个女人也没有一丝笑容，取下披巾向我还了个礼。

这时，丈夫突然穿起鞋子就要往外跑。

“喂！这不行！”男子一把抓住我丈夫的手臂，两人顿时扭在一起。

“快放手！我要捅你了！”丈夫握在右手的大型折叠刀闪着寒光。这把折叠刀是丈夫的珍藏之物，记得是放在丈夫的书桌抽屉里的。刚才丈夫一回到家好像就在翻抽屉，肯定是早就预料到事态会变成这样，才找出折叠刀揣在怀里。

男人退缩了。丈夫趁这间隙跑了出去，他身上和服外套的袖子舞动着，像个大乌鸦似的。

“抓小偷！”男人大声喊道，接着想要朝外冲。

我赤裸着脚猛地站到泥地上抱住了男子，阻止他：“别追了！你们谁都不能受到伤害，后面的事情我来处理。”

四十岁女人也在一边说道：“是啊，他爹，这疯子手上还拿着刀，不知道他会干出什么事来。”

“畜生！报警！不能再放过他了。”男人束手无策地望着外面的黑暗，自言自语地喃喃道，但他全身已经没有了力气。

“对不起，请进屋吧。请你们告诉我。”我走到台阶板[1]上蹲着，“后面的事情我兴许能处理。请你们进屋，请进。虽然我家里很乱。”

两个客人互视了一眼，默默地点了点头，然后男子整了整衣襟：“不管你怎么说，我们已经拿定了主意。不过，事情的经过，我们还是事先要告诉夫人。”

“好吧，请进。进屋后慢慢说。”

“不，我们没有那样的耐心。”男人说道，开始脱去外套。

“衣服请不用脱了，房间里很冷，真的，就这么穿着。因为房间里没有一点儿暖气。”

“那我就穿着，对不起了。”

“请进。那位也请进，不用脱了。”

男子走在前面，女人跟在后面，走进丈夫那六叠大的房间里。开始腐烂的榻榻米，破损不堪的隔扇，快要塌落的墙壁，纸已剥落露出骨架的拉门，角落里放着书桌和书柜，书柜还是空的。看到房间里如此败落的情景，两人似乎都倒吸了一口冷气。

我请两人在破损得露出了棉花的褥垫上坐下。

“榻榻米很脏，请坐，尽管不暖和，也能靠一靠。”我说道，重又向两人鞠了一躬，“初次见面，请多关照。丈夫以前好像给你们添了很多麻烦，今晚又对你们做了什么，还做出那么可怕的举动来，我向你们道歉。总之，他天生就是这么一个人。”说到这里，我说不下去了，眼泪止不住流下来。

“夫人，实在抱歉，您有多大了？”男子毫无顾忌地盘腿坐在破褥垫上，将手肘支在膝头，用拳头顶着下巴，探出上半身，问我。

“……是问我吗？”

---

① 日本式房屋玄关门口铺设的略低于房间地板的地板部分。

“是啊，您丈夫应该有……三十了吧？”

“是的，我……比他小四岁。”

“这么说来，就是二十……六，不！这太过分了！他还是那副模样吗？不！应该是的。丈夫如果是三十，就应该会是那样，真是没想到！”

“我也从刚才起……”女人从男子身后的阴影里探出脸来，“就感到很惊讶。家里有如此出色的夫人，大谷先生为什么会那样啊。”

“是一种毛病，是毛病啊！以前还没有这样，现在越来越糟糕了。”我说道，沉沉地叹了口气。

“夫人，其实……”男子说话的语气变得慎重，“我们夫妇俩在中野站附近开了一家小饭馆。我和她都是上州人，我也是个正经八百的商人，应该算是好高骛远吧，和乡下人做些小买卖我觉得不甘心，差不多二十年前就带着妻子来到了东京。开始时夫妇俩都在浅草的一家饭馆里打工，嘿，和别人一样漂泊不定吃尽了苦头，也有了点积蓄，于是在现在的那个中野站附近……是昭和十一年吧？租了一栋六叠一间带小土间[①]、又脏又乱的小房子，心事重重地开了家饭馆，面向饮酒作乐、费用一般就是一两元的客人。不过，嘿，我们夫妇俩也不乱花钱，勤勤恳恳地干活，也许是靠着这一点吧，烧酒啦，杜松子酒啦，都能够事先进好货放着。后来到了酒供不应求的时代[②]，我们也没有像其他饭馆那样转业，总算坚持着把生意做下来。这样一来，那些老顾客也好心地来照顾我们的生意，也有顾客帮我们打开销路，使那些军官的酒菜生意也渐渐地流向我们店里。与英美的战争爆发，空袭渐渐猛烈起来以后，我们没有孩子需要费手脚，也不愿意疏散回老家，嘿，心想只要这房子没有被烧掉，就要拼命努力做好这生

---

① 日本式房屋中比较简陋不铺榻榻米的房间。

② 特指日本战败后的一个时期。

意。幸好没有遭灾战争就结束了，我们松了口气，这次我们放心大胆地购入黑市酒出售。简单地说，我们就是那样的命。不过，说得如此简略，你也许会觉得我们运气比较好，没有受过多么大的苦难，但人的一生就是在地狱里煎熬，所谓好事多磨，一点儿也没有说错。一寸的幸福必然会跟着一尺的妖魔。人过三百六十五天，哪怕有一天没有任何担忧的日子……不，半天的话，那就是幸福的人。你的丈夫大谷先生第一次来我们店里，是昭和十九年的……春天吧？反正那个时候对美英的战争还没有败得那么惨，不，慢慢地已经快要溃败了吧，我们不懂那种……实况吧？……真相吧？……那些东西，我们只以为再坚持两三年，无论如何都能以对等的资格和平相处的。大谷先生第一次出现在我们店时，穿着一件久留米白点花布的和服便装，披着一件和服外套，不过那个时候不仅仅是大谷先生，就是在东京也很少有人穿着防空服在街上行走的，那时候人们外出一般都是穿着普通服装显得很随意，所以大谷先生那时的打扮，我们丝毫也没有感觉到有什么寒酸。当时大谷先生不是一个人来的。当着夫人的面……不，已经没什么可隐瞒的了，我们全都告诉你吧。你丈夫是由一位徐娘半老的女人带着，从店后门偷偷进来的。不过，那时候我们店里也是每天都关着正门，用当时流行的话来说就是打烊营业，只有极少数的老顾客从后门悄悄进来，而且不是坐在店里土间的椅子上喝酒，而是在里面六叠房间里将灯光捻暗，悄悄地喝得烂醉。那个半老徐娘，在那之前不久还在新宿的酒吧里当女招待。她在当女招待时还把有品位的客人带到我们店里来喝酒，成了我们家的熟客。嘿，蛇有蛇道，各有各的招数，情况就是这么延续过来的。她就住在我们附近，所以因为新宿的酒吧关闭不当女招待以后，她也时常把熟悉的男人带到我们这里来。我们店里的酒也渐渐地越来越少，无论多么有品位的客人，酒鬼反而越来越多，我们不仅没有像以前那样求之不得感到高兴，甚至还觉得麻烦。不过，在那以前的四五年里，她带来过很多客人，全都是些挥金如土的人，所以也有着那份情义的缘故，对那个半老徐娘介绍来的客人，我们都好酒好菜地伺候着，绝不给脸色看。因此你丈夫那时由那个半老徐娘……叫阿秋，由她带着从后门悄悄进来，我们也没有特别见怪，照例迎进里面的六叠房间，端上了烧酒。大谷先生那天晚上喝得很安分，由阿秋买单，两人又从后门一起回去了。我始终不能忘记那天晚上大谷先生那温文尔雅安守本分的举止。魔鬼第一次出现在别人家里的时候，竟然会表现得那么安分，那么朴实吗？从那天夜里起，我们的饭馆就被大谷盯上了。那以后过了最多不超过十天，这次大谷先生是一个人从后门进来的，突然拿出一张百元纸币，不，要说那时候一百元还是巨款，相当于现在的两三千元或许还要多，把它硬塞在我的手上，怯生生地笑着，说，给你了。他好像已经喝了不少酒。夫人您也知道吧，他不是那么会喝酒的人。我想他大概是醉了，不料他却突然认真地说起话来，条理很清晰，而且他无论喝多少酒，我们也从来没有看见他走起路来摇摇晃晃的醉态。三十岁左右正是所谓血气方刚颇胜酒力的年龄，可是像他那样很罕见。那天夜里看样子他在其他哪家酒店里已经喝了不少酒，接着又在我们家里接连喝了有十杯烧酒，几乎没有开口说话，我们夫妇俩即便和他说些什么，他也只是腼腆地笑着，嗯嗯地不置可否地点点头，突然问几点了，便站起身来。我说找零钱给你，他说不用，行了。我硬要给他，说不好意思。他莞尔一笑，说那就存放在你这里下次用，我会来的。他便回去了。夫人，我们从他那里收钱，前后算起来就那么一次，以后他就寻找各种理由搪塞过去，三年来一分钱也没有付过，我们的酒几乎都是他一个人喝的，这真是让人诧为奇事。”

我忍不住笑了起来。不知为何，忽然觉得很好笑。我慌忙捂着嘴朝老板娘望去，老板娘也低着头偷偷地笑了。接着老板也无奈地笑了。

“不，这事一点儿也不好笑，但因为过分离奇，才忍不住想笑。其实把那些本事用在其他正路上，当大臣，当博士，什么都能当啊。看样子不仅是我们夫妇俩，其他被他缠上而搞得身无分文、对着这寒空仰天痛哭的人还有很多很多。眼下听说那个阿秋，正因为与大谷先生好上了，所以供养她的资助人才跑了，她落得人财两空，如今在大杂院的一个房间里过着乞讨似的日子。其实那个阿秋在和大谷先生认识时被追得很疯狂，还向我们吹嘘。首先，他的身份就很了不起，是四国某位老爷另立门户的大谷男爵家的次男，现在因为行为不端被迫断绝父子关系，但如果男爵父亲死了的话，就要和长子分割财产。他脑瓜子好使，可称天才，二十一岁写书，而且写得比石川啄木[①]这个大天才还要有品位，以后又写了十几本书，年纪很轻，却已经成为日本第一的诗人。还是个大学者，从学习院[②]读到第一高等学校、帝国大学，德语法语……不说了，已经太厉害了，听阿秋如此这番地一说，他简直就是个神人。然而，这些话又好像并不都是骗人的。从别人那里听来，也说他是大谷男爵的次男，有名的诗人，这一点说得都一样。于是就连我们家的老婆这么大的年龄，都和阿秋争风吃醋失去了理智，说什么成长环境好的人毕竟不一样，整天盼望着大谷先生来，真是受不了。总之，现在好像也已经没有什么华族不华族[③]的了，直到战争结束之前，追求女人最好的方法，还是自称为华族被逐出家门的儿子。奇怪的是女人好像都很吃这一套。用现在流行的话来说，这还是那种……奴隶本性吧。我这种人也是要面子的……还是个老江湖，所以我寻思着充其量是个华族的……不好意思，当着夫人的

---

① 1886—1912，日本著名歌人、诗人、评论家。

② 日本宫内省直辖的皇族、华族子女接受教育的学校，1877 年在东京创立，战后改为私立学校。

③ 日本 1869 年（明治二年）授予以往的公爵、诸侯的族称，1947 年（昭和二十二年）废除。

面……四国老爷家的，又是分了家的，而且还是个什么次男，那副落魄的模样和我们的身份也是不相上下吧，绝不会做出那种让人瞠目结舌的缺德事来。想不到那先生对我来说果真也是个难缠的家伙，即使我拿定了主意下次无论他怎样求我我都不给他酒喝，不料他像被人追赶着似的，在一个料想不到的时刻突然出现在我们家，才终于像是松了口气。看见他这副德行，我也心软了，不由得拿出酒来。即使喝醉了也不会故意寻衅闹事，况且只要一分不少地给我结账，就是个好客人吧。既不会吹嘘自己的身份，也从来没有自吹天才什么啦那种不着边际的大话。阿秋她们坐在那位先生边上，向我们宣扬他的博识。我不接她的话茬，直言相告说我要钱，你把这里的酒钱结了，这令她很扫兴。他至今没有向我们结过账，阿秋经常替他买单。同时，除了阿秋以外，他还有一个不便让阿秋知道的秘密女人。那个女人好像是谁家的夫人，偶尔和大谷先生一起来，有时也会替大谷先生多付些钱。我们也是做生意的，在没有人替他买单的时候，无论是大谷先生，还是皇亲国戚，我们也不可能永远那样让他白吃白喝。可是，光是那样难得地结几次账，怎么也是付不够的，这已经给我们造成了很大的损失。不管怎样，我们总算打听到先生的家在小金井，那里还有个明媒正娶的夫人，所以就想来一次，商量结账的事。我们也若无其事地问过大谷先生家在哪里，但他立即就明白了，很不耐烦，说什么‘没有就是没有啊，为什么那么不放心啊？闹得不欢而散就不合算了’。尽管如此，我们无论如何想要查清大谷先生的家在哪里，还跟踪过他两三次，但每次都被他很巧妙地甩掉了。那期间，东京不停地遭到大轰炸，不知怎么回事，大谷先生戴着战斗帽一副军人打扮来了，从厨房的橱柜里拿出白兰地酒瓶，站着就咕咚咕咚地喝着，然后一阵风似的走了，结账什么的都没有。不久战争就结束了，这次我们也毫无顾忌地去黑市采购酒菜，在店门前挂出新的帘子。饭馆再怎么穷也要拼一把，我们雇了一个女孩子给客人助助兴。那个魔鬼先生又出现了，这次没有带女人，总是和两三个报社记者或杂志记者一起来。听那些记者说什么以后军人不吃香了，不管怎么说以前贫困的诗人开始受到社会的赞赏。大谷先生向那些记者说着什么外国人的名字啦、英语啦、哲学啦那些让人莫名其妙又稀奇古怪的事情，而且突然站起身走出店外，就再也没有回来。记者们一副很败兴的脸色，心想那家伙去哪里了，我们也该走了吧，便准备回家。我赶紧阻拦道：等一等，先生总是用这手段逃跑，还是你们给我结账。有的人老老实实地凑钱结了账，也有人愤怒地说让大谷来结账，我们过的是五百元的生活！任他们怎么愤怒，我都说不行，大谷先生的欠账到现在已经有多少了，你们知道吗？你们如果能从大谷先生那里把那些欠账催讨回来，无论多少，我把其中的一半给你们。记者们也傻眼了，怎么也没有想到大谷会是那么浑蛋的家伙，说以后再也不和他喝酒了，我们今天夜里身上连一百元也不到，明天给你送来，我们把这衣服押在你这里，说着便刚烈地脱去外套。听社会上说，记者这个职业好像很卑劣，但与大谷先生一比较，实在算是正直而清廉的。如若大谷先生是男爵家的次男，那么记者们就是公爵的嫡子。战争结束后，大谷先生更是酒量见长，容貌变得很凶险，以前从未说过的极其庸俗下流的玩笑脱口而出，又毫无前兆地突然开始殴打同来的记者，扭在一起打架，而且不知何时把我们店里不到二十岁的女孩子骗到了手。见他这副德行，我们也很惊讶，完全束手无策了。但事情已经出了，我们只能忍气吞声，对女孩子好言相劝，劝她死了这份心，悄悄地把她送回到父母的身边。我即使说：大谷先生，已经什么也不用说了，求你了，以后再也不要来了。大谷先生竟然卑劣地威胁我，说：既然靠着黑市交易赚钱，就不要说得那么轻巧，我什么都知道啊！紧接着第二天晚上，他又一副若无其事的表情来了。我们从战时起就做着黑市买卖，也许这是报应，不得不容忍这种如恶魔般的人。可是他干了今天晚上这种下三烂的事，什么诗人、先生，我们也不管他了。是行窃！因为他偷了我们五千元钱逃跑了！现在进货要花钱，我们家里充其量也只有五百元或一千元的现金，不，我说的是实话，销售的钱从右手转到左手立即就拿去进货。今天夜里我们家里有五千元巨款，是因为今年除夕将近，我找到老主顾家一家家结账，好不容易才凑到这些。这笔钱很重要，如果今天夜里不马上注入进货渠道，明年正月起我们的生意就无以为继了。大谷先生独自在土间里喝酒，好像看见我妻子在里面六叠房间里数好钱后放进橱柜的抽屉里，便突然站起身，大模大样地走进六叠房间，一言不发地把妻子推开，打开抽屉，抓起那扎成一捆的五千元钱，使劲塞进和服外套的口袋里，趁着我们发愣时迅速走出土间，从店里走了出去。我大声喊他停下，和妻子一起紧追上去。我叫嚷着'这样做就是偷窃'，甚至想要不要喊过往的行人帮我抓住他，可是大谷先生和我们是熟人关系，况且这样做会让人觉得我们太不近人情。今天夜里无论发生什么事，不管他走到哪里，我们都要跟着他，不能把他放跑了，要看到他的落脚点，心平气和地要他把这钱还给我们。嘿，因为我们的生意也是惨淡经营，所以我们夫妇合力，今夜才终于找到这家里，强忍着无法克制的情绪，息事宁人地要求他把钱还给我们。嘿！这叫什么事！他竟然拿出刀来，说什么要扎人。嘿，这是怎么回事！”

莫名其妙的滑稽感又涌了上来，我笑出了声。老板娘也泛红着脸微微地笑了。我怎么也止不住笑，虽觉得对老板不好，但总觉得出奇地滑稽。我不停地笑着，笑出了眼泪，忽然想起丈夫诗里那句“文明正果大笑话”，说的就是这样的心情吧？

二

总之，这不是一件这样大笑之后就能解决的事件，所以我也想了想，这天夜里对两人说，接下来这件事我无论如何会处理好的，所以报警就请再等一等，明天我会亲自去他们那里。我仔细询问了中野那家饭馆的位置，硬是恳求他们答应下来，那天夜里就这样让他们暂时先回去了。他们回去以后，我独自坐在六叠房间的正中央苦思冥想，也没有想出什么特别好的办法来。于是我站起身，脱去短褂，钻进孩子的被窝里，抚摩着孩子的脑袋，企盼着天色永远永远不要破晓。

我父亲以前曾在浅草公园的葫芦池摆摊卖烧烤。母亲很早就去世，只有父亲和我两个人住在大杂院里，摊位那边也是我和父亲两个人照料。现在的这个丈夫经常会到摊位上来，那时我就骗过父亲到别处与他幽会。肚子里有了孩子，因此各种争执不断，最后虽然形式上我像是他的妻子，但不用说户籍什么的都没有加入，孩子就成了不知生父是谁的孩子。他一出门有时三四天都……不，整月都不回家，不知道他在哪里干什么。回家时总是喝得烂醉，一张煞白的脸，呼哧呼哧地痛苦地喘着粗气，有时会默默地注视着我，扑簌扑簌地掉眼泪，有时还会突然钻进被窝里紧紧地抱着我，说什么："唉，我不行了。很可怕。我害怕啊！我很害怕。快救救我！"浑身不停地颤抖。睡着了以后不是说梦话就是不停地呻吟，到第二天早晨人就像掉了魂似的恍恍惚惚，然后突然就不见了，这一走便又是三四个晚上不回家。丈夫有两三个以前就认识的、出版方面的人，他们担心我和儿子的身体，不时地送些钱来，我们才活到今天而不至于饿死。

我迷迷糊糊地刚要睡着，突然睁开眼睛，发现早晨的阳光从木板套窗的缝隙间照射进来。我便起身换上出门服装，背着儿子出门了。我已经无法待在家里无动于衷了。

我不知道自己要去哪里，便朝着车站走去，在车站前的地摊上买了块糖让儿子嚼在嘴里。接着冲动地买了张到吉祥寺的车票，乘上电气列车，拉着吊带无意中看见车厢天花板上吊着的广告，上面印着丈夫的名字。那是杂志的广告，丈夫好像在那本杂志上发表了题为"弗朗索瓦·维荣"的长篇论文。我凝视着"弗朗索瓦·维荣"这个标题和丈夫的名字时，连我自己也不知道为什么，眼泪夺眶而出，广告变得模模糊糊看不清了。

在吉祥寺下车，已经不知有多少年没有来过了。我一路打量着四周，走到井之头公园。池塘边的杉树已经全部被砍光，好像将要开始施工的荒地似的，有一种苍凉落寞的感觉，和以前完全不一样了。

我把孩子从背上放下来，两人并排坐在池塘边破烂不堪的长凳上，让孩子吃着从家里带来的甘薯。

“小淘气，这池塘很漂亮吧？以前啊，这池塘里有很多很多鲤鱼和金鱼，现在什么都没有了呀，真没劲吧。”

儿子不知道在想些什么，嘴里塞满了甘薯，咯咯地笑得很古怪。虽是我亲生的孩子，但感觉真的很傻。

在这池塘边一直这样坐下去，什么事情也解决不了。我又背起孩子，晃荡着返回吉祥寺车站，在露天集市逛了一圈，然后在车站里买了张去中野的车票。没有经过任何盘算和斟酌，说起来就好像被魔潭滑溜溜地吸过去似的坐上电气列车，在中野下了车，在昨天他们告诉我的路径上走去，来到了他们那家小饭馆的门前。

店门关着，于是我绕到背后，从后门进去。老板不在，老板娘一个人在打扫店铺。一看见老板娘，我竟然谎话连篇，脱口而出的谎言连我自己都没有料想到。

“大婶，看来酒钱我能够一文不少地还给你的。今天晚上，要不就是明天。总之，我估计没问题，请放心。”

“哟，嘿，那就非常感谢了！”老板娘说道，稍稍露出欣慰的表情，不过她的脸上总还是留有难以置信的神色。

“大婶，真的呀！的确有个人会把钱送到这里来的！我就当作人质一直待在这里，等钱送来。这样的话，你就能放心了吧？在钱送来之前，你就让我在店里当帮手吧。”

我把孩子从背上放下来，让他独自在里面的六叠房间里玩耍，便手脚麻利地干起活来。孩子原本就习惯独自玩耍，所以丝毫也不会添乱。也许是脑瓜子不灵的缘故，不是个认生的人，还对着老板娘傻笑。我替老板娘去拿他们家的配给物资[①]而不在店里时，儿子从老板娘那里拿来美国的空罐头当作玩具，又敲又滚的，在六叠房间里一个人玩着。

中午时分，老板采购些鱼和蔬菜回来了。我一看见老板，就赶紧飞快地将对老板娘说过的谎话重新说了一遍。

老板一副茫然的表情。“呃？可是夫人，钱这个东西，没有拿到自己的手里就靠不住啊。”他格外平静地用说教的语气说道。

“不，这个吧，是真的呀！要相信我，不要向外声张，就等今天一天。在钱送来之前，我在这店里帮忙。”

“如果钱能送来，那就什么都好说。”老板自言自语地说道，“不管怎样，还有五六天呢。”

“是啊，所以……所以我……欸？客人来了！欢迎光临。”我对着三个工匠模样结伴走进店里来的客人笑了笑，然后轻声说道，“大婶，对不起，把围裙借我用一下。”

“哟！雇了位美女啊，这下，了不得！”一名客人说道。

“你不要勾引人家啊。”店老板半开玩笑地说道，“人家的身体可值钱了。”

“是值一百万美元的名马？”另一名客人用下流的双关语调侃道。

“听说名马也是母马值半价。”我一边烫着酒，一边不甘示弱地接过他的调侃回应道。

“别谦虚啊。以后日本不管是马还是狗，都是男女同权啦。”最年轻的一位客人大声嚷道，“大姐，我看上你了。我是一见钟情。不

---

① 在统制经济时代，将紧缺物资按规定方法由固定机构定量出售给消费者。

过，你有孩子了？”

“没有，”老板娘抱着孩子从里面出来，“这孩子是我们从亲戚那里带回来的，所以我们也终于算是后继有人了。”

“财运来了。”一名客人调戏道。

“色运也会来，债运也会来。”老板虎着脸呢喃道，忽然改变了语气，问客人，“点什么？给你们做个什锦火锅吧？”

这时，我突然明白一件事。原来如此，我独自有所领悟，表面上若无其事地把酒壶给客人端去。

那天好像正是圣诞节前夜，也许是这个原因，客人络绎不绝，生意兴隆。我从早晨起几乎没有吃过东西，但兴许是因为内心里思潮翻腾，即使老板娘劝我吃点什么，我也说不用、不饿。而且好像穿了件天女的羽衣在飞舞似的，忙碌得十分利索。可能是我自命不凡，觉得那天店里的气氛异常活跃，询问我的名字或要求和我握手的客人不止两三个。

可是，这又能怎么样呢？我心中没有一点儿底。我只是笑着，对客人带有猥亵色彩的玩笑，我也附和着，还以更下流的玩笑在客人之间周旋，不停地敬酒。在这期间，我只是觉得自己的身体如果能像冰激凌似的融化掉就好了。

在这个世上，有时，奇迹好像真的会出现。

大概九点刚过的时候吧，店里结伴来了两位客人。男子头戴纸做的圣诞节三角帽，像亚森·罗宾[①]那样戴着遮挡上半部分脸面的黑色面罩，和另一位三十四五岁的瘦削型漂亮夫人。男子背对着我们，在土间角落的椅子上坐下。但他一走进店里，我立即就知道他是谁了，是我的行窃丈夫。

他好像丝毫也没有注意到我，所以我也装作不知，和其他客人相

---

① 法国作家勒布朗在推理小说中塑造的侠盗英雄。

互调笑着。于是，那位夫人和我丈夫面对面坐下，招呼道："大姐，来一下。"

"呃，"我答应着，走到他们两人的桌子边，"欢迎光临，要酒吗？"这时，丈夫在面具背后望着我，露出了吃惊的神情。我轻轻地抚摩着他的肩膀，说："你是要说'恭贺圣诞'？要说什么？看来你还能喝一升酒吧。"

夫人没有接茬，一副很郑重的表情说道："呃，大姐，对不起，我有事要和这里的老板个别交谈，你把老板请过来。"

我到正在里面油炸食物的老板那里。"大谷来了，你去见一见。不过，我的事，你不要对那个一起来的女伴讲啊。不能让大谷下不了台。"

"总算来了。"老板对我之前的谎话半信半疑，但尽管如此，看样子他还是相信我的。丈夫会来，他好像简单地理解为是因为我在背后唆使的。

"我的事，不要提起啊！"我再次叮嘱道。

"如果可以不提，我就不会提起。"老板爽快地答应着，去了土间。

老板将土间里的客人扫视了一眼，然后径直朝丈夫的餐桌走去，与那位漂亮夫人交谈了几句，三个人便一起走到店外面去了。

已经没问题了，一切都解决了。不知为何，我坚信这一点。我喜不自禁地一把抓住了穿着蓝底碎白花纹和服、还不到二十岁的年轻客人的手腕。

"喝呀！来，喝吧。这酒是庆贺圣诞节的！"

三

只过了三十分钟，老板就独自回来了。不！好像是更快，快得令人感到意外。他走到我的身边。

“夫人，谢谢你了。他把钱还我了。”

“是吗？太好了。是全部？”

老板笑得很诡秘。

“嗯，只是昨天被他拿走的那部分啊。”

“以前全部算在一起是多少？你说个大概，嘿，打个大一点的折扣。”

“两万元。”

“只要两万？”

“打了一个很大的折扣。”

“我来还你。大叔，从明天起，你能让我在这里干活吗？呃，把我留下！我干活还你啊！”

“呃？夫人，真没想到。太好了。”

我们不约而同地齐声笑了。

那天夜里过了十点，我离开中野的饭馆，背着孩子，回到我们在小金井的家里。丈夫还是没有回家，可是我很心安理得。如果明天再去那家饭馆，也许能见到丈夫。以前我为什么就没有发现这样的好事呢？直到昨天我还在担惊受怕，归根到底都是因为自己太愚拙，才没有想到这样的妙计。以前我在浅草时也在父亲的摊位上帮忙，招待客人绝不会笨手笨脚的，以后在中野的那家饭馆里一定能应付自如。光今天夜里，我就收到了将近五百元的小费。

按照老板的说法，丈夫昨天晚上从家里出走后好像去了哪个熟人的家里住宿，接着今天一大早就冲到京桥那位夫人经营的酒吧里，早晨起就喝着威士忌，还给了在酒吧里打工的五个女孩子很多钱，说是圣诞礼物。然后中午时喊了一辆出租车不知去了哪里，过了一会儿，他戴着圣诞三角帽和面具，甚至还有花色蛋糕和火鸡回来，还四处打电话，把熟人们都喊来，热热闹闹地开起了宴会。这个人平时总是身无分文的……酒吧老板娘顿生疑窦，悄悄地一追问，丈夫将昨夜的事一五一十地照说了。那老板娘以前和大谷也并非没有交情，心想这事如果报警闹大了也没什么意思，便苦口婆心地劝他把钱还了，这钱由那位老板娘垫付。于是，丈夫带着老板娘来到了中野的饭馆。

中野的饭馆老板对我说："我猜事情多半会是这样的吧。不过，夫人，你想到了一个非常好的招数啊。是找大谷先生的朋友想出来的？"他的口气像是认定我从一开始就预料到他会这样回来，便赶在他前面来到这饭馆里等着似的。于是，我只是笑着回答了一句："呃，这事已经过去了。"

从第二天起，我的生活与以前截然不同，变得喜气洋洋乐不可支。我去电发店[1]做了头发，还备齐了化妆品，重新缝制衣服，又从老板娘那里要了两双新的白袜子。感觉以前郁积在内心里的憋闷气一扫而光。

早晨起床，和孩子一起吃早饭，然后做好盒饭，背上孩子，去中野上班。除夕、新年期间正是饭馆最忙碌的时候，椿屋的……阿幸，是我在店里的名字，那个阿幸每天忙得应接不暇。

丈夫每两天一次过来喝酒，酒钱让我来付，经常又突然不见了，夜里很晚才来店里窥看，悄悄地问："还不回家？"我也点点头，开始准备回家，一起快快乐乐地走在回家的路上。

"我们为什么不一开始就这样过呢。我感到很幸福啊！"

"女人，就没有什么幸福不幸福的。"

"是你说的？经你这么一说，我好像也觉得真是这样的。那么，男人怎么样？"

"男人就只有不幸，男人总是在和恐怖搏斗。"

---

① "电发"，即电烫发，利用电热使头发卷曲起来，是"二战"期间日本因忌讳外来语而创造的词。

“我听不懂啊。不过，这样的生活我真想永远过下去啊。椿屋的大叔、大婶，都是非常好的人。”

“很蠢啊，他们，是乡巴佬啊！还贪得无厌。让我喝酒，最后还想赚我的钱。”

“人家是做生意，当然要赚钱啰。可是，不会就是这些吧？你勾引过那个老板娘吧？”

“那是以前的事了。老板怎样？他发现了？”

“看样子知道得很清楚啊。记得什么时候他叹着气说，色运会来，债运也会来呢。”

“我吧，说起来你会不相信，我想去死，没有别的办法。我从出生的时候起就尽想着去死。为了大家，还是死了的好，这是明摆着的。但是怎么也死不了。真奇怪，是固执的神灵不让我去死。”

“因为你还有工作要做。”

“根本就找不到我能干的工作。作品谈不上什么杰出或拙劣。有人说它好就是好，说它不好就是不好，恰如吐气和吸气。真可怕啊，神灵就在这人世间的什么地方。真有神灵吧？”

“呃？”

“真有吧？”

“我没听懂啊。”

“是啊。”

我在店里干了一二十天。其间，我发现来椿屋喝酒的客人，有一个算一个，全都是人渣。我丈夫这样的人还算是非常非常温顺的。不仅是店里的客人，我甚至觉得就连在路上行走的人，全都隐瞒着肯定是问心有愧的罪孽。一位五十岁左右、衣着考究的夫人到椿屋的后门来卖酒，开价一升三百元，在现在的市场上算是便宜的，老板娘当即就把它买了下来，不料是掺了水的酒。就连如此优雅的夫人，在不得不盘算着干点此类事情的社会里，要不愧不怍洁身自好地活下去，也是不可能的。比如打扑克，所有的臭牌凑在一起就会变成一副好牌，这种事在社会道德中是不可能发生的吧?

若真有神灵，请快快显灵！在新年快结束时，我受到了店里客人的骚扰。

那天夜里下着雨。丈夫没有出现，丈夫以前搞出版的老熟人、不时地给我送生活费的矢岛先生，和估计是同行业的、像矢岛先生那样四十岁左右的人，一起到店里来。两人喝着酒高声谈笑着，说起大谷的老婆在这样的地方干活，说什么“挺合适”“很不合适”地争论着。

我笑着问：“那位夫人现在在哪里？”

矢岛先生回答说：“不知道在哪里，至少和椿屋的阿幸相比，她更优雅，更漂亮。”

于是，我回道：“真让人嫉妒啊。若是和大谷先生那样的人，我哪怕只有一夜就足够了，所以才愿意相伴终生啊。我就喜欢那种滑头。”

“难怪啊！”矢岛先生将脸转向他的同伴努了努嘴。

到那个时候，我是诗人大谷的老婆这件事，和丈夫一起来的记者都已经知道，还有好事者听他们说起后特地来调戏我的。饭馆里变得热闹起来，同时老板的心情也越来越好。

那天晚上，矢岛先生他们接着要商谈纸张的黑市交易等，回去时已经过了十点。因为这天夜里雨还在下，丈夫看来也不会来了，所以虽然店里还剩一位客人，我也开始慢慢地做着下班回家的准备，将睡在里面六叠房间角落里的孩子抱起来背在身上，小声地求老板娘道：“把伞再借我一下。”

“要伞的话我也有，我送你吧。”店里仅剩的一位工人模样二十五六岁的瘦小客人，一副认真的表情站起身来。在我的印象中，他是我今天晚上第一次遇见的客人。

“谢谢您了。我一个人走回去已经习惯了。”

“不，你住得很远，我知道的。我也住在小金井你家附近，我送你吧。大婶，买单。”

他在店里只喝了三瓶酒，也不像是喝得有那么醉。

我们一起乘上电气列车，在小金井下车，然后冒着雨在漆黑的路上合撑着一把伞并肩走着。那个年轻人之前几乎不说话，这时便开始突兀地断断续续地说起话来。

“我知道你。我吧……是那个大谷老师诗歌的粉丝。我吧……也在写诗。那个大谷老师，我总觉得吧……很怕他。”

到家了。

“谢谢您！欢迎您再到店里来喝酒。”

“呃，再见！”年轻人冒着雨回去了。

深夜，我被房门咯咯打开的声音惊醒了，我以为又是丈夫喝醉了酒回家来，便自顾自地睡着没有吱声。

“对不起！大谷先生，对不起！”传来一个男人的说话声。

我起身打开灯，走到玄关处一看，刚才的年轻人摇摇晃晃的几乎站立不稳。

“夫人，对不起！回家路上我在售货摊上又喝了一杯。其实吧，我的家在立川，我赶到车站，电气列车已经没有了。夫人，求你了，让我住下。被子什么的全都不要，我就睡在这玄关的台阶板上，等明天早晨头班车。我就穿着衣服睡了。如若没有下雨，这边的屋檐下也能睡，但这个雨，那里也不能睡。求你了。”

“我丈夫不在家，这台阶板上你如果能睡，那就睡吧。”我说道，拿着两个破褥垫到台阶板上给他。

“对不起！唉，我真的喝醉了。”他痛苦地小声说道，当即在台阶板上就地躺下，我回到被窝里时，他已经发出了响亮的呼噜声。

第二天天亮时，我轻易地被这男人骚扰了。

那天，我表面上还和以前一样背着孩子去店里上班。

在中野那家饭馆的土间里，丈夫将斟满酒的杯子放在桌子上，独自看着报。晨曦照射在酒杯上，感觉很漂亮。

“没有人？”

丈夫回头望着我。“嗯。老板去采购还没有回来，老板娘好像刚才还在厨房里。她不在吗？”

“昨晚你没来？”

“来了。近来看不见椿屋的阿幸就睡不着啊，十点过后我来看了一眼，说你刚回去。”

“后来呢？”

“住下了呀，在这里。外面大雨滂沱。”

“现在起，让我也在这店里住下去吧？”

“你就算了吧。”

“我要住啊。那房子一直这么租下去，没意思。”

丈夫又默默地看着报纸。

“哟，又在写我的坏话。说我是沉迷享受的假贵族，这话说得不对。应该说我是畏惧神灵的享乐主义者。阿幸，你来看，这里把我写成什么人面兽心了。不对啊！我现在才告诉你，去年年底吧，我从这里拿走五千元，就是为了用这些钱让阿幸和孩子过一个很久没过的好年。正因为不是人面兽心，所以才会干出那样的事来。”

我并没有感到特别高兴：“就算是人面兽心，不是也很好吗？我们只要能活着就好啊！”

阿赞

一

他像丢了魂儿的人一样，悄无声息地走出了大门。我在后厨清洗晚饭用的碗筷，突然背后感到那股气息，顿时落寞得几乎失手掉落了手里的盘子，忍不住叹息一声。等了一会儿，我从后厨的格子窗探头看出去，只见丈夫穿着陈旧的白浴衣，系着纤细的兵古带，走在爬满了南瓜藤的小路上，在夏日的夜里特别显眼，像个幽灵一般，怎么看都不像这个世界的人，留下一副无情哀伤的背影。

“父亲去哪儿了？”

七岁的大女儿在院子里玩耍回来，坐在后门用水桶洗脚，天真地问了我一句。这孩子比起母亲更倾慕父亲，每晚都要在六叠间里跟父亲并排躺下，睡在一个蚊帐里。

“去庙里了。”

我随口回答了一句，可是话说出口了，突然感到十分不吉利，不禁全身发冷。

“去庙里？干什么？”

“这不是盂兰盆节嘛，所以父亲到庙里去烧香了。”

谎言流畅地说了出口，让我很是不可思议。那天确实是十三日盂兰盆节，别人家的女孩子都穿着漂亮的和服，从家门口走出来，得意扬扬地挥舞着长长的衣袖玩耍，而我家孩子的好和服都在战争中烧光了，即使在盂兰盆节，也只能穿着平时的简陋洋服。

“是吗？他会早点儿回来吧？”

“不知道呢。要是胜子乖乖的，说不定就会早点儿回来。”

我嘴上虽然这么说，不过看那个样子，今晚他怕是也要在外面过夜。

胜子从后门走进来，去了三叠间，坐在窗边闷闷地看着外面。

“母亲，胜子的豆子开花了。”

我听见她低语，忍不住为她的样子泛起了泪水。

“我看看，呀，真的呢。很快就要长出很多豆子了。”

玄关旁有一块十坪左右的地，我以前在那里种了不少蔬菜，不过现在有了三个孩子，实在顾不上菜地，而丈夫以前还会时常帮我照顾菜地，近来却全然不管家里的事了。邻居家的菜地被主人打理得漂漂亮亮，长满了各种蔬菜，我家菜地却十分寒碜，生的都是杂草，还是胜子拿了一颗配给的豆子埋在土里浇水，后来才发了芽。对于没有玩具的胜子来说，那就是她唯一值得自豪的财产，每次去邻居家玩，都要吹嘘自己的豆子如何如何。

落魄，空虚。不，在现在的日本，已不仅仅限于我们，尤其是住在东京的人们，无论怎么看都是一副没精打采的落魄样子，走动起来格外费力。我们所有的东西都被烧了个精光，落魄之感难以摆脱，可是还有一种痛苦更甚于此，那就是威压在我头上的，在这个世道身为人妻最感痛苦的事情。

我的丈夫在神田一家很有名的杂志社工作了将近十年。八年前，他与我通过普通的相亲结了婚，从那时起，东京的租赁房就越来越少，我们好不容易在中央线沿线郊外的一片农田之中找到了这座独门独户的小房子，直到大战爆发，都一直住在这里。

丈夫身子很弱，因此既没有被征兵，也没有被征用，每天都能去杂志社上班。后来战争渐渐激烈，我们住的郊外小镇因为有造飞机的工厂，炸弹一直簌簌地落在家的附近，终于在一个晚上，一枚炸弹落到了后面的竹林里，把后厨、厕所和三叠间炸得面目全非，我们一家四口（当时胜子的弟弟义太郎也出生了）实在无法住在只有一半的房子里，于是我便带着两个孩子疏散到家乡青森市，丈夫则独自居住在破房子的六叠间里，依旧每天去杂志社上班。

可是，我们疏散到青森市还不到四个月，青森市就遭到空袭全部烧毁，我们好不容易带到青森市来的行李也全都烧没了，真是两手空空地住进了熟人幸免于难的房子里，一切仿佛地狱般的噩梦。在那里借宿了十天，日本宣布无条件投降，我很想念丈夫所在的东京，就带着两个孩子，像乞丐一样回到了东京。因为无处可搬，我们请木匠做了粗略的修理，总算能回到过去那个一家四口平静的生活里。我好不容易松了口气，结果丈夫却遇到事了。

由于杂志社罹灾，加之领导之间围绕资本问题发生了矛盾，于是干脆解散，丈夫一下就成了失业人员。好在他长年在杂志社工作，有许多这方面的熟人，不久之后便与貌似特别有能力的人合资搞起了新的出版社，还出版了两三种书。可是那个出版社又好像因为纸张购入的问题，亏了很多钱，丈夫也背上了很多债务，为了收拾残局，他开始每天呆呆地出门，到傍晚筋疲力尽地回家。他以前就是个不怎么说话的人，那段时间更是沉默了许多。出版社的亏损好不容易填平了，这下丈夫好像再也没有气力工作了，但也不是整天待在家里，而是站在外廊想着事情，抽着香烟，看着远处的地平线一直发呆。每当我看到他这个样子，感到心中十分不安的时候，他就会发出一声思绪良多的长叹，扔掉吸到一半儿的香烟，从书桌抽屉里拿出钱包揣进怀里，然后迈开丢了魂儿似的无声步子，悄悄走出玄关，基本上当天晚上都不会回来。

他是个好丈夫，是个温柔的丈夫。他日本酒只喝一合，啤酒只喝一瓶，虽然会抽烟，但也只会用配给的烟草凑合，而且结婚将近十年，他从未打骂过我。只有一次，胜子大约三岁时，有客人来找丈夫，孩子似乎爬到客人那边，把茶水给打翻了，他叫我，可我正在后厨忙着扇炉子，没听见。只有那一次，丈夫一脸凶相地抱着胜子来到后厨，将胜子放到地上，用满是杀气的眼神盯着我看了一会儿，最后什么都没说，转身走回屋里，狠狠地关上了屋门，吓得我骨髓都要跟着震颤起来了。当时，我被男人的可怕吓得发抖，但那是丈夫唯一一次对我发怒。因为这场战争，我也跟别人一样受了不少苦，尽管如此，一想到丈夫的温柔，我就很想说，这八年间，我都是个幸福的人。

（他变成了一个奇怪的人。这件事，到底是从什么时候开始的呢？我们从青森回来，见到分别四个月的丈夫时，丈夫的笑容有些卑微，而且态度谨小慎微，还回避着我的视线。我当时以为那是他一个人生活很不方便，所以变得憔悴了，感到非常心疼。不过，或许在那四个月间——啊，我不能再想了，再想只会深深陷入痛苦的泥沼。）

我给不回来的丈夫铺了被褥，又在旁边铺上胜子的被褥，然后吊起蚊帐，心里十分悲伤，十分痛苦。

二

第二天快到中午时，我坐在门前的井边，清洗今年春天出生的女儿敏子的尿布，只见丈夫挂着一张小偷似的脸，偷偷走了过来，见到我就一言不发地低下头去，绊了个踉跄，跌跌撞撞地走进了家门。他见到我这个妻子，竟然忍不住低下头，啊，丈夫想必也很痛苦吧？想到这里，我不禁满心同情，再也无法继续洗尿布，站起来跟着丈夫走进了家中。

“很热吧？不如把衣服脱掉？今早有盂兰盆节的特配物品，配给了两瓶啤酒呢。我已经冰起来了，你要喝吗？”

丈夫战战兢兢地露出了无力的笑容。

“那可真好啊。”

连声音都有些沙哑。

“我们一人一瓶吧。”

还说了这种一眼就能看穿的蹩脚奉承话。

“那我陪你吧。”

我去世的父亲是个嗜酒之人，可能因为这样，我的酒量比丈夫还好。刚结婚时，我跟丈夫走在新宿街头，进了一家关东煮的小店喝了点儿酒。丈夫马上满脸通红，而我则毫无变化，只是不知为何，感觉有点儿耳鸣。

我在三叠间给孩子准备了饭菜，丈夫脱掉衣服，在肩膀上搭了一条湿毛巾，我则陪他喝了一杯啤酒。剩下的我不想浪费，就没有喝掉，抱起小女儿敏子喂了奶。这样的光景看上去是和睦的一家人，我却感到很尴尬，丈夫一直在躲避我的视线，我也不得不小心选择话题，不戳中丈夫的痛处，所以一直聊不起来。大女儿胜子和大儿子义太郎好像敏感地察觉到了父母的心情，格外老实地拿着蒸面包泡在甜红茶里吃。

“白天喝酒真是醉人啊。”

“哎呀，真的，你全身都红了。”

就在这时，我看到丈夫下颌底下贴着一只紫色的蛾子。不，那不是蛾子。刚结婚那时，我也有过那种经验，所以我瞥了一眼蛾子形状的印记，吃了一惊，同时丈夫好像知道我发现了，顿时着了慌，拉过肩膀上的湿毛巾一角，笨拙地遮住那个印子。这时我才知道，他把毛巾搭在肩膀上，一开始就是为了遮住那个蛾子形状的印记。不过我还是装作什么都不知道，做了好大的努力，才半开玩笑地说：

“胜子跟父亲在一起，面包也更好吃了呢。”

然而，这句话听起来也像对丈夫的讽刺，反倒让气氛冷了许多，而我的痛苦也到达了顶点。就在这时，邻居家的收音机开始播放法国国歌，丈夫听见了——

“啊，原来今天是巴黎节啊。”

他自言自语，微微一笑，然后便像说给我和胜子听一样开了口：

“七月十四日，今天啊，是革命……”

丈夫说到这里，突然停住了。我一看，只见他拧着嘴角，眼里泛着泪光，在拼命忍住哭泣。然后，他用几近哭腔的声音说：

“人们向巴士底狱发起进攻，所有的民众都站了起来，从那以后，法国的春花盛宴就永远地，永远地不复存在了。可是人们不得不破坏，就算知道新秩序和新道德永远不可能建立起来，也不得不去破坏。革命尚未成功。这是孙文死前留下的话语。不过，或许革命永远都不会成功。尽管如此，人们还是要革命，因为革命的本质就是如此，悲伤而美丽，那种即使做了也没有用处的悲伤和美丽，还有爱……”

法国国歌仍在继续，丈夫说着说着就哭了起来，随后，他又害羞地哼哼笑了几声，这样说道：

“看来爸爸是个爱哭鬼啊。”

说完他就转过头站起来，到后厨去用水洗脸了。

“不行，我太醉了，竟然因为法国革命哭了起来。我要睡一会儿。”

说完，他便走到六叠间，再也没有发出声音。不过，他一定在里面缩着身体偷偷哭泣。

丈夫并不是为了革命而哭。不是的，不过，法国的革命或许跟家庭的恋爱十分相似。正因为那是悲伤而美丽的东西，所以人们才不得不把法国的浪漫王朝和平稳的家庭给破坏掉。那种痛苦，丈夫的痛苦，我心里很明白。虽然我不是故事里的纸店老婆阿赞[①]，但我也对

① 纸店老婆阿赞：净琉璃《心中天网岛》主人公的妻子。主人公纸店老板同妓女小春陷入恋情，尽管忠贞的妻子依旧对他尽心侍奉，他还是跟小春殉情了。

丈夫心怀爱恋啊。

老婆怀里有什么
是住着鬼吗
啊啊啊
是住着蛇吗

见到这样的哀叹，连革命思想和破坏思想都不愿与之有什么关系，都要表情漠然地径直走开。于是只剩下老婆一个人，永远待在同样的地方，以同样的姿态兴叹：将来究竟会变成什么样？难道只能把命运交给老天，一心祈祷丈夫能够回心转意，并忍耐顺从下去吗？我有三个孩子。哪怕是为了孩子，我也不能与丈夫分开。

连续在外面住了两夜，丈夫也会在自己家睡一个晚上。晚饭过后，丈夫跟孩子在外廊玩耍，还对孩子说些卑微讨喜的话，动作笨拙地抱起了今年刚出生的小女儿夸奖道：

“你长得胖胖的，好可爱呀。”

我忍不住应了一句：

“很可爱吧？看着这些孩子，你不觉得想长命百岁吗？”

结果丈夫的表情突然变得很奇怪。

“嗯。”

他苦涩地应了一声，我心里一惊，出了一身冷汗。

在家睡觉时，丈夫八点就在六叠间给自己和胜子铺好被褥，挂起蚊帐，不顾胜子还想再跟爸爸玩耍，硬是把她的衣服脱掉，换上睡衣让她躺下，自己也躺下来关掉电灯，就这样睡过去。

我在隔壁四叠半的房间把儿子和小女儿哄睡，然后开始做针线活，一直做到十一点，然后挂起蚊帐，躺在儿女中间，不是睡成“川”字，而是睡成“小”字。

我睡不着。隔壁的丈夫好像也睡不着，叹息声一直传过来，我也忍不住叹了口气，想起了阿赞的哀叹。

老婆怀里有什么

是住着鬼吗

啊啊啊

是住着蛇吗

丈夫起身来到我的房间，我不由得绷紧了身体，却听他说：

“家里有安眠药吗？”

“之前是有，不过我昨晚吃完了。一点儿都不管用。”

“你吃多了反倒不管用，六颗刚好。”

他不高兴地说。

三

天天都是炎热的日子。我因为炎热和担忧，成天吃不下饭，变得形销骨立，连奶水都变少了。丈夫好像也没什么胃口，眼窝深陷，两眼放着光，不时还会发出自嘲的笑声说：

“干脆就这么疯了，反倒轻松一些。”

“我也一样。”

“正直的人不可能痛苦。我最近深有感触。为什么你们如此认真，如此正经呢？堂堂正正活在世上的人和不打算这样的人，莫非从一开始就被区分开了？”

“不，我只是感觉迟钝罢了。只是……”

“只是？”

丈夫好像真正的狂人一样，用怪异的眼神盯着我。我哽住了，顿时觉得说不出口。那具体的描述实在太可怕，我一点儿都说不出口。

“只是，如果你很痛苦，我也会很痛苦。”

“什么啊，真无聊。”

丈夫仿佛松了一口气，微笑着说。

那时，我突然感到了久违的清凉幸福感。（没错，如果能让丈夫的心情放松下来，我的心情也会放松下来。我不管什么道德，只要心情能放松，那就是好的。）

那天深夜，我来到丈夫的蚊帐里。

“没关系，没关系，我什么都没想。”

说着我便倒下来，而丈夫则用沙哑的声音，半开玩笑地说：

“Excuse me!”

他坐起身，盘腿坐在地上，然后又说：

“Don’t mind! Don’t mind!”

夏日的月亮，在那天变得圆满，月光从木窗的缝隙里洒下来，化作丝丝银线，在蚊帐里变成四五道微光，还照在了丈夫瘦削的胸膛上。

“不过，你真的瘦了呀。”

我也笑着，半开玩笑地对他说着，在地上坐直了身子。

“你好像也瘦了啊。就是忧思太多了，才会变成这个样子。”

“不。我不是说了嘛，我什么都没想。没关系，我是个聪明的人。只不过，你也要常常疼我一下啊。”

说着我便笑了起来，而丈夫也笑了起来，露出沐浴在月光里的洁白牙齿。在我小时候祖父母时常吵架，每次奶奶都会对爷爷说，你要疼我一下啊，当时还是孩子的我觉得很好笑，结婚后又把这件事说给了丈夫，两个人大笑过一场。

当时我说了这句话，丈夫还是笑了，只是，他很快就换上了严肃的表情。

“我很疼你啊，不让你吹风不让你淋雨的，可疼你了。你其实是个好人。不要在意那些无聊的事，要有自己的尊严，要镇定自若。我时刻都在想着你。在这一点上，无论你多么夸大，都绝不过分。”

他一本正经地说了这么一番让人扫兴的话，我突然很尴尬，便低着头小声说：

“可是，你变了呀。”

（如果你不在乎我，甚至讨厌我，憎恨我，反倒能让我心情舒畅一些。可你一边如此疼爱我，一边抱紧别人，那样只会把我推入地狱。

男人是不是有种错觉，认为时刻在乎妻子是一种道德观念呢？是不是误以为就算另外有了喜欢的人，也不能忘了自己的妻子，这是好事，是有良心的行为，男人必须时刻如此呢？如此一来，一旦爱上了别人，就在妻子面前忧郁地叹息，烦闷于道德的枷锁，害得妻子也被丈夫的阴沉所感染，开始长吁短叹。要是丈夫能满不在乎地快活，我身为妻子，也就不需要体验那种地狱般的感受了。如果要爱别人，那就请你彻底忘了妻子，全心全意地去爱吧。）

丈夫无力地笑了笑。

“怎么会变，我才不会变。只是这段时间太热了，热得让人受不了。夏天可真是‘Excuse me’啊。”

我无言以对，也就跟着微微一笑，对他说：

“你真讨厌。”

我作势要打丈夫，随后退出了蚊帐，回到自己房间的蚊帐里，睡在儿女中间变成“小”字。

尽管如此，我也为自己能对丈夫撒娇，与丈夫谈笑而感到高兴，心中的疙瘩似乎也解开了不少，那天夜里，少见地没有辗转到天明，很快便昏昏入睡了。

今后我都要像这个样子对丈夫撒撒娇，开开玩笑，糊弄也好，什么都好，就算态度不诚恳了也无所谓。那样的道德我才不要管，我只想过得轻松一些，哪怕只有一小会儿，只有一两个小时，只要我能开心，那样就足够了。我的想法发生了转变，开始调侃丈夫，让家中时常充满了高扬的笑声，就在那样的一天早晨，丈夫突然说想去温泉。

“我头好痛啊，可能被暑气冲撞了。信州那个温泉附近有个熟人，叫我随时过去玩儿，也不用担心吃饭的问题。我想去那里静养两三个礼拜。照这样下去，我怕是要疯了。总而言之，我就是想逃离东京。”

他是不是想逃离那个人，才刻意出去旅行呢？我突然这样想。

“你不在家的时候，要是来了持枪的强盗，那可怎么办？”

我笑着（啊，悲伤的人总爱强颜欢笑）说道。

“那你就对强盗说，我家丈夫是个疯子。就算是持枪的强盗，也打不过疯子。”

我没有反对他出行的理由，便去衣橱里找丈夫外出穿的麻布夏装，只是翻遍了都找不到。

我心里一凉。

“不见了，这是怎么回事，难道家里进小偷了？”

“卖掉了。”

丈夫挤出比哭还难看的笑容，这样说道。

我心里一惊，但还是假装平静。

“呀，你动作真快。”

“这点我比持枪强盗厉害多了。”

我想，他一定是为了那个女人，需要瞒着我弄一笔钱。

“那你穿什么去？”

“只要一件开襟的衬衫就好了。”

他早上说要走，中午就出发了。我看他恨不得早一刻离开家，不过偏偏在那天，持续炎热的东京罕见地下起了阵雨。丈夫背着背包穿上鞋，坐在玄关的台阶上，皱着眉头，十分烦躁地等雨停，突然咕哝了一句：

“这百日红是一年一开花吗？”

门前的百日红，今年没有开花。

“应该是吧。”

我呆呆地回答。

那就是我与丈夫交换的，最后的夫妻亲密对话。

雨停了，丈夫逃也似的出了门。三天后，报纸上登出了诹访湖殉情的小文章。

然后，我收到了丈夫从诹访旅馆寄来的信。

我跟这个女人赴死，不是因为爱情。我是一名记者。记者总是怂恿别人去革命，去破坏，自己却总是选择逃避，擦去满头的汗水。真是一种奇怪的生物，堪称现代的恶魔。我难以抑制自我厌恶，决心主动攀上革命家的十字架。记者的丑闻。这想必是没有前例的事情。如果我的死，能够让现代的恶魔脸上泛起一丝羞愧和反省的红潮，如此便足够了。

那封信上写满了这种荒唐的文字。男人到死还要讲究什么意义价值，虚张声势，满口谎言吗？

我听丈夫的朋友说，那个女人是丈夫以前工作过的神田那家杂志社的二十八岁女记者。在我疏散到青森的时候，她经常到这个家里来过夜，好像还怀孕了。唉，因为这点儿事情，就要嚷嚷什么革命，然后就此死去，我越发觉得丈夫是个没用的人了。

革命是为了让人们的生活更轻松。我从不相信悲壮的革命家。丈夫为何不跟那个女人公然快乐相爱，同时也深爱我这个妻子，让我也快乐起来呢。地狱一般的恋爱，当事人固然痛苦，还会给别人添麻烦啊!

唯有能够轻易改变心意，才能称为真正的革命。只要能做到这个，就应该没有任何难题了。连对自己妻子的心意都无法改变，革命的十字架可真是可怕。我带着三个孩子，坐在去诹访领取丈夫尸体的火车上，心中没有悲伤和愤怒，反倒因无奈和愚蠢而苦闷不已。

斜阳

一

早晨，母亲在饭厅尝了勺汤，幽幽地“啊”了一声。

“头发？”我想莫非汤里掉进了什么脏东西。

“不是。”母亲若无其事，轻巧地又舀了一汤匙送入口中，转脸眺望厨房窗外盛开的山樱花，随后她侧着脸，再次轻巧地舀了一勺，送入那樱桃小口里去。“轻巧”这个形容词放在母亲身上毫无夸张成分。她用餐的动作与妇女专刊上的说法截然不同。

有一回，弟弟直治一边喝酒一边对我这个做姐姐的说了以下这番话：“有爵位可不等于贵族哦。有的贵族没爵位，却不乏天爵的气质。像我们家这样，徒有爵位，却穷酸得跟贱民没两样，算什么贵族呢。像岩岛（直治的某位伯爵同学）那样的人，难道不比新宿的皮条客更下流吗？前不久，那家伙还穿着什么无尾礼服，跑去参加柳井（这位同样是弟弟的同窗，某子爵的二儿子）哥哥的婚礼，有必要穿无尾礼服出席吗？姑且不提这个，后来致辞，那家伙竟然装模作样地说敬语，简直令人作呕！本乡那边到处都有‘高级寄宿’之类的招牌，可见所谓华族，几乎与高级乞丐无异。真正的贵族怎么会像岩岛那般装腔作势呢！就拿我们家来说，唯有妈妈才是真正的贵族！有些东西与生俱来，别人比不上的。”

例如，喝汤这件小事，我们无非是低下头，对着自己的餐盘，横拿汤匙，将汤送入口中。母亲则不然，她用左手扶着桌边，上身笔挺，仰头不看盘子，用汤匙轻巧地舀起汤，像燕子那样，毫不夸张，轻盈地将汤汁送入口中，汤匙与嘴唇呈直角；同时，她一边漫不经心，左顾右盼，一边运用汤匙，精巧地如同扇动纤小的翅膀，不会滴洒，也不会发出喝汤的声音或器皿碰撞的声响。也许这并不算正规的用餐礼仪，但在我看来，母亲的样子很是优雅，所谓贵族不外如是。事实上，像她这样喝汤反而更香甜，真是不可思议。但我不过是直治口中的高级乞丐，无法像母亲那样轻巧地驾驭汤匙，唯有望着盘子，依所谓正式礼仪用餐，看起来别提有多愚蠢了。

除了喝汤，母亲的用餐方式全然不合规范。肉一上桌，她会用刀叉将肉随意切成小块，放下餐刀，右手用叉子一小块一小块地吃。若是带骨头的鸡肉，我们总会担心不小心发出响声，故而小心翼翼地切肉，母亲则会用手指捏着鸡骨头直接吃。这种不拘小节的吃法，不仅令母亲显得很优雅，甚至可以说是风情万种，不愧是真正的贵族，就是非同凡响。除了带骨鸡肉，午餐时母亲也常常用手将火腿、香肠等送进嘴里。

母亲还曾对我说："你知不知道，饭团怎么做才会好吃？答案是，亲手捏出来。"

我也想仿效母亲，用手抓着吃，说不定味道会更好。但转念一想，像我这种高级乞丐，东施效颦只会让自己更接近真正的乞丐，因此只好作罢。

就连弟弟直治都认为母亲令人望尘莫及，让我模仿母亲更是难上加难，令人绝望。记得有一回在西片町的后院里，初秋的夜晚月色皎洁，我和母亲在池塘边的凉亭里赏月，笑着讨论狐狸和老鼠娶亲的故事。母亲忽然立起身，步入亭子旁的胡枝子丛，她从白色的小花中露出白皙的脸庞笑道："和子，你猜得到吗，妈妈现在在做什么？"

“摘花。”

妈妈轻声笑道：“我在小便呢。”

我惊讶到极点，母亲竟然没蹲下来。同时，我也打从心眼里觉得她是那么惹人怜爱，我怎么学都学不来。

从今天早晨喝汤聊到小便，我扯远了。说起来，最近我看了一本书，书中写到波旁王朝的贵妇人也会若无其事地在宫殿的庭院、走廊角落小便，她们可爱到近乎天真无邪，母亲或许就是最后一个名副其实的贵妇人吧。

言归正传，早晨我问母亲汤里是不是有头发，她回答“不是”。

“是不是有点太咸了？”今天的汤，我用的是美军配给的罐头豌豆，焯水后做成西式汤样。我一直对厨艺很没信心，因此不安地征询母亲的意见。

“汤很好喝。”母亲认真地说。她喝完汤后，用手拿起一个包海苔的饭团吃了起来。

我从小就不爱吃早餐，不到十点钟，肚子一点儿都不会饿。今天，我勉强喝完汤，不想吃饭团，便将饭团放在餐盘里，用筷子夹碎，仿效母亲使筷子与嘴呈直角，慢吞吞地将饭粒送入口中，看起来活像给小鸟投食。

母亲吃完早餐，起身背靠洒满晨光的墙壁，默默望着我出神，“和子还是不喜欢吃早餐吧，早餐可是一天之中最津津有味的一顿饭啊。”

“妈妈觉得好吃吗？”

“那还用说，我可不是病人。”

“我也不是病人啊。”

“唉，你吃得太少了！”母亲笑着摇了摇头。

五年前，我因染上肺病，卧病在床，不过我心里明白，那不过是一时疏忽大意罢了。反倒是母亲最近得的病，才真真叫人担忧。可母亲仍旧担心我的身体。

“啊。”我轻声道。

“怎么了？”这次换母亲发问。

我们四目相对，似乎一切尽在不言中。我笑了出来，母亲也报以微笑。

每当心生愧疚，我都会不由自主地宣之于口。刚才，六年前离婚的情景清晰地浮现在我的脑海里，这才不由得“啊”了一声。看母亲心照不宣的样子，心想难道她也有过类似的我无从知晓的回忆吗？

“妈妈，你是不是想到什么事啦，跟我说说好不好？”

“我早忘啦。”

“我的事？”

“不。”

“直治吗？”

“嗯，”母亲说道，“可能吧。”

弟弟直治大学期间被征召入伍，前往南方的岛屿，此后杳无音信。战争结束后，我们仍然没有他的消息，母亲说过，她已经做好心理准备，可能这辈子再也见不到直治了。而我却始终相信，他早晚有一天会回来的。

“我原本已经不抱希望了，可每当喝到美味的浓汤，总是免不了想起直治，后悔当初没对直治更好些。”

直治升入高中后醉心于文学，生活放荡不羁，不知让母亲操了多少心。尽管如此，母亲却在喝浓汤时不由得想起他，心生哀怨。我将饭粒送入口中，不禁眼眶一热。

“别担心，直治会没事的。像直治那种家伙，可没那么容易死。要死也是那些老实的、漂亮的、善良的先死。直治就是用棒槌打，恐怕都打不死呢。”

母亲笑道：“照你这么说，你岂不是要早死了？”

“啊？为什么？可别小瞧我，活到八十岁准没问题的。”

“哦？依你这么说，我可以活到九十岁咯？”

“那可不。”

恶人长命，美人薄命。母亲很美，可我当然希望她长命百岁。

“妈妈真坏！”我的下唇不禁颤抖起来，眼泪夺眶而出。

说说蛇的事吧。四五天前的下午，附近的孩子们在我家院子的竹篱笆丛里捡到十来颗蛇蛋。

孩子们说那是蝮蛇蛋，我心想若是生出十多条蝮蛇来，那可如何是好，便提议：“把蛇蛋烧了吧。”

孩子们听了欢喜雀跃，跟着我来到竹林一侧，堆起树叶和木柴，生起火来，随后将蛇蛋投入火中。蛇蛋怎么也烧不着，孩子们又添了很多树叶和树枝，加强火势，蛇蛋依旧没有被点燃。

不远处的农家女儿站在竹篱笆丛外，笑问：“你们在做什么？”

“我们在烧蝮蛇蛋。如果孵出蛇来，那就太可怕了。”

“蛋有多大呀？”

“鹌鹑蛋那么大，纯白色的。”

“那应该是普通的蛇蛋，不是蝮蛇蛋。生蛋不容易被点燃。”姑娘笑了笑，转身走了。

三十分钟后，蛇蛋始终没有烧起来。我让孩子们把蛇蛋从火堆中捡出来，埋在梅树下面，我还捡来几块小石头，堆出个小小的墓碑。

“好了，大家一道来拜一拜吧。”

我蹲下身子，双手合十，孩子们依样画葫芦拜了拜。孩子们走后，我独自拾级而上。

母亲站在藤架下的背阴处说：“你们这么做太残忍了。”

“本以为是蝮蛇，后来才知道是普通的蛇蛋，已经好好埋葬了，没事的。”话虽如此，被母亲目睹一切，我的心里不是滋味。

母亲并不迷信，自从父亲十年前在西片町的宅子里去世后，她就特别怕蛇。父亲临终前，母亲看到父亲枕边有一条黑色细绳，谁知拿起来才知道是条蛇。蛇一滑滑到檐廊，消失无踪。当时母亲与和田舅舅四目相对，两人闭口不提，没有惊动父亲。我们几个虽然也在场，对蛇的事却一无所知。

后来，在父亲过世的那个傍晚，我亲眼看见院子池塘边的树上爬满了蛇。我现在二十九岁，十年前的我十九岁，早就不算小孩子了，那段记忆清晰如昨，不会有错。我去院子池塘边剪花枝用于供奉，忽见一条小蛇缠绕在杜鹃枝头。我大吃一惊，正想去另一棵树剪棠棣花，发现那棵树上也有蛇。展眼一看，桂花树、枫树、金雀花树、紫藤、樱花……每棵树上都有蛇。当时的我并不感到害怕，心想或许蛇也在为父亲的去世而悲伤，因此纷纷爬出洞穴遥祭父亲在天之灵。我把院子的树上爬满了蛇的事悄悄告诉母亲，母亲没说什么，若有所思。

当然，受这两段往事的影响，母亲变得很讨厌蛇。与其说是讨厌，不如说畏惧或许更贴切，就是对蛇抱有敬而远之的态度。

母亲目睹烧蛇蛋的一幕，肯定会觉得不吉利。想到这里，我开始感到不安，担心会有什么厄运降临在母亲身上。后来一连两三天，这件事始终萦绕心头，直到今天早晨，我又在母亲面前提到“红颜薄命”之类的话，后来还因为无法自圆其说而落泪。吃完早餐，我一边收拾桌子，一边感到内心深处钻进了一条小蛇，一条让母亲短寿的可怕小蛇。心里七上八下，不是滋味。

后来，我又在院子里看到蛇了。当天由于天气甚好，我做完厨房的琐事，想把藤椅搬到院子去编织衣物。我提着藤椅来到院子，发现假山旁又有一条蛇。真烦人！我二话不说回到檐廊，将藤椅放下，坐下开始编织。下午，我想去庭院一隅的佛堂找藏书，那是一本珍藏在佛堂里间的法国女画家罗兰珊的画集。我走进院子，看见一条蛇正缓缓地爬过草坪，跟早晨的那条一模一样。它看起来如此纤细、优雅，我猜想它一定是条母蛇。只见它无声无息地穿过草坪，来到野玫瑰的阴影里，昂首吐出火红的蛇芯，东张西望一番后垂下头，落寞地缩成一团。它好美啊，我不禁心生羡慕。去佛堂找出画集回来时，我又望了望那条蛇所在的地方，发现它已经不知去向了。

傍晚，我们在中式房间里喝茶，我向庭院眺望，早上那条蛇不动声色地出现在第三级石阶上。

母亲也看到了，“那条蛇该不会……”母亲起身走近我，拉着我的手说道。

我恍然大悟：“你是说，它是那些蛇蛋的妈妈？”

“对啊，对啊。”母亲的声音有点儿哑。

我们牵着手，屏住呼吸默默注视那条蛇的行踪。只见那条蛇匍匐在石阶上，很落寞的样子，接着有气无力地穿过石阶，往燕子花那边去了。

“今天早晨，我看到它在院子里转来转去。”我小声道。

母亲叹了口气，疲惫地坐下来，“是吗？它在找蛇蛋吧，真可怜！”母亲语带伤感。

我无奈地笑了笑。

夕阳洒在母亲的脸上，她的眼眸笼罩着一抹幽蓝的光晕，美丽的脸庞似乎带有愠色，让人不禁想要给她一个拥抱。我猛然发现，母亲的面容与方才那条悲伤的蛇不无相似，钻进我心中的丑陋蝮蛇，会不会在某一刻，将忧伤而美丽的那条母蛇置于死地呢？这个念头从何而来，我无从知晓。

我把手放在母亲纤弱的肩膀上，心中不禁焦灼起来。

日本无条件投降那年的十二月初，我们抛下东京西片町的宅子，搬到位于伊豆的这处中式山庄居住。父亲过世后，我们家的生计统统依靠母亲的亲弟弟——她唯一的血亲和田舅舅。战争结束后，世事变迁，和田舅舅表示无能为力，提议母亲卖掉大宅，遣散女佣，带着我去乡下过自由自在的生活。母亲对金钱一无所知，她听从和田舅舅的主意，委托舅舅办妥一应事务。

十一月底，舅舅来信说："在骏豆铁道沿线，有一处原本属于河田子爵的别墅要出售，宅子建在高处，视野开阔，还附带百坪[①]左右的农地。那一带盛产梅花，冬暖夏凉，你们搬去住一定合适。由于要与对方面谈，明天请务必来银座办公室一趟。"

"妈妈，你准备去吗？"我问。

"嗯，都已经托你舅舅找房子了。"母亲笑道，神色落寞。

次日，母亲由司机松山开车陪同前往银座，中午十二点出门，晚上八点左右才回到家。

"定下来了。"妈妈走进我的房间，把手撑在桌上，整个人就像要垮了似的说道。

"定了什么？"

"全部。"

"可是……"我大吃一惊道，"还没去看过房子不是吗……"

母亲将一只手肘支在桌上，轻抚着额头，叹气道："你和田舅舅说那地方很不错，我也就管不了这么多了。"说完，她抬头笑了笑，脸庞憔悴而美丽。

"好吧。"我不愿质疑母亲对舅舅的信任，附和道，"既然妈妈这么说，我也没意见！"

我们大声笑了起来，心中却感到万分落寞。

之后，每天都有工人来家里帮忙搬家。和田舅舅也亲自上门，嘱

---

① 日本传统计量系统尺贯法的面积单位，主要用于计算房屋、建筑用地的面积。1 坪约合 3.3057 平方米。

咐我们该卖的就卖，并逐一打点安排。我和女佣阿君又是整理衣物，又是将破旧物品堆在院子里烧掉，忙得不可开交。母亲既不帮忙打包袱，也不指挥众人，每天都窝在房间里，很少露面。

“怎么了？不愿意去伊豆吗？”我忍了很久，终于直截了当地询问母亲。

“没有啊。”母亲呆呆地说。

差不多过了十天，一切整理停当。傍晚，我和阿君在院子里点燃废纸和稻草，母亲走出房间来到檐廊，望着我们点燃的火堆不出声。西风吹得紧，烟贴着地面散去。我望向母亲，只见她脸色格外难看，我不禁大声问：“妈妈，你脸色怎么这么差？”

母亲笑道：“我没事。”说完悄无声息地回房间去了。

那天晚上，由于棉被已经打包，阿君睡在二楼西式房间的沙发上，母亲和我向邻居借来一套被褥，两人一起睡在母亲的房间。

母亲说了一番令我颇感惊讶的话，声音格外苍老：“因为有你在，多亏有你在，我才去伊豆的……多亏你在我身边……”

我不禁反问道：“要是我不在呢？”

母亲哭了起来：“那还不如死了算了。你父亲在这座宅子去世，我也想有朝一日在这里……”她泣不成声，越哭越厉害。

迄今为止，母亲从未在我面前示弱，更别提什么痛哭流涕。从父亲去世、我出嫁，到我大着肚子回来、在医院生下死胎、卧病在床，抑或是直治做错事，母亲从未显得如此脆弱。父亲去世后这十年，母亲一如既往地温柔、从容。母亲对我和弟弟宠爱有加，让我们无忧无虑地成长。如今，母亲花光了所有的钱，她为我们，为了我和直治，最终不得不离开这座居住多年的宅子，搬去位于伊豆的小山庄，与女儿相依为命。但凡母亲有私心，对我们百般苛刻，把父亲留下的钱攒着，恐怕她也不至于落到这般田地吧？我不禁感到痛苦，甚至有些欲哭无泪，没钱是多么可怕而悲哀的事啊！残酷的人生也许不外乎如此。当时的我只觉四肢僵硬，仰躺在那里一动不动，活像一块石头。

第二天，母亲仍然脸色铁青，无精打采，似乎想要尽可能在大宅里多留一会儿。和田舅舅亲自登门，说行李都已上路，嘱咐我们出发去伊豆。母亲听后，慢吞吞地穿上大衣，向前来道别的阿君及其他人员点头示意，随后在我与舅舅的陪伴下离开西片町的宅子。

火车上人不多，我们坐了下来。一路上，舅舅心情大好，嘴里哼着曲子。母亲面色铁青，低头不语，就像身子很冷似的。我们在三岛站换乘骏豆线，随后在伊豆长冈站下车，搭乘巴士大约十五分钟，沿平缓的坡道上山，来到一处村庄，村庄外围有一套中式山庄，倒也还算精巧。

“妈妈，比想象中的好呢。”我气喘吁吁地说。

“是啊。”母亲站在山庄大门前，眼里不乏欣喜之色。

“首先，这里空气清新，空气很好的。”舅舅满意地说。

“的确，”母亲笑道，“这里空气真好！”

我们三个相视而笑。

进门一看，行李已经到齐了，把玄关和房间堆得满满当当。

“其次，客厅的视野也很开阔！”舅舅拉着我们去客厅坐下。

下午三点左右，冬日的暖阳和煦地洒在院子里，从草坪走下石阶，池塘旁边种了好几棵梅树，院子下边是一片橘园，橘园外边是通向村庄的道路，道路另一侧是水田，水田连着一片松林，越过松林则是大海。坐在客厅就能望见大海，海平面的高度大概到我的前胸。

“景色很不错呢。”母亲幽幽道。

“也许是空气好，这里的阳光和东京不一样，光线好像透过丝绸洒下来似的。”我雀跃道。

山庄一楼有两个房间，分别有十张榻榻米和六张榻榻米那么大，另外还有一间中式客厅，玄关差不多有三张榻榻米大，浴室亦然，此外还有饭厅、厨房，二楼则是一间摆着西式大床的客房。我暗自思忖，虽然房间不多，但对我和母亲来说足够了，即便直治有一天回来住，也不会觉得特别逼仄。

舅舅前往村庄唯一的旅馆点外卖。随后，我们将饭菜摆在客厅，舅舅打开带来的威士忌，大谈这座山庄的上一任主人——河田子爵去中国旅行时的丑事。舅舅谈笑风生，母亲却只吃了几口而已，天色渐暗，她小声说道："我想去休息了。"

我将被褥的包裹打开，服侍母亲躺下，为保险起见，我还从行李中找出温度计，给母亲量了体温，竟然有三十九摄氏度！

舅舅大惊失色，赶忙去村子里找医生。

"妈妈！"我大喊。

母亲昏昏沉沉的，没有回应。

我紧紧握着母亲纤弱的手，不禁哭了起来。我觉得母亲好可怜，不，我们母女都好可怜！我泪如雨下，怎么也止不住。我甚至想，干脆和母亲一道死了算了。我们什么都不要，我们的人生在离开西片町的那个瞬间，就已经结束了。

大约两个小时后，舅舅带回一位乡村医生。这位医生年纪很大，身穿仙台绫裙裤，脚上套着白布袜。

一番诊断后，医生模棱两可地说道："可能有肺炎的风险，但不必太过担心。"他给母亲打了一针便离开了。

第二天，母亲依旧没有退烧。和田舅舅动身回东京前给了我两千日元，嘱咐说如果母亲住院就打电报通知他。

我打开行李包袱，取出日常必需的炊具，给母亲煮粥。她躺着，只吃了三匙而已。

中午时分，村医再度来访，这回他没穿裙裤，脚上依旧套着白布袜。

"是不是需要住院啊……"我问道。

"没这个必要，今天我再给她打一针药效更强的，应该就退烧了。”他的语气不甚肯定，打完针后就回去了。

或许是强效药起了效果，下午，母亲满脸通红，大汗淋漓。我帮母亲换睡衣，她笑道：“没准是位名医呢。”

体温降到三十七摄氏度，我满心欢喜，跑到村庄唯一的旅馆，向老板娘买了十个鸡蛋，回来煮半熟蛋给母亲吃。母亲一连吃了三个，外加半碗薄粥。

次日，名医套着白布袜再度现身。我对他表示感谢，只见他深深地点点头，似乎一切尽在掌握。他仔细地给母亲做检查，扭头道：“太太的病已经不碍事了，从今往后，想吃什么，想做什么，都随太太高兴便可。”

村医说话文绉绉的，我几乎当场笑出来。将医生送走后，我回到客厅，母亲坐起身子，高兴地自言自语道：“他还真是个名医呢。我的病全好了。”

“妈妈，我帮你把隔扇拉开，外面正下雪呢！”

鹅毛大雪漫天纷飞。我拉开隔扇，与母亲并肩而坐，眺望着伊豆的雪景。

“我的病全好了，”母亲又嘀咕道，“坐在这里，从前的事简直像是一场梦。搬家那会儿，我打从心眼儿里不想来伊豆。我多想在西片町多待几天，哪怕一时半刻也好。在火车上，我感觉心灰了一大半，到这里起初还有些兴奋，天一黑就特别想念东京，心烦意乱，神志不清。这不是普通的病，上帝让我死，又让我死而复生，今天的我已经跟昨天不一样了。”

打那天起，我们母女在这座中式山庄相依为命，日子还算平顺，村里人也特别友善。去年十二月搬过来，经过一月、二月、三月，直到四月的今天，除了一日三餐，我们大多时候都坐在檐廊编织衣物，抑或在中式客厅里阅读、品茗，过着那种几乎与世隔绝的日子。

二月梅花盛开，整个村庄宛如一片梅花海。三月风和日丽，盛开的梅花侥幸免于摧残，一直绽放至三月末。无论清晨、中午还是傍晚，梅花都是那么美不胜收，花香漫溢，不禁令人心驰神往。三月底，傍晚起风时，我在饭厅摆碗筷准备吃晚餐，时不时会有梅花花瓣吹进屋来。四月，我和母亲在檐廊上编织，讨论种庄稼的计划，她说会帮我一起种。写到这里，我不禁想道，正如母亲所说，我们母女俩似乎果真死而复生、脱胎换骨了。只不过，谁又可以真的像耶稣那样复活呢？每当母亲喝汤时，依然会想起直治，不由自主“啊”的一声叫出来。同样地，我心中的旧日伤痕也还没有完全治愈。

啊，我真希望把一切原原本本地如实记录下来。我有时甚至会想，山庄里的平静生活都是虚伪的表象。上帝赐给我们母女俩短暂的平静，而某种不祥的阴影也在悄然降临。母亲看起来很幸福，身子骨却一天比一天弱。与之相对的是，我的心中藏着一条蝮蛇，我无力阻止它茁壮生长。若是这一切仅仅是季节天气的缘故该有多好啊。最近，对于山庄的生活我时常感到烦闷不堪，这也让母亲格外悲哀，身体大为衰弱。

一写到“恋爱”这个词，我就不知从何写起了。

二

蛇蛋事件过后十来天，不吉利的事接二连三，母亲的悲伤日益加深，她的福气也更薄了。

我几乎酿成火灾。从小到大，我连做梦都想不到会发生这么可怕的事。而缺乏小心用火常识的我，或许就是人们口中的“娇小姐”吧！

那天半夜，我起身去厕所，走到玄关的屏风旁，只见浴室那边一片明亮，玻璃窗红彤彤的，还听得到噼里啪啦的声音。我快步打开通往浴室的门，光着脚跑到外面，用于烧洗澡水的大堆木柴燃起熊熊大火。我飞奔到紧邻的一户农家，用尽全力拍打他家的房门："中井大叔！不好了，着火了！"

中井大叔似乎已经睡下。"好，马上来！"

我大声喊道："拜托你了！拜托你快点来！"

中井大叔穿着睡衣冲了出来，我们跑到着火的地方，拿铁桶舀水救火。客厅檐廊那边传来母亲的惊呼声，我放下水桶赶去檐廊："妈妈！别担心，不要紧的，你回房间休息好了！"

我抱住东倒西歪的母亲，把她送回房间。回到火场，我从浴室接水给中井大叔，由他把水泼向柴堆。火势依旧很猛，丝毫没有熄灭的迹象。

"着火了！着火了！山庄着火了！"下面传来叫喊声，四五个村民冲破篱笆跑进来，大家用水桶递水，两三分钟后大火熄灭了。火差一点就烧到浴室屋顶了。

太好了！我正在暗自庆幸，忽然想到了火灾发生的原因，心里不禁咯噔一下，是我从炉灶里撤出烧剩下的木柴，并将它们放在柴火堆边。原本以为木柴已经完全熄灭了，结果却酿成火灾。我的眼泪几乎夺眶而出，只听西山家的儿媳妇在篱笆外边嚷嚷："浴室全烧没了，肯定没熄灶火啦。"

村长藤田、二宫警察、警防团长大内等人纷纷赶到。

藤田村长依旧笑容亲切，问道："吓坏了吧？怎么会着火呢？"

"都是我不好，我以为柴火都熄灭了……"话说了一半，眼泪竟夺眶而出，我低头不语。我甚至担心被警察抓走，沦为阶下囚。当时我赤着脚，身上只穿着睡衣，狼狈不堪的样子也让我倍感羞愧，无地自容。

"好的，你妈妈呢？"藤田村长语气平和。

"我让她在房间休息，她吓坏了……"

"真是万幸，"青年警察二宫安慰道，"还好没烧到房子。"

中井大叔已经回去换了身衣服，“只是柴火堆着火了，不算什么大火。”他气喘吁吁地为我解围。

“行，我知道了。”藤田村长点点头，小声与二宫商量了几句，“那我们先走了，代我向你妈妈问好。”

村长与警防团长大内等先行离开，二宫留下来，走到我跟前悄声道：“好了，今晚的事就不呈报上去了。”

二宫离开后，中井大叔紧张地问我：“二宫怎么说？”

“他说不呈报了。”

聚在篱笆周围的邻人听了这才放下心来，纷纷回家去了。

中井大叔道了声“晚安”后也走了，便剩下我独自一人，茫然地站在柴火堆旁，满眼含泪仰望苍穹，天都快亮了。

我在浴室把手、脚和脸洗干净。我不敢去见母亲，故意磨磨蹭蹭地梳头，随后去厨房摆弄餐具直到天明。

之后，我悄声走到客厅，母亲已经换好衣服，疲惫地歪坐在椅子上。她对我莞尔一笑，脸色格外苍白。

我面无表情，默默地站在椅子后面。不一会儿母亲说：“没什么大不了的，柴火本就是用来烧的啊。”

我感到一阵欣慰，“呵呵”笑了一声。《圣经》里有一句箴言：“一句话说得合宜，就如金苹果在银网子里。”我感谢上帝赐给我这么一位善解人意的母亲。过去的事就让它过去吧，我调整好心情，站在母亲身后隔着玻璃眺望早晨的伊豆海面，母亲平静的呼吸节奏与我的呼吸节奏合拍地紧紧贴在了一起。

简单吃过早餐，我在整理火后的柴堆，村里唯一的旅馆的老板娘阿咲一路小跑着问：“怎么回事？怎么回事？我刚听他们说，昨晚到底怎么回事啊？”她的眼中似乎闪着泪光。

“对不起！”我小声道歉。

“别说这个啦，小姐，警察怎么说？”

“他说不上报。”

“太好了！”她高兴道。

我问阿咲，要怎么向村里的人表示感谢和歉意。阿咲表示：“还是给钱比较好吧。”她还指点我哪几家必定要去打招呼。“不过，要是小姐不愿意一个人去，我可以陪你。”

“我自己去是不是比较好？”

“你可以吗？你自己去打招呼当然最好。”

“那我自己去。”

阿咲帮我收拾了一番。之后，我向母亲要了些钱，用美浓纸包着百元纸币，并在纸包上写好“聊表歉意”字样。

我先去村公所，藤田村长不在，我把纸包交给前台的女生：“昨晚的事，我很抱歉。今后我会加倍小心，请替我向村长问好。”

接着，我去警防团长大内家拜访，大内团长亲自出来见我，脸上露出微笑，不发一语。不知道为什么，我突然鼻子一酸：“昨晚的事，我很……”我匆忙告辞，泪水不自觉地流下来，脸上的妆都哭花了。我只好回家洗脸，重新化妆。

在玄关穿鞋时，母亲出来说道：“还有几家吗？”

“嗯，还有好几家要去。”我垂头道。

“辛苦你了。”母亲体贴地说。

借着母亲给我的力量，这次我没哭，走完了所有该去的人家。

区长当时不在家，他的儿媳妇出来应门，看到我她双眼噙满了泪水。警察二宫见了我则连称“万幸”。大家都很亲切，附近几户人家也都表达了同情和安慰。

唯有西山家的儿媳妇，一位四十来岁的中年妇女，毫不留情地责备我：“以后你们可得小心一点啊，听说你们家是贵族对吧，怪不得过日子像小孩扮家家酒似的，也不知道你们一天天这日子是怎么过的，到现在才发生火灾，也真是稀罕事了。麻烦你们留神小心，昨晚的火，要是风大一点，整个村子都被你们烧光啦！”

正是这位西山家的儿媳妇，在中井大叔、村长和二宫袒护我时，大声在篱笆外嚷嚷，指出我没有熄灭灶火引发的火灾。她没说错，因此我丝毫不恨她。虽然母亲半开玩笑地安慰我“柴火本来就是拿来烧的”，但借着风势，整个村庄或许都会遭到牵连。到那个时候，我简直死不足惜，不仅会连累母亲，更会玷污父亲的一世清名。纵然现在我们已经不算贵族或华族，但不是也要死得光彩吗？怎么能为引发火灾负罪而死呢？这让我如何瞑目呢？总之，今后我必须加倍小心才行。

隔天，我开始全力以赴做农活。中井大叔的女儿时常过来帮我。自从因火灾大出洋相后，我体内的血液仿佛变成了红黑色。那条恶毒的蝮蛇住在我的心里，如今连血液都变色了，我越发变得像个粗野的乡下丫头。与母亲在檐廊编织只会令我深感烦闷，做农活反而使我心神舒畅。

这就是所谓的体力劳动。我并非第一次参与体力劳动，战争时期，我曾被召去当打夯女工。如今脚上的这双胶底布袜就是当时军方发的。我从来没有穿过这种胶底布袜，穿起来很舒服，走在院子里，几乎能够感受到飞禽走兽的那份轻盈，心里别提有多兴奋了。战争带给我的愉快回忆仅此而已，如此想来，战争真是一点意义都没有。

去年，什么事都没发生。
前年，什么事都没发生。
大前年，也什么事都没发生。

战争结束后，某报纸登出这么一首有趣的诗，现在回想起来，果然如此。好像发生了很多事，又似乎什么都没发生过。我不愿谈论、听到有关战争的回忆，太多人在战争中丧生，但回忆那些事总是显得毫无意义。也许是我太过自以为是，我不认为被征召、穿着胶底布袜充当打夯女工有多可怜，这段经历让我的身体更为健康。至今我还抱着一个念头，要是生活过不下去了，我可以继续当打夯女工，挣钱过日子。

战局日渐焦灼时，有一个穿军服的男人来到西片町的大宅，递了一张征召通知单和一份劳动日程表给我。日程表上写着，从次日起，我必须隔天前往位于立川的深山干活。我当场落泪，啜泣道："可不可以找人替我？"

"这是军方的征召，非去不可的。"男人口气强硬。

我只好下定决心亲自前往。

那是个雨天，我们在立川的山麓列队，首先由军官对我们训话。"战争一定会胜利，"他说道，"大家如果不遵守军方的命令，就会妨碍作战，导致冲绳那种后果。希望你们务必完成各自分配的任务。另外可能会有间谍混进这座山，你们彼此之间要多加小心，千万不可以把阵地的情况传出去。"

山麓烟雨蒙蒙，当时有近五百名男女队员在雨中听他训话，其中不乏国民学校的男女学生，他们都哭丧着脸，冷得瑟瑟发抖。雨水透过雨衣渗进来，我内里穿的衣服很快就浸湿了。

那天我挑了一整天的土，坐列车回家时，我泪流不止。隔一天再去，我被分派了拽绳子打夯的活儿，这活儿最有趣。

去过两三次后，我发现国民学校的男生们总是盯着我看。有一回我正在挑土，两三个男生经过时窃窃私语："她是间谍吧？"

我大吃一惊。"他们为什么说我是间谍呢？"我立刻问与我并肩挑土的年轻女孩。

"因为你看上去像外国人啊。"女孩认真地说。

"你也觉得我是间谍吗？"

"没有啊。"她笑道。

“我是日本人啊。”话音刚落，我觉得自己别提有多愚蠢了，不禁兀自笑出声来。

某个晴朗的日子，我跟男人们一起搬木材，监视我们的年轻军官指了指我，皱眉道：“喂！你，就是你，跟我来一下。”

他快步走向松林，我的心怦怦乱跳，害怕地跟在他身后。我们走到森林深处堆着木材的地方，军官在木板堆前转过身，露出洁白的牙齿笑道：“每天干活一定很累吧，今天你来负责看守木材好了。”

“我站这里吗？”

“这里很凉快，也很安静，你可以在木板上睡午觉。如果无聊就看看这个好了，也许你已经看过了。”说着，他从上衣口袋取出一本文库本，讪讪地扔在木板上。

封面印着书名《三驾马车》。

我拿起书说道：“谢谢。我家也有人喜欢看书，不过现在去南洋了。”

他似乎产生了误会，“噢，是吗？是你先生吧？南洋挺危险的，”他摇摇头，“今天你就在这里看木头好了，回头我把盒饭给你送来，好好休息休息吧。”说完便匆匆走开了。

我坐在木材堆上看书，读到一半，耳边传来那位军官的皮鞋声。“我给你拿盒饭来了，是不是很无聊啊？”他把盒饭放在地上，又赶忙折返回去。

吃完盒饭，我爬到木材堆上躺着看书，书看完了，还迷迷糊糊地睡着了。

待我醒来，时间已经到了三点多。我忽然觉得那位年轻军官似曾相识，却怎么都想不起来他是谁。我爬下木材堆，将头发整理好，耳边再次传来皮鞋声。

“今天辛苦了，你可以回去了。”

我跑向他，递回那本书，想道谢却说不出话，只是默默望着他出神。当我们四目相对，我的眼里涌起泪水，他也眼眶泛泪的样子。

我们就这样默默地分别了，年轻军官没有再出现，而那天也是我唯一没干活的日子。后来我一如往常，隔天去立川的深山从事体力劳动。母亲很担心我会吃不消，但我的身体反而日渐强壮。现在的我，不但拥有了做打夯女工谋生的自信，也丝毫不以做农活为苦。

我不想谈论、听到关于战争的事，但还是忍不住谈到那段“宝贵的经验”。可是，我的战争回忆仅此而已，其他的就如那首诗所写的：

> 去年，什么事都没发生。
> 前年，什么事都没发生。
> 大前年，也什么事都没发生。

我觉得这是一场噩梦，愚蠢而荒唐，战争留给我的，只有这双胶底布袜而已。

虽说这些话无聊又跑题，但穿着这场战争唯一的纪念品，这双胶底布袜能在做农活时帮助我排遣内心深处的不安与焦躁。而母亲这些天来，显然越来越衰弱了。

蛇蛋。

火灾。

经过这些，母亲越来越像病人，与之相对的是，我逐渐成了个粗野的女人。也不知道为什么，我感觉自己一点点将母亲的生命力吸走了。

火灾那晚，母亲半开玩笑地说“柴火本来就是拿来烧的”，此后，母亲绝口不提这事，反而想方设法安慰我。可是我明白，母亲承受的心理打击肯定大我十倍。后来，母亲半夜里时常呜呜咽咽，夜里刮风，她还会翻身起床，假装上厕所四处巡视。她的脸色显得非常灰暗，有时候连走路都颤颤巍巍的。她曾说想帮我干农活，我劝不住她，只得由她拿大水桶从水井打了五六桶水送到田里，第二天她肩膀酸到连喘气都费劲，整整躺了一天。那次之后，母亲不再提帮忙做农活的事，即便偶尔到地里，也只是盯着我看罢了。

“听说喜欢夏天开的花，就会死在夏天，这是真的吗？”母亲今天又来看我做农活，突然冒出这么一句话。

当时我在给茄子浇水，心想，对哦，已经初夏了。

“我喜欢合欢花，可惜院子里一棵都没有。”母亲轻声道。

“不是有很多夹竹桃吗？”我冷冷地说道。

“我不喜欢夹竹桃。夏天开的花我几乎都喜欢，但夹竹桃太艳了。”

“我喜欢蔷薇花。蔷薇一年四季都开花，这么说来喜欢蔷薇的人春天要死、夏天要死、秋天要死、冬天要死，一年要死四次了吧？”

我们忍不住笑了起来。

“要不要休息一下？”母亲笑道，“今天有点事想跟你商量。”

“什么事？死不死的免谈哦。”

我跟着母亲来到藤架下面，两个人并肩坐在长凳上。紫藤花已经谢了，下午的阳光透过树叶洒下来，我们的腿被树叶染成了绿色。

“我早就想对你说了，直到今天才找到机会，我是希望在大家心情都轻松的时候说。这世道，能有什么好消息呢？今天可以跟你说了，也希望你耐着性子听我把话说完。我想告诉你一件事，直治还活着。”

我的身体一下子僵硬起来。

“五六天前，你和田舅舅来信说，他们公司以前的一个同事从南洋回来，最近去拜访舅舅，后来还说碰巧跟直治编在一队，直治平安无事，即将退伍回国。可是，听那个人说，不幸的是，直治染上了鸦片烟……”

“他又吸上了！”我歪嘴道，仿佛吃到什么苦味的东西。直治高中时模仿某个小说家吸大麻，还欠药店一笔巨款，母亲用了两年时间才全部还清。

“嗯，他那老毛病又犯了。不过，那人说戒毒后军队才会放人，因此他一定会戒掉烟瘾后回来。你舅舅信里还说，即便直治戒掉烟瘾，像他那种不安分的人出去找工作，怎能让人放心。这年头，东京乱成这样，正常人去了都会神经兮兮的，何况是刚戒毒的。万一他受不了刺激，天知道会干出什么事来。你舅舅建议，直治回来后，最好立刻搬到伊豆山庄，哪儿都不让他去，先静养一段时间再说，此其一。嗯……和子，你舅舅还交代了另一件事，他说我们已经一点钱都没有了，又是什么存款冻结，又是什么财产税，他没办法像从前那样每个月寄钱给我们，以后如果直治回来，他更没办法养活我们三个。他提出两个建议，要么为你找个婆家，把你嫁出去；要么给你找户人家，给人家做帮工。”

“给人家做帮工？要我去当女佣吗？”

“没有，你舅舅说的是驹场家……”那是某个贵族姓氏，“你舅舅说，那家贵族和我们有血缘关系，你去他们家帮忙，兼做他家小姐的家庭教师，你也可以解解闷。”

“难道没有其他工作吗？”

“你舅舅说，其他的工作恐怕你更干不了。”

“为什么？为什么我干不了？”

母亲笑着不发一语。

“我不想去！”我明白自己不该这么说，可话到嘴边怎么收得住，“我宁愿穿这双胶底布袜，这种胶底布袜……”眼泪唰地流下来，我抬起头，用手背擦拭泪水，面对着母亲，一面想着不应该这么说，一面滔滔不绝起来，“妈妈以前不是说过吗？因为我在，有我的陪伴，所以才愿意来伊豆。不是吗？妈妈不是还说，如果没有我就会死吗？既然如此，我哪里都不去，我要陪在妈妈身边，穿着这双胶底布袜，种出好吃的蔬菜给妈妈吃……可是啊，妈妈一听到直治要回来，忽然嫌我碍事，竟然要我去给别人当帮佣，这实在太过分了！太过分了！”

我也知道话说得太绝情，但我根本没法控制它们脱口而出。

“如果家里变穷了，没钱了，把我们的衣服变卖掉不就行了吗？把这里卖掉不就行了吗？我做什么都行，我可以去乡公所当职员，如果他们不要我，我还可以去做女工干粗活。穷没关系，只要妈妈疼我，我一辈子都陪着你，可是妈妈你明显更疼直治，要不我走，我这就离开这个家。反正，我一直跟直治合不来，三个人何必彼此折磨。一直以来，我们两个相依为命，我没有什么好遗憾的，今后你跟直治一起过，让他好好孝顺孝顺你。我受够了，这样的日子我受够了！我走！今天就走！马上走！我总算还有地方可以去！”

我站起身来。

“和子！”母亲厉声叫住我，她猛地站起身子，用前所未见的严肃表情盯着我，看上去比我的个子都高。

我想跟她道歉，嘴里吐出的却是截然不同的话语：“你骗我……妈妈你骗了我！你一直在利用我，等待直治回家。我是你的女佣，现在我没用了，这才打发我去贵族家帮忙……”我立在原地，放声大哭起来。

“真是个傻孩子。”母亲压低嗓子，声音颤抖着。

我抬起头，更多蠢话连珠炮似的冲口而出：“是啊，我就是傻，傻瓜才会被骗啊，傻瓜才会惹人嫌啊！我还是消失好了，难道不是吗？我不明白穷是怎么一回事，也不懂钱是怎么一回事，我只相信爱，相信妈妈对我的爱，我是靠着爱才活到今天的啊！”

母亲背过脸去，默默流泪。

我想跟她道歉，想紧紧地拥抱她，可顾虑到我的手在田里干活而弄脏了，只能冷冷地言不由衷："你无非是嫌弃我，我走好了，我总算还有地方可以去。"

说完，我快步跑进浴室，边哭边把手、脚和脸洗了一遍，随后我回到房间换衣服，不禁再次放声痛哭。我想痛痛快快地大哭一场，于是跑到二楼的西式房间，整个人扑倒在床上，并用毯子蒙住头号啕大哭，直到筋疲力尽为止。后来，我有些神志模糊，脑海中开始思念某个人，这份思念越来越强烈，我很想见他，听他的声音。这份思念甚至让我的脚底灼热难当。

黄昏时分，母亲悄然走进房间，"啪"的一声打开电灯，走到床边。

"和子。"母亲的声音如此温柔。

"嗯！"我坐起身，双手拢起纷乱的发丝，望着她哧哧地笑了起来。

母亲微微一笑，将身体深埋在窗下的沙发里："有生以来，我头一回没听你和田舅舅的安排……刚才我给你舅舅写信了，我跟他说了，我的孩子们，我自己会照顾。和子，我们把衣服卖掉吧！把我们的华服一套一套地卖出去，想买什么就买什么。我不想让你去干农活，花钱买贵的蔬菜回来吃就好了。每天在地里做农活，真是太难为你了。"

实际上，我早就对每天做农活感到力不从心，像刚才那样崩溃大闹，或许也因为田间劳作的劳累吧，所以才会忽然看什么都不顺眼，乱发脾气。

我坐在床上，垂着脑袋不吭声。

"和子。"

"嗯！"

"你说你有地方可以去，你要去哪儿？"

我感到自己的脸一直红到耳根。

"是细田先生那儿吗？"

我不说话。

母亲长叹一口气："我可以说说以前的事吗？"

"嗯。"我小声道。

"你离开山木，回到西片町的宅子，妈妈并没有责怪你一句，我只是说'你让妈妈失望了'，你还记得吗？后来你哭了……我觉得谈不上什么'失望'……"

当时我听母亲这么说，心中感慨万端。

"妈妈所谓的'失望'，不是指你离开山木，而是因为山木说你跟细田走到一起了。当时我气得脸色都变了，我能不生气吗？细田先生早就有家室了，不是吗？无论你多么爱慕他，你们是不会有结果的……"

"他说我们走到一起了？乱讲！那只是他胡乱猜测罢了。"

"是吗？你没有挂念那位细田先生吗？你刚才说有地方可去，又是哪里呢？"

"反正不是细田那儿。"

"哦？是哪里？"

"妈妈，我最近一直在想，人与其他动物的差别究竟是什么？语言、智慧、思维、社会秩序……人与动物之间都有一定程度的差别，但谁又能说动物完全跟人不一样呢？说不定它们还有信仰呢！人总是以'万物之灵长'自居，但实际上，人和其他动物根本没有本质差别。妈妈，说到底只有一样不同，你明白吗？其他动物绝对没有，只有人才有，那就是所谓的'秘密'啊，你说呢？"

母亲笑道："唉，要是你的秘密能结出什么好果子，我就谢天谢地了！我每天早上都在为你的幸福祈祷，希望你爸爸在天之灵能保佑你。"

我的脑海中浮现出昔日的幸福景象，父亲开车带我去那须野游玩，途中我们还下车眺望原野的秋日景色，胡枝子、瞿麦、龙胆、黄花龙芽等秋季花草漫山遍野，还有青绿的野葡萄。

后来，我和父亲乘汽艇游览了琵琶湖，我跳入湖中，在水藻间游弋的小鱼亲吻着我的腿，这些毫无关联的画面不断在脑海中闪现。

我从床上滑下来，伏在母亲的膝盖上，说出了心中真正的想法："妈妈，刚才是我不好！"

现在回想起来，那段日子是我们母女二人最后的幸福时光，此后，直治从南洋归来，真正的地狱生活刚刚拉开帷幕。

三

无论怎样努力，无论怎样调适，我已经无法找到活下去的力量。这就是所谓的不安吧，痛苦的海浪一阵阵涌上心头，白色的云朵匆匆掠过雨后的天空，我的心时而紧缩，时而放松。我脉搏停滞，呼吸减弱，视野蒙眬，全身乏力，生命力从我的指尖抽离，无法继续编织衣物了。

近期阴雨绵绵，我也整天闷闷不乐的。我把藤椅搬到客厅外的檐廊，想把春天开始编织、后来一度搁置的毛衣织完。我试着用淡雅的牡丹色毛线搭配蓝紫色毛线，织出一件毛衣。浅牡丹色毛线有二十年的历史，小学时母亲用它给我织了条围巾。围巾的一头连着一顶兜帽，戴起来照镜子一看活像个小妖怪，颜色也跟别的同学全然不同，因此我很不乐意戴。有个来自关西有钱人家的同学，故作老成地称赞"这条围巾不错嘛"，打那以后我越发羞愧，一直将围巾束之高阁。今年春天，本着废物利用的想法，我准备把围巾拆了，另织一件毛衣穿，但由于不喜欢那半吊子的颜色，织了一段便收起来了。今天无所事事，偶然间把它拿出来，有一搭没一搭地织起来，淡牡丹色毛线与灰蒙蒙的阴雨天融为一体，构成了很难用语言形容的柔和色彩。我这才意识到，衣服要和天空的颜色相互协调，协调的色彩是多么美丽而高雅啊！时至今日我才明白这个道理，这令我惊讶不已，同时有些怅然若失。灰色的天空，淡牡丹色的毛线，把这两种颜色搭配起来，居然会如此相得益彰，真是不可思议！手中的毛线此刻格外温暖，灰暗的天色也如天鹅绒般温暖可亲。我不禁想到莫奈的名画《雾中的教堂》，多亏这团毛线，我才领悟到法文“Goût”（审美）的真谛。

母亲显然明白下雪的冬日天空与淡牡丹色搭配多么美，因此特意挑选了这团毛线，而我却愚蠢地嫌恶它。母亲并没有勉强我接受，反而由着我的性子。二十年来，她对围巾的事不置一词，默默守护着我，等待终有一天我会明白这背后的意义。我知道她是一位好母亲，可我和直治没能让她放宽心，反而让她为我们费尽心力，她的身体渐渐衰弱，说不定很快就会离我们而去。想到这里，恐惧和担忧立刻涌上心头，我越是盘算未来，得到的越是可怕的预感，我的内心被不安填满，根本无力活下去，生命力迅速从指尖抽离。我把棒针放在腿上，重重地叹了口气，仰起脸，闭上眼睛不禁呼唤道：“妈妈！”

母亲正靠在客厅角落的书桌旁阅读，诧异地问：“怎么了？”

我仓皇失措，大声说：“蔷薇开花了。妈妈！你看见了吗？我刚看到，蔷薇终于开花了。”

客厅檐廊边种着蔷薇，是和田舅舅从法国或英国带回来的。具体哪个国家我记不清了，反正一定很远。两三个月前，舅舅把它移植到这座山庄的庭院里。今早，我注意到有一株蔷薇终于开花了，此刻为了掩饰尴尬，我煞有介事地把这件事告诉妈妈。这株深紫色的蔷薇，看上去亭亭玉立，高傲而坚韧。

“我看到啦，”母亲道，“你好像特别当回事似的。”

“有吗？是不是我太小心眼了……”

“没有啦，你这孩子总是这样。你总是喜欢把勒纳尔的画贴在厨房的火柴盒上，或是给娃娃做手帕，对吧？听你提起蔷薇花的口气，简直像是在说一个活生生的人。”

“因为我没有生过孩子啊。”我脱口而出。我意识到这句话有些不妥，低下头继续织毛衣。

“你已经二十九岁了。”

我分明听到一个男人的声音，那低沉的嗓音就像电话中那样令人心醉，不觉满脸潮热。

母亲不发一语，继续看书。她最近戴上纱布口罩，也出于这个缘故，她似乎不爱说话了。直治吩咐她戴的口罩。大约十天前，他从南洋岛屿回国，脸蛋晒得黝黑。

那是个夏日的傍晚，没有任何预兆，直治穿过栅栏门，走进山庄的庭院。

“哎呀，好丑！这房子一点品位都没有！索性挂个‘来来轩’‘烧卖有售’的招牌得了。”久别重逢，直治对我张口说道。

两三天前，母亲因舌苔疼痛卧病在床。舌头看起来好好的，她却说一动就生疼，三餐也只喝些薄粥。我问她要不要看医生，她摇摇头苦笑道：“会被人笑话的。”

我帮她涂了复方碘溶液，却不见起效，因此不免焦躁起来。

就在这个当口，直治回来了。

直治坐在母亲枕边，点头说了声“我回来了”。随后他立起身子，四处参观这栋逼仄的小房子。

我跟在他后头：“你觉得呢？妈妈变了吗？”

“变了！变了！她憔悴了，不如早点死了的好。在这个世界上，根本容不下妈妈这样的人。可怜啊，我是没眼看。”

“那我呢？”

“你变低贱了。你这样子，就好像要服侍两三个男人似的。家里有酒吗？今晚要喝个痛快。”

我去村里唯一的旅馆找老板娘阿咲，告诉她弟弟回来了，想买一些酒。阿咲说事不凑巧，酒卖光了。我回家告诉直治，他的表情像陌生人似的：“哼，是你不会说话好不好！”他问了我旅馆的地点，蹬上木屐跑了出去，我等了很久始终不见他回来。我做了直治爱吃的烤苹果，还用鸡蛋做了菜，又把饭厅的灯泡换了更亮的。过了很久，阿咲突然探头进来，瞪着眼睛低声说：“喂，还能让他继续喝吗？他在我那儿喝烧酒呢。”

“烧酒？你说的是甲醇酒精？”

“不，不是甲醇。”

“喝了会生病吗？”

“不会，但是……”

“那就随他去吧。”

阿咲顿了顿，转身回去了。

我告诉母亲，直治在阿咲那儿喝酒。母亲听了，咧嘴笑道：“哦？鸦片不晓得戒掉了没？你去吃饭吧。今晚咱们都在这个房间睡，直治的被褥摆在中间好了。”

我有点想哭。

夜深人静，直治迈着沉重的步子回来了。我们挤在母亲的房间里，睡在一顶蚊帐之下。

“你把南洋的事，讲来听听，好不好？”我躺着说。

“没什么好说的，我都忘光了。我只记得，回到日本坐火车，从窗口望出去，碧绿的水田美极了。说完啦，把电灯关掉好不好，这么亮怎么睡啊。”

我关上电灯，夏天的月光倾泻下来，洒满蚊帐。

第二天早上，直治趴在床上，一边抽烟，一边眺望远处的海面，“你舌头很痛？”他说话的语气仿佛刚刚察觉到母亲身体微恙似的。

母亲笑而不语。

“这病多半是心理作用。晚上张着嘴睡觉的吧？太不雅了，戴上口罩睡吧。用纱布泡一点利凡诺，把它放在口罩里就行了。”

我忍不住笑了出来：“这叫什么疗法？”

“美学疗法。”

“妈妈很讨厌戴口罩啊。”

不仅是口罩，母亲向来不喜欢在脸上戴眼罩、眼镜之类的东西。

“妈妈，你肯戴口罩吗？”我问。

“好啊。”母亲答道。

我不禁感到错愕，似乎只要直治开口，她都深信不疑，任由直治摆布。

早餐后，我按照直治的吩咐，将纱布泡在利凡诺里，随后把纱布贴在口罩背面，拿给母亲。她躺在床上默默接过，把口罩的两端挂在耳朵上，活像个听话的小女孩，我忽然悲从中来。

下午，直治说要去东京拜访朋友和文学前辈们，他换上西装，向母亲要了两千日元，动身前往东京。十多天过去了，直治杳无音信，母亲则每天都戴着口罩，等着他回来。

“利凡诺药水很有用呢，一戴这个口罩，舌头就不痛了。”母亲笑道。

我总疑心她在撒谎。她说不疼，可她下了床，却依旧毫无食欲，话也少了，这令我非常担心。此时直治正在东京做什么呢？估计与小说家上原他们在一起，游荡在东京各处，不可避免地卷入疯狂旋涡。我越想越难受，用蔷薇开花的事掩饰内心的混乱，更脱口而出“因为没有生过孩子”这种莫名其妙的话，简直拿自己没辙。

想到这里，我感叹一声站起来，却不知该去哪里，只得晃晃悠悠地上楼，来到二楼的西式房间。

如今，这里是直治的房间。四五天前，我和母亲商量，拜托中井大叔帮忙，把直治的欧式衣橱、书柜、塞满藏书和笔记的五六个木箱等物品搬上楼。衣橱、书柜眼下只是虚摆着，等直治从东京回来，再让他自己安排位置。此刻整个房间杂乱无章，几乎找不到下脚之地。我从脚边的木箱里随手抽出一本直治的笔记，只见封面上写着“夕颜日志”几个字。

笔记本里写满了下面这些痛苦不堪的语句，似乎是直治染上毒瘾时留下的文字。

全身灼热。痛苦万分，又不能喊出只言片语。自古以来不曾有过。史无前例。深不见底。这地狱的气息。

思想？假的。主义？假的。秩序？假的。诚实？真理？纯粹？都是假的！牛岛紫藤号称树龄千年，熊野紫藤号称数百年，其花穗也名副其实，前者最长九尺，后者五尺余，我独爱其花穗而已。

彼亦为人子。生存于此世。

所谓“思想”，归根到底是对“思想”的爱，不是对人们的爱。

在金钱与女人面前，思想羞愧难当，无地自容。

浮士德博士勇敢地证明，处女的微笑比历史、哲学、教育、宗教、法律、政治、经济、社会等任何学问都要高贵。

学问是虚荣的别名，是人成为非人的努力。

我愿意向歌德发誓，我能写出无可挑剔的东西来。完美的结构、适度的幽默、赚取读者热泪的悲哀，令人肃然起敬、正襟危坐的完美小说……如果将这种文字念出声来，难道不是电影剧本吗？这种文章太丢脸了，让我怎么写得出来。所谓的优秀作品都是装模作样，根本不需要正襟危坐，越好的作品越不应该做作。我写小说，是为了博君一笑，有时候甚至故意留下败笔，读者高兴的样子别提有多好玩了。

以文学的名义，我吹着玩具喇叭在此宣告：“日本天字第一号傻瓜在此，你们比我好多了，你们好好活！”我为他们祝福，这究竟又是为什么？

朋友扬扬自得地表示感慨："这就是那家伙的坏毛病，他完全不知道自己被别人爱着，太可惜了。"

这世上存在完全没问题的人吗？

无聊至极。

我想要钱。

否则，

请让我在睡梦中死去！

欠了药店一千日元。今天悄悄带当铺掌柜回家，让他跑到我的房间，我说："你看房间里有什么值钱的东西，我急需用钱。"掌柜看都不看，说："得了吧！又不是你的东西。"我说："好吧，那你拿我用自己的零花钱买的东西好了。"后来，我找出一堆破烂，却没有一样可以典当。

首先，一只手臂的石膏。它是维纳斯的右手，这只好似天竺牡丹般的手，雪白而孤独地摆在桌上。不过，只需仔细观察，不难发现那是维纳斯全裸的身姿被男人们发现，害羞得满面通红、浑身红热、腰肢扭动，她那令人窒息的裸体通过这只没有指纹、掌纹的纤细手臂展现出来，令我们也不禁感到心痛不已。然而，这只不实用的破烂手臂，掌柜估价五十分。

随后还有巴黎近郊的大地图，直径大约一尺的赛璐珞陀螺，字迹比线还要细的特制笔尖……这些东西对我来讲都是宝贝。掌柜笑道："先走一步。""等一下！"我赶紧拦住他。最后，掌柜扛走成捆的书籍，换来五日元。我书架上的书几乎都是不值钱的文库本，多半购自旧书店，当不了几个钱。

千元债务待还，筹到寥寥五日元。在此尘世，我的能力大抵如此。让人笑不出来。

颓废？可我又能如何活下去。比起那些用“颓废”责备我的人，反倒是那些用“去死吧”诅咒我的人更可爱。这样更简单明了。可没几个人会对你说“去死吧”，多的是些自私自利、居心叵测的伪君子。

正义？所谓阶级斗争的本质并不在这里。人道？开什么玩笑。我明白，不就是为了自己的幸福，打倒对方、杀死对方吗？不就是诅咒对方“去死吧”吗？不然，又是什么呢？别再自欺欺人啦！

在我们的阶级中，一个像样的人都没有。都是些白痴、幽灵、守财奴、疯狗、吹牛大王、假斯文、不知人间疾苦的人。

他们不配得到那句“去死吧”。

战争！日本的战争自掘坟墓。

我可不愿意卷入自掘坟墓的战争，为战争陪葬，不如索性独自死去的好。

人说谎的时候总是一本正经。瞧瞧现在那些领导者，看到他们认真的样子，一目了然。呸！

我想和那些不愿受人尊敬的人为伍。

可是，那样的好人们不愿与我结交。

我装早熟，人人说我成熟。我装懒汉，人人说我懒惰。我装不会写小说，人们说我不会写小说。我装成骗子，人们说我是骗子。我摆阔，人们说我有钱。我显得冷淡，人人说我冷漠。当我痛苦万分、悲伤呻吟，人人说我无病呻吟。

隔阂永远存在。

说到底，除了自杀，还有什么办法呢？

我如此痛苦，唯有自杀这条路可走。想到这里，我不由得放声大哭。

某个春天的清晨，朝阳洒在盛开着两三朵梅花的枝头，一位海德堡的年轻学生默默悬在枝头，自缢身亡。

“妈妈，狠狠骂我吧！”

“骂你什么？”

“骂我是胆小鬼！”

“哦？胆小鬼！……够了吧？”

母亲的慈爱无可比拟。想到她，我泪流不止。即便是为了向她表示歉意，我也应该去死。

原谅我吧！再原谅我一次吧！

雏鹤真可怜，

生来看不见，

一年一年长，

长大更可怜。(元旦试作)

自尊？什么是自尊？

一个人，或者说，一个男人，如果不坚信“我比别人优秀”“我也有优点”等，就无法活下去吗？

讨厌别人，也被别人讨厌。

比谁聪明。

严肃＝呆滞感

说到底，人生在世，就要跟虚伪谎言同行。

一封借钱的信。

请回信！

请给我回信吧！

而且，希望会是个好消息。

我设想下万般屈辱，独自呻吟。

我不是在演戏。绝对不是。

拜托了。

我快要羞愧而死了。

这绝不是在夸大其词。

我每天都在等待回信，无论白天还是黑夜，我浑身颤抖。

请不要让希望落空。

墙壁传来窃笑，深夜，我在床上辗转难眠。

请不要让我蒙羞。

姐姐啊！

读到这里，我合上《夕颜日志》，放回木箱。我走到窗边，俯瞰雨中的院子，在白茫茫的景色中回想起昔日的往事。

那是六年前的事，直治的毒瘾导致了我的离婚。或者不该这么说，我迟早会离婚，即便直治不曾沾染毒瘾，我们也会因为别的理由离婚，这几乎是我出生以来就注定了的命运。直治无力偿还借债，常常向我要钱。彼时我刚嫁到山木家，无法随意支配金钱，悄悄动用婆家的金钱，接济娘家不争气的弟弟，说出去也不好听。我与陪嫁关婆婆商量后，决定变卖手链、项链和裙子等物。弟弟来信向我求助，信上说：“我现在很痛苦，也很羞愧，没脸见姐姐，也不敢给你打电话。钱就让关婆婆送到京桥某町某丁目萱野公寓的小说家上原二郎先生家，你应该也听说过他吧。虽然很多人说他品行有亏，但他并不是那种人，请放心把钱送去给他。上原先生会打电话通知我，请务必让他帮忙转交。这次的事我不想让妈妈知道，我会抓紧时间，努力戒毒。收到姐姐的钱以后，我会还清药局的赊账，随后搬去盐原的别墅，直到康复后再回来。我保证！药局的钱还清以后，我绝对不再沾染毒品。我向上帝发誓，请姐姐一定要相信我，千万别告诉妈妈，让关婆婆把钱送到萱野公寓的上原先生家。求你了！”看了他的信，我按照他的要求，由关婆婆悄悄送钱到上原家。他每封信上再怎么信誓旦旦，最后都无法兑现，他非但没去盐原的别墅，毒瘾还愈演愈烈，要钱的信件也一封比一封急切，痛苦的语调近乎哀号，数度文情并茂地发誓“一定会把瘾戒掉”。

“上原先生看起来怎么样？”

“个子不高，脸色难看，很冷漠的样子，”关婆婆道，“不过，他很少在家，一般只见得到他太太，还有一个六七岁的小女孩。他太太长得不太漂亮，看上去却温文尔雅，很有教养。把钱交给她很放心。”

那时的我跟现在简直无从比较，我是那样一个懵懵懂懂、没心机的女人。即使如此，弟弟接二连三向我要钱，数额还越来越大，我不免心存怀疑。某日看完能乐表演，我让司机把车从银座开回去，独自走到位于京桥的萱野公寓。

上原先生给我留下非常奇特的第一印象。他独自坐在屋里看报，身穿条纹夹衣，外头罩着件藏青色短外褂，看上去既像老人，又像年轻人，仿佛是一头从未见过的奇兽。

“我老婆……带着小孩……他们去……领配给品了……”他语带鼻音，断断续续地说道。他似乎以为我是他太太的朋友，在我表明身份后，他笑了一声说，“出去走走好不好？”

我不禁打了个寒战。

他披上外套，从木屐箱里取出一双新木屐，快步走出檐廊。

外面已是初冬的傍晚，寒风凛冽，感觉像是从隅田川吹来的河风。上原迎着风，右肩微微耸着，不发一语地往筑地走去，我则快步跟在他身后。

我们走进东京剧场后面的大楼，那是一家开在地下室的酒家，四五桌客人围坐在大约二十张榻榻米大小的狭长房间里，静静地把酒言欢。

上原用玻璃杯喝酒，还另外拿了个玻璃杯给我倒酒。我喝了两杯，毫无醉意。

上原先生喝喝酒，抽抽烟，不发一语。这是我人生头一次来这种地方，我尽量保持平静，心情也还不错。

“要是改成喝酒就好了。”

“什么？”

“我是说你弟弟，他要是能把毒品改成酒精就好了。我以前也染过毒瘾，那东西太可怕了。当然，酒精也不是什么好东西，但社会的态度相对宽松得多。要不把你弟弟变成酒鬼吧，你觉得怎么样？”

“我遇到过一个酒鬼。新年出门，司机的朋友坐在副驾驶位置上，脸涨得通红，鼾声大作。我吓得大叫起来，司机说他喝醉了，拿他没办法，后来他把朋友从车上拖下去，扛着他离开了。那个酒鬼全身瘫软，好像没有骨头一样，嘴里念念有词。第一次看到酒鬼，真有趣。”

“我也是个酒鬼。”

“是吗？你一点也不像。”

“你也是酒鬼。”

“怎么可能，我知道什么是酒鬼，我怎么可能那样呢。”

上原先生笑道：“那么，恐怕你弟弟也很难变成酒鬼吧，希望我们能让他爱上喝酒。走吧！太晚了，你该回家了吧？”

“没关系。”

“嗯……其实，是我不能再喝了，我可不想破产。服务员，算账！”

“这酒很贵吗？我身上有些钱。”

“哦？那你……替我结账？”

“不知道够不够。”我看了看钱包，告诉上原带了多少钱。

“你有这么多钱，还能再去两三家酒家呢！你该不是故意捉弄我吧？”上原皱眉笑道。

“再去哪里喝酒？”我问道。

他一本正经地摇摇头：“不了，喝够了。我帮你叫出租车回家吧。”

我们踩着地下室昏暗的楼梯，上原走在前面，他突然停下脚步，回过身吻了我。我接受了他的亲吻，紧闭着嘴唇。

尽管我不爱上原，但那一刻，我的心中形成了一个“秘密”。上原跑上楼梯，我的心情异常爽快，一走到外面，河风扑面而来，舒服极了。

上原帮我拦了辆出租车，我们就此告别。

我坐在出租车里，随着车身的晃动，人世间忽然变得如海洋般无边无际。

“我另有喜欢的人。”有一天被丈夫念叨几句，心情烦闷的我，口中居然蹦出这么一句话。

“我早就知道了，是细田吧？到现在你还对他不死心？”

我不发一语。

每当我们夫妻闹别扭，他总会旧事重提。我想，我们的关系很难继续维持下去，这就好比如果做裙子的布料尺寸剪裁错了，布料已然无法修补，只能扔掉，重新剪裁新的布料。

“你肚子里的孩子，该不会也是……”某个夜晚，丈夫说出这种话，我气得瑟瑟发抖。如今想来，我和丈夫那时都太年轻，我不懂什么是爱情，更不懂爱为何物。我痴迷于细田先生的绘画作品，并向周围人声称，如果可以成为细田太太，生活会是多么美好，不能成为细田太太，生活又会是多么毫无意义。大家对我的话信以为真，就这样，我在不懂爱情、不懂爱为何物的情况下，宣称我喜欢细田，放任周围人产生误解，最后令事情愈加复杂，以至于丈夫开始质疑我的清白，怀疑腹中的孩子究竟是谁的。我们没有直接提起离婚这个话题，但夫妻关系每况愈下，我成了罪魁祸首。后来，我和陪嫁关婆婆回到娘家，我生下死胎，卧病在床后，从此与山木再无瓜葛。

直治似乎认为，我的离婚他应该负一部分责任。他哭嚷着“我要去死”之类的话，闹得不可开交。我问他到底欠了多少钱，他嘴里吐出了一个天文数字。事后我才弄清楚，弟弟依旧没说实话，他真正的欠款是那个天文数字的三倍。

“我见过上原，他是个好人。以后你不妨跟上原一起出去喝酒吧，酒这东西，也花不了多少钱。喝酒的钱，我随时可以给你，欠的债别太担心，总会有办法的。”

弟弟听我这么说，当天晚上就问我要了钱，立刻去找上原。

中毒是一种精神疾病。我称赞上原，通过弟弟借来上原的作品。“他很了不起！”我对上原大加赞赏，弟弟却说“你懂什么呀”。渐渐地，我开始喜欢上了上原的小说，此后上原成了我们闲聊的话题。弟弟几乎每晚都跑去上原家，他的注意力转移到了酒精上，一如上原计划的那样。我和母亲暗地商量如何还清欠债，母亲捂着脸，不知如何是好：“想破头也没用，也不知道要还多少年，只好一点点来了。”

从那以后，一晃过去六年。

夕颜。弟弟应该也很痛苦吧。他一定感到前途渺茫，不知该做些什么，每天唯有借酒消愁。

若是铁了心当个彻头彻尾的坏人呢？那样一来，弟弟会不会反而比较轻松呢。

“这世上存在完全没问题的人吗？”他在笔记本里写下这么一句话。按照他的说法，我有问题，舅舅也有问题，就连母亲，似乎也是越看越有问题！试问哪个好人，会没有问题呢？

四

写不写这封信，我犹豫了很久。今天早上，我忽然想起耶稣说过“驯良如鸽，灵巧似蛇”之类的话，居然大受鼓舞，决心给您写信。我是直治的姐姐，您还记得吗？如果您忘了我，请好好想一想。

直治最近想必又给您添了不少麻烦，我万分抱歉（但我也明白，直治的事本该由他自己负责，轮不到我替他道歉）。我写这封信给您，并非为了直治，而是为我自己。直治说，您京桥的公寓毁于战火，随后搬到了现在的住处，我本想登门拜访，无奈家母身体欠佳，实在脱不开身，这才写信向您求助。

如果以《女大学》[1]的角度来看，我所说的话或许非常自私、下流，甚至恶劣到犯罪的程度，但如果我们家继续这样下去，恐怕支撑不了多久。您是我弟弟直治在这个世界上最尊敬的人，我愿意把自己的想法和盘托出，还请您为我指点迷津。

对目前的生活，我已经无法忍受了。这不是喜不喜欢的问题，我们一家三口已经无法继续这样生活下去。

昨天，我一度痛苦得急火攻心，呼吸困难，不知该怎么办才好。下午，村里一户农家的女儿冒雨扛来一袋米，我把事先说好的衣服给了她。我请她在饭厅喝茶，她直截了当地问："你像这样变卖东西过活，以后怎么办呢？"

"半年、一年应该还成，"我回答她，并用右手托着半边脸，"我好困，困得不得了。"

"你太累了吧？会不会是神经衰弱，天天睡不醒？"

"有可能。"

我当时就快哭出来了，心中突然浮现出"现实主义"和"浪漫主义"这两个词。我的生活有什么"现实"可言呢？一想到这样的生活还能维持多久，我几乎感到冰冷彻骨。母亲是半个病人，时常卧床不起，弟弟您也了解，患有严重的心理疾病，他在家为

---

① 记载女子修身、齐家心得的书，在江户时代被用来指导女子的行为规范，作者不详。

了喝酒经常往附近的旅馆跑，每隔三天问我们要钱去东京走动，那些钱都是拿我们的衣服换来的。而真正让我痛苦的，其实是我已经清晰地意识到，自己的生命就像一片芭蕉叶，它不会掉落到地面，而是长在树上直至腐烂，这太可怕了！我没办法接受这一切。因此，就算我会违背《女大学》，我也要想尽办法从眼下的生活中逃离。

我需要您的帮助。

我准备向母亲和弟弟摊牌。我会告诉他们，我很久以前爱上了一个人，有朝一日我会以情人的身份跟他生活在一起。您应该也认识他，他名字的首字母是M·C。每当我心里不痛快，就会想去找M·C，我对他的思念已经无以复加。

M·C和您一样，是有妻子和孩子的人，大概还在与比我更年轻漂亮的女友结交。尽管如此，我除了去找M·C，已经无路可走了。我与M·C的太太素未谋面，听说她非常温柔善良。与他的太太相比，我简直是个可怕的女人。但是，我现在所过的日子实在太可怕，我不得不出此下策。母亲、弟弟等所有人都不会赞成我的做法吧？您怎么看？我除了暗自盘算、伺机行动外别无选择。想到这里，我不禁泪流满面。这是我头一次做出这样的决定，要怎么样才能突破重围，获得大家的祝福呢？我对这个问题绞尽脑汁，就像做复杂的因式分解题一样，有时发现解开难题的一条线索，心情就会顿时明亮起来。

可是，另一位当事人M·C对我又是什么态度呢？我再次沮丧起来。这大概就是所谓的一厢情愿吧……我不知道应该如何形容自己，“自动送上门”“女追男”之类的吧。假如M·C亲口表示不愿接受我，那我也就死心了。拜托您，替我询问他的态度。六年前的某一天，一道淡淡的彩虹出现在我的心里，谈不上“爱”，也不算是“情”，随着日子一天天过去，彩虹越发鲜艳，不曾消失。

雨后的彩虹,很快就会从天空中消失,心中的彩虹却永远都在那里。请您帮我打听打听,他对我究竟是什么态度。是否像雨后彩虹那样,早已消失了呢?

假如是这样,我会擦掉心中那道彩虹。在那么做之前,我也必须结束自己的生命才行。

期盼您的回信。

上原二郎先生(我的契诃夫,My Chekhov,M·C)。

我最近有些发胖。与其说变得更有动物性,不如说更有生命气息了。今年夏天,我只读了一本劳伦斯的小说。

没有收到您的回信,只好再次提笔写信。上次的信中,我狡猾得像一条蛇,所有的计谋想必您已经统统识破了吧!没错,那封信我字斟句酌了好久,您一定认为,我写信给您的目的,是希望您施以援手,给我经济上的帮助吧。我不想否认这一点,但假如要为自己找个男人来依靠,抱歉,我不是非要选您不可。有不少有钱的老先生对我很有兴趣。最近,有人上门提亲,很有意思。那位先生您或许也听说过,他六十多岁,单身,听说是艺术院院士什么的,总之属于大师级的人物,他为了向我求亲登门拜访。当年,他同样居住在西片町附近,战争期间见过几次面。某个秋日的傍晚,我和母亲坐车路过他家,见他独自站在大门旁发呆。母亲穿过车窗向他点头致意,没想到他那黑黑的面庞竟然红得宛如枫叶。

“他对你有意思?”我兴奋地说,“他肯定喜欢你。”

母亲面不改色:“不,他是位大人物。”尊重艺术家,这似乎是我们家的家风。

据说这位艺术家若干年前丧偶,他通过和田舅舅的朋友,某位唱谣曲的贵族票友,向母亲提亲。

母亲问我 ："你直接把心里的想法告诉那位先生吧。"

我根本不愿意考虑，立刻写了封信告诉他，表示还不准备结婚。

"我可以拒绝他吧？"

"当然……我也觉得不合适。"

那阵子，听说艺术家正在轻井泽的别墅那儿，我把信寄到别墅后，谁知第二天，信还没到，那位先生就突然造访，说是他去伊豆温泉办事，顺道来看望我们。艺术家总是会做出孩子气的事来，无论年纪多大。

母亲身体不适，我在中式客厅接待他，给他沏了杯茶。我说："那封表示拒绝的信应该寄到您轻井泽别墅去了。我已经考虑好了。"

"是吗？"他擦了擦汗道，"请你再好好考虑考虑，怎么说呢，精神上我或许无法带给你幸福，物质上你大可以放心。"

"我也许不懂什么才是真正的幸福，请允许我言语冒失，契诃夫在给妻子的信中写道 ：'为我生个孩子吧！生一个我们的孩子。'尼采似乎也在随笔中写过 ：'想让她为自己生孩子的女人。'我想有个孩子。幸福，对我来说太过遥远，物质也不是不重要，对我来说，只要能让孩子茁壮成长就够了。"

艺术家怪笑道："你很特别，想到什么就说什么。和你在一起，说不定能够带给我很多全新的艺术灵感。"

他的说法有些做作，一点都不符合他的年龄。要是真如他所说，我的存在能够令大艺术家焕发青春，也算功德一件，问题是，我全然无法想象自己与他发生那档子事儿。"就算我对您毫无感情，您也可以接受吗？"

艺术家认真地说 ："女人嘛，本来就不用想那么多。"

"可是，像我这样的女人，没有爱情又怎么会结婚呢？我可是成年人，明年就三十岁了。"说到这里，我不禁想要捂住嘴巴大笑一场。

三十岁！我突然想到以前读过的一篇法国小说，书中写道：女人在二十九岁以前还散发着少女的气息，可是三十岁女人的身上，已经找不到一丝少女的气息了。我望向窗外，想着现在的自己。海面波光粼粼，像玻璃碎片般刺眼。阅读那本小说时，我虽然觉得很有道理，但依旧缺乏切身体会。我怀念那段日子，当时的我天真地相信，三十岁之前是女人最好的时光。如今，手链、项链、裙子、和服腰带等逐渐离我而去，少女气息也日渐稀薄。贫穷的中年女人……啊！我不要。但是不是，中年女人也会有属于中年女人的生活呢。记得英国女教师在回国前曾对十九岁的我说："千万不要谈恋爱。谈恋爱会让你遭遇不幸。如果非要谈恋爱，等长大以后再说，最好三十岁以后再考虑。"当时的我完全不明所以，无法想象三十岁会是什么模样。

"听说你们要卖掉这座大宅？"艺术家不怀好意地问。

我不禁笑道："不好意思，我忽然想到了《樱桃园》，您是想说，您会买下这里吗？"

艺术家敏感地察觉到这句话的言外之意，紧闭双唇。

之前，的确有位贵族想以五十万新日元的价格买下这座大宅，但后来没了下文，艺术家恐怕听到了什么传闻。他似乎受不了我把他比作《樱桃园》里的罗巴辛，脸色阴沉下来，又跟我敷衍了几句就告辞了。

我请求您的帮助，不是要您充当罗巴辛，这一点请您放心。我只是希望您能够接受一个中年女人的"投奔"。

六年前，我们初次相见。那时我对您一无所知，只知道您是我弟弟的师长，并且风评不佳。后来，我们一起喝了啤酒，您又对我开了个小小的玩笑，您还记得吗？那件事我并未往心里去，只是莫名地感到畅快。我对您没有什么感觉，也谈不上是喜欢或是讨厌。后来，为了跟弟弟拉近关系，我让他向您借书，您的作品读起来时而有趣、时而乏味，并不算很吸引我。六年来，不知不觉之间，您像一阵雾侵入了我的内心。那天夜晚，在地下室的楼梯上，我们之间的事再度鲜明地浮现出来，这段关系在我的生命中扮演了重要的角色，对您的思念是否就是所谓的爱情呢？一想到这里，我总是手足无措，独自落泪。您和其他男人截然不同。我不是《海鸥》中的妮娜，对作家抱有迷恋，我并不崇拜小说家。如果您认为我只是一个文学少女，我真是百口莫辩了。其实，我只是想为您生个孩子。

如果能早点相遇，您还没结婚，我也没有嫁给山木，我们遇到彼此，共结连理，或许现在我就不会如此痛苦。现在，我已经不指望能够与您结婚了，我绝对不会做出鸠占鹊巢那样卑劣的事，即便给您当妾室（这个词我实在说不出口，但所谓的情妇，跟大众口中的妾并无差别，这里就容我直言不讳吧），我也不在乎。妾室通常都活得很辛苦，我听说妾室一旦没有利用价值就会被抛弃，一到六十岁，任何男人都会回到原配身边，千万不能给人当妾，西片町大宅子里的老管家和奶妈都这么说。也许，妾室的遭遇并不会发生在我们身上。我想，您最重视的应该是您的事业吧，您若是爱我，我们甜蜜相伴，对您的事业也会是一种助益吧，您的太太也会表示谅解的吧。我的说法看似是在为自己辩解开脱，但我不觉得这么想有什么错。

一切听凭您的决定。您是喜欢我，还是讨厌我，抑或对我毫无感觉？我一面害怕听到回答，一面想要问个清楚明白。上一封信中，我自称是“送上门的情妇”，这次我又说自己是“主动的中年女人”，可假如得不到您的回信，我连自己送上门都做不到，我唯有孤独而茫然地为情所苦，日渐消瘦。得不到您的首肯，我什么都做不了。

我突然想到，您的小说常常发生一些激烈的爱情冒险，读者恐怕会认为您是放荡不羁的人，但其实您是循规蹈矩的人吧。我不明白如何生活才算循规蹈矩，只要能做自己喜欢的事就够了。我想为您生个孩子，除了您，我不想为任何人生孩子。我请求您，如果您能理解我的心情，请给我回信，把您的想法明明白白地告诉我。

雨停了，风又开始吹。下午三点，我要去领配发的一级酒（一公升），我把两个空朗姆酒瓶放进袋子，并把这封信收在口袋里，再过十分钟就要出发去村庄里领酒了。这些酒我不给弟弟，我自己喝，每晚一杯。用玻璃杯喝就行了吧？

您想不想来山庄看望我？

M·C先生

今天又下雨了，迷迷蒙蒙的。我每天窝在家里，等待着您的回信，直到今天，我仍然一无所获。您在考虑什么呢？我提到那位艺术家，让您不高兴了吗？莫非您认为我提到这件事是为了让您嫉妒？后来那件事就不了了之了，刚才我还和母亲开玩笑呢。母亲最近舌头疼，直治建议采取美学疗法，似乎很有效果，她的精神也明显好了不少。

刚才，我站在檐廊眺望被风吹得四处乱转的迷蒙雨滴，心里挂念着您。

“牛奶热好了，快来喝吧！”母亲在饭厅叫我，“天冷了，我把牛奶煮开了。”

我和母亲在餐厅喝热乎乎的牛奶，不经意间谈起那位艺术家。

“那位先生跟我完全不配吧？”

母亲不动声色：“是不怎么配。”

“我的脾气这么任性，我不讨厌那位艺术家，听说他也非常富有，和他结婚应该是个不错的选择。但我就是不乐意。”

母亲笑道："你真是的，既然不喜欢他，为什么又跟他聊那么久，真不明白你是怎么想的。"

"哦？但很有意思啊，我还后悔没跟他多聊一会儿呢！是不是太过分了？"

"也不至于，你只是脸皮厚，你是拉得下脸。"母亲今天的精神很不错，看了眼我昨天刚盘的头发道，"还是头发少的人盘高髻好看，你这么盘有点夸张，活像一顶小金冠，不太适合你。"

"妈妈你怎么这么说，以前你说我脖子又白又美，不要把脖子遮住的啊？"

"这些话你倒记得。"

"任何夸奖我都会记一辈子。这些话让人开心愉悦。"

"那位艺术家是不是也夸奖你了？"

"是啊，所以我才厚着脸皮跟他聊天，他说我能给他艺术灵感。唉！真受不了，我不讨厌他，但那种装腔作势的模样，我完全接受不了。"

"直治的老师，这个人怎么样？"

我冷不丁吓了一跳："不知道，但毕竟是直治的老师，听说也是出名的浪子呢。"

"出名的浪子？"母亲轻声笑道，"有意思，有名气应该就表示比较安全吧，挺好的。就像给猫咪系上铃铛，要是没有铃铛，是不是没那么可爱了呢？"

"是吗？"

我感到非常愉快，身体化作一股青烟往上飘。您知道吗，我为什么如此高兴？如果您不明白，我可饶不了您。

您不打算来山庄一游吗？我不想让直治请您过来，那太反常了，您不妨趁着酒兴，假装偶尔路过，或是主动要求直治带您过来。最好您独自前来，趁直治去东京的那几天，要是直治在家，他一定会带您去阿咲那儿彻夜喝酒吧。我们家世世代代都喜欢艺术家。曾经有一位名叫光琳的画家，长期住在我们京都的宅子里，为我们家的拉门画上精美的画。母亲一定会欢迎您来玩，您可以住在二楼的西式房间。请别忘了关灯。我会端着小蜡烛，爬上漆黑的楼梯去找您，可以吗？会不会太快了？

我爱有问题的浪子，出名的浪子自然不在话下。我希望自己有朝一日也能成为出名的浪子，目前的我，剩下的唯有这份指望而已。您是日本天字第一号浪子，不是吗？弟弟说，最近又有许多人抨击您，说您是卑鄙、下流的人，我反而更爱您了。我想，您一定不乏热烈的追求者，但从今往后，您一定会只把我放在心里。我不知道这份自信从何而来，如果我能够陪伴在您身边，您的事业一定也会蒸蒸日上吧。从小到大，很多人都称赞我"能使人忘掉辛劳"，从来没有人讨厌我，大家都说我是个好孩子，您也绝对不可能讨厌我的。

我只希望能见您一面。现在，我已经不再需要您的回信，我只想见您。我真希望能去东京登门造访，这是最简单的方法，但我的母亲身体欠佳，我身兼护士与女佣的角色，无法出远门。拜托您无论如何来一趟好吗？我想见您一面，只要见了面，您就会一清二楚的。我嘴角的皱纹，这些哀怨的皱纹，它们比任何言语都更有说服力，我是多么想念您啊。

第一封信中，我曾说自己心里有一道彩虹，那道彩虹不如萤火虫或星光那样美丽而高洁。如果我的思念足够淡然遥远，我就不至于如此痛苦，我会慢慢地忘了您。然而，我心中的彩虹实际上是一座熊熊燃烧的桥，代表火焰般炽热的爱情。吸毒者对毒品的渴望都不及我此时此刻所受的煎熬。我认为自己并没有做错什么，我不是那种不正经的女人，但偶尔还是免不了怀疑自己，是不是犯了天底下最愚蠢的错误，这让我近乎崩溃，甚至疑心自己可能已经精神错乱了。尽管如此，我依然冷静地筹划着一切，请您来山庄一趟，任何时候，我哪儿都不去，我会一直等着您。请您相信我！

当我们再次相逢，如果您不喜欢我，到时请直截了当地告诉我。我心中的那团火是您点燃的，也只有您能够浇灭，我单方面的努力已经无济于事了。见一次就好，只需要见一次面就好，这就是对我最大的帮助了。《万叶集》或《源氏物语》的时代，我的请求根本不足为奇，我希望成为您的爱妾，做您孩子的母亲。

要是有人嘲笑我以上的信，就等于是在嘲笑女人为活下去所做的努力，嘲笑女人的生命。我已经无法忍受海港浑浊的空气，纵然外面风雨飘摇，我也决心扬帆远航。闲置的船帆总是肮脏的，嘲笑我的人不外如是，他们通常一事无成。

女人可不好惹！在整件事中，最痛苦的人是我。旁观者站着说话不腰疼，他们难看的船帆耷拉着，还勇于对别人指手画脚，真荒唐！没有人能将他的想法强加到我身上，我本来就是个没有思想的人，也不会以思想或哲学作为行事的准则。

在我看来，社会上那些广受赞美、尊敬的人大多都是骗子或伪君子。对这个社会，我没有一丝一毫的信任，出了名的浪子才是我的同路人，我愿意被人称为出名的浪子，即便被钉在十字架上，我也心甘情愿。就算遭到所有人的非难，我也会反唇相讥："你们虽然不出名，但你们同样有问题，而且更危险！"

您能够理解我吗？

爱情没有理由。我的说辞听起来有些诡辩的味道，我似乎是被弟弟的口吻影响了。我等待您的到来，希望能再见您一面，仅此而已。

等待！人生由喜怒哀乐等感情组成，这些感情仅仅占据人生的百分之一，其余的百分之九十九都是等待，不是吗？我焦急地等待着您，倾听从檐廊传来的代表幸福的脚步声，却一再落空，人生是多么悲哀啊！如果早知如此，也许没有人会愿意来这人世间受苦吧。日复一日，夜复一夜，漫长的等待让我心神俱疲。何时才能对托身尘世感到庆幸呢？何时才能快乐地面对生命、人们以及这个世界呢？

束缚着我们的道德，究竟挣脱得了吗？

M·C（其实这并不是 My Chekhov 的首字母，我爱的不是作家。My Child。）

五

今年夏天，我给某个男人一连写了三封信，全都如石沉大海。但除了这么做，我想不到别的办法，在那三封信里，我将心中炙热的情感一股脑儿地和盘托出。我冒着巨大的风险寄出信件，就像从悬崖一跃而下，纵身跳入汹涌的海浪。可是不管我怎么等，始终等不到任何回音。我拐弯抹角地向弟弟直治打听消息，据说那个男人一如既往，每晚寻欢作乐，创作一些不道德的作品，备受舆论界的抨击。他鼓动直治做出版人，直治似乎也很有兴趣，还找了其他两三位小说家当顾问，甚至扬言已经有人愿意提供资金云云。在弟弟直治口中，我所爱的那个男人跟我一丁点儿联系都没有，这让我万分羞耻，无地自容。这个世界是如此陌生，就像某种奇妙的生物。在这个偌大的世界上，似乎唯独我遗世独立，身居黄昏的狂野，叫天天不应、叫地地不灵，简直太凄凉了。这就是所谓的失恋吗？在荒野中饥寒交迫的我，欲哭无泪，锁骨上下颤动，喘不过气来。

我不能继续等了，无论如何，我要去东京见上原先生一面。既然已经扬帆起航，驶出海港，我又怎么能够停下来呢？正当我暗自准备动身去东京时，母亲的病情突然恶化了。

某个夜晚，母亲不停咳嗽，我给她量体温，三十九摄氏度。

“大概是今天太冷，明天应该就好了。”母亲一边咳嗽，一边轻声说。

我认为这不是普通的咳嗽，打算第二天去村里请医生帮母亲看病。

第二天早晨，母亲的体温降到三十七摄氏度，咳嗽也消停了。我依然去村里找医生，把母亲身体如何衰弱，昨晚如何发烧，如何咳嗽等情况一五一十地告诉医生，拜托他上门诊断。

“好，我这就去。这是别人送的。”医生从客厅一角的壁橱里拿出三个梨给我。

下午，跟上回一样，他穿着白底碎纹布薄外褂登门问诊，看了好一会儿后说：“别担心，按时吃药就好了。”

我微笑着问：“要不要打针？”

他煞有介事道：“没必要，只是感冒，静养即可，很快会好转的。”

然而，一星期后，母亲仍旧高烧不退，她不再咳嗽，但体温早上大约三十七点七摄氏度，晚上会升到三十九摄氏度。医生上门后的第二天起便不再出诊，据说他腹泻，我对他的护士说母亲状况不佳，请她替我转告。医生却只说“普通感冒，不必担心”，等等，我只领到一些药水和药粉。

直治依然去东京走动，十多天没有回来。我独自面对这一切，既孤单又害怕。我写了张明信片，把母亲的病情通告了和田舅舅。

母亲发烧的第十天，村医生的肠胃终于好了，他再次上门看诊。医生仔细检查了母亲的胸口，“我知道了，我知道了，”他突然叫起来，扭头对我说，“我知道发烧的原因了！左肺有浸润现象，但不用担心，的确会持续发烧，静养一段时间就可以。”

真的吗？我有点怀疑，但如同溺水者总想抓住救命稻草，村医的话多少让我放下心来。

医生回去后，我对母亲说："太好了！妈妈，只是肺部有点浸润，大部分的人都会得这个病，只要保持心情愉快，很快就好了。都是今年夏天反常的气候害的。我不喜欢夏天，也不喜欢夏天的花。"

母亲闭着眼睛说："有人说，喜欢夏天的花，就会在夏天死去。我本来以为今年夏天就要死了，没想到直治回来了，我这才撑到秋天。"

我感到悲伤，不争气的直治是母亲活下去的精神支柱。

"夏天总算过去了，最危险的季节已经过去了。妈妈，院里的胡枝子开花了，还有黄花龙芽、地榆、桔梗、黄背草和狗尾草，整个院子秋意很浓。到了十月，您一定退烧的。"

我为母亲祈祷。九月太过闷热，秋老虎早点过去就好了。只要菊花盛开、风和日丽，母亲就会退烧、恢复健康。我也终于可以去东京找他了，我的计划也许能够开出大大的花朵，结出大大的果实。希望十月早点到来，母亲早日退烧。

寄出明信片一周后，在和田舅舅的安排下，曾经担任御医的三宅老医生，带着护士从东京赶来，亲自为母亲看诊。

这位医生与父亲也有交往，母亲见他登门，格外高兴。老医生性格不拘小节，说话直来直去，这一点也深得母亲欢心。他们两个甚至全然忘了看诊一事，聊得不亦乐乎。我在厨房做了个布丁，端进房间时已经诊查完毕了，老医生将听诊器搭在肩上，坐在房间外廊的藤椅上。

"我也常去那种大排档，站着点一碗乌冬面，好不好吃无所谓的。"他说着些无关痛痒的话。

母亲神色平和，望着天花板，看起来并无大碍。

我松了一口气，"妈妈怎么样？村医说左胸有浸润之类的。"我连忙询问三宅先生。

老医生轻声说："没什么要紧的。"

"太好了！妈妈！"我开心地高声叫道，"医生说不要紧！"

三宅医生突然起身，快步往客厅走去，似乎有话要对我说。我轻轻跟在他身后。

只见他来到客厅，在挂卷轴的地方停下脚步说："我听到了一些杂音。"

"是浸润吗？"

"不是。"

"支气管炎？"我含泪问道。

"不是。"

肺结核！我极力避免这个词。肺炎、浸润或支气管炎，我肯定能够靠自己的力量让母亲好起来，肺结核可就一点指望都没有了。刹那间，我脚下的土地开始土崩瓦解。

"声音很不对劲吗？"我焦急地哭了起来。

"左右两边都有声音。"

"但她精神挺好的啊，还说饭很好吃啊……"

"我没办法救她。"

"不会的！您是骗我的，对吗？给她多吃一些奶油、鸡蛋和牛奶，应该就会好起来的吧？只要让身体有抵抗力，是不是就会退烧了呢？"

"嗯，尽量让她多吃一些，什么都好。"

"是吧？我说得没错吧？妈妈每天要吃四五个番茄呢。"

"番茄多吃是好的。"

"妈妈会好的吧？治得好吧？"

"总之，这次她的病可能会致命，你最好做好心理准备。"

这是我第一次体会到，这个世界上，有很多事是无能为力的。那是一面"绝望之墙"。

“两年？三年？”我全身颤抖。

“不知道。我已经尽力了。”

三宅医生预先在伊豆的长冈温泉旅馆订了房间，他带着护士离开。我送他们到门外，随后回到房间，坐在母亲枕边，勉强露出笑容。

“医生怎么说？”母亲问。

“只要退烧就没事了。”

“胸口呢？”

“没什么。这回跟上次差不多，天气变凉以后，很快就会好起来的。”

我宁愿相信这个谎言，绝症之类的字眼太过沉重。母亲与我相依为命，如果她去世了，我的肉体也将随着她消失。这让我如何面对呢？从现在起，我决定忘掉一切，努力为母亲做美味可口的菜肴。鱼肉、汤、罐头、肝脏、肉汁、番茄、蛋、牛奶、白米饭、年糕……要是有高汤、豆腐就更好了，我还能做豆腐味噌汤呢。我要把所有东西都卖掉，买好吃的、做好吃的给母亲。

我起身去客厅，把客厅的躺椅搬到檐廊，在可以看见母亲的地方坐下。我望着母亲，她躺在床上休息，丝毫不像病人，双眸美丽清澈，脸色红润。每天早晨，母亲按时起床，上厕所，在浴室自己梳头，打扮妥当后回到房间，坐在床上吃早餐。白天她睡睡醒醒，不是读报就是看书，只有下午才会发烧。

妈妈的精神这么好，很快就会康复的……我在心里强烈地质疑三宅医生的诊断。

我心里盘算着，只要到了十月，只要菊花盛开……我迷迷糊糊打起瞌睡，梦中的我来到一处熟悉的林中湖畔，那是非现实的，频频出现在梦中的景色。又来到这里了！我和一位身穿和服的青年默默散着步。周遭的一切都笼罩着一层绿色的薄雾，一座雪白而美丽的桥沉没在湖底深处。

“哎呀！桥沉了。今天，我们哪儿也去不了，在这里的旅馆住下吧，应该会有空房间。”

湖畔有一栋石头砌的旅馆，在雾中湿漉漉的，石头门上刻着细细的金字，写着HOTEL SWITZERLAND（瑞士旅馆）。当我读到“SWI”的时候，突然想起母亲来，她怎么样了？她来这家旅馆了吗？我很是诧异。我们穿过石门，走进前院，雾中的院子盛开着绣球花之类红彤彤的花朵。小时候，当我看到被子上绣着鲜红的绣球花，总是会莫名悲伤起来，原来真有火红色的绣球花啊。

“你冷吗？”

“有点。耳朵被打湿了，耳朵里边很凉。”我笑着问，“不知道妈妈怎样了？”

青年一脸哀伤而慈悲地说：“她躺在坟墓里头呢。”

“啊！”我叹了一声。原来如此！母亲已经不在人世了。对，她的葬礼早就举行过了！忽然意识到母亲已经去世，我被无法言喻的悲伤席卷，从梦中惊醒过来。

露台此刻笼罩在夕阳之中，外面下着雨，绿色的、悲伤的氛围弥漫着，一如方才的梦境。

“妈妈！”我叫道。

“你在做什么？”母亲语调平和。

我兴奋地跳起来，跑到房间里说：“我刚才睡着了。”

“哦？我还以为你去哪儿了，原来午觉睡了这么久。”母亲笑道。

看到母亲优雅一如往常，我又是高兴又是激动，几乎热泪盈眶，“今天晚饭吃什么？妈妈想吃什么菜？”

“算了，我不要吃。今天又烧到三十九点五摄氏度了。”

我突然感到一阵茫然无助，在这昏暗的房间里，我想到了死。

“怎么会这样呢？三十九点五摄氏度？”

“也还好，发烧前特别难受，头很痛，身子发冷，然后就发烧了。”

屋外一片漆黑，雨似乎已经停了，风有点大。我打开电灯，准备去饭厅，母亲喊住了我：“太刺眼了，别开灯！”

“您不是不喜欢一直躺在黑乎乎的房间里吗？”我问。

“我闭着眼睛，黑不黑有什么关系，这光太刺眼了，以后房间里就不要开灯了。”

母亲的话让我产生了一丝不好的预感。我默默关上灯，走到隔壁房间，打开我的台灯，心中百感交集。接着，我去饭厅，从罐头里夹出几块鲑鱼，就着冷饭吃，一边吃一边哭。

入夜后，风越来越大，九点下起了大雨，一阵暴风雨。两三天前卷起的竹帘砰砰作响。我在母亲隔壁房间兴奋地读罗莎·卢森堡的《经济学入门》。这是我从二楼直治的房间拿来的，顺手还拿了《列宁选集》和考茨基的《社会革命》。一日，母亲早晨洗脸后回房，经过时看到我桌上的这三本书，她一本本地拿起来翻阅，叹了一口气，放了回去，眼神中有些悲伤，但似乎并不是不赞成或反感。母亲平常爱读雨果、大仲马、小仲马、缪塞和都德等的作品。我知道，在那些精心书写的故事中，其实不乏革命气息。像母亲那样，“天生有教养”的人——我不知道这么说是否贴切，他们往往能够顺理成章地拥抱革命。在阅读罗莎·卢森堡等人的书时，我能够感到些许做作，但对这些书依然充满兴趣。罗莎在这本书中讲述经济学问题，从经济学角度阅读，的确有些乏味。实际上，书中的内容很多都非常浅显易懂，又或者是我无法理解，总而言之，我对经济学问题并无兴趣。经济学必须以“人类是吝啬的，且永远是吝啬的”为前提，否则它就无法自圆其说。但不吝啬的人，又怎么会对分配问题感兴趣呢？但在另一个层面上，这本书是令人兴奋的，作者毫无顾忌地打破旧思想，这需要非常大的勇气。我想到了一位有夫之妇，违反道德，义无反顾地奔向心上人。破坏的想法！既可怜又可悲，同时又异常美丽的破坏。先破坏，再重建，实现美好的梦想，又或者什么都无法实现。无论如何，破坏是必不可少的。罗莎悲壮地将所有的爱，奉献给了马克思主义。

那是十二年前的冬天。

“原来你还是《更级日记》里描写的那个女生啊？现在说什么都没用了。”朋友说完转身离开。

我把没来得及读的那本列宁的书还给她。

“你看了吗？”

“不好意思！我没看。”

我们站在能看见尼古拉教堂的桥上。

“为什么？为什么不看？”

她比我高出一寸，外文学得很好，头上戴着红色贝雷帽，是公认的美女。

“我不喜欢封面的颜色。”

“真奇怪。不是这个原因吧？你怕我吗？”

“我不怕你啊，我不喜欢封面的颜色。”

“噢？”她失望道，并说我是《更级日记》里的女生，不愿多做说明。

我们默默地望着冬天的河流出神。

“请多保重！如果这是永远的别离，请你永远地保重！拜伦。”她背诵着拜伦的诗句，轻轻抱了我一下。

“对不起……”我低声道歉。我往御茶水车站走去，回头一看，她依旧呆呆地站在桥上看我。

自那次之后，我们再也没见过面。我们同在某外国老师家补习，念的学校不一样。

一转眼十二年过去了，我仍然困在《更级日记》的时代里。究竟，这么长的时间里，我做了些什么呢？我没有献身革命，对爱情也一无所知。以前，大人们总是说，革命和恋爱是愚蠢而丑陋的行为。战争爆发前，战争过程中，我们对这些话深信不疑。直到战败，我们不再相信他们的说辞，我们终于发现，真正的出路往往在他们曾经批判过的地方。我们终于发现，革命和恋爱是这个世界上最美丽、最甜蜜的东西。也许它们太过美好，大人们才会故意骗我们。某种“酸葡萄”心理作祟。人是为了爱情与革命来到这个世界上的，不是吗？

母亲轻轻拉开移门，探头笑着问道：“你还没睡？不困吗？”

桌上的表指着十二点。“嗯，一点儿不困。一看关于社会主义的书，精神就特别好。”

“哦？有酒吗？要是喝杯酒，一会儿就睡着了。”母亲调侃道。她的美丽与颓废一线之隔。

终于到了十月，我等来的不是秋高气爽的日子，而是梅雨般潮湿闷热的天气。母亲依然每到傍晚就烧到三十八摄氏度至三十九摄氏度。某天早晨，我发现另一件可怕的事：她的手竟然肿了起来。

母亲以前最重视早餐，现在却只能坐在床上，吃一小碗薄粥，味道浓一点的菜她都吃不下，我特地煮了松茸清汤，她连那淡淡的香味也闻不了。母亲把碗捧到嘴边，又轻轻放回餐盘上。

我看到她的右手圆滚滚的，诧异道：“妈妈！你的手疼吗？”

母亲脸色苍白，脸看上去也有点肿肿的：“不疼，稍微有点浮肿而已，一点都不疼。”

“什么时候肿起来的？”

母亲眯着眼睛不说话。我很想大哭一场，这怎么会是母亲的手？这是别的女人的手吧？母亲的手纤细柔美，我最熟悉那双手，优雅的手！可爱的手！那双手永远消失了吗？母亲的左手似乎肿得没那么厉害，我连忙把视线挪开，不忍心细看。我望着壁龛前的花篮，眼泪快要夺眶而出，我连忙起身走去饭厅。直治正在吃半熟鸡蛋，他偶尔回到山庄，晚上总是去阿咲的旅馆喝烧酒，早晨拉着脸，以四五个半熟鸡蛋作为早餐，吃完就回二楼房间，无所事事。

“妈妈的手肿起来了……”说完，我的肩膀上下颤抖，哭了起来。直治默不作声。我抬起头，撑着桌子道：“妈妈就快不行了，你一点都没意识到吗？她的手肿成那样，治不好了。”

直治表情凝重：“没多少日子了，唉，又有麻烦事了。”

“这一次，我还要把她治好。无论如何，我都要把她治好。”我用右手掐着左手说道。

直治忽然落泪道：“怎么没有一件好事呢？我们家为什么一件好事都没有啊？”他揉了揉眼睛。

当天，直治前往东京，向和田舅舅报告母亲的病情，要为后事做准备。不在母亲身旁时，我几乎从早到晚以泪洗面，取牛奶、对镜梳妆、涂口红……我始终泪眼婆娑。一想到与母亲度过的幸福日子，眼泪就不停地落下来。傍晚，我走出客厅，在阳台上哭了好久。星光闪烁，一只流浪猫蜷在我的脚边，一动不动。

次日，母亲的手肿得更严重了。她一口饭都没吃，由于口腔溃烂，连橘子汁也喝不了。

“妈妈，要不要戴直治提议的那个口罩？”我本来打算开个玩笑，没想到话没说完，竟突然放声大哭起来。

“你每天忙东忙西，一定累坏了。我们还是请个护士吧。”母亲说。

母亲最担心我的身体，把自己的身体摆在第二位。我立刻走到浴室，痛痛快快大哭一场。

下午，直治带领三宅医生和两位护士回来。

原本风趣幽默的老医生表情严肃，快步走进房间为母亲做检查，口中喃喃自语：“身体越发虚弱了。”他为母亲注射了樟脑液。

“您今晚住哪儿啊？”母亲气若游丝。

“还是住长冈，事先订好的，太太不必费心。不要让她操心，想吃什么就给她吃，多摄取营养，病很快就好了。明天我再来，有什么事，尽管吩咐我的护士做。”医生大声对母亲说道。临走时，医生向直治使了个眼色，直治送老医生出去，他回来时，表情惨然。

我们悄声离开房间，来到饭厅。

“没希望了？是吗？”

“真是的，”直治无奈地笑道，“说是有可能会突然醒不了，还说要么今天，要么明天什么的……”说着泪水翻涌而出。

“要打电报告诉亲戚吗？”我冷静地说。

“我和舅舅商量过了。他说时代不同了，没那么多人会来，就算来了，我们家现在这么寒酸，很失礼，附近也没有像样的旅馆，长冈的温泉旅馆我们又租不起。现在我们这么穷，怎么可能把那些大人物叫来呢？舅舅应该很快就到，但他那么吝啬，靠不住。昨晚他对妈妈的病不理不睬，反而对我一顿说教。试问被吝啬的人训斥以后，又有谁会痛改前非，幡然悔悟呢？妈妈和他简直不像是姐弟，差距未免也太大了。”

“我觉得，今后你还是多找舅舅帮忙的好……”

“我才不要呢，我宁肯当乞丐……姐姐你才要仰仗舅舅吧。”

“我……”我的眼泪再次夺眶而出，“我自有去处。”

“你要嫁人？找到人家了？”

“没有。”

“自食其力？职业女性？算了吧，别想了！”

“谈不上自食其力，我要当革命家。”

“什么？”直治诧异地看着我。

三宅医生的护士过来叫我：“太太找您，好像有事要说。”

我赶到房间，坐在母亲床边，“什么事？”我凑近道。

母亲欲言又止。

“要喝水吗？”我问。

母亲摇头，不要喝水，她低声说：“我做了个梦。”

“嗯，什么梦？”

“我梦见蛇。”

我感到毛骨悚然。

“檐廊下，放鞋的石板上，应该有一条红斑母蛇，你去看看有没有。”

我立刻起身走到檐廊上，手脚冰冷，隔着玻璃望去，石板上果然有条蛇沐浴在秋日的阳光中。我头晕目眩，我记得你！你比上次稍微大了一些，老了一些，你是那些被我烧掉的蛇蛋的母亲。你为你的孩子报仇，你成功了，现在你可以走了！走得越远越好！

我在心里默念着，那条蛇一动不动。不知为何，我不想让护士看到蛇，便用力跺了跺脚。

“没有啊。妈妈！梦都是假的啦。”我故意提高嗓门，转眼一看，蛇终于缓缓爬下石板。

母亲已经没救了，见到那条蛇后，我彻底意识到这个现实。父亲过世时，枕边也出现了一条黑色小蛇，我甚至亲眼看到院子的树上挂着好几条蛇。

母亲连起床的力气都没有了，整天躺着，完全依靠护士照顾，一日三餐几乎颗粒不进。自从看到那条蛇，我的心情低落到谷底，如此反而平静下来，只求能尽可能陪在母亲身旁。

接下来的那几天，我坐在母亲枕边织毛衣。母亲盯着我的手说：“你在给自己织袜子？别忘了加八针，否则穿起来太紧了。”

小时候，无论母亲怎么教我，我总是不得要领。此时的我，就像小时候那样，既慌乱又羞愧，留恋着与母亲相依为命的日子。母亲手把手教我织毛衣的日子，再也不会有了啊！想到这儿，泪水迷蒙了我的双眼，模糊了眼前的针线。

母亲卧床不起后，并不显得十分痛苦。她全天不吃什么东西，我用纱布蘸了茶水，帮她润润嘴唇。她意识清晰，不时跟我说话。

“记得报纸上有陛下的照片，再拿来给我瞧瞧。”

我把报纸上的照片摊在母亲眼前。

“陛下也老了。”

“这张照片拍得不好。最近的几张特别年轻，精神很好。陛下应该也对新时代感到欣慰吧。”

“这话怎么说？”

“因为，陛下也解放了啊。”

母亲落寞地笑了笑，顿了顿道：“就算陛下想哭，也已经欲哭无泪了吧。”

我想，现在的母亲，难道不是幸福的吗？所谓的幸福，是沉入悲哀之河的沙金，闪耀着幽深的光芒。人一旦通过了悲伤的极点，心中会生出一股淡然之情，这就是所谓的幸福感。也许，陛下、母亲和我此刻都是幸福的。秋日的早晨，阳光明媚而柔和，四周一片寂静，我停下手眺望远处波光粼粼的海面。

“妈妈，我太不懂事了。”我想说点什么，又怕一旁准备为母亲打针的护士听到，没说下去。

“过去……”母亲笑道，“现在你已经懂事咯？”

我忽然满脸通红。

“我是搞不懂的，”母亲转过脸，喃喃自语，“懂事，谁又真的懂呢？无论活到几岁，所有人都是孩子，什么都不懂的。”

即便如此，我还有很长的路要走。我还是孩子，但我已经没有撒娇的余地了。我要投入人与人的斗争之中，像母亲这样，与世无争，美丽而悲哀地度过一生，今后恐怕不可能存在了。死去的人是美丽的。活着，苟延残喘着的反而是丑陋的。恍惚间，我看到榻榻米上有一条母蛇。我不能放弃，即便卑鄙丑陋，我也要活下去，在社会上好好斗一场。母亲已经不久于人世，我的所有浪漫和感伤也已经渐行渐远，我即将蜕变成一只邪恶的动物。

那天下午，我在母亲身旁，为她润湿嘴唇，一辆车停在山庄门口，和田舅舅和舅妈从东京赶来。舅舅走进来，默默坐在母亲枕边。母亲用手帕掩住半张脸，望着舅舅哭了起来。她徒有一张悲伤的脸，眼泪却一滴都没有，如同一只玩偶。

“直治呢？”母亲问我。

我跑上二楼，对躺在沙发上看杂志的直治说：“妈妈叫你。”

“唉，要哭哭啼啼到什么时候。真佩服你，可以一直守在那里。神经也太坚强了，或者说，你们也太麻木了。我心里难受，没那个力气守在妈妈身边。”他一面说一面穿衣，与我一起下楼。

我们并肩坐在母亲枕边，母亲从棉被里伸出手来，指指直治，又指指我，随后把脸扭向舅舅，双手合十示意。

舅舅重重点头道：“嗯，我明白的！我知道了！”

母亲放心地闭上眼睛，把手缩回棉被里去。

我落下泪来，直治暗自垂泪。

三宅医生从长冈赶到，给母亲打了一针。母亲终于见到舅舅，心无挂碍似的对医生说：“请让我早点解脱吧。”

医生与舅舅四目相对，眼中分明闪着泪光。

我起身去厨房做了舅舅爱吃的乌冬，端出四碗，分别递给医生、直治、舅舅和舅妈。我把舅舅从东京丸之内饭店带来的三明治拿给母亲看，并放在她的枕边。

“累吗？”母亲小声问。

大家在客厅随意闲谈。舅舅和舅妈另外有事，必须赶回东京，给了我一笔慰问金，三宅医生也会与护士返回东京，他吩咐照顾母亲的另一位护士随时待命。医生说，母亲意识清晰，心脏也没有特别衰弱，依靠打针再撑个四五天不在话下，于是他们纷纷坐车赶回东京。

送走大家后，我回到房间，母亲露出一贯的笑容，轻声问道："累了吧？"她表情生动，甚至可以用"光彩照人"来形容，我想一定是舅舅的出现，让她心生欢喜。

"不累！"我感到很欣慰，笑着对母亲说。

没想到这竟是我与母亲最后的对话。

大约三小时后，母亲去世了。秋日傍晚，四下里鸦雀无声，护士替她测量脉搏，在直治和我的陪伴下，日本最后一位贵妇人，我们美丽的母亲，离开了人世。

母亲的面容毫无变化。父亲去世后面色骤变，母亲却与生前没有差别，只是呼吸停止。甚至我们无从察觉，她是何时停止呼吸的。母亲脸部的浮肿前些天开始消退，脸颊光滑如蜡，薄唇微启，略带笑意，比生前更多几分优雅。在我心目中，母亲宛如哀痛的圣母马利亚。

六

战斗开始了!

我不能永远沉浸在痛苦之中，我必须投身于斗争。这是新的伦理，这么说未免有些伪善，不，这是爱情。爱情是唯一的理由，就好像罗莎依靠经济学才能活下去，爱情是我唯一的出路。耶稣揭穿了宗教家、道德家、学者权威的假面具，将神对世人的爱原原本本地告诉人们，他差遣十二门徒远赴四方传道。弟子们临行前，耶稣的一番训诫，与我现在面临的情形不无关联。

> ……腰袋里不要带金银铜钱。行路不要带口袋，不要带两件褂子，也不要带鞋和拐杖……我差你们去，如同羊进入狼群，所以你们要灵巧像蛇，驯良像鸽子。你们要防备人，因为他们要把

你们交给公会，也要在会堂里鞭打你们，并且你们要为我的缘故被送到诸侯君王面前，对他们和外邦人做见证。你们被交的时候，不要思虑怎样说话，或说什么话。到那时候，必赐给你们当说的话，因为不是你们自己说的，乃是你们父的灵在你们里头说的……并且你们要为我的名被众人恨恶，唯有忍耐到底的必然得救。有人在这城里逼迫你们，就逃到那城里去。我实在告诉你们，以色列的城邑你们还没有走遍，人子就到了。

……那杀身体不能杀灵魂的，不要怕他们；唯有能把身体和灵魂都灭在地狱里的，正要怕他……你们不要想，我来是叫地上太平；我来并不是叫地上太平，乃是叫地上动刀兵。因为我来是叫人与父亲生疏，女儿与母亲生疏，媳妇与婆婆生疏。人的仇敌就是自己家里的人。爱父母过于爱我的，不配做我的门徒。爱儿女过于爱我的，不配做我的门徒。[①]

战斗开始了！

如果我说自己为了爱情，发誓遵循耶稣的教诲，耶稣会降罪于我吗？我不明白，“爱情”与“爱”有什么差别。在我看来，它们没有区别，我能够为了不可名状的爱、爱情，为了由它们引发的悲哀，将自己的肉体和灵魂送入地狱……我敢说，自己就是这样的人。

在舅舅的帮助下，我们将母亲安葬在伊豆，正式葬礼在东京举行。后来，直治和我回到伊豆的山庄，我们相对无言，生活非常别扭。直治以“筹措出版社资金”为由，将母亲的宝石悉数变卖，他夜夜在东京买醉，脸色苍白，步履蹒跚，像个重症病人似的回到山庄。有一回，他带着一个年轻的舞女回来，脸上似乎有几分羞愧，我说：“今天我要去一趟东京，见个老朋友，可能会住个两三晚，你留下看

① 以上内容出自和合版《圣经·新约·马太福音》第10节。

家吧。一日三餐，请那位小姐帮忙就行了。”

我巧妙利用了直治的弱点，所谓蛇一般的智慧。我把化妆品、面包等装入手袋，面不改色地去东京找他了。

只要坐车到东京郊外的荻窪站，从北出口走二十分钟，便是他战后的新居，这是直治不经意间透露的。

那天寒风凛冽，在荻窪站下车时，天色已经暗了下来，我见到路人就打听，询问住址的方向。在郊外幽暗的小巷里转了一个小时后，我害怕得流下眼泪，被路边的石头绊倒，木屐系带断了，我呆呆地愣在原地不知如何是好。忽然，眼前有一个紧邻着两户人家的简陋平房，一块门牌在夜色中依稀泛着白光，上面似乎写着“上原”两个字。我一脚蹬着木屐，一脚穿着布袜，飞奔到门口定睛一看，果然是“上原二郎”，此时屋内一片漆黑。

我愣了愣，扑在门上轻声喊：“有人在家吗？上原先生。”

屋里传来女人的声音。

门打开了，一个女人在玄关的荫翳中微笑，女人细长脸，看起来比较传统，比我大三四岁。

“您是哪位？”她的语气听起来毫无防备。

“是这样的，我……”我不敢报出真实姓名，在她面前，我的爱情显得非常不堪，我放低姿态，几乎卑微地问，“上原老师不在吗？”

“他不在，”她望着我，有些同情的神色，“他多半是去……”

“老师出远门了吗？”

“没有，”她笑着掩嘴道，“就在荻窪，车站附近有家叫白石的小酒馆，你去那儿打听打听就知道了。”

我兴奋得差点跳起来：“是吗，我知道了。”

“咦！你的木屐坏了。”上原太太引我进屋，让我坐在玄关，递给我一条皮绳，我着手将木屐修理好。她回身点了支蜡烛说：“真是不巧，两个灯泡都坏了。最近灯泡太贵，坏得又快，我老公这两天不在，没人买灯泡，我和孩子只好天一黑就睡。”

上原太太笑容可掬，身后站着一个十二三岁的清瘦女孩，眼睛很大，似乎很怕生。

敌人！我并不敌视她们母女，但她们有朝一日会把我当成敌人，怨恨我。想到这里，我的爱情仿佛褪去了颜色。换完鞋带，我起身拍拍手上的灰尘，一股凄凉和落寞袭上心头，恨不得冲进去抱着上原太太的手，在黑暗中痛痛快快哭一场。可是哭过之后，我又该如何面对那残破不堪的现实呢？“谢谢你。”我控制住自己的情绪，表示感谢后走了出去。凛冽的寒风吹在身上，我心中不断默念着，战斗开始了！我爱他！喜欢他！倾慕他！我真的爱他！喜欢他！倾慕他！爱他我控制不了！喜欢他我也控制不了！倾慕他我更控制不了！他太太的确是个难能可贵的女人，女儿长得也很漂亮，但就算站上审判台，我也丝毫不觉得歉疚，人就是为爱情和革命而生。上帝不会惩罚我，我一点也没错，我真心爱他，我理直气壮。只要能见他一面，哪怕露宿街头，在街上流连两三个晚上，我都在所不惜。

很快，我赶到位于车站附近的那家白石小酒馆，上原不在那里。

“他肯定在阿佐谷。从阿佐谷站北口出来，往前走个一百五十米，有一家五金店，向右拐再走五十米，有家名叫柳屋的小饭馆，上原老师最近跟柳屋的阿舍打得火热，整天泡在那儿，早把咱们忘了！”

我赶紧去车站买票，坐上东京方向的列车。在阿佐谷站下来，从北口出站，走了大概一百五十米，随后在五金店右拐走了五十米左右，柳屋小餐馆没几个酒客，悄无声息的。

“他刚走不久，带着好几个人，听说是去西荻的老板娘千鸟那儿喝通宵。”比我年轻、大方、热情有气质的小姐说道。莫非这就是正跟上原打得火热的阿舍吗……

“千鸟？西荻哪里啊？”我万分沮丧，几乎要哭出来，简直怀疑自己是不是着了魔。

“不太清楚，在西荻站南口出来向左转，你到了那儿问问警察吧。他通常不会只待在一家店里，天知道又跑哪儿去了！”

“那我去千鸟碰碰运气，再会。”

我原路返回，在阿佐谷站上车，登上前往立川的列车，经过荻窪，下一站便是西荻窪，我从车站南口出站，在寒风中东倒西歪，好不容易找到一座警察局，打听千鸟酒馆的位置。按照警察的指点，我走了好一段夜路，终于看到写有“千鸟”字样的蓝色灯笼，想也不想就推门而入。

进门是一个土间，内里还有一个六张榻榻米大小的房间，酒馆里到处烟雾弥漫，十来个人围着张大桌子喝酒，吵吵嚷嚷的。人群中穿插着三个比我年轻的女孩，也在抽烟喝酒。

我环顾四周，在人群中发现了他，一切就像一场梦，他完全变了，六年不见，他已经变成另一个人了。

难道他就是我的彩虹，我的M·C，我人生的意义和支柱吗？六年了，他乱糟糟的头发一如往常，但发丝略显稀疏，颜色也变成了红褐色。他的脸庞蜡黄而浮肿，眼袋很深，门牙参差不齐，嘴巴不停地咀嚼。他驼着背坐在房间的一角，像极了一只老迈的猴子。

某个女孩注意到我，便给上原使了个眼色，他坐着不动，伸长脖子望了我一眼，面无表情地抬抬下巴，便让我进屋。其他的酒客对我漠不关心，继续大声说笑。他们相互挤了挤，为我挪出一个空隙，让我坐在上原右边。

我不发一语，一坐下来，上原就给我倒了满满一杯酒，并把自己的酒杯倒满，声音嘶哑地说：“干杯！”

两只酒杯有气无力地碰了一下，声音微弱而清脆。

“断头台，断头台，咻噜咻噜咻……”不知谁起了个头。“断头台，断头台，咻噜咻噜咻……”另一位给予响应。两人使劲碰杯，将杯中剩余的酒一饮而尽。在座的人纷纷应和起这个不知谁编出来的曲调。“断头台，断头台，咻噜咻噜咻……”碰杯声此起彼伏，他们似乎只想借由“祝酒歌”的热闹氛围，多灌些酒下肚。

“好了，各位告辞了。”有人醉醺醺地离开。不一会儿，另一个人加入进来，跟上原点头示意后把空出的位置占了去。

“上原老师，那一段，上原老师，那个‘啊啊啊’的段落……嗯……那段……怎么说才好呢……是‘啊～啊～啊～’呢，还是‘啊啊～啊～’呢？”话剧演员藤田问道，我对他的扮相有印象。

“是‘啊啊～啊～’啦。我给你示范：啊啊～啊～，千鸟的酒真不便宜。”上原道。

“您就知道钱。”某个女孩说。

“两只麻雀卖一钱，贵了，还是便宜了？”年轻绅士问。

“《圣经》里有一句话：‘一厘钱也必须还清。’书上写得巨细靡遗，五塔兰[①]还给某某某，两塔兰还给某某某，一塔兰还给某某某……耶稣可是非常精打细算的哦！”另一位绅士道。

“还是个爱酒之人呢。《圣经》里好几次写到酒，有一句是‘看哪，好酒的人们！’他用‘好酒’，不是‘喝酒’，可见酒量不浅，一升肯定不成问题。”另一位说。

“好了，别说啦！啊啊～啊～汝等装神弄鬼，居然抬出耶稣做挡箭牌。千惠，来，我们干杯！断头台，断头台，咻噜咻噜咻……”上原与最年轻漂亮的那个女孩碰杯，一饮而尽，粗鲁地抹了抹嘴角留下的酒，接连打了五六个大喷嚏。

我站起身子，去隔壁房间向面色苍白、身形消瘦的老板娘借用洗

---

① 塔兰：拉丁语作 talentum，古希腊语作 τάλαντον，亦作“塔兰同”，是古代中东和希腊-罗马世界使用的质量及货币单位。

手间。从洗手间出来，最年轻漂亮的女孩千惠站在门口，仿佛特地等我出来，“你不饿吗？”她善意地问。

“有点饿，不过没事的，我带了面包。”

“咱们这儿没什么可吃的。”老板娘有气无力地坐在火盆旁边，“你就在这屋吃点吧，等那些酒鬼，整晚都别想吃东西。来，坐吧，千惠你也一起吃。”

“阿绢，没酒了！”某个绅士嚷着。

“来了！这就来！”阿绢三十来岁，身穿一件条纹和服，端着盘子走出厨房，盘子上摆着十小瓶酒。

“慢着，”老板娘道，“给我留两瓶，”她笑道，“阿绢，去后街铃屋要两碗乌冬面，拜托老板快点做了拿来。”

我和千惠肩并着肩，坐在火盆边烤火。

“把手伸到被炉里来，越来越冷了。要不要喝点酒？”老板娘亲自倒酒，一人一杯。“酒量都不错嘛……”她的话似乎别有深意。

此时，忽然有人拉开店门，“上原老师，我送钱来了，”一个青年男子的声音，“没办法，我们经理太斤斤计较了，要两万日元，这不，才给了一万。”

“是支票吗？”上原沙哑地问。

“不，是现金。不好意思。”

“行吧，我写收据给你。”

“断头台，断头台，咻噜咻噜咻……”的祝酒调子不绝于耳。

“阿直人呢？”老板娘问千惠。我听了着实吃了一惊。

“我怎么知道他去哪儿了，我又不是天天盯着他。”千惠满脸通红，语气很俏皮。

“最近他和上原老师是不是闹别扭啦？以前他们总是形影不离啊。”老板冷冷地说道。

“听说最近迷上跳舞，结识了个舞女。”

"这个阿直，不但喝酒还玩女人，越来越不像样了！"

"上原先生教得好啊。"

"阿直可比上原老师坏多了，他这种没落贵族小少爷……"

"不好意思，"我笑着打了个岔，隐瞒身份似乎不妥，"我是直治的姐姐。"

老板娘吃了一惊，重新打量我的脸。千惠似乎并不意外："你们长得很像，刚才看到你我就吓了一跳，还以为是阿直来了呢。"

"怪不得，"老板娘换上客气的口吻，"难为你找到这里，我们这儿太寒酸，实在不好意思……你和上原老师认识很久了吗？"

"嗯，我们六年前认识的……"我不知如何说下去，垂下头，眼眶发热。

"久等了。"女服务员把乌冬面端了进来。

"趁热吃。"老板娘让道。

"谢谢！"乌冬面的蒸汽升腾起来，我大口大口吃着面，我的人生从来没有如此落魄过。

"断头台，断头台，咻噜咻噜咻……断头台，断头台，咻噜咻噜咻……"上原哼着小调走了进来，在我身旁盘腿坐下，从怀中掏出一个大信封递给老板娘。

老板娘也不打开信封，将信封收进抽屉，笑道："就这些可不成，剩下的不许再耍赖哦。"

"会给你的。剩下的明年结，放心吧！"

"又这样。"

一万日元究竟能买多少灯泡呢？这笔钱，大概够我舒舒服服过上一整年吧。

唉！这些人问题可不小，就像我为追寻爱情走火入魔一样，他们不买醉就活不下去。每个人都要寻找自己安身立命的方法，这些在人生中摸爬滚打、苦苦挣扎的人，又为什么要被鄙视憎恶呢？活着，活下去……这件事对普通人来说是多么沉重啊！

“今晚你有地方住吗？”上原低声问道，自言自语似的。

“我？”我的心中浮现出一条抬起脑袋迎接敌人的蛇，某种近乎敌意的感觉令我的身体几乎僵硬了。

“你要跟大家打通铺？今天很冷啊！”上原全然不顾我的感受，嘟囔着。

“那怎么行，”老板娘道，“女儿家的。”

“啧，”上原不屑道，“那你来干吗？”

我默不作声。听他的口气，我能够察觉到，他看过我写的信，爱我也远超其他女子。

“真是的，要不找福井借宿一晚吧。千惠，你带她去行吗？不对，你们两个女人家，夜里太危险……烦死了，老板娘，把她的木屐拿到厨房后门，我送她去吧。”

来到店外，夜深了，风减弱了一些，夜空挂满了星星，我们并肩往前走。

“我无所谓，打通铺也行的。”

上原疲倦地“嗯”了一声。

“是你自己想跟我独处？不是吗？”我笑着说。

“就是啊，真是费事。”上原苦笑着说。

我能够深切感受到他对我的爱：“您喝了多少酒啊？每晚都喝？”

“嗯，每天喝，从早喝到晚。”

“有那么好喝吗？”

“怎么会好喝。”不知怎的，他的声音令我不寒而栗。

“最近工作怎么样了？”

“不顺心，写什么都觉得很无聊，总觉得不痛快。生命的黄昏啊，艺术的黄昏啊，人类的黄昏啊……所有一切都是装腔作势！”

“尤特里罗。”我下意识地脱口而出。

“哦，那个尤特里罗，听说他活着，一个酒精中毒的行尸走肉，最近十年的画俗不可耐，根本没法看。”

“不单是他，其他画坛名人几乎都是……”

“嗯，他们都完了。但新长出的嫩芽同样衰弱不堪，寒冷彻骨，全世界都被冰霜笼罩了。”上原轻轻搂住我，我没有拒绝，紧紧依偎着他向前走。

行道树上一片叶子都没有，锋利地刺向夜空。“树枝真美啊！”我不禁感叹。

“嗯，花朵配上黑树枝。”上原语带保留。

“很好啊……我喜欢这种没有花、没有树叶、没有嫩芽光秃秃的树枝，光秃秃可不是枯枝啊。”

“只有大自然永远不会衰败？”他又连着打了几个大喷嚏。

“您感冒了？”

“没有，这是我的怪癖，喝酒喝到临界点，经常会不停地打喷嚏，这简直成了一个判断醉酒程度的标准。”

“那，感情方面呢？”

“什么？”

“你有没有心上人？就是那种到达临界点的女人。”

“别拿我开涮好不好，女人全都一个样，都是烦人精。断头台，断头台，咻噜咻噜咻……说老实话，有一个，或者算半个吧。”

“我的信您看了吗？”

“看了。”

“您的回信呢？”

“我讨厌贵族，贵族大多傲慢，令人生厌。就拿你弟弟阿直来说，他人还不错，但那种与生俱来的傲慢实在让我看不过去。我来自农村，经过河边就会不自觉地想起小时候在小溪边钓鲫鱼。你们这些贵族不但理解不了我们的思乡之情，还瞧不起我们。”

“屠格涅夫也是贵族啊？”

“所以我不喜欢他。”

“但《猎人笔记》……”

“嗯，那部作品还算不错。”

“他写的就是农村生活的感伤……”

“好吧，他应该算是乡间贵族吧！”

“我现在也是乡下人，还种菜呢！我是乡间穷人。”

“你现在还爱我吗？”他开门见山，“你要给我生孩子？”

我没有回答。

他忽然靠近我，粗暴地吻我，宛如岩石崩落那样势不可当。那是充满性暗示的吻，我不由自主地流出眼泪。泪水里满含屈辱与悔恨，流个不停。

我们再次并肩往前走。

“糟糕！我爱上你了。”他笑道。

我笑不出来，眉头紧锁，不置一词。

我又能怎么办呢？

“糟糕！”他重复了一次，“能走多远就走多远好不好？”

“说得好听。”

“你啊。”上原在我的肩膀上捶了一下，打了个大喷嚏。

福井家漆黑一片，应该已经睡下了。

“电报！电报！福井先生出来收电报！”上原敲响大门嚷着。

“是上原吧？”一个男人的声音。

“没错，王子和公主上门求宿啦！天太冷了，我一直打喷嚏，好不容易演一回浪漫私奔戏码，都快演成闹剧啦。”

门开了，一个五十多岁的秃顶小老头身穿精致的睡衣，笑容怪异。

“打扰了。”上原打了一声招呼，也不脱斗篷，快步走进屋内。

“画室太冷了，住不了，我们借二楼吧，上来吧！”他拉起我的手，一同爬上檐廊尽头的楼梯，随后来到一间漆黑的房间，他随手打开了房间角落的开关。

“这里有点像餐厅。”

“暴发户的品位差不多。他那种三流画家哪配住这样的房子，他运气还特别好，这幢房子居然奇迹般地幸免于难，没有遭到空袭，咱们得多来住住才对。睡吧，睡吧。”

他熟门熟路地打开壁橱，拿出被褥等物。

“你睡这儿，我回去了。明天早上再来接你！厕所下楼梯右边就是。”说完他飞奔下楼，随后鸦雀无声。

我关上灯，脱下父亲从外国买回来的天鹅绒外套，解开腰带，和衣而卧。或许是太累了，加上又喝了酒，我全身无力，很快就睡着了。

不知睡到几点，他睡到我身边……我没有吭声，坚决抵抗了将近一个小时，最后选择顺从他的要求。

“如果我不答应，你不会相信我是真心的。”

“也许吧。”

“你的身体不舒服吗？有咯血吗？”

“你怎么知道？前几天的确咯了很多血，我谁都没告诉。”

“我母亲去世之前，也是一样的味道。”

“都怪我玩命喝酒。人活着简直悲哀极了，苦闷啊，落寞啊，那种形容词都太附庸风雅了，其实就是深深的悲哀！当悲哀从四面八方袭来，谁又能够找到真正的幸福呢？如果注定这辈子不会拥有幸福，无法获得荣耀，人又该如何生活下去呢？努力之类的论调，又能解决什么问题呢？杯水车薪罢了。悲哀的人是大多数，不是吗？”

“不是。”

“靠爱情活下去吗？你信上好像是这么写的。”

“嗯。”

我的爱情死了。

天亮了。

借着房间里的微光，我凝视身旁的这张沉睡着的脸，这张濒死者的脸，这张疲惫不堪的脸。

牺牲者的脸。那高贵的牺牲者。

我深爱的人。我的彩虹。我的孩子。我憎恨的人。自私的人。

眼前的这张脸庞忽然成了一张独一无二的、美丽的脸。我对他的爱重新燃烧起来，心跳加速。我抚摩着他的头发，吻了他。

我的爱情终于结出果实，那悲哀而落寞的爱情。

上原闭着眼睛，抱住我：“都怪我太自卑，没给你回信，我是农民出身。”

我已经离不开他了，“我很幸福。悲哀的叹息声从四面八方袭来，但此时此刻，我的幸福已经到达临界点，幸福得几乎要打喷嚏了。”上原笑道，“太迟了，只是近黄昏。”

“还早呢！”

弟弟直治，在那个早晨自杀了。

七

直治的遗书。

姐姐：

我放弃了，先走一步。

我不知道，为什么非得继续活下去。

想活下去的人，大可以继续活着。

人有活着的权利，同样有死的权利。

我的这种念头根本不算新鲜。对于这理所当然、基于本能的念头，人们只是讳莫如深罢了。

想活下去的人，会用尽一切方法，努力地生存下去。这种行为自然有它的价值，他们终有一天能够摘得人生的桂冠。但我觉得，死至少不是罪过。

我，一株小草，很难在这尘世间的空气和阳光里生长。我的生命无以为继，我缺乏必需的能力。活到今天，我已经尽力了。

高中，我结识了那些来自另一个阶层的朋友，他们是强大而有韧性的草，为了能与他们分庭抗礼，我开始吸食大麻，让自己进入近乎疯狂的状态。后来，我加入部队，依然把抽鸦片当作活下去的最后手段。姐姐恐怕不会明白这种心情吧！

我希望自己能下贱一些，我想强大，或者说，强悍起来，在我看来，这是站在群众那一边的唯一方法。我必须使自己处于麻醉状态，靠喝酒是不够的，我只能依靠大麻。我把这个家抛诸脑后，反抗父亲的血液，拒绝母亲的关心，对姐姐保持冷淡。如果不这么做，就无法跟群众打成一片。

我下贱了，说话用词也下贱了，但其中有一半，或者百分之六十的成分，都是拙劣的小把戏。在群众眼中，我依然是个自命不凡，矫揉造作的怪咖，他们从来不会对我吐露真心。事到如今，我已经回不去了，无法重新踏进那些被我舍弃的沙龙。我现在的所作所为，即使百分之六十是装出来的，也有百分之四十是货真价实的下贱。对所谓上流社会的沙龙，那种高贵令我恶心，一刻都无法忍耐；同时，那些达官显贵、上流阶层也会对我的无赖下贱深恶痛绝，将我扫地出门。我无法重回被我舍弃的那个世界，然而，群众愿意给我的，也不过是一个旁听席，不怀好意，假模假样。

在任何时代，像我这种缺乏生活能力，存在缺陷的小草，恐怕只有自生自灭的份吧。思想徒有虚名。可我也有话要说，我有我的心路历程。

人，每个人都是一样的！

这句话有没有道理呢？我以为，这句不可思议的话，并非出自宗教家、哲学家、艺术家之口，它来自群众酒馆，不知何时，不知谁头一个说出来，它像蛆虫般扩散开来，吞噬了整个世界。

这句莫名其妙的话与民主主义、马克思主义毫无关系。在群众酒馆里，当某个丑男对美男子恶语相向，就会说出类似的话来，其中充满焦虑与嫉妒，根本谈不上有什么思想。

群众酒馆里的争风吃醋竟然乔装成了思想，大行其道起来，一句与民主主义、马克思主义毫不相干的话摇身一变，开始与政治、经济思想捆绑在一起，恬不知耻地粉墨登场。就连“欺骗大师”靡菲斯特对这种偷梁换柱的把戏，也会感到自愧弗如。

人，每个人都是一样的！

这句话多么恶劣啊。它蔑视他人，同时在蔑视自己，让人们甘心放弃所有的努力。马克思主义主张劳动者至上，民主主义则主张个体尊严，从来不说人人都一样。这世上只有拉皮条的才会说：“哈哈，别装了，大家都是男人。”

为什么要说每个人都一样呢？为什么我们拿“优秀的人”说事呢？奴隶的劣根性作祟！

这句话太可恶了，人们会因此相互恐惧，思想遭到强暴，努力受到嘲笑，幸福被否定，美丽被污染，荣耀被践踏，所谓“整个世纪的焦虑”全都源于这句莫名其妙的话语。

我讨厌它，同时遭到它的迫害，害怕得全身发抖，没有信心面对任何事情，整天处于焦虑之中，心里七上八下，只能依靠酒精和毒品获得短暂的平静，最终把自己糟蹋到这步田地。

我是懦弱的。我是一株有重大缺陷的草。或许，那些拉皮条的人会觉得我在给自己找借口，我生来就是个贪玩、懒惰、好色、任性的公子哥。从前的我总是对这些评价逆来顺受，临死之前，请容我发出不同的声音。

姐姐。

请相信我！

我即使纵情声色，却一点也不快乐；也许在人们眼中，我是个贪图享乐，没刚性儿的家伙，但我为的是摆脱与生俱来的贵族阴影，这才放荡、戏谑、堕落下去的。

姐姐。

我们到底何罪之有？生为贵族，这是我们的罪孽吗？生在这样的家庭，我们便要像犹大的家人那样，恐惧、羞愧、艰辛地活着吗？

我早就该死了，唯一放不下的，是妈妈的爱。每次想到她，我都无法结束自己的生命。人有活着的权利，同样有死的权利。只要妈妈在世一天，我就必须暂时放弃死的权利，否则我同时把“妈妈”杀死了。

现在，我的死已经不会让任何人痛不欲生。姐姐，我知道，我的死会给你们带去怎样的悲伤，可是不必了，忘掉那些虚假的感伤吧！当你们得知我的死讯，我想一定会痛哭流涕吧，但只要一想到我曾给你们带来的痛苦，以及彻底解脱后可能会有的喜悦，这悲伤就会随风而散。

那些指责我不爱惜生命，应该坚强活下去的人，从未对我伸出援手，哪怕一次也好。他们永远只会冠冕堂皇地指指点点，厚着脸皮鼓动陛下开水果店的就是这么一批人。

姐姐。

我还是死了的好。我不具备生活能力，也无法与别人争名夺利，就连占别人便宜都做不到。每次跟上原喝酒玩乐，我都是自掏腰包。上原说，这是我身为贵族的廉价的自尊心作祟，对我表示不屑，但事实并非如此，我不过是不愿意用他辛苦挣来的钱罢了，把钱用在吃喝玩乐和女人身上，我过不了自己这一关，不知道为什么，占别人便宜会让我感到恐惧，尤其当对方用辛苦挣来的钱请我吃饭，更令我痛苦万分。

于是，我只好向家里要钱，变卖东西，让妈妈和姐姐难过，其实我一点儿都不快乐。出版社之类的不过是幌子，我根本就没这个打算，即便真的要做，连别人的美意都无法坦然接受，赚钱发财更是痴人说梦。即使再蠢，这点自知之明我还是有的。

姐姐。

我们成了穷人，我们原本是施予的那一方，想不到如今，竟然会沦落到靠着别人的施舍过活。

姐姐。

事到如今，我有什么理由继续活着呢？我活不下去了。我想死。我有一剂安乐死的药，是当兵时拿到的。

姐姐，你很美（我以美丽的妈妈和你为荣），也很聪明，我不担心姐姐今后的生活，也轮不到我担心。要说担心的话，只会让我更加无地自容。姐姐一定会结婚生子，找到一个好归宿。

姐姐。

有个秘密，深藏在我心中。

长时间以来，我始终不曾对人说起。身在战场，我的心里都是她，梦里都是她，午夜梦回，我时常泪流满面。

我从来没有把她的名字告诉过任何人，现在我要死了，我想把这个秘密告诉姐姐，可我实在太胆怯，以至于无法说出她的名字。

如果我带着这个秘密去死，即便我的身体火化了，心中那个角落也无法点燃，最后只会剩下一团腥臭的残骸，我不愿让你们面对这些，所以，我决定兜着圈子、虚虚实实、含含糊糊地告诉姐姐，虽说是虚构，姐姐肯定能猜到答案。所谓虚构，不过是换了个名字罢了。

姐姐，你认识她吗？

姐姐应该知道她，但可能没见过面。她比姐姐年长几岁，单眼皮、吊眼角，没烫过头发，发型很普通。她的穿着虽然寒酸，却一点都不邋遢，清清爽爽的。她是某位战后迅速成名的画家的太太，那位西洋画家发表过几幅新颖的画作，生活相当放浪不羁，这位太太却全然不放在心上，脸上永远挂着亲切的笑容。

我起身说："既然这样，我先告辞了。"

她跟着站起来，亲近地走到我身边，望着我说："为什么呢？"她的声音不大不小，不解地注视着我的眼睛，眼中没有一丝一毫的邪念，以前我无法与女人对视，那次我却一点都不害羞，没有转开视线，我们相隔一尺左右的距离，我凝视了她六十秒，或许更久。

最后，我笑着说："可是……"

"他马上就回来了。"她认真地说。

美德不是教科书灌输给我们的那种过时的品德，而是源自这类动人的表情，不是吗？

"我改天再来。"

"好吧。"

从开始到结束，无外乎平淡无奇的对白。夏日午后，我去公寓拜访画家，画家不在，他太太对我说，画家很快就会回来，请我进屋等他。我走进房间，翻阅杂志，等了半小时，画家还是没回来。我站起来，向画家太太告辞。仅此而已。从那天的那一刻起，我疯狂地爱上了她的眼睛。

"高贵"这个词或许是贴切的。在我认识的贵族之中，除了妈妈，没有人拥有那种毫无防备的"真诚"眼眸。

后来，某个冬天的黄昏，我再次被她的美丽打动。那天，依旧在那位画家的公寓，一大早，我和画家把脚伸进被炉，一边喝酒，一边调侃日本那些所谓的文化人，借着酒劲前仰后合地笑着。画家喝醉后睡着了，鼾声大作，我就地躺下，突然感觉有条毛毯轻轻盖在我身上，我睁开眼睛，东京的冬日傍晚，天空湛蓝，画家的太太怀里抱着女儿，悠闲地坐在公寓窗边。在天空的衬托之下，她那张精致的侧脸宛如一幅文艺复兴时期的肖像画。她轻轻为我盖上毛毯，这个动作丝毫不含挑逗，没有情欲的成分。“人性”这个词用在这里难道不是再贴切不过了吗？她几乎下意识地展现出了人性的慈悲和光辉，静静地凝望远方，像一幅画那样纯粹。

我闭上眼睛，心中波涛汹涌，被爱恋充满，泪水从闭着的眼中冲出来，我连忙用毛毯蒙住头。

姐姐。

我经常去找那位西洋画家，起初是因为陶醉于他的画作，他那新颖的绘画技法，还有深层的基督殉道般的狂热，随着交往日渐加深，他缺乏教养、放荡不羁、卑鄙龌龊的性格展露无遗，相对地，我开始被他的太太所吸引，我无法克制自己对她的思念，为了经常看到她，我更加频繁地往画家那儿跑。

我想，假如那位画家的作品里或多或少蕴含一些艺术气质的话，那多半是拜画家太太所赐。

我现在对那位画家的评价是：他充其量是个醉鬼、浪子、精明的商人。为了满足花天酒地的花费，胡乱在画布上涂抹颜料，迎合流行，故弄玄虚，投机倒卖。他所具备的无非是乡下人的厚脸皮、盲目的自信和狡猾的商业头脑而已。

对别人的画作，不论西洋还是日本，恐怕他都一无所知。即便他自己的画，他也说不出个所以然。他的所作所为，只是为了赚钱，胡乱泼洒颜料。

更有甚者，他对自己的荒唐行径居然没有一丝一毫的怀疑、羞耻和恐惧。

他永远是一副踌躇满志的样子，他连自己的画都看不懂，又怎么能够指望他看懂别人的作品呢？算了，不提也罢。

总而言之，他也是个颓废的人，满嘴都是自己多么痛苦，生活多么艰辛，实际上，他只是个愚蠢的乡下人，过上了梦寐以求的都市生活，收获了意料之外的成功，得意忘形地过着浑浑噩噩的生活。

有一次我说："如果朋友们都在玩，不好好温习功课，我就没办法独自用功，我会特别难为情，即使心里不想玩，也会参与其中。"

中年画家坦然地指出："哦？这就是所谓的贵族气质啊，真是的，如果换了我，肯定觉得不玩太吃亏，铆起劲儿大玩一通才行。"我听了，对他几乎彻底幻灭，他对生活毫无节制，不以为耻，反以为荣。其实，这才是彻头彻尾的"公子哥"心态。

关于画家的坏话我想就到此为止吧。一来，与姐姐一点关系都没有；二来，在生命的最后时刻，回想与他的种种，我竟也对他挂念不下，甚至想再去见他一面，我对他谈不上恨，毕竟他身上也有很多优点。关于他的话就此打住。

我希望姐姐能明白，我多么迷恋这位画家太太，为她魂不守舍，饱尝爱情的煎熬。姐姐知道以后，请不要告诉别人，也不要多此一举，试图通过什么方式成全我的遗愿。我只希望姐姐知道真相，明白事情的原委就够了。若说奢望，如果姐姐能通过以上这段令人羞愧的告白，了解我所经历的痛苦，那我也就死而无憾了。

我曾经做过一个梦，我与画家太太牵着手，她告诉我，她很早就喜欢我了。从梦中醒来时，我的手里还残留着她的余温。我告诉自己，够了，忘了她吧，我不害怕冲破道德，我怕的是那位几乎疯狂，或者说完全疯狂的画家。我将她抛诸脑后，为了转移注意力，我开始与女人鬼混，几乎来者不拒，就连画家有天晚上也对我皱起眉头。我试图逃离，擦去画家太太的倩影，可是我还是没办法当作什么都没发生。我一辈子只能爱一个女人，我发誓，除了画家太太，我从未对任何女友真正动过心。

姐姐。

在我死以前，让我写下她的名字：

亲爱的 Suga。

这是画家太太的名字。

昨天，我把一个根本不喜欢的舞女（她天生有点傻头傻脑的）带回山庄，原本并不打算今天早上自杀。我最近一直在想这个问题，带她来山庄，主要是她要我带她去旅行，而我也厌倦了东京的生活，想着跟她来山庄住几天也可以。没想到姐姐说要去东京朋友家住几天，我这才觉得机会来了。

我原本打算死在西片町的宅子里，最里面那间屋子。我不想死在路边，或是荒郊野外，看热闹的人会把我的尸体翻来翻去。西片町的宅子转手他人，山庄成了我唯一的选择。每当想到姐姐会是第一个发现我自杀的人，我实在觉得于心不忍，姐姐会多么吃惊，多么害怕啊。我做不出那样的事。

这是个绝好的机会。姐姐不在家，一个傻头傻脑的舞女即将成为第一个发现我自杀的人。昨晚，我们喝了酒，我把她安置在二楼的西式房间，独自下楼来到妈妈去世的大房间，铺好被子，开始动笔写这封遗书。

姐姐，我已经没有活下去的勇气了。再见！

说到底，我的死是自然死亡，人单靠想，是死不了的。

我还有一个不情之请，妈妈的遗物中有一件麻料和服，你说过要改一改，给我明年穿。请把那件和服随我一道入棺，我想穿那件衣服。

天快亮了。这么多年委屈你了，让你受苦了。

再见！昨夜的酒已完全醒了，我死的时候神志清醒。

再说一次再见！

姐姐。

我是一个贵族！

八

一场梦！

所有人都离开了我。

办完直治的后事，一个月后，我在冬日的山庄里孤身一人。

我平静地给他写了封信，这很可能是最后一封信。

您似乎把我抛弃了，或者说，渐渐遗忘了。

我感到很幸福，我如愿以偿地怀孕了。现在的我看似失去一切，但腹中的小生命将会为我孤独的人生带来欢笑。

我并不认为这个决定令人羞耻。战争、和平、贸易、工会、政治等为什么会存在？我最近想到了答案，您明白这其中的缘由吗？您的不幸来源于此，让我告诉您吧，都是为了让女人能够生出优秀的孩子。

从一开始，我对您的人格、责任心根本不抱任何期待，我的爱情冒险能否成功才是关键。我的愿望终于达成，现在我的心情就像林中沼泽般平静。

我认为，是我赢了。

马利亚生下的不是丈夫的孩子，但只要她拥有那份荣光，他们便是圣母圣子。

我坦然地抛弃旧道德的束缚，得到一个优秀的孩子，这就够了。

后来，您依旧跟最后一次见面时那样，哼唱着“断头台、断头台”

之类的曲调，与绅士小姐们寻欢作乐，颓废地生活着吧？我并不想劝您不要这么做，那是您与生活抗争的方式。

戒酒、治病、保持身体健康、成就一番事业等无非是空洞的套话，我不想再说。与其“成就一番事业”，不如脱胎换骨，跟“无赖”的生活说再见，世人反倒会感谢您呢。

牺牲者，身处道德过渡期的牺牲者。你、我不都是这样的牺牲者吗？

革命在哪里？至少，在目力可及的范围内，旧道德依然故我，丝毫不曾改变，它阻挡着我们。即使海面波涛汹涌，下面的海水却纹丝不动，一点革命气息都没有。

但在之前的第一回合抗争中，我认为自己或多或少战胜了旧道德。今后，我会和自己的孩子一起，迎接第二回合、第三回合的挑战！

将所爱之人的孩子生下来，抚养成人，这就是我的道德革命。您忘了我也好，嗜酒送命也罢，为了完成我的道德革命，我会顽强地活下去。

最近，某人告诉我许多您的性格缺陷。但无论如何，是您让我变得坚强，是您在我心中画上革命的彩虹，是您给了我活下去的目标。

我为您感到骄傲，将来，孩子会为有您这个父亲感到骄傲。

私生子与他的母亲。

我们会与旧道德抗争下去，如太阳般绽放光芒。

希望您也能继续抗争下去。

革命尚未开始，还需要更多令人惋惜的、珍贵的牺牲品。

现在的世界上，牺牲者是最美的。

又出现了一个小小的牺牲者。

上原先生。

我已经对您别无所求，为那个小小的牺牲者，我还有一个最后的请求。

希望您的太太能抱一抱这个孩子，一次就够了。请允许我对她说："这是直治和某个女人的私生子。"

至于为什么要这么做，我不会说。不，连我自己也不知道这个请求从何而来，但请您无论如何允许我这么做。为了名为直治的小小牺牲者，希望您能够答应我的要求。

您会生气吗？请您暂时忍耐，把它当成那个被遗弃的、被遗忘的女人最后的任性，请您千万成全。

M·C My Comedian[①]。

昭和二十二年二月七日。

① 意为"我的喜剧演员"。

1948年

招待夫人

夫人一直很关照客人，喜欢请客人吃饭。不，这位夫人并非喜欢客人，反倒更像害怕客人。每次门铃一响，我先去应门，随后到夫人房间报上客人的名字，彼时夫人就已经一脸异常紧张的模样，仿佛听到老鹰鼓翅之声，随时都要飞走的小鸟一般，慌慌张张地绾起落下的碎发，整好衣襟，随后站起来，不等我把话说完便在走廊上一路小跑，到门口以哭泣一般的笑脸、笛子一般奇怪的嗓音迎接客人进来，之后露出俨然精神错乱者的眼神，在客厅与后厨之间疯了似的奔走，或是把锅打翻，或是把盘子打碎，对我这个女仆一迭声地说对不起呀，对不起呀。等到客人离开后，则独自跌坐在客厅发呆，也不收拾，也不做什么，偶尔还会两眼含泪。

这家的主人是本地大学的老师，据说是有钱人家庭出身，加之夫人的家庭在家乡福岛县也是富农，或许还因为没有孩子，两夫妻都像孩子一般不知辛劳，性格十分散漫。四年前还在打仗的时候，我就来到这个家里做帮佣，过了半年左右，明明是第二国民兵这种身子孱弱的主人，突然接到征召，很不幸地被带到了南洋的小岛上。不久后战争结束，主人还是没有音信，当时的部队长官给夫人寄了一张内容简短的明信片，说可能要放弃等待了。从那时起，夫人接待客人的举动就开始趋向癫狂，可怜得不忍直视。

尽管如此，在那位笹岛老师出现之前，夫人的交际还主要局限在主人和自家的亲戚中，在主人远赴南洋小岛之后，夫人家里也会送来足够的生活费用，日子过得还算轻松平静，甚至可以说优雅。只是，那位笹岛老师出现后，就变得越来越糟糕了。

这片土地虽然在东京郊外，不过离中心还算比较近，又有幸免于战火，所以中心那些家园被烧毁的人就如同洪水一般来到这附近，如今走在商店街上，都觉得路上行人的模样彻底不一样了。

去年年底，夫人在集市上遇见了阔别十年的主人的朋友笹岛老师，便请到家里来做客了。没想到，那就是好运到头的征兆。

笹岛老师跟主人一样，年龄在四十左右，也跟主人一样，在本地的大学当老师。不过主人是文学士，笹岛老师是医学士，据说两个人还是中学同学。另外，主人在盖起这座房子前，跟夫人在驹込的公寓里住过一段时间，当时笹岛老师还是单身，也住在同一座公寓里，于是双方有一段关系走得比较近的时期。主人搬到这里后，可能因为研究领域不同，他们并没有到对方家里做客，再也没有来往过。就这样过了十几年，夫人碰巧在这座小镇的集市上碰见了他，便叫了他一声。叫一声便也算了，夫人大可以打个招呼就道别，真的，别叫到家里来就好了。可她还是犯了天生的欢迎癖，对他说我家很近，来坐坐吧，别客气呀。明明不想请到家里，却因为害怕对方而违背了心愿，拼了命地要请到家里来，笹岛老师就穿着长风衣，提着购物篮，一副奇怪的样子来到了这里，在客厅大大咧咧地盘起了腿，尽说些自己的事情。“呀，您这房子不错啊，竟然躲过了战火，运气真是好。没有同住的人吗？这可真是，太奢侈了。不过家里只有女眷，而且打扫得这么干净，别人反倒不好意思提出同住啊。就算住下来了，恐怕也会感到束手束脚吧。不过没想到，夫人竟住在这么近的地方。我是听说您家在M町，不过人啊，真是呆笨。我到这里已经快一年了，竟完全没有发现门口的名牌。其实我经常从这座房子门前路过呢。每次到集市去，我一定会走这条路。因为这场仗，我也吃了不少苦啊，刚结婚就被征兵，好不容易回来了，却发现房子被烧得一干二净，老婆带着她在我出征时生下的儿子一块儿到千叶县的娘家去避难了。现在我是想把他们叫到东京来，也没有地方可以住。实在不得已，我只好一个人租了附近杂货店里面的三叠间，过着自炊生活。今晚我打算做一锅鸡肉火锅，痛快地喝上几杯，便提着菜篮子到集市上转悠去了。我呀，已经完全自暴自弃，反正早就搞不清楚自己到底是活着还是死了。”

“真是可怜。”

夫人说着，款待癖的老毛病又犯了，顿时像变了个人似的，一路小跑到后厨来。

“阿梅，对不起。”

她对我道了声歉，然后吩咐我准备鸡肉火锅和酒，随后又转身跑进了客厅，没过一会儿又一次跑到后厨来，一会儿生火，一会儿准备茶具，尽管每次都是这样，可看到她那兴奋紧张又慌乱的样子，我的感觉已经超出了同情，演变成苦涩了。

笹岛老师也格外厚脸皮地大声说：

“呀，是鸡肉火锅啊。真不好意思啊，夫人，我每次吃鸡肉火锅，一定会放魔芋丝的，所以麻烦您了，顺便要是有烧豆腐，那就更好啦。如果只有大葱，总觉得有点儿不足啊。”

夫人不等他说完，就打滚似的跑到了后厨来说：

“阿梅，对不起。”

随后顶着不知是害羞还是哭泣，宛如婴儿的表情吩咐了我。

笹岛老师嫌用小杯子喝酒太麻烦，就倒进水杯里大口大口地喝，然后说：

“是吗？原来当家的也生死不明啊，那可真是，想必十之八九是战死了啊。没办法，夫人，毕竟世上不幸福的人也不只有您一个啊！”

他三言两语撇下了这件事。

“夫人，要说我啊——”

又说起了自己的事情。

“你看我住的地方也没有，跟最爱的妻子也分居了，房子家具被烧得一干二净，衣服、棉被、蚊帐无一幸存。夫人啊，我在租下那家杂货店的三叠房间之前，一直住在大学医院的走廊上呢。身为一个医生，过得却比病人还凄惨几倍，我真想干脆变成病人算了。唉，真是没意思。太惨了。夫人啊，你这样已经算好的啦。”

夫人慌忙应了一声：

“我也这样想。真的，我跟大家比起来，简直太幸福了。”

“那是当然，那是当然。下次我还会带朋友过来，毕竟大家都是不幸的人啊，只能希望您多多关照啦！”

夫人呵呵地笑了起来。

“哪里哪里。”

说完之后，又郁郁寡欢地接了一句：

“我的荣幸。”

从那天起，我们家就遭殃了。

那根本不是醉酒的玩笑，就在四五天后，他真的厚着脸皮带了三个朋友过来，说今天是医院的忘年会，今晚准备在您家续摊，夫人，今天定要彻夜畅饮啊，这段时间真是太头痛了，一直找不到适合续摊的地方。诸位啊，在这里不需要客气，都进来吧，都进来吧，客厅在这边，外套不必脱，实在太冷了。如此言行，仿佛自己就是这个家的主人。而他的朋友中有一个女人，好像是医院的护士。他也不顾场合，跟那个女人嬉笑打闹，把战战兢兢、硬挤出笑容的夫人当成了用人使唤。

“夫人，不好意思，麻烦您把这个被炉里的火炉点一下吧。还有，酒也跟上回一样就好了。要是没有日本酒，那烧酒和威士忌也行。还有吃的东西，啊，对了对了，夫人啊，今晚我给您带了绝好的伴手礼来，这是蒲烧鳗鱼，您快吃吧。天冷的时候果然要吃这个啊。一串给夫人，一串我们自己吃吧。还有，喂，是不是有人带苹果来了，别小气，快拿给夫人。这个是印度苹果，特别香甜。”

我端茶到客厅去，正好一个人的口袋里滚出一个小苹果，停在了我脚边。我当时就想将那苹果踢到一边。区区一个，他竟有脸将其吹嘘为礼物。后来我又看了他拿来的鳗鱼，发现那东西又干又瘪，简直像鳗鱼干一样见不得人。

那天夜里，几个人一直闹到将近天亮，还硬要夫人一起喝酒，等到天色变白，他们又在被炉里睡成了一堆，还让夫人也一起睡在里面。夫人一定是彻夜未眠，其他人则一直睡到午后，醒来吃了茶泡饭，酒也差不多醒了，就都有点儿不好意思。尤其是我故意没有掩饰怒意，他们就一概不敢看我的脸，没多久就像毫无生气的腐鱼一般，悻悻地回家去了。

“夫人，您为何要跟那种人混在一起睡。我不喜欢那种不检点的样子。”

“真对不起啊。我实在拒绝不了。”

夫人一张睡眠不足、疲惫而苍白的脸，眼睛里噙着泪水。我见她这样，也就不好说什么了。

后来，饿狼的侵袭越来越频繁，这个家俨然成了笹岛老师朋友们的宿舍，连笹岛老师不在的时候，他的朋友也会过来住宿，每次都强迫夫人跟他们混在一起睡，最后只有夫人一夜无法合眼。她原本身体就不太强健，最后更是在没有客人的时候，整日昏睡不醒了。

“夫人，您最近好憔悴啊。别再接待那些客人了。”

“对不起啊，我实在做不到。大家不都是不幸的人吗？到我家里来玩儿，是他们唯一的乐趣啊，不是吗？”

真是太可笑了。夫人的财产现在已经所剩无几，照这样下去，再过上半年，就得把房子卖掉了，可她对客人丝毫没有流露出不安。而且自己的身体确实越来越差了，每次有客人上门，还是会马上起来，迅速做好梳妆打扮，向门口一路小跑，马上发出又哭又笑的奇怪声音，把客人迎进门来。

那是一个早春的夜晚，家里又有几个喝醉的客人。我劝夫人说，反正他们又要闹一晚上，不如我们趁现在赶紧填填肚子吧，于是两个人站在厨房里，吃起了代用食品的蒸面包。夫人对客人从来不吝惜美食，自己一个人吃饭时，却总是用代用食品凑合。

那时，客厅突然爆发出醉酒的客人们粗俗的笑声，紧接着是“哎呀哎呀，那不可能。我确实觉得你很可疑，那个大婶不也对你……”，然后用医学用语说了一通让人听不下去的失礼又肮脏的话。

貌似是年轻的今井医生回答道：

“你说什么呢，我可不是为了爱情到这儿来玩耍的。这里啊，只是宿舍罢了。”

我气得抬起了头。

昏暗的电灯下，夫人低着头，默默吃着蒸面包，眼里泛起了泪光。我觉得她实在太可怜，一时不知说什么好，却听见夫人低着头小声说：

“阿梅，真是对不起。明天一早你帮我烧个洗澡水吧。今井医生喜欢早上泡澡。”

可是，夫人只在那一刻对我露出了不甘心的表情，后来就好像什么都没发生过一样，继续对客人发出夸张的讨好笑声，在客厅与后厨之间狂乱地奔走。

我很清楚，夫人的身体是越来越弱了，然而她在客人面前丝毫不会露出疲惫的模样，所以那些客人虽然看着都是优秀的医生，却没有一个人发现夫人身体不好。

一个安静的春天早晨，所幸一个留宿的客人都没有，我便悠闲地坐在井边洗衣服，只见夫人摇摇晃晃地光着脚来到院子里，蹲在开着棣棠花的墙边，吐了好多血。我大叫着从井边跑过去，从后面抱着夫人，连拖带抬地拽到了屋里，让她静静睡下，随后，我哭着对夫人说：

“就是因为这样，我才最讨厌客人啊。都变成这个样子了，那些客人都是医生，我一定要让他们把您的身体恢复原状，否则我绝不罢休！”

“不行，你不能把这种事告诉客人。客人会感到自己有责任，都会沮丧的。”

“可是您的身体已经变成这样了，今后究竟要怎么办？还要起来继续招待客人吗？要是您在跟他们混睡的时候吐血了，那可真是太好看了。”

夫人闭着眼睛，想了许久。

“我要回一趟家乡。阿梅你留下来，招待客人留宿。因为那些人都没有安心休息的地方。还有，别把我生病的事告诉他们。”

说着，夫人露出了温柔的微笑。

为了趁客人不在时离开，我当天就开始收拾行李，然后想了想，觉得还是应该把夫人送到福岛老家去，便买了两张车票。第三天，夫人已经好了许多，正巧客人也没来，我便逃也似的催促着夫人，关上了挡雨木窗，锁好房门，走出了门口——

南无三宝！

笹岛老师竟在大白天喝得烂醉，带着两个看似护士的年轻女子过来了。

“呀，您这是要出门？”

“没什么，别介意。阿梅，对不起，你去把客厅的挡雨窗打开。老师，请进吧，请别介意。”

她发出又哭又笑的奇怪声音，还向两个年轻女子打了招呼，又一次像耗子似的开始了接待的狂奔。我被派出去买东西，在集市上打开夫人慌忙塞给我的，代替钱包的旅行用手提包时，发现夫人的车票被撕成了两半。我大吃一惊，心想这一定是夫人在门口碰到笹岛先生时，转瞬之间撕碎的。想到这里，我顿时为夫人深不见底的温柔感到无奈，同时有生以来头一次意识到，人类具有某种与其他动物截然不同的高贵品质。于是我也从腰带里掏出自己的车票撕成了两半，决心再买些好吃的东西回去，开始在集市上物色起来。

美男子与香烟

我是准备孤身一人独自战斗到今天的，但不知为何，总觉得像是要败下阵来，心中惶惑不已。然而，事到如今，我不会去向那些直至今日还轻蔑我的人认错，请求他们无论如何和我交个朋友。我只能依然孤独地喝着劣质酒，将我的战斗继续下去。

我的战斗，一言以蔽之，就是与蹈常袭故的现象作斗争，是与人们习以为常的拿腔作势作斗争，是与显而易见的溜须拍马作斗争，是针对贫气现象、悭吝者的战斗。

我甚至可以向耶和华发誓。我为了这个战斗，失去了自己的所有。而且，我依然孤独，总是觉得没有酒喝就活不下去了。而且，溃败仿佛在向我靠近。

守旧者心术不正。他们总是寻找各种机会毫不羞愧地念叨着什么陈词滥调的文学观、艺术观，用来践踏冒死萌发的新生事物，而且看来他们根本没有意识到自己的罪恶，实在让人不敢恭维。任凭别人嬉笑怒骂，他们依然不为所动。他们只是一些惜命、惜钱、想出人头地讨妻儿欢心，因而沆瀣一气相互吹捧、欺负势单力薄者的人。

我眼看就要败下阵来。

前几天在某个地方，我正喝着劣质酒，有三个年长的文学家走过来。我与他们既不认识也无来往，他们却突然围着我，一副烂醉如泥的模样，对我的小说无中生有地进行诽谤。我这个人无论喝多少酒都极其厌恶失态，因此对他们的恶语相向付诸一笑，充耳不闻。但是回到家里，吃着已经很晚的晚饭时，感到悔恨不已，不由得哽咽出声，不能自制，放下碗筷，竟然呜呜地号啕大哭起来，对伺候自己吃饭的妻子断断续续地说：

“人家，人家……豁出命来拼命地写，大家却把它当作随意嘲弄的对象……那些人都是前辈，比我大一二十岁，而且他们合起伙来想要诋毁我……卑鄙啊！狡猾啊！……算了！我也不用再顾忌了，我也要公开说说前辈的坏话，我要和他们斗……太过分了！”

我语无伦次地嘟囔着这些话，哭得越发伤心起来。妻子露出惊诧的表情，说“去睡吧，嗳……”把我拽到被窝里。我躺下后还在抽抽搭搭地啜泣着，自怨自艾，抽泣不止。

唉！活下去真是一件令人厌恶的事，尤其男人，更是艰辛而悲哀。总之，凡事都要经过拼搏，而且只能赢。

在那次大恸后几天，来了一位某杂志社的年轻记者，向我提起一件令我料想不到的事。

“您想不想去看看上野的流浪者？”

“流浪者？”

“是啊，我想拍你和流浪者在一起的照片。”

“我和流浪者在一起？”

“是的。”记者答道，回答得很镇定。

为什么要挑选我去？提起太宰就想到流浪者，提起流浪者就想到太宰。怎么会是这样的因果关系呢？

“走吧。”

我好像有着这样一种脾性：感觉到快要哭出来时，反而会本能地与对方顶起牛来。

我立即起身换上西装，催着那位年轻记者离开了家门。

这是冬天一个寒冷的早晨。我用手帕擦着鼻涕默默地走着，心里毕竟高兴不起来。

从三鹰站坐省线列车到东京站，然后换乘市营电车。那名年轻记者带着我先去总部，把我带到会客室里，并立即用威士忌招待我。

回想起来，这也许是本部编辑组善意的安排，认为我太宰是个怯懦之人，如果不让我喝点酒壮壮胆，就肯定无法与流浪者轻松地交谈。但是说老实话，这威士忌是种非常奇怪的东西。我这个人以前也喝过各种稀奇古怪的酒，我绝不是吹牛，但叫威士忌的米酒我还是第一次喝。贴着很洋气的标牌，酒瓶做得也很正规，但里面却很浑浊。可以说是叫威士忌的浊米酒吧。

不过，我把它喝了。我大口大口地喝着，而且我还劝到会客室里来围观的记者们也来喝。可是，他们都讪讪地笑着不喝。我听人说过，知道到这里来的记者们都很会喝酒。但是，他们不喝。看来就算是酒豪，对威士忌的浊米酒也是敬而远之的。

就我一个人喝得醉醺醺的。我笑着对他们说："你们不是很失礼吗？你们把自己都不愿意喝的劣酒拿出来招待客人，这不是太过分了吗？"

记者们见我太宰慢慢地已经喝醉了，趁着这醉意还没有消失，赶紧让我去见流浪者。他们不失时机地把我塞进汽车里，带到上野站，领我去人称流浪者巢穴的地下通道里。

可是，记者们这个设计周全的计划不能算是很成功。我走入地下通道，目不斜视地径直往前走。走到通道出口附近，看见有四名少年在烤鸡肉串的摊位前抽着烟，我顿时产生一种很强烈的厌恶感，便走上前去。

"不准抽烟！抽烟的话肚子会更饿。别抽了！如果想吃烤鸡肉串，我替你们买。"

少年们顺从地将刚开始吸的烟扔了。全都是十岁左右小不点的孩子。我对烤鸡肉摊的女摊主说道："喂，给这些孩子每人一串。"其实，我是感觉到一种莫名的怜悯。

尽管是件小事，也算是在做善事吧。我感到很不忍心。我冷不丁地想起保尔·瓦雷里的一句话，心中更是不忍。

如果说我当时的行为如若在俗人眼里多少显得有些优越感的话，我被瓦雷里再怎么看不起也无所谓。

瓦雷里说：在行善时要始终怀有歉意，因为没有比善意更容易伤人的东西。

我感觉像是患了感冒。我弓起腰，大步地走出了地下通道。

四五个记者紧跟在我的后面："怎么样？简直像地狱吧？"

另一人说道："总之，是另一个世界啊。"

又一人问："很吃惊吧？感想如何？"

我笑出了声："地狱？怎么会！我一点儿也不惊讶。"

我这么说着，朝上野公园的方向走去，一路上渐渐地饶舌起来。

"其实我什么也没有看见。我尽想着自己的苦难，只是看着正前方，快步穿过地下通道。不过，你们特地挑选我来看地下通道的原因，我知道了。这个啊，肯定是出自我是个帅哥的缘故。"

大家都捧腹大笑。

"你们别笑，我没有开玩笑。你们都没有发现吧？我尽管目不斜视地走着，还是发现在那昏暗的角落里躺着的流浪者，几乎全都是容貌端正的帅哥。就是说，帅哥大多有沦落到地下通道里生活的可能性。你们都是长得眉清目秀的帅哥，所以很危险啊！你们要当心。我也要当心啊。"

大家又哄堂大笑。

自以为是，自以为是，人们总是自以为是，猛然惊醒时自己已经躺在地下通道的角落里，早就已经不是人了。我只是在地下通道里径直通过，就真实地感觉到那种震悚。

"帅哥的事暂且不说，其他还发现了什么？"他们问道。

于是，我答道：“香烟。那些帅哥不像是喝醉了酒，大多只是抽烟。就是香烟，也不便宜吧。若是有钱买香烟，肯定也买得起一张榻榻米、一双木屐吧？他们直接躺在水泥地上，赤着脚，还能吞云吐雾。人，不，现在的人，即便跌落深渊，即便赤身裸体，也能够心安理得地抽着烟吧。我不是指责别人。我怎么也想不到会有这样的感觉。算了算了！我的地下通道之行好像增添了实现的预兆。”

我们走到了上野公园前的广场上。刚才的四名少年沐浴着冬季晌午的阳光，尽情地戏耍着。我很自然地朝着那些少年的方向犹犹豫豫地走过去。

“就这样！就这样！”一名记者把相机对着我们嚷道，“咔嚓”一下拍了下来。

“这次笑一笑！”这名记者窥看着镜头又这么喊道。

一名少年望着我说“我们一见面就会发笑啊”，便笑了起来。我受到感染，也笑了。

天使在天空中飞舞，听从神的旨意收起翅膀，像降落伞似的飘落到世界的各个角落。我飘落在北国的雪原上，你飘落在南国的柑橘田里，这些少年则飘落在上野公园里。仅仅就是这些差别。以后即便会茁壮地成长，少年们啊，一定不要在乎容貌，不要抽烟，除了节日之外不要喝酒，而且要欣赏性格内向略施粉黛的姑娘。

附注

后来记者把那次拍摄的照片送来了。是我和流浪儿相视而笑的照片，另一张照片是我在那些流浪儿的面前蹲着，抓着一名流浪儿的脚，动作很别扭。这些照片如果以后刊登在什么杂志上，恐怕会招致人们的误解，以为我太宰是在作秀，冒充救世主，模仿《约翰福音》中基督为弟子洗脚的动作。嘿！因此我要声明一句，我只是因为好奇心，想看看赤脚走路的孩子脚底变得怎么样了，才做出那样的动作。

我再说一个笑话。这两张照片送来时，我把妻子喊来，告诉她"这是上野的流浪者"，妻子一副认真的表情说道："呃，这就是流浪者吗？"她全神贯注地看着，我忽然看着妻子注视的地方，惊讶地说道：

"你在看什么地方？那是我啊！不就是你的丈夫？流浪者在那边。"

妻子是个很死板的人，不是个会开玩笑的女人。她好像把我的身影错看成流浪者了。

候鸟

外表装快乐，内心却烦恼。

——但丁

晚秋之夜，音乐会也结束了，大群乌鸦以各种不同的形式相互推搡着前呼后拥地从日比谷公会堂簇拥着飞出来，不久便朝着各自回家的路突然散开，慌不择路地飞去。

“这不是山名先生吗？”打招呼的一只乌鸦是没戴帽子、蓬头乱发、穿着夹克衫、瘦高个儿的青年。

“是的……”听到招呼的乌鸦是个肥胖的中年绅士。他没有理会青年，朝着有乐町的方向快步走着，“你是……”

“我？”青年往上拢着蓬乱的头发笑道，“嘿，我不过是一介书生……”

“有何贵干？”

“我是您的粉丝，是先生音乐评论的崇拜者。最近您好像不太写了吧。”

“在写啊。”

糟了！青年在黑暗中歪扭着嘴唇。这位青年学籍在东京的某所大学里，但他没有学生帽也没有校服，只有一套穿着夹克衫和一套夹衣的西服。看模样他家里没有寄来生活费，他有时当擦鞋匠，有时也卖卖彩票，最近名义上是在为某家出版社的编辑当帮手，暗地里好像时常在参与非法买卖的筹划——那并非完全是空穴来风，所以手头好像比较宽裕。

“音乐只是莫扎特吧。”他想要弥补溜须拍马的失败，想起山名先生赞美莫扎特的某篇小论文，便提心吊胆地喃喃自语着讨好先生。

“也不能说尽是这个……”

太好了！好像稍稍高兴些。豁出去了。这位先生的外套立领里的面颊肯定松弛了。

青年借势逞能。

“近代音乐的堕落，我认为大致是从贝多芬开始的。我认为，音乐面对人们的生活不得不进行对峙，这是歪门邪道。音乐的本质无论如何也应该是生活的伴奏。我今夜听了久违的莫扎特，痛切地感到音乐就是这样的东西……”

“我要从这里上车了。”

是有乐町车站。

“啊，是吗？那告辞了。今晚和先生交谈，我很荣幸。”

青年将双手插在裤子口袋里，微微鞠了一躬与先生道别，迅速转向右边，朝着银座走去。

若要说起贝多芬，那就谈谈贝多芬。若要说起莫扎特，那就谈谈莫扎特。不管谈论谁，不是都很好吗？那位先生留有髭须令人厌恶，但留髭须的爱好却令人费解。嗯，这家伙也许本来就没有情趣。嗯，对了，评论家之类的人是没有情趣的，所以也就谈不上厌恶。我兴许也是这样的，很粗俗。但髭须……听说留髭须，牙齿会长得坚固，是为了咬住什么人，这难道是真的？殿下有髭须吧。上穿西服下穿木屐，髭须很气派。一副欠他多还他少的可怜相，其实是琢磨不透对方的心理啊。想说什么留髭须是其人被迫与生活进行对峙的一种感觉。睡着时的脸大概很可怕吧。我也留髭须试试吧，也许因此又能悟出些什么来。马克思的髭须，那算是什么？那到底是什么样的结构呢？是将玉米插在鼻子下的感觉？难以理解。笛卡儿的髭须像牛的涎水，那就是怀疑思想……咦？那是谁啊？是田边君。没错。四十岁，女人也是一到四十……总是带着零用钱，所以靠得住。她原本就身材瘦小显得年轻，这下省钱了。

“田边君。”青年从身后拍了拍她的肩膀。啊！绿色贝雷帽。不般配，不戴帽就好了。思想家严厉拒绝情趣？不过，请想一想年龄。年龄！

“您是哪一位？”

近视眼？令人惊叹啊！

“您是蜜蜡社的……”想让我连你的名字都说出来？这不是积脓症吗？

“哎，对不起！是柳川君。”

这是假名字，另外有真名，但不能告诉你啊。“是的。上次，谢谢你了。”

“不用谢，彼此彼此。”

“你去哪里？”

“你去哪里？”

谨慎得让人觉得不耐烦。“去听音乐会回来。”

“啊，是吗？”

看她的样子像是松了口气。因此，有必要经常去听听音乐会。

“我回家，坐地铁。我是报社里有点儿事……”

有什么事啊。撒谎！不就是和男人幽会回来吗？若是有事去报社，准会摆摆臭架子吧。女性社会主义者虚荣心实在太强，真让人为难。

“是演讲吗？”瞧！脸色一点儿也不红。

“不是，是同业公会……”

同业公会？老一套的字典说，那就是东奔西跑累得哭泣，繁忙的同义词。

我也曾委曲求全过。“你是终日劳累啊。”

“是啊，累垮了。”

理应这么回答。“不过，现在是民主革命的绝好机会啊。”

“呃，是的。是机会。”

“错过了现在，就永远都……”

“不会。不过，我们都不会绝望的呀！”

又是巴结不讨好？真是难伺候！“喝杯茶吧？”要让她请客。

“好啊。可是，今天夜里不行啊。”

精明得让人生厌。不过，若有这样的老婆，丈夫会觉得很轻松吧。她肯定也很擅长策划，身上还留有一点稚气。

看她是四十岁女人，那就是四十岁女人。看她是三十岁女人，那就是三十岁女人。看她有十六七岁，那就是十六七岁。贝多芬、莫扎特、山名先生、马克思、笛卡儿、皇室，以及田边女士。可是，我的周围已经没有任何人，只有风。

吃什么呢？胃的状况实在……音乐会也许对胃不好。硬憋着不打嗝，这不行。

“喂，柳川君！”嘿！这不是个好名字。是川柳的颠倒，柳川锅。不行，明天起改个雅号吧。可是，这家伙是谁？是个特别丑的男人啊。想起来了，是带着稿子来我报社的文学青年。遇上了一个难缠的家伙啊，喝醉了让人讨厌。也许是想让我请客，离他远点吧。

“呃，你是哪一位？对不起。”也许要被他敲竹杠了。

“我就是之前带着稿子去蜜蜡社，被你说成是瞎模仿永井荷风[1]

---

① 1879—1959，日本小说家。

而被退稿的人啊！你忘了？”

是威胁吧。我不会说瞎模仿，但是我说了追随者，不，是仿制品吧？反正那份稿子我一页也没有读。是标题不行呀！呃……是什么标题呢？《某位舞女的不打自招》，我面红耳赤狼狈不堪啊。竟还会有如此浑蛋的家伙。

“想起来了。”要殷勤慎重地对待，因为对方是个蠢货，被揍的话就自讨没趣。不过，他看上去很柔弱，能赢这家伙。可是人不可貌相，所以最好还是小心些。

“换个标题呀！”

令人刮目相看啊！已经意识到这一点了。看来他未必是个蠢货。

“是吗？换个标题也许会很好吧。”没兴趣，没兴趣。

“改成男女交战。”

“男女交战……”无言以对，浑蛋，凡事都有不可逾越的底线啊。这家伙像个虱子似的。不能与他太接近了，会弄脏的。如此看来，文学青年令人厌恶。

“卖了呀！”

“呃？”

“卖了呀！那份稿子。”

真是破天荒的。是出现新人了？感觉有些憋屈。尽管他长着这样一副讨人嫌的丑八怪脸，没想到兴许还真是个天才。令人怵然，要吓唬吓唬他。如此看来，我不善于和文学青年这类人打交道。反正，说说恭维话吧。

“标题很有趣啊。”

“是啊，要适应时代的潮流。”

真想揍他！畜生！让他别太过分！要敬畏上帝啊！不能与他交往！

“今天吧，我拿到稿费了。稿费吧，多得吓我一跳。刚才起我就在逛街喝酒，稿费还剩一半多。”

是因为不敢敞开喝吧，讨厌的家伙啊。有了钱就要威风，令人讨厌。估计剩下三千元，估计错了？等一等，这家伙在厕所里偷偷地查看了余款吧。否则他不可能一口咬定说剩下一半多。没错，肯定查看过了。这种人我见得多了。哎呀！其实我也还是记得的，他曾躲在厕所里或在小巷的电线杆后面醉醺醺地一张两张地数着剩下的钱，叹了口气，有气无力地喃喃着“我是在看忧愁的飞鸟呀”。真是让人怜悯呢！

“从现在起，今天夜里我打算把剩下的钱全都花完，你陪不陪我？这一带，有哪家你熟悉的酒店，介绍一个。”

对不起，该另眼相看了。可是，你真的带着钱吧。AA制的话就尴尬了。为了以防万一，还是试探一下吧。

“有是有，但那里有点儿贵啊。介绍你去，以后遭你怨恨的话……”

“没关系。有三千元足够了吧。这钱交给你，今天夜里，我们两人把它花完。”

“不用，那不行，拿着别人的钱我会感到一种责任，喝酒也喝不痛快了。”

这人与外表的笨拙很不相称，不就是个能说会道的人吗？会写小说的人性情总会有些淡泊。就是潇洒啊！说起莫扎特，那就谈论莫扎特。若是遇上文学青年，那就谈论文学青年。那是自然而然的，所以很不可思议。

“今天夜里，那我们就大谈文学如何？我早就对你的作品怀有好感，实在是主编太保守了。”

带到竹田屋去吧。我在那里的赊欠应该还有一千元左右，顺便也让他一起付了吧。

“是这里吗？”

“是啊，这地方很干净。我喜欢在这样的地方喝酒。你看怎么样？”

“不赖啊。”

“哈哈，我们是趣味相投。来！喝吧，干杯。趣味这东西是很难说得清的吧。从一千个厌恶中会萌生出一个情趣来。没有情趣的家伙，也不会有厌恶。来吧，干杯。今夜不就是大谈特谈吗？你好像是个格外寡言的人吧。不能沉默，沉默就是输，那是我们最大的敌人。我如此饶舌，这是煞费苦心的自我牺牲，几乎是人类最高的奉献之一，而且是丝毫不以报酬为目的的奉献吧。可是，我又应该爱敌人。我不能不爱使我产生活力的人，因为我们的敌人总是在赋予我们活力啊。喝吧。愚蠢的人啊，坚信嘲笑就是不诚实，又似乎认定双关语不算是应答，并令人厌恶地要求别人的态度直率些。可是，直率这种态度吧，就是完全像无脑的人似的款待他人，无视别人的情绪。所以吧，感受性太强的人能体会到他人的痛苦，因此就不容易直率。所谓直率，那就是暴力呀！所以我不会喜欢大文豪。我只是害怕这些家伙的臂力。（狼吃羊，这不行。那是不道德的，其实是不愉快的。因为那羊应该由我来吃吧。）感觉尽是些无论多么粗野的事都能心安理得说出口来的人。原本就不是什么悟性好而靠得住的人。缺乏智慧的直觉不过是碰巧，是歪打正着。来，干杯，让我们来谈谈吧。我们真正的敌人是不说话。我越说越觉得心神不宁起来。有人在引诱我，我真想偷偷地回过头去，我还是不行啊。最伟大的人吧，都是些玩命地相信自己判断的人，最愚蠢的家伙与他们相比又是殊途同归不分伯仲啊。不过，别再说坏话了吧？实在是连自己都觉得不太上品。因为这种坏话原本就包含着普通人的劣根性啊。喝吧，谈谈文学吧，谈论文学是很有趣的。呵呵，遇到新人说新人的话，遇到文豪说文豪的话，心情自然就会随之改变，所以很有趣呀！不过你要考虑一个问题啊，你接下来作为新作家露面，要吸引三百万读者，到底应该做些什么？

这件事很难，可是你不能绝望。这个嘛，你能做到吗？这比让一百个特定的读者喜欢你要轻松得多。可是，有几百万读者感到满意的作家，常常连作家自己都感到很满意；只能让少数读者满意的作家，一般连作家自己都感到不满意。这是很悲惨的。幸好你的作品好像连你自己都感到满意，所以我估计你也能让三百万读者感到满意而成为畅销书作家。你不能绝望。用现在流行的话来说，你有这种潜力。喝吧，干杯。如果我问你，作家阁下，让一个读者读一千遍和让十万读者每人读一遍，阁下到底希望哪一个好？那个要成为著述之士的人就会满不在乎地回答说，当然要让十万读者每人读一遍。你要行动起来，要大干一场，你是有希望的。说你是模仿永井荷风，没关系啊！所谓的独创性，原本就是胃的问题吧，吸食他人的养分，能不能将它消化掉，或者原封不动地变成粪便排出来……有点恶心！如果能消化，那就没关系了。因为所谓的独创性文人，本来就根本不存在啊。当真配得上这个名声的家伙们不仅仅不为世人所知，即使想要让世人知道也不可能。所以你完全可以放心啊。不过，常常会有人做出一副'我才是独创性文人'的表情出来炫耀。那只是蠢货，不值得害怕。呵呵，你该叹息了吧。你的前途其实是大有希望的，道路很宽广。对了，这次小说的标题改成'宽敞的门'如何？因为听说'门'这个字还是有时代感的。对不起，我要呕吐一下啦。没关系，呃，已经没关系了。这里的酒不太好喝吧。好了，舒服了。从刚才起就憋着想吐。边喝酒边赞赏别人就会喝得烂醉吧。可是，就是那个瓦雷里[1]吧，终究说过：面对你的沉默，我必定溃败。我今天夜里在这里说的话，几乎全都是瓦雷里的文学观点，都不是独创性或什么狗屎。是肠胃不好啊，消化不了，终于把固体物吐了出来。如果你愿意听的话，我还能

① 保尔·瓦雷里（Paul Valery，1871—1945）：法国象征派诗人、批评家，法兰西学院院士，著有《海滨墓园》等。

说很多很多，不过还不如把这本瓦雷里的书送给你，我也就用不着唠叨了。刚从旧书店里买来，是在电车里刚刚读过的新知识，所以还记在脑海里，到明天我就会忘掉了。如果读瓦雷里，那我们就说说瓦雷里。如果读蒙田[①]，我们就说说蒙田。如果读帕斯卡[②]，我们就说说帕斯卡。说，自杀的许可只能给完全幸福的人，这也是瓦雷里说的，不赖吧。我们就连自杀都做不到。这本书给你。喂，夫人，这里结账，把全部的账都结了，全部的。那么，我先告辞了。这本书里写着：不是像羽毛那样，而是像鸟那样轻盈。怎么做才好呢？”

没戴帽子、头发蓬乱、穿着夹克衫的瘦削青年，如水鸟一般狂暴地飞去。

---

① 1533—1592，法国思想家、散文家。

② 1623—1662，法国数学家、物理学家、哲学家。

樱桃

我要向山举目。

——《圣经·诗篇》第121篇

父母比子女重要，话是这么说。传统的教育学者认为，为了子女未来的发展，不要太过溺爱云云，但其实在子女面前，父母的地位反而比较低。至少我家是如此。我身为人父，在家里却总是讨子女们欢心，千万别说我这么做是为了养儿防老，我可没打这种小算盘。说起来，我们家的“子女”，年纪都还很小。我的大女儿七岁，大儿子四岁，二女儿才一岁，他们几个都已经把父母吃得死死的，为人父母的简直就像子女的仆人一般。

夏天，我们全家挤在三张榻榻米大的房间里，叽叽喳喳，乱糟糟地吃晚餐。我频频用毛巾擦拭脸上的汗水，嘴里嘀嘀咕咕：“《柳多留》里说：‘吃饭满脸汗，没品无人看。’可孩子们闹成这样，就算父亲再有品，都不免要大汗淋漓。”

我妻子一面给二女儿喂奶，一面为我、大女儿以及大儿子添饭夹菜，时而将孩子们掉落的饭菜捡起来，时而帮孩子们擦鼻涕，三头六臂忙得不可开交。

“我看你这当爹的，鼻子出了不少汗啊，一直看你擦鼻子。”

我苦笑道：“那你呢？大腿内侧出汗了？”

“你可真有品！”

“没有啊，你这么说就不对了，医学名词跟有没有品无关。”

“依我说，”妻子正色道，“在乳房与乳房之间……有一座眼泪的山谷……”

眼泪的山谷。

我不接话，继续吃饭。

我在家里总是插科打诨。或者说，正因为心中非常烦闷，表面上才不得不装出轻松愉快的样子。其实，不单在家庭内部，人际交往的过程中，哪怕我心里再不痛快，身体再难受，还是会努力营造愉快的气氛。就这样，与客人分开以后，我会拖着疲惫的脚步，满脑子想着钱、道德和自杀。这种情况也不限于人际交往，写小说也不例外，心里越痛苦，我越是努力创作欢乐的故事。我只想给广大读者带去快乐，人们却不领情，作家太宰还批评我缺乏深度、以娱乐性博读者眼球、没技术含量。

迎合大众是坏事吗？装腔作势、一本正经就好吗？

反正，我完全受不了那种一板一眼，不解风情的腔调。在家里，我不停地开玩笑，有时简直如履薄冰，与部分读者、评论家想象的截然相反，我家的榻榻米干干净净，桌面整整齐齐，夫妻相敬如宾，不但丈夫不会对妻子拳脚相加，就连“你给我滚”“我这就走”之类的激烈争吵都没发生过，我们夫妻俩对孩子们宠爱有加，孩子们活泼开朗，对我们也很亲。

但这不过是表面现象。妻子的胸前宛如眼泪的山谷，我则常常盗汗，一天比一天严重。我们虽然理解彼此的不容易，却尽量不去触及，我满嘴笑话，妻子赔笑脸。

然而此时此刻，妻子提到“眼泪的山谷”，我顿了顿，暗自思忖如何用玩笑岔开话题，一时也不知说什么好。随着沉默逐渐延长，气氛越来越尴尬，平时以“洒脱豁达”自居的我不得不正色道：“去雇个人吧，否则又有什么办法呢……”我压低声音喃喃自语，生怕惹妻子不高兴。

我有三个孩子。在家里，我完全不做家务，连被子都不叠，只会说些愚蠢的笑话。配给啊，注册啊，我一概搞不明白。简直把家当成了旅馆。招待来客，社交应酬，有时我还把饭菜带去工作室，整个礼拜不回家。我总是喊着忙啊忙，每天最多却只能写出两三张稿纸。还有就是喝酒，每每痛饮一番，肚子空空睡到天亮。此外，我还有不少年轻漂亮的红颜知己呢。

孩子呢……七岁的大女儿和一岁的二女儿都很容易感冒，小孩都这样。四岁的大儿子太瘦了，还不会站，整天咿咿呀呀，连话都不会说，也听不懂别人在说什么，甚至不懂自己大小便。可是，他饭却没少吃，永远瘦瘦小小、头发稀疏，根本长不大。

我和妻子都避免谈及大儿子的话题。但凡谁说出白痴、哑巴这类字眼，等于面对了这个现实，恐怕谁也接受不了。妻子时常将大儿子紧紧搂在怀里，我则常常有一股冲动，想要抱着儿子投河自尽。

“哑巴二儿子惨遭杀害。某日午后，某区某町某号某商，某某先生（五十三岁）在面积大约六张榻榻米的自家客厅，重击二儿子某某（十八岁）头部致其死亡，并以剪刀割喉自杀未遂，现已被送往附近医院，生命垂危。嫌疑人近期为二女儿某某（二十二岁）招得一位女婿，因二儿子既哑又痴，爱女心切故出此下策……”

这类社会新闻总会让我不禁多喝几杯。

“哎呀！只是发育慢而已。”“他马上就会长高长大，嘲笑我们没事瞎操心。”我们对亲戚朋友闭口不谈，暗自期待着奇迹的发生，从来不把问题摆上台面，对大儿子宠爱如常。

妻子为这个家劳心劳力，我也是拼尽全力。我原本就不算高产的小说家，下笔也极为谨慎，写不出东西的时候，我就借酒消愁。所谓喝闷酒，也是因为有情绪无法排遣，若是能够将自己心中的郁结清清楚楚地表达出来，根本不用寄情酒精（女人很少酗酒就是这个原因）。

我从来争辩不过别人，可以说是必输无疑。每当对方展露出坚定的信念，充分的自信，我都会被对方所震慑，一句话都说不出来。但回头一想，我会从对方的话语中发现漏洞，意识到自己的主张并非完全站不住脚，可既然已经在争论中落于下风，旧事重提、纠缠不放恐怕太没风度，而且在我看来，吵架就像打架一样，事后总会在心中留下难以驱散的阴云，所以哪怕再生气，我还是面带笑容，不置一词，任凭各种念头在脑海里打架，最后只得借酒消愁。

这么说吧，啰啰唆唆写了一大堆，这其实是一部描写冤家夫妻的小说。

“眼泪的山谷。”

这是导火线。正如上文所述，这对夫妻从来不打架，也不曾恶言相向，可以说是相敬如宾。但夫妻间的矛盾一触即发，危险随时都会降临。他们似乎暗自收集着对方的“罪证”，手上的牌要打或不打，须看谁率先把牌凑齐，眼前不过是按兵不动罢了。对妻子来说，丈夫是个经不起检验、越查问题越多的男人。

“眼泪的山谷。”

听到这句话，丈夫心头一紧，他不想争辩，于是沉默不语。他心想：你对我有意见，但哭的可不只有你一个，我对孩子的关心并不比你少。我非常重视自己的家庭。只要孩子在夜里咳嗽一下，我就会从睡梦中醒来，担心不已。我也想搬到像样一点的地方，让你和孩子们住得舒服些，但我力有不逮，已经尽力了。我并不是凶恶的怪物，无法对妻子的痛苦视而不见，配给啊，注册啊，我并非不想了解，而是没时间去了解……他总是在心中默默地自言自语，没有表达真实想法的勇气，也不知道要怎么应对妻子的回话。

“去雇个人吧！”他自言自语，小心谨慎地表达意见。

妻子平时话不多，只要一开口，语气总是冷静而自信（不只是这一位，女人多半如此）。

“可是，上哪儿去雇人呢？”

“找找看，肯定会有的。我看不是没人愿意来，而是没人愿意留下来吧！”

“你的意思是，我不会跟人打交道喽？”

“哪有……”他沉默了，心里虽然不无这样的想法，却没再说下去。

哎，去雇个人吧！每当妻子背着二女儿外出办事，他就得在家照顾另外两个孩子。每天还会有十多个客人登门拜访。

“我想去工作室一趟。”

“现在去？”

“嗯，有个稿子今晚得赶出来。”他没说谎，同时想逃离家中的重重阴霾。

“今晚想去我妹妹家。”

他知道，妻子的妹妹身患重病，但假如妻子去探望妹妹，他就得留下来照顾孩子。

“所以我说去雇个人啊……”话说到一半，他决定就此打住，每次提到妻子的家人，两人之间的气氛总会闹得更僵。

活着真不容易。人们就像被铁链捆绑着，稍稍挣扎就会皮开肉绽。

他默默站起身子，从房间的桌子抽屉里取出装有稿费的信封，一把揣进衣袖之中，用一块黑布包上稿纸、字典，一溜烟跑了出去。

他无心工作，一心只想了断自己的性命。他径直前往喝酒的地方。

“欢迎光临。”

“倒酒！你今天又穿得这么花俏……”

“不难看吧？还以为你喜欢这图案呢。”

“今天又跟我老婆吵架了，心情糟糕透顶，倒酒！今天我不回去了！一定不回去！”

父母比子女重要，话是这么说。但其实在子女面前，父母的地位反而比较低。

一盘樱桃被端了出来。

他从不给孩子们吃这么高级的东西，他们说不定压根儿没见过樱桃。给他们吃樱桃，他们一定会很高兴吧；把这些樱桃带回家，他们一定会很高兴吧。如果用线将樱桃串起来，挂在脖子上，看起来一定很像珊瑚项链吧！

然而，他吃着一大盘樱桃，吃一颗樱桃吐一颗核，吃一颗吐一颗，吃一颗吐一颗，仿佛味道很糟糕似的。一句话幽幽地在他的心头飘飘荡荡：父母比子女更重要。

人间失格

序言

我看过三张他的照片。

一张是他约莫十岁，可算是幼年时代的照片吧。在这张照片里，这孩子被很多女孩子围着（能想象得出那些都是他的姐姐、妹妹以及堂表姐妹）。他穿着粗条纹的裙裤站在庭院的池塘边，脑袋向左倾斜了有三十度，笑得很难看。难看？不过，反应迟钝的人（就是对美丑毫不关心的人）可能仍会摆出一副算不上是感兴趣的表情，无关痛痒地恭维说“这孩子真可爱啊”。孩子的笑脸上依然会流露出通常说的“可爱”的影子来，他的神情似乎听不出对方是言不由衷。然而，接受过哪怕是些微的美丑训练的人，只消看一眼，也许就会兴味索然地嘀咕道：“这孩子真不讨人喜欢！”用掸毛毛虫时的那种手势，把那张照片扔了。

不知为何，这孩子的笑脸让人越看越觉得头皮发麻。那原本就不是笑脸。这孩子一点儿也没有笑。其证据就是，这孩子捏紧两只拳头站立着。人是不可能捏紧着拳头面露笑容的。是猴子。是猴子的笑脸。他只是把令人生厌的皱纹紧紧挤到了脸上。照片上的表情极其诡异，总显得很不干净，令人作呕，让人忍不住会说“是个皱巴巴的小老头”。我至今还从来没有见到过表情如此诡异的孩子。

第二张照片上的面容已经判若两人，这又令人颇感意外。这是一副学生打扮。尽管很难确定这照片是高中时代还是大学时代的，但总之是个美貌惊人的学生。然而，又不可思议地让人感觉不到活人的生气。他身穿学生服，从胸袋里露出白色的手绢，交叉着双腿坐在藤椅上，而且还是笑着。这次的笑脸，不是皱巴巴的猴子的笑容，而是极其微妙的微笑，总觉得与常人的笑容又完全不同，丝毫也没有所谓血液的凝重或生命的古朴之类的充实感。那笑容不像是鸟，却像羽毛般轻盈，只是白纸一张，并且就这么笑着。总之，从头至尾感觉都像是仿制品。即便说是矫揉造作还嫌不够，说是轻浮也嫌不足，说是带女人相仍嫌不够，说他是“喜好修饰”当然还是不够。仔细察看，在这位美貌学生身上还是能感觉到有一种鬼怪故事般令人发怵的气息。我至今还从来没有见到过如此诡异的美貌青年。

另一张照片是最奇怪的。照片上简直已经看不出大致的年龄，头上好像已经有了些许白发。那是在脏乱不堪的房间（这张照片上清晰地显示出房间墙壁上有三个地方塌落）角落里，双手伸在一个小火炉上烤手，这次他没有笑，也没有任何表情。可以说，他虽然坐着，双手在烤火，却散发着自然死亡似的乏味的、不祥的气息。奇怪的还不仅仅如此。那张照片上脸部拍得比较大，所以我能细细地端详他的脸部构造。额头很普通，额头上的皱纹也很常见，眉毛也很寻常，眼睛也很一般，鼻子、嘴、下颌都……哈哈，那张脸上岂止没有表情，连印象也无法给人留下一点。就是，没有特征。比如，我看着这张照片，闭上眼睛，我就已经把这张脸忘了。房间里的墙壁、小火炉能想起来，但房间里主人公的长相已经消散得无影无踪，怎么想也想不起来。这是一张不能成为画面的脸，也是一张上不了什么漫画的脸。睁开眼睛时，甚至不会感觉到“哦，是这样的脸吗？我想起来了”之类的喜悦。说句极端的话，即使睁开眼睛再察看这张照片，还是想不起来，而且已经感到不悦、焦虑，下意识地想要把头转过去。

就连人们常说的“死者脸相”，也总应该有些表情或印象吧，若是在人的身体上安上驮马的脑袋，也许就会有这样的感觉吧，总之看照片的人会本能地感到悚然，产生厌恶感。以前我还从来没有见过如此诡异的人脸。

第一手记

我过着一种自惭形秽的人生。

在我眼里，人们的生活是无法预测的。我出生在东北农村，第一次看见火车的时候，我已经长得很大了。我在停车场的天桥上跑上跑下，根本没有注意到那是为了跨越轨道而建造的，竟以为那只是为了使停车场的区域像外国游乐场所那样以复杂为乐、喜欢洋气才设置的。而且在相当长的时间里，我一直都是这样认为的。在天桥上跑上跑下，在我眼里是一种颇有乐趣的游戏，即使在铁路服务中，也是最有人情味的服务之一。后来发现那不过是为了让旅客便于跨越轨道而建造的颇为实用的楼梯，我感到很失望。

我在孩子时曾在画册上看见过地铁，竟以为那也不是出自实际需要才不得不想出来的办法，而是一种游戏，与乘坐地面上的火车相比，还是乘坐地底下的火车更奇特而有趣。

我从孩子时起就体弱多病，经常躺着。睡在床上，我真切地以为床单、枕套、被套都是很无聊的装饰，直到快二十岁时才意外地知道那是实用品，才为人们的节俭黯然神伤。

同时，我不知道饥饿。不！我的意思不是说我是在衣食丰盈的家庭里长大，我不是那种无聊的意思，而是我根本不知道“饥饿”是何种滋味。说起来很奇怪，即使肚子饿着，我自己也感觉不到。读小学和中学，一放学回家，周围的人都吵吵嚷嚷地说：“怎么样，肚子饿了吧？我们都有这样的感觉，从学校里放学回家时肚子饿得很厉害。

甜纳豆怎么样？蛋糕、面包也都有啊！”于是我发挥天生的阿谀精神，喃喃说着“我肚子也饿了”，便将十余颗甜纳豆放入嘴里，但肚子饿是什么样的感觉，我丝毫也没有想要去体会它。

我自己当然也要吃很多东西，但记忆中几乎没有是因为饥饿才吃东西的。我要吃令我感到稀罕的东西，吃觉得奢华的食物。同时，去别人家做客，吃别人家端出来的东西，会吃到吃不下为止。而且，在我小时候，对我来说最感痛苦的时刻，就是在自己家吃饭的时候。

在我农村的家里，全家十几口人将各自的膳食面对面排成两列，我是幼子，当然坐在最下座。用餐的房间很昏暗，吃午饭时，全家十几口人默默地埋头只顾着吃饭。面对那幅情景，我总会感到不寒而栗。而且还是农村老传统的家庭，所以菜肴一般都一成不变，稀罕、奢华之类的美食根本指望不上，所以我越来越害怕用餐时刻。自己坐在那个昏暗房间的末席，以冷得瑟瑟发抖的感觉将饭粒一点一点地送进嘴里，塞进去。我有时甚至在想，人为什么每天要吃三餐啊！大家在吃饭时都是一副严肃的表情，好像这也是一种仪式，所以全家人每天三次在规定的时间里集中在一间昏暗的房间里，秩序井然地用餐，即使不想吃也默默地嚼着饭粒，同时也许是低着头向在家里蠢蠢欲动的亡灵们做祈祷。

“不吃饭会死”这句话，在我听来就只能是一种令人讨厌的恫吓。这种迷信（直至今日我总觉得像是迷信）始终让我感到不安和恐惧。人不吃饭就会死，所以人就必须为此而工作，为此而吃饭。对我来说，再也没有像这句话那样晦涩而难以理解，而且再也没有像这句话那样让人听着像是一种威胁。

总之，我好像至今对人类的生计一无所知。我的幸福观和人世间所有人的幸福观简直是天差地别，这使我感到不安。我甚至因为这种不安，每夜都辗转反侧，痛苦呻吟，狂躁不安。总的来说，我算是幸福的吧？从小就经常有人说我是个幸运的人，但我自己却总觉得是在地狱里，相反还是说我幸运的那些人，在我眼里要远比我安逸得多，我简直无法与他们相比。

我甚至在想，我有十大灾祸，哪怕其中的一个由旁人承担着，会不会也足以取了旁人的性命。

总之，我无法理解。我简直无法揣测旁人痛苦的性质和程度。切切实实的痛苦，只要有饭吃就能因此而得到化解的痛苦，这才是最强烈的痛苦。这种痛苦也许就是令我这十大灾祸如过眼烟云一般的、凄惨的阿鼻地狱[1]。我无法理解这一点。但尽管如此，他们竟然不自杀，不发疯，经常议论政党却不绝望，不屈服，能够继续在生活中搏斗下去。莫非他们并不感到痛苦？难道他们变得极端自私，坚信自私是无可指责的，并且从来没有怀疑过自己？若是那样，他们就是快乐的。然而，人类这种生物不全都是那样的并由此而变得完美吗？我百思不得其解……夜里酣然入睡，早晨会觉得神清气爽吧？梦见了什么？走在路上脑袋里在想什么？在想钱吗？莫非是连这些也没有想吧。“人是为了吃饭才活着”这句话，我总觉得不绝于耳，但“为了钱而活着”这句话，我却从来没有听说过。不！可是，酌情……不！我还是不明白……我越想越不明白，就只能沉溺在唯独自己与众不同的不安和恐怖之中不能自拔。我几乎不能与旁人对话。我不知道说什么，怎么说才好。

于是，我急中生智，想到的就是扮演滑稽相逗人发笑。

那是我对人类最后的求爱。看来我虽然极度恐惧人类，却怎么也无法因此而放弃人类。而且，我靠着扮演滑稽相这一招才能够勉强地与人类产生关联。表面上我不停地扮着笑脸，内心里却是一种服务，算得上是拼死的、遍体生津且千钧一发、保持着难度极高的平衡。

---

① 阿鼻：梵语“Avīcinaraka”的译音，意译为“无间”，即痛苦无有间断之意。阿鼻地狱俗称十八层地狱。

我甚至从孩子时起就对自己的家人——他们活着有多么痛苦，在想些什么——简直一无所知。我只是感到害怕，无法忍受那种隔阂，因此早就变得很擅长搞笑了。总之，我不知不觉地，变成了一个不会说一句实话的孩子。

看看那时候和家人一起拍的照片，别人都是一副正经八百的表情，唯独我必然是歪扭着脸笑得很诡异。这又是自己幼稚而悲哀的搞笑动作之一。

同时，父母说我什么，我从未顶过嘴。他们稍有埋怨，就会让我感觉到强烈得如晴天霹雳般的畏惧，令我发狂，哪里还能顶嘴！可以说，唯独他们的怨言才无疑称得上是人类一脉相承的“真理”，我无力反抗那种真理，所以我深信自己也许已经无法与人同存，因此我既无力争辩，也不敢为自己辩解。一有人说我不好，我便觉得自己的的确确做了一件让人误解的事，总是默默地接受别人的指责，内心里恐惧得简直要发疯了。

无论是谁，遭人指责或被人斥骂，也许心情都不会好，但面对别人愤怒的脸色，我看见的却是比狮子、鳄鱼、巨龙更可怕的动物本性。人们平时似乎把那种本性隐藏着，遇到某种机会便如同在草原上静卧着的牛突然用尾巴抽打叮在它肚子上的牛虻似的，因发怒而冷不防露出可怕的原形。看见人们这副模样，我总是感到毛发倒竖战栗不已，想到这种本性也许就是人们赖以生存的资质之一，我便会对自己几乎感到绝望。

我对别人总是害怕得瑟瑟发抖，并对自己作为人的言行没有丝毫自信。我将自己的烦恼深藏在胸膛这个小盒子里，拼命地藏匿着那种忧郁、神经质。一个劲地装傻，这令我渐渐地变成了一个只会搞笑的怪人。

不管怎么做都行，只要能逗人发笑。如此一来，我即使处在人们的所谓“生活”之外，他们也不会太在乎我吧？难道不是吗？总之，我不能碍他们的眼，我是浮云、是风、是空气。我的这种心病越来越严重，靠着扮演小丑来引家人发笑，甚至还在比家人更难沟通、更可怕的男佣和女佣面前，拼命地扮演着搞笑的角色。

夏天，我在浴衣里面穿着一件红色毛衣在回廊里走着，引得家人发笑。平素不苟言笑的长兄见状，忍不住大笑起来，用充满着怜爱的语气说道：“阿叶，这么穿很不合适啊！”哪里！我再怎么也不会是那种不知冷热的怪人，以至于大热天穿毛衣走路。我是把姐姐的绑腿套在两只手腕上从浴衣的袖口处露出来，显得像是穿着毛衣。

我父亲在东京是个公务繁多的人，所以在上野的樱木町有别墅，每个月的大半时间是在东京的那幢别墅里度过的。回家时会给家人甚至亲戚们带来许多礼物，嘿，这似乎是父亲的嗜好。

某次父亲去东京的前夜，他将孩子们招呼到客间里，微笑着问每一个孩子，下次他回来时要他带什么样的礼物，并把孩子们的回答一一记在记事本上。父亲与孩子们如此亲热是很难得的。

“叶藏呢？”父亲问我。我结巴了。

父亲问我要什么，刚好那个时候我什么都不想要。我的脑海里闪过一丝念头：带不带礼物都没关系，反正没有什么东西能让我感到快乐。同时别人送给我的东西，无论怎样不合我的喜好，我都不能拒绝。不喜欢的事不能说不喜欢，就算是喜欢的事，也是战战兢兢像偷来似的，感到极其痛苦，因莫名其妙的恐怖感而倍感烦恼。最后，我连选择的能力都不具备了。多年以后，我才更加感觉到这是我的一个怪癖，这个怪癖是成就我所谓“蒙羞人生”的重要原因。

见我扭扭捏捏不说话，父亲的脸色变得有些不悦：“还是要书吧？浅草的商店街上在卖正月里舞狮子的狮头面具，孩子戴着玩，大小正合适，你要不要？”

父亲一问“要不要”，我便已经不行了。根本说不出逗人发笑的回话来，扮演滑稽的角色完全不及格。

“带书来吧？”长兄一副认真的表情说道。

“是吗？”父亲没有在记事本上记下，脸色显得很扫兴，啪地合上了记事本。

何等的失败！我让父亲生气了。父亲的报复一定会是很可怕的。趁现在，不管怎样都要尽力挽回。那天夜里，我躺在被窝里瑟瑟颤抖着，殚精竭虑地思索着。我悄悄地爬起身去客间，打开父亲先前应该放着记事本的书桌抽屉，取出记事本，啪啪地翻着，找到记着礼物的地方，舔了舔记事本的铅笔，写上“狮头面具”后便睡下了。我根本就不想要那个舞狮用的狮头面具，相反我还是觉得应该要书的。可是，我意识到父亲是想为我买个狮头面具，我便迎合父亲的那个意向，只因为想取悦父亲，才胆敢在深夜冒险偷偷潜入客间。

而且，我的这个非常手段果然如我所愿获得了巨大成功。不久，父亲从东京回来，我在自己的房间里听到父亲大声对母亲说的话。

“我在商店街的玩具店里，打开这记事本一看，呃，这里，写着‘狮头面具’。这不是我写的字。咦？我感到纳闷，后来我想起来了。这是叶藏在捣鬼啊！这小家伙，我问他时他莞尔笑着一声不响，到头来却无论如何都想要狮头面具啊。不管怎么说，这实在是个古怪的淘气鬼啊。装作不知道的模样，却不肯吃亏，还是写上了。如若这么想要，直接说出来就行了……我在玩具店里笑了起来。赶快把叶藏喊到这里来。”

同时，我把男女用人都召集到西式房间里，我让一个男佣胡乱地敲着钢琴的琴键（虽说是在乡下，但一般的东西我家里都有），自己和着那不成调的曲子跳着印第安人的舞蹈给大家看，引得大家捧腹大笑。二哥打出闪光灯拍摄我的印第安人舞蹈，洗出照片一看，我的小鸡鸡从腰布（那是印花布的包袱皮）的接缝处露了出来，这又引得全家哄笑不止。对我来说，这又是一次应该算是意外的成功。

我每月订阅的少年类杂志有十多本，另外从东京还寄来各种书籍，我都默默地读着，所以像山海经博士啦，还有奇谈怪论博士等，我都非常熟悉，对怪谈[①]、讲谈[②]、落语[③]、江户段子[④]之类也相当精通，因此用一本正经的表情说些滑稽笑话逗家里人发笑是绰绰有余的。

可是，嘿！学校！

开始我在那里是受到尊敬的。受到尊敬这个观念又令我感到极度恐惧。几乎接近完美地欺骗别人，然后被某个全知全能的人揭穿，功亏一篑，当场出丑连死的心都有。这就是我对“受到尊敬”这种状态的定义。欺骗别人，即使“受到尊敬”，总会有人知道，而且不久后人们得到提醒发现受骗时，他们的愤怒、复仇，嘿，究竟会是怎样呢？我就连想象一下都会感到毛骨悚然。

与生在有钱人家相比，我更是靠着俗话说的“有才气”才在学校里受到尊敬的。我从小就体弱多病，经常一两个月，甚至将近一个学年躺着不去学校。尽管如此，我以大病初愈的身体坐人力车去学校，参加学年末考试，不料比班级里任何人都“会考”。即使身体好的时候，我也根本不用功，即便去学校，上课时也是在画漫画等，下课时我把画的图给班级里的同学们看，并向他们做解释，引得大家哄堂大笑。上作文课时，我尽写些滑稽段子，即使老师提醒我注意，我也不会罢手，因为我知道老师其实是悄悄地享受着我那滑稽段子的乐趣。一天，我照例故意用悲伤的笔致，写了自己跟随母亲坐火车去东京的半路上，将尿撒在客车车厢通道上的痰盂里的丑事（不过在那次上京时，我不是不知道那是痰盂。我是炫耀孩子的天真而故意为之），并

---

① 鬼怪故事。

② 日本大众说唱艺术的一种。在日本固有的说唱艺术中指对听众讲说历史故事或虚构故事。初称讲释，明治以后称讲谈。

③ 日本独特的说唱艺术，属日本大众曲艺之一。由“小咄”（小笑话）发展而成，语言滑稽。

④ 笑话或幽默小故事。

将作文交了上去。我坚信老师一定会笑的，因此老师回办公室时，我悄悄跟在他后面。老师一走出教室，立即从全班上交的作文中找出我那篇作文，在走廊里边走边开始读起来，咯咯地笑着，不久走进办公室时也许是读完了吧，他满面通红大声地笑着，还请其他老师赶快来读一读。见此情景，我感到非常满足。

爱搞笑的人。

我在别人眼里成功地扮演了一个爱搞笑的角色，也成功地摆脱了受尊敬的窘境。家庭学校联系册上所有的学科都是十分，唯独品行这一项是七分或六分，这又成为全家的笑料。

可是，我的本性和那种爱搞笑的人大致上正好相反。那时女佣和男佣已经教唆我干了件令我愧痛的事，我被性侵了。直到现在我都认为，对幼年的孩子干那种事，是人类所能干的罪孽中最丑恶、最下贱、最残酷的一种。但是，我忍了。我甚至因此而感到自己又看到了人类的一个特性，而且我无奈地笑了。假如我养成了说实话的习惯，或许就能够毫不胆怯地向父母诉说他们的罪行。可是我对自己的父母都不能完全理解。向别人诉说，对这种手段我丝毫不抱期望。无论告诉父亲还是母亲，或者无论告诉警察还是政府，最后只不过是被老于世故的人抢白，让人滔滔不绝地发一通社会上常见的牢骚而已。

我认定人们肯定会偏袒的，反正不能告诉别人。我觉得自己还是不能说实话，忍着，而且只能继续扮演逗人发笑的丑角，没有别的想法。

也许有人会嘲笑我说：怎么回事，你是说你信不过别人吗？呃？你什么时候变成了基督徒？然而，我自己觉得对人的信赖未必马上就要与宗教连接在一起。眼下包括那些嘲笑我的人在内，人们不就是处在互不信赖之中，头脑里压根儿就没有什么耶和华而心安理得地活着吗？再说一件我年幼时的事情。父亲所属的某政党的名人来我们镇上演说，我跟着家里的男用人到剧场里去听演说。剧场里听众爆满，这镇上与父亲关系密切的人都到场了。我还起劲地鼓着掌。演说结束，听众们三五成群冒着雪在夜道上往家里走时，好坏不分地说着今夜演说会的坏话，其中还掺杂着与父亲交情好的朋友的说话声。父亲的那些所谓的“同志”，用愤怒的语气说父亲的开场白说得很拙劣，这位名人的演说也莫名其妙，不知所云。而且那些人顺道去我家，走进客间坐下，带着一副出自内心的喜悦表情对我父亲说，今夜的演说会极其成功。就连男佣们被我母亲问今夜的演说会开得怎么样时，也都回答说非常有趣，并做出一副满不在乎的神情。在回家的路上，男佣们还在相对叹息，说再也没有像演说会那样无聊的东西了。

然而，这种现象不过是一个微不足道的例子。在人类的生活中，充满着这样的例子。人们相互欺骗，奇怪的是没有造成任何伤害，甚至都没有感觉到是在相互欺骗，那才是真正巧妙的、赤裸裸的不信赖。不过，我对相互欺骗这种事没有多大兴趣。就连我自己，都是靠着扮演滑稽相一天到晚在欺骗着别人。我对修身养性的这类事情不太关心。我难以理解那些相互欺骗却胸怀坦荡、问心无愧地活着，或者有着活下去的信心的人。人们终于没有教会我那种生活的真谛。如果连那种真髓都能理解的话，我就不用那么害怕别人，也不用拼命地逗人发笑了，更用不着与人们的生活对立，每日每夜体验着地狱般的痛苦了。总之，我不敢向人诉说男佣女佣们可憎的犯罪，不是因为对别人不信赖，当然也不是因为基督主义，而是因为人们对我这个叶藏牢牢地关上了信赖的外壳，因为就连父母都常常会表现出令我难以理解的举动。

而且，很多女人本能地嗅察到我身上那种不敢对人诉说的孤寂气质。多年以后，我的顾影自怜成为女人乘虚而入的诱因之一。

就是说，我在女人眼里是一个能够保守恋爱秘密的人。

第二手记

在靠近大海可称是海滨的岸边，耸立着二十多棵高大且黝黑的山樱树。新学年一开始，山樱树便以蓝色的大海为背景，随着艳丽的褐色嫩叶一起开出它绚烂的花朵，不久到樱花凋落的时节，花瓣缤纷地飘落大海点缀着海面，漂浮着随着波浪再次被冲回岸边。东北的某所中学将这樱树沙滩直接当作校园使用。我连考试复习都并不用功，却顺顺当当地考进了这所中学。樱花在这所中学的帽徽和校服纽扣上作为图案而盛开着。

有一户人家与我们家是远亲，与这所中学近在咫尺，出于这个缘故，父亲才为我选择了这所大海边樱花盛开的中学。我被托付给那户人家。不管怎么说，我是个相当懒惰的中学生，因为离学校很近，所以听到早会[①]的钟声响起之后，才奔跑着赶到学校。尽管如此，我靠着举止滑稽搞笑而获得了班级里同学们的青睐。

说起来我是自出生后第一次出门去异乡，我觉得这个异乡是一个远比我出生的故乡安逸得多的地方。也可以解释为是因为我搞笑的本事那时已经越发得心应手，欺骗别人不必像以前那样辛苦了。可是，与此相比，亲属与他人，故乡与他乡，其中不能省略的演技在难易程度上的差别，无论对什么样的天才来说，即便是上帝之子耶稣，也还都是存在着的吧？在演员眼里最难演的场所，就是故乡的剧场，而且还是在有血缘关系的六代亲属齐聚一堂正襟危坐的屋子里，再怎么有名的演员，恐怕也施展不出演技来。可是我施展出来了，而且还获得了相当大的成功。驾轻就熟的老江湖，到了他乡，就不会有万一演砸了之类的事。

我内心深处还剧烈地涌动着对人的恐惧，其程度不亚于以前。但

---

① 日本学校开始一天的学习之前全体学生集合相互敬礼。

演技却真真切切地在渐渐长进，在教室里总是引得同学们发笑，连老师也十分感叹，嘴上说这个班级里要是没有大庭那该是一个多好的班级啊，一边却用手捂着嘴偷偷地笑着。我甚至能轻易地让那个吼声如雷的驻校军官捧腹大笑。

我刚刚松了口气，心想自己的原形不是已经得以完全隐藏了吗，却不料被人从背后捅了一下。捅我的人是个白痴一样的学生，在大家的眼里他是班级里身体最孱弱的人，脸色青肿，身上穿着估计是父兄的旧衣服，袖子像圣德太子[①]的衣袖那样过长，学科没有丝毫长进，上军事训练和体操课时总是在一边看着。我自己都没把这个学生放在眼里，觉得没必要提防他。

那天上体操课时，这个学生（现在我已经忘记他姓什么，记得名字叫竹一吧），就是这个竹一，依然在一边看着，我们则按照老师的吩咐在练单杠。我故意尽量做出严肃的表情朝着单杠大叫一声跳过去，像跳远似的直接朝前方扑去，却一屁股坐在沙地上。一切都是计划好的失误。大家果真都笑得前仰后合，我也无奈地笑着爬起身，掸着沾在裤子上的沙粒。这时竹一不知什么时候过来的，捅了捅我的后背，嘀咕了一句："故意的。你是故意的。"

我顿感一阵战栗。我压根儿就没有想到偏偏会被竹一看出我是故意失误的。我感觉世界在我的眼前瞬间就被地狱的猛火烈焰包裹着燃烧起来，我用尽全身的力量拼命地克制着差点儿大喊一声而发狂的冲动。

从那天起，我每天都深陷在不安和恐惧之中。

表面上我依然做着忧伤的滑稽举动引得大家发笑，但冷不防会泄出重重的叹息。我的一举一动全都被竹一事无巨细地看在眼里，而且

---

① 574—622，日本飞鸟时代的皇族、政治家，用明天皇之子。笃信佛教，执政期间大力弘扬佛教，派遣遣隋使，引进中国先进文化、制度，制定冠位十二阶和十七条宪法，意图建立以天皇为中心的中央集权国家体制。

这期间他一定会到处散布这件事。想到这里，我的额头上就会直冒冷汗，像疯子似的用癫狂的眼神下意识地贼溜溜地打量四周。若是能做到的话，我真想从早到晚寸步不离地待在竹一身边监视着，不让他把这个秘密说漏嘴。而且在缠着他的时候，我要竭尽所能让他认定我的滑稽举动绝不是“故意的”，而是真的。若能如愿以偿，我还想把他变成唯一的密友。我甚至处心积虑地想，假如这些都不能如我所愿，那我就只能祈盼他早点去死。不过，想要杀死他的念头，我毕竟还没有。我在以前的人生中曾经不止一次地产生过但愿被人杀死的念头，但我从未产生过想要杀人的念头，因为我觉得那只会给可怕的对手带来幸福。

为了使他驯服，我先在脸上堆出假基督徒般的“和善”的谄笑，将脑袋向左倾斜三十度左右，轻轻地拥着他那瘦小的肩膀，用类似于谄媚的甜蜜语气，再三请他到我寄宿的家里来玩，但他总是露出疑惑的神情一语不发。但是有一天放学以后，记得是初夏的时候，天上下起了雷阵雨，同学们好像都回不了家了，我因为就住在附近，所以正要毫无顾忌地飞奔出去时，突然发现竹一无精打采地站在木屐箱背后。我说“走吧，我借雨伞给你”，便一把拉住怯生生的竹一的手，一起冲进雷雨中。到家后，我让伯母烤干两人的衣服，成功地将竹一带到二楼我的房间。

这房子里住着的全家就三个人。年过五十的伯母和三十左右戴着眼镜，像是病魔缠身的高个子大女儿（这个女儿嫁到别处过一次，后来又回到家里。我跟随这家里的人喊她“大小姐”），以及好像最近刚从女子学校毕业，与姐姐判若云泥的个子矮小、长着一张圆脸、名叫阿雪的小女儿。楼下的店铺里摆着些文具和运动器材，但主要收入好像是去世的丈夫建造留下的五六栋长屋的房租。

“我耳朵疼。”竹一站着说道。

“是淋着了雨才疼的呀！”

我一看，两只耳朵的耳溢液都非常严重。脓水眼看就要流到耳郭外面来了。

“这不行，很疼吧。”我故作夸张地露出惊讶的神情，“还在下雨我就把你拉出来，对不起呀！”我使用女人似的语调“温和”地向他道歉，接着去楼下拿来棉花和酒精，让竹一枕着我的膝盖躺下，小心翼翼地帮他清洗耳朵。

“你一定会被女人迷上的啊！”竹一好像终究没有察觉这是一种假心假意的诡计，枕着我的膝盖躺着，愚蠢地说了句恭维我的话。

我是多年以后才领悟到，这句话仿佛是一个可怕的魔咒，恐怕连竹一自己也没有意识到。无论迷上女人还是被女人迷上，这句话都是极其猥琐且戏谑的，的确有一种沾沾自喜的感觉。在无论怎样“严肃”的场合里，这种话无意中只要露出哪怕一句，感觉忧郁的僧园顷刻间就会崩塌，变成没有五官的妖物，但如若使用的不是“被女人迷上的尴尬”之类的俗语，而是“被女人爱上的忐忑”之类的文学语言，就不至于破坏忧郁的僧园，所以我觉得真是很玄妙。

竹一让我帮他清洗耳溢液的脓水，傻乎乎地恭维我说“你一定会被女人迷上的”，当时我只是红着脸笑着什么也没有回答，其实我是模模糊糊地若有所思的。不过，由“会被女人迷上”这种粗鄙的语言产生沾沾自喜的感觉，而写下的“被人这么一说也想到一些事情”，这种话只能显示昏庸的感怀，甚至几乎都不能成为落语少东家的台词，我绝不会以那种戏谑的、扬扬自得的心情“还想到一些事情”的。

在我的眼里，人类的女性令人难以捉摸的程度数倍于男性。我家里女性的人数比男性多，亲戚中也是女孩子众多，又有那种“犯罪”的女佣，说我从幼年时起净和女人戏耍着长大也并不过分。与女人交往，其实有一种如履薄冰的感觉，简直是无法预测。雾里看花，而且有时会误踩虎尾招致惨败，遭受重创，它又和受到男人的鞭打不同，会像内出血似的极其不爽地郁结着，受到的伤害怎么也难以化解。

女人凑上前来，我会把她晾在一边。或者，女人还会当着别人的面鄙视我，对我很刻薄，一旦没有别人在场便紧紧地抱住我。女人熟睡时像死了一般。女人不会是为了睡觉才活着吧？此外，我从幼年时起就学会了对女人的各种观察，觉得她们虽然好像同样是人类，但与男人却是截然不同的生物，而且在奇怪地呵护我的，恰是这些无法理解且不能掉以轻心的生物。“被女人爱上”之类的话，还有“被女人喜欢”这样的话，和我毫不相干，也许还是说“受到女人的呵护”更适合来解释我的实际状况。

女人对搞笑好像比男人更觉得欢畅。我扮演的滑稽举动，男人毕竟不会无止境地傻笑下去，何况我也知道对男人搞笑搞得太来劲就会功亏一篑，所以留意着一定要适可而止；女人不懂得适度这回事，总是永无尽头地要求我扮演下去，我按照她们的要求无休止地“再来一个”，累得我筋疲力尽。其实她们是很会笑的。总的来说，女人似乎比男人贪图更多的快乐。

我读中学时照料我的那户人家的大女儿和小女儿，只要有空就跑到二楼我的房间里来。我每次都惊得差点儿跳起来，而且惊魂不定好半天。

“你在学习？”

“没有。”我微笑着合上书，“今天啊，在学校吧，叫棍棒的地理老师吧……”我脱口而出的，是言不由衷的滑稽段子。

“阿叶，戴上眼镜让我看看。”一天晚上，小女儿阿雪和姐姐一起到我房间里来玩，缠着我扮演滑稽丑角，最后向我提出这样的要求。

“为什么？”

“别说了，戴给我看看。我把姐姐的眼镜借给你。”她总是用这样蛮横的语气命令我。

滑稽演员顺从地戴上了阿姐的眼镜。这时，两个女孩都笑得前仰后合。

“一模一样！和劳埃德[①]长得一模一样啊！”

当时这个叫哈罗德·劳埃德的外国喜剧电影演员在日本很走红。

我站起身，举起一只手。

“诸位，”我说道，“这次，我向日本的粉丝们……”我学着一个礼节性的问候场面，更引得她们仰天大笑。后来哈罗德·劳埃德的电影每次来这镇上放映，我都去观看，悄悄地研究他的表情举止。

又有一个秋夜，我躺在被窝里看书，大小姐像鸟似的飞快闯进房间里来，突然躺在我的被子上哭泣，说什么：“阿叶会帮我的吧！是啊。这样的家里，还是一起出走的好啊。你要帮我，要帮帮我！”接着又痛哭。不过，女人在我面前表示出这样的态度，这不是第一次，所以对大小姐过激的话语，我没感到有多么意外，相反对这些没有内容的陈词滥调，我感到兴味索然。我平静地从被窝里出来，剥了一个桌子上的柿子，掰了一块放到大小姐的手里。于是，大小姐一边抽泣一边吃着柿子。

“有没有什么有趣的书？借我看看。”她说道。

我从书架上挑选了一本夏目漱石的《我是猫》给她。

“谢谢你的柿子。”大小姐害羞地笑着离开了我的房间。不仅仅是这个大小姐，我在思考女人到底是以什么样的心情活着的，这对我来说，比搜索枯肠愁肠百结更令人心烦，心里瘆得慌。只是，我从幼年时起，依靠自己的经验得知，遇到女人像这样突然哭泣的时候，给她些甜食，她吃着甜食，情绪就会变好。

另外，小女儿阿雪甚至把她的朋友都带到我的房间里来，我照例一视同仁地逗大家发笑。朋友们一回去，阿雪便必然会说那些朋友的

---

① 哈罗德·劳埃德（Harold Lloyd，1893—1971）：美国电影界著名喜剧演员。

坏话。她一定会说，那个人是个不良少女，你当心点。若是那样，完全用不着特地带到我这里来，然而托她的福，到我房间里来的客人几乎都是女人。

可是，这还绝不算是实现了竹一的恭维话“被女人迷上”。总之，我不过是日本东北的哈罗德·劳埃德而已。竹一那句无知的奉承话，作为可憎的预言始终萦绕着我。呈现出不祥征兆的，更是过了许多年以后的事。

竹一又送给我一件珍贵的礼物。

“是妖精画啊！”不知哪一次竹一到我的二楼来玩时，带来一幅彩色版的杂志卷首插图给我看，并这样解释道。

咦？我感到诧异。几年以后，我才察觉当时那一瞬间好像就已经决定了我的结局。我知道的。我知道那不过是凡·高[①]那幅很普通的自画像。在我们少年时期，日本非常流行所谓的印象派绘画，欣赏西洋画的第一步一般都是从这里开始的。凡·高、保罗·高更[②]、保罗·塞尚[③]、朱尔斯·勒纳尔[④]等人的画，即使乡下的中学生看见这些画的照片一般也都知道。像我这样的人也看过很多凡·高的彩色画，对他的绘画技法、鲜艳的色彩颇感兴趣，但从来没有想到过会是什么妖精画。

“那么，这样的绘画怎么样？也算是妖精吗？”我从书架里取出莫迪利亚尼[⑤]的画集，让竹一看那幅皮肤晒成紫铜色的裸女画。

---

① Vincent Willem van Gogh，1853—1890。荷兰后印象派画家，后印象主义的先驱。

② Paul Gauguin，1848—1903。法国后印象派画家、雕塑家，与凡·高、塞尚并称为后印象派三大巨匠，对现当代绘画的发展有着非常深远的影响。

③ Paul Cézanne，1839—1906。法国后印象派主将、现代艺术先驱，西方现代画家称他为“现代艺术之父”“造型之父”和“现代绘画之父”。

④ Jules Renard，1864—1910。法国古典作家。

⑤ Amedeo Modigliani，1884—1920。意大利杰出的绘画大师。

“真棒！”竹一瞪大了眼睛赞叹道，“真像地狱里的马！”

“果然是妖精吧？”

“我也想画这样的妖精画啊！”

视人间为畏途的人们，反而会更加希望亲眼看见可怕的妖精，像神经质的、容易怕事的人那样祈愿暴风雨来得更猛烈，就是这样的心理。嘿！这一群画家，被人类这个妖精伤害、胁迫，到头来终于相信幻影，在明朗的天地之间，清晰地看见了妖精。而且他们不用做出搞笑动作来掩饰这一点，而且努力按自己所见的模样表现出来，胆敢画出像竹一说的那种“妖精画”。我兴奋得简直要流出眼泪，觉得其中会有我将来的同类。

“我也要画啊！我要画妖精画啊！我要画地狱里的马啊！”不知为何，我把声音压得很低，对竹一说道。

我读小学时起就喜欢绘画，喜欢欣赏画作。但是，周围的人评价我画的图没有我的作文那么优秀。我根本不相信别人说的话，作文对我来说好比搞笑的寒暄语，接连在小学、中学里让老师们惊喜不已乐不可支，但我自己却对此毫无兴趣。唯独绘画（漫画等又当别论），我对绘画对象的表现技法虽然十分稚嫩，自成一家，却也付出了一些辛劳。学校里的画帖很没趣，老师的绘画又很糟糕，我只好自己动脑筋完全是摸索着尝试各种表现技法。读中学后，我也有了一套油画用具，但即使以印象派画风为技法样本，我画的东西依然简直像用千代色纸做的偶人那样单调，怎么也成不了作品。不过，按照竹一的说法，我意识到自己以前对绘画的理解简直是错误的。努力想要将感觉美丽的事物按原样美丽地表现出来，这是幼稚和愚蠢的。名家们靠想象将毫不起眼的东西创作得很美丽，或者尽管对丑陋的事物深恶痛绝却毫不掩饰对它的兴趣，陶醉在表现的喜悦之中。总之，竹一将丝毫不依赖人的主观意图这种绘画技法的原始秘籍传授给我，我瞒着这些造访我这里的女性客人，开始一点一点地尝试着创作自画像。

我完成的画作阴惨得连我自己都感到惊讶。但我暗暗地承认，这才是我拼命藏掖在内心里的自己的原形：表面上笑得很灿烂，也逗人发笑，但实际上内心却很悲凉，真是没有办法！不过，那幅画除了竹一之外，我到底没有给别人看。我不愿意让人看出自己扮演滑稽角色背后的凄惨，逼得人突然小心翼翼地提防起来。同时我还有着一种担忧，担心人们没有察觉这是我的原形，还是把它看作我搜索枯肠想出来的新的搞笑举动，并沦为可发一噱的笑柄，那是令我最感难堪的事，所以我立即把那幅画塞进了壁橱深处。

在学校里上图画课的时候，那个“妖精式技法”我也秘而不宣，用画得漂亮些的平庸手法画以前那样的美丽事物。

我只在竹一面前才能平心静气地表现出自己以前就很脆弱的神经，也毫不忌讳地让竹一看我这次的自画像，得到他很多赞赏。我又画了两三幅妖精画，又从竹一那里得到一个预言：“你会成为伟大的画家。”

愚蠢的竹一把“会被女人迷上”和“会成为伟大的画家”这两个预言印刻在了我的脑海里。不久，我带着这两个预言来到了东京。

我想考美术学校，但父亲叮嘱我说，他早就打算让我读高中，然后当政府官员，所以天生从不顶嘴的我稀里糊涂地顺从了父亲。父亲说“从四年级起去考考看”，正好有樱花和大海的中学我也已经待腻了，因此没有升五年级，学完四年的课程便去考东京的高中并马到成功，立即开始宿舍生活。我对宿舍环境的脏乱差和生活的粗野避之唯恐不及，别说是扮演滑稽角色逗人发笑了，我甚至还让医生写下了浸润型肺结核的诊断书，从宿舍里搬出来，搬到了上野樱木町父亲的别墅里。我怎么也习惯不了集体生活的方式。而且，什么青春感恩啦，什么年轻人的炫耀啦这些话，我听着就感到浑身发冷，怎么也跟不上所谓高中精神之类的东西。甚至觉得教室和宿舍都像是被扭曲的性欲垃圾堆，自己接近完美的搞笑举动，在那里没有任何用武之地。

父亲在议会没有会议时每个月在别墅里只住一两个星期，所以父亲不在家时，在那相当宽敞的房子里，只有看守别墅的老年夫妇和我三个人。我经常不去学校上课，虽说如此，却也没有游览东京的兴致。我最终连明治神宫、楠木正成[①]的铜像和泉岳寺的四十七君子墓都没去看过，整天在家里看书或绘画。父亲一到东京来，我便每天早晨匆匆忙忙地赶去学校，但有时候是去本乡千驮木町的西洋画家安田新太郎先生的画塾，练习三四个小时的素描。从高中的宿舍里搬走，即使去学校里上课，我也简直像是旁听生似的处于特殊的地位。这也许是我的偏见，但我确确实实感到很扫兴，就更加懒得去学校了。我读过小学、中学、高中，对所谓的爱校情结最终还是无法理解。校歌之类的东西，我一次也没有想要记住它。

在画塾里，我不久便从某个绘画学生那里知道了酒精、烟草、卖淫女、当铺、左翼思想。虽然这些词语的组合很玄妙，但这是事实。

那个绘画学生名叫堀木正雄，出生在东京平民区，比我大六岁，从私立美术学校毕业，听说家里没有画室，所以才来画塾继续学习西洋画。

“能借五块钱给我吗？”

相互间只是脸熟，以前还从未有过交谈。我张皇失措地递给他五块钱。

“好，去喝酒吧。我请客，别像个听话的童仆似的。”

我无法拒绝，被他拉到画塾附近蓬莱町的咖啡店里。这是我与他最初的交往。

“我早就注意到你了。你瞧你瞧，这种忸怩腼腆的笑容，就是有前途的艺术家特有的表情。为了表示我们的友谊，干杯！阿绢，这小子是美男子吧？你不能迷上他啊！这小子来画塾，托他的福，很遗

---

① ？—1336，日本南北朝时代的武将。

憾，我就成了第二美男子了。”

堀木肤色浅黑，长相端正，穿着绘画学生中少见的笔挺的西服，对领带的喜好也很朴质，中分的头发上还涂了发蜡。

我对这样的地方很不熟悉。我心神不宁地将手臂或而抱在胸前或而放下，这时候才在脸上露出羞怯般的笑意。两三杯啤酒下肚后，我顿时奇怪地感到一阵轻松，仿佛身心瞬间得到了释放。

“我想进美术学校，可是……”

“不，没意思。那种地方没意思。学校太无聊。我们的老师在大自然中！是面对大自然涌现的激情！”

可是，我对他的话丝毫也感觉不到敬意。我心想，这是个蠢货，绘画肯定也很差劲，不过兴许是个好玩伴。总之，当时我自有生以来第一次见识到了大城市里货真价实的恶棍。他即使外表与我迥然不同，但完全游离于世人的生计之外，只是在迷惘这一点上，和我果真是同类。而且，他无意识地扮演着那种搞笑的角色，却丝毫没有留意到那种角色的悲凉，这个特点在本质上与我不一样。

我常常会蔑视他，有时会觉得与他交朋友很丢脸，心想只是玩玩而已，只是作为玩伴而交往。但是与他结伴同行期间，最终我甚至被他打败了。

开始时我认定他是个好人，是个难得遇见的大好人。就连平素怕见人的我也完全掉以轻心，还以为在东京遇见了一个好向导。其实这还是有一些内情的：我一个人乘坐电气列车，看见乘务员就发怵；想去歌舞伎剧院，看见剧院大门口铺着红地毯的阶梯两侧并排站立着的引导小姐，腿就发软；去餐馆吃饭，看见服务员悄悄站在我身后等着收碟子，我就会头皮发麻；尤其是结账的时候，呵呵，我那拙笨的手势！我在购物交钱的时候，不是因为吝啬，而是因为过分紧张、过分羞涩、过分忐忑，恐怖得脑袋发晕，世界变得漆黑，几乎处于半疯癫的状态，别说砍价了，还会忘记拿找头，甚至常常忘记拿购买的物品。所以在东京，我怎么也不愿意一个人上街，只好整天待在家里，闲得无聊。

然而，我把钱包交给堀木一起上街，堀木会砍价，而且大概算是很会玩吧，花少量的钱达到最大的性价比，同时他会想方设法分别乘坐电气列车、汽车、小汽艇等，避开昂贵的出租车，在最短时间内到达目的地。早晨从卖淫女那里回家，路上顺道去某某饭馆，泡一把早浴，就着豆腐汤锅喝点酒，实地教育我如何花少量的钱却能享受奢侈的感觉。他说大排档里的牛肉盖浇饭和烤鸡肉串价格便宜却营养丰富，他还保证电白兰地[①]的醉意来得最快，没有其他酒能出其右。反正为这些开销结账，从来没有让我感觉到一丝的不安和恐怖。

况且，与堀木交往能够摆脱苦恼，因为堀木根本不在乎听者会有什么想法。他情绪高昂激情喷涌（或许所谓的激情就是无视对方的境遇），整天絮絮叨叨地说些无聊的话题，完全没有那种两人因走累了或话不投机而陷入冷场的忧惧。我最介意在与人接触时出现那种令人发怵的冷场，我原本就不善言辞，只能在这时拼死地说些滑稽段子以渡过难关，现在这个堀木的口若悬河无意中替我承担了搞笑的角色，所以我不用正经回答他，只要听过别放在心上，时而笑着附和道“真的”就行了。

不久我也明白了，酒、烟草、卖淫女这些全都是能排遣人类恐怖的最佳手段，哪怕是暂时的缓解。我甚至觉得，为了寻求那些手段，即使将自己所有的东西全都卖掉也绝不会后悔。

在我眼里，卖淫女既不是人也不是女人，像是白痴或疯子。在她们的怀里，我反而能安然入睡。大家都没有丝毫称得上欲望的杂念，简直到了悲哀的程度，而且能让我产生所谓的同类的亲近感。那些卖

① 与白兰地相仿的一种混合酒。明治十三年（1880）日本东京浅草的神谷酒吧所售酒的商标名，据传为仿效文明开化象征的电而命名。

淫女总是很自然地向我表现出由衷的好意，没有任何算计的好意，没有强行拉客的好意，对萍水相逢者的好意。令我在黑夜里那些白痴或疯子似的卖淫女身上，真切地看到了圣母马利亚的光环。

然而，我去那些地方是为了摆脱对人类的恐怖，寻求只有一个夜晚的些许休养。在与自己的“同类”卖淫女寻欢作乐的时候，我身边总会不知不觉地弥漫着某种无意识的可憎气氛，那是连我自己也完全没有料到的所谓“附带物”。这种“附带物”逐渐鲜明地浮现到表面，经堀木指点，我颇感愕然，并深感厌恶。在旁人看来，说得庸俗些，我是用卖淫女来研究女人，并且近来本事有所增长。据说靠卖淫女来对女人进行钻研是最严酷的，也唯有如此才是最有效的。我身上已经沾满了“易招惹女人青睐”的气息，女人（不仅仅是卖淫女）依靠本能就能闻到我身上的腥味而对我趋之若鹜，我作为“附带物”沾染了那种下流且不光彩的气息，而且这种气息好像比我的什么休养更加引人注目。

堀木说这句话也许带有恭维的意思，但我自己又窝心地想起了一些事。比如，我还记得从咖啡店的女人那里收到过幼稚而拙劣的信；樱木町有位街坊是将军，这位将军约莫二十岁的女儿明明没什么事，却每天早晨在我去上学时略施脂粉在自家门前进进出出忙个不停；我去吃牛肉，即使一声不吭，那里的女用人……还有，在我经常光顾的烟草店的小女孩交给我的香烟盒里……还有，我去看歌舞伎，坐在邻座上的人……还有，在深夜市营电车上喝醉了酒打着瞌睡……还有，意想不到老家亲戚的女儿突然寄来纠缠我的信……还有，不知是哪个姑娘趁我不在家把自己手工制作的偶人……我极其消极，所以事事都点到为止，全只是些片段，没有任何更多的进展，自己身上弥漫着某种让女人想入非非的氛围，这不是自我吹嘘之类信口开河的玩笑，而是不能否认的事实。经堀木这样的人指点时，我感到类似于屈辱的苦涩，同时对与卖淫女寻欢的事也感到兴味索然。

堀木出自那种虚荣的时髦（我至今没有想到还会有其他什么原因），某天带我去参加什么共产主义读书会（是不是叫什么“R·S”，我已经记不清了）之类秘密的研究会。对堀木那样的人来说，共产主义的秘密聚会也许就是这个“东京向导”的节目之一。我被介绍给所谓的“同志”，不得已还买了一本小册子，并接受了坐在上座、长相极其恶劣的青年对马克思经济学的讲解。但我自认为那些道理我似乎都已经懂得很透彻了。那些道理也许真的没错，但人的内心里却有着更加无法言状、令人担惊受怕的东西。说是“欲望”则词不达意，说是“虚荣”也言不由衷，“情色”和“欲望”同提依然言不尽意。我尽管自己也搞不明白是怎么回事，但总觉得在人世间的底层，不仅是经济，好像还有着妖孽之类的东西。在我这种对鬼怪故事谈虎色变的人眼里，虽然如水往低处流似的很自然地肯定了所谓的唯物论，但不可能靠着它从对人的恐怖中得到解脱，不可能望着满眼的新绿感受到希望的喜悦。然而，我从未缺席过那个R·S（我记得是这个叫法，但也许是错的）。“同志”们如同在做一件重大的事情，神情紧绷，沉溺在“一加一等于二”这种几乎如同初级算术的理论研究里，显得极其滑稽。我用自己的拿手好戏——搞笑，努力让聚会的气氛变得轻松些，也许是这个缘故，研究会的沉闷气氛渐渐地得到缓解，我在那个聚会上甚至成了不可或缺的红人。那些看上去很单纯的人，也许以为我和他们一样单纯，而且还是个乐观而幽默的“同志”。若是那样，我就是在彻头彻尾地欺骗他们。我不是同志，但我从不缺席那个聚会。我是来为大家服务，扮演滑稽角色逗人发笑的。

我是因为喜欢。在我眼里，那些人很中我的意。可是，这未必就是靠着马克思才缔结的深厚感情。

不合法。我感到有些得意，或可说是心情愉悦。人世间合法的东西反而很可怕（我能预感到里面有着高深莫测的强悍的东西），它的机关很玄妙，我不会死守在这个没有出口、寒气逼人的房间里，外界即便是不合法的大海，我也还是会跳入其中，直到不久后死去，这会令我心情舒畅。

有句话叫“见不得人的人”。在人世间，这句话好像是指悲惨的失败者、缺德者。我觉得我从出生的时候起就是一个见不得人的人，但和被世人指责为“那是个见不得人的人”相遇，我的心必然会变得柔软。而且，我的那种“柔软的心”就是自我陶醉的柔情。

还有句话叫“罪人意识”。我在这人世间虽然始终受到这种意识的折磨，但那是我的好伴侣，就如同我的糟糠之妻。和它在寂寞地戏耍，也许是我生存的形态之一。同时，好像还有句俗语叫“小腿有伤之人”[①]。那个伤从我在婴儿时起就很自然地出现在我的小腿上，随着长大成人，别说是治愈，反而是越来越深，深达骨髓，夜夜痛苦，如同千变万化的地狱，可是（这是非常奇怪的说法）那伤渐渐地比我的血肉更亲密。换言之，我甚至觉得那伤痛好比是伤痕活着的情感或是爱情的呢喃。对我这样的人来说，这个秘密运动小组的氛围令我莫名地感到释然，感到心境宽畅。总之，我感觉这个运动的外表比这个运动的本来目的更适合我。堀木只是傻里傻气地把我向那个聚会介绍过一次，以后就再也没有去过。当时他的俏皮话说得很拙劣，说什么马克思主义者在研究生产面的同时必须观察消费面。总之，他是想请我去观察那个消费面。回想起来，当时有各种不同的马克思主义者。既有像堀木那样出自虚荣的时髦自称马克思主义者的人，也有像我这样只是喜欢不合法的氛围才坐在那里的人，倘若这些实情被真正的马克思主义信奉者看破，我和堀木也许会引得众人怒火中烧，作为卑劣的背叛者而立即遭到驱赶吧。可是，我，甚至堀木，都没有受到除名的处分。尤其是我，在那个不合法的世界里，与绅士们的合法世界相比，反而能够悠然自得地做出所谓“健康”的举动，因此我被当作有

---

① 比喻“内心有隐疾”的人。

发展前途的“同志”，派去做各种有秘密色彩的事情。那种秘密的色彩夸张得令人喷饭。同时，实际上我从来没有拒绝过那样的工作，无论什么样的工作我都平心静气地接受，从来没有因举止怪异让狗（同志都这样称呼警察）顿生警觉而遭到怀疑或讯问，从而把事办砸。我总是笑眯眯地或者逗人发笑地准确办好那些他们称之为“危险”的工作（那些搞运动的家伙总是紧张得像在办理一件重大事情，甚至像拙劣地模仿侦探小说似的百般惕厉，而且委派给我的工作实在都是一些无聊得令人咋舌的事情。尽管如此，他们总是心惊胆战地把那些工作弄得很紧张）。以我当时的心情来说，纵然成为党员被抓，终生在监狱里度过，我也毫不在乎。我甚至觉得与其害怕人世间的“现实生活”而每天在夜不成眠的地狱里呻吟，还不如在牢房里，那样也许更轻松些。

父亲在樱木町的别墅里总是忙于接待来客或外出，即便在同一个屋檐下，和我也三四天见不上一面。可是，我实在觉得父亲太令人胆寒难以亲近，考虑离开这个家去哪里寄宿，但还没有等我说出口，就听别墅的老管家说，父亲打算把那房子卖了。

父亲的议员任期慢慢地快要期满，出于各种原因，他也不打算再参加选举，并在老家建造了一幢房子作为隐居处，对东京似乎并不留恋，又觉得我充其量不过是一个高中学生，为我提供住宅和家仆也是白费（父亲的心思也和世人一样，令人琢磨不透），总之这栋房子不久将会交给别人，我便搬到本乡森川町的仙游馆那个昏暗的旧房子里寄宿，而且我很快就没钱了。

在这之前，父亲每个月都给我数目固定的零花钱。那些零花钱只够我使用两三天，但香烟、酒、奶酪、水果等，家里随时都预备着，书和文具以及其他与服装有关的东西，随时都可以从附近的商店里用所谓的“赊账”得到。就算是请堀木吃荞麦面条或炸虾大碗盖饭，若是町内父亲常去的饭馆，我吃完饭即便一声不响地离开也没关系。

突然独自一人租房，一切花销都必须控制在每月定额寄来的零花钱里应付过去，我慌了神儿。寄来的钱两三天就花完，我心里发毛，因为心中没底而心急如焚。我先后向父亲、哥哥、姐姐们发电报或写信述说详情（在那些信里叙述的事情全都是搞笑的艺术虚构。我觉得求人的上策首先是要逗对方发笑），请求他们寄钱，同时在堀木的教唆下不断地跑当铺。尽管如此，经济上总是捉襟见肘。

归根结底，在没有任何亲属帮衬的寄宿生活中，我便失去了独自"生活"下去的能力。在那个租来的房间里独自发呆，我觉得十分害怕，仿佛会受到什么人的袭击并被打倒。我跑到街上，去帮助那个组织的运动，要不就和堀木一起喝着廉价酒，几乎放弃了学业，放弃了学画。进入高中的第二年十一月，我还和比我年长的有夫之妇闹出了一起殉情的闹剧，我自己的命运也陡然改变。

我不去学校上学，功课一点儿也不做，奇怪的是考试的答题却好像颇得要领，幸好如此才能一直瞒着老家的亲人。可是缺课天数渐渐增多，估计是校方瞒着我向老家的父亲报告，长兄作为父亲的代理给我寄了一封措辞严厉的长信。但与此相比，我最直接的痛苦是没钱，以及那个"运动"的任务频繁，忙得我怎么也不能用游戏的心态来做。我当上了行动队的队长。这个行动队包括不知该称为中央地区还是什么的地区，总之包括本乡、小石川、下谷、神田那一带的学校所有的马克思主义学生。听说要搞武装暴动，我买了把小刀（现在回想起来，那把小刀很单薄，甚至连铅笔也不能削）放在雨衣口袋里四处奔波，进行所谓的联络。我想喝酒，美美地睡一觉，但是我没钱。而且P（我记得是用这个暗语称呼"党"的，或许是我记错了）委派的任务渐渐地使我连喘息的工夫都没有，真让人受不了。凭我虚弱多病的身体，眼看着怎么也难以扛住了。原本就是出自对不合法的兴趣才去那个组织当帮工的，正因为如此，我才在玩笑中干了些正事。如若忙得应接不暇，我就无法克制怨恨的情绪，会悄悄地对P说你们那是认错对象了吧，还是让你们的嫡系人员去做如何？我便溜之大吉了。逃避的感觉毕竟不会好。我决定去死。

那时候有三个女人对我特别有好感。一个是我寄宿的仙游馆房东的女儿。这个女孩在我帮助那个组织干活累得精疲力竭地回到家里，晚饭也不吃就躺下以后，必然会拿着信笺和钢笔来我的房间，说“对不起，楼下弟弟妹妹都很吵，连写信都不能静下心来”，然后便坐在我的桌子边写上一个多小时。

我也满可以装作毫不在乎的模样躺着，却偏偏那个女孩好像想和我说些什么，于是我被迫发挥奉献精神，其实我心里是一句话也不想说的。我让疲惫不堪的身体强打起精神俯卧着抽烟，“嗯嗯”地敷衍着。

“听说有个男人用女人寄来的情书烧洗澡水呀！”

“哎，讨厌！是你吧？”

“我会烧牛奶喝。”

“很荣耀啊！喝吧！”

这人还不赶快回去啊？写什么信，明明已经被人看穿了！肯定是借这个幌子在装模作样地写信。

“你让我看看啊！”我这么说道，其实我死都不想看。于是她便说着：“呀，讨厌啊！呀，讨厌啊！”那副兴奋的模样极其难看，只能令我大倒胃口，因此我想打发她去干点儿事。

“能不能麻烦你去一趟电车街的药店帮我买点安眠药？我太累了，感到脸上发热，反而睡不着。对不起，钱……”

“行啦！别提什么钱！”她高兴地站起身。我深知吩咐女人去做事是不会让她们感到扫兴的，相反，有男人托自己去办事，女人会深感荣幸。

另一个是女子高等师范学校的文科生，所谓的“同志”。我和她因为那个组织的工作，尽管讨厌也不得不每天见面。碰头结束后，她总是跟在我后面，并且毫无节制地买东西给我。

“你可以把我当作你的亲姐姐啊！”

我因她的矫揉造作浑身打战，做出含有忧虑的微笑表情答道：“我正是这么想的。”

总之，我只有一个念头，就是激怒她会很可怕，无论如何要糊弄过去。因此我越发地要侍奉好这个丑陋的、令人厌恶的女人，还让她为我买东西（其实尽是些品位很差的东西，我一般都立即就送给了烤鸡肉串店的老板等），装出一副高兴的模样，说笑话逗她发笑。一个夏天的夜晚，她怎么也不愿意离去，于是在街道的昏暗处，我尽想着让她赶快离去便吻了她，不料她兴奋得发疯一般，贪得无厌地喊了一辆汽车，把我带到像是为她们这些人的运动而秘密租借的大楼办公室那间狭窄的西式房间里，一直折腾到天亮，我暗自苦笑：这大姐真是不可貌相！

无论是房东的女儿还是这个“同志”，每天不管如何都必须见面，因此我无法像对待以前的各种女人那样巧妙地回避她们。出自我那种迟疑不决的不安心理，我最终只好拼命地取悦这两个人。我像是已经被完全束缚住了。

在同一时期，我又从银座一家西式大酒馆的女招待那里受到了意外的恩惠，我们只见过一面，但我却受到那恩惠的束缚，担心得无法动弹，无缘无故地感到害怕。那时我的脸皮或多或少也变厚了，我不用堀木的陪同就敢独自乘坐电车，也敢去歌舞伎剧院或穿着碎白点花纹的和服走进酒馆里去。我的内心里依然怀疑、恐惧、忧虑人们的自信和暴力，同时只是外表渐渐地堆出认真的表情与别人打招呼。不！不对！我依然还是一个不搞点笑、不带着受挫的痛苦笑脸就不敢面对别人的人。总之，在张皇失措的状态下能与人勉强寒暄的“伎俩”，是靠着为那个组织四处奔波才学会的，或者是靠着女人，或者是靠着酒。但是，主要是靠着拮据的经济状况才学会的。无论在哪里，倘若惶恐地，然而却能被大酒馆里众多醉客或女招待、男侍者簇拥着解闷的话，自己那颗被不断驱赶着的心灵不就能镇定下来吗？我带着十元钱，独自走进银座那家大酒馆，笑着对接待我的女招待说：“我只有十块钱啊，你看着办。”

“不用担心。”她的话音里带着些关西腔。而且，这一句话令我战栗着的心奇怪地镇定下来。不！不是因为不用担心钱，而是有她在身边就不用担心了。

我喝酒了。因为对她很放心，所以我反而没有产生想要逗人发笑的念头，而是毫不掩饰地表现出自己的本性，带着沉默和凄怆的神情，默默地喝着酒。

“这样的菜，你喜欢吗？”女人把各种菜肴放在我的面前。我摇了摇头。

“光喝酒？我也陪你喝吧。”

秋天一个寒冷的夜晚。我按常子（我记得是叫这个名字，但记不清了，不能确定。我竟然连一起殉情而死的她的名字都忘记了）的吩咐，在银座背后一个寿司摊位上，一边吃着难以下咽的寿司，一边等着她。（她的名字即使忘得一干二净，当时那寿司的难以下咽却不知为何清晰地留在我的记忆里。而且，长相似青蛇脸一般的光头老板一边攥着寿司一边摇头晃脑非常拿手似的糊弄着。那副模样我至今记忆犹新。多年以后，我屡次在电车里或其他什么地方冷不防觉得“哎呀！这张脸我看到过”，经过苦思冥想后才发现“怎么，很像那时的寿司店老板啊”，便无奈地笑了。如今她的名字甚至她的相貌都从我的记忆中远去，唯独那个寿司店老板的脸却记忆犹新，甚至能够画出来。我觉得是因为当时的寿司很难吃，令人感到寒冷和苦涩。我原本就从来没有跟着别人去过那种能吃到美味寿司并让人叫好的店。是因为寿司攥得太大。我总是在想，就不能攥成大拇指那样大小吗？）

她在本所租借了木匠家的二楼。我在她的二楼毫不隐藏自己平时的阴郁心理，像牙痛难忍似的用一只手捂着面颊喝着茶。而且，我的那副模样在她的眼里反而好像令她很惬意。她也是一个孤立无援的女人，她的周围寒风刺骨，只有落叶在飞舞。

我们一起躺着。她絮絮叨叨地说着什么比我大两岁，还说老家在广岛。“我是有丈夫的呀！在广岛开了家理发店，去年春天一起离家出走逃到东京来，但丈夫在东京不干正经的事儿，而且被追究诈骗罪待在监狱里呢！我每天都要去监狱里给他送些什么东西，但从明天起，我不去送了。”我这个人不知为何，对女人的身世之谈丝毫不感兴趣，不知是因为女人叙述起来太啰唆还是因为讲话不得要领，总之，我常常是当作耳边风的。

真寂寞。

在我看来，女人这一句喃语肯定比她喋喋不休的身世之谈更能引起我的共鸣。我尽管对此有所期待，但从来没有从人世间的女人那里听到过这句话。我对此感到不可思议，感到困惑。然而，她不是用语言说“寂寞”，而是身体的外表像细细的气流似的有着一层无言的孤寂。一靠近她，就连我的身体都会被她的气流包裹，与我身上多多少少蠢蠢欲动着的阴惨气流恰到好处地融合在一起，就像“黏附在水底岩块上的枯叶”似的，我自己就能从恐怖和不安中摆脱出来。

和在那些白痴般的卖淫女怀里安然入睡的感觉完全不同（首先，那些妓女是快活的），和这诈骗犯的妻子度过的一夜，对我来说是幸福（毫不犹豫地断然使用如此夸张的词语，在我的这部手记里，我不会再有了）的，得到释放的一夜。

然而仅仅一夜。早晨醒来，从被窝里跳起来，我便还原成那种轻薄的伪装的搞笑角色。胆小鬼甚至会害怕幸福。软刀子是能伤人的。因幸福而受到伤害的现象也比比皆是。趁着还没有受到伤害，我急着想就此分手，便布下了我的拿手好戏——扮演滑稽相的烟幕。

“有句话叫‘钱财用尽之时便是缘分断绝之时’吧。这句话的解释吧，是颠倒的。意思是说一旦没了钱就会被女人抛弃，其实不然。它的意思是说，男人一旦没了钱，就自然而然地只会意志消沉，变得颓废，连笑声也是有气无力的，性情也会变得乖僻古怪，最后就破罐子破摔，是男人自己抛弃女人，处于半疯癫的状态将女人彻底抛弃啊。根据《金泽大辞林》这本书里的解释，是很可怜的。我也能理解那种心情啊。”

我记得自己的确讲过这种无聊的话，令常子忍俊不禁。我觉得这里不宜久留，连脸也没洗便赶紧撤走，当时我的那句胡言乱语“钱财用尽之时便是缘分断绝之时”，到后来竟然产生了意想不到的关联。

此后一个月，我没有和那一夜的恩人见面。分手后随着时间的流逝，喜悦之情渐渐淡薄，接受过一时之快的恩惠反而让我无缘无故地感到害怕，莫名其妙地觉得是沉重的束缚。就连当时在那家酒馆里全都由常子买单这样的琐事，我也开始渐渐地介意起来。常子也果然和房东的女儿以及那个女子高等师范学校的女人一样，好像是个只会胁迫我的女人，我虽然离她远远的，但还是因她而惶惶不可终日，而且我总觉得若是再遇见这个和我一起睡过觉的女人，她会突然爆发出烈焰般的愤怒。再次相逢具有相当麻烦的性质，所以我越发对银座避而远之。可是这种嫌麻烦的性质绝不是我的狡猾，而是因为我还不能很好地理解这样一种不可捉摸的现象，即，女人这种生物活着，在一起睡觉之后和早晨起床之后，这两者之间是不带一丝关联的，如同完全忘却了一样，能彻底地分割成两个世界。

十一月底，我和堀木在神田的流动售货摊上喝着廉价酒，这个坏朋友提出离开这个售货摊后再找个地方去喝酒，我们已经没钱了，但他还是纠缠着要再去喝。当时我也喝醉了，变得胆大妄为起来。

“好。若是那样，就带你去梦想之国。你不要惊讶，人称酒池肉林……”

“是酒馆？”

“是啊。”

“去吧！”

于是，两人乘上电车。堀木喜出望外。

“我今天夜里对女人很饥渴。我可以吻吻女招待吗？”我不太喜欢堀木表现出那样的醉态，堀木也知道这一点，所以不停地这样问我，“行吗？我要接吻啊。坐在我旁边的女招待，我要吻一个给你看看，行吗？”

“没关系吧。”

“谢谢了！我对女人正饥渴着呢！”

在银座四丁目下车，仗着常子的关系，我们几乎身无分文地走进了那家酒池肉林的大酒馆里。在空着的雅座里和堀木面对面坐下时，常子和另一名女招待快步走来，那个女招待坐在我身边，常子在堀木身边一屁股坐下，因此我暗暗吃了一惊。常子不久会被这堀木吻的。

我不是舍不得。我原本占有欲就很淡薄，即使偶尔感到有些可惜，也无力胆敢主张自己的所有权而与人相争，甚至到后来还发生了我默默地看着自己非正式的妻子被人玷污的事。

唯独人们之间的纷争，我是极不愿意卷入的。卷入那种旋涡里是可怕的。常子和我只是一夜的关系。常子不是我的。我不可能怀有“可惜”之类自负的欲望。但是，我感到很惊讶。

我觉得常子的身世很可怜。常子当着我的面接受着堀木猛烈的亲吻。常子被堀木染指后会与我分手吧，何况我也没有要留住常子的热情。呵呵，这就已经结束了！我对常子的不幸颇感惊诧，但随即便像流水似的消失得无影无踪。我打量着堀木和常子的脸色，微微地笑着。

然而，事态完全出乎我的预料，发展得更糟糕了。

“算了！”堀木歪扭着嘴说道，“就连我对这种贫贱的女人……”他窘迫地将双手抱在胸前，毫无顾忌地打量着常子，无奈地笑着。

“来点酒。我没带钱。”我小声地对常子说道。我这才想把自己灌得酩酊大醉。从所谓世俗的眼光来看，常子只是个对醉汉的亲吻也毫不在乎的、寒碜而贫贱的女人。我猝不及防地像是被雷击碎了。我从无先例地不停地喝着酒，没完没了地喝着，醉得摇摇晃晃的，和常子相互对视着，相互哀伤地微笑着。听堀木这么一说，觉得她果真是个疲惫而贫贱的女人啊！同时，穷人之间的亲近感（我至今觉得再怎么俗套，贫富不睦也还是戏剧里的永恒主题之一）这种友好的感觉油然而生。我觉得常子很可爱。这是我自出生以来第一次主动萌发的，尽管微弱却是爱恋的心悸。我呕吐了，吐得不省人事。喝酒醉得如此神志不清，我是第一次。

等我清醒过来，常子坐在我的枕边。是在本所木匠家二楼的房间里。

“说什么‘钱财用尽之时便是缘分断绝之时’，我以为是开玩笑，原来你说的是真心话！竟然不到我这里来了！要断绝缘分也不是那么容易的。我赚钱给你用，不行吗？”

“不行！”

接着女人也躺下了。黎明时，从女人的嘴里第一次出现“去死”这句话，看来人世间的生活也让这个女人筋疲力尽，同时我一想到对人世间的恐怖、腻烦、金钱、那个组织的运动、女人、学业，就怎么也无法再忍受着活下去，便轻率地同意了她的提议。

可是，那时候我还没有想过要真的“去死”，总觉得像是一场“游戏”。

那天上午，两人在浅草六区闲逛，走进茶店里喝牛奶。

“你先把账结了。”

我站起身，从袖兜里取出有金属卡口的蛙形小钱包，打开，里面只有三枚铜钱，与其说是羞愧，不如说我更感到凄惨。我脑海里当即浮现出我在仙游馆的房间——那个荒凉的房间里只剩下校服和被褥，没有任何其他可送进当铺里抵押的像样的物品，再有就是自己现在穿在身上外出的花布和服和斗篷。这就是我的现实。我清楚地知道，我活不下去了。

见我在踌躇，女人也站起身，窥看我的钱包。“哎，就这些？”女人下意识地说道。这又是一种透入骨髓的疼痛。正因为是我相恋的人说的话，我才感到彻骨之痛。不多不少，只有三枚铜钱，原本就不算是钱。那是我以前从未有过的奇耻大辱。是怎么也无法活下去的耻辱。归根到底，那时候我还没有从富二代这个族群中彻底摆脱出来吧。当时我出于一种真切的感受，拿定了去死的主意。

那天夜里，我们跳进了镰仓的大海。女人说身上的腰带是从酒馆的朋友那里借来的，便解开腰带，折叠好放在岩石上，我也脱去斗篷，放在同一个地方，两人一起跳进了大海。

女人死了。我一个人获救了。

我是读高中的学生，加上父亲的名字多少有些新闻价值吧，报纸当作令人震惊的巨大问题做了报道。

我被送进了海边的医院。一个亲戚从老家赶来，处理各种善后事宜，并告诉我“家里以父亲为主群情激愤，也许会就此与你断绝关系”后便回去了。可是，与此事相比，我更怀念死去的常子，动不动就哭哭啼啼的。因为在以前的那些女人中，我真的只喜欢这个贫贱模样的常子一个人。

房东的女儿寄来了列有五十首短歌的长信。尽是“为我活下去”这奇怪的诗句开头的短歌，有五十首。护士们灿烂地笑着到我病房里来玩，还有护士用力地握了握我的手然后才回去。

在那家医院里，我被发现左肺有病。这对我来说是一件极好的事，不久我因“帮助自杀”的罪名被警察从医院里带走，警察把我当作病人对待，特地把我收容在隔离室里。

深夜，在隔离室隔壁的值班室里，通宵值班的老警察悄悄打开牢门。

“喂！”他向我招呼道，“很冷吧。到这边来，烤烤火。”

我故意垂头丧气地走进值班室，在椅子上坐下，凑着火盆烤火。

“还是放不下死去的女人吧？”

“是。”我故意用细得快要听不见的声音回答。

“这一点还就是人情味。”他渐渐地摆起了架子，几乎像法官似的煞有介事地问道，“第一次和女人发生关系，是在哪里？”

他看我是个孩子，装作自己就是主审官的模样，企图从我这里引出淫猥的追述，来打发秋夜的无聊。我很快就察觉出这一点，拼命地强忍着想笑的冲动。我知道对警察这种“非正式的讯问”，即使全都拒绝回答也无妨，可是为了给漫长的秋夜助助兴，我面露真诚的神情，假装坚信这位警察才是主审官，决定刑罚的轻重就在这位警察的一念之间。我做了适当的“描述”，令他那好色的猎奇心理得到了一些满足。

“嗯。我大致上听明白了。所有的问题都要老老实实地回答，我们也会酌情处理的。”

“谢谢。请多关照。”几乎是精妙的演技。而且，为了自己，全都是竭尽全力的表演。

天亮了，我被署长喊了出去。这次，是正式的审讯。

打开门，走进署长室时，署长说道：“啊，好男人。这件事啊，不是你不好。是生下你这样好男人的令堂不好。”

署长年纪还很轻，皮肤浅黑，像是读过大学的。冷不防被他这么一说，我真觉得自己惨不忍睹，好像半边脸长满了红痣，就是个伤心触目的残疾人。

署长像个柔道或剑道的选手似的，他的审讯其实很简单，与那天深夜老警察私底下偏执而好色的“审讯”有着天壤之别。讯问结束，署长一边整理着文件准备送检察局，一边说道："不珍惜身体不行啊。你好像吐血痰了吧？"

那天早晨，我毫无前兆地咳嗽起来，我每次咳嗽都用手绢捂着嘴，那手绢上像下了红雪珠似的粘着血。可是，那不是从喉咙里咳出的血，而是昨天夜里抠耳朵下边生出的小脓包，从那个脓包里渗出的血。我忽然觉得这事还是不挑明对我更有利，于是我只是低伏着脸，不无感激地答道："是。"

署长写完了文件，说道："会不会起诉，那是检察官决定的事。你要打电报或电话给你的身份担保人，要求他今天到横滨的检察局来一趟。应该有什么人吧，你的监护人或担保人？"

我想起我在学校里的担保人，经常进出父亲在东京别墅的书画古董商涩田。他和我们是同乡人，是父亲的跟屁虫，一个四十岁的单身矮胖男子。他的脸尤其是眼神，很像比目鱼，所以父亲喊他"比目鱼"，我也习惯那样喊他。

我借了本警察的电话簿，寻找比目鱼的电话号码，找到了便给比目鱼打电话，请他到横滨的检察局来一趟。不料比目鱼和以前判若两人，说话口气很傲慢，尽管如此，他还是接受了我的请求。

"喂！那个电话机还是应该消一下毒。不管怎样，他都吐血痰了！"我又被带到隔离室之后，听到署长这样大声叮嘱警察的声音。

过了中午，我被细麻绳捆住了身体，虽然允许用斗篷遮掩着，但麻绳的一端被年轻警察牢牢地握在手里，两人一起坐电车向横滨赶去。

可是，我没有感到丝毫的不安。那个警署的隔离室和老警察都令我很怀念。呜呼！我怎么会这样呢！作为罪人被捆绑着，我反倒松了口气，感到心安理得，心中释然。即便现在正在写这些回忆，我也感到怡然自得，内心安然。

然而，在这段难以忘怀的回忆中，唯有一个令我无地自容终生难忘的惨痛失败。我在检察局一间昏暗的房间里接受检察官的讯问。检察官是个四十岁左右，稳重（我如果算是长得英俊的，要说起来那也是淫邪的英俊，那检察官的面容有着聪慧的宁静，我真想说是端正的英俊）豁达的人，所以我也毫无戒备，心不在焉地叙述着，突然又咳嗽起来。我从袖兜里取出手绢，忽然看见了手绢上的血，我顿起讨价还价的卑鄙念头，心想这个咳嗽兴许又能起到什么作用，便故作夸张地假咳了两声，用手绢捂着嘴，目光朝检察官的脸上扫了一眼。

“你真的在咳嗽？”他极其平静地粲然一笑，间不容发地问道。不胜汗颜，不！即使回想起来，我都会觉得手足无措。读中学时曾被那个蠢蛋竹一说“故意的、故意的”，被背后捅了一下踢落到地狱里，即便说我现在的感受超过了那个时候，也绝不会言过其实。那一次和这一次，是我在整个生涯中演技上的两大失败记录。有时候我甚至觉得，遭到检察官如此平静的侮辱，还不如宣告我被判十年徒刑。

我被缓期起诉，但我丝毫也高兴不起来。我以极其惨痛的心情坐在检察局等候室的长凳上，等着担保人比目鱼的到来。

透过背后高高的窗户，看得见晚霞映红的天空，海鸥排成“女”字形的队列飞翔着。

第三手记

一

竹一的预言一个实现，一个落空了。“会被女人迷上”这个不光彩的预言实现了，“会成为伟大的画家”这个祝福的预言却落空了。

我只是勉强成了一个为低俗杂志工作的、名不见经传的蹩脚漫画家。

因为镰仓事件，我被高中学校开除。我住在比目鱼家二楼的三叠房间里，老家每月寄来极少量的零花钱，还不是直接寄给我，而是偷偷地寄给比目鱼（这好像还是老家的兄长们瞒着父亲寄来的）。除此之外，和老家的其他联系全部中断了。而且比目鱼和从前判若两人，他总是板着脸，即使我讨好他逗他发笑，他也毫无笑容。人类这种生物，竟然能如此轻易地就翻脸？我感到冷酷。不！宁可说，我感到滑稽。

“不能出去啊！反正，你不要出去。”他只会对我说这句话。

比目鱼好像是看准了我有自杀的可能，就是说，估计我有紧随在女人后面再次跳进大海里的危险，才严厉地禁止我外出。可是，酒也不能喝，烟也不能抽，从早到晚只是钻在二楼三叠房间的被炉里看着旧杂志之类的读物，过着如同傻瓜一样的日子，我甚至连自杀的力气都已经失去了。

比目鱼的家在大久保的医专[①]附近，是一栋两户中的一户，唯独“书画古董商”“青龙园”等招牌上的文字十分虚张声势，店门却非常狭窄，店内满是灰尘，随意摆放着的家具全都是不值钱的破烂货（不过比目鱼不是靠这些店里的破烂货做买卖的，他四处活动，好像是靠着把这边所谓老板的秘藏品的所有权转让给另一边的所谓老板，从中赚钱）。他几乎从不在店里坐镇，一般从早晨起就是一副眉头紧锁的表情匆匆出门，看家的是一个十七八岁的小伙计。这小伙计自然也是看守我的人，如若有闲工夫，就在外面和附近的孩子们玩玩投接球练习等，简直把我这个二楼的食客看作了傻瓜或精神有病的人，甚至像大人那样对我进行说教。我天生不会与人争执，所以做出一副虎落平阳又很感动的表情洗耳恭听，对他百依百顺。这个小伙计是涩田的私生子，不过这里面有着说不明道不白的内情，涩田从来不提所谓的亲子关系，何况涩田一直是单身，其中好像也有什么内情。我记得

① 旧制医学专门学校。

以前从我家人那里也听到过一些关于此事的传闻，但我对他人的身世怎么也提不起兴趣来，所以对详情一无所知。然而，这小伙计的眼神里也有会令人冷不防联想起鱼眼来的地方，或许他真的是比目鱼的私生子……不过，倘若真是那样，父子两人其实是很孤单的。有时候夜已很深，两人会瞒着二楼的我拿来荞麦面条一声不响地吃着。

比目鱼家里总是那个小伙计做饭，二楼我这个累赘的饭菜则是特地放在托盘里由小伙计不厌其烦地送上来。比目鱼和小伙计在楼梯下潮湿的四叠半房间里咔嚓咔嚓地发出碗碟相互碰撞的声响，匆匆地吃着饭。

三月底的一天傍晚，不知道是比目鱼意外地找到了发财的门路，还是有了其他赚钱的思路（这两个推测即使同时都猜中了，恐怕也会有几个琐碎原因是像我这样的人怎么也揣测不到的吧），他竟然把我喊到楼下，让我坐在难得地放着酒瓶子的桌子边。主人把我请下来，对着不是比目鱼而是金枪鱼的生鱼片赞不绝口，并向我这个茫然不知所措的食客劝了些酒。

“你以后到底打算怎么办？”

我没有回答他，而是从桌子上的碟子里夹起小沙丁鱼片。望着那些小鱼的银色眼珠，醉意微微地涌上来。我怀念起四处游逛的日子，甚至怀念起堀木来。深切地渴望“自由”的我差点儿忽然抽泣起来。

我来到这个家以后，失去了扮演滑稽相搞笑的劲头，只是躺在比目鱼和小伙计的蔑视之中，好像比目鱼也在极力回避与我进行推心置腹的长谈，我也没有产生要追着这个比目鱼诉说什么的冲动，我几乎彻底成了一个模样呆笨的食客。

“缓期起诉，看来不会被当作有前科的犯人。因此，嘿，靠你自己的努力自然可以重新做人，你如果改过自新，自己认真地来和我商量的话，我也会考虑的。”

比目鱼的话音里，不，所有世人的话音里都是这样闪烁其词雾里看花，隐含着像是随时准备逃避责任的微妙和复杂。面对这种几乎是多此一举的严加防备和防不胜防的烦人的小计谋，我总是颇感迷茫，在情绪上会变得无所谓，用搞笑的动作蒙混过去，或者默默地点点头，采取“全都靠你了”这种颓废的态度。

多年以后我才知道，当时如果比目鱼能像下面这样对我简单明了地说个大概，事情就能得到解决了。面对比目鱼毫无益处的用心，不，面对世人们令人费解的虚荣、体面，我总感到十分阴郁。

比目鱼当时只要这样对我说就行了：“无论官立还是私立，总之从四月起，你要进一所学校。你一进学校，更充裕的生活费就会从家寄过来的。”

很久以后我才知道，事实就是那样的。而且，我也会听从他的嘱咐吧。然而，因为比目鱼多余的谨慎又拐弯抹角的说话方式，我才暗暗地憋着一口气，我的生活方向也因此完全改变了。

“你如果不打算和我认真地谈一次，我就没有办法了。”

“谈什么？”我实在是无从揣测。

“就是你自己心里的事吧？”

“你打个比方？”

“打比方，就是，你自己今后想怎么办？”

“去工作，行吗？”

“不，你的心里，到底在想什么？”

“可是，你说去上学……”

“那样的话需要钱。可是，问题不是钱，是你的想法。”

“钱是从家里寄来的”这句话，为什么不说呢？只要这一句话，我就会拿定主意，然而我却不明就里，如坠入云雾之中。

“怎么样？你对将来有什么能称得上是希望之类的想法吗？受到照顾的人，是体会不到照顾一个人到底会有多难的啊！”

“对不起。”

"我实在是很担心。我一旦答应照顾你，就不想让你浑浑噩噩地过下去。我希望能看到你有积极寻找新生之路的觉悟。比如，关于你将来的打算，你如果能认真主动地来找我商量，我也随时准备和你进行商讨。不管怎样，也算是我比目鱼这个穷人对你的帮助。如果你还希望像以前那样奢侈，你的期待会落空的。不过，如果你拿定了主意，对将来有了明确的目标并来和我商量的话，为了你的新生我也要助你一臂之力——哪怕只是绵薄之力。我的想法，你明白吗？你以后到底打算怎么样？"

"如果不能让我在这里的二楼再住下去的话，工作……"

"你说这种话是真心的吗？现在这个社会，就算是帝国大学毕业……"

"不！我不是指去打工。"

"那你是指什么？"

"当画家！"我毅然决然地说了出来。

"呃？"

我无法忘记当时比目鱼谄笑的脸上那狡黠的影子，很像是轻蔑的影子，又不像。如若将人世间比喻成大海，就好像在大海那深不可测之处晃荡着那种神秘的影子。我总觉得那种笑像是在瞬间显露出成人生活的深邃。

"这种事太不着边际，你还很迷茫。你想一想，今天晚上认真地想一晚。"他这么说道。我像被赶走似的上了二楼，即使躺着，头脑里也理不出头绪来。而且天亮以后，我从比目鱼的家里逃走了。

我用铅笔在信笺上堂而皇之地写上"我在傍晚肯定回来。我到下面的朋友那里去商量将来的打算后就回来，请不要担心。真的"，然后写上堀木正雄的名字和他在浅草的住址，便悄悄地离开了比目鱼的家。

我不是因为被比目鱼教训一番而感到窝心才逃走的。我的确像比目鱼说的那样，是个拿不定主意的人。未来的目标之类，对我来说简直无法想象。而且在比目鱼家里吃闲饭，对比目鱼又过意不去。一想到那期间万一我想要发愤立志，却让那个贫穷的比目鱼每个月资助我重获新生的资金，我就会感到于心不安，羞愧难当。

可是，我离开比目鱼家去找堀木，并不是真的想与堀木这种人商量什么“未来的打算”。我只是想稍稍宽慰一下比目鱼的心——哪怕只有片刻工夫（与其说我是出自想趁他宽慰时尽量逃得离他远一点这一侦探小说式的计谋才写下了那个留言的，不！在我体内无疑也微微跃动着那样的情绪，但与此相比，还不如说我担心会出其不意地给比目鱼造成刺激令他惊慌失措，也许更正确些。早晚肯定会败露的，但我害怕说实话，必然要添加些掩饰，这正是我可悲的怪癖之一。这和被世人称为“说谎”而加以鄙视的性格相似，但我几乎从来不是因为想要给自己带来利益而做那种掩饰的。我只是害怕气氛陡然变得扫兴而令人窒息，以后会为自己带来不利。尽管我明知这一点，但我的“拼死服务”即使遭到曲解，显得微不足道而又愚蠢，出自这种服务的心理，我还是会无意中掩饰一句。不料我的这个习性又被世上所谓的“老实人”大肆利用了），才把当时在记忆深处突然冒出来的堀木的住址和名字写在信笺上的。

我离开比目鱼的家，步行到新宿，卖掉了携带着的书，依然还是不知如何是好。我对大家都很和善，相反却从来没有真切地感受到“友情”之类的善意。堀木那样的玩友又当别论，所有的交往都只会令我感到痛苦，我想缓解这种痛苦才拼命地做着搞笑的举动，反而累得精疲力竭。即使与稍稍熟识的脸甚至与熟人相似的脸不期而遇，都会使我吓一跳，瞬间感到眩晕般的不悦和战栗。即使明知道对方爱慕我，但在爱别人的能力方面，我有时候好像是有欠缺的。（不过，对世人是否真的拥有“爱”的能力，我是颇感怀疑的。）像我这样的人，是不会有所谓“挚友”的，而且我甚至连“拜访”的能力也没有。别人的家门在我眼里可怕得超过了《神曲》中的地狱之门。在那扇门的里面，能让我毫不夸张地切实感受到有可怕的巨龙似的血腥怪兽在蠢蠢欲动。

我和任何人都没有交往。无论去哪里，我都不敢贸然造访。

去找堀木。

这才是戏言成真。我决定按那个留言条上写的那样去浅草走访堀木。以前我从来没有主动去造访过堀木家，一般是用电报把堀木喊到我这边来，现在我连电报费都没有着落，加上我落魄后的倔劲，我想光凭一个电报，堀木也许还不会来。最重要的是，我拿定了主意去做我最不擅长的“探访”，于是叹息着乘上市营电车。对我来说，在这世上的唯一依靠，就是那个堀木吗？想到这里，我不寒而栗，陡感一阵悲凉。

堀木在家里。这是一幢二层楼房子，坐落在肮脏的胡同深处，堀木使用二层楼一个六叠大的房间，楼下堀木的老父母以及年轻工匠三个人在制作木屐，又敲又缝地做着木屐的细绳带。

那天堀木让我看到了他作为城市人的崭新一面。那就是俗话说的奸诈性，是令我这个乡下人瞠目结舌的、冷酷刁滑的自私，是像我这样永远在流离颠沛的人所不具备的。

“你真是让我很吃惊。你家老爷子原谅你了吧，还是没有？”

我不能说是逃出来的。我依然没有说实话。堀木肯定会立即就察觉的，但我还是掩饰着：“总会有办法的。”

“喂，我不是在开玩笑啊，我是在向你提出忠告，蠢事也应该到此为止了。我今天有事啊。最近我忙得晕头转向。”

“有事？有什么事？”

“喂喂！别把棉坐垫上的线扯断了。”

我一边说着话，一边用指尖下意识地摆弄着不知是棉坐垫缝合线还是四个角上那个穗子似的束带线绳，还使劲地拽着。堀木对他家的物品哪怕是棉坐垫的一根线绳都十分珍惜，毫无羞愧之色，不惜怒目而视地责备我。回想起来，堀木以前和我交往，没有失去过任何东西。

堀木的老母亲用托盘端来两碗年糕小豆汤。

“呃，这……”堀木似乎是个虔诚的孝子，见了老母亲诚惶诚恐，连措辞也不自觉地变得恭敬，“谢谢了。是年糕小豆汤吗？真阔气啊！不用那么费心的呀！我们有事马上就要出去的。……不！不过，您特地做了拿手的年糕小豆汤，不吃太可惜了。吃吧。你也来一碗怎么样？是我母亲特地为我们做的。嗬，这年糕小豆汤太好喝了。真阔气啊！”

堀木并非演戏。他喜形于色，喝得津津有味。我也喝了口年糕小豆汤，散发着白开水的味道，我还吃了块年糕，那不是年糕，是我从来没有吃到过的东西。我绝不是看不起他们的贫困。（我当时没觉得这东西难吃，又切身感受到老母亲的诚意。我对贫困即使有恐怖感，也不会产生轻蔑感）由于那年糕小豆汤，还有爱吃这年糕小豆汤的堀木，我窥见了城市人节俭的本性和东京人的家庭内外有别的本质，唯独我这个不分内外、不停地从世人生活中逃避的傻蛋完全被视作另类了，甚至连堀木都嫌弃我。面对这种景况，我感到很狼狈，我用油漆脱落的筷子吃着年糕小豆汤，感到难以忍受的孤寂。我只是想把这件事记录下来。

“对不起，我今天有事。”堀木站起身，边穿上衣边说道，“我要告辞了，很抱歉。”

这时，有个女人来拜访堀木，我的处境也随之发生了剧变。

堀木立即有了生气：“哎，对不起。现在吧，我正想去拜访你，这个人突然就来了。不，没关系，来，您请进。”

堀木一副手足无措的模样。我把自己坐着的棉坐垫退出来翻个面递给他，他一把夺过去，又翻个面给那女人坐下。房间里除了堀木的棉坐垫之外，客人坐的棉坐垫只有一个。

女人长得瘦削，高个。她把那个棉坐垫移到边上，在靠近门口的角落里坐下。

我心不在焉地听着两人的对话。女人好像是杂志社的人，看样子是早就托堀木画插图画稿或什么事情，这次是来取稿的。

“因为很急，所以……”

“已经画好了。早就已经画好了。就是这个，你看。”

来了封电报。堀木看着电报，那张欢快的脸眼看着变得险恶起来。

“呃？你……这是怎么回事？”

是比目鱼打来的电报。

“反正，你赶快回去。我可以把你送到家里，但我现在没有那样的时间啊。你离家出走，表情却还满不在乎的。”

“你住在哪里？”

“大久保。”我不由得脱口说道。

“若是那样，在我公司附近。”

女人二十八岁，生于甲州。和已经五岁的女儿一起住在高圆寺的住宅里。她说与丈夫死别已经有三年了。

“你这个人好像吃过很多苦吧。你很机灵啊，真可怜。”

我开始过着男妾似的生活，靠女人养着。静子（这是那个女记者的名字）去新宿的杂志社上班以后，我和名叫繁子的五岁女儿两人老老实实地待在家里。以前母亲外出时，繁子就在住宅管理员的房间里玩，“机灵”的叔叔出现后陪着她玩，她好像非常高兴。

我在那里糊里糊涂地待了一个星期。住宅窗户前的电线上挂着一只奴仆风筝①，被带着尘土的春风刮破了，但它还是牢牢地缠在电线

---

① 日本式风筝的一种，图案为江户时代武家的奴仆向左右张开两袖。

上不愿离去，仿佛是在点头似的。我每次看见它就会苦笑起来，极为羞愧，甚至会做可怕的噩梦。

“我想要钱。”

“……要多少？”

“很多。……说是钱财用尽之时便是缘分断绝之时，这是真的呀！”

“无聊！这是过时的老话……”

“真的？可是，你不懂。这样下去，我也许会逃跑的。”

“到底是谁穷困呢？而且，是谁要逃跑啊！真奇怪。”

“我想自己赚钱，用那钱买酒，不，买烟。就说绘画，我比堀木这种人擅长得多。”

这样的时候，自然而然地浮现在我的脑海里的，是中学时代那个竹一画的几张所谓“妖精”的自画像。那是丢失的杰作。是在屡次迁居期间丢失的，但我仿佛觉得唯独那些画才是真正优秀的画作。那以后我画过各种各样的画，但远远不及那些记忆中的珍品，我始终受着心里空落落的、懒散的失落感的折磨。

一杯喝剩的苦艾酒。

我在心里悄悄地这么形容着那种永远难以填补的失落感。一提起绘画的事，那一杯喝剩的苦艾酒就会闪现在我的眼前。啊！我想让她看那些画，并使她相信我的绘画才能。我感到心烦意乱，烦躁不安。

“呃，怎么啦？你说笑话时那张脸一本正经的，很可爱。”

不是开玩笑，是真的。嘿！我想让她看那些画，内心里不可名状地徒劳地郁闷着，突然我改变了主意，放弃了这个念头。

“是漫画啊。至少，要论漫画，我比堀木画得好。”这句欺骗她的搞笑的话，反而让她深信不疑。

“是啊，我其实也是很佩服的。平时让繁子画的漫画，连我看了都忍俊不禁。你画一个试试怎么样？我可以让我们杂志社的主编看看啊。”

那家杂志社在发行一本面向孩子的不太有名的月刊。

“……一看见你，一般的女人无论如何都忍不住想要为你做点什么。……你总是提心吊胆的，而且竟然是个滑稽家。……有时候你会独自忧伤，但那副模样却更加令女人动心。”

静子还说了其他各种花言巧语来奉承我，换言之也是男妾的可耻特性所致。想到这里，这只会令我越发“颓丧”，丝毫提不起精神来。靠女人不如靠金钱！我心里暗暗地渴望无论如何要摆脱静子自食其力，我动足了脑筋，却反而渐渐地落得个不得不依赖静子的境地。离家出走后的善后之类的事，几乎全部要让这个与男人相比毫不逊色的甲州女人来处理，结果我对静子更加惶恐。

按静子的谋划，比目鱼、堀木还有静子三人成功地进行了会谈。我与老家完全断绝来往，并与静子“公开”同居。在静子的四处奔走之下，我的漫画也意想不到地赚了钱。我用那些钱买了酒和烟，但我的惶惑、阴郁却越来越严重。这才令我情绪低落，消沉到极点，在为静子的杂志创作每月连载的漫画《金太和雄太的冒险》时，忽然想起故乡的老家便倍感寂寞，竟然趴着掉起眼泪来。

那种时候，对我来说，能稍稍安慰我的就是繁子。繁子到那时已经毫不忌讳地喊我“父亲”了。

“父亲，听人说，向上帝祈祷，上帝什么东西都会赐予你的，这是真的吗？”

我自己都想做这样的祈祷。

嘿！请赐予我冷峻的意志！请告诉我“人”的秉性！人们如若相互排斥，难道不算罪过？请赐给我愤怒的面罩！

“嗯。是啊。对繁子什么都会赐予的，可是对爸爸也许就不行了。”

我甚至对上帝都感到恐怖。我不会相信上帝的爱，我只相信上帝的惩罚。信仰，我仿佛觉得那只是为了接受上帝的笞杖而垂着头走向审判台。我即使相信有地狱，也无论如何都不敢相信会有天国的存在。

“为什么不行？”

“因为违背了父母的嘱托。”

“真的？父亲是个很好的人，大家都这么说。”

那是因为我在欺骗他们。我也知道这住宅里的人全都对我表示出好感，可我是多么害怕大家，我越是害怕，就越是受到大家的喜欢；而且我越是受到大家的喜欢，我就越感到害怕，就越是要远离大家。要把自己这种不幸的怪癖向繁子解释清楚是一件极其困难的事。

“繁子，你到底想向上帝祈祷什么？”我若无其事地换了个话题。

“繁子吧，想要一个繁子的真正的父亲。”

我大吃一惊，感到一阵眩晕。敌人。我是繁子的敌人，又或者繁子是我的敌人？总之，这里也有一个威胁我的可怕的大人。非亲非故的人，难以理解的陌生人，满是秘密的旁人。繁子的面目就这样瞬间在我的面前显露出来。

原以为只有繁子能理解我，不料她果然有着那种出其不意置人于死地的能力。从此以后，我甚至对繁子也要退避三舍了。

“色情狂！在吗？”堀木又开始到我这里来找我了。在我离家出走的那天，他这个人对我如此冷淡，尽管如此我却不能拒绝他，强作笑颜迎接他。

“你的漫画非常走红啊。业余画家中也有你这种无所畏惧的愣头青，真是受不了！不过，你不要得意啊。因为你的素描一点儿也不成器。”他甚至自以为是地摆出一副居高临下的态度。

如果把我的“妖精”画给这家伙看的话，他会做出一副怎样的表情啊！我感到浑身不自在，极不舒服地扭动着身体：“你别对我说这种话，我会忧伤得大声尖叫的。”

堀木越发得意了：“因为光凭混日子的才能，早晚会露出破绽的。”

混日子的才能。……我真的只能苦笑了。我只有混日子的才能！可是，像我这样怕见人、躲避、蒙骗别人，难道和遵循“多一事不如少一事”之类俚语的伶俐狡猾的处世之道是同一种类型？是啊！人们实在不可能相互了解，完全误解对方却自以为是亲密无间的挚友，终生都没有察觉这一点，倘若对方死去就哭泣着念念悼词，难道不是吗？

不管怎么说，堀木是我离家出走后帮我善后的人（他肯定是硬逼着静子，求她，才让她勉强答应下来的），所以已经做出一副简直像是我重获新生的大恩人或月下老人似的举动，摆出一副煞有介事的表情，说话的口气像是在教训我，或在深更半夜里醉醺醺地来找我住下，再借五块钱（准是五元）离去。

“可是，你沉湎女色也要适可而止啊。太过分的话，世人不会容许的啊。”

所谓的“世人”，究竟是怎么回事呢？是人群吧？这个“世人”的实体在哪里呢？不过，我活到现在一直认为那是个强大的、严酷而可怕的东西，但听堀木这么一说，“你说的世人不就是你吗”这句话突然冲到我的舌尖便又缩了回去，引得堀木发火就不好办了。

（那是世人所不允许的。）

（不是世人不允许，是你不允许吧？）

（干那种事，会受到世人的严厉惩罚啊！）

（不是世人的惩罚，是你的惩罚吧？）

（很快就会被世人埋葬。）

（不是被世人埋葬，是被你埋葬吧？）

你要知晓你个人的畏惧、怪异、毒辣、狡诈、巫婆的魔性！诸如此类的词语在我的胸中翻腾，我只是用手绢擦着脸上的汗，笑着说：“冷汗，冷汗。”

从那时起，我开始有“所谓的世人，不就是个人吗”这种像是“思想”的想法。

而且，自从我开始觉得世人这个概念就是个人以后，和以前相比，我或多或少地能够凭借自己的意志行动了。借用静子的话来说，我变得有些随意，变得不畏首畏尾了。再借用堀木的话来说，我变得很吝啬了。再借用繁子的话来说，变得不太疼爱繁子了。

我变得沉默寡言，不苟言笑，整天哄着繁子。我自暴自弃，如今只为换些酒钱，还接受各家出版社的约稿（除了静子的杂志社之外，其他出版社也渐渐地来约稿了，全都是比静子的杂志社更庸俗的所谓三流出版社的约稿），以极其消沉的心情慢悠悠地（我作画的运笔是非常迟钝的）画着“金太和雄太的冒险”啦，公然模仿悠闲老爸的“悠闲法师”啦，以及“急性子的小阿乒”这些标题连我自己都觉得没道理的连载漫画。等静子一下班回到家里，我便与她换班，一溜烟跑出门外，在高圆寺车站附近的售货摊或立饮酒吧间喝廉价的烈酒，稍稍硬气些再回到家里。

“你这张脸我越看越奇怪啊！悠闲法师的脸其实就是从你的睡脸得到的启发。”

“你自己那张睡脸都已经很苍老了呀！看上去就是个四十岁的男人。”

“那都是因为你，我都被你吸干了。俗话说，水流和人生不可预测，船到桥头自会直。”

“别吵了，早点睡吧。或者，要吃饭？”她很沉静，根本没有搭理我。“若是喝酒那就喝点。水流和人生不可预测。人的去向……不，是水流的去向和人生的前景无法预测。”我一边唱山歌似的吟咏着，一边让静子帮我把衣服脱下，将额头埋在静子的胸脯上睡着了。

这就是我的日常生活。

翌日重复相同的事情，
只消遵循与昨日同样的惯例。
若能躲避驴鸣狗吠的狂欢，
如丧考妣的悲哀就不会降临。
巨石挡住前行的路，
蟾蜍绕过巨石前行。

当我读到上田敏[①]翻译的，名叫夏尔·库洛[②]的人创作的这首诗时，我独自脸色赧然，像燃烧一般。

蟾蜍。

（那就是我。谈不上世人容许还是不容许，埋葬还是不埋葬。我是比狗、比猫更下贱的动物。蟾蜍，只是在慢悠悠地蠕动着。）

我的酒量日益见长。我不仅在高圆寺附近喝酒，还到新宿、银座那边去喝，甚至有时候还在外面留宿。只是我已经不守“规矩”，在酒吧里耍无赖强吻女招待。总之，又像殉情之前……不！喝起酒来比那个时候更凶猛粗野，手头拮据，便把静子的衣物拿出去换钱。

到了这步田地，在对那个破损的奴仆风筝苦笑后过了有一年多，在樱花凋谢后刚长出嫩叶的时节，我又把静子的腰带和衬衫等拿出去，在当铺里换成钱，在银座喝酒。接连两个晚上住在外面，第三天晚上感到这样毕竟不妥，便下意识地蹑手蹑脚走回到静子的房门前，听到里面传来静子和繁子的对话。

“为什么要喝酒？”

---

① 1874—1916，日本诗人，评论家。

② Charles Cros，1842—1888。法国著名诗人，幽默派作家，发明家。

"父亲吧，不是因为喜欢喝酒才喝的呀！是因为人太好了，所以才……"

"好人就该喝酒？"

"也并不如此，但……"

"你父亲一定会吓一跳吧。"

"也许他会讨厌的。你看你看，从盒子里跳出来了。"

"就像急性子的小阿乒啊！"

"是啊！"

静子低低的、出自内心的幸福的笑声传来。

我把房门打开一条细缝朝里窥探着。是只小白兔。在房间里轻盈地跳来跳去，母女两人在追着它。

（她们真幸福。我这个蠢货夹在这两人中间，马上就会把这两人搞得晕头转向的。是朴素的幸福。一对好母女。啊！我要为她们祝福。如果上帝也能听听我这种人的祈祷，我只要祈祷一次，整个人生我只要为她们祈祷一次就行。）

我真想合起双手蹲下去。我悄悄地合上房门，又去了银座。就是这一次，我没有回那个家。

而且，在京桥附近立饮酒吧间的二楼，我又以男妾的形式躺下了。

人世间，我觉得自己好像模模糊糊地有所理解了，是个人和个人的争斗，是随时随地的争斗，还应该是当场取胜。人决不服从别人，甚至连奴隶都会立即做出奴隶特有的卑屈来报复。因此，人们除了当场一招制胜之外，没有学会其他保全性命的窍门。提倡君臣之道大义名分的同时，努力的目标却必然是超越一个又一个个体，人世间的难解就是个人的难解。大海不是人世间而是个人。我曾对人世间这一大海的幻影感到恐惧。现在我或多或少地摆脱了这种恐惧，不用像以前那样无止境地劳心伤神。要说起来就是，应根据当时的需要，记得在举手投足之间脸皮要稍许厚一些。

我放弃高圆寺的家，对京桥那家立饮酒吧间的老板娘说：“我和她分手了。”

我只说这么一句就足够了。这就是一招定胜负。从那天夜里起，我蛮横地住进了那里的二楼。然而，理应吓人的“人世间”没有对我施加任何危害，我也没有对“人世间”做任何辩解。老板娘如若想那样做的话，那就一切都好说。

我既像这店里的客人，又像是老板，更像是跑腿的，抑或像是亲戚。在旁人看来，应该是个来历极其不明的人，然而“人世间”一点儿也没有觉得奇怪，而且这店里的常客也“阿叶”“阿叶”地喊我，对我非常亲切，还请我喝酒。

我对世态渐渐地不在乎起来。我开始觉得“世人”没有那么可怕。就是说，以前自己的恐怖感是被所谓的“科学迷信”威慑住了，比如：春风里百日咳的细菌有几十万，澡堂里肉眼看不见的细菌有几十万，理发店里秃头病的细菌有几十万，省线[1]电车的拉手上聚集着蠕动的疥癣虫，还有生鱼片、未烤熟的猪牛肉必然会潜藏着绦虫、寄生虫等的虫卵；还有，光脚走路，脚底下会钻入细小的玻璃碎碴，那些玻璃碎碴在体内乱钻，扎着眼珠会导致失明……那里的确是有多达几十万的细菌在浮游蠕动，这在“科学”上也许是正确的。与此同时，我也终于知道倘若完全无视它的存在，它便不过是与我没有丝毫关联并在转瞬之间就会消失得无影无踪的“科学幽灵”。在饭盒子里吃剩三颗饭粒，千万人每天吃剩三颗饭粒，那就已经是白白扔掉几袋米，或者千万人每天节约一张擤鼻涕纸，又能漂出多少纸浆。我因这些“科学统计”受到多大的恫吓！每次吃剩哪怕一颗饭粒，每次擤鼻涕，我就会产生错觉，仿佛自己浪费了堆成山的米、堆成山的纸

① 日本旧铁道省（今国土交通省）管理的国营铁道线，今称 JR 线。

浆，于是感到极大的困惑，变得忧郁，仿佛自己正犯下滔天大罪。但是，尤其是这一点，三粒米饭不是靠着“科学谎言”“统计谎言”“数学谎言”集中起来的。即使作为乘除法的应用问题，也是一个极其原始而低能的题目。这与计算人们在没有灯光的厕所里会有多大概率将脚踏进那个粪坑而跌落下去，或者在省线电车的车门与站台之间那个空隙里有几人会踏空这样的概率同样愚蠢。那种事虽然的确有可能发生，但在大便的粪坑边叉开腿站着却因没有站稳而受伤的例子，从来没有听说过。把那种假设当作“科学事实”来进行训诲，并把它完全视作现实来接受，直到昨天我还为此而感到恐怖，我觉得自己很可怜。我渐渐地了解了人世间这个实体，觉得自己很可笑。

话虽如此，但人类这个生物还是令我深感恐惧。要与店里的客人见面，我必须先喝一杯酒。因为我是去见可怕的东西啊！尽管如此，我每天晚上还是去店里，就像孩子反而将有些可怕的小动物一把牢牢抓紧似的，甚至喝醉了酒向店里的客人吹嘘自己拙劣的艺术理论。

漫画家。呵呵。可是，我是没有大喜也没有大悲的、名不见经传的漫画家。以后无论有多大的悲哀降临到我的头上，我也管不着了。我即使内心里急切地渴望得到欢腾的大喜，此刻也只能享受着眼前的快乐，和客人闲聊，喝客人的酒。

来到京桥，这种无聊的生活已经持续了将近一年，我的漫画也不仅仅刊登在面向儿童的杂志上，车站内出售的粗制滥造的黄色杂志等也开始使用。我用上司几太（殉情未死）这个戏谑的笔名，画着淫秽的裸体画，并且在大部分画中都插入了《鲁拜集》[①]的诗句。

赶紧停止徒劳的祈祷，

---

① *Rubaiyat*，波斯大诗人奥玛·海亚姆（Omar Khayyam）的四行诗集。

扒掉令人悲咽的诱因，
来一杯吧，忘掉多余的牵挂，
尽情地回想往日的欢悦。

用不安和恐怖来恫吓别人的奸人们，
害怕自己犯下的滔天罪孽，
为防备死者的复仇，
在自己的头脑里不停地算计着。

夜晚，沉入醉乡内心充满喜悦，
今晨，醒来只剩下荒凉，
一夜之间，充满着诡异，
这心情呀！变幻无常。

赶紧放弃做妖的念头，
宛若远方传来的鼓声。
不知为何，那鼓声是一种焦虑，
如若连屁点小事都遭清算，那就无可救药。

正义会是人生的指南？
那么在血流成河的战场上，
在暗杀者的刀锋上，
会寄宿着何种正义？

指导原理在哪里？
有何种睿智之光？
尘世间充塞着完美和恐惧，

柔弱者的孩子担负无法承担的重荷。

只因种植了不会结果的情欲种子，
大概只会诅咒善恶罪罚，
大概只会无所事事地彷徨，
掌控击溃的能力和意志，兴许都不会得到传承。

在哪里又如何徘徊，
为何评论、研究、再认识？
嘿！无稽的梦境，荒诞的幻影，
哎呀！忘掉玉液，全都是虚妄的悬想。

如何？看看这茫无垠际的太空，
浮现其中微乎其微的一小点，
竟能看出这地球为何在自转，
自转、公转、反转，优哉游哉。

到处都能感受到至高无上的力量，
在所有的国家、所有的民族里，
会发现同一种人性，
我真成了异端者。

大家都误读了《圣经》啊！
要不就是缺乏常识和智慧啊，
禁止肉身的喜悦，禁止喝酒，
算了吧，穆斯塔法，是我最感厌恶的。

没想到这时候有个处女来劝我戒酒。

“不行啊。你每天从大白天起就喝得醉醺醺的！”

这是酒吧对面那家小烟杂店老板的女儿，名叫阿良，十七八岁，是个皮肤白皙、长着虎牙的孩子。我每次去那里买烟，她都笑着规劝我。

“为什么不行？为什么不好？喝酒要尽兴，古代波斯人说，‘人之子哟！用酒来消除一切憎恶’。呃，还说‘能给肝肠寸断的内心带来希望的，就只有能给人带来微醉的琼液啊’。你懂吗？”

“我不懂。”

“你这小丫头，我要吻你哟。”

“你吻呀！”她毫无怯意地噘起上唇。

“你真浑！贞操观念……”

可是，阿良的表情明显散发着没有被任何人沾染过的处女气息。

过年时一个冷峭的夜里，我喝醉了酒去买烟，掉进烟杂店门前下水管道的出入口。我大声叫喊“阿良，快来救我”。被阿良拽上来以后，还让阿良处理右手腕的伤。当时，阿良一笑不笑，痛心地说道：“你是喝得太多了呀！”

我对死毫不在乎，但如若受伤出血而变成残废，我实在难以认命，所以一边让阿良处理着手腕上的伤，一边深感悔悟，心想喝酒也应该适可而止了吧。

“我戒酒。从明天起，我滴酒不沾。”

“真的？”

“我一定把酒戒了。如果我戒了酒，阿良，你愿意嫁给我吗？”不过，要她嫁给我，我是开玩笑的。

“自是。”

“自是”是“自不待言”的省略语。那时流行各种省略语，即切口，比如摩登少年说成“摩少”，摩登女郎说成“摩女”。

“好。我们拉钩吧。我一定把酒戒了。”

然而第二天，我还是从大白天起就喝酒了。

傍晚，我摇摇晃晃地走出店外，站在阿良的店门前。

“阿良，对不起啊。我喝酒了。”

“哟，讨厌！你是装醉。”

我颇感意外，感觉酒也醒了。

“我没骗你！是真的。我真的喝酒了呀！我没有装醉。”

“你别缠着我啊！你真坏！”她丝毫也没有产生疑心。

“你来看看我就知道了。今天我也是从大白天起就喝酒了。你要原谅我啊。”

“你的戏演得真好啊。”

“我不是演戏啊。笨丫头，我要吻你噢。”

“你吻呀！”

“不。我没有资格了。我只好死了娶你的心。你看看我的脸，很红吧？是喝酒了呀！”

“那个呀，是因为夕阳照在你的脸上呢。尽管我很仰慕你，但你不能说话不算数啊！昨天刚刚约定的，你不可能喝酒的。我们还拉过钩的。说什么喝过酒了，骗人，骗人，骗人！”

阿良端坐在昏暗的店堂内，那张白皙的脸嫣然地笑着。嘿！没有接触过污秽的处女是尊贵的，我至今还从来没有和比我年轻的处女睡过。我们结婚吧，无论以后因此而招来多么巨大的悲哀都无所谓，一生中只要有一次令人犯浑的大喜就足够了，一生中有一次就心满意足了。处女的美妙，我觉得这不过是愚蠢诗人甜蜜的伤感，但在人世间也的确是存在着的。结婚后到了春季，两人骑自行车去青叶看瀑布。我当场就这样拿定了主意，即所谓的一招定胜负，我不会踌躇着不去摘那朵花。

而且，不久我们便结婚了，因此而获得的欢快并不很大，但此后降临的悲哀，来得空前绝后超出了想象，说是悲惨也还不够。对我来说，“人世间”还是深不可测的，是令人畏惧的，绝不是靠什么“一招定胜负”就能轻易搞定一切的。

二

堀木和我。

我们相互蔑视着保持着交往，于是双方都把自己弄得很无聊。倘若这就是人世间所谓“友情”的真实状态，我和堀木的关系的确算是“友情”无疑。

我是仰仗那个京桥立饮酒吧间老板娘的侠义（女人的侠义之类的话，是措辞的美妙意趣，但依照我的经验，都市里的男女，至少女人比男人更有那种应该称之为侠义的东西。男人大多谨小慎微地粉饰体面，而且很小气），才能把那个烟杂店的良子当作非正式的妻子，并且两人在筑地靠近隅田川的一幢二层楼小住宅里租借一个楼下的房间住下。我戒了酒，全力以赴使漫画工作逐步成为我的固定职业，晚饭后两人去看电影，回家时去茶店喝茶等，或者去买盆花。不！更重要的是，这个小新娘发自内心地相信我，听她说话，看她的举动，都会令我感到很快乐。我现在也许能渐渐地活得有个人样了，不会再悲惨地死去吧？这种甜蜜开始在我的胸膛里微微地荡漾开来。这时，堀木又出现在我的面前。

“呃！色鬼。咦？不过，你的神情好像很豁达啊。今天我是代表高圆寺女士那边来的。”他开口说道，突然压低声音，用下颌朝正在厨房里沏茶的良子那边示意了一下，问道，“没关系吧？”

“没关系，说什么都可以。”我镇静地答道。

其实我真想说良子是绝不会起疑心的，和京桥的酒吧老板娘之间的事不用说了，即使告诉她我在镰仓惹出的事件，她也不会怀疑我和常子之间有事。这不是因为我善于欺骗，我有时候甚至直言不讳地告诉她，但看良子的神情，她把我的话都当作笑话来听。

“你依然有些得意。什么……没什么大事吧？我转告她的话，她说，你也该到高圆寺这边来玩玩。”

我刚开始忘掉她，鸟兽便拍打着翅膀飞来，用它的嘴戳破我记忆的伤口。以往的耻辱和罪孽的记忆立即在眼前清晰地展现出来。我坐不住了，恐怖得真想“哇”地大叫一声。

“我们去喝酒吧？”我问。

“好。”堀木道。

我和堀木。两个人外表极为相似，有时感觉像是一个模子里刻出来的，当然那只是在四处闲逛着喝着廉价酒的时候。总之，把两张脸合起来，就眼看着变成形状相同、毛色相同的狗，在下着雪的街道上到处乱窜。

从那天起，我们又重叙旧好。还一起去京桥的那家小酒吧，而且这两条喝得烂醉的狗，终于还走去造访了高圆寺的静子家，甚至还在那里过夜了。

我想忘也忘不掉。那是一个闷热的夏夜，堀木日暮时分穿着皱皱巴巴的浴衣来到筑地我的住宅，说今天出自某种需要而把夏季衣服抵押给了当铺，这事被老母亲知道就糟了，想赶快赎回来，反正你要借钱给我。不凑巧，我这里也没钱，于是照例吩咐良子，让她把她的衣物拿去当铺换钱借给堀木，还有些多余，便让良子买来烧酒，去住宅的屋顶平台，沐浴着不时从隅田川刮来的带臭水沟味的微风，正儿八经地举行了一个有些脏的纳凉酒宴。

我们那时候开始玩悲喜剧名词的猜谜比赛。这是我发明的游戏。总的来说，名词有男性名词、女性名词、中性名词等区别，与此同时，当然还应该有喜剧名词和悲剧名词的区别。比如，汽艇和火车都是悲剧名词，市营电车和公共汽车都是喜剧名词。为什么会这样？不懂这些的人没资格谈论艺术。剧作家若在喜剧作品里插入哪怕一个悲剧名词，这就已经算是不及格。反之若是悲剧作品，亦然。

“来吧。香烟？”我问。

“悲（悲剧名词的简称）。”堀木随即答道。

“药？”

“药粉，还是药丸？”

“注射用的。”

“悲。”

“是吗？也有激素注射吧。”

“不！肯定是悲。这注射针，你不觉得首先就是地道的悲吗？”

“好。我认输吧。不过，药品和医生吧，你没想到那是喜（喜剧的省略）啊。死亡呢？”

“喜。牧师和法师都是啊。”

“猜对了。那么，生是悲吧。”

“不对。那也是喜。”

“不！那样的话，不管什么词全都变成喜了。可是啊，我再问你一个，漫画家呢？未必算得上是喜吧？”

“悲，悲。这名词是大悲！”

“什么？你才大悲呢！”

变成了这种拙劣的俏皮话就很没趣了，但我们却很得意，觉得特机灵，全世界的沙龙上都从未进行过这种游戏。

当时我还发明了一个与此类似的游戏。那就是对义语比赛的游戏。黑色的反语（对义语的简称）是白色，但白色的反语是红色，红色的反语是黑色。

“花朵的反语呢？”

我一提问，堀木便歪着嘴唇思索着。

“嗯，有家料理店叫花月，所以是月亮。”

“不。那不是反语。不如说是同义语。就连星星和紫罗兰不都是同义语吗？不是反语。”

“我知道了。那个呀，是蜜蜂。”

“蜜蜂？”

“牡丹加上……蚂蚁呢？”

“什么呀！那是绘画的主题。不要糊弄！”

“我知道了。花遇丛云……”

“是月遇丛云吧。”

“对啊对啊。花遇风。花朵的反语是风。”

“不相配啊。那不是浪花调[①]的词句吗？你露馅啦！”

“不。是琵琶。”

“还不行。花的反语吧……大致是这世上最不像花的东西，你应该列举那个。”

“所以这……等一等啊，呃，是女人吗？”

“顺便说一个女人的同义语？”

“内脏。”

“你根本不懂诗意啊。那么，内脏的反语呢？”

“牛奶。”

“这有点顺了。按这个情形再来一个。耻。耻辱的反语？”

“厚脸皮啊。流行漫画家上司几太。”

“堀木正雄呢？”

从这时开始，两人渐渐地笑不出来了。心情变得阴郁，头脑里像是充塞着玻璃碎碴似的，这是喝烧酒酒醉时特有的感觉。

“不要狂妄。我还没有像你这样受到过被囚禁的耻辱。”

---

① 日本的一种大众曲艺，以三味线伴奏，一个演员以通俗易懂的曲调说唱故事。

我颇感惊诧。在堀木的心里，他没有把我当作正派人看待，只是把我看成险些死去、不知羞耻的蠢货，即所谓“活着的僵尸”。而且，他为了自己的快乐，只是在需要我的时候尽可能地利用我，这就是他的“交友”。想到这些，我毕竟不会有好的心情。不过我又觉得，堀木那样看待我也情有可原，我兴许以前起就像是一个没有做人资格的孩子，以至于连堀木都看不起我。

“罪。罪的反语是什么啊？这很难啊。”我装作一副若无其事的样子说道。

“法律啊。”堀木平静地答道，于是我重新打量着堀木的脸。附近大楼闪烁着的霓虹灯的红光映在堀木的脸上，堀木的脸显得像铁面刑警似的威严。我完全惊呆了。

“这个罪，你不就是那样的人吗？”我心想，罪的反语竟然是法律！可是，世人也许全都想得如此简单而凑合着过日子。只在没有刑警的地方，罪孽才会蠢蠢欲动。

“那么，是什么？是上帝？因为你身上总有一股基督徒的味道啊。这味道令人讨厌。”

“嘿！不要那么轻易地下结论啊，两人再想一想吧。这个题目……不是很有趣吗？我总觉得这个题目的答案能看透一个人。”

“真的？……罪的反语是善。善良的市民，就是像我这样的人啊。”

“别开玩笑了。不过，善是恶的反语，不是罪的反语。”

“恶与罪有区别吗？”

“我觉得有区别。善恶的概念是人为制造的，是人们随意制造出来的道德语言。”

“长见识了。这么说来，还是上帝吧。上帝，上帝。凡事都先看作是上帝总是没错的。我肚子饿了啊。”

“现在良子正在楼下煮豆。”

“谢谢，好东西。”他把双手抱在脑后，一骨碌仰天躺下。

“你好像对罪之类的词语完全不感兴趣啊。”

“那是当然。因为我不是像你这样的罪人。我即使放荡，也绝不会干出让女人去死、从女人身上诈钱的事啊。”

我没有让女人去死！我没有诈钱！我在内心的某个角落里微弱却殊死地发出抗议声，可是我的习性立即使我改变了想法，觉得是我自己在作孽。

我怎么也不能面对面地进行讨论。因为烧酒带来的阴郁的醉意，我时时刻刻拼命地克制着粗暴冲动的情绪，几乎是自言自语地说道：

“可是，只有进牢房才不算罪。我总觉得若能知道罪的反语，也就能理解罪的真正含义了。……上帝……拯救……爱……光……可是，上帝有撒旦这个反语，拯救的反语是苦恼吧，爱有恨、光有暗这个反语，善有恶，罪孽和祈祷、罪孽和悔悟、罪孽和告白、罪孽和……呵呵，全都是同义语，罪的反语是什么？”

“罪的反语是蜂蜜啊，像蜂蜜一般甘甜。我肚子饿了啊，拿点什么吃的来啊！”

“你自己带吃的来不是很好吗！”我发出了几乎可以说是生平第一次极其愤怒的怨气。

“好。那我就下楼去，和阿良两人犯了罪再上来。与其在这里辩论，还不如下楼去做实地检查。罪的反语是蜜豆，不，是蚕豆？”他醉得几乎口齿不清了。

“请便。不管你滚到哪里去！”

“罪和饥饿，饥饿和蚕豆，不对，不是同义语？”他这么胡乱地说着站起身来。

罪与罚。陀思妥耶夫斯基[①]。这在我的脑海里闪过，我感到惊

---

① 1821—1881，俄国19世纪著名作家。《罪与罚》是他的代表作之一。

讶。假如那个陀思妥耶夫斯基先生不认为罪与罚是同义语，而是作为反语排列呢？罪与罚，是绝对不相通的，是水火不相容的。陀思妥耶夫斯基把罪与罚作为反语来考虑，他的水藻、腐烂的池塘、乱麻深处的……哦，我明白了，不！还……我的头脑里像走马灯似的不停地旋转着。

这时，“喂！真是没想到！什么蚕豆，快来！”堀木的嗓音和脸色全都变了。刚觉得他摇摇晃晃地站起身下楼去，不料他又返了回来。

“怎么回事？”我顿时涌出异样的杀气。两人从屋顶平台下楼走到二楼，再从二楼向楼下我的房间走去，走到楼梯的半途中，堀木停下了。

“你看！”他小声说道，用手指着。

我房间的上部开着一扇小窗，从小窗能看见屋子里的情形。开着灯，有两只动物。

我顿感头晕眼花，呼吸急促，同时在心里嘀咕着：这又是人类的世态！这又是人类的世态！用不着大惊小怪的！我甚至忘记了去救良子，在楼梯上呆呆地站立着。

堀木故意大声咳嗽了一下。我独自逃跑似的又跑上屋顶平台，一骨碌躺下，仰天望着带着夏雨的夜空。这时向我袭来的情感不是厌恶，也不是悲哀，而是骇人的恐惧。而且还不是在墓地里遇见幽灵之类的恐惧，而是在神社杉树林里看见白衣神体时感觉到的那种古老的、无法言状的强烈恐惧。从那天夜里起，我开始出现白发，我越发对一切都失去了信心，越发永无止息地怀疑别人，永远地远离了对生活的所有前景、欢乐、共鸣等的企盼。它在我人生中是一起决定性的事件。我被当头一棒击中眉心，从此以后，每次不管与什么样的人接触，那个伤痕都会疼痛。

“我很同情你，但你自己也要因此有所领悟啊。我不会再到这里来了！简直是地狱。……不过，你要原谅阿良，因为你自己都不是一个正经货色。再见了。”

堀木不是一个不识时务赖在令人尴尬的场合里不走的人。

我爬起身，独自喝着烧酒，然后放声痛哭，不停地、不停地痛哭着。

不知何时，良子端着盛满蚕豆的碗茫然地站在我的身后。

“我说我什么也没做……”

“算了。什么也别说了。你还不懂得人的险恶。坐下，吃豆吧。”

我们并肩坐着吃豆。呵呵，信赖会是罪孽？那个男子是个三十岁左右不学无术的小个子商人。他是来找我约稿画漫画的，装模作样地放下微薄的稿费离去了。

那个商人此后终究没有再来，但不知为何，我对堀木的憎恨和愤怒甚于对那个商人的憎恨。堀木在最初发现时竟然没有立即做出大声咳嗽之类的反应，而是悄悄地返回来通知我，这令我气得彻夜不眠，口中喃喃自语。

谈不上原谅或不原谅。良子对人深信不疑，不懂得人心的险恶，然而却招来了灾祸。

敢问上帝，信赖会是罪过？

与其说良子受到了侮辱，还不如说是良子对人的信赖受到了侮辱。此事成为我永久的苦恼，甚至使我没有再活下去的勇气。在我这种惊恐不安、一味地窥探别人的脸色、信赖别人的能力有缺陷的人眼里，唯有良子那无邪的信赖，她那纯洁的心灵，才像青叶的瀑布那样清澈无比。它在一夜之间变成了黄色的污水。看呀！从那天夜里起，良子就连对我的一颦一笑都很用心了。

“喂。”我一喊她，她便会一惊一乍的，眼睛不知望着哪里才好。无论我怎样逗她发笑，即便说滑稽段子给她听，她也是坐立不安、提心吊胆的，忙不迭地对我使用敬语了。

无邪的信赖，果真是罪孽的根源。

我寻找各种讲述人妻受侮辱的故事书来读，但我想像良子那样悲惨地遭到强奸的女人根本就不会有。这件事原本就成不了什么故事。在那个小个子商人和良子之间，倘若有着哪怕些微的类似于恋爱的情感，我的心情也许反而会好受些，然而只是一个夏夜，良子对那个人完全顺从，而且就是那一次，我像是遭到当头棒喝，嗓子哭哑，长出了白发，良子终生都不得不惶恐失措了。常见的故事好像都把重点放在丈夫是否原谅他妻子的那种“行为”上，但这对我来说似乎不是那么痛苦的大问题。我甚至觉得，只有保留原谅或不原谅那种权利的丈夫才会是幸福的呀！如若觉得怎么也无法原谅，那就根本用不着那样大吵大闹，干脆与妻子脱离关系，迎娶新的妻子如何呢？如果这一点做不到，那就强忍着“原谅”，不管怎样以丈夫的胸襟宽恕一切吧。总之，我认为那种事即使真的给丈夫带来巨大打击，那也是“打击”，它不同于永无止境的惊涛骇浪。那样的纠纷丈夫是有处理权的，以丈夫的愤怒怎么都能处理。然而，我们的情况是丈夫没有任何权利，回想起来总觉得一切都是我的错。不要说发火，连一句怨言都不能说，何况妻子是由于她那罕见的心慈面软才遭到强奸的。而且，那种仁爱是丈夫早先向往并百般怜爱的纯洁的仁心。

无邪的信赖会是罪过！

甚至对唯一可指望的优秀品质都产生疑惑，我已经不可理喻了，我的去处就只是酒馆。我脸上的表情变得极其卑微，从早到晚喝着烧酒，牙齿残缺不齐，画的漫画也几乎都接近于淫画。不！说得明确些，我从那时起就临摹春宫画偷偷卖钱。我是赚取买烧酒的钱。一看见良子总是提心吊胆不敢直视我，我便会疑心生暗鬼，心想这家伙是个毫无心计的女人，所以和那个商人不会只是一次吧？还有堀木呢？不！或者是与我不认识的人？虽说如此，我连下决心询问此事的勇气也没有。我感觉自己备受那种不安和恐怖的煎熬，只是不停地喝着烧酒，把自己喝得烂醉，心有余悸地尝试着套她的话，态度有些低声下气，内心里莫名其妙地或而高兴或而忧虑，表面上随意地做着滑稽相逗她发笑，随后便给良子施以令人作呕的地狱般的爱抚，继而像烂泥似的酣睡。

那年年底，我深夜很晚喝得酩酊大醉回家，想喝砂糖水。良子像是睡着了，因此我便自己去厨房找出糖壶，打开盖一看，里面没有一粒砂糖，只放着一个黑色的细长形小纸盒。我下意识地拿出来，看见贴在纸盒上的标签，不由得诧然。那标签用指甲抠掉了一半多，但英文字的部分还残留着，那上面清楚地写着：DIAL。

地阿尔。我那时尽喝烧酒，没有服用安眠药。但失眠像是我的老毛病，所以对一般的安眠药我都很熟悉。这么一盒子地阿尔的确超过了致死的量。虽然盒子还没有启封，但抠去标签藏在这样的地方肯定是准备想吃时随时可用。可怜的是她看不懂英文，所以用手指抠去一半，还以为这样就没关系了。（你没有罪。）

我轻手轻脚地在玻璃杯里盛满水，然后慢慢拆去盒子的封口，将地阿尔全部放进嘴里，镇定地一口喝干了杯子里的水，关了电灯就睡下了。

据说我睡了三天三夜。医生估计我是误服了安眠药，犹豫着没有报警。听说我刚一醒来最先呢喃的梦呓就是“要回家”这句话。所谓的“家”，指的是哪里的家？据说我自己也不知道，反正是这么喃喃着泪流满面。

渐渐地云消雾散，一看，比目鱼一副极不高兴的表情坐在我的枕边。

“上次也是年底的事吧。大家都忙得头昏眼花，他却总是看准了年底做出这种事来，我们的性命都快不保了。”

听比目鱼说话的，是京桥的酒吧老板娘。

“老板娘。”我喊道。

“嗯。怎么了？醒了？”老板娘将笑脸凑近我说道。

我泪如泉涌。

“让我和良子分手。”我说了句连自己都没有想到的话。

老板娘直起身子，轻轻地叹了口气。

接着，我出乎意外地说走了嘴，难以形容是滑稽还是傻样。

“我要到一个没有女人的地方去。”

哈哈……先是比目鱼大声地笑了，老板娘也咯咯地笑起来，我也流着眼泪满面通红地苦笑着。

“嗯。还是那样好。”比目鱼始终没正经地笑着，“还是去一个没有女人的地方好。一有女人便怎么都不行了。没有女人的地方，是个好主意。”

没有女人的地方。可是，我这句愚蠢的呓语，到后来便被迫凄惨地实现了。

良子似乎认定我是替她服了毒，因此对我比以前更加诚惶诚恐，不管我说什么她都没有一丝笑脸，说话时也总是显得很紧张。故而，我待在房间里心情也很郁闷，终于走出屋外，依然去大口大口地喝着廉价酒。但是，自从那起地阿尔的事情发生以后，我的身体明显消瘦，四肢懒散，漫画的交稿也常常延期，比目鱼当时作为慰问留下了一些钱（比目鱼说那是涩田的意思，实在像是把他自己的钱交给我似的，这又像是老家的兄长们给我的钱。与从比目鱼家逃走的时候不同，我那时也能模模糊糊地看穿比目鱼那种装模作样的把戏了，所以我也要滑头，装作毫无察觉的样子，对比目鱼给我的钱真诚地表示感谢。可是，比目鱼他们为什么要如此复杂地卖关子，我像是明白又像是不明白，总感觉很别扭），我用这些钱毅然决然地独自去了南伊豆的温泉等处，我怎么也不是那种能静下心来游历温泉的人，想起良子便无限愧疚，与从住宿的房间里眺望山峦的沉静心境相去甚远，也不换棉袍，也不泡澡，跑到外面闯进小酒店之类的地方，喝烧酒喝得烂醉，回东京时身体便更差劲了。

东京下大雪的那天夜里。我喝醉了酒，在银座的背后走着，一边用脚尖踢着积雪，一边轻声地反复哼唱着“这里离家乡几百里”“这里离家乡几百里”，突然便呕吐了。那是我第一次咯血。雪地上映出大大的太阳旗。我蹲了一会儿，然后用双手掬起没有沾上血迹的雪，擦着脸哭泣着。

这里是哪里的小道？

这里是哪里的小道？

幼女哀伤的歌声像幻听似的从远处微微地传来。不幸。这个世上有着各种不幸的人。不！说尽是不幸的人也不言过其实吧。可是，那些人的不幸，能够对所谓的人世间堂而皇之地提出抗议，“世间”对他们的抗议也很容易理解并产生同情。然而，我的不幸全都是出自自己的罪恶，我无法向任何人提出抗议，哪怕结结巴巴地说上一句抗议的话。不要说是比目鱼，世人肯定全都会惊呆了，心想：嘿，竟然会有人那么说话的！我到底是俗话说的“任性”还是相反的“太懦弱”，连我自己也不明白。总之，我好像有着强烈的罪恶倾向，所以自然而然地、连续不断地、永无止境地朝着不幸走去，没有具体的制止措施。

我站起身，心想要赶紧找到合适的药品，便走进附近的药店里，遇见了那里的夫人。夫人像是被闪光灯瞬间照射到似的抬起头瞪大了眼睛，呆若木鸡。但她那瞪大的眼睛里，没有惊愕或厌恶的眼神，而是流露出几乎是求救或思慕似的神情。啊！这一定是个不幸的人。不幸的人对别人的不幸是很敏感的。我正这么想着时，忽然发现那夫人是支着丁字拐险乎乎地站立着。我克制着想冲上前去扶住她的冲动，而且我和那夫人对视时，眼泪不由自主地流了下来。于是，从夫人那硕大的眼睛里，眼泪也扑簌簌地涌了出来。

仅此而已，一句话也没有说，我就从那药店里出来，踉踉跄跄地回到住宅里，让良子泡盐水喝下，默默地躺下了。翌日，我谎称有些感冒，躺了整整一天。夜里对自己秘而不宣的咯血实在觉得心神不宁，便起身去那家药店。这次我是笑着对夫人实言相告我迄今为止的身体状况，并与她商量。

“你不戒酒的话……”

我们像是亲骨肉。

“也许是酒精中毒。现在我还想喝。”

“不行。我丈夫本来是结核病，但他却说什么用酒杀菌，结果沉溺于酒，最后缩短了自己的寿命。”

“我担心得不得了，害怕得实在不行。”

“我给你药。请你把酒戒了。”

夫人（是未亡人。她有一个男孩，考进千叶也不知什么地方的医科大学，不久患上与父亲同样的病正在休学住院。家里躺着中风的舅舅。夫人自己五岁时患小儿麻痹症，一只脚残了）咯咯地支着丁字拐，为我在那边的架子上或这边的抽屉里找出各种各样的药。

这是造血剂。

这是维生素注射液，注射器是这个。

这是钙片。淀粉酶，保护肠胃的。

这是什么……这是什么……她充满爱意地向我讲解了五六种药品，但是这位不幸夫人的爱意对我而言又太深了。最后她迅速用纸包好一个小盒子，对我说：当你无法克制自己想喝酒的冲动时，就用这个药。

那是吗啡注射液。

夫人还说，与酒相比，它是无害的。我对此也十分相信。另有一点，毕竟喝醉酒后有时候会感觉很肮脏，也有好不容易总算能摆脱酒精这个撒旦的喜悦，我会毫不犹豫将那吗啡注射在自己的手臂上。

不安和焦躁、羞怯都被一扫而光，我成了一个十分开朗的善辩家。而且，一旦注射了吗啡，我还会忘掉自己身体的孱弱，精力充沛地投入漫画工作，并产生出奇妙的构思，甚至会一边画一边发笑。

原打算一天注射一支，到每天注射两支、四支的时候，我已经没有它就不能工作了。

“不行啊！中毒的话那就了不得了！”

听药店的夫人这么说，感觉好像我已经是无可救药的中毒患者了。（我其实是个很容易受别人的暗示而上当的人。我即便说“这钱不能用啊”，如若对方说什么“这是你的事”，我便会产生一种奇怪的错觉，总觉得不用很不妥当，好像辜负了对方的期待，于是必然会立刻就把那些钱花光了）我因为担心中毒，反而会想得到更多的药品。

“求你了。再给我一盒，药钱到月底一定付给你。”

“药钱随便什么时候付都没关系，但警察那边很烦的呀。”

呵呵！我的周围总像是缠绕着某些形迹可疑者污浊的目光。

“那边你无论如何要把它蒙混过去，求你了，夫人。我吻吻你吧。”

夫人面红耳赤。

我越发乘虚而入：“没有药，我的工作就一点进展也没有啊！对我来说，那好比是强精剂。”

“那就干脆注射荷尔蒙吧。”

“你不要开我玩笑。喝酒，要不就是用药，如果都没有，我就无法干活了。”

“酒，你不能喝了！”

“是吗？我吧，自从用了那个药以后，一滴酒也没有沾过。托你的福，我的身体状况也很好了。我也没打算将那些拙劣的漫画一直画下去。以后把酒戒了，养好身体，好好学习，一定要画出伟大的画来给你看看。现在正是关键的时候。所以啊，呃，求你了。我吻吻你？”

夫人笑了起来。

“你真让人头痛啊。也许会中毒的呀！”她咯咯地支着丁字拐，从架子上取出那药，“不能给你一盒啊，很快就要用完了。给你一半吧。”

“真小气。嘿，真拿你没办法。”

我回到家，立即注射了一支。

“不痛吗？”良子提心吊胆地问我。

我乐呵呵地回道：“当然痛啊。不过，为了提高工作效率，再不愿意也要打。我最近很精神了吧？嘿，要干活。干活，干活。”

深夜，我还曾敲开过药店的门。夫人穿着睡衣支着丁字拐咯咯咯地走出来，我冷不防抱住她吻她，还装哭。

夫人默默地给了我一盒。

我痛切地领悟到药品也和烧酒一样，不，是比烧酒更可恶而肮脏的物品，这时我已经完全成了中毒患者。真的是不知羞耻到极点。我一心想得到那药品，又开始临摹春宫画，甚至和那药店的残疾夫人结成了名副其实的丑恶关系。

我想死。我想干脆去死。我已经无可挽回。不管干什么样的事，不管干什么，都只会功亏一篑，都只会厄运连连。我不会再有骑自行车去青叶看什么瀑布的愿望。只是在肮脏的罪孽上再添加卑鄙的罪孽。只会令苦恼增添得更多，更强烈。我想死。我必须死。活着是罪孽的根源！我即使这样冥思苦想，也只是以半疯癫的形象在住宅和药店之间来回奔跑。

我努力干活，药物的使用量也在随之增加，因此欠下的药费达到惊人的数额，夫人一看见我便珠泪盈眶，我也泪流满面。

地狱。

上帝是否真的存在，我决定搏一搏。这是摆脱地狱的最后手段，如果失败，最后就只有上吊了。我拿定了主意给老家的父亲写了一封长信，将自己的实情（毕竟不能写女人的事）一五一十地做了告白。

不料，结果更糟。无论我怎么等待，无论我怎样翘首以盼度日如年，都没有任何回音。我因为焦虑和不安，药量反而增加了。

我悄悄地做好了今夜我要一口气注射十支并跳进大河里的打算。这天下午，比目鱼带着堀木循迹而来，幽灵一般地出现了。

"听说你咯血了。"堀木在我面前盘腿坐着，以前所未有的柔情笑容可掬地这么说道。那种温情的微笑很难得，我悲喜交集，下意识地转过脸去，泪如泉涌。而且，因为他的一个温情微笑，我便俯首帖耳百依百顺了。

我被他们拉到了汽车里。"反正，你先住院，剩下的事交给我们。"比目鱼用沉静的语气（那种沉静的语气简直可用大慈大悲来形容）这样劝我。我像失去了意志和判断力的人，只是抽抽搭搭地哭着，唯唯诺诺地听从两人的吩咐。包括良子在内，我们四人随着汽车摇晃了很长时间，四周暗淡下来的时候，到达森林中一家大医院的门口。

我以为是疗养院。

我接受医生温润得令人发怵的、郑重其事的检查，然后医生简直是腼腆地微笑着说道：

"好了，在这里静养一段时间吧。"

比目鱼和堀木、良子把我一个人扔下便要回去了。良子把包着替换衣服的包袱交给我，然后默默地从腰带里取出注射器和剩余的那个药。我还以为大概是强精剂。

"不用。我已经不需要了。"

这实在是很稀奇的事。有人给我却遭到我的拒绝，说在我的人生中仅此一次也并不过分。我的不幸，是没有拒绝能力的人的不幸。有人给我我拒绝接受，无论在对方的心里还是在我自己的心里，都会产生永远无法弥补的明显的裂痕，我被这样的恐惧吓坏了。但在当时我的确是很自然地拒绝曾经让我处于那种半疯癫状态恳求得到的吗啡。也许是受到良子所谓“神灵那般无知”的打击吧？在那一瞬间，我就已经不是中毒了。难道不是吗？

但是，随后那个憨笑着的年轻医生立即带我走进一个病房里，咔嚓一下锁上了门。这里是精神病医院。

自己服那个地阿尔时“去一个没有女人的地方”这句愚蠢的喃语，真的莫名其妙地得以实现了。那个病房里尽是男性疯子，护士也是男人。女人一个都没有。

现在我不但是罪人，还是疯子。不！我绝对没有发过什么疯。就算是瞬间，也没有发过疯。但是，呵呵，据说疯子一般都不会承认自己发疯。总之，能进这家医院的人，好像都是精神失常的人，不能进的人都是正常人。

敢问神灵，不反抗也是罪孽？

我对着堀木那诡秘而动人的微笑哭泣着，忘了判断和反抗坐上了汽车，并被带到这里来，变成了疯子。现在我即使从这里出去，我也是疯子。不！额头上已经被打上了废人的烙印。

我失去了做人的资格。

我已经完全不是人了。

我是初夏的时候到这里来的，通过窗户的铁栅栏看得见医院院子的小池塘里开着鲜红的睡莲花。三个月后，大波斯菊开始在院子里开放，想不到老家的长兄带着比目鱼来领我，用紧张的、一本正经的语气对我说：父亲上个月月底患胃溃疡去世了。我们不再追问你的过去，生活方面你不用担心，你可以什么也不用做。你虽然还有各种放不下的事，但你的任务是马上离开东京，回老家开始疗养生活。你在东京干过的事，大致上由涩田来处理善后，这一点你不用担心。

我的眼前仿佛看见了故乡的山河。我微微地点点头。

我的确是个废人。

自从知道父亲去世的事，我变得越发孱弱了。父亲已经不在，那个在我心里从未离开过片刻并令我难忘而恐惧的人已经不在，我仿佛觉得自己装满苦恼的罐子变空了。我甚至觉得自己的苦恼之罐特别沉重，不就是因为那个父亲吗？我简直万念俱灰，甚至失去了苦恼的能力。

长兄对我进行严格的约束。在从我出生的乡镇坐汽车南下有四五个小时路程的地方，有个在东北暖和得罕见的海边温泉。那村子尽头有栋虽有五个房间但相当破旧的房子，他为我买了间墙壁脱落、柱子被虫蛀、几乎没有修缮的茅屋，还给我雇了一个年近六十、长相丑陋的红发女佣。

此后一眨眼工夫过了三年。这期间我被那名叫阿哲的老女佣性虐过几次，有时会像夫妻吵架似的，肺病时好时坏，身体或瘦或胖，时而还咳出血痰。昨天我对阿哲说要去买安眠药，差遣她去村子里的药店。买回来的安眠药的盒子却与平时的盒子形状不一样，我也没有特别在意，睡觉前服用了十片也还是夜不成眠。我觉得奇怪，这时我肚子有异，便立即赶去厕所，不料是剧烈的腹泻。此后我又接连去了三次厕所，心中颇感狐疑，便仔细察看药盒，竟然是泻药。

我仰天躺着，在肚子上焐着个汤婆子，想要责怪阿哲。

“你买来的不是安眠药，是泻药。”我刚开口说道，便忍不住笑了。“废人”，这好像是个喜剧名词。想要入眠却服用了泻药。

现在我既没有幸福也没有不幸。

只是，一切都将要过去。

我一直生活在阿鼻地狱和叫唤地狱里。在这个所谓的“人世间”的世界里，我唯一觉得像是真理的，就是这个。

只是，一切都将要过去。

我今年二十七岁。白发明显增多，在常人的眼里像有四十多岁。

后记

写下这部手记的狂人，我不是直接认识的。不过，与这部手记里提到的京桥立饮酒吧间的老板娘相似的人，我知道一些。小个子，脸色不太好，眼睛细细地向上吊起，高鼻梁，是个感觉很硬气的人，说是美人，还不如说是个英俊青年。我觉得这部手记里主要是写昭和五、六、七年那个时候的东京景致。那个京桥的立饮酒吧间，我随朋友去过两三次。在那里喝冰镇威士忌苏打之类的酒，是昭和十年前后，日本“军部”渐渐开始胡作非为气焰嚣张的时候，所以写这部手记的人，我不可能见过他。

然而，今年二月，我拜访了一个疏散到千叶县船桥市的朋友。这位朋友是我大学时代的校友，现在在某女子大学担任讲师。其实我是去委托这朋友为我亲戚说媒的，有着这件事的缘故，我想顺便采购些新鲜的海鲜让家里人尝尝，便背着背包去了船桥市。

船桥市是濒临泥海的一个相当大的城镇。我的那位朋友已经成为那里的新住民。我向当地人打听，即使把朋友家的地址告诉他们，也怎么都打听不到。天气寒冷，加上背着背包的肩膀生痛，我被唱片里的提琴乐曲吸引，推开了一家茶店的门。

这家茶店的老板娘看上去很眼熟，我一问，果真是十年前那个京桥小酒吧的老板娘。老板娘也很快就想起我来，我们都大为惊奇，相视而笑。然后我们彼此没有像当时的俗套那样询问对方因空袭而无家可归的经历，而是相互吹捧起来。

“你可是一点儿也没变。”

“哪里，已经是老太婆了。身体已经运转不灵了。哪里像你，还很年轻呢。”

“哪里的话。孩子也已经有三个了。今天就是为了这些孩子来购物的。”

我们像久别重逢的老朋友之间说着诸如此类的话寒暄着，然后相互询问两人共同的熟人那以后的消息。其间，老板娘突然改变了语气，问我：你认识阿叶吗？我回答说不认识，于是老板娘走到里面，拿出三个笔记本和三张照片交给我，说：“也许可以成为小说的素材啊。”

我是不会用别人硬塞给我的素材写东西的，所以犹豫着是否要当场还给她。（关于那三张照片的蹊跷，我在序言里已经提到过）我被这些照片吸引，寻思着反正先把笔记本收下，回家时再到这里来一趟，便问她：某街某号的某个人，在女子大学当老师，那人的家你知道吗？她果然认识，因为大家都是新住民。说那个朋友有时也到这茶店里来，就住在附近。

那天夜里，我和朋友一起喝了点酒，决定在他那里住下。我读着那些笔记本，直到天亮，一夜没有合眼。

那手记里写的，都是以前的故事，现在的人即使读着也肯定不会有太大的兴趣。我觉得与其让我画蛇添足地进行加工，还不如按照原样委托哪家杂志社发表，这样会更有意义。

带给孩子们的礼物海鲜只有鱼贝干货。我背着背包与朋友告别，去那家茶店。

“昨天谢谢你了。可是……”我直言不讳，说道，“这笔记本能借我一段时间吗？”

“可以，请便。”

“这人还活着吗？”

“嘿，那我就一点儿也不知道了。大约十年前，一个小包裹装着这笔记本和照片寄送到我在京桥的酒店里。寄件人肯定是阿叶，但那包裹里阿叶的住处和名字都没有写。空袭时混在其他的东西里，这才莫名其妙地保留了下来。我最近才将它全部读完……”

“你哭了吗？”

“没有。说是哭还不如……不行啊。人到了那种地步，就已经是无药可救了。”

“那以后已经过了有十年，看来他也许已经不在了。这是作为礼物送给你才寄来的吧。有的地方写得好像多多少少有些夸张，不过，看来你也受到了很大的连累啊。如果这些全都是真的，而且如若我是他的朋友，兴许我还是会希望带他去精神病医院的。”

“是他的父亲不好呀！”老板娘满不在乎地说道，“我们认识的阿叶，非常率真，非常机灵，如果连酒也不喝，不，即使喝点酒……是个神灵般的好孩子。”

Goodbye

变心（一）

文坛上一位大师仙逝了。从他的告别仪式结束时开始下起雨来，是早春的雨。

在回家的路上，有两个男子同撑一把雨伞走着。两人都与那位去世的大师素昧平生，毫不介意地谈论着与女人有关的话题。初老的高个男子穿着带有家徽的和服，是个文人。另一个是美男子，比他年轻得多，戴着一副赛璐珞圆形宽边眼镜，身穿条纹裤子，是个编辑。

“那家伙，”文人说道，“好像很喜欢女人呢。你也慢慢地到了恶贯满盈的时候了，不是吗？你很憔悴啊。”

“正打算全部了断。”那编辑赤红着脸答道。

这个文人出言极其猥琐，口无遮拦，因此美男子编辑早就避之唯恐不及，但今天自己没有带伞，所以只好无奈地钻进文人的蛇眼伞内，结果就这样被狠狠地教训了一顿。

打算全部了断。不过，这并非说谎。

有些地方正在发生变化。战争结束以来，过了三年，总有些变化。

杂志《方尖塔》主编，三十四岁的田岛周二说话时似乎有些关西口音，关于自己的出身，他几乎从不谈起。原本就是个精明的人，《方尖塔》的编辑在社会上很体面，其实是帮忙做非法生意，经常会赚一大笔钱。可是，正如俗话说的“不义之财攒不下”，据说他尤其爱喝酒，常喝得酩酊大醉，情人养了近十个。

他可不是单身。别说单身了，现在的妻子是他的后妻。前妻留下一个白痴女儿，得肺炎死了，接着他卖了东京的房子，疏散到埼玉县的朋友家。在疏散期间，将现在的妻子搞到手结婚了。妻子当然是初婚，她的娘家是家境相当殷实的农家。

战争结束后，他把妻子和女儿托付给妻子的那个娘家，自己只身闯荡东京，在东京郊外租了一间公寓。那里只是个睡觉的地方。他自己机敏地四处奔走，赚了很多钱。

然而，此后过了三年，他的心情不知不觉地改变了。也许是社会有了些微妙的变化吧，或是近来他的身体因为平时的毫无节制而明显消瘦，不，不，也许纯粹是“年龄”的关系，色即是空，喝酒也没意思，买一间小房子，把老婆孩子从乡下接过来……这些类似于乡愁的情感常常会冷不防地掠过他的胸膛。

这边的黑市生意应该金盆洗手，专注于杂志的编辑吧。关于这……

关于这一点，是当前的难关。首先，必须和女人们巧妙地分手。想到这里，他尽管精明，也感到束手无策，唉声叹气。

“打算全部了断……”高个子文人歪扭着嘴唇苦笑着，“这很好，但你到底有几个女人？”

变心（二）

田岛一副哭丧着的脸。他越想越觉得凭自己一个人的力量毕竟力不从心。若是用金钱可以搞掂就毫不费力了，但女人们不愿意光是拿了钱就被打发了。

“现在想起来，我简直就要疯了呀！没想到摊得太开了……”他忽然想，索性把一切都告诉这位初老的不良文人，推心置腹地和他商量着试试。

“你讲讲那些难能可贵的事。不过，只有多情的家伙才出奇地害怕道德，甚至到令人厌恶的程度。这一点却又恰恰很讨女人的欢心。如若充满阳刚之气，有钱，年轻，而且道德高尚的话，那就有人缘啊，这是理所当然的。这事，你这边即使打算了断，对方也不知道啊！”

“就是这个问题。”田岛用手绢擦着脸。

“你不会是哭了吧。”

“没有。雨滴落在眼镜镜片上……”

“还没有？你的声音就是哭泣的声音。无药可救的情种！”

当非法生意的帮手就是没有道德。正如这位文人指出的那样，田岛这个人尽管多情，对女人却又令人刮目相看地有着诚实的一面，因此女人们都毫不担忧地深深依赖着田岛。

“就没有什么好办法吗？”

“没有啊。你去国外五六年回来就会好了吧，但现在出洋去留学已经不方便了。还是应该干脆把这些女人全都召集在一起，让她们唱《友谊地久天长》，不，还是唱《敬仰您的尊贵》[①]吧。你给她们每人发放证书啊，然后你装疯卖傻，赤身裸体地跑到屋外逃走。若是这样就很明确了。女人们也会呆若木鸡，不得不死心了吧。”

根本商量不出个所以然来。

“对不起，我要在这里坐电车……”

“嘿，不是还没有想出办法来吗？走到下一个车站吧。不管怎么

---

① 日本民谣，毕业仪式的定曲。

说，这对你来说是个重大问题吧？不就两个人商量个对策吗？”文人那天好像也很无聊，怎么也不放田岛走。

“不用了。我一个人无论如何再……”

“不不！你一个人无法解决。莫非……你不会是想死吧？我真的很担心。被女人爱慕而死，这不是悲剧，是喜剧。不，是滑稽短剧，是滑稽的最高境界啊。谁都不会同情。还是不要去寻死。嗯。是个好主意。从哪里去找个绝世美人来吧，让她冒充你的老婆，带着她一个个地去拜访你的那些女人，效果立竿见影。女人们全都会一声不吭地缩回去。怎么样，不去试试？”

这是溺水者的稻草。田岛有些心动了。

行进（一）

田岛想试试这个办法。可是，这里面也有难处。

绝世美人。若是丑得绝世的女人，在电车车站这个区域里行走，每次都能发现至少三十个，但美得绝世的女人，除了传说之外是否真的存在，这就值得怀疑了。

田岛原本就自恃长得帅，爱打扮，虚荣心极强，所以自称和不漂亮的女人同行会感到肠胃微痛而极力回避。他现在的情人个个都是雪肤花貌的美人，可是要说漂亮到绝世的美人，好像还没有。

那个雨天初老的不良文人信口传授的“秘诀”，田岛心里虽然有些抵触，觉得好像很缺德，但他自己也想不出一个更好的主意来。

先试试吧。也许在人生的哪个角落里，就随意摆放着这样一个绝世的美人。他那眼镜背后的眼珠开始骨碌碌地有些令人发怵地转动着。

舞厅，咖啡店，可以召艺伎游乐的酒馆。没有，没有。尽是些丑得绝世的女人。办公楼，百货商店，工厂，电影院，裸体歌舞演出。

不会有。在女子大学校园的篱笆外可怜地窥探，或者跑到miss什么的选美会场里，或者借口参观混入新电影演员的考场，到处奔走，但是没有。

猎物在回家的路上出现了。

田岛已经开始绝望。傍晚时分，他满面愁容地在新宿车站背后的黑市市场里走着。他也不想去他的那些情人那里探访。只要想起来就令他毛骨悚然。必须分手。

“田岛！”

突然背后有人喊他。他惊得差点儿跳起来。

“呃，是谁啊？”

“哎，不愿意？”嗓音嘶哑，像是乌鸦的叫声。

再一看：“咦？”是太眼拙了，没认出来。

他认识这个女人。是黑市商人，不，是跑单帮的。他与她只做过两三次黑市物资的交易，由于这女人的乌鸦嗓音以及令人惊叹的蛮力才记住了她。她虽然很瘦削，但能轻松背起十贯[1]。身上散发着鱼腥味，穿着满是泥土的衣服、裙裤和橡胶长靴，看不出是男是女，几乎是讨饭的感觉，爱打扮的他在与她做完生意后，要赶紧洗手。

是个无法想象的灰姑娘。洋装的爱好很高雅。身材苗条，四肢小得可怜，有二十三四……不……五六，脸色忧郁，如梨花般微微发青，的确高贵，绝世美人。没想到她竟然会是那个能轻松背起十贯的跑单帮商人。

嗓音嘶哑，是因为受过伤，这一点只要她保持沉默不说话就行。

可用！

---

① 约合37.5公斤。

行进（二）

俗话说，人靠衣裳马靠鞍。尤其是女人，靠一件服饰，就能变得令人完全无法辨认。也许原本就是妖精。可是，像这女人（名叫永井绢子）那样能变得如此美妙、判若两人的女人，也是很罕见的。

“果然已经赚大钱了吧。不就应该穿得特别漂亮些吗？”

“哟，讨厌。”嗓音实在嘶哑，什么高贵性，一下子就荡然无存。

“我有事要求你帮忙啊。”

“你很小气，尽是压价，所以……”

“不是。不是生意上的事。我已经打算慢慢地洗手不干了。你还在跑单帮吗？”

“当然啰。不跑的话就没饭吃了吧。”狗嘴里吐不出象牙，她的说话层次是很低贱的。

“不过，你不是也从来没有这样打扮过吗？”

“我是女人！偶尔也会想打扮一下去看电影啊。”

“今天去看电影？”

“是啊。已经看过了。嗯……叫什么徒步旅游……”

“是《徒步旅行记》吧。一个人去的？”

“哎，讨厌。男人都很可笑。”

“我就等你这句话。我有事求你。一个小时，不，三十分钟就行，赏个脸。”

“是好事？”

“你不会有损失。”

两人并肩走着，迎面而过的行人中十之八九会回过头来看。不是看田岛，是看绢子。美男子田岛毕竟也被绢子那绝世的气质压倒，显得寒酸而毫不起眼。

田岛把绢子带到熟悉的无证料理店里。

“这里有什么招牌菜？”

“对了。招牌菜好像是炸猪排啊。”

“就这里吧。我肚子饿了。还会做什么菜？”

“一般的都会做吧。你到底想吃什么？”

“这里的拿手菜。除了炸猪排，其他的就没有了？”

“这里的炸猪排很大的呀！”

“小气吧。你不行！我到里面去问问看。”

蛮力，饭量大，然而这却是货真价实的绝世美人。不能让她跑了。

田岛喝着威士忌，以极其可憎的心情望着绢子狼吞虎咽地大口吃着，说着自己求她办的事。绢子只是一个劲地吃着，不知道是听着还是没听，好像对他说的话完全没有兴趣。

“你能接受吧？”

“你真浑啊！简直不像话，不是吗？”

行进（三）

田岛面对对方意想不到的尖锐锋芒有些畏缩。

“是啊。因为完全不像话，所以我这样求你。我正焦头烂额呢。”

“根本用不着做得如此麻烦，如果不愿意的话，干脆以后不见面不就完了？”

“不能做得如此绝情。她们以后也许要结婚，也许又会有新的情人。抚平她们的心情，是男人的责任呀！”

“嘿！多余的责任。说什么是分手的事，又想要调情吧？真的是一副色鬼的嘴脸。”

“喂喂，你说得太不留情面，我要发火的！不留情面也是有限度的！你不是只顾着吃吗？”

“金团[1]做不出来了吧？”

“你还想吃什么？不会是胃扩张吧？这是一种病啊。去看一次医生怎么样？你从刚才起就吃了很多呢，要适可而止啊！”

“你不要吝啬啊。女人一般吃这些东西都是很常见的呀！说已经吃很多了而拒绝再吃的小姐们，那只是有情调所以故作姿态呢。若是我的话，无论来多少，我都能把它吃完！”

“不行。到此为止吧。这家店不太便宜啊！你平时总是吃那么多吗？”

“哪里的话！只在有人请我吃饭的时候呀！”

“那以后我让你尽情地吃，我求你的事，你也要听一听。”

“可是，我要停下我手上的事情，这是损失啊！”

“这我另外支付给你。你做生意赚钱的那部分，我一分不少地付给你。”

“只是，我跟着你到处跑，这行吗？”

“嘿，正是这样。可是，有两个条件。在别的女人面前，你一句话也不能说。算我求你。你笑一笑，或点点头，或摇摇头，嘿，大致在这样表示一下。另一个，在别人面前不吃东西。只在和我两个人时，无论你吃多少都没关系，但在别人面前，我希望你就喝一杯茶。”

“还有，会给我钱吧。因为你很小气，会蒙混过去的。”

“你不用担心，我现在是竭尽全力。这事如果失败，我就身败名裂了。”

---

① 在糖煮栗子、豆类中拌馅的一种日本甜食。

“就是，腹水一战吧。”

“腹水？你真笨，是背水一战啊！”

“哟，是吗？”她满不在乎。田岛越发地感到不悦。可是，她很漂亮，凛然地有着这世上绝无仅有的气质。

炸猪排，油炸鸡丸，金枪鱼寿司，墨鱼寿司，中国面条，鳗鲡，什锦火锅，烤牛肉串，攥寿司拼盘，虾肉色拉，草莓牛奶。

而且，还要吃金团。难道女人全都是这样吃的？不！还是……

行进（四）

绢子的公寓在世田谷那边。她说早晨要去做那个跑单帮生意，若是下午两点以后，一般都有空。田岛和绢子约定，田岛每星期去那里一次，在大家都方便的日子里打电话联络，和绢子约好在哪里碰头，两人一起去分手对象的女人那里。

几天后，两人便开始朝着地处日本桥、设在百货商店内的美容室进发了。

爱打扮的田岛前年冬天曾经贸然去那家美容室做了个电烫发。那里的“先生”叫青木，是个三十岁左右、所谓的战争未亡人。不是勾引，而是女人主动要跟着田岛。青木从百货商店在筑地的宿舍到日本桥的店里上班，收入支撑单身女人的生活还算过得去，因此田岛补贴她的生活费。直到现在，在筑地的宿舍里还公认田岛和青木之间的关系。

然而，田岛很少在青木工作的那家日本桥的店里露面。因为田岛自己觉得，像他这样风雅的美男子出没，肯定会妨碍她的营业。

他是突然带着个绝世美人出现在她店里的。

“你好。”就连寒暄的语气都是很冷淡的，“今天带着妻子来。这次从疏散点把她叫来了。”

仅仅这样就足够了。青木也眉清目秀，肌肤白嫩，是个机敏的俊俏美女，但和绢子站在一起，简直就好比银靴和军靴之间的差别。

两个美人默默地示意了一下。青木已经是一副卑贱的、快要哭出来的表情。胜败昭然若揭。

前面也提到过，田岛对女人也有诚实的一面，从未对女人撒谎说自己是单身。从开始就向大家都明说把妻子疏散到乡下去了。妻子果真回到了丈夫身边，而且那个为妻者是个年轻、高贵、富有教养的绝世美人。

就连青木也只好哭丧着脸无计可施了。

“帮我把妻子的头发摆弄一个。”田岛得意忘形，想要彻底地给她最后一击，“听说在银座还是什么地方，像你这样技能的人已经没有了。”

这可未必就是恭维话，其实她正是手艺高强的美容师。

绢子对着镜子坐下。

青木将白披巾披在绢子肩上，开始解开绢子的头发，她的眼睛里满溢着泪水，眼看就要掉下来。

绢子很沉着。

相反，田岛走开了。

行进（五）

做完发型的时候，田岛又悄悄地走进美容室，把一沓约三厘米厚的纸币塞进美容师白上衣的口袋里，以几乎是祈求的心情呢喃道：“再见。”那声音连他自己都感到很意外，带着类似同情、歉意、温厚、悲怆凄凉的语气。

绢子默默地站起身。青木也默默地帮着绢子整理裙子。田岛先一步跳到了店外。

嘿！别离是痛苦的。

绢子面无表情地在后面跟来。

“也没那么好啊。”

“什么？”

“电烫发。”

真想骂绢子“浑蛋”，但这是在百货商店里，所以他忍住了。青木这个女人绝不会说别人的坏话，也没有想要钱，还经常帮他洗衣服。

“这就已经结束了？”

“是的。”田岛只是感到孤独得很。

“那样一来就已经是分手了。那个孩子也很窝囊吧。不是很漂亮的美女吗？若是那种长相……”

“住嘴！不准用‘那个孩子’这种没礼貌的称呼。她是个很温顺的人呀！和你这种人不一样。总之，给我闭嘴！一听到你那种乌鸦似的声音，人都要发疯了。”

“哎呀！真不敢当！”

哇！多么卑贱的俏皮话！田岛眼看就要发疯了。

田岛出自奇怪的虚荣心，在与女人同行时，会事先把他的钱包交给女人，专门让女人付钱，他自己像对买单毫不关心似的装作很大度。可是，直到现在，无论哪个女人，都没有不经他同意便擅自随意购物的。

可是，“真不敢当”女士毫不介意地干着这些事。在百货商店里，多多少少总有些昂贵的商品。她堂而皇之毫不犹豫地挑选所谓的高级商品，而且尽是些难以想象的优雅而颇有情调的物品。

“你就不能收敛些吗？”

“你真小气啊。”

“接着，你又要吃什么了吧？”

“是啊。今天我一直帮你呢。”

“把钱包还给我。接下来花费不能超过五千元。”现在他已经没有了什么虚荣。

“那样的话，就不花钱啊！”

“不，花了。接着我查看一下余额就知道了。花费的确已经超过一万元。就连上次吃饭都不便宜啊。”

“那样的话，就不花了，怎么样？我也不是因为喜欢才跟着你出来的呀！”这近乎威胁了。

田岛只能连声叹气。

蛮力（一）

可是，就连田岛自己都不是省油的灯。他是个据说帮忙做黑市买卖一次就能轻松赚几十万元的、机智能干的才子。

田岛怎么也不是那种能容忍绢子痛痛快快地白花钱、默默地表示自己大度性格的人。如果不想方设法获得相当的回报，他怎么也咽不下这口气。

这个畜生！不知好歹。要控制住她。

分手的事以后再说。先要完全征服她，要把她改造成一个有节制的、温顺俭朴、饭量小的女人，分手事宜在训诫之后再继续。按现在这副模样，反正花了钱也无以为继。

胜利的秘诀。既然视为对手就不能让对手靠近，而要靠近对手。

他在电话本上查找绢子公寓的地址，只是买了一瓶威士忌和两袋花生米，事先设想肚子饿的话就让绢子请客随便吃点什么，并且咕嘟咕嘟地大口喝着威士忌，装作烂醉的模样酣睡，以后就由不得她了。首先，非常省钱。房租费也不要。

田岛对女人始终颇有自信。田岛这样的人竟然会想出如此粗暴无耻且露骨的攻取方法来。他无论如何总要想个办法出来。也许因为白白地被绢子狠宰一刀，他感觉到一种无法抑制的冲动。在色欲上不要犯错，这是不用说的，但即使用一直盯着别人剩下的钱急于取回成本，也不会有什么结果。

田岛对绢子恨之入骨，制订了几乎是非人的诡异而卑劣的计划，果真致使九死一生的大灾难从天而降。

傍晚，田岛找到了绢子在世田谷的公寓，阴暗的二层楼木结构旧公寓。绢子的房间在走上楼梯的尽头。

敲了敲门。

“是谁？”里面传来这个乌鸦的声音。

打开房门，田岛诚惶诚恐地呆然站立着。

杂乱，恶臭。

啊！很凄凉。四叠半的房间，那榻榻米的表面发着漆黑的光，如波浪般高低不平，甚至连榻榻米的镶边也没有掩饰住它的痕迹。好像是跑单帮用的油罐，苹果箱，一升瓶，不知为何包在包袱皮里的东西，鸟笼似的东西，纸屑等，又黏又滑地散满整个房间，几乎连踏脚的地方也没有。

“怎么会是你？有什么事？”那绢子的服装又是几年前看见时的那副讨饭打扮，穿着脏得满是泥土的裙裤，完全看不出是男是女的感觉。

房间的墙壁上贴着一张标会公司[①]的海报，其他怎么看也没有看见像是装饰的东西。就连窗帘都没有。这是二十五六岁姑娘的房间？只点着一盏小灯泡，极其荒凉。

---

① 日本民间信用互助形式的公司。起源于日本室町时代，盛行于江户时代。

蛮力（二）

“我只是随便来玩玩啊。”田岛陡感一阵恐怖，嗓音变成了和绢子一样的乌鸦声，“不过，我也可以改天再来的。”

“有什么企图啊！因为你不是个闲逛的人啊。”

“不是。今天真的……”

“再爽快些呀！你有点娘娘腔啊。”

尽管如此，这房间里太乱了。

要在这里喝威士忌吗？呵呵，应该买瓶更便宜的威士忌来。

“我不是娘娘腔。我是个爱干净的人。你今天是不是又弄得太脏了啊？”田岛愁容满面地说道。

“今天吧，背了些重物，有点累了，刚才在睡午觉。呵呵，对了，有好东西。进屋怎么样？格外便宜啊！”

仿佛是在谈生意。若是赚钱的活儿，房间脏点没问题。田岛脱去靴子，选了个榻榻米上相比之下能落脚的地方，没有脱去外套便盘坐下来。

“干鱼子[①]，你喜欢吗？因为你在喝酒。”

“我非常喜欢。这里有吗？谢谢你了。”

“我不是开玩笑。拿出来！”绢子毫不羞怯地伸出右手，摊开手掌伸到田岛的鼻子尖。

田岛彻底厌倦了，他歪扭着嘴。

“看你做的事、做成的事，完全是人生无常啊！这手，赶紧缩回去！什么干鱼子，我不要了。那是喂马的饲料。”

---

① 将鲻鱼、鲅鱼等的卵巢进行腌制，再经加工、干燥后制成的食品，可做下酒菜。

"我便宜点给你，你别傻了。很好吃的呀，因为是正宗产地的。你别慌，拿来。"绢子摇晃着身体，手掌却没有收回去的意思。

很不幸，田岛其实是很喜欢吃干鱼子的。喝威士忌的下酒菜，只要有这东西，其他就什么都不要了。

"稍稍来一点吗？"田岛恶狠狠地将三张大票面的纸币放在绢子的手掌里。

"再给四张。"绢子冷静地说道。

田岛感到惊讶："浑蛋，你要适可而止！"

"别小气。大度些，买一个肚巢。好像要把干制鲣鱼切一半买似的，不要吝啬！"

"好。我买一个肚巢。"就连娘娘腔的田岛，到这步田地也怒火中烧，"你看清楚了，一张，两张，三张，四张。这够了吧。把手收回去。我想见见你的父母，他们竟然生下了你这样不知羞耻的女儿。"

"我也想见见呢，我还想揍他们。我要告诉他们，被抛弃的话即使大葱也会枯萎的。"

"这算不了什么。你的身世我没兴趣。借个杯子给我。还有威士忌和干鱼子。呃，还有花生米。这给你。"

蛮力（三）

田岛用大杯子咕嘟咕嘟地喝了两口威士忌。今天他是带着无论如何要让绢子请客的企图来的，相反却被迫买了所谓"正宗产地"的贵得可怕的干鱼子，而且绢子毫不惋惜地将那一肚巢的干鱼子刹那间全部唰唰地切碎，像山一样堆在很脏的大碗里，还撒了很多代用味精。

"请慢用。味精是奉送的，你不用介意啊。"

干鱼子，如此之多，是怎么也吃不了的，而且又撒了味精，乱七八糟。田岛露出一副悲痛的表情。像是用蜡烛火烧了七张纸币，他不记得有过如此惨痛的损失。其实是白费了，毫无意义。

田岛从堆积如山的干鱼子底部欲哭无泪地夹出一块没有撒味精的吃着。

“你自己做过饭？”他如今已是提心吊胆地问道。

“要做的话会做啊。只是嫌麻烦不做。”

“洗涤呢？”

“别当我是低能啊。要说是怎么回事，我是太爱整洁了。”

“太爱整洁？”田岛愕然地打量着凄凉的、散发着恶臭的房间。

“这房间本来就脏，无从下手啊！而且我是做生意的，所以不管怎么整理，房间里都很杂乱啊。让你看看吧，壁橱里？”她站起身，猛地打开壁橱。

田岛瞪大了眼睛。

清洁，整齐，闪着金色的光，仿佛散发着馥郁的芳香。衣柜、镜台、皮箱，装木屐的鞋箱上放着三双可爱的小鞋。就是说，唯独这壁橱，才是这个乌鸦声灰姑娘的秘密后台。

绢子马上又砰地关上壁橱，稍稍远离田岛脏兮兮地坐下。

“打扮这种事，一星期有一次就足够了。我也没想要讨男人的喜欢。普通着装，这样正好啊！”

“不过，这裙裤不是太寒酸了吗？不卫生。”

“为什么？”

“很臭。”

“装得典雅不行啊。你自己不总是一身酒气吗？真讨厌，这气味。”

“就是臭味相投啊。”随着醉意渐起，田岛对房间里的荒凉情景和绢子那讨饭似的身影渐渐地不太介意了，原因之一，是想要实施当初那个计划的邪念在他的内心里又汹涌澎湃起来。

“是说关系好才拌嘴吧。”这句话又说得很拙劣。可是男子在这种场合纵然是大人物、大学者，说出这种傻子似的怨言，会得到意想不到的成功。

蛮力（四）

“能听到钢琴声啊。”他越发地装模作样起来，眯起眼睛，聆听着远处传来的收音机声。

“你也懂音乐？长着一副乐痴似的脸。”

“笨蛋。你不知道我是音乐通啊。若是名曲，我真想听一整天。”

“那个曲子是什么？”

“肖邦。”是瞎蒙的。

“呃？我猜会不会是越后狮子[①]。”

是乐痴之间不着边际的对话。因为怎么也提不起精神来，所以田岛迅速转移话题。

“你以前也和什么人有过恋爱吧。”

“这个问题问得愚蠢。不像你那样淫乱啊。”

“嘴上积点德如何？卑劣的家伙。”

突然变得话不投机。田岛更是一口喝干了威士忌。也许已经无法再继续下去了。可是，在这里败下阵来，有损美男子的声誉。无论如何都要坚持到成功。

“恋爱和淫乱在本质上是不同的。你好像什么都不懂。我来教教你吧。”他自顾自地说道。对这种令人作呕的语气，他自己都感到毛骨悚然。这不行。还是装作喝醉的样子睡下吧，尽管时间有些早。

“唉，我喝醉了。饿着肚子喝酒，所以醉惨了。让我在这里睡一会儿吧？”

---

① 日本民谣的一种。

“不行啊！”乌鸦声变成了粗野的吼声，“你不要耍赖！我看透你了！想住下的话，拿出五十万来，不，一百万！”

一败涂地。

“你怎么也用不着发那么大的火，不是吗？我喝醉了，所以在这里稍微……”

“不行，不行，快滚！”绢子站起身，将房门敞开了。

田岛无路可退，作为最狼狈而拙劣的手段，他站起身想要突然抱住绢子。

拳头砰地打在他的面颊上，田岛“呀”地发出极其奇怪的惨叫声。在这一瞬间，田岛想起绢子能轻松背起十贯的蛮力，便不寒而栗。

“放了我！抓小偷！”他莫名其妙地叫嚷一声，赤着脚跑到了走廊里。

绢子沉静地关上房门。

过了一会儿，在门外。

“喂，麻烦你了，我的鞋子……还有，如果你有细绳之类的东西，拜托你了，我的眼镜脚坏了。”

作为美男子的历史上，未曾有过这样的大屈辱。他感到怒不可遏。他用绢子给他的红布带绑上眼镜，将那红布带挂在两只耳朵上。

“谢谢！”田岛自暴自弃地喊道，走下楼梯，途中踏空楼梯，又“呀”地叫了一声。

冷战（一）

田岛实在舍不得投在永井绢子身上的资本。他从来没有做过这种亏本的买卖。无论如何要用足她，不收回成本是不应该的。可是，这个蛮力，这个饭桶，这个贪婪……

天气变得暖和，各种各样的花儿开始开放。田岛独自愁眉不展。从那个溃败的晚上起，过四五天后，眼镜也换了新的，面颊的肿胀也消退以后，他给绢子的公寓打电话。他心生一计，考虑诉诸思想战试试。

“喂喂，我是田岛，上次我喝得太醉了，哈哈哈……”

“我一个女人家吧，也有各种各样的烦心事啊。你不要介意。”

“我不介意。那以后我也深刻反省了一下。结果啊，就是我和女人们分手，买个小房子把妻子从乡下叫过来，建立幸福家庭这个事吧，这在道德上很理亏吧？”

“你说的事，是怎么回事，我说不清楚，但男人好像不管是谁，一旦积攒起很多钱，就会去想那种小儿科的事情。”

“所以那事很理亏吧？”

“不是理直气壮的事情。你好像赚了很多钱吧？”

“不要净提钱的事……在道德上吧，也就是思想上吧，就是那个问题啊。你怎么想？”

“我什么也没想。这不是你的事情吗？”

“嘿，你说得没错啊。我吧，觉得这个吧，是好事。”

“若是这样的话，那不是很好吗？我挂电话啦。这种废话，我讨厌。”

“可是对我来说，真的是生死存亡的大问题。我觉得，道德，不能不重视。请你帮我，你要帮帮我。我想干一件好事。”

“奇怪啊。你又在装什么醉？你不会是装傻吧。那件事，免谈。”

“你不能开玩笑。人都有想要行善的本能。”

“我可以挂电话了吧？你没有其他什么事了吧？我从刚才起就想尿尿，在原地踏步呢。”

“等一下，等一等。一天三千元怎么样？”立即改变思想战，谈到了钱。

“另外给吃饭吗？”

“不。这一点请你帮帮忙。我最近收入也实在是少啊。”

“没有一根（指一万元），不行。”

“那就五千元。请你答应。因为这是道德问题啊。”

“我想尿尿啊！不能再忍了。”

“五千元，拜托了。”

“真荒唐啊，你。”

传来咯咯的窃笑声。感觉是答应了。

冷战（二）

如此一来，总之最大限度地用足绢子，一天五千元，除此之外不招待一块面包、一杯水，不狠狠心折腾她就是损失。温情是最大的禁忌，是自寻死路。

即使挨了绢子的揍，发出奇怪的惨叫，田岛都发现了利用绢子蛮力的办法。

在他所谓的情人中，有一位不太优秀的西洋画家，名叫水原惠子，还不到三十岁。在田园调布租借了两间公寓，一间当起居室，一间当画室使用。这水原带着某位画家的介绍信，脸色通红，战战兢兢地向《方尖塔》提出，希望能让她画画，不管插图还是版头画，什么画都可以。田岛觉得她很可爱，便决定对她的生计给点帮助。她言谈温和、寡言，而且是个相当爱哭的女人，但绝不是号啕大哭那种粗鲁的哭法，而是幼女似的可怜的哭法，所以还算凑合。

可是，有一个非常尴尬的难点。她有个哥哥，长期在满洲过军队生活，因为从小就是粗鲁的人，所以好像是个骨骼也相当强健的大个子。田岛一开始从惠子那里听说这事时，其实是感到厌恶的。这个情人的哥哥大概是当过军曹或伍长的人，从浮士德之时起，对美男子来说就是一个极其不祥的存在。

那个哥哥最近从西伯利亚回国，并且似乎赖在惠子的起居室里。

田岛不愿意和那个哥哥见面，所以想把惠子拉出来，另找地方住。他向那个公寓打电话，行不通。

“我就是惠子的哥哥。”听筒里传来这个果真很有力量的男人坚定的声音。果然在。

“我是杂志社的编辑，找水原老师谈一谈画的事……”田岛说道，语尾在颤抖。

“不行。患感冒躺着。工作，暂时不行吧。”

运气不好。要把惠子拉出来，这首先就不可能。

然而，只是因为惧怕她哥哥而对与惠子分手一事总是迟疑不决，这似乎也对不起惠子。再加上惠子患感冒躺着，回国的哥哥又寄宿在一起，经济上也一定很拮据吧。相反现在也许正是个机会。真诚地去探望病人，巧言慰问，并悄悄地送上钱。当兵的哥哥也不至于会打我吧，或许会比惠子更感激我而主动示好。假如万一对自己动手动脚的话……只在那时，可以躲到永井绢子的蛮力背后。

的确是百分之百地用足绢子。

“行吗？我觉得多半没问题吧，那里有一个粗暴男子，如若他挥起拳头动武，你就这样轻轻地抓住他。其实吧，看样子是个很柔弱的人吧。”他对绢子说话也开始明显地使用委婉的语气了。

图书在版编目（CIP）数据

再见：太宰治的孤独世界 /（日）太宰治著；李重民等译 . —成都：四川文艺出版社，2021.12

ISBN 978-7-5411-6169-8

Ⅰ . ①再… Ⅱ . ①太… ②李… Ⅲ . ①小说集—日本—现代 Ⅳ . ① I313.45

中国版本图书馆 CIP 数据核字（2021）第 217061 号

ZAIJIAN: TAIZAIZHI DE GUDU SHIJIE

再见：太宰治的孤独世界

［日］太宰治 著 李重民等 译

出 品 人 张庆宁
策划出品 好读文化
责任编辑 邓 敏
责任校对 汪 平

出版发行 四川文艺出版社（成都市槐树街 2 号）
网 址 www.scwys.com
电 话 028-86259287（发行部） 028-86259303（编辑部）
传 真 028-86259306

印 刷 嘉业印刷（天津）有限公司
成品尺寸 145mm × 210mm 开 本 32 开
印 张 20.25 字 数 530 千
版 次 2021 年 12 月第一版 印 次 2021 年 12 月第一次印刷
书 号 ISBN 978-7-5411-6169-8
定 价 68.00 元

在喧嚣的世界里，
坚持以匠人心态认认真真打磨每一本书，
坚持为读者提供
有用、有趣、有品位、有价值的阅读。
愿我们在阅读中相知相遇，在阅读中成长蜕变！

好读，只为优质阅读。

再见：太宰治的孤独世界

策划出品：好读文化　　监　　制：姚常伟
责任编辑：邓　敏　　产品经理：程　斌
特邀编辑：孙　卉　　装帧设计：谈　天